www.b-books.co.kr

진왕의 혼약자

진왕의 혼약자

초판 1쇄 찍음 2019년 3월 22일
초판 1쇄 펴냄 2019년 3월 29일

지은이 | 진진필
펴낸이 | 정　필
펴낸곳 | **(주)뿔미디어**

기획 · 편집 | 이영은
표지 디자인 | 김수진

출판등록 | 2002년 9월 11일 (제1081-1-132호)
주소 | 경기도 부천시 원미구 소향로 17, 303(두성프라자)
전화 | 032)651-6513 / 팩스 | 032)651-6094
E-mail | dahyangs@naver.com
블로그 | http://blog.naver.com/dahyangs
비북스 | http://b-books.co.kr

값 9,000원

ISBN 979-11-315-9628-9 03810

DAHYANG ROMANCE STORY

진왕의 혼약자

진진필 장편 소설

목차

1. 오라버니의 첩은 싫습니다

이곳은 물결치는 구름이 아름답다는 백운산 자락. 매은이 수도하는 도관이다.

커다란 사내가 작은 계집 앞에 목검을 겨누며 인상을 썼다.

"요 조그만 걸 상대로 겨루라니, 좀 너무하신 거 아니오?"

마주 선 계집의 붉은 입술이 질끈 물린다. 할 수 없다는 듯 큰 덩치의 사내는 긴 팔로 차락, 검을 뻗었다. 계집이 얼른 톡, 받아친다.

어? 이번 건 실수야, 표정을 가다듬으며 사내는 계집의 작은 가슴을 사정없이 콰악 찌른다. 그러나 유연하고 작은 몸은 고양이처럼 부드럽게 폴짝 움직인다. 콱 찔러 드는 검단은 허공을, 홱 치켜드는 검날은 또 빈 곳을 벤다. 한 번, 또 한 번, 한 번 더!

헉, 헉, 헉! 벌겋게 단 사내의 얼굴에 땀이 차오른다.

"다 되셨습니까. 그럼 갑니다!"

이번엔 계집의 공격이다.

7

우박처럼 쉴 틈 없이 쏟아지는 검날, 사내는 한 발, 두 발 뒷걸음질 치며 밀리다 결국 터엉! 하는 소리와 함께 검병(검의 손잡이)을 놓친다. 내공을 다스리며 휘릭, 팔을 뻗는 계집의 가느다란 손목. 그 위에서 목검은 허공을 휘돌아 긴 호선을 그리며 저 멀리 툭 떨어졌다.

"하하하! 요 조그만 것에게 이리 금세 졌습니다? 무과 응시는 다음을 기약하는 게 낫지 않겠소?"

큰 사형, 모정이 즐겁게 웃으며 박수를 쳤다. 아령과 겨누던 사내는 이번에 들어온 뜨내기 귀족. 얕은 실력을 자랑하며 잘난 체를 너무 하니, 모정이 "콧대 좀 죽여 줄래?" 부탁했었다. 웃으면 안 되는데. 그러나 아령도 조금 "흐흐흐." 웃고 말았다.

뜨내기의 얼굴이 시뻘게졌다.

"어디서 계집 노비가 귀족을 희롱하느냐!"

즐겁게 웃던 아령의 얼굴에 웃음기가 싹 사라졌다. 뜨내기는 진심으로 화를 내고 있었다.

"어디서 부모도 없이 남의 첩이나 될 것이! 하룻밤 여흥거리도 안 되는 못난 계집이 칼을 잡고 설치느냐. 지금 당장 바지를 벗겨 내 양물을 박아 넣어도, 매은이라고 네 편을 들어 줄 성싶으냐!"

말이 거칠어지자, 큰 사형은 웃음기를 거두며 말했다.

"이보십시오, 자제님. 그게 아니라 모든 수련에는 체계가 있으니 처음부터 찬찬히 배워야 한단 뜻입니다. 무조건 이번 무과 급제만 말씀하시면 저희도 힘들지 않겠습니까."

"돈 받고 재주를 파는 주제에 말이 많구나!"

그때였다. 빨간 코, 작은 키의 마른 몸으로 머리는 반쯤 빠져 듬성듬성한 백발의 매은이 찬찬히 뒷마당으로 걸어왔다. 버럭 화를 내던 뜨내기 귀족도 매은의 모습을 보곤 "으흠!" 헛기침을 했다.

"급제 여부는 어차피 정해져 있을 테니, 찬찬히 수련을 하십시오."

매은이 다독이니 귀족은 화를 억누른다.

"제길, 내 참! 황후마마와 같은 장씨 성을 쓰면서 내가 급제를 걱정하겠나?"

매은이 무섭게 눈짓을 하니 모정도 얼굴을 붉히며 뜨내기 귀족과 함께 마당을 나섰다. 목검을 든 아령만 홀로 남겨졌다.

"넌! 왜 쓸데없는 짓으로 분란을 만드느냐. 검에는 손도 대지 말란 내 명이 우습더냐?"

매은의 역정에 아령은 서운하다. 오늘따라 매은의 얼굴엔 근심과 울화가 가득했다.

"절 가르치신 건 스승님이지 않습니까."

"네 몸이나 지키라 했지, 어디서 사내들 앞에서 팔랑팔랑 재주를 자랑하느냐?"

"그래도……. 전 이대로 수련에 정진해 무인이 되는 것이 꿈이란 말입니다."

"벼슬할래? 계집을 뽑는 무과가 있디? 집 안에 가만있으랬더니 왜 담장 밖을 나서길 또 나서!"

억울했다. 스승님은 늘 집 안에만 가두어 두려 하신다. 산에도 가지 말고, 수련장에도 가지 말고, 대련도 하지 말고, 그냥 집 안에만 콕콕콕. 나는 숨이 막혀 죽을 것이다.

"예! 계집을 뽑는 무과가 없는 게 한입니다. 사내면 진왕 전하가 계신 금의위에 들어가 멋지게 벼슬을 하고 싶습니다."

"뭐? 진왕? 금의위!"

어이없어하며 스승이 바라보자 아령은 기분 좋게 씩 웃곤 말을 보탰다.

"예. 좀 더 나이가 많았으면 진왕 전하의 주작군에 들어가 북호와 싸우고 남적도 무찌르고 내란도 막는 멋진 전공을 세……!"

"닥치거라!"

부들부들 떠는 매은의 매서운 눈에 아령은 입을 닫아 버렸다. 그래, 오늘은 좀 반항이 과했다. 그래도 얻어맞을 각오로 할 말은 더 했다.

"그러니까, 그런 건 못 하니까…… 무예를 더 닦아 금성에 사는 부인들의 호위가 되고 싶단 말입니다."

글썽거리는 눈물 속 머뭇거림은 진심이었다. 매은은 그 간절한 눈빛을 읽고 "에휴!" 한숨을 길게 내쉰다. 저런 아이에게 내가 해 줄 것이 무엇인가.

그러나 그의 눈빛은 그럴수록 굳건해졌다.

"계집은 사내를 만나 해로하는 것이 행복이라 그리 가르쳤거늘!"

물론 기어들어 가는 목소리도 지지는 않는다.

"이곳은 와국(夓國)입니다. 여인도 벼슬 빼곤 뭐든 다 할 수 있다고요. 재산도 갖고 이혼도 하는데, 스승님만 왜 옛 유가의 가르침에 얽매여 절 집 안에만 가두어 두시려 하고……."

눈치를 슬쩍 보곤, 매은이 진짜로 화가 난 게 아니란 걸 알고는 다시 웃으며 재재거린다.

"그러신지 모르겠습니다. 스승님? 전 금성에 가고 싶습니다. 그러니 이 아이가 매은의 제자이다! 시원하게 추천서 한 장만 써 주시면……. 아, 괜찮으시면 아예 소개장을 써 주시면……."

"가라! 금성에."

매은은 시원하게 뱉는다.

"저, 정말요? 감사합니다! 그럼, 얼른 짐을 싸겠습니다?"

웬일이니, 하는 반가운 얼굴로 바라보자 매은은 짜증을 부렸다.

"네가 영덕교 아래 거지 소굴에서 노숙을 해 봐야 정신을 차리지!"

그럼 그렇지, 하며 아령은 피식 바람 빠진 얼굴을 했다. 그러나 매은은 한 말을 또 했다.

"가라. 금성에."

"예에?"

장난은 분명 아닌데 '뭐지?' 하는 표정으로 아령이 매은을 바라보았다. 그러나 매은의 얼굴은 곧 묵직하게 가라앉는다. 그는 어느새 가져다 두었던 푸른 보따리를 그녀에게 툭 집어 던졌다.

"경방이 널 첩으로 맞겠다는구나. 옷과 패물이다."

한 대 얻어맞은 표정. 딱딱하게 얼어붙은 채 그대로 받아 들었다.

"그러니 손님 맞을 준비나 해. 목욕도 하고 단장도 하고."

아령의 낯을 확인한 매은은 차라리 속 시원하단 기색이다. 맑디맑은 눈에서 뜨거운 눈물이 피어올랐다. 그리고 비단 보따리를 툭, 내려놓는다.

"싫습니다!"

"경방과는 잘 지내지 않았니."

"오라버니가 그렇게까지 싫은 것은 아니지만……."

"그러면 되었지 뭘."

"첩은 싫습니다! 어떻게 남의 남편을 훔쳐 쓰는 인생을 살라 하십니까?"

그럴 줄 알았다는 표정이지만 매은도 지지 않는다.

"싫어도 할 수 없다. 잔말 말고 이번에 그가 오면 따라가라."

"스, 스승님!"

매은은 냉정히 몸을 일으켰다. 이건 설명도 설득도 아닌 그저 통보였다.

"그믐이다. 너 약도 먹어야 하고. 한 사흘 자리를 비우마. 돌아와 없으면 갔겠거니, 하겠다."

약. 그렇지 약.

가슴이 먹먹하게 잦아들었다. 죽을 목숨이 살아나며 경방에게 진 빚이 얼마인가. 나이 열둘에 죽을 뻔했던 아령을 경방과 스승님이 살렸다. 그들과의 인연은 7년. 스승님은 아령을 키웠고, 경방은 그믐마다 약을 지어 나르며 아령을 살렸다. 하늘이 내려 주신 고마운 인연들.

그러나 항상 따스한 경방과 달리 스승님은 이리 차갑다. 늘 이별할 준비를 하셨다. 넌 경방을 따라가면 그만이다, 항상 그리 모질게 정을 떼셨다. 그래, 결국은 날 이렇게 떠나보내려 하셨었나.

아령은 목걸이를 풀었다. 서로에게 아무것도 남지 않는 이별. 진짜 이별이구나.

"맡겨 두셨던 물건입니다."

서역에서 온 상아를 조각한 목걸이였다. 아니, 귀갑형의 인장이 목걸이처럼 만들어진 것이다. 손가락보다 짧은 그것을 내밀자, 매은은 크게 숨을 들이켜며 차마 받지 못했다. 입술을 달싹이며 혀를 축인다.

"그건…… 네 것이다. 단 하나뿐인 아주 귀한 물건이니, 잘 지녀라."

"가장 귀한 친우의 것이라 하지 않으셨습니까."

"널 줬으니 네 것이다. 가마."

고개를 돌리셨다. 떨리는 몸은 그녀와의 이별을 조금쯤은 슬퍼하시는 것일 게다. 아령은 스승의 그늘진 등을 알아챘다.

"절 좀 붙들어 주십시오. 기어이, 저를…… 오라버니의 첩으로 보낼 작정이십니까!"

"자리를 잡고 잘 지낸단 소식을 보내라. 그래야 널 보러 갈 구실이 생기지."

슬쩍 바라보는 눈에 물기가 어려 있었다. 아령은 스승의 손을 마지막으로 꽉 붙들었다.

"스, 스승님!"

"칼을 멀리해라. 글 배우면 글 쓸 일이 평생, 춤 배우면 춤출 일이 평생이다. 칼을 쥐고 살면 언젠간 다칠 일밖에 없어. 알아듣니?"

그러나 그것이 마지막 인사였다. 매은은 냉정하게 밖으로 나섰다.

아령은 힘없이 방으로 돌아와 앉았다. 지창 밖은 날씨가 참으로 좋다.

언젠간 이렇게 되리라, 어렴풋이 짐작은 했었다. 늘 보호자를 자청한 경방 오라버니, 남의 것을 맡은 듯하시던 스승님.

백운궁은 마당이 너른 겹처마의 멋들어진 고택이지만, 그래 봐야 세 장(丈)이 넘는 높은 석벽에 갇혀 사는 것이다. 낮이나 밤이나 홀로 견디며 읽을 만한 것이라고는 여인의 품행을 가르치는 『여계』, 『여논어』, 『내훈』 같은 숨 막히는 것들.

계집은 웃을 때도 화날 때도 소리를 죽여라. 남녀는 다르니 집안사람이 아닌 남자와는 말도 주고받지 말아라. 계집이 밖으로 나갈 때는 반드시 얼굴을 가리고 몸을 숨겨라. 어찌나 이것저것 말라는지.

문득 손에 든 비단 보따리를 내려다봤다. 풀어 보니 머리에 꽂을 장신구며 노리개며 비단옷이 가득하다. 그녀로선 꿈에서도 보지 못했던 값진 것들이다.

손에 잡히는 대로 하나 집어 들었다. 슬쩍 흔드니 비단으로 만든 모란 위에 금나비들이 파르르 춤을 춘다. 아름답다.

욕심나지 않는다면 거짓. 오라버니의 첩이 되면 평생 몸 편히 지낼 것이다.

그리고 마음이 불편할 것이다. 곧 혼약자와 성혼을 하실 텐데.

부인을 안은 뒤 자신에게로, 자신을 안은 뒤 다시 부인에게로 가는 것을 나는 과연 견딜 수 있을까. 아니, 황자인 그에게 과연 여인이 둘뿐일까.

나는 투기를 할 것이다. 나는 그의 마음을 할퀼 것이다. 절대 그의 부인께 순종하며 그녀의 노비로 살지 못할 것이다. 고매하고 고귀하신 그의 부인이 하는 헛소리에 기가 차 싸대기를 대차게 날리곤 어느 날 참형을 당할지도.

아령은 한쪽에 쌓인 책들을 밀어 치웠다. 이따위 뭉치에 적힌 대로는 못 하겠다. 차라리 몸뚱이가, 아니 가슴이 시키는 대로 하겠다.

아령은 농에서 무명 보따리를 꺼내 들었다. 수련할 때만 입던 낡은 고습(바지저고리)을 두 벌 넣고 한 벌은 입었다. 머리를 질끈 동여맨 게

13

어린 소년 같다.

단정히 정돈된 방, 보화가 가득한 푸른 비단 보따리. 그 위에 경방에게 이별을 고하는 작은 지편을 남겼다. 그러곤 작은 무명 보따리를 들고 일어났다.

◇　◆　◇

백운산 자락으로 말 탄 자들의 행렬이 오른다. 눈앞에 보이는 것은 탁탑천황을 모시는 백운궁. 소원을 빌고 제를 지내는 도관이나, 매은의 무도관으로 더 유명하다. 매은의 무예를 얻고 싶어 하는 전국의 젊은이들이 고하를 막론하고 몰려드니 말이다.

삼십여 명쯤이 죄다 시커먼 무복을 입었다. 길잡이는 경직된 표정으로 두 젊은이를 모셨는데, 하나는 같은 검은 무복 차림이고 하나는 화려한 비단옷을 입었다. 번들거리는 비단옷을 입은 자가 말했다.

"이번에 첩으로 들이려는데 말입니다."

륜은 백운궁의 계집 노비에 대해 계속 떠드는 경방을 못마땅하게 바라보았다. 성혼이 코앞인데 웬 첩을 들이러 이 산중까지. 그러나 관심 없어 하는 륜의 눈치를 보면서도 경방은 새로 들일 첩 이야기를 꾸역꾸역 쏟는다.

"여인에 대한 제 편견을 깼지요. 계집은 얼굴 곱고 밤일 잘하고 다정하면 그뿐이라 여겼는데, 그 앤 다릅니다. 저를 좀 휘두르는 구석이 있지요."

음담패설로 넘어가려는가. 륜은 인상을 팍 썼다.

"헛소리하려거든 입 닫아라."

경방은 눈치를 슬쩍 보곤 또 말을 싹 고친다.

"제 가슴을 뛰게 한다고요. 당차고 영리하고 제멋대로인 게, 그리하여 어디로 어찌 튈지 몰라 불안불안한 것이 매력이라면 믿으시겠습니까. 금성의 여인들과는 완전히 달라요."

그러나 륜의 날카로운 눈매는 겁을 잔뜩 집어먹은 경방을 놓치지 않았다. 왜 저리 온몸이 **빳빳**하도록 긴장해선 제 첩에 대한 이야기를 쉬지 못하는가.

"그러면서도 절 어찌나 따르는지. 그리 대찬 구석이 있음에도 또 제 이야긴 참 잘 듣습니다. 제가 이리해라, 하면 예, 하고. 제가 하지 말아라, 하면 또 예, 합니다. 그 순종은 '연모'에서 나오는 것입니다. 그 아인 절 깊이 연모해요."

경방은 슬쩍 웃었다. 어릴 때나 보았던 경방의 진짜 웃음이다. 하긴, 경방은 저리 소박한 데 마음을 쏟는 순한 아이였다. 몇 년 새 크게 달라지긴 했지만.

언젠가부터 태자의 개가 되길 자처했다. 태자의 환심을 사는 데만 골몰하며 백성을 터는 데 앞장서 월령궁을 짓고 환약과 계집을 댄다.

"걜 보고만 있어도 기분이 좋아집니다. 이미 제 여인이지요. 그 아인 제 것입니다!"

권력이, 정치가, 세상이 그리 만든 것을.

다 살려는 발버둥인 것을.

부황은 병색이 짙어지셨다. 태자가 황위에 오르면 황위 계승이 가능한 모든 종친 사내들은 단두대 위에서 패가 갈릴 것이다. 개가 된 자와 죽을 자. 세상이 뒤집어지든 말든 상관없는 륜과 달리 저 아이는 살길을 트는 것이다. 그를 저리 간절히 붙드는 것은 그의 희첩이던가.

"형님 전하께선 제 첩을 빼앗거나 취하시진 않으시겠지요?"

그 질문이 륜의 비위를 뒤틀었다.

"태자께오선 그런다더냐?"

침묵은 무언의 긍정이다. 경방의 눈빛도 뒤틀려졌다.

온유하지만 이기적인 녀석. 그것이 발현되면 잔인해지는 구석도 있는. 륜은 피식, 웃으며 경방을 안심시켰다.

"네 희첩이 곱든 박색이든 내가 무슨 상관이겠느냐."

"그렇지요? 형님 전하께오선 계집에 관심이 없으시지요. 그게 참 다행입니다!"

경방의 얼굴에 화색이 돌고, 그런 경방을 바라보는 륜의 눈빛이 낮게 가라앉는다.

계집은 무슨, 여인은 무슨…….

내 편이 될 것이다, 그리 당차게 다가드는 아이를 끝끝내 상처만 주다 그리 무참히 보낸 것을.

죽음의 칼날이 눈앞에 날아들었을 때 열둘의 아이는 제 어깨로 륜을 살려 냈다. 그 새와 같은 여린 어깨로 검날을 대신 맞아 주었다.

'부부는 서로의 편이 되어 주는 것입니다!'

그 아이의 절규가 아직도 사무친다. 비가 될 아이를 잃었다. 모후를 잃었다. 스승이자 장인이 될 집안을 멸절시켰단 오명은 오히려 낯간지러운 사치였다. 다들 죽어 귀신이 되었는데, 무엇이 중요할까. 이 구차한 목숨, 버릴 곳만 찾을 뿐.

그러나 아직은 할 일이 남았다.

"그나저나, 형님 전하께서는 무슨 일로 매은에게 가십니까. 매은이 명귀춘의 친우였으니 찾으십니까. 아무리 황상의 마음이 풀리셨대도 옛 명가의 일을 들추신다면 애써 회복한 성총을……."

세상을 얼려 버릴 듯 차가운 눈빛. 그 싸늘한 일별에 경방은 입을 꼭 다물었다. 진왕의 치명적이고도 유일한 약점을 건드렸다는 걸 모를까.

"흐흠! 뭐, 전 덕택에 형님 전하께 호위를 받으니 그저 광영입니다."

헛기침을 하고 명랑하게 웃는다. 그러곤 백운궁의 계집 노비에 관한 수다를 계속한다. 륜의 눈빛이 낮게 가라앉았다.

사람에게서 마음을 떼니, 우습게도 사람이 들여다보인다. 이런 것도 홀로 살아남은 천벌일까.

"전 그 아이만 무사히 데려가면 그뿐이니……."

문득, 이 동행이 어색하단 걸 깨달았다. 매은을 만나러 간다니 경방은 호위도 없이 버선발로 따라나섰다. 그러면서도 약사는 왜 데려왔는가. 륜은 행렬의 맨 끝에 따라오는 약사, 박지를 흘끗 바라보았다.

약에 능통하며 재주가 뛰어난 자다. 재물을 위해서라면 영혼이라도 팔 수 있는 게 장점이자 단점. 태자의 환약을 대는 것으로만 알고 있었다.

"저 약사는 왜 데려가는 것이냐."

경방이 표정을 가다듬으며 씩 웃었다.

"그 아이가 좀 아픕니다."

"병이 났는데 첩으로 들이느냐?"

"그건 아니고, 좀 약한 구석이 있어서요. 탕약을 먹여 보려 합니다."

무얼까. 제 것이라 이리 강조하면서도 왜 굳이 따라와서 계집에 관한 말을 쏟아 낼까. 마치 보여 주기 싫은 걸 억지로 보여 주려는 듯. 경방의 눈빛이 오늘따라 탁했다.

"게 아무도 없느냐. 여봐라."

매은의 처소에 다다르자, 길잡이는 목청을 높여 시비를 불렀다.

"오셨습니까."

어린 사내 노비가 경방에게 얼른 인사했다. 담장 주위로 편백나무 성성한 빈 마당이 시야에 들어온다. 호위들이 마구간으로 말을 돌리는 동안, 경방과 륜은 대문을 넘어섰다.

"매은, 계시는가."

경방은 습관처럼 매은을 부르면서도 노비들 처소로 이어진 쪽문을 넘었다. 사내 노비는 난감해하며 륜을 매은의 방으로 안내했다.

"선생께서 며칠 자리를 비우시겠다 했습니다. 차를 내오겠습니다."

륜이 매은의 처소로 향하자, 그의 호위장 익비도 얼른 따랐다. 둘은 주인 없는 방으로 들어섰다.

"그러게, 기별 없이 그냥 확 와야 했지 않습니까."

울림통 좋은 굵직한 목소리, 커다랗고 퉁퉁한 몸. 성격은 우직하지만 보기와 달리 계집처럼 살뜰하다.

"장인(명귀춘)의 유품도 중요하지만, 친우였던 매은의 마음을 돌리는 것도 중요하다."

"기어이 명가 사건을 바로잡으시렵니까."

"그게 내가 여태까지 달려온 유일한 이유임을 모르느냐."

태자에게 마음 뜨신 황상의 명이 화급을 다투는데, 왜 죽은 사람들에게 이리 아까운 시간을 쓰십니까.

그러나 세상 다 산 듯한 주군 특유의 비소를 보며 익비는 입을 다물었다. 한이 되는 일은 풀도록 도와드리는 것이 모시는 도리이다.

가림막을 돌아드니 매은의 성격을 닮은 단정한 내부가 들어왔다. 휘장 너머 빈 침상, 민무늬 화리목으로 짠 뼈대 앙상한 가구들. 책장엔 귀한 병서와 무예서가 가득했고, 가궤안 위엔 손때 묻은 장검이 장식되어 있다.

륜이 벽에 걸린 낡은 무복을 바라볼 때 익비는 서안 위에 보란 듯 올려 둔 지편을 집어 들었다.

"어휴, 이럴 줄 알았습니다. 작정하고 피했습니다."

유유자적, 거리낌 없는 필체도 매은을 닮았다.

「옛일을 들추며 찬 서리를 맞기엔 소인이 너무 늙었습니다. 쓸모없는 재주나마 팔며 명을 보존하도록 놓아주십시오. 드릴 말씀도 드릴 물건도 제겐 남아 있지 않습니다.」

말투는 공손하나, 뜻은 너 만나기 싫어, 쯤 된다. 그럼에도 륜의 얼굴은 여상했다.

"그의 마음을 돌리려면 헛걸음도 냉대도 필요하다. 문제는 매은이 어떤 약점을 잡힌 것 같은 거다."

전장에 있을 때를 제외하곤 늘 찬찬히 준비했다. 그러나 금의위 수장이 되고부터는 본격적으로 정보를 모았다.

"예? 혈혈단신 늙은이가 무예도 출중한데, 무슨 약점을 잡힙니까."

"경방이 그믐이면 이곳에 들르곤 하더구나. 매번은 아니지만, 7년쯤 된 것 같다."

"예? 7년이라면……."

익비는 입을 닫았다. 장지문이 열리며 당황한 표정의 경방이 들어왔기 때문이다. 애써 태연한 척하지만 그 동요를 륜이 못 알아챌 리 없다.

"나는 곧 떠날 것이니 넌 찬찬히 머물다 가거라."

경방의 흔들리는 눈빛이 륜을 똑바로 향한다.

"매은에게 찾으시는 게…… 정녕 없으십니까."

"상관할 바 없다 했다."

"아주 잃어버린다고 해도요?"

"……."

비소가 여전한 륜의 눈빛에 소리 없는 포화가 스쳤다. 보통 때라면 그 작은 노기에라도 숨죽이며 꽁지를 내렸을 것이다. 그러나 지금의 경방은 다급해 보였다. 륜은 물었다.

"원하는 걸 말해라."

"제가 아니라 형님 전하께서 원하시는 것이지요. 매은이 명귀춘의 인장을 가지고 있다는 걸 저도 압니다."

륜은 작게 실소했다. 륜을 걸려들게 하는 데 성공한 경방은 말을 계속했다.

"그 인장은 목걸이로 되어 있습니다. 매은은 그걸 노비에게 지니고 다니게 했습니다."

"아, 그 귀한 것을……."

익비가 놀라자 경방은 각오를 다지며 말을 꺼냈다.

"그런데 문제가 생겼습니다. 그 노비가 지금 도망을 친 모양입니다. 물론, 인장을 목에 건 채로요."

경방은 손에 든 지편을 륜에게 슬쩍 내보였다. 그러나 팔을 뻗으니 뒤로 싹 감춘다. 륜은 코웃음 쳤다.

"글을 쓸 줄 아는 노비라니. 이런 시골에선 국법조차 우습구나."

노비가 글을 아는 것은 중죄를 받을 일이다. 경방은 쪽지를 바치지 않은 걸 고개 숙여 사죄했다.

"갈포로 지은 낡은 고습을 입고 다닙니다. 열아홉이나 키가 작달막해 열다섯 내외로 보이지요. 무예가 출중하며, 발이 빠릅니다. 부자나 귀족의 호위 무사가 되고 싶어 하는 녀석이니, 일자리를 구할 수 있는 금성 쪽으로 향할 것입니다."

냉엄하던 륜의 눈빛에 문득 진짜 웃음기가 올랐다. 그래, 어째 이 동행이 어색했었다. 준비되었던 것이 이것인가.

"그래, 날 엮을 올가미라도 준비한 것이냐."

맥락 없이 튀는 주군의 말에 놀란 것은 익비뿐만이 아니었다. 경방은 사색이 되어 예를 취하곤 바닥에 바싹 엎드렸다.

"저는 그저 형님 전하께서 명귀춘의 인장을 찾으실 거라 짐작한 것뿐입니다."

"그으래?"

"매번 오랑캐며 반란군을 크게 진압해 우리 와국을 굳건히 지켜 주신 형님 전하께, 올가미라니요! 적장을 끝까지 추격해 목을 베셨다는 소식을 들을 때마다 늘 간담 서늘하면서도 기뻤습니다. 황명에 갑옷을 입으실 때마다 늘 마음 졸이며 승전보를 기다렸습니다."

"설마, 내 시신이겠지."

그의 부드러운 미소에 번들거리는 눈빛이 더해졌다. 그 부조화에서 오는 괴리감이 경방을 압사시킬 만큼 깊이 내리눌렀다.

"알아 두렴. 거짓일수록 말은 짧아야 유리하단다."

경방은 감히 더 이상 고개를 쳐들지 못했다.

"아, 아닙니다. 미, 민, 믿어 주십시오!"

그러나 륜은 책망을 그치고, 예의 그 눈빛을 거두었다. 그의 눈엔 작은 흥겨움마저 담겨 있었다.

"매은의 무예를 익히며 산에서 자란 발 빠른 아이라…… 좀 번거롭겠구나."

전장에서의 추격은 늘 목숨을 담보로 한다. 그러나 이것은 즐거운 유흥이 아닌가.

속이면 속아 주고, 덫이면 걸려 주리라. 모든 것이 불타 폐허가 된 곳에서 아무것도, 단 한 사람도 건지지 못했다. 명귀춘의 인장. 그것은 그럴 만한 가치가 있다. 륜은 자비롭게 고개를 끄덕였다.

"잡아다 주지. 대신 그 아이의 목이 비었다면, 그 모가지를 잘라 데려올 것이다."

경방은 기겁을 하며 머리를 바닥에 처박았다. 식은땀 한 방울이 툭 떨어진다.

"매은이 아끼는 아이입니다. 부디 조금이라도 상하지 않게……."

"도망친 노비가 아니더냐. 그리 중요한 물건까지 들고."

"치, 치죄는 매은의 몫입니다. 털끝 하나라도 상하지 않도록, 아, 않도록 해 주십시오."

륜은 빙긋 웃으며 익비에게 채비를 명했다. 이제 막 마구간에 말을 맸던 호위들은 싫은 기색 하나 없이 주군의 명에 곧바로 도열했다. 걱정의 빛을 억지로 감추며 경방은 륜을 배웅했다. 가볍게 말 위에 오른 륜이 그보다 더 가볍게 말했다.

"너는 마음이 약하다. 그래선 소중한 걸 잃기가 쉽지."

하하하, 웃는 륜의 말발굽 아래로 짧은 정오의 그림자가 뒤따랐다.

빠르게 산등성이를 타고 내려오던 아령은 등골이 오싹해졌다. 말 탄 자들이 왜? 설마, 오라버니가 호위를 푸신 것인가.

「오라버니를 사이에 두고 비마마를 모실 자신이 없습니다. 저는 투기하고 분란을 일으킬 것입니다. 스스로의 길을 가고자 하니 이대로 놓아주십시오. 목숨을 구해 주시고 돌보아 주신 은혜는, 내세에 부부의 연으로 만나 갚겠습니다. 강건하십시오.」

고맙고 고마워 그에게 순종하였다.

노비 처소에서 일을 거들며 지냈다 하나, 문서에 매인 노비도 아니고. 설마 잡으러 오리라는 생각까지는 못 했다. 이별을 고했으니 당연히 놓아주리라 생각했다. 이럴 줄 알았으면 자취라도 지우며 올 것을. 그러나 추격은 쉼 없이 계속된다.

게다 예사 호위들과 다르단 건 느낌뿐일까. 분명 산길에서 말을 끌고 다니려면 그녀보다 빠를 수가 없는데. 먼 점처럼 보였던 자들이 무서운 속도로 따라붙었다. 이 정도면 일각도 지나지 않아 발견될 것 같다.

문제는 시간. 아령은 주변을 샅샅이 돌아보곤 머리를 굴렸다. 다행히 마차도 다닐 수 있는 큰길 근처다. 한시가 급했지만 커다랗게 주변을 원처럼 돌아 큰길까지 발자국을 찍었다. 그러곤 다시 왔던 발자국을 조심히 밟고 흔적을 지우며 길 없는 곳을 찾아 미끄러졌다.

'와아아아앗!'

볼기짝이 화끈화끈, 죽을 맛이다. 나뭇잎 덮인 산자락을 엉덩이로 내려왔다.

'으아아, 으아아, 아이고 아프다!'

입을 막으며 주위를 얼른 살폈다. 도저히 멀리 갈 수가 없었다. 소리 없는 그림자처럼 그들은 무서운 속도로 다가왔다.

어찌 이럴 수가 있는가. 많은 수가 움직이는데 소리조차 크지 않다. 진짜 호위들은 저리 무예들이 뛰어난가!

다행히 내려올 때 보아 둔 바위는 몸을 숨기기 적당했다. 진흙을 발라 얼굴에 흙칠을 했다. 바닥과 바위 사이에 난 틈에 몸을 오그려 끼웠다. 마른 나뭇잎을 그러모아 위장했다. 부디, 저들이 조금이라도 어리석어 놓쳤다 생각하길.

그러나 정작 저들은 아령을 아주 우습게 본 모양이었다. 산보를 하듯 기척조차 지우지 않고 두런두런 이야기를 하며 내려온다. 귀를 쫑긋 세웠다. 아직 내용은 들리지 않지만.

"발은 작은데 보폭이 어찌 이리 넓은지. 키는 큰가 봅니다? 그래도 사내의 발이 어찌 이리 작을까요."

익비가 신기해하니 륜이 무심히 답했다.

"여인이다."

"에이, 아닙니다. 여인네가 어찌 이리 뜁니까. 기본적으로 뛰는 힘이 다른데요."

"발 사이를 봐라, 여인이다."

"발 사이요?"

되묻던 익비는 합, 입을 다물었다. 보폭이 너무 넓어 생각지 못했는데, 그러고 보니 다리 사이에 무언가 붙어 있다면 발자국을 이리 똑바로 찍진 못한다.

"아니, 가영(佳影)궁 마마의 말씀으로는……."

"그래, 나도 그의 말을 듣고 알았다. 족적으론 확인했을 뿐이고."

'갈포로 지은 낡은 고습을 입고 다닙니다. 열아홉이나 키가 작달막해 열다섯 내외로 보이지요. 무예가 출중하며, 발이 빠릅니다.'

그 어디에 계집이란 설명이 있었나. 익비는 상대를 읽고 튀어 버리는 륜의 언사가 늘 버거웠다. 피 튀기는 전장에서야 본능대로 움직였으나, 복잡한 정계 속 음모가 판치는 금성에선 행간을 읽기가 힘들었다. 모시기 버거울 정도로 뛰어나신 분.

익비는 침을 꼴깍 삼키고 또 한 번 혼날 각오를 했다.

"저, 발자국이 끊겼습니다."

"그래. 멍청하게 한 바퀴를 따라 돌 뻔했구나."

익비가 무어라 떠들려 할 때, 륜은 입술 위에 손가락을 조용히 댔다. 륜이 말에서 내려서자, 무리들이 일제히 따라 내려섰다.

륜은 입을 다문 채 마차 바퀴가 찍은 자취를 살폈다. 비가 그친 뒤 완전히 마르지 않은 땅에 여러 겹이 찍혀 있었다. 발자국이 사라진 곳은 마차가 멈췄다 다시 출발한 곳. 마치 그걸 얻어 타고 사라졌다 열심히 말하려는 듯했다.

"꽤 영악하구나."

그러나 륜은 피식, 웃었다. 언뜻 보면 속을 수도 있겠으나 륜은 다르다. 계집의 발자국은 신선했고, 바퀴 자국은 희미하게나마 말라 가고 있었다.

매섭게 주위를 죽 둘러보던 륜의 얼굴에 심상찮은 빛이 떠오르자, 익비는 순간적으로 그의 의중을 알아챘다. 이런 동물적 교감은 그들에게 목숨과도 같다. 전장에서 적장들을 사로잡던 순간처럼, 익비는 고개를 끄덕여 보였다. 륜은 이미 몸을 돌려 움직이기 시작했다.

"지나는 마, 마차를 잡아타고 갔나 봅니다. 마차 바퀴를 따라 내려

갈까요?"

그러나 좀 형편없는 연기력. 륜은 웃음을 참으며 집게손가락으로 원을 크게 그렸다. 꽤 떨어진 바위 하나를 향해서.

주위에도 몸을 숨길 만한 큰 바위는 여럿이었지만, 륜이 지정한 바위는 딱 하나였다. 륜이 열 손가락을 펼치며 흩뿌리는 시늉을 하자, 따르던 수십의 호위들은 일제히 방사형으로 펼쳐졌다. 륜은 여상하게 답했다. 그의 연기력은 꽤 좋다.

"시간을 줄이려면 질러가는 것이 좋지 않겠느냐. 마차는 꽤 빠르니, 두 발로 도망치는 것보단 잡기 어려울 것이다."

"어, 어쩌지요? 이러다 놓칠 것 같습니다."

"꽤나 미인인 것 같던데, 얼굴을 못 보면 아쉽겠구나."

"아니, 미인이라 어찌 장담하시는지요?"

이번엔 익비가 정말로 궁금해하며 묻자, 륜은 빙그레 웃었다.

"아까워하며 내미는 게, 녀석이 미인계를 준비한 것 같다. 미인계에는 미인이 있지 않겠느냐. 장인의 유품을 훔친 도둑 말이다."

"예에?"

알 수 없는 말에 오금이 저린 건 익비만이 아니었다. 기척을 숨기고 바위 아래 그림같이 숨어 있는데, 호위들은 이상하게도 딱 찍은 것같이 아령을 향해만 내려온다. 아령이 알아들은 건 마차 이야기부터였다.

미인계? 유품을 훔친 도둑? 나를 쫓던 게 아니었나?

그럼에도 등골이 오싹한 것은 본능. 사냥감이 된 특유의 쫓기는 느낌 때문이다. 숨소리조차 죽이며 눈알을 굴렸지만 더 이상 움직일 순 없다. 귀를 바짝 세워 들은 것은 분명 포위망을 좁혀 오는 발걸음. 속았구나!

사사삭, 마른 나뭇잎을 밟는 소리가 주위를 에워쌌다. 일부러 거짓 대화를 했어.

아령은 꿈틀대기 시작했다. 정말 단번에 날 발견한 걸까? 저 멀리서? 어찌 그럴 수 있을까!

빨리 판단을 해야 했다. 이제 와 도망치는 건 날 잡아 주쇼, 하는 것. 그렇더라도 몸을 휘둘려 뛰기로 했다. 포위망이 더 좁혀지기 전에.

"……!"

그러나 이미 목이 선뜩했다. 날 선 검 끝이 지그시 목을 누른다.

"나와라."

소름 끼치도록 차가운 음성이었다. 존재만으로도 주변을 압도하는 형체 없는 무인의 기백.

어찌 이리 기척을 싹 지우고 왔을까.

이런 사람은 처음 보기에, 그 무서운 기에 짓눌려 아령은 륜이 다소나마 장난기를 가지고 대한다는 걸 몰랐다.

"……"

자괴감이 들었다. 어떻게 코앞까지 오는데도 몰랐을까. 입술을 깨물며 꼼짝 않자, 곧 무서운 협박이 이어졌다.

"빨리 나와라. 바위를 콱 눌러 짓이겨 줄까?"

다른 이의 우렁찬 소리. 아령은 화들짝 놀라 바위 밖으로 기어 나왔다. 여기저기서 하하하, 웃음이 터진다. 제길!

"꿇어라."

누군가 오금을 차 무릎을 꿇렸다. 어이없이 굴종의 자세를 취하면서도 아령은 고개를 빳빳이 치켜들었다. 수장은 저자다!

모두 똑같은 검은 무복을 입었으나 그냥 알았다.

큰 키에 너른 어깨, 검을 잡는 자 특유의 그을린 피부. 진한 눈썹과 우뚝한 코는 미남자라 할 만했으나 번들거리는 특유의 눈빛이 매서워 보는 사람을 저릿하게 한다. 가슴이 쿵, 떨어짐에도 아령은 그의 눈빛을 견뎠다.

익비가 경고했다.

"방자하구나. 눈을 내리깔지 못할까."

그러나 륜의 손이 올라간다.

"모두들 긴장을 늦추지 마라."

하지만 그만은 긴장을 완전히 푼 얼굴이었다. 스릉, 하고 검마저 치우곤 한 손가락으로 사로잡은 소년, 아니 여인의 턱을 들어 올린다.

이건 무슨 종류의 미인계인가. 여인은커녕 아이 같은데.

저쪽도 조용히 륜을 응시했다.

도도하리만치 당당한 눈빛. 그럼에도 그 눈빛이 투명하고 맑다.

더러운 진흙으로 묻댔어도 이목구비가 반듯하다. 저 눈빛만큼이나 아름다울까. 갑자기 흥미가 생겨 륜은 그 얼굴을 닦아 내려 엄지를 뻗었다. 그러나 그 틈에, 아이는 짐승처럼 륜의 손을 콱 물었다.

"아얏!"

그러나 비명은 아령의 것. 이빨을 박아 넣기도 전에 그대로 어깨의 견정혈이 짚어졌다.

"아, 아얏. 아야야!"

꼼짝조차 못 하게 강렬한 전기가 흐른다. 아령은 아픈 중에도 화가 버럭 났다.

"가영궁 마마의 호위는 맞으십니까. 제가 그분을 피해 도망친 것은 맞습니다. 허나 어찌 이리 무례하십니까."

"그래. 아아주, 미안하구나."

그러나 륜은 빙글거리며 웃곤, 그대로 아령의 뒷덜미를 휙 잡아챘다. 아얏! 아령의 발이 땅에서 확 떨어졌다. 공중에 대롱대롱, 새끼 고양이처럼 매달렸다. 아령은 발버둥 쳤다.

"커컥, 노, 놓아……."

분했다. 창피했다. 짜증이 났다. 장난감을 가지고 놀듯 흔들흔들, 흔들어 대기까지.

"네, 이노오옴! 이젠 경방 오라버니의 호위라도, 커컥. 안 봐줘……."

아령은 재빨리 팔을 뻗어 사내의 손목 양계혈을 인정사정없이 콱, 짚었다. 그러곤 착지할 자세를 취하며 공중을 한 바퀴 돌려는데.

"아아앗! 아얏, 아야야."

오히려 자신이 비명을 지른다. 그는 즐거워하며 클클거렸다.

"숨바꼭질만 잘하는 줄 알았더니, 혈도를 짚을 줄도 아는구나. 혈은 이리 짚는 게다."

사내는 복수하듯 아령의 손목 양계혈을 지그시 누르며 속삭였다.

"아아악. 아, 아, 아파!"

아령이 자지러지자, 곧바로 힘 조절을 해 줬지만 혈도를 짚는 건 여전했다.

"노, 놓아라. 놓지 못하겠느냐. 네 이놈들, 용서치 않겠다!"

그런 아령이 귀여웠는지 갑자기 웃는 사내의 웃음에, 그의 수하들도 재미있어하며 "하하.", "낄낄." 웃느라 난리가 났다.

아령은 얼굴이 확 붉어졌다. 솔직히 아픈 건 아니다. 치욕스럽고 부끄러워 죽을 것만 같았다.

"놓아라, 내려놓으란 말이다!"

그러자 거짓말처럼 바닥에 고이 놓였다. 함부로 던져질 줄 알았던 아령은 오랜만에 땅을 밟으면서 약간 휘청, 했다. 그러나 앗!

"능욕을 당하기 싫으면 도둑질은 말아야지."

목이 허전하다. 놈은 황당한 소릴 하며 스승님이 주신 인장을 손에 쥐고 있었다. 누가 도둑이고 누가 피해자란 말인가!

"이봐, 그건 내 거야!"

팔을 뻗었지만 아이의 물건을 빼앗듯 그대로 사내는 팔을 길게 뻗어 올렸다. 그리고 긴 줄을 가볍게 말아 소매에 넣는다. 재빨리 찾으려 하니 사내는 아령의 머리꼭지를 한 팔로 쿡, 밀어 버렸다.

"무슨 헛소리냐. 이 인장의 주인이 있다면 바로 나다."

"아니, 이 미친놈이? 내 거야, 내놓으라고!"

이런 봉변이 또 없었다. 아령은 뒤늦게 깨달았다. 저들은 경방 오라버니의 호위일 리 없다. 경방 오라버니가 보냈다면 적어도 그녀를 이리 대하진 않을 것이다.

스승님이 주신 귀한 걸 빼앗긴 게 분했지만 어쩔 수 없었다. 더 큰 능욕을 당하거나 목숨까지 잃는 것보단 낫다.

아령은 눈물을 쓱, 훔치며 순간적으로 주위를 둘러보았다. 놈은 목걸이를 넣은 소매에 정신이 팔려 있었고, 수하들은 경계가 흩어져 있었다. 언덕 위론 말들만이 우두커니 주인들을 기다린다. 언덕까지는 겨우 열 장의 거리. 아령은 순간적으로 뛰어올라 수하의 검 하나를 빼앗았다.

"아앗! 네, 네 이년!"

그리고 달렸다.

익비가 무슨 일을 당했는지 알아채기도 전에 사라질 만큼 아주 무서운 속도였다. 등 뒤로 시위에 살을 먹이는 소리가 들렸으나 아령은 개의치 않았다. 나무둥치를 등져 몸을 보호하며 큰길을 향해 냅다 뛰었다.

"잡아라!"

륜은 이를 악물었다. 발이 빠르다더니, 정말로 산짐승보다 더 빨랐다. 결국 아이는 눈 깜짝할 새 다람쥐처럼 언덕을 올라, 바람처럼 말 한 마리 위에 올라탔다. "히히힝!" 우는 말 울음소리. 그리고 다그닥, 다그닥 말발굽의 울림이 저 멀리 사라졌다.

2. 인장 도둑에게 능욕을 당하다

"쏘지 마라!"

륜은 다급히 명했다. 살을 거두며 뒤처졌던 궁수들도 검사들을 따라 뛰기 시작했다. 수하들이 말 위로 올라타며 칼을 뽑아 들었다. 륜도 말에 오르며 다시 강조했다.

"다치게 해서는 안 된다!"

언덕을 오르는 데는 빨랐으나, 어쩐지 아령은 가속을 붙이지 못하고 있었다. 말을 못 타서는 아니다.

어쩐다? 정말로 도둑질을 해 버렸구나.

말은 군과 귀족의 전유물. 말을 훔치는 것은 중죄다. 입술을 깨물며 이미 몸이 벌인 일을 수습하려 드니, 속도는 점점 느려질 수밖에. 말을 돌려주면서도 몸성히 탈출할 방법을 찾아야 했다.

아주 불가능한 건 아니다. 경사가 급한 언덕이나 물가에 다다르면 거리를 벌리며 자취를 감출 수 있다.

그때, 아령의 귀에 다급한 외침이 들렸다.

"쏘지 마라! 다치게 해서는 안 된다!"

쳇, 자기 말은 그리 귀한가?

그러나 뒤늦게 말의 상태를 살핀 아령은 후회로 몸을 떨었다. 아, 내가 미쳤구나!

가장 가까운 말을 집어탄 게 실수였다. 이 얼마나 값비싼 안장인가. 빠르고도 힘찬 움직임, 털은 얼마나 윤기가 반지르르하고.

"휘익!"

갑자기 긴 휘파람 소리가 들렸다. 말이 움찔거린다. 어? 이럴 수가.

분명 옆구리를 걷어찼다. 한번 놀라 뛰기 시작한 말은 이성을 잃게 마련. 지칠 때까지는 질주를 멈추지 못하는 게 본능이다.

"휘이익!"

그러나 이 녀석은 준마를 넘어선 명마였다. 두 번째 휘파람 소리가 들리자, 말은 "히히힝!" 울며 스스로 정신을 차렸다.

"착하지? 가자, 응?"

그러곤 턱 멈춘다. 아령이 달랬지만 말은 시원스럽게 아령을 배신했다. 뒤를 돌아 제 주인을 향해 반갑게 푸르르, 푸르르, 콧김을 뿜어낸다. 하아!

눈 깜짝할 새 수십의 말 탄 자들이 아령을 둥그렇게 포위했다.

"도둑질이 아주 습관이로구나."

말 주인인 기가 차다는 듯 아령을 향해 차갑게 말했다. 이번엔 저도 약이 올랐는지 그 빙글거리는 재수 없는 웃음을 거뒀다. 아령은 한숨을 내쉬었다. 손에 칼을 쥐었으니 싸울 수도 있다. 마침 언덕도 가팔라 보이고. 그러나 이유도 모른 채 목숨을 거는 건 바보짓이다.

"이유나 알자. 내 목걸이는 왜 빼앗아 갔냐? 나는 왜 또 쫓고 있고?"

방자한 말투에 익비의 눈썹이 매섭게 치켜졌다.

"죽으려고 말을 그따위로……."

그러나 륜은 손을 들어 익비를 막았다. 함부로 신분을 드러내지 않는 건 그의 오랜 습관이다.

"인장은 본디 네 것이 아니었을 것이다. 누가 줬든 내가 본래의 주인이다. 그리고 넌 네 주인에게 잡아다 줄 것이다."

"경방 오라버니……. 아니, 가영궁 마마를 말하는 것인가?"

군에서 어느 정도 지위가 있으리란 짐작은 갔지만, 아령은 놈에게 존대하지 않기로 했다. 이따위로 무례한 놈에겐 존대가 아까웠다.

"그래."

륜은 방자하게 말하는 아이를 귀엽게 바라봤다. 여인인 줄은 알겠지만 똘망똘망한 소년 같다. 한껏 골이 나 일부러 반말을 내뱉는 호기라니.

그녀가 당차게 말했다.

"좋다. 항복하지. 대신 나를 안전하게 가영궁 마마께 데려다준다 약속해라. 목걸이의 주인이 누군지는 매은 선생께 시비를 가리자. 그렇게 하겠나?"

"그래. 그 칼을 주인에게 돌려준다면."

륜은 입꼬리를 슬쩍 올리며 고개를 끄덕였다. 아이는 짜증을 내며 말에서 내려서곤 칼을 바닥에 던졌다.

털그럭—

발그레한 뺨에 불만이 잔뜩 서린 초롱초롱한 눈망울. 마치 억지로 말을 듣는 말썽꾸러기 악동 같아 괴롭히고 장난치고 싶은 웃긴 마음이 들었다. 그때였다.

"저언, 하흐흠! 나, 나리께서는 이리 계산을 끝내셨을지 몰라도 나는 아니다!"

익비는 륜의 날카로운 일별에 얼른 호칭을 고치곤 자신의 칼을 주웠다. 얼굴이 화끈 달아올랐다. 호위라는 놈이 어찌 칼을 이리 허망하게 빼앗겼는지. 수하들 앞에서 망신도 이런 망신이 없다. 익비는 이를 악물곤 그녀를 향해 포승줄을 휙, 던졌다.

"이건 내 칼을 훔치고 나리의 말을 훔친 값이다."

아령의 몸통이 갑자기 훅 묶였다. 죄어드는 밧줄의 압력에 아령은 소리를 꽥 질렀다.

"이건 약속과 다르잖아! 안전하게 날 가영궁 마마께 데려다준다며!"

"약속을 지키는 것이다. 이게 가장 안전하지 않겠느냐."

륜은 익비와 아령이 티격태격하는 걸 보며 큭, 웃고 말았다. 분명 밧줄에 묶인 것은 아이고, 포승줄을 쥔 것은 익비이건만. 익비가 금세 아령의 발길질에 공격당하고 있었다. 발이 어찌나 빠른지.

"아얏!" 하며 배를 차인 익비가 허리를 굽힌다. 그 틈을 타 아령은 익비의 엉덩이를 정통으로 콱 걷어찼다. 덕분에 익비는 곰이 재주를 피우듯 데구루루, 바닥을 한 바퀴 구르고 만다.

모두들 자신보다 지위가 높은 익비를 보고 웃지도 못하며 괴로워하는 가운데, "하하하." 시원하게 웃을 수 있던 건 륜 하나뿐이었다.

익비는 울화가 치밀어 저도 모르게 손을 올렸으나, 무섭도록 섬뜩한 륜의 눈빛과 마주쳤다.

'다치게 하지 마라.'

륜의 명은 그에게 하늘과도 같았다. 익비가 할 수 있는 거라곤 포승을 바싹 당기는 것밖에 없다.

"야, 야, 이 곰탱아! 이것 풀지 못할까!"

"이, 이 계집애가!"

덕분에 익비는 묶여 팔을 쓰지 못하는 아령에게 쉬지 않고 걷어차였다. 잔발길질의 위력이 꽤 센지 "아얏, 아얏!" 하며 맞은 곳을 싹싹 비

비다 아령이 제대로 몸을 날리려 자세를 취하자, 기겁을 하며 자신의 말 위로 기어오르듯 피신했다.

"하하하, 하하하, 하하!"

결국, 륜은 실로 오랜만에 배가 아프도록 웃고 말았다.

"소, 송구스럽습니다."

못난 모습을 보인 익비가 부끄러워했다.

"가자!"

륜은 모른 척해 주었다. 수십의 호위들도 한꺼번에 움직이기 시작했다.

묶인 채 걸어오는 아이는 결국 포기했는지 익비를 더 이상 괴롭히지 않았다. 그러나 약이 잔뜩 오른 익비는 걸음을 재게 했다, 느리게 했다 하며 아령을 불편하게 했다. 아령은 말의 뒷발굽에 차이지 않기 위해 애를 써야 했다. 물론 그녀의 입에서 나오는 말이 곱지는 않았다.

"낙마를 하고 싶은 것이냐. 네가 말 등에 올라탔다 하여 마냥 안전할 줄 아느냐!"

어쩌면 이러한 상황에서도 저리 당찰 수 있는지. 호령하는 목소리가 당당하면서도 귀엽다.

륜은 아령이 마음에 들어 버렸다. 평소라면 절대 그럴 일 없는데, 무슨 바람인지 륜은 아령을 휙, 주워 들어 자신의 말 위에 올렸다. 그러곤 포승을 풀어 익비에게 던졌다.

"저, 저언……. 아니, 나, 나리?"

그의 말, 적염(赤炎)에 저 진흙투성이를 태우시다니! 익비가 기겁을 했으나 륜은 고개를 가로로 저었다. 호위들도 여인을 태우는 주군의 행동에 깜짝 놀랐으나 아무도 입을 열지 못했다.

"무, 무슨 짓이냐!"

놀란 아령만이 륜에게 호통쳤다. 그러나 륜은 긴장으로 빳빳하게 굳은 어깨를 알아챘다. 나무라는 대신 아이의 귀에 부드럽게 속삭였다.

"시끄러워 그런다."

"내, 내, 내려놓지 못할까."

아령은 무척 불쾌하고 치욕스러웠다. 륜이 마치 새끼 고양이처럼 자신을 제멋대로 들었다 놨다 하는 것도 그랬고, 무엇보다 안기는 것처럼 등을 사내의 가슴에 맞붙인 게 불편했다. 사내를 이리 가까이한 건 처음.

"안전하게 모시지, 약속대로. 물론 익비의 말발굽에 차이며 걷는 게 소원이라면 그렇게 하고."

사내에게서 향긋한 내음이 났다. 처음 맡아 보는 달착지근하고 좋은 향기. 여인처럼 향낭이라도 찼나?

"그럼 묶지 않고 그냥 데려가면 되잖아."

"그건 안 돼. 널 잡으려고 반나절이나 아주 애를 먹었거든. 도망치고 싶어 안달 난 그따위 얼굴로 무슨 설득인가."

아령은 말문이 막혀 이를 꽉 물었다. 싸워 이길 순 없어도 기회를 봐 이것들을 따돌리고 도망치는 것쯤이야.

뾰로통해진 아령이 먼 곳만 보며 앉아 있자, 륜은 보얀 아령의 목덜미에 시선을 두지 않으려 꽤 애를 써야 했다. 내가 왜 이럴까.

륜은 머리를 흔들며 쓸데없는 생각을 지웠다. 여인을 너무 멀리한 부작용이다. 미치지 않고서야 경방의 첩에게 무슨 생각을. 대신 쥐방울만한 녀석을 흔들며 지루함이나 달래자 싶었다.

"어이, 쥐방울. 이름이 무어냐."

"안 가르쳐 준다."

"하하하."

"왜 웃냐?"

륜은 쥐방울이 따박따박 말대꾸를 하는 게 귀여워 웃음이 자꾸 났다. 쥐방울에게 어울리는 동그랗고 단단한 머리통이 홱 돌아보며 짜증을 부렸다.

"쥐방울 같아서."

이름에 방울 령(鈴)이 든 건 어찌 알았을까. 무서운 녀석.

아령이 그리 생각하는 동안 륜은 송곳니를 드러내며 짝, 째려보는 게 또 귀여워져 작은 머리통을 슥, 앞으로 돌려 주었다.

"내 머리 만지지 마라."

할 수 없었다. 얼굴을 더 보고 있다가는 마음을 빼앗기겠으니. 경방이 무슨 연유로 널 내게 선뵈는지 모르겠지만, 내가 당해 주는 것은 딱 여기까지다.

"너나 앞을 똑바로 봐. 까불다 낙마하면 너만 손해야."

아령도 마음이 좀 이상해졌다. 녀석이 점점 싫지만은 않다. 이름 정도는 가르쳐 주고도 싶지만.

'네 목숨을 노리는 자가 또 나타나면 어쩌느냐.'

나이 열둘에 죽을 뻔했다. 너무 크게 다쳐 기억을 잃었을 정도로. 스승의 당부 때문이 아니더라도 7년 가까이나 갇혀 살다시피 한 고생을 어찌 잊을까.

"결국 이렇게 따라갈 거면서 도망은 왜 친 거야?"

하지만 말 주인은 아령에 대해 궁금한 게 많은 모양이다.

"흥!"

"이리 건강하고 말짱한데 약은 왜 먹고. 어디가 아픈가?"

"그게 왜 궁금한데?"

그래, 그게 왜 궁금할까. 륜은 가슴 가득 피어오르는 아지랑이를 애써 삭였다. 그래도 물어볼 순 있지 않은가.

"약사가 따라오기에."

'그다지 질이 좋지 않은 자다.' 말해 주고 싶었지만 경방의 소관이었다. 륜은 애써 말을 돌렸다.

"어떤 약이든 목적이 있을 텐데, 너무 팔팔하다 싶어서."

쌕쌕 숨을 쉬는 좁은 어깨. 그러나 마음을 단호히 자르고 진짜로 물어야 할 걸 물었다.

"궁금한 건 따로 있지. 가영궁과는 어떤 연으로 이어졌는지."

"치잇. 안 가르쳐 준다."

그걸 끝으로 아령은 입을 꽉 다물었다. 야무진 것이 입은 또 얼마나 무거운지.

그런 아이의 동그란 뒤통수를 보며, 륜도 더 이상 입을 열지 않았다. 미인도 아닌 조그만 것이기에 미인계는 아닌가 싶었다. 그러나 보면 볼수록 눈을 끌며 하는 짓마다 귀여운 것이, 경방이 아까워 죽을 것같이 굴었던 게 이해도 가고.

아령은 아령대로 죽을 맛이었다. 처음엔 자신의 등에 사내의 가슴이 맞닿은 게 신경 쓰였다. 하지만 이런 거 아무것도 아니지, 시커먼 사내들과 몰래나마 대련도 많이 했는데. 마음 다잡으니 또 사내의 목소리가 신경을 어지럽힌다.

'가영궁과는 어떤 연으로 이어졌는지.'

아령은 귀를 벅벅 긁었다. 왜 귀에다 대고 말해, 간지럽게!

계집보다 더 향긋한 내음, 달짝지근한 중저음의 목소리.

돌아보면 눈빛은 매섭도록 날카로운데, 목소리는 또 다디달도록 부드럽다.

"어이, 앞을 보라고."

머리통을 또 슥, 돌려 준다.

"내 머리통 만지지 말라니까!"

"허리나 똑바로 세워."

신경전의 원인은 좁아터진 말안장이었다. 언덕을 오르니, 말이 떠거

덕거릴 때마다 그녀의 엉덩이가 사내의 앞섶과 자꾸만 닿았다. 기실, 가해자는 아령이나 짜증을 내는 것도 아령이다.

"아이, 참!"

"그렇게 꼼지락거리면 서로 더 불편해."

수하들 못 듣게 하려고 또 속닥거린다. 엉덩이는 자꾸만 뒤로 밀려 녀석의 거기랑 닿고. 아령은 허벅지로 말 허리를 꽉 조여 잡았다.

"아, 내 귀에다 대고 말하지 좀 마!"

그때 "히히힝!" 울며 그의 말, 적염이 짜증스레 몸부림을 쳤다. 깜짝 놀라 허벅지에 힘을 뺀 아령은 휘청, 하는 바보짓을 했다.

"조심해!"

그의 굵직한 손이 그녀의 허리를 감았다. 그러곤 곧 치워졌다.

의지할 데 없어진 아령은 말의 갈기를 슬쩍 손가락에 감아쥐었다. 산길을 오르던 말은 또 한 번 등을 튀기며 신경질을 낸다. 휘청, 하는 아령.

허벅지로 조였다고 짜증 내고, 갈기를 쥔다고 싫어하고. 제 주인을 닮아 어쩌나 성질이 나쁜지. 말의 눈치까지 봐야 하다니!

"이 녀석이 다른 사람을 안 태워 봐서 그런다."

륜은 또 모른 체 허리를 잡아 줬다. 차라리 그가 잡는 게 낫다는 암묵적 합의가 어색하게 이루어졌다.

그의 가슴이 등에 새겨진다. 향긋한 체취와 함께 느껴지는 숨소리. 그의 숨결이 뒷목에 닿는다. 자꾸만 신경 쓰이는 엉덩이, 아!

저쪽이 더 조심해 주고 있지만, 그럴수록 더 신경 쓰였다. 좀 뭐라 하니 말도 안 걸어 준다. 말을 않으니 온몸의 감각만 더욱 날카롭게 섰다. 차라리 무슨 말이라도 해야 하나.

아령이 뒤를 홱 돌아보는데, 아앗! 사내와 얼굴이 너무나 가까워졌다. 갑자기 그의 입술이 강렬히 의식되었다. 얼굴은 단정한데 입술만

색정적이다. 가슴이 쿵, 떨어지며 미칠 것같이 날뛴다. 입에 침이 바싹
마른다.

"저, 나도 구, 궁금한 게 있는데."

"뭐가."

사내가 단정히 답했다. 마음이 고까워지는 건 왜일까. 이리 홀로 미
친 생각을 하다니.

그가 눈빛으로 묻는다. 물었으면 말을 해야지. 실은 아무 말이나 막
했었다.

뭐가 궁금해야 하는데. 뭔가 적당한 게 궁금해야 하는데, 아!

"어떻게 단번에 날 찾아낼 수 있었지?"

그는 풋, 웃으며 출렁, 하는 아령을 잡아 주곤 얼른 손을 뗐다. 몸이
최대한 닿지 않도록 근처에 손을 두면서도 필요할 때만 잡아 주는 단
정한 태도.

그 모든 게 좀 멋진데, 마음은 왜 알싸해지는지.

"그림자."

"뭐?"

"그리고 젖은 나뭇잎. 딱 한 바위의 주변만 젖어 있었지. 주변의 마
른 나뭇잎을 끌어다 덮었으니까. 그림자의 모양도 어색했고."

"쳇! 어찌나 눈이 밝으신지."

풀 죽은 아령을 보고 륜은 웃음을 깨물었다.

"숨은 자를 찾을 땐 그것부터 보니까. 도망치거나 숨을 땐 여러 가
지를 고려해야 하지."

"어, 어떤 거?"

무예 실력뿐 아니라 실전 경험까지 갖춘 진짜 무인이구나. 아령은
귀가 쫑긋 섰다. 그가 더 해 줄 말이 진심으로 기대되었다. 그러나.

"나도 안 가르쳐 줘."

장난을 가장한 소심한 복수라니. 아, 진짜! 아령은 그녀답지 않게 매달리게 되었다.

　"내가 마, 말해 주면 너도 가르쳐 주나?"

　"네가 먼저. 나는 널 어떻게 찾았는지 말해 줬다. 가영궁과는 어떤 연으로 이어졌지?"

　"치사하다!"

　"그럼 말아라."

　웃지 않으려는데도 륜은 밤톨같이 똘망똘망한 쥐방울이 너무 우스웠다. 꿈이 호위 무사가 되는 거라더니. 발이 이렇게 빨라질 때까지 수련을 했다면 무예에도 관심이 많겠구나.

　"가, 가영궁 마마가 내 목숨을 구해 주셨다. 열두 살 때. 다쳐서 죽어 가는 날 치료해 주셨지. 됐냐?"

　"그렇군. 왜 다쳤는데?"

　"아니, 이젠 네 차례잖아. 자, 그럼 도망치는 기술에 대해 더 말해 봐."

　귀를 쫑긋 세우며 거래를 해 오는 쥐방울에게 륜은 져 주기로 했다. 경방의 첩. 알아 두어 봤자 아무 필요 없겠지만, 지식에 대한 갈망은 존중했다.

　"글쎄? 소리, 냄새, 빛 같은 감각으로 느낄 수 있는 모든 것들."

　"그, 그걸 다? 어떻게?"

　"소리를 죽이는 건 기본이고. 체취를 없앨 길은 없으니 바람을 타야지. 보통은 추적할 때 개를 푸니까 역풍을 타고 움직이는 게 유리해. 또 빛은 밤에 더 조심해야 하지."

　아령은 륜의 목소리에 귀를 기울였고, 륜은 아령의 가느다란 목덜미에 시선을 꽂고 말았다. 목의 솜털이 참 보송보송한 게 귀엽다.

　"아, 그렇지. 그럼 밤엔 횃불의 위치부터 읽어야겠구나?"

무얼 설명해 줄 때마다 돌아보며 되묻는 물음이 날카로웠다. 아깐 하마터면 입을 맞출 뻔했던, 저 입술도 참 예쁘다.

"그래. 횃불을 드리우는 순간, 네 그림자가 널 발각되게 할 거다. 그러니까……."

경청하며 쫑긋 세우는 모양 좋은 귀도. 그의 호위 중 누구라도, 익비조차 그의 말을 이렇게 흥미롭게 듣진 않았다.

"또! 또 얘기해 줘."

"글쎄, 또 뭘 얘기해 줘야 하나. 아, 반면 쫓거나 찾는 기술은 반대야. 예를 들면……."

매은이 이렇게 자신의 무예를 털렸겠군. 아령의 동그란 뒤통수를 바라보는 륜의 눈이 따스해졌다. 이젠 헤어질 시간. 백운궁이 코앞까지 성큼 가까워졌다.

"꼬…… 꼴이 이게 무어야. 얼굴을…… 얼굴을 다쳤느냐!"

"별것 아닙니다. 진흙을 좀 묻혔습니다."

말라붙어 떨어지는 흙을 손으로 쓱 훑으며 배시시 웃어 보였다.

"몸은, 몸은 무사한 것이니? 어디 상한 데는 없느냐!"

"아주 말짱해요. 소, 송구합니다."

아령은 고개를 숙이며 반성했다. 행여 7년 전처럼 어디라도 크게 상하지 않았을까 걱정부터 하는 경방 오라버니를 보니 그제야 잘못했단 생각이 든다.

이별을 하더라도 제대로 해야 했다. 그럼에도 도망친 건 절대로 놓아주시지 않을 것 같아서였지만.

"대체 어딜 가려 했느냐. 네가 금성에 나 말고 갈 데가 또 어딨다고? 홀로 노숙이라도 하려 했느냐, 위험하게!"

이렇게. 야단이 쏟아졌다.

"잘못하였습니다, 오라버니."

더 크게 혼나도 할 말 없었다. 그러나 옆에서 무심히 구경하는 륜을 보니 부아가 치민다.

함께 말을 타며 등 뒤에 있을 때도 그랬지만, 방 안에서 마주 보니 훨씬 더 신경 쓰인다. 훤칠한 키와 너른 어깨, 건장한 체격도 그랬지만, 그보다 더 짙은 기로 넓은 스승의 방을 홀로 꽉 채운다.

손등이며 팔, 드러난 피부 여기저기엔 옅어진 상처들이 훈장처럼 남아 있다. 숨소리조차 없이 가만히 있는데도 결코 무시가 안 되는 강렬한 존재감. 그러나 이리 가까이서 제대로 마주하니 이목구비가 새삼 잘생겼다. 고아하게 글이나 읽는 선비 같기도.

땀이 식을 만도 한데, 왜 몸이 계속 더울까.

그가 반들반들한 눈으로 보고 있단 자체가 심히 부끄러웠다. 경방 오라버니와 함께 있는 아령을, 그는 노골적으로 관찰하고 있었다. 문득 말 위에서 더운 눈을 마주치던 순간이 기억났다.

홀로 이리 심장이 뛰다니. 쑥스럽고 창피했다. 짜증도 났다.

오라버니께 꾸지람을 듣는 것뿐인데, 짓지도 않은 죄를 지은 기분은 왜일까.

그때, 그가 갑자기 몸을 일으켰다. 아령은 저도 모르게 그의 팔을 확, 잡았다.

"가, 가지 마라. 내 목걸이를 가……지고."

여태 해 온 반말지거리는 또 왜 이리 어색해지는지. 마음이 오그라들었지만 애써 할 말을 했다.

"스, 스승님께 시비를 가리자고 했지…… 않나."

설마, 잠깐 얼어붙었던 경방은 기함을 했다.

"그, 그만하거라! 어찌 그리 무례하게······."

경방 오라버니조차 이러시다니. 아령은 좀 억울해져 종알종알 이르기 시작했다.

"이자······ 이자가 처음부터 잘못을 했습니다. 공중에서 멱살을 잡아 흔들고, 스승님이 주신 목걸이를 다짜고짜 빼앗았습니다."

그래, 생각해 보니 참으로 억울했다. 그녀는 이자 때문에 얼마나 위험할 뻔했는가.

"도망치니 절 화살로 쏘려 하고, 자기 말에 올라타 도망가니 그제야 자기 말은 다치게 하지 말라 명하고. 무례한 것은 이자입니다. 무슨 호위가 이리 무례합니까."

다다다, 빠르게 이르긴 했는데, 어째 경방 오라버니가 이상하다. 경방은 기함을 하며 아령을 억지로 예를 갖추게 했다.

"아잇, 오, 오라버······?"

뭔가 이상하다 싶었는데 함께 고개를 조아리는 경방을 보곤 아령도 화들짝 놀라 같이 고개를 수그렸다.

"아이가 물정 몰라 저지른 일이니 용서하십시오!"

륜은 쓴웃음을 삼켰다. 이럴까 봐 얼른 자리를 뜨려 했건만.

아령의 방자함에 기함한 경방이 륜의 신분을 밝히려 할 때마다 륜은 한 번, 두 번, 고개를 저어 말렸다. 그러나 경방은 결국 참지 못했다.

"진왕 전하시다! 어서 용서를 빌어라."

"누, 누구요?"

아, 이게 무슨 소리인가. 그 말로만 듣던!

얼결에 고개를 들어 그의 눈을 바라보니 반들반들한 시선과 딱 마주친다. 가슴이 저릿해 고개를 수그렸다. 그제야 쪽 끼치는 소름.

"요, 용서······ 용서하십시오."

뭘 잘못했는지는 잘 모르겠지만, 어쨌든 죄가 아주 크다는 건 알겠다.

"일어나라."

그가 특유의 낮은 목소리로 명했다. 반사적으로 냉큼 일어나긴 했는데 어디다 몸을 둬야 할지 몰랐다. 아주 다행스럽게도 경방 오라버니가 명했다.

"얼굴 씻고, 옷 갈아입고 와서 제대로 인사드리거라. 빨리!"

"예? 예⋯⋯." 하고 나서는데 경방 오라버니가 몇 걸음 따라나서며 속삭였다.

"제대로 갖춰 입거라. 내 낯이 있으니."

제자리에서도 팔딱팔딱 아령은 어쩔 줄 몰랐다. 전쟁에 연승하시고, 나라를 구하신 그 진왕, 그 진왕이 맞으신지. 내 귀가 틀리지 않았지? 그분을 얼마나 존경하며 그렸던가. 가슴이 벌렁거렸다.

뒤늦게 오늘 일이 주마등처럼 스친다. 내가 미쳐!

그런데 이야기 속 진왕과 진짜 그는 다른 것 같다. 그는 정말 무례했었다⋯⋯고 생각한 건 신분을 몰라 그런 거고. 그가 굳이 밝히지 않았으니, 어쩔 수 없지 않나. 그리 생각하니 또 딱히 잘못한 건 없는 것도 같고.

하긴, 경방 오라버니가 황자였단 걸 알았을 때도 얼마나 깜짝 놀랐던가. 오라버니와 이리 격 없이 지내는 것도 너무나 익숙해진 후에야 오라버니가 신분을 들켜서이다.

'마마라니, 그러지 마라. 섭섭하여 마음이 다 아프다.'

문득 푸른 비단 보자기를 바라보니 한숨이 나왔다. 이걸 받는다는 건 첩이 되겠다는 뜻. 그에게 인사를 한다는 것은⋯⋯. 아, 그도 황자이니 형님께 첩을 인사시키는 자리일 것이다. 잠깐이나마 설렌 자신이 바보 같다. 언감생심!

칼을 맞고 사경을 헤매다 깨어난 게 생의 첫 기억. 상처가 다 낫는

데는 1년여가 걸렸다. 너무도 크게 다쳤기에 살아난 자체가 기적이라, 자리를 털고 일어났을 땐 옛 기억이 없어진 게 오히려 어색하지 않았다.

경방은 아령을 살리기 위해 모든 정성을 쏟았다. 그것은 분명히 그에게 입은 은혜며 빚이다. 그렇더라도 그의 첩이 되는 건 여전히 내키지 않는다. 이기적인 계집이라 욕해도 할 수 없다.

평생 일을 해 돈으로 갚으라면 그리하겠다. 차라리 그의 노비가 되어 그를 모신다면 그도 괜찮다. 그러나 오라버니와 밤을 지내고 그의 아이를 낳는다는 건 왠지 싫었다. 그럼에도 고맙고 고마워 결코 무시할 수 없는 사람.

매듭만 만지작거리던 아령은 결국 비단 보자기를 풀지 않았다. 대신 단벌뿐인 자신의 유군(치마저고리)을 꺼냈다. 면포로 지었지만 오라버니의 체면을 깎지 않기 위해 단정히 입었다. 경방의 비단 보화를 받진 못하지만, 그를 위해 얼굴을 닦고 머리를 빗어 올렸다.

그럼에도 문득, 낮의 그 사내가 마음을 울린다. 그가 그저 호위 무사였으면 얼마나 좋았을까. 빨리 알게 된 게 그나마 다행이랄까.

거울 속엔 깨끗하나 초라해 뵈는 여인이 비친다. 조금이라도 치장을 하고 싶은 건 무슨 미련인지. 아령은 밤새 핀 창밖의 모란꽃에 손을 뻗었다.

그 시각, 아령을 치운 경방은 기겁하며 예를 취했다.

"아이의 무례를 용서하십시오."

"꽤나 아끼는구나."

"적염을 훔친 중죄를 저질렀는데도, 무사히 돌려보내 주셔서 감사합니다."

"그래."

륜은 기묘한 배신감을 눌러 삼켰다. 경방 앞에서는 놀랄 만큼 고분고분한 그녀를 보니 기가 찼다. 그 순종은 '연모'에서 나오는 것이라 했던가. 저를 활로 쏘고 말만 다치게 하지 말라 명했다던가. 활은 한 발도 안 쐈다. 저가 다칠까 적염을 타고 달아나는 것도 그냥 놓아둔 것을!

"나는 명가의 인장을 찾았으니 그걸로 되었다."

그러나 무슨 변명이 필요할까. 경방의 첩인 것을.

목숨이 경각에 달려도 당당한 담대함, 빠르고 날랜 몸, 귀여웠던 뒤통수, 슬쩍 웃을 때만 볼 수 있던 예쁜 입술과 새하얀 이. 버르장머리 없는 도도함 속에도 반짝이던 눈.

'또! 또 얘기해 줘.'

어쩌자고.

세상을 초월한 듯 무심한 비소가 그의 입가에 다시 자리 잡았다. 륜은 말없이 붓을 든 채 글을 적어 내려갔다. 힘차고 호방한 필체에서 글자가 살아 꿈틀거리듯 일어난다. 고개를 돌려 준 척 외면하던 경방은 힐끔힐끔했지만, 서신은 곧 깔끔하게 접힌 채 주인에게 남겨졌다.

그리고 륜은 가뿐히 몸을 일으켰다. 경방은 왠지 좀 다급해졌다.

"이대로 가십니까. 오신 김에 좀 머물다 매은을 만나시지요."

"더 지체할 순 없겠구나. 그와의 계산은 차차 하겠다."

서둘러 채비를 시키니 경방도 덩달아 서두른다.

"그럼 저도 함께 나서겠습니다."

"귀찮구나. 나중에 찬찬히 오거라."

둘이 콩닥거리며 뒤따르는 꼴은 보기 싫다.

"저는 호위가 없는 것을요."

"날랜 놈으로 몇 남겨 놓으마."

눈에서 치우면 그만.

"아이의 사과와 인사는 받으셔야지요. 곧 옵니다."

"되었다."

그래, 그냥 더 이상 만나기 싫었다. 자고 일어나면 잊힐 일이다.

곧이어, 장지문이 여닫히며 가림막 뒤에서 아령이 몸을 드러냈다.

반가움에 뒤돌아본 경방의 표정이 어색하다. 정갈하게 땋아 내린 처녀의 머리는 그렇더라도 무명 단유와 장삼 차림. 저래선 아니 되는 것을!

경방이 입술을 짓씹을 때 속 모르는 아령은 그를 향해 방긋 웃으며 다가왔다.

"너무나 귀한 것이라 받을 수 없었습니다. 송구합니다."

"너는 어찌 이따위!"

경방이 날카롭게 역정을 냈다.

"예? 저, 그것이……."

이러시는 건 처음 보아 잠깐 말문이 막혔다. 진왕 전하 앞에서 체면을 깎아 그럴까.

아령은 무심결에 륜을 바라보았다. 그는 좀 전부터 그녀를 지나치게 빤히 쳐다봤다. 어찌 저런 눈으로!

그가 미간을 잔뜩 찌푸렸다. 저도 모르게 함께 찌푸리는데 그의 미간이 탁, 펴졌다. 그리고 순식간에 무시무시한 표정으로 돌변했다.

빨려 들 듯 강렬한 시선이 그녀를 단숨에 집어삼켰다. 몇 시진을 함께했는데도 마치 처음 만난 것 같다. 이곳에 있으나 이곳에 있지 않은 듯, 그는 그녀 너머의 다른 사람을 바라보는 것 같았다. 발가벗길 것처럼 쏘아보는 저 무서운 시선!

오금이 저려 온다. 온 방 안이 화염처럼 광포한 기운에 휩싸인다. 처음으로, 그가 참으로 무서운 자란 걸 깨달았다.

동시에 륜이 성큼성큼 다가들었다. 위험했다, 칭얼거린 아까완 달랐다. 진짜로 사냥감이 된 기분. 아령은 한 입 거리도 못 되는 들쥐처럼 바싹 오그라들었다. 표범이 먹잇감을 채듯 그는 눈 깜짝할 새 한 손으로 아령을 낚아챘다. 공중에 힘없이 대롱대롱 매달렸다.

쏘아 죽일 것 같은 무서운 눈빛이 아령의 온 얼굴을 샅샅이 핥아 내린다. 눈도 코도 입도 그 무서운 시선에 녹아내릴 것만 같다. 숨조차 쉴 수 없었다.

'왜 그리 보십니까.'

칼날로 목을 겨눴대도 물을 용기가 있었다. 그러나 칼보다 더 두려운 눈빛. 가슴이 오그라들어 입술조차 달싹이지 못했다.

그때 그가 큭, 하고 입꼬리를 올리며 비웃었다. 아령은 "흐흡!" 참았던 숨을 몰아쉬었다. 그가 갑자기 팔을 번쩍 들었다. 그러곤 순식간에 훅, 들어오는 두툼한 손.

강하고도 억센 그 손은 망설임 없이 옷고름을 툭, 푼다.

"아악!"

아령은 비명을 질렀다.

3. 나는 누구인가

　젖무덤을 헤치는 손에 자비란 없었다. 아령은 사력을 다해 앞섶을 지켰다. 그러나 보잘것없는 힘으론 그 무자비한 손아귀를 뿌리칠 수 없었다.

　"꺄흑! 하아⋯⋯."

　그의 손가락을 잡아 뜯었다. 그의 손목 양계혈을 온 힘으로 내리찍었다. 하지만 옷은 벌써 반 이상 벗겨졌다.

　부러져라 세게 이를 박아 넣었다. 가죽을 베어 낼 기세로 꽉 물어뜯었다. 질긴 거죽이 이리의 그것보다 단단하다.

　손아귀가 퍼지긴커녕 그는 껍질을 벗기듯 아령을 훑어 냈다. 비명조차 지를 틈 없이 그의 정강이에 발길질을 해 댔다.

　'투둑, 투둑!'

　풀기 없는 무명 단유가 종잇장처럼 뜯겨 나간다.

　"무슨 짓이십니까!"

깜짝 놀란 경방이 날랜 솔개처럼 달려왔다. 그러나 그가 제대로 탁, 가슴을 밀어 치는 순간 저 멀리 죽 밀려난다. 진왕은 아령의 손에 든 나머지를 잡아 뜯기 시작했다. 기어이 보얗게 드러나는 젖무덤. 너무나 다급해져 너덜거리는 어깨 천을 끌어와 앞을 가렸다.

'투투툭!'

그의 손은 힘없이 뜯긴 나머지를 훑어 내고 있었다.

"정신 차리십시오!"

경방은 오뚝이처럼 몸을 가누며 다시 달려들었다. 밀쳐 내는 륜과 몇 초식을 겨루다, 결국 감히 그의 멱살을 잡아 쥐었다.

"제 아이입니다!"

일순, 륜이 멈칫했다.

그 틈에 경방의 너른 장포 자락이 아령의 알몸을 그러안듯 감쌌다. 두 사내의 시선이 칼처럼 맞부딪친다.

아령은 홀린 것처럼 진왕을 바라보았다. 그의 눈엔 아무것도 담겨 있지 않았으나, 또 그녀만을 가득 담고 있었다. 가슴 저릿하도록 번뜩이는 눈, 그의 호흡이 들썩들썩 거칠어지며 눈에선 뜨거운 눈물이 차오르기 시작했다.

"겁탈이라도 하시렵니까."

그는 아이처럼 형편없이 울고 있었다. 가슴이 찢어질 만큼 아픈 얼굴로 그는 아령을 놓지도, 더 벗기지도 못한 채 덜덜 떨며 옷자락을 거머쥐고만 있었다. 경방은 미친 것처럼 그에게 악을 썼다.

"시비를 불러 자리를 펼까요? 전하가 **빼앗으**신다면 저는 **빼앗길**밖에요. 홀딱 벗겨 바치오리까!"

경방의 절규에 아귀힘이 약해지는 걸 느꼈다. 아령은 칼을 맞은 것처럼 가슴이 예리하게 찔리는 것 같았다. 그렇더라도 륜의 견정혈을 짚으며 손등에 이를 박아 넣었다. 이따위 공격에 손아귀를 펴 줄 리 없더라도 그를 물어뜯는 데만 집중했다.

'콰쾅!'

그러나 손바닥은 너무나 쉬이 펴졌다. 바닥에 내동댕이쳐진 아령은 습관적으로 한 바퀴 굴러 착지했다. 그러곤 그를 바라보았다. 그는 여전히 울고 있었다.

"후후, 하하하하!"

미치광이같이 광포한 웃음이 기괴하게 퍼졌다. 눈물이 턱으로 흘러 바닥에 떨어지는데도, 그는 여전히 웃고 있었다. 홀로 우뚝 선 그가 온 방을 아니, 온 세상을 차지했다. 그를 온몸으로 바라보는 아령의 몸뚱이도 광기로 물들어 가기 시작했다.

폭발할 것 같은 분노, 세상을 집어삼킬 듯한 울화. 그를 붙들고 함께 통곡하고 싶은 이 미친 마음은 무엇인가.

아령의 심장도 미친 것처럼 날뛰었다. 아령의 폭발은 이제 시작되었다. 온몸이 들끓는 열기로 가득 찼다. 끓어오르며 폭주하는 이 미친 감정은 왜인가!

쿵쿵쿵쿵 울리는 심장을 어쩌지 못할 것 같은데, 그러나 그는 그 비웃음을 끝으로 우뚝 그쳤다.

남은 것은 오싹하도록 서늘한 공기. 노여운 륜의 눈빛이 경방을 향했다.

"네 아이? 하!"

"……."

숨만 쌕쌕 쉬는 경방은 뺨을 씰룩거리며 답을 하지 못했다. 륜의 얼굴에 비릿한 비소가 다시 자리 잡은 것은 경방의 눈빛을 확인한 뒤였다.

"한 번 더 이런 장난을 쳤다간 그대로 부숴 놓을 것이다."

그러곤 그대로 방을 나섰다. 콰쾅! 닫히지 못한 문이 부서질 듯 튕겨졌다.

아령은 갑작스러운 현기증에 휘청거렸다. 입에선 실소가 흐르고, 가슴은 아직도 쿵쾅댄다. 정신이 조금 차려졌을 땐 자신도 형편없이 울고 있었다는 걸 깨달았다.

이것은 무엇인가.

어느새 오한이 들기 시작했다. 턱이 덜덜 떨리며 이가 딱딱 맞부딪친다.

경방은 넋이 반쯤 나간 아령 앞에서 얼른 자신의 장포를 벗었다. 그러곤 어린 새처럼 조심조심 온몸으로 감싸 안았다.

그러나 그의 눈과 입가엔 웃음기가 슬쩍 감돈다. 선한 눈매엔 깊은 안도감이, 붉은 입가엔 만족스러운 미소가 그려졌다.

첫 고비는 잘 넘긴 것인가!

비소가 가신 그의 입가엔 가벼운 한숨이 새어 나왔다. 열린 문틈 사이로 무심한 바람 한 점이 살랑, 불어 들어왔다.

"또 열병이 오려나 보다."

갈아입은 옷이 다시 젖기 시작했다. 그 일이 있자마자 경방은 약사, 박지에게 탕약을 달여 오라 명했다. 아령은 오한에 식은땀을 흘리면서도 얼른 집어 들지 않았다.

"얼른 드셔야 가라앉습니다."

실처럼 가는 눈, 그만큼 작은 코와 입. 마르고 키가 작은 박지는 여인 같은 체구였다.

아령은 적갈색 액체를 보며 진저리 쳤다. 저 썩은 내는 잊으려야 잊을 수 없다.

"그것입니까."

열셋이 되던 해까지 근 1년간 아령은 살기 위해 매일 저걸 먹었다.

이젠 한 달에 한 번, 그믐 때마다 보신을 위해 먹는 게 전부지만.

"왜 어린애처럼 약 투정이니."

박지는 무릎을 꿇은 채 끈기 있게 기다렸으나, 평소와 다른 아령의 기분에 경방은 나가란 눈짓을 했다.

"그래도……."

"내가 먹이마."

경방이 재차 명하자, 박지는 못마땅한 표정으로 나섰다. 좁은 방 안엔 오롯이 둘만 남았다. 새삼 불편하다.

"다 나았는데 약은 왜 계속 먹습니까."

여태는 별생각 없었지만 생각해 보니 그랬다.

'어떤 약이든 목적이 있을 텐데, 너무 팔팔하다 싶어서.'

저도 모르게 또 떠올라 버린 그. 그만 생각하면 이상하게 들끓는 감정으로 열이 오른다. 그런 짓을 당했다는 억울함보다 더 큰 울분이 치솟고, 그러면서도 그가 울던 것처럼 가슴이 먹먹하다.

아령은 진왕의 얼굴을 애써 지웠다. 일단 진정부터 해야 했다. 그래도 저건…….

혀를 칼로 도려내는 진저리 나는 맛도 맛이지만, 종종 기분 나쁜 환각을 본다.

"말했지 않느냐. 이렇게 옛 검독(劍毒)이 올라오지 않게 하려면 보신을 위해 달에 한 번은 먹어 둬야 한다고."

"내도록 괜찮지 않았습니까."

"이리 다시 아프지 않으냐."

할 말은 없어도 오늘은 정말로 먹기가 싫었다. 그때였다.

"저, 마마. 당과를 좀 내왔습니다."

시비가 들어오며 경방의 주의가 잠깐 흐트러졌다. 아령은 충동적으로 탕약을 반 이상 앞의 먹물 통에 쏟아 버렸다. 그러나 눈들을 다 속이진 못해 조금은 마셔야 했다.

"그래, 옳지. 잘했다."

"오라버니야말로 절 어린애처럼 대하십니다."

결국 그 끔찍한 맛에 진저리를 치자, 경방은 아이를 칭찬하듯 웃으며 당과를 내밀었다. 아령은 고개를 저었다. 가슴 아픈 듯 억지로 웃는 그 표정에 마음이 좋지 않다. 오라버니께선 이리 나만을 위해 주시는 것을.

"이젠, 설명해 주십시오."

약을 먹으면 설명해 주마 하셨다. 진정 효과도 있는 약이니.

"진왕께선 제 얼굴을 왜 그리 보시며, 제 옷은 왜 찢었으며! 인장 목걸이는 왜 그리 가져가셨는지요."

또 격랑 치는 감정을 억눌렀다. 어제까지도, 아니 오늘 아침까지만 해도 먼 이야기 속 주인공이던 진왕에게 이런 일들을 겪었다는 게 믿기지 않는다.

경방은 크게 숨을 들이마셨다. 꽃창살 너머로 우르륵거리는 물총새 소리가 넘어왔다. 아령은 물러섬 없이 끈질기게 기다렸다. 한참 뜸을 들이다, 그는 마지못해 입을 열었다.

"그 인장은 죽은 명귀춘이란 사람의 유품이다. 마적에 의해 일가가 도륙되었지."

명귀춘은 관리들을 감찰하는 어사대의 부수장이었단다. 수십의 검교들을 부리던 높은 벼슬을 하던 이가 여러 수하, 일족들과 함께 어느 날 몰살되었단다.

"금성 밖 유수(柳樹)원이란 곳에서였다. 몸이 약한 부인을 요양시키려 만든 그의 별저였지. 수하들을 불러 연회를 베풀던 날이었다. 집안 노비들까지 모두 취해 흥겹게 노는 가운데 마적 떼가 나타났단다. 일가가 그대로 도륙되었지."

살아남은 사람이 없단다. 그 넓은 원림이 모조리 불타는 냄새가 금성까지 전해질 정도였단다. 잠자코 듣던 아령은 결국 참지 못하고 말을 끊었다.

"말이 됩니까. 그리 큰 벼슬을 하던 사람의 일가가 그리 허망하게 도륙되다니요. 수하 검교들도, 아니 노비들만도 수십, 수백이었을 텐데 어떤 간 큰 마적이 그런 짓을 합니까. 나라님은 가만히 있었답니까."

경방은 작게 실소했다. 그러곤 비밀을 실토하듯 말을 계속했다.

"후후. 난 네가 조금 덜 영리했으면 싶다. 칼이나 말이나, 어떻게 그렇게 항상 허점부터 그대로 찌르니. 실은 배후에 진왕이 있다는 소문이 있다. 그땐 그도 작위를 받기 전이었으니 그저 황자였지."

탕약의 기운이 온몸을 지그시 눌렀다. 궁금한 건 따로 있는데 명귀춘이란 남 얘기를 잠자코 이리 듣고 있는 것도, 몸을 차분히 누르는 약기운 탓이다. 물어야 할 게 너무 많으니 무엇부터 물어야 좋을지 몰라 어지러웠다.

"그럼 진왕께선 그의 인장을 왜 가져가셨습니까."

"글쎄. 그 이유는 나도 모른다. 그러나 명귀춘은 진왕의 스승이었고, 장차 장인이 될 사람이었다. 그의 딸과는 아주 어려서부터 혼약을 했었고. 또한 매은의 친우였지."

그래, 스승께선 친우의 유품이라며 잘 보관해 달라셨다. 그러나 정작 헤어질 땐 날더러 가지고 있으라 하지 않으셨나. 하지만 그따위 인장 이야기는 중요하지 않았다.

"그런데 왜 제 옷을 찢……. 그런 짓은 왜 한 겁니까."

다시금 엉망으로 흐트러지려는 감정이 둔탁하게 올랐다 가라앉았다. 약 기운이 짙어진다. 경방은 각오를 다지며 눈빛을 굳혔다.

"실은 나도, 매은도 네가 명귀춘의 외동, 명아령이 아닐까 생각하고 있단다. 비슷한 때 칼을 맞았고, 이름과 나이가 열둘인 것도 같으니."

"예? 제가 명귀춘의 외동딸이라고요? 그걸 왜 여태 제게 말해 주지 않으신 겁니까."

스승께 과거에 대해 물으면 가영궁이 데려왔으니 난 모른다, 하시고. 경방 오라버니 또한 길에서 죽어 가는 걸 주워 왔다며 아무것도 모른다고만 하셨다. 당시 나이가 열둘이고 이름이 아령이란 것은, 그녀 스스로가 그리 말했다고 했다.

그러나 아령에게 생의 첫 기억은 견딜 수 없는 통증, 진저리 나는 탕약, 그리고 생사를 넘나드는 열병의 긴 기억뿐이다.

흉작이 들면 거리를 떠도는 유민은 수십만에 달한다. 늘 길을 떠도는 거지 떼, 구걸을 위해 도관으로 밀려드는 병든 무리들. 십중팔구 죽었을 것이고, 살았더라도 그들 중 하나가 되었을 거였다. 아령은 그리 되지 않도록 붙들어 준 경방과 스승께 깊이 감사했었다.

"확실치 않으니까. 실은, 명귀춘과 그의 처 양 씨, 그리고 외동인 명아령까지 유수원을 수습할 때 모두 시신이 발견되었다."

"그럼 제가 어찌 명아령이라는 말씀인가요?"

"생김새나 정황이 모두 그러하니까. 나도 예전엔 먼발치서 얼핏 몇 차례 본 정도가 다인지라. 그렇다고 드러내 놓고 널 잘 아는 사람을 찾긴 싫었다. 진왕이 저리 나오는 걸 보았지 않니."

세상이 휘청거렸다. 눈을 뜨려는데 더 이상 그럴 수가 없었다. 맥을 못 추는 아령을 안쓰럽게 바라보는 경방의 목소리가 더욱 다정해졌다.

"일족이 멸하였는데, 명아령이 살아 있단 말이 돌면 네가 무사하겠니. 나와 매은은 널 숨겨 키우는 것밖엔 도리가 없었단다. 난 널 보호하기 위해 첩으로 들이려는 것이다."

도대체 왜 벌써 이리! 아령은 몰래 제 허벅지를 꼬집으며 정신을 차리려 애썼다.

물을 것이 너무 많았다. 배후에 진왕이 있다는 게 뭔지. 말대로 그가 마적을 사주한 건지. 왜 장인 될 명귀춘과 혼약자 명아령을, 아니 그 일가를 모두 멸절시킨 건지.

인장은 왜 빼앗아 갔는지. 죽이려 했다면서 왜 그리 자신을 아프게 바라봤는지.

통곡을 하고 싶은데 울 수가 없었다. 너무나 가슴이 메어 와 엉엉 울고 싶은데도 정신이 흐려지며 아득해졌다. 그러나 눈에선 눈물이 주르르 흐른다.

"그러니 금성에 같이 가자, 응?"

경방 오라버니가 다정하게 졸랐다. 아령은 답했다.

"금성에는…… 꼭……."

꼭 가야 했다. 의지할 곳은 가영궁뿐인데. 그렇더라도 오라버니의 첩은 싫은데.

아령은 까무룩 잠에 빠졌다.

환각인가 그저 꿈인가.

우레가 치는 것처럼 요란하게 땅이 운다. 이것은 수백의 말발굽이 함께 달리는 소리라는 걸 이젠 안다.

'터엉!'

둔탁한 통증이 어깨로 떨어졌다. 서걱, 칼날이 빠진다. 격렬한 아픔은 이제부터였다.

"아아아아아악!"

그였다. 그가 있었다. 눈앞에 검은 무복을 입은 륜이 자신을 꽉 껴안고 "령아!" 외치며 애타게 불렀다.

"왜, 왜! 어째서 이런 짓을 한 것이냐!"

이리 못되게 책망하는데. 이렇게 나쁜 사람인데. 그럼에도 이리 서

57

러운 것은 무엇인가. 아령은 그 그리운 얼굴에 손을 뻗었다. 볕에 그을리지 않은 그는 좀 더 앳되고 여렸다.

그러나 여전히 잘생기셨다. 고르게 난 진한 눈썹, 사내답게 우뚝한 코, 무심하게 다물어져 있으나 입꼬리를 슬며시 올릴 땐 색정적인 입술. 번들거리는 특유의 눈빛을 연모하였으나 그는 늘 독설을 퍼부었다.

너무나 아파서 세상이 다 사라진 것 같았다. 그리고 너무나 좋아서 내가 죽어 없어져도 좋다 싶었다.

그가, 이 순간만은 한없이 따스하고도 부드럽다. 눈물조차 주체하지 못한 채 걱정과 분노로 격랑 친다.

"저는 괜찮…… 하아악!"

견딜 수 없는 고통에 신음성이 났다. 꼭 죽음의 순간 같았다.

"말하지 마! 말하지 마라, 기운 빠져. 가만히 있어, 응?"

온몸이 찢기는 것처럼 아팠다. 아기 새처럼 파들파들 떨면서도 뭐가 그리 급한지 바삐 입술을 놀렸다.

"어서 빠져나가십시오! 저희는 어차피 다 틀렸습……."

등을 떠밀어 빨리 가라 보내는 마음이 옹졸했다. 그가 어서 달아났으면, 그라도 살아 주었으면 하는 마음과 찰나라도 함께 있고 싶은 이기심이 들끓었다. 그의 발목을 붙들어 함께 죽음의 구렁텅이로 끌어들이고 싶은 마음과 그만은 살았으면 싶은 마음이 엇갈렸다. 두려우면서도 다급했다. 그녀가 살 기회는 어차피 없었다.

"안 된다! 업혀라."

그러나 그는 단호했다. '텅!' 하는 쇳소리와 함께 요란한 검광이 번쩍였다. 사내들의 거침없는 함성과 사람들의 비명이 머리가 터져 나갈 듯 거세게 울려 댔다.

붉은 물결이다. 한 떼를 다 죽였는데도 다른 떼가 또 몰려오고 있었다.

"빨리 가라……니까."

"싫다!"

진작부터 틀렸다는 걸 알았다. 반가움은 아주 잠깐이었다. 군사를 데려오라 했더니, 겨우 수십의 호위를 데리고 들어왔다. 기가 차고 어이가 없었다. 붉은 물결은 저리 끝도 없이 밀려드는 것을!

륜은 그녀를 억지로 들쳐 업었다. 저를 장난감처럼 손쉽게 휙, 들어 올리는 그가 미웠다. 그의 너른 등은 따스하고도 듬직하다. 그만큼 원망스럽고 미웠다.

"도대체 여긴 왜…… 오셨습니까. 죽으러 오셨습니까!"

산 사람이 하나씩 시체가 되어 가고 있었다. 붉은 물결이 지나간 자리엔 죽어 넘어진 핏덩어리들만 남았다. 목숨이 붙어 아직 죽지 못한 자들의 비명이 울려 퍼졌다.

"그래."

붉은 물결은 한차례 더 몰려왔다. 저 칼을 들고 적포(赤袍)를 입은 자들이 떼로 몰려오면 다시 피바다가 된다.

"싫다고! 놓으라고!"

아령은 다급히 그를 잡아 흔들었으나 적포를 입은 자 하나가 칼을 죽 뻗어 왔다. 그는 텅, 하고 간신히 맞받았다.

그 기이한 칼끝을 보곤 아령은 몸서리쳤다. 저걸 맞으면 얼마나 아픈지 방금 배웠다.

륜이 한 팔로 아령을 잡으며 한 팔로 놈들을 상대했다. 더 이상 말을 걸 틈은 없었다. 그에게 폐가 되지 않도록 다급히 양팔로 매달렸다. 그러나 왼 어깨의 격통. 힘이 들어가지 않는다.

휙, 뻗어 드는 놈의 칼! 가슴이 오그라든다. 륜이 맞는 것이 저가 맞는 것보다 더 두려웠다.

"부부는 편이 되는 것이라 하지 않았느냐."

그가 숨을 헉헉, 몰아쉬면서도 유언처럼 담담히 말했다.

"혼인은 못 할 것 같습⋯⋯니다."

"그래, 그럼 같이 죽자."

텅, 치이익! 하며 쇠들이 부딪쳐 얽히는 소리가 영겁처럼 길게 느껴졌다. 아! 월량문으로 붉은 떼가 또 몰려온다. 이 사람을 향해 칼을 뻗는 자들이 덤벼들기 시작한다. 아령은 까무룩 정신을 놓았다.

이곳은 금성. 천상의 권력을 부여받은 황제가 사는 곳이다. 그리하여 그 중심엔 가장 웅장한 황궁이 있고, 주위엔 고관대작의 집이, 둘레엔 중인과 서민들의 집이 정방형의 엄격한 구획에 맞춰 도열해 있다. 구획은 도로가 나누며, 너비는 아홉 대의 마차가 가로지를 정도다.

천하의 물자가 쏟아져 들어오니 먹을 것도 구경거리도 넘친다. 이국의 미녀도 천재 문인도 천하제일 고수도 도둑, 사기꾼, 거지들까지 몰려들어, 늘 시끌벅적 떠들썩. 싸움도 흥정도 웃음도 시서 가무도 끊일 일 없다.

그중 가장 북적거리는 문은 시전으로 이어진 안정문. 양쪽에 일렬로 죽 늘어선 가판은 늘 장관이라, 비단이며 부채며 아름다운 장신구가 넘쳐 났다. 화려하게 펼쳐진 우산과 양산, 거기다 그것들을 온몸에 휘감은 부인네들은 또 얼마나 아름다운가.

"앞을 보고 가야지."

"이 녀석이 대신 봅니다."

"네가 말을 몰아야지, 말이 널 데리고 다녀선 되겠느냐."

아령은 기분이 썩 괜찮았다. 게다, 말까지 타는 호사를 누리니 더할 나위 없다. 그 난리를 치고 떠난 진왕은 동생의 안위가 걱정되긴 했는지, 교위 넷과 여벌의 말을 되돌려 보냈다.

"말은 떼 지어 다니는 습성이 있어, 절대 홀로 멀리 가지 않아요. 제 친구들을 잘 따라갈 겁니다."

그녀의 눈은 부인네들의 화려한 머리 장식과 요란한 화장을 훑었다. 얼굴엔 연분을 화사하게 바르고 이마엔 각양각색 화전을 붙였다.

스승께서 읽히시던 책엔 여인은 집 밖을 나갈 땐 얼굴을 가리고 다니느니 어쩌니 했었다. 그러나 이곳 여인의 유모(외출용 모자) 아래 늘어뜨린 망사는 그저 햇빛 가리개였다.

아무리 그래도 그렇지, 가슴골을 드러내는 유행이라니!

"말로만 겨룬다면 너는 천하제일의 명장이 되어 있을 것이다."

"칼 솜씨도 괜찮습니다. 여인으로 태어나 벼슬길이 막힌 게 한이지요."

"어휴, 내가 널 어찌 당하겠니."

"하하하, 송구합니다."

아령은 시원하게 웃었다. 오라버니와 이리 농을 주고받으니 옛날로 돌아간 것처럼 즐거웠다. 이상하게 약을 먹고 푹 자고 일어나면 해묵은 감정도 싹 씻겨 나갔다.

그러나 아무래도 이번엔 좀 덜하다. 멀리서 호위하는 진왕의 수하들이 눈에 들자, 동시에 그가 떠올랐다.

두렵고 싫고 미워야 옳았다. 그러나 이상하게도 그를 미워하기만 할 순 없었다. 이리 어이없는 감정이라니.

그래, 꿈을 꾼 것이다. 자신이 명귀춘의 딸, 명아령이라면 진왕은 혼약자였다. 황당한 말을 들어서 그를 상대로 개꿈을 꿨다. 그것은 기억이 아니다. 약이 들어가면 가끔 나타나는 환각.

그럼에도 이곳이 낯설지 않았다. 기억은 하나도 없는데, 어렴풋한 느낌이 있다. 가판이 줄지어 있는 저 골목으로 들어가면 말린 건어물과 소금에 절인 생선이 가득할 것 같다. 그 너머엔 하천, 넘치는 배들, 그리고 평민들의 민가. 확인하고 싶었다.

"구경을 좀 하고 싶어요."

아령이 말에서 내려서자, 경방도 웃으며 나섰다. 탁 트인 곳이 나타나 호위가 거리를 띄웠을 때 아령은 복잡한 머리를 아무렇게나 비워냈다. 내가 명가의 외딸이라니, 귀족이라니. 말이 되나?

"하하, 아마도 전 명아령의 하녀가 아니었을까요? 저와 좀 닮았던 진짜 그녀는 잡혀 죽었고요. 전 어떻게든 살려고 주인아씨 행세를 했겠지요."

건어물의 익숙한 비린내에 아령은 왈칵, 구토가 나올 것 같았다. 바람이 휙, 불어오는 곳으로 물비린내마저 끼쳤다.

"글쎄, 전하께선 네 얼굴을 보고 그리 분노했으니, 명아령일 수도 있지."

오라버니의 표정이 어색했다.

그건 분노가 아니었습니다. 너무나 아파 차마 제대로 지르지도 못하는 비명이었지요. 아령은 그리 말하지 못했다.

"아니요. 그는 오라버니께서 닮은 사람으로 장난을 친다는 것처럼 말했어요."

그는 알몸을 확인하려 했던 것 같다. 얼굴은 닮았더라도 상처나 몸의 점 같은 건 속일 수 없으니.

그럼에도 차라리 가짜인 게 속 편했다. 두려웠다. 홀로 살아남은 명귀춘의 딸이라 생각하면 눈앞이 캄캄했다.

"아무래도 명아령의 시신을 전하께서 직접 수습했으니."

놀랍게도 골목 너머엔 물길을 따라온 배들이 하역을 위해 분주히 제차례를 기다리고 있었다. 뭔가 익숙한 광경. 가슴이 거칠게 뛰었다. 이것은 기억이다!

아령은 무언가에 홀린 것처럼 답했다.

"그럼 제가 명아령이 될 수도 있겠군요. 그토록 닮았고, 진짜 명아령은 죽어 없어졌으니."

"명아령이 되고 싶으냐."

보십시오, 제가 부러 그리 물으니 오라버니께선 마치 진짜 명아령이 아니라는 걸 단정하시듯 말씀하시잖습니까.

아령은 또 말하지 못했다. 오라버니께 자꾸 말하지 못하는 게 쌓인다. 매달 그믐, 약은 싫더라도 오라버니가 오시길 얼마나 기다렸던가. 마음에 품은 걸 이야기하며 꿈을 털어놓았다. 말 그대로 친오라비처럼, 아니 그 이상 따르며 의지했다.

"그럼 전 귀족이 되는 것입니까."

절대로 첩으론 살기 싫다, 금성에 가지 않겠다 고사했었다. 오라버니는 과거를 찾기 위해서라도 금성에 함께 가자 구슬렸다. 너 홀로 무엇을 하겠느냐며 그녀를 도와 과거를 찾아 주겠다 했다. 첩이 되는 일은 차차 생각하고, 일단 오라비로 의지하라 하셨다.

뿌리칠 수 없는 제안. 그리하여 아령은 이리 금성을 밟게 되었다.

"귀족? 후후, 그래. 그렇다면 귀족이 되겠구나."

그러나 머릿속엔 많은 의문들이 끓는다. 위험할 것 같아 여태 드러내 놓기 싫었다는 분이 직접 진왕과 함께 왔다. 진왕이 저리 나오니 지금껏 숨겨 온 명가의 아령에 관한 걸 말해 주셨다. 왜 지금에서야!

"좋습니다. 숨고 피하는 건 제 체질이 아니지요. 제가 명아령인지 아닌지! 알아보고 귀족이 되는 것도 좋겠습니다."

비릿한 물바람이 아령의 머리칼을 흐트러뜨렸다.

"그래, 그러자꾸나."

경방의 속을 알 수 없는 눈이 아령을 또렷이 응시했다.

가영궁은 황자의 궁치고는 아담했다. 태자의 이궁은 물론 진왕부와도 비할 바 없이 초라하여 웬만한 관료의 집 수준이다. 손이 귀한 황가의 삼황자이나 기우는 성총과 어미의 낮은 신분은 우습게도 이리 드러났다.

그러나 아령의 눈엔 높다란 겹처마며, 당초문의 화려한 도색이며, 넘쳐 나는 시비들이 그저 신기할 뿐이다.

"이렇게 신세를 져 송구합니다. 가진 재주라곤 주먹과 칼을 쓰는 것뿐이니, 호위가 필요할 때 주저 없이 불러 주시면 밥값이라도 하겠습니다."

아령은 읍하며 경방의 혼약자, 연화에게 인사했다. 경방이 혼인도 전에 첩을 들인다 하니 깜짝 놀라 달려온 것이다.

연화는 예뻤고, 잘 배우고 곱게 자란 태가 났다. 아령은 그런 연화를 보니 괜히 마음이 아득히 아팠다.

"아령 소저의 딱한 처지를 듣고 저도 가슴이 아팠답니다. 우리, 친 동기처럼 잘 지내요."

고작 열일곱짜리가 저런 마음에도 없는 소리를. 그녀는 아령이 첩이 아니다, 딱 잘라 주니 퍽 안심하면서도 경계가 여전했다.

"성혼도 전에 어찌 이리 드나드시오!"

경방은 아령이 대문턱을 넘기도 전 득달같이 달려온 연화를 질색했다.

와국에선 조혼의 옛 습속을 금하고 열여덟에서 스물둘 사이의 적령기에 혼인하길 권했다. 그렇더라도 괜찮은 가문끼리 서로 혼약을 맺어 이권을 유지하려는 귀족들의 본성까진 어쩌지 못했다. 경방의 혼사가 늦어진 것도 혼약한 신부가 어렸기 때문이다.

"마마께서 말씀 주신 모임이 마침 생겼다, 어머니께서 전하시랍니다."

"그게 하필 오늘, 굳이 온 이유요?"

말을 맞춘 게 있는 것 같아, 다 알아듣진 못했으나 경방은 연화를 쫓고 싶어 했다.

"소저께서도 호위가 필요하면 부르라지 않습니까."

그러나 연화는 아령을 좀 더 관찰하고 싶어 했고, 아령은 금성의 귀족들이 궁금했다.

"그렇다면 가겠습니다. 얼마나 자연스러운 기회입니까. 절 알아보는 사람이 생기고, 그럼 제 과거를 찾는 데도 도움이 될 거고요. 보내 주십시오!"

반박할 데 없는 아령의 말에 경방은 적당한 변명을 찾지 못했다.

"아령은 약을 먹는 처지라 술을 먹으면 절대 안 되오?"

"술은 권하지 않겠습니다.", "까짓것 안 마시면 되지요!"

두 여인이 동시에 외치자, 연화는 더욱 호들갑을 떨었다.

"죽은 줄 알았던 명가의 외동딸이 나타났다, 하면 다들 난리가 날 것입니다."

"저는 아직 명아령이……."

아령이 변명하려 하자, 경방이 먼저 나섰다.

"모든 일에는 순서가 있소! 연화 소저의 가부께서 북방인이시니, 우선 북방에서 온 친척 정도로 소개하시오."

그녀가 초대한 자리는 봄 소풍. 와국인은 봄철이 되면 근교로 나가거나 혜하천 주변에서 음주 가무를 즐겼다. 덕분에 물가엔 아름다운 여인이 넘치고, 거리엔 춤추는 공연이 흔했다.

"민씨 부인의 국화주라……. 이왕이면 물 좋은 꽃나무 아래서 마셔야지요."

모임의 대장 격인 교 씨가 말했다.

남편은 조세와 화폐를 담당하는 정이품 호부 상서. 위로는 태자의 모친인 황후 장 씨부터 아래로는 미관말직 부인들까지 촘촘히 줄이 닿아 있는 사교계의 여왕이었다.

남복을 입고 말을 탄 여덟은 모두 여인들이었다. 머리를 높이 틀어 올리고 연지와 입술을 붉게 칠했다. 남장을 하려는 게 아니라 더욱 요염해 보이려는 멋이다.

"아령 소저는 북방에서 오셨다고요?"

검을 찬 채 남복이 착 들어맞는 여인은 아령뿐이다.

"예, 그렇습니다."

냉큼 어떤 집안 딸인지 대고 서열을 정리해야 옳았다. 그러나 '소저, 아령이라 합니다.' 읊하며 인사를 톡 잘라먹자, 다들 눈빛을 교환하며 궁금해들 했다.

"아버님은 어떤 분이십니까."

아령은 거짓말하기도 싫었고, 존재를 차차 드러내란 경방의 충고도 새겼다.

"혹시 낯이 익지는 않으신가요?"

"몇 년 전 그……."

하지만 연화와 그녀의 어머니 민 씨는 왠지 아령과 명가를 얼른 연결시키고 싶어 했다. 그때였다.

"까아악!"

교씨 부인의 말이 히히힝, 울며 앞발을 치켜들었다. 연화와 민씨 부인은 깜짝 놀라며 말 머리를 돌려 교 씨를 얼른 피했다. 이러면 말들이 한꺼번에 난리를 치고, 그런 때 낙마를 했다간 발굽에 밟혀 크게 다치기 때문이다.

그러나 아령은 얼른 다가가 재빨리 팔을 뻗어 교 씨의 말고삐를 잡아 내렸다. 동시에 떨어질 뻔한 부인을 붙잡으며 어깨로 지지해 주었다.

"조심하시지요!"

다행히 교 씨는 아령의 어깨를 부여잡고 낙마를 겨우 모면했다. 실은 아령이 대비하고 있었다.

"민씨 부인께서는 조금 떨어지시는 게 좋겠습니다. 교씨 부인의 수말이 제 암말에게 관심이 많았는데, 갑자기 다른 수말이 껴드니 경쟁심이 생겼나 봅니다."

"아아, 그렇군요."

민 씨는 미안해하며 아령과 교 씨에게서 좀 떨어졌다. 교 씨는 아령에게 크게 고마워했다.

"이 나이에 낙마를 했다면! 그대가 아니었다면 어쩔 뻔했습니까."

다른 부인들도 아령을 칭찬했다.

"무예를 익히셨다더니 정말 든든합니다."

"아무래도 북방 사람들은 우리보다 말을 잘 다루지요."

"오오, 그래요?"

교 씨의 눈에 호감이 어렸다. 적당한 화젯거리가 생긴 아령은 얼른 말을 이었다.

"표정을 보면 말의 기분을 알 수 있으니까요."

"말에게도 표정이 있습니까?"

아령의 말이 신기한지 곁에 있던 다른 부인들도 끼어들었다.

"다 알아 두실 필요는 없습니다. 허나 아까처럼 귀를 납작하게 뒤로 눕힐 때만은 조심하십시오. 화가 난 것이거든요."

"맞아요. 저는 말한테 물릴 뻔한 일이 있었어요."

"예, 그럴 땐 얼굴을 만져선 안 됩니다. 깨물려 들면 꽤 빠르니까요."

나무 그늘이 보이자, 교 씨가 머물자 제안했다. 나머지 부인들도 그녀를 따랐다.

"그나저나 몸은 괜찮으십니까."

원인을 제공한 민 씨와 연화가 민망해했다.

"물론이요. 게다, 아무도 안 다쳤으니 다행입니다. 아령 소저처럼 소저의 암말도 요 수컷 녀석들에게 퍽이나 예뻐 보였나 봅니다, 호호호!"

"하하하, 역시 수컷들이란."

다행히 교 씨가 문제 삼지 않고 대범하게 넘겼다. 덕분에 모두들 아령에게 호감들을 가지게 되었다. 곧이어 연화가 눈짓하자 그녀의 어머니, 민 씨가 진왕에 관한 이야기를 불쑥 꺼냈다.

"여기에서 보니 진왕부의 처마가 제일 높습니다."

"그러게요. 황상께서 자꾸만 진왕에게 힘을 실어 주시니, 이거 한바탕 큰일이라도 날까 걱정입니다."

누군가 말을 받았다. 커다란 자리가 깔리고, 작은 소반 위에 형형색색의 과자와 떡, 전, 그리고 오늘 모임의 명분인 국화주가 한 잔씩 돌려졌다.

겉으로 보면 놀러 온 것처럼 보이지만 이런 곳이야말로 더 섬세한 정치가 펼쳐지는 장이다. 소문이 피어나고 전해지며 수많은 뒷거래들이 이루어지기도 한다.

"태자께서 강건하신데 무슨 걱정이랍니까."

연화가 생긋 웃으며 입에 발린 말을 했다. 황상의 아들은 겨우 셋. 태자와 진왕이 모두 어찌 된다면 가영궁에게도 기회가 아주 없다고 볼 순 없다.

그러나 표면적으로 경방은 태자의 편이었다. 며칠 동안 경방이 두서없이 해 준 이야기는 얼마 되지 않았으나, 그 이가 맞지 않는 편린들 속에서 아령은 이 넓고도 좁은 세계의 그림을 짐작해 갔다.

조정은 태자, 경을 둔 황후 장 씨와 그의 오라비 장모균이 장악하고 있었으나, 재물을 너무 밝히는 황후 때문에 민심이 좋지 않았다. 황제는 조정에서 황후의 세가 너무 커진 것을 저어하여 대안으로 진왕에게 힘을 실어 주었다. 황후는 진왕을 견제할 수밖에 없고 말이다.

"그나저나 진왕도 이젠 왕비를 들이지 않겠습니까."

"그러게요. 이젠 더 미룰 수 없는 연치예요. 그동안……."

들어 보니 진왕은 명가 사건과 전쟁, 연이은 반란 진압을 이유로 성혼을 계속 미룬 것 같았다. 그러나 작위를 받고, 그들의 사생활을 감시하는 금의위의 수장까지 되는 바람에 성혼할 집안의 격이 점점 높아졌다.

반대로 태자의 격은 날로 떨어졌다. 어미가 재물을 밝히는 동안 그는 술과 환약과 계집에 취했다. 나라를 좀먹는 태자와 황후, 나라를 지키려 목숨을 거는 진왕. 민심은 아무래도 한쪽으로 기울 수밖에 없었다.

"어떤 집안이 될 거랍니까."

"글쎄요. 몇 있지만 병부 상서, 남원경의 둘째 여식이 유력하답니다."

"아니, 금의위를 통째로 쥐고 있는데 병부까지 합세한다면, 이거 나라가 통째로……!"

수위가 높아지니 교 씨가 헛기침을 했고, 민 씨는 얼른 웃으며 입을 닫았다.

이들 모임의 여인들도 표면적으론 태자를 지지했으나, 언제든 힘의 균형에 따라 움직이는 철새들. 언젠가 힘이 한쪽으로 기울면 빠르게 배를 갈아탈 것이다.

곧이어 다른 여인이 말을 받았다.

"명가 사건이 있으니 절대 그럴 수는 없지요."

"그럼 귀비 때문에 진왕이 명가를 그랬단 '그 소문'이 사실입니까."

"아니라면 현 귀비가 왜 자결을 했겠습니까. 그것도 명귀춘 일가가 마적에게 도륙되는 딱 그때요."

아령은 깜짝 놀라 저도 모르게 끼었다.

"그분이 자결을…… 했습니까."

"아, 모르셨습니까. 귀비께선 목을 매달아 죽지 않았습니까."

그러나 민 씨는 얼른 명가와 아령으로 화제를 돌렸다.

"귀비도 귀비지만, 명가도 안되었습니다. 그 명문가가 유일한 독녀
인 딸마저 잃었으니."

"그럼 명가의 재산은 어찌 되었을까요. 유수원이야 끔찍하여 아무도
욕심내지 않을 테지만, 본래 부유했는데……."

다른 이도 다투어 한마디씩 할 때 교 씨가 설명했다.

"상속인이 없으니 국고로 환수되는 것이 옳지만, 진왕이 혼약자이기
도 하니 그가 도맡아 정리한 것으로 압니다."

"그러고 보니 그 집 딸 이름도 아령……."

누군가 아령을 결국 입에 올리자, 그녀는 아무렇지 않게 조용히 웃
었다. 교 씨가 말려 주었다.

"이거, 죽은 사람과 비교하다니. 실례입니다."

"괜찮습니다. 저도 알고 있습니다."

아령을 의식하며 이야기는 어정쩡하게 끝났다. 그러나 진왕과 함께
아령을 떠올리게 하려던 민 씨의 의도는 성공했다.

술이 몇 순배 돌자 분위기가 자연스럽게 흐트러졌다. 삼삼오오 짝을
지어 산책을 다니거나 한쪽에 누워 쉬기도 했다.

아령은 교 씨가 왠지 편했다. 키가 크고 살집이 좋은 외모처럼 품이
넓고 온화한 것이 그녀가 왜 사교계의 여왕이 되었는지 알 만했다. 교
씨가 자리에 모로 눕자, 아령도 그 곁에 앉았다.

"아깐 그냥 넘어갔지만 정말 아찔했습니다. 위험을 무릅쓰고 구해
주어 고맙습니다."

"별말씀을요. 그리 인사할 일도 못 됩니다."

"아니에요. 날 언제 봤다고요. 주변에서 날 피해 싹 흩어질 때 홀로 와 붙들어 준 게 어찌나 고맙던지. 지금은 다들 내 눈치를 보지만, 남편의 벼슬이 떨어지면 나도 똑같은 신세겠지요?"

교 씨는 취기가 올랐는지 속엣말을 했다. 그러면서 아령의 손목을 잡았다.

"하하, 내가 허튼소릴 하네요. 필요한 게 있으면 무어라도 도와줄게요."

"말씀만으로도 감사합니다. 허나 그보단 좀 궁금한 게 있습니다. 아까 말씀하신 '그 소문'이란 게 진왕이 마적을 사주해 명가를 쓸었다는 이야기입니까."

교 씨는 잠시 머뭇거리다 아령의 담백한 표정에 입을 열었다.

"하긴. 이름이 같으니 관심이 가기도 하겠군요."

"예, 아무리 전장에선 용서도 자비도 없는 진왕이라지만, 장인과 처가 될 여인을 죽이는 게 말이 되는지요. 그것도 마적을 사주해서요. 게다 귀비께선 자결했다니, 어째서요."

"실은……."

교 씨는 한숨을 길게 내쉬며 담담히 말했다.

"명귀춘과 현 귀비가 사통을 했답니다."

"예에?"

아령이 인상을 찌푸리며 이해가 안 간다는 표정을 짓자, 교 씨는 처녀 앞에서 불륜 이야기를 꺼내길 민망해하며 웃었다.

"명귀춘과 현 귀비는 어릴 때부터 친분이 두터웠지요. 그나, 그의 처 양 씨나, 워낙 귀비 처소에 자주 들락거렸어요. 그러다 황상의 눈에 들어 딸과 혼약도 시키게 된 거고."

"……!"

"결국 현 귀비와 사통하다 아들인 진왕에게 딱 들켰다는 거지요."

"서, 설마요. 황상과 황자를 두고 궁 안에서……."

진왕의 어머니가 자신의 아버지일지도 모르는 명귀춘과 사통이라니. 머리가 띵한 충격에 아령은 온몸이 경직되었다.

"아, 아니……. 진왕은 황상을 가장 빼닮은 왕이라잖습니까?"

"누가 진왕이 황상의 아들이 아니랍니까. 딱 봐도 판박이인데. 그러니 황상은 자기 아들을 버릴 수도 없고……."

목이 탔다. 아령은 저도 모르게 눈앞에 놓인 국화주를 연달아 두 잔이나 벌컥벌컥 들이켰다. 향긋한 향에서 피비린내가 끼치는 것 같았다.

"이 일을 공론화할 수도, 아들을 치죄할 수도, 죽은 현 귀비에게 화풀이할 수도 없었던 거죠. 그러니 몇 년이나 전쟁터에 그리 내돌렸다는 거예요, 알아서 죽어라."

그저 아무렇게나 떠드는 뒷담화라기엔, 앞뒤가 너무나 딱 들어맞았다.

"일단 사람들이 하는 말은 그래요. 그러거나 말거나, 진왕이 공을 그리 세웠으니 어쩝니까. 불러서 중히 써야지. 하지만 아무리 태자가 영 시원치 않더라도 그 자리는…… 말이 안 되겠지요?"

진왕이 정치의 중앙에 다시 서게 된 건 순전히 그의 노력 때문이었다. 절대로 태자가 될 수 없을 거란 교 씨의 판단도 틀리진 않아 보였다.

아령이 연거푸 한 잔을 더 들이켤 때 교 씨는 아령을 빤히 바라보고 있었다. 너무나 뚫어져라 보기에 아령은 그런 교 씨의 눈과 마주쳤다.

"이건 내가 실수하는 건지 모르겠는데……. 나는 명귀춘의 처, 양씨와 잘 알고 지냈습니다. 아무리 봐도 소저의 인상 속에 그리운 얼굴이 묻어나네요."

그러곤 빙그레 웃으며 덧붙였다.

"소저는 누구입니까."

무어라 말을 할 수가 없어 침만 꼴깍 삼켰다. 그런 아령을 보며 교
씨는 후후 웃었다. 그녀의 퉁퉁한 두 손이 아령의 작은 손을 감쌌다.

"답하지 않아도 좋아요. 난 도움을 주겠단 약속을 지키겠습니다."

짧은 봄 소풍은 끝났다. 아령은 지끈거리는 머리를 누르며 말에게
몸을 맡겼다. 연화의 비아냥거림이 두통을 더욱 키웠다.

"권하지도 않은 술을 왜 혼자 마셔선. 무예를 하셔서 강건하실 줄
알았는데, 술은 또 약한가 보지요? 자기 주량도 모릅니까."

경방이 없어선지 연화는 아령을 좀 편히 대했다. 아령은 개의치 않
았다.

"술을 처음 마셔 봐서요."

"예에? 술을 처음 마셔 봤다고요?"

재재거리는 소리를 확 줄여 버리고 싶을 만큼 귀가 아팠다. 머릿속
이 어지러웠다.

"그나저나 교 씨 부인은 소저가 꽤나 마음에 드나 봅니다? 낙마할
뻔한 걸 도와주다니. 소저는 운빨도 억세게 좋네요. 그렇다고 그리 곁
에 착 달라붙어 꼬리를 치다니."

때마침 진왕부를 지나고 있어서일까.

서슬 퍼런 겹처마의 위용이 아령을 짓눌렀다. 그의 잘생긴 얼굴이
눈앞에 보이는 듯했다. 슬쩍 웃으며 조심스럽게 그녀의 허리를 잡아 주
더니, 그 손은 갑자기 우악스럽게 변했다. 옷깃을 찢으며 그녀를 잡아
먹을 것처럼 내려다본다.

"너는 누구냐."

이리 약도 없이 환각이 오다니. 몸이 갑자기 왜 이럴까!

아령은 식은땀을 흘리며 대강 말했다.

"그저 몇 마디 물으셔서 답을 했을 뿐…… 우욱!"

"그렇더라도……. 어머, 소저!"

지진이 난 것처럼 머리가 흔들렸다. 속이 울렁거리며 먹은 것을 왈칵 토할 것 같았다. 참지 못하고 욕지기를 했으나 게워 낸 것은 없다. 대신 엉뚱한 영상이 머릿속에서 툭 튀어나왔다.

푸른 기와, 붉은 기둥, 벽과 바닥에 깔린 벽돌이 멋스러운 귀족의 사합원이었다. 보기 좋도록 반듯하게 모양을 내어 흙을 드러낸 곳에는 멋스럽게 죽죽 뻗은 대나무가 빼곡했다. 아버님이 좋아하시던!

푸른 대나무 곁에서 사람의 손이 튀어나왔다. 누군가 손가락에 옥지환을 쑥 우겨 넣었다. 진왕……? 젊은 륜이다. 그가 불퉁하게 말한다.

"싫어도 부모가 정한 연을 어쩌겠느냐. 내가 널 내자로 맞아야 한다니, 가져라."

"그리 싫으면 그만두시면 되지요!"

그녀는 악을 썼으나 륜은 번들거리는 눈으로 차갑게 내려다보았다. 너무나 서러웠다. 그를 이리 연모하는데, 그는 늘 저렇게 아령을 할퀴었다. 연모하는 만큼 꼭 그만큼 상처받았다.

눈물이 흘렀다. 그녀를 미워하는 그가 미웠다. 옥지환을 낄 수 있는 손가락은 없었다. 너는 이리 나와 맞지 않는다, 끼라 준 게 아니라 비웃으려 준 것이다.

"제겐 맞지도 않습니다."

아령은 그를 노려보며 반지를 그의 가슴팍에 던졌다. 이젠 연모하지 않을 것이다. 이젠 나도 그에게 상처를 줄 것이다.

"그럼 버리거라. 그 반지처럼 나도 좀 버려 주었으면 좋겠구나."

냉정하게 떨어지는 그 말이 가슴에 사무쳤다. 노여운 눈빛으로 흘기며 그는 무심히 뒤돌아선다.

"아령 소저!"

"예……? 예."

구토를 멈추고 애써 정신을 차렸다. 연화가 놀란 토끼 눈으로 바라본다. 말은 얄밉게 해도 또 걱정은 되나 보다.

"그러게요. 제가 술이 약하단 걸 처음 알았습니다. 다음엔 주의해야겠어요."

"화, 화주가 좀 독하답니다."

아령은 연화에게 애써 웃어 줬다. 묘한 인연으로 만나 친해질 수 없을 뿐, 나쁜 아이는 아니다.

아령은 호흡을 고르며 주변을 둘러봤다. 그녀 너머엔 높다란 벽돌담이 있고, 진왕부의 왕부 대문이 보인다.

여긴 전에는 진왕부가 아니었는데. 아, 이건 환각이 아닌 기억? 그리고 저 길 너머엔…….

아령은 즉시 말을 달리고 싶은 충동을 억지로 내리눌렀다.

"하나같이 담벼락들이 어찌나 높은지, 길이 넓은데도 왠지 가슴이 답답합니다. 가주가 관직을 내려놓으면 저 집들은 어떻게 될까요?"

왠지 이곳이 익숙했다. 옛 명가의 금성 집이 있을 것만 같았다. 주변은 모두 왕공 귀족과 관료들의 집이었다.

"어찌 되긴요. 집을 도로 내놓아야지요. 금성 안의 모든 집은 원칙적으로 모두 황상의 것이니까요."

"그럼 낙향을 해야겠군요."

"낙향을 하거나 여유가 있는 사람들은 금성 밖에 개인 집을 만들어 두기도 하지요. 태자나 금성 안에 월령궁을 짓지, 진왕도 등후궁을 남문 밖에 두지 않았습니까."

환각 속 유수원의 비경이 떠올랐다. 아, 금성 밖 외진 유수원은 마적이 쓸어 버렸으나, 운이 좋으면 명가의 옛집은 남아 있을 수도 있겠구나.

"왜 웃으십니까."

연화가 이상한 표정을 지었다. 아령은 가슴이 벅차 답했다.

"돌아가면 가영궁 마마를 얼른 뵈어야겠습니다."

⊹ ◇ ⊹

연화는 아령을 가영궁까지 데려다줬다. 물론 경방을 만나고 가려는 핑계였으므로 아령은 모른 체 그녀를 매달고 왔다. 경방은 반기지 않았다.

"소풍은 끝나지 않았소? 여긴 또 웬일이오?"

"화주 때문에 구토와 어지럼증이 있었습니다. 걱정이 되니 함께 왔지요."

"뭐요? 아령에게 술을 먹였소? 술은 주의하라 당부하지 않았소!"

"제가 마셨습니다. 말씀을 어겨 송구합니다, 오라버니."

매정하게 구는 경방과 그를 연모하는 연화를 보니, 문득 환각 속 자신과 륜의 모습이 대비되었다. 이번 두 환각은 감정이 너무나 진했다. 우습게도 아직까지 가슴이 먹먹할 만큼.

반면 금성의 지형에 관한 건 확실히 기억이었다. 그것은 자신이 명아령이라거나 그녀를 닮은 누구라는 어떠한 증거도 아니었지만.

"그저 화주를 딱 세 잔 마셨을 뿐입니다."

"얼른 독기를 빼내야겠다."

그러나 막상 오라버니의 얼굴을 뵈니 아무 말도 할 수가 없었다. 경방은 연화를 돌려보내고 약사, 박지를 불러들였다. 결국 탕약 달이는 냄새가 또 방을 넘자, 아령은 심란해졌다.

아무래도 꺼림칙했다. 탕약을 거의 마시지 않자, 평소와는 달라진 환각들. 오라버니를 의심한단 자체가 송구했으나 한번 들기 시작한 의

문은 커져만 갔다.

아령은 주변을 살폈다. 구르륵거리는 새소리만 요란하고 주변에 늘 서넛씩은 되던 시비들이 마침 보이지 않았다.

'스르륵.'

마치 간자처럼 아령은 기척을 죽였다. 진왕보단 못해도 보통 사람의 눈과 귀에 뜨이지 않을 정도는 된다.

탕약의 냄새를 따라 부엌간으로 향했다. 지창 너머 경방 오라버니가 약사, 박지에게 주의를 주며 직접 탕약을 살폈다. 오라버니는 저런 정성으로 죽어 가던 그녀를 살렸다.

"약재를 많이 쓰지 말거라. 몸이 상한다."

"소저께선 강건하시어 괜찮습니다. 지난번에 보셨지 않습니까. 잠에 빠지는 시간도 더뎠고요."

환각을 볼 땐 헛소리를 하거나 몸부림을 심하게 친다고 들었다. 그러나 이것은 무슨 소리인가.

"소저의 기가 워낙 강해 양을 늘리지 않으면 안 됩니다. 그러게 죽지 않게만 밥을 조금 주고, 볕을 못 쬐게 방 안에 가두어 두라 말씀드리지 않았습니까."

"닥치거라!"

"분명히 해 두십시오. 저는 계속 간언을 드렸습니다. 이러단 정말로 큰일 납니다!"

"네가 감히 나를 능멸하려 드느냐."

경방이 박지에게 무섭게 역정을 내자, 박지는 분한 표정으로 입을 닫았다. 경방은 곁에 선 아령의 시녀, 모아에게 명했다.

"너는 아령의 식사에 좀 더 신경을 쓰고! 고기와 생선이 부족하지 않게 내 것보다 더 정성을 쏟아야 할 것이다."

"예, 그리하겠습니다."

아령은 재빨리 방으로 돌아왔다. 머리를 얻어맞은 것처럼 띵했다. 오라버니에 대한 아릿한 배신감. 저 약은 무엇인가. 나를 살린 것이 아니란 말인가.

서안 위 커다란 죽통엔 붓 씻은 물이 가득했다. 충동적으로 칠 할가량을 창밖으로 쏟았다. 그리고 탁자의 서랍을 열어 손에 집히는 걸 꺼내 소매에 넣었다. 잠시 후 시녀, 모아를 데리고 경방 오라버니가 직접 약을 들였다.

"들어가도 되겠느냐."

"예, 들어오십시오."

애써 목소리를 가다듬었으나 탕약 사발을 보자 진저리가 쳐졌다. 오늘따라 썩은 내가 더하다.

"겨우 화주 세 잔에 무슨 해독입니까."

"건강할 때 더욱 관리에 힘써야지. 또 약 투정이니."

간절히 먹으라 권하는 경방 오라버니의 눈빛. 그 눈빛엔 살기는커녕 아령을 위하는 마음만 가득했다. 아릿한 배신감 위에 먹먹함이 덧씌워진다.

"자, 어서!"

아령은 할 수 없이 약사발을 들었다. 한 치 양보 없이 사발의 약물에 집중하는 오라버니의 눈동자와 먹물 통을 번갈아 봤다. 오늘은 약을 쏟아부을 기회 따위 없었다. 경방은 모아에게서 이미 당과를 받아 들고 있었다.

아령은 결국 남김없이 사발을 깨끗이 비워 냈다.

혀를 칼로 저미는 고통, 그리고 진저리 나는 썩은 내.

"그래, 애썼다."

아령은 경방이 내미는 당과를 손바닥으로 밀어 치웠다. 그의 눈빛엔 연민과 안쓰러움만이 가득하다. 아령은 왠지 슬퍼졌다. 스스로 침상에 누우니 경방이 곁에 앉으며 그녀의 손을 따스하게 잡았다.

오늘 낮엔 약도 없이 환각을 보았습니다. 기억 같기도 하고, 환각 같기도 합니다. 왜냐면 지형지물 같은 진짜 기억이다, 싶은 것도 조금씩 떠오르거든요.

오라버니께 조금이라도 속을 터놓고 싶었다. 오라버니를 의심하기 싫었다. 세상천지 유일한 내 편이라 믿었는데.

"오늘 낮엔 진왕부를 지나왔습니다. 명가의 옛집도 그 근처라지요."

경방 오라버니께 가슴 안의 것을 모두 쏟아 내고 엉엉 울고만 싶었다.

"잊거라. 다 망해 없어진 집인 것을."

"누가 들어 사는지 알아봐 주시고, 한번 데려가 주시겠습니까."

엄하게 굳어 가는 표정을 보며, 아령은 그의 속내를 캐냈다.

"그런 곳에 가 보면 기억나는 게 생길지도 모르잖습니까."

"그리 아파하며 잃어버린 기억은 또 왜! 너는 명아령이 되면 그만 아니냐!"

그는 크게 역정을 냈다. 이레 전보다 약은 훨씬 독했다. 벌써 잠이 쏟아졌다. 아령은 혼신의 힘을 다해 정신을 깨웠다.

"아무래도 저는 명아령이 아닌가 봅니다. 자꾸 명아령이 되라 하시는 걸 보니까요."

"아령아……."

그제야 그의 목소리가 잦아들었다.

"제가 명아령이 되면…… 진왕에게 가란 뜻입니까. 명아령과 진왕은 혼약을 했으며, 진왕은 명아령을 죽였는데도요?"

경방 오라버니는 잠시 말을 잃었다. 그러다 아령의 머리칼을 쓸며 다독였다.

"곧 진왕을 초대하려 한다."

"예? 왜요?"

"그가 널 궁금해하지 않겠느냐. 그러니 아름답게 춤이라도 추어 그의 눈길을 끌어 보련?"

"그를 유혹이라도 하란 말씀입니까."

그가 기운 없이 씁쓸하게 웃는다.

"혼약자가 아니더냐."

"오라버니의 첩이 되라면서요?"

"그래, 너는 내 것이다."

이번엔 단호한 음성. 아령은 머리가 어지러웠다. 벌써 환청을 듣는 것인가. 더 이상은 대화가 불가했다. 약효가 빠르게 몸 안에 퍼지고 있었다.

"아무래도 환각이 오려나 봅니다. 오라버니께 흉한 몰골을 보이기 싫으니, 나가 주십시오."

"그래, 알았다."

가림막 뒤로 장지문이 닫히는 소리가 들렸다.

아령은 혼신의 힘을 다해 팔 안에서 단도를 꺼냈다. 약효는 빠르게 온몸을 돌고 있었다. 집에서 칼을 꺼내는 데만도 몇 번의 헛손질을 했다. 짧은 검신이 날카롭게 몸을 빛낼 때 아령은 망설임 없이 허벅지를 찍었다.

"허헉!"

둔탁한 느낌에 정신이 약간 깼으나 아픔은 크지 않다. 기운이 없어 제대로 찍어 내지 못했다. 아령은 허벅지를 더욱 길게 베었다.

"아아흑!"

간신히 정신이 차려지는 짧은 순간 동안 사람이 있는 것처럼 이불을 가다듬고 검을 챙겨 창을 넘었다. 평소라면 날 듯 가뿐했겠지만 몸이 천근만근, 담을 넘는 것조차 쉽지 않았다. 몇십 장을 겨우 달려 나온 아령은 즉시 목구멍에 손을 넣어 약을 토했다.

"우욱, 우우욱!"

다행히 먹은 지 얼마 안 된 약물은 똑같이 썩은 내를 풍기며 몸 밖으로 쏟아졌다.

밖에서 먹은 화주까지 깨끗이 쏟아 내고야, 근처의 우물을 찾아 입을 씻었다. 벌써 지쳐 버린 아령은 우물 벽에 기대 하늘을 바라보았다. 날이 어둑해지고 있었다.

금성의 하늘은 백운궁의 하늘과 다르다. 백운산의 맑은 기운을 받은 그곳은 늘 밝고 청명했는데, 이곳은 붉고 푸른 요사스러운 빛이 하늘을 화려하게 물들인다. 높은 석벽과 굳게 닫힌 대문들이 자로 잰 것처럼 똑같이 도열해 있는 금성.

금지된 성이라는 그 이름의 삭막함만큼 아무도 믿을 수 없었다. 그리 믿던 경방 오라버니조차도.

찬바람을 맞으며 잠시 앉아 있자, 조금씩 몸의 감각이 되살아났다.

"아얏!"

길게 그어 버린 허벅지의 아픔도 이제야 제대로 느껴졌다. 아령은 손수건을 꺼내 허벅지를 묶었다. 그리고 진왕부를 향해 뛰었다.

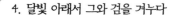

4. 달빛 아래서 그와 검을 겨누다

    진왕부는 규모가 웅장하나 꾸밈이 간소하고 소박하여, 여느 귀족들의 사치스러운 집들과 달랐다. 몇 개의 집터를 흡수해 넓힌 듯, 그리하여 놀랍게도 그 끝은 명가의 옛집과 담벼락이 맞닿아 있었다.

    폐허가 되었거나 다른 사람들이 살 줄 알았는데. 오히려 환각에서 보던 그대로라, 아령은 한동안 그곳으로 들어서지도 돌아서지도 못하고 물끄러미 바라만 보았다.

    울컥, 울음이 쏟아질 것 같은 기이한 감정.

    아령은 결국 진왕부 쪽 뒷마당으로 미끄러지며 뛰어내렸다.

    날이 저무니 화구 여기저기에 불길이 올랐다. 가영궁과 달리 진왕부는 경계가 매우 삼엄했다. 담을 넘는 것도 사람을 피해 들어가는 것도 생각보다 힘겨웠다.

    진왕이 쓸 법한 본채를 찾았다. 시비와 수하들이 분주하게 움직였으나 주인은 아직 출타 중이다. 그의 침상을 준비하고 나오는 시녀의 등 뒤로 아령은 그림자보다도 더 조용히 빨려 들어갔다.

가림막을 돌아드니 정갈한 침실이 눈앞에 펼쳐졌다. 잘자리에서도 업무를 처리하는 듯 커다란 탁상에는 문방구들이 지금이라도 쓸 수 있게 준비되어 있었다.

아령은 경방이 무얼 준비하기 전, 스스로 진왕을 만나 보기로 했다. 미끼는 그가 가져갔던 목걸이가 적당했다. 이곳저곳을 살피니 침상 머리맡에 화려한 보석함이 눈에 뜨였다.

'그나저나 진왕도 이젠 왕비를 들이지 않겠습니까.'

그가 성혼을 한단 사실보다 여태 성혼을 미뤘단 데 멍청하게도 신경이 쓰였다. 언감생심이라 생각했던 그가 '혼약자'라 한다. 그녀가 명아령이라면, 혼인을 하려던 사이.

쿵쿵, 가슴이 뛰었다. 순간 그가 무심히 웃으며 허리를 감싸 안던 순간이 떠오른다. 그와 입술을 마주칠 뻔했던.

그 짓을 당하고도, 일가를 사멸시키고 그녀마저 죽이려 했다는 소문까지 확인하고도 이 무슨 한심한 감정인지.

그러나 이상하게도 그에게 격노나 증오는 생기지 않았다. 이유 모를 원망은 가득했지만.

그 환각들 때문인가.

'딸깍.'

보석함을 열고, 아령은 한동안 꼼짝하지 못했다. 목걸이와 함께 믿을 수 없는 물건이 나란히 놓여 있었다. 환각 속 옥지환이 실제로 청아하게 빛나고 있다.

진왕부 앞에서 떠오른 것은 혹시…… 기억일까. 그래, 그땐 약을 먹지도 않았다!

심장이 쿵쿵 뛰었다. 그에게 옥지환을 던지며 울던 게 환각이 아니라 기억이라면! 아니, 그럴 수도 있다. 늘 보았던 환각은 두서도 논리도 없이 힘든 감정만 있는 꿈과 같았다. 그러나 떠오른 것들이 이렇게 실재하니.

나는…… 기억을…… 조금씩 찾게 되는 것인가!

아, 그를 통해 확인할 방법이 있다. 그의 반응을 보면!

그래, 첫 번째 환각 또한 기억일 수도 있다. 그가 날 구하러 왔던 게 사실이라면. 그건 그가 누명을 썼다는 뜻!

아령은 그의 서안으로 다가가 떨리는 손으로 마른 붓을 적셨다. 종이를 찾아 글을 적어 내려갔다. 진왕과 같은 것을 공유한다면 그것은 환각이 아니라 기억일 테고, 그건 그녀가 진짜로 명아령이란 뜻이다.

「옛집이 그리워 잠시 들르려 합니다. 이젠 옥지환이 약지에 잘 맞겠습니다. 주셨던 걸 되찾아 가시려거든 날이 잘 선 검을 들고 오십시오. 7년 전 실수를 만회할 기회를 드리겠습니다.

-령아」

아령은 감히 보석함에 든 목걸이와 반지를 몽땅 털어 들고 나섰다.

아깐 엄두가 나지 않았지만, 그가 곧 온다 생각하니 들어설 용기가 생겼다. 그 어떤 일화도 떠오르지 않지만 집의 구조며 정원의 나무, 장식 문양 같은 것들이 눈에 익었다. 햇빛에 조금 바랜 단청을 제외하곤 어제까지 사람이 살던 것처럼 정원도 마당도 말끔했다.

갑자기 코끝이 찡해지며 가슴이 미어지도록 아파 차마 집 안으로 들어서진 못했다. 대신 건물 외곽의 회랑을 따라 돌았다. 곳곳에 대나무가 심어진 것은 아버님의 취향이었다. 안뜰엔 아마도 붉은 잉어가 노니는 작은 연못과 연꽃들, 이즈음이면 정원 가득 매화 향이 한창…….

머릿속에 떠오르는 것들이 눈앞에 펼쳐지자 아령은 소름이 오소소 끼쳤다. 아련한 감각을 따라 벽돌 길을 걸으니 보름달을 닮은 월량문이

나왔다. 안쪽으론 푸른 대나무 줄기들이 빼곡하다. 아령이 쓰던 가장 안쪽 건물. 그가 옥지환을 억지로 끼웠던 곳.

아령은 홀린 것처럼 들어섰다. 그가 반지를 껴 주던 바로 그곳에서, 그가 서 있던 자리를 바라보았다. 그는 저 월량문으로 매정하게 돌아 나갔었다. 아령은 손에 든 것을 손가락에 끼워 보았다, 그날처럼. 이제 이 차가운 청옥은 약지에 알맞게 딱 들어맞는다.

륜은 그런 아령을 말없이 노려보고 있었다.

그 노비 아이다. 정보에 의하면 명아령과 똑같이 생긴 노비 아이가 아령이 죽은 시점을 경계로 7년간 세상에서 사라졌었다. 그리고 백운산, 매은 곁에 그날 다시 나타났다. 경방의 첩이라며.

이 아이는 내 앞에 왜 나타났는가. 나를 미혹하고 세상을 다시 한번 뒤흔들기 위해?

륜은 실소했다.

그 정도의 견제라니. 황송하다. 이제 나는 그들에게 제대로 위협이 되는 것인가.

"죽으려고 누구의 흉내를 내느냐."

간악한 짓을 하는 아이. 반드시 죽여 없애야 했다. 네 목은 내가 직접 쳐 주리라.

아령은 갑자기 목이 선득해져 온몸이 뻣뻣이 굳었다. 기척도 없이 나타난 그의 음성이 차갑고도 두려웠다. 검단이 곧 목의 동맥을 정확히 눌렀다.

"훗!"

깜짝 놀라 숨마저 죽였으나 시선을 들어 그를 바라보는 그 미미한 움직임에, 날카롭게 선 검날은 하얀 살갗을 밀고 들어섰다.

"하악, 하아……!"

가느다란 실금이 그어지며, 붉은 핏방울이 주르륵 흐른다. 저도 모르게 아령의 눈에도 눈물이 주르르 흘렀다.

"닮은 얼굴 따위로 내 마음을 흐트러뜨릴 줄 알았더냐."

땅거미가 드리워지며 그을린 그의 낯이 더욱 검어졌다. 자비 없이 번들거리는 들짐승의 눈빛이 질식시킬 것처럼 무섭게 내려다본다.

아령은 눈을 감았다. 명가를 멸한 장본인이 진왕이었단 소문은 사실이었나. 두려움보다 왈칵 닥쳐오는 건 슬픔이다.

"7년 전 실수를 만회할 기회, 그 뜻이 무어냐."

아니던가. 사실이 아니던가.

아령은 목숨을 건 도박을 하고 있었다. 번뜩이는 그 눈빛에 맞서며 죽음을 각오한 용기를 쥐어짰다.

"7년 전에 명가 한 명을 놓치셨지 않습니까. 그러니 지금 저, 명아령의 목숨을 멸할 기회를 드리겠습니다. 베십시오."

그의 동공이 폭발하듯 요동쳤다. 분노로 이글거리는 눈빛을 마주 보니 심장이 발작하며 옥죄었다.

"그래, 검을 뽑아라!"

아릿하게 목에 피를 내던 검신이 겨우 떨어졌으나 그건 제대로 베기 위해서였다. 아령은 그 어느 때보다도 빠르게 집에서 검을 뽑았다.

'타앙!'

그러나 검날이 채 한 뼘도 빠져나오기 전, 그는 가차 없이 내리쳤다. 휘청, 하는 몸이 천 근의 무게를 받아 낸 것처럼 저릿했다. 양팔이 타 들어 가며 두 무릎이 그대로 꺾였다.

'스르릉, 타앙!'

손아귀와 팔이 제 것 같지 않았다. 사신이 월도를 휘두르듯 그는 조금도 사정을 봐주지 않았다. 싸워 이기려는 수가 아니라 베어 죽이려는 살기!

'타앙, 터어억!'

간신히 두어 번 받아칠 수 있었던 것은 막다른 골목에 몰린 쥐새끼의 본능이었다. 사력마저 끌어올리는 무리한 발버둥, 그러나 그도 곧 힘을 다했다.

'덜그럭! 타탁, 턱, 턱.'

보잘것없는 검이 보기 좋게 두 동강 났다. 검날이 그대로 굴러떨어지는 데 놀랠 새도 없이 그의 발등이 허벅지 뒤를 강타했다. 그대로 두 무릎이 꿇렸다.

'스릉.'

잘 벼려진 칼날이 이번엔 새하얀 뒷목을 겨누었다. 전장에선 이런 식으로 적의 머리만을 취한다지. 아령은 쓸모없이 부러진 칼자루를 쥐고 손을 달달 떨었다.

검신이 달빛에 무심하게 번들거렸다. 사신처럼 그가 감정 없이 내려다본다.

턱이 덜덜 떨렸다. 너무 무서워 눈물조차 말랐다.

이리 목숨까지 걸며 진실을 요구했던 건 본능적인 믿음. 이 사람은 명가를 멸하지 않았을 거라는, 그리하여 날 죽이지 않을 거라는 이상한 그 믿음 때문이었다.

"죽어라."

날카로운 아픔이 가슴을 예리하게 찔렀다. 다급히 뛰어들어 그가 몸을 번쩍 들어 올리던 느낌, 울부짖으며 아우성치던 자신의 음성, 팔이 떨어져 나갈 것 같은 어깨의 통증, 적포를 입은 떼가 몰려올 때의 두려움과 그가 적의 칼을 받아 내던 근육의 감각들.

그의 등에 매달렸었다. 그가 칼을 받을 때마다 그의 다급함과 공포를 똑같이 느꼈다. 죽 뻗어 오는 도적의 무시무시한 칼날을 그는 번번이 아슬아슬 받아쳐 냈다. 그와 한 몸이 되었었다. 아령은 작았고, 그의 칼 솜씨는 형편없었으니. 코끝의 땀 냄새조차, 헐떡이던 숨소리조차 이리 생생한데.

'그래, 그럼 같이 죽자.'

그래, 그것은 환각이었나 보다. 진왕이 혼약자였다는 말에 바보같이 그를 상대로 꿈을 꾸었나 보다.

절망이 닥쳐오니 두려움이 사라졌다. 갑자기 눈앞에 여러 얼굴이 떠올랐다. 꼬장꼬장 타협을 몰라 갖은 손해와 음해를 견디시던 아버님의 모습, 그런 옹고집을 묵묵히 견디시며 존경과 은애를 쏟으시던 어머님의 얼굴. 아, 그래. 아버님과 어머님은 그리 생기셨었지.

동시에 텅, 하고 칼날이 어깨를 내리치던 무서운 통각이 되살아났다. 그의 등을 주먹으로 때리며 도망치라 다급히 외치던 느낌도. 그는 고집스럽게 그 말을 들어주지 않았는데.

그러나 어떻게 홀로 살아남았는지, 또한 그가 어떻게 명가를 멸했는지는 생각나지 않는다. 그저 불에 타 꺼멓게 재가 되어 가는 아름답던 유수원의 비경만이 처연하게 펼쳐질 뿐이다. 아령은 눈을 감았다.

나는 어차피 유령이다. 7년 전에 죽었어야 할 몸뚱이가 홀로 살아남았는데, 환각이면 어떻고 기억이면 어떨까. 내가 유령이면, 이도 모두 헛것인 것을.

스르르 머리칼이 흘러내리며 목을 간질였다. 아령은 머리칼을 한쪽으로 치웠다. 가늘고 새하얀 목이 달빛에 아름답게 빛난다. 그의 팔꿈치에 힘이 가해졌다.

'휘릭!'

단칼에 끝을 내기 위해 검신이 하늘 끝으로 뻗어졌다. 아령은 실소를 흘렸다.

이리 늦었습니다만 이제라도 따라가겠습니다. 어머님, 아버님.

'지이이잉!'

그러나 둔중한 통증이 느껴진 건 목이 아니라 귀였다. 허공에서 강렬한 힘을 거두어들이며 갑자기 멈춘 대가로 검신이 기이한 소리를 내며 울었다.

바닥까지 떨어졌던 심장이 입으로 밀려 올라올 것 같았다. 이제야 무섬증이 온몸에 퍼지며 심장이 날뛴다. 갑자기 화가 버럭 나 소리쳤다.

"베십시오! 이렇게 목을 스스로 들이대는 일은 앞으로 다신 없을 겁니다."

"……."

놀랍게도 그는 망설이고 있었다.

"내일의 저는 전하를 해하는 데 전력을 다할 것입니다."

사력을 다해 내 일가의 원수를 갚으리라.

그가 소름 끼치도록 낮은 음성으로 물었다. 네까짓 게 날 해할 처지라도 되느냐 무시하는 것 같다.

"마지막으로 묻겠다. 내가 아령에게 맞지도 않는 옥지환을 주었다는 건 어찌 안 것이냐. 지편 끝엔 왜 령아라 적었고."

아령은 실소했다. 환각인지 기억인지 모를 그 파편들을 어찌 설명할까. 지편 끝에 나는 왜 그리 적었던가.

"그게 무엇이 중요합니까. 빨리 식구들의 품으로 보내 주십시오. 전하와 같은 하늘 아랜 단 한시도 있고 싶지 않습니다."

그는 후후후, 비릿하게 웃었다.

"그래, 이 금성 집엔 명가의 시비들이 좀 남았었지. 아니, 아령의 일화들을 모을 사람들은 궁에도 이미 충분하다."

"……!"

머리가 어지러웠다. 이건 그가 명가 사건의 배후가 아니란 뜻인가.

아령의 동공이 흔들리는 것을 잠시 보던 그가 냉담하게 설명했다.

"내가 널 베려는 것은 네가 닮은 얼굴을 이용해 아령의 행세를 하기 때문이다."

"제가 명아령입니다!"

이제, 아령은 자신이 명아령임을 의심치 않았다. 머릿속에 떠오른 것은 분명 환각만이 아니다. 그러나 그는 단호했다.

"아니, 넌 아니다."

"어찌 그리 단정하십니까."

"네가 아령이라면 7년 전 내가 한 실수를 그따위로 말하지 못한다. 그 자리에 함께 있다 죽었으니까. 넌 아령이 아니야!"

아령은 지그시 눈을 감았다 떴다. 온몸 가득 퍼지는 안도감. 그는 명가를 멸하지 않았다!

"그것은, 전하께서 누명을 쓰셨단 뜻입니까."

그러나 그는 차갑게 자신의 말만 했다.

"네가 머리가 좋다는 건 안다. 그래서 더욱 널 믿을 수 없구나."

어쩌면 명아령의 혼약자였던 그는, 지금의 그녀가 올곧이 믿고 의지할 수 있는 유일한 사람이다. 이젠 사실대로 말하는 게 옳다. 그가 오해를 풀도록.

"지편을 그리 남긴 것은 전하께오서 진짜로 명가를 멸했는지를 확인하기 위해서였습니다. 실은 제, 제가…… 기억이 온전치 않습니다. 그리하여……."

"훗, 당연히 그래야겠지."

"거의 아무것도 기억하지 못하지만, 그래도 몇 조각은……!"

"그래야 몇 조각 안 되는 아령에 관한 정보들을 짜깁기하여 날 흔들어 댈 수 있을 테니. 안 그러냐?"

아령은 힘이 죽 빠졌다. 왜 저리 무섭게 가짜라고만 여기는가. 아니면 그녀가 살아 돌아온 자체가 진저리 치도록 싫어서인가.

'싫어도 부모가 정한 연을 어쩌겠느냐. 내가 널 내자로 맞아야 한다니.'

그래, 내가 살아 돌아온 걸 반길지도 모른다고 생각했다니. 이 얼마나 어리석은가.

죽길 바랐거나. 아님, 직접 죽였거나.

"죽이십시오."

그에게 다시 기회를 주는 게 옳았다. 아령의 말랐던 눈에 눈물이 스르르 고였다.

륜의 눈은 차갑게 노비 아이를 바라보고 있었다. 그래, 이렇게까지 비슷하게 닮은 것 자체가 세상을 뒤흔들 만하다. 아령이 살아 제대로 자랐다면 꼭 이리되었을 것 같다. 그녀의 죽음을 확인한 그 자신까지 이리 흔들리니.

그는 분명히 보았다. 아령의 목이 칼끝에서 멸해지는 순간을. 바들바들 떨며 살고 싶어 홍적의 무릎을 흔들며 목숨을 구걸하던 그 겁에 질린 마지막을 분명 보았다. 불에 꺼멓게 타 형상조차 남지 못한 그 작은 시신을 직접 수습했다. 그에 흘린 피눈물이 채 마르지도 않은 것을!

어깨의 상처 따위, 확인할 필요도 없었다. 어떻게 아령에 관한 정보를 모아들였는지, 그녀를 죽여 없앤 다음에도 그 경로는 확인이 가능했다.

그의 혼약자, 령아가 그리 당했듯이. 그의 스승이, 장모가, 명가의 모든 시비가 그렇게 맥없이 멸하여졌듯이. 감히, 흉내를 내는 이 계집을 죽여 없애야 했다.

그들이 또 명가를 조롱하지 못하도록. 륜은 검을 잡은 손에 힘을 제대로 가했다.

그러나 달빛에 드러난 새하얀 목.

노비 아이가 흐트러진 머리칼을 쓸어내리며 목을 제대로 내어 줄 때, 륜의 마음은 이미 흔들리고 있었다. 살고자 하던 자의 목들을 얼마나 많이 베었던가.

아이의 눈빛은 죽음을 겸허히 받아들이고 있었다.

너무도 용감하고 거침이 없어 늘 미웠던 령아. 그 령아도 죽던 순간만큼은 그리 목숨을 구걸했던 것을. 너는 어쩌면 령아보다도 더 령아 같은가. 그래서 더 밉고 더 싫다.

그녀의 흰 손끝에 목걸이 인장이 걸린다. 그녀가 목을 제대로 치라, 그것을 빼내 집어 던졌다. 귀갑형의 상아가 도르르르, 벽돌 길을 구르다 멈춘다.

"아버님이 쓰시던 건 훨씬 더 크고, 정방형에 거북이 등 문양이 있었지요. 저것은 제 것이 아닙니다. 그리고 이 반지도……."

륜의 시선은 이미 그녀의 흰 손에 닿아 있었다. 어찌 저것이 주인처럼 저리 잘 맞는가.

아이는 돌려주려 억지로 빼내고 있었다. 우스웠다. 곧 목이 떨어질 텐데 무엇을 걱정하는가. 저도 깨달았는지 헛웃음을 웃는다.

"목을 친 뒤 손가락을 잘라 거두십시오."

그리고 초연히 정면을 바라보았다.

륜은 벌써부터 가슴이 찢어지는 것처럼 아팠다. 목이 떨어지는 걸 상상하는 것만으로도 이리 가슴이 욱신거리는 것을. 륜은 반지를 낀 아령의 흰 손을 무섭도록 번들거리는 시선으로 노려보았다. 달빛이 매끄러운 청옥을 영롱하게 빛냈다. 반드시, 죽여 없애야 한다!

'휘익!'

륜은 아이의 목 한 치 앞에서 멈추었던 칼을 다시 높이 들었다. 한 번만, 단 한 칼만 제대로 베어 내면 된다. 아이는 맑은 눈을 들어 륜의 시선을 비장하게 맞받았다.

하얗고 고운 얼굴. 귀엽지만 빼어난 미인도 아니다. 그럼에도 왜 볼 때마다 심장은 좀먹어 들어가는가. 아령의 방 앞에서 감히 옥지환을 끼며 그 아이의 흉내를 내는 걸 보는 그 순간조차 형편없이 흔들리고 있었다. 맑게 빛나는 저 얼굴이 아령을 닮아서?

아니었다. 그저 이 노비 아이에게 이유 없이 끌리고 아팠다.

아령과 다르다. 닮았다는 인식은 맨 처음 봤을 때뿐이었다. 적염에 태운 때부터, 낯이 익은 뒤론 더더욱 그 어느 때도 아령으로 보이지 않았다. 그저 이 아이로만 보였고, 그것이 그렇게 보낸 령아에게 더 미안했다.

그리하여 더 죽여 없애야 한다. 차라리 처음 보았던 그날에. 아니, 지금이라도 어서!

"하하하!"

아이가 갑자기 배를 잡고 웃었다.

달빛이 그를 흔들어서일까. 아님 아령이 그를 흔들어서일까. 칼날처럼 벼려졌던 그의 눈빛도 그녀의 웃음을 따라 엉망으로 흐트러졌다.

'털그럭!'

륜은 무섭게 그녀를 노려보며 바닥에 검을 던졌다. 아령은 악을 썼다.

"왜요, 왜 못 죽이십니까!"

"머리를 쓰는 게 뱀처럼 간교하구나! 그래, 무엇을 더 알고 있더냐!"

"글쎄요, 지금은 생각나는 것이 없습니다만. 왜요, 못 죽이시겠습니까. 지금은 쓸데없는 것뿐이지만 무어라도 쓸 만한 게 나올까 봐서요? 사람들이 진왕이 명가를 멸했다 쑤군대는 그 헛소문을 잠재울 무어라도 건지실까 봐서요?"

핑계였다. 정보가 아쉬워 칼날을 내리치지 못했을까. 아이는 악을 썼다.

"왜요, 이번에는 또 옷을 벗기시렵니까. 찢어 벗기십시오. 이젠 말리는 사람도 없지 않습니까. 어깨의 상흔을 확인하셔야지요!"

"우습구나. 이리 똑같은 얼굴을 고르는 노력이라면 어깨의 상처부터 만들어 놨겠지. 꽤나 아팠겠구나."

"아니요! 하나도 아프지 않았습니다. 제 어깨는 이 옥지환처럼 매끄럽고 흠 하나 없습니다. 어디, 그날처럼 찢어 벗겨 보시지요!"

미쳤다. 이 작은 것을 죽이지도 못하니 미칠 것만 같았다. 처음부터 이 간교한 계집은! 제게 마음을 홀랑 빼앗겼다는 걸 알고 흔들어 대는 것 같았다.

륜은 아령을 그대로 번쩍 들어 벽으로 밀어붙였다. 아이는 헝겊 인형처럼 손쉽게 들린 채 석벽으로 몰아붙여졌다. 륜의 단단한 복근에 그녀의 말캉한 하초가 그대로 짓이겨졌다. 바르작거리며 저항한다. 륜은 오히려 허벅지 하나를 강제로 벌려 엉덩이를 단단히 받쳤다.

마치 선 채로 교접하는 남녀의 그것처럼, 조금의 틈도 없이 두 몸이 들러붙었다. 아릿한 음경의 쾌감에 온몸이 아득해진다. 이딴 게 무어라고.

륜의 입술이 아령의 입술, 단 한 치 앞에서 멈추었다. 그는 음산하게 물었다.

"넌! 가영궁에게 무얼 받고 이리 무서운 짓을 하느냐."

그저 처음부터 너무나 갖고 싶었던가. 그리하여 마음이 얕은 지금도 이리 베어 없애지 못하는가. 그대로 속곳을 벗기고 밀지로 파고들고 싶었다. 이대로 취하여 가져 버리고 싶다. 그러하면 어찌 될까. 세상이 뒤집어질까.

"생기는 게 왜 없겠습니까. 재물이고 사람이고 못 얻을 게 무엇입니까."

사내를 받아 본 적 없는 아령의 몸은 당황으로 비틀렸다. 그럼에도 대차게 대들었다. 아령은 아무렇게나 되는대로 뱉고 있었다.

"가영궁이 첩실로 삼아 주는 대가더냐."

그가 이마를 맞대며 입꼬리를 비릿하게 올렸다. 내뱉은 공기를 서로 나눌 만큼 두 입술이 가깝다.

"그것뿐이겠습니까."

아령은 두툼한 그의 손이 자신의 뺨을 대차게 후려갈기길 바랐다. 어떻게든 그의 가슴을 후벼 파고 아프게 해 이 고통의 반의반만큼이라도 전해 주고 싶었다.

"그래, 그가 내게 무얼 하라더냐."

아령은 한 팔로 그의 가슴을 밀어 내며 입술을 멀리했다. 그는 미는 대로 밀려 주었다.

너무나 잘생긴 얼굴. 그러나 저를 바라보는 그 눈빛이 어찌나 이리 차갑고 무서운지. 거지가 되어 나타나 네 혼약자라 주장하는 것 자체가 비참하고 우스웠다.

"가영궁께서 일간 전하를 초대할 테니 절더러 전하를 유혹하라 하시더이다. 아름답게 춤을 추어 보여 드릴까 합니다만."

아령은 그의 시선을 당돌하게 맞받았다. 이글거리며 번득이는 눈빛이 칼보다 더 날카로웠으나 아까만큼 두렵지 않다. 아니, 오히려 더 밉고 싫었다.

"후후후후……."

그는 발작적으로 웃었다. 그녀의 세상엔 온통 경방만이 가득할 테지. 그러하니 이런 파렴치한 짓도 서슴지 않는 게지. 얼마나 연모하면 저러할까. 나쁜 계집. 무서운 계집!

"이번엔 그 칼 솜씨만큼이나 형편없을 춤 솜씨냐. 차라리 창기처럼 벗고 흔들려무나. 수컷의 본능이야 어쩌랴."

아무리 싸늘한 말로 베어도 그 마음은 베어 내어지지 않았다. 그래, 수컷의 본능 때문이다. 수컷이라 형편없이 흔들리는 것이다.

그때였다. 무슨 오기가 생겨서일까. 아령은 이리 자신을 온몸으로 거부하는 그에게 실금이라도 내 주고 싶은 열망에 들끓었다. 아령은 저가 무얼 하는지도 모르고 그의 입술에 자신의 입술을 바싹 가져다 댔다. 그의 어깨를 감싸 안고, 입을 맞춰 버렸다.

그는 할 테면 해 보라는 듯 그저 가만히 멈추어 있다.

그러나 더 이상은 무엇을 해야 하는지. 입술을 꼭 붙인 채 그저 쌕쌕 숨을 내쉬었지만 사내를 유혹하는 것이 무언지. 아령은 슬쩍 혀를 내밀어 그의 입술을 핥았다. 그러나 꿈쩍도 않는 데 절망했다.

그래, 그는 나와 혼약한 자체를 진저리 쳤는데. 이제 와 유혹이라니.

맥없이 입술을 떼는데, 그러나 이번엔 그가 입술을 강하게 겹쳐 왔다. 훅, 머금는 강렬한 숨결에 혓바닥이 그대로 죽 끌려 들어갔다. 이것이 진짜 구접인가.

깜짝 놀라 혀를 거두어들이니 이번엔 그의 혀가 입안으로 맹렬히 파고 들어온다. 아령은 놀랠 새도 없이 그대로 입안을 내주었다.

그의 혀가 잔인하게 입안을 휘저었다. 솔개가 먹잇감을 채듯 그의 혀가 그녀의 혀를 낚아챘다. 심장이 쿵쿵 뛴다. 촉촉이 밴 땀이 달금하게 코끝에 스민다. 그러나 그도 잠시. 곧 숨이 점점 막혀 오기 시작했다.

"흐흡!"

아령은 그의 가슴을 급히 때렸다. 눈앞이 캄캄해진다. 더 이상 숨을 쉴 수 없었다. 치열을 죽 핥으며 아령의 혀를 안아 드는 그의 혀는 내달리는 짐승처럼 멈출 줄을 몰랐다.

륜의 심장 또한 입 밖으로 튀어나올 듯 요동쳤다. 안 된다는 이성의 울림과 하고 싶단 미친 욕망이 서로를 물어뜯으며 아우성쳤다. 그러나 매끄럽고 조그만 혀로 슬쩍 핥아 내리는 그 되지도 않는 유혹에 얕은 자제력은 그대로 바닥났다.

폭주하며 그녀의 입안을 들이켰다. 깜짝 놀란 조그만 혓바닥이 저항하다 조로록 끌려 들어왔다. 다디단 속살을 미쳐 맛보는 와중에도 기쁨으로 뒷목이 저릿했다. 처음이로구나.

처음 사내를 맞는 여인의 미숙함을 그 누가 모를까. 입맞춤이 뭔지도 모르는 그 형편없는 혀 놀림에 아랫도리가 저릿해져 왔다. 그녀는 아직, 경방과 밤을 보내지 않았구나.

"으……읍!"

숨조차 쉴 줄 몰라 가슴을 때리며 괴로워하는데도 멈추기 싫었다. 지금 이 순간을 놓치면 영원히 그녀의 입술을 맛보지 못할 거란 절박함에 더 괴이할 정도로 매달렸다.

"으음!"

비명에 가깝도록 숨을 쉬게 해 달라 가슴을 칠 때야 겁이 더럭 나 입술을 떼 주었다. 그러나 공기를 급히 들이마신 입술은 결국 암팡지게 앙다물어졌다.

이럴 줄 알았다. 이리 싫어하며 나를 밀어 낼 것 같았다. 이 작은 입술을 다시 들이켜고 싶어 미칠 것만 같은데, 아이는 이를 꽉 악물었다. 경방이 아닌 사내에게는 허락하지 않는다는 것인가!

륜은 아령의 턱을 틀어쥐었다. 다시 맛보고 싶었다. 아까처럼 그 다디단 입안을 헤치며 취하고 싶었다. 커질 대로 커진 양물을 들이댔다. 한 꺼풀의 얇디얇은 속곳을 밀어 헤치고 그녀의 밀지 안으로 파고들고 싶었다. 손이 제멋대로 그 안을 파고들려 했다. 그 작은 엉덩이를 꽉 틀어쥐며 참았다.

경방 따위에게 온 마음을 다 내어 준 아이, 그리하여 이런 무서운 짓을 하려는 아이. 이 아이의 버릇을 가르치고 내 것으로 만들고 싶었다. 아니, 그저 갖고 싶다.

아령이 이를 악문 건 그저 숨이 막혀 죽지 않기 위한 본능이었다. 그러나 이번엔 맞붙은 입술 대신 그가 손에 쥔 엉덩이와 단단해져 오는 그의 아랫도리가 미치도록 신경이 쓰인다.

오기로 입술을 맞대던 좀 전과는 확연히 다르다. 뱃속이 조여 와 벌린 허벅지를 오므리려 바르작댔다. 지금 다리 사이로 맞붙은 곳이 어디인지!

"으흡! 으음!"

주먹으로 그의 가슴을 내리치며 격렬히 반항했다. 엉덩이를 떼려 허리에 힘을 줄수록 이상하게 맞비벼져 느낌이 더 이상해졌다. 숨이 턱 끝까지 차오르며 온몸이 기이한 열기에 휩싸였다.

"하아, 하아!", "하아, 하!"

끝내 입을 열어 주지 않자, 그가 입술을 떼어 냈다. 아령은 이가 아프도록 입을 꽉 오므리고 있었다. 그가 어깨를 멀리하며 몸을 미련 없이 떼어 냈다. 그리고 바닥에 거칠게 내려놓았다.

땅을 밟는 게 아주 오랜만인 것처럼 휘청이며 잠시 두 다리에 힘을 주지 못했다. 중심을 잡을 때까지 잡아 주던 손도 곧 매정하게 떨어졌다.

"창기처럼 벗고 뒹굴 재주도 없으면서 무어, 유혹?"

부끄러움이 어둠 속에서도 아령의 뺨에 훅, 끼얹어졌다. 너란 건 아무짝에도 쓸모없다는 조롱. 아령은 이를 악물었다.

"흔들면 흔들려는 주시렵니까!"

"하!"

륜은 아이의 저 마음을 후벼 파 아프게 상처 주고 싶었다.

맑은 눈동자에 그렁그렁 눈물이 고인다. 고작 몇 방울의 눈물에 마음이 왜 또 휘청거리는지.

륜은 꼴도 보기 싫어 아령에게서 고개를 돌렸다. 그리고 바닥을 뒹구는 귀갑의 인장과 그의 검을 챙겨 들었다.

안 보면 그만이다. 눈앞에서 밀어 치우면 곧……. 그래, 곧 잊힐 것이다.

"그저 명아령이 살아 돌아온 게 싫으신 것 아닙니까!"

아령은 소리쳤다. 마치 더러운 것을 피하듯 그는 아령을 등지고 월량문 밖으로 성큼성큼 걸어 나갔다.

'그리 싫으면 그만두시면 되지요!'

그날처럼, 아령은 그의 차가운 등 뒤에 대고 똑같이 소리칠 수밖에 없었다. 그는 또 옥지환만을 남기고 조그맣게 사라져 갔다.

온몸이 열에 달떴다. 혜하천에 얼굴을 씻고 입을 헹구었다. 세수를 할 때야 비로소 울고 있었다는 걸 알았다.

무슨 생각으로 그에게 입술을 가져다 댔는지. 무슨 짓을 벌인 것인지!

그저 '혼약'이란 말에 취해 있었다. 혼약이란 그가 나의 사람이 되고, 내가 그의 사람이 되기로 한 것. 그가 혼약자였단 말에 그야말로 흠뻑 취하였다.

그래, 그가 좀 좋았었던가 보다. 무섭고 싫고 미워도 마음 한구석에선 그가 좀 많이 좋았었나 보다.

강렬하게 입안을 헤집던 그가 생각난다. 특유의 사내다운 달곰한 체취도. 그가 강렬히 어루만지던 손길이 아직도 몸에 남아 뺨이 식지 못하고 심장이 쿵쿵 울렸다.

진짜로 옷을 벗기고 그가 교접을 하려 들었다면, 나는 끝까지 저항할 생각이 있었을까. 싫다고 악을 쓰더라도 그가 진정 하초를 헤치려 들었다면, 나는 끝끝내 버틸 수 있었을까. 뱃속 가득 채워진 더운 열기를 혜하천의 찬물은 씻어 내지 못했다.

그녀를 싸늘히 식힌 것은 그의 차가운 반응.

'창기처럼 벗고 뒹굴 재주도 없으면서 무어, 유혹?'

나와의 입맞춤이 그리 형편없었나. 그랬겠지. 가슴이 알싸하게 그어졌다.

저도 모르게 흘러 버린 눈물을 슥, 닦으며 입술을 다시 찬물에 씻었다.

그 일은 빨리 잊자. 머릿속에 담지 않는 수밖엔 도리가 없다. 그럼에도 또 생각나는 얼굴. 그녀를 담을 때만큼은 집중으로 반들거리던 그 눈동자. 그것이 미움이든 증오든 간에 그가 나를 바라봐 주는 게 좋았다. 멍청하게도! 그 강렬함에 가슴이 저릿해져 세상이 온통 그 사람으로 가득 찬 것 같았다. 아, 안 돼!

다시 또 열기로 달아오르려는 몸을 추스르며 아령은 이성을 찾으려 애썼다. 그래, 차라리 다른 데 집중하자. 보다 현실적인 문제에.

어쨌든 진왕은 누명을 썼을 거란 심증을 얻었다. 그가 아령을 가짜라고 굳게 믿는 건 어쩔 수 없어도 사람들의 말은 사실이 아니다. 게다그는 옛 명가를 그리 잘 보존해 두고 있었다. 그가 명가를 멸했다면 모든 증거를 없애고 흔적부터 싹 지웠을 게 아닌가.

무엇보다도 그녀는 자신이 진짜 명아령이란 걸 알았다. 어떡해야 기억이 떠오르는 건진 모르겠으나, 두렵고 다급해지니 몇 토막의 기억도 튀어나왔다. 그와 대화하며 환각이라 여겼던 것들도 기억이란 확신이 들었다. 무엇보다 어렴풋한 느낌뿐이지만, 아버님이 진왕의 모후와 사통했단 건 절대! 믿을 수 없다.

그렇다면 명가를 멸한 자들은 그저 마적인 것인가.

소득 없는 헛짓은 아니었다, 스스로를 위안했지만 아직도 아까 일만 생각하면!

아령은 머릿속에 어지러이 떠다니는 그의 존재를 밀어 치웠다. 가장 큰 문제가 남았다. 나는 어디로 가야 할까.

백운산, 스승님, 가영궁, 탕약, 박지 그리고 경방 오라버니.

아령은 길게 한숨을 쉬었다. 혜하천가의 버드나무가 달빛에 하늘하늘 춤을 춘다. 어쨌든 돌아갈 곳은 가영궁뿐이다. 탕약이 꺼림칙해도 경방이 그녀를 위하는 마음만은 진짜였다.

그것은 망각의 탕약이로구나.

치료를 위해 어쩔 수 없던 선택이었나. 부작용 같은. 어쨌든 내가 그 무서운 과거를 기억하면 힘들 것이니 탕약을 먹였던 걸까. 아니, 어떻게 변명을 해 드리기에도 오라버니는 의심스러웠다.

그렇더라도 돌아가기로 했다. 도망치는 것보단 그 속에 있어야 무어라도 더 알아낼 수 있지 않나.

아령은 문득 짙은 외로움을 느꼈다. 세상 하나뿐인 지붕이었던 오라버니도, 혼약자라고 말들 하는 진왕도, 스승님도, 그 누구도 내 편인 사람이 없었다. 그럼에도 아령은 두 다리에 단단히 힘을 주고 일어났다.

"아얏!"

허벅지의 상처가 괜히 아프다. 그러나 더 깊이 가슴을 에는 목의 상처는 애써 무시했다. 부러진 칼은 어찌 설명해야 할지. 약을 또 달이시지 못하게 해야 하는데.

아령은 한숨을 쉬며 가영궁의 높은 담장을 날듯이 사뿐 넘었다.

사방이 고요하여 나뭇잎 굴러가는 소리도 들릴 것 같았다. 늘 지저귀던 물총새의 구르륵거리는 소리도 들리지 않는다. 방 밖엔 등롱의 그림자가 꽃살문을 일렁였고, 문 앞을 지키는 시비, 모아조차 무릎을 꿇은 채 꾸벅꾸벅 졸고 있었다. 아령은 창을 가뿐히 뛰어 방 안으로 들어섰다.

다행히 자는 것처럼 꾸며 놓은 이불이 그대로다. 그러나 서창을 넘던 붉은 기운 대신, 어둠이 깊이 내려앉았다.

껌껌한 속에서 드넓은 방 안을 둘러보았다. 침실처럼 한쪽에 꾸며진 비단 드리워진 침상과 분리된 생활 공간.

부드러운 은낭(隱囊, 둥글고 긴 쿠션 같은 받침)이 깔린 평상, 탁자, 의자들, 서안, 장식장까지. 온통 아름다운 조각이 되어 있어 하나도 버릴 게 없었다. 솜씨 좋게 빚은 꽃무늬 화병들, 사방 벽을 장식하는 계절 그림들. 모두 경방 오라버니의 정성이었다.

한숨을 작게 쉬며 뒤쪽 구석, 민무늬의 희고 커다란 항아리를 바라보았다. 거기엔 항상 제철 과일이나 꽃송이들을 가득 담아 두었다. 먹을 게 아니다.

'아령의 심신이 편안해야 하니, 절대 향기가 끊이지 않도록 해라.'

오늘 아침엔 향긋한 매실을 가득 채우는 시비를 보았다. 하필 이걸 손대는 게 꺼려지지만.

잠시 뒤, '콰쾅!' 하는 요란한 소리가 방 안을 울렸다. 깜빡 잠에 빠져 있던 모아가 기함을 하며 뛰어 들어온다.

넘어져 있는 가구들, 산산이 깨진 백자, 향긋한 매실은 온 방 안을 어지러이 굴러다녔다. 아령은 부러진 칼자루를 쥔 채 허공을 응시했다.

"마마, 마마!"

또 다른 시비가 들어오다, 경방에게 고하기 위해 도로 뛰어나갔다. 아령은 작게 한숨을 내쉬었다.

"소저, 괜찮으십니까!"

모아가 묻는 걸 무시하며 멍하니 지창 밖 상현달을 바라보았다. 문득 진왕과 칼을 겨누던 감각이 살아났다. 이러고 있으니 그를 만났던, 그에게 목을 잃을 뻔했던 그 시간이 환각인 것 같다. 손에서 억지로 빼낸 청옥의 묵직함이 아직도 가슴을 짓눌렀다.

또, 또다. 질척거리던 입안의 느낌. 속살을 뒤얽으며 그의 혀를 정신없이 받아들이던 달콤함. 그의 체취에 뜨거워지던 몸. 아…… 안 돼.

"이게 무슨 일이냐, 어디 다친 데는 없느냐!"

경방 오라버니가 뛰어 들어오는 것을 보고, 다 부러져 검병밖에 남지 않은 검을 내렸다. 헛웃음이 나온다. 정말로 잠시 꿈을 꾼 느낌.

"송구합니다. 정신을 차려 보니 이런 짓을 해 놨습니다."

오라버니는 부러진 검을 빼앗아 털그럭, 화풀이처럼 바닥에 거칠게 던져 버렸다. 그러곤 안타까운 표정으로 그녀를 와락 품에 가두었다.

그의 긴 한숨이 어깨 위로 넘어왔다. 등을 밝힌 뒤 바닥을 비질하던 모아는 당황하며 자리를 얼른 떴다.

그는 사죄를 하는 것처럼 아프게 꼭 끌어안는다. 우리는 왜 서로를 속이는 처지가 되었을까.

"저기……."

아령은 그의 가슴을 밀어 냈다. 사내의 체취가 거북했다.

"놓아주십시오."

"잠시만……."

그러나 아령은 바르작대며 결국 그를 강하게 밀쳤다. 륜의 체취가 아직도 코끝에 남아 있는데, 다른 사내를 가까이하는 게 무척 불편했다.

"환각에서 누가…… 너를 해하더냐."

떠밀린 채 묻는 음성이 가늘게 떨렸다.

"글쎄요. 적포를 입은 자들이었습니다. 저도 모르게 칼을 집어 휘둘렀습니다."

"무어?"

지난번 환각을 빌려 말했다.

"송구합니다. 아름답게 꾸며 주신 방을……."

"괜찮다, 너만 괜찮으면 된다. 이런 건 아무것도, 아무런 일도 아니야!"

그러나 경방은 정신없이 지껄였다. 아령을 진정시키는 게 아니라 스스로를 진정시키는 것이다. 역시, 약이 과했다. 환각은 약을 버티지 못하여 몸을 해쳤단 뜻이다. 아니라면 약이 모자라 기억이 튀어나오는 것이나, 그럴 리는 없으니.

기억을 누르는 것은 몸을 망치는 것과 기억이 튀어나오는 것 사이의 절묘한 줄타기. 박지는 항상 몸을 망가뜨리는 쪽을 택했다.

"검을 이리 망가뜨려서……."

"내가 참 형편없는 걸 선물이라고 했구나."

경방은 부러진 검신을 보곤 어색하게 웃었다. 명검을 선물했다간 아령이 다칠까 싶어 모양만 그럴싸한 걸 구해 주었더니.

"미안하구나. 내가 널 과소평가했다. 이번엔 제대로 된 걸 사 주마."

경방이 다정히 아령의 손을 잡았다. 힘줄이 불거진 사내의 손. 아령이 슬쩍 웃으며 피하는 태가 나 경방은 입귀를 비틀었다.

"아닙니다. 시전이 가까우니 제가 알아서 하겠습니다. 잠시 바람을 쐬어야겠습니다."

아령이 도망친다. 경방은 모른 체 뒤뜰로 따라 나왔다.

가영궁에도 꽃 중 꽃 모란이 한창이었다. 홍수를 이루는 곳은 단연 아령이 쓰는 경춘각. 안주인, 연화가 들 경화각보다 오밀조밀 조화롭게, 더 사치를 부렸다. 아령이 불편해할지라도.

작은 못을 지나가기 위한 구름다리에서 경방은 기어이 손을 또 내밀었다. 싫어한다. 그러나 지척에 두며 품지조차 못하는 내 마음처럼 괴로울까.

"오라버니는, 저를 아직도 아이로 보시나 봅니다."

그렇다면 예의를 차리며 오라비인 척 담백하게라도. 경방은 아령이 마지못해 조금 내미는 손을 꽉 쥐어 잡았다. 또 슬그머니 돌려 빼려 했지만 놓아주지 않으련다.

"그럼 네가 어른이더냐. 성혼도 전인 것을."

말투가 불퉁하게 나온다. 그러나 바르작거리는 손가락의 느낌마저도 달다.

"성혼은 오라버니께서도 아직이지 않습니까."

"너와 내가 같더냐."

"예, 다르네요. 오라버니는 비 되실 처자가 이제 다 컸으니까요."

아령이 쌕 웃으며 애써 덧붙인다.

"돌이켜 보니 저는 오라버니를 진짜 오라버니로 생각했나 봅니다. 오라버니와 어찌 살을 섞고 아이를 낳겠습니까. 제게 했던 말씀은 다 잊으시고, 올해 안엔 경화각의 주인을 맞으시지요."

어찌 저리 매정하게 거리를 벌릴까.

"소풍에서 연화가 네게 함부로 굴더냐."

"아니요, 외려 잘 대해 주었습니다."

아령을 안다. 모욕을 당했더라도 종알종알 고해바칠까. 그녀는 뼛속까지 고고했다.

비 자리를 내주어도 코웃음 칠 아이. 언감생심 연화를 섬기며 첩으로 살라 했던 그가 멍충이다. 그 도도함과 손댈 수조차 없던 자긍심을 이리 꺾어 가진 쾌감을 어찌 말로 다 할까.

"연화가 없다면, 첩이 아니라 비라면, 괜찮겠느냐."

아령은 깜짝 놀라 입을 다물지 못했다.

"경화각을 네게 주랴. 우리, 내세에 부부로 살지 말고 현세에 당장, 부부로 살까."

아령은 혼란스럽게 경방을 바라보았다. 그런 그녀의 눈이 너무나 아름다웠다.

가까이하면 안 된다, 단단히 마음먹었었다. 그러나 발가벗겨지듯 모든 걸 잃은 채 순백이 되어, 담뿍 정을 주며 온전히 제게만 기대 오는 아이. 저 맑은 눈동자 앞에서는 절로 마음까지 맑아져, 조금씩 조금씩 정을 주게 되었다.

새와 같이 작은 몸뚱어리에 난 무서운 상처. 그게 두려워 자주 들여다봤다. 처음엔 죽을까 봐, 어떻게든 살아나 준 게 기특해서, 그러곤 다시 빛을 찾은 그 생기와 아름다움에.

"저……."

"답할 필요 없다. 일단은 네 과거를 찾는 데 집중하자."

들뜨는 것도 혼란스러운 것도 같은 아령의 표정에 경방은 우지끈 가슴이 죄었다.

"모란 향이 짙구나."

천벌을 받을 것이다. 그러나 살아서는 싫다. 살아서는 부귀영화를 누리며 너와 함께할 것이다. 죽은 뒤에, 네게 진 죄는 그 뒤 모두 갚겠다.

"예, 이 비싼 것들을 혼자 보자니 너무 아깝습니다."

달빛에 붉은 모란화가 검게 빛났다. 희미한 등롱 곁 어둠을 가득 메우는 향취가 낮보다 더 짙다. 이리 짙붉은 색 한 다발을 꺾어 들면, 중류층 열 집의 세금값이다.

"그래서 며칠 뒤 이 경춘각의 모란을 자랑하기 위해 사람들을 부를까 한다."

술과 꽃이 어우러진 가운데, 경방은 이제 아령을 화려하게 내보이려 한다.

"꽃구경이 지루해질 때쯤 네가 춤을 좀 추어 보이겠느냐."

이제 사람들의 입에 오르내리도록 죽은 아령을 살려 내려는 것이다. 아령은 경방을 조용히 응시했다.

5. 유혹의 춤을 추다

기생을 만나러 간단 말에 기방을 구경하는 줄 알고 아령의 눈은 호기심과 기대로 반짝였다. 그러나 그녀가 도착한 곳은 꽤 호화롭지만 평범한 사합원의 사가.

그곳에서 아령은 춤 선생에게 선을 뵀었다. 반짝 뛰며 도약을 해 보이고, 다리를 들고 핑그르르 돌아 보기도 한다. 예기로서 평생을 산 기생의 눈에 놀람이 비쳤으나, 아령을 먼발치서 제대로 보고 있는 것은 또 다른 여인이었다.

"그래, 벌써 말이 돌긴 돌더구나. 그래도 난 영……!"

"금의위를 차지한 이상, 새 덫을 놓기는 불가하며 역공을 당할 수 있습니다. 딱히 내보낼 전쟁터도 이젠 없고요."

사내처럼 기골이 장대하다. 검은 유모를 쓴 얇은 천 새로 비치는 얼굴엔 기품과 도도함이 그득하나 턱이 꽤 뾰족했다.

"자객을 보내디?"

"크게 놀랐으나, 그렇진 않습니다."

"그래서 옆구리를 찌르겠다?"

조그만 눈알을 도로록, 굴리며 아령을 보는 품이 차갑기 그지없다.

"저가 가짜인 줄로는 아느냐."

"아직 아무 말 않았습니다."

경방이 읍하며 조용히 아뢰었다.

"초야는 치렀고?"

"……"

"홋. 그따위 쓰지도 못할 걸 덜렁덜렁! 그러다 죽 쒀서 개 준다."

그녀의 시선 끝에 경방의 낯이 붉어졌으나, 코웃음 치는 얇은 입가를 감히 마주 보진 못한다. 대신 다른 걸 졸랐다.

"비로…… 맞고 싶습니다. 이름을 주시면 가능합니다."

"빙충이로구나. 잊었느냐. 저년은 가짜다. 처가의 뒷배도 없이 네가무엇이야!"

경방은 고개를 숙였다. 죽자고 발버둥 쳐 봤자, 그는 아무것도 아닌황자일 뿐.

"잘해 내겠습니다. 상을 주십시오."

곧이어 삐그덕, 문이 열리며 눈이 번쩍 뜨이게 잘생긴 청년 하나가주변을 휘둘러보며 들어왔다. 비단 천 너머 여인의 작은 눈알이 멀리서도 유심히 살핀다. 흰 살결, 반듯한 이목구비, 훤칠한 키와 단단해 보이는 몸집. 계집같이 몸가짐이 단정한 두 사내의 인도로 아름다운 청년은 방 안으로 들었다.

그녀가 기다란 손톱을 씌운 호갑으로 톡톡톡, 탁자를 두드리다 주먹으로 통, 치고 만다.

"좋다. 기회를 주마."

경방은 이마를 바닥에 조아렸다. 여인이 마음에 들지 않아 하며 마저 내뱉었다.

"상은 잘해 낸 다음이야."

선을 뵈러 간다더니 정말 아주 잠깐이었다.

"오늘은 춤은 안 배우나 봅니다."

"그래, 내일부터 널 가르치러 올 것이다. 향낭이라도 하나 골라 보련?"

시전 구경은 이미 실컷 했지만 낯선 척했다. 그날을 시작으로 아령은 기회가 있을 때마다 담을 넘었다. 물론 경춘각의 궁인을 훌쩍 줄여 가능했다.

"비싸기만 하고 덜렁덜렁, 귀찮습니다."

아령은 경방이 내미는 향낭을 슬그머니 밀어 치웠다. 경방의 낯이 왠지 달아올랐다.

"흠흠, 명가의 아령은 그런 데 마음 쓰지 않는다. 네 시선, 태도, 차림, 말투 하나하나에 모두의 눈이 쏠린단다. 하층민의 습관을 흘리지 마라. 내 궁에도 소식을 물어다 나르는 쥐들은 늘 있어."

물론 경방은 난색을 표했지만 아령은 번잡스럽다며 꿋꿋이 고집을 피웠다. 그리하여 궁 밖 사람들과 접촉하며, 그녀만의 그림을 조금씩 그려 나갔다.

경방은 영덕천 쪽으로 길을 잡았다. 형편없이 오래 굶은 걸인들의 떼가 한쪽에 길게 무리 지어 있었다.

"왜 하필 춤입니까."

"시선을 끌기 좋지 않으냐."

그의 말이 썩 와닿지 않아 의견을 제시해 봤다.

"차라리 황상께 제가 직접 인사를 드리면 어떻습니까."

"무어?"

"황상은 며느리를 알아보시지 않겠습니까. 황상의 인정만큼 빠르고 확실한 게 어디 있습니까."

듣는 경방의 얼굴이 새하얘졌다.

"선패를 올린다고 아무나 만나 주시는 분인 줄 아느냐. 자식인 나로서도 1년에 몇 번 황실의 행사 때나 뵈올 뿐이다."

진왕과 경방의 지위가 다름은 안다. 그러나 이것은 의지의 문제다.

"명아령은 명가의 외딸로 진왕의 정혼녀입니다. 비슷한 사람이 나타났다, 고해 주시면 황상께서는 궁금해서라도 만나 주실 것입니다."

"어, 어찌 그렇게까지 문제를 일으키려느냐!"

아령은 경방의 뜨뜻미지근한 태도가 마음에 들지 않았다. 내가 명아령이오, 선언하고 직접 이름을 찾는 것보다 더 빠른 게 무얼까.

"사람들을 불러 춤을 추는 게 다 무엇입니까. 그냥 이름을 찾으면 되는 것을요."

"그건 아니 될 소리다."

"명가를 해했던 자들이 저를 해할까 봐서요? 어차피 마찬가지잖습니까. 저도 이젠 저 스스로를 보호할 만큼은 됩니다. 황상을 뵙는 게 힘들다면 관아에 청원을 넣어 저를 조금이라도 알았던 사람들을 불러 모으는 건 어떤지요."

자신이 진짜임을 확신하는 이상, 아령은 자신이 있었다. 그러나 경방의 눈빛은 두려움으로 떨렸다.

"너는 기억이 전혀 없는데, 네가 명아령임을 스스로 어찌 입증하겠느냐."

저 말을 입에 담으시다니!

분노가 가슴을 묵직하게 눌렀다. 이로서 아령은 경방에게 기댈 수만은 없단 걸 확인했다.

아령은 억지로 생긋 웃으며 구경하는 척 몇 발 앞서 나갔다. 입꼬리가 부들부들 떨렸다. 그때였다.

"이 사지를 찢어발겨도 시원찮을 년, 육시를 해도 모자랄 년!"

비썩 마른 늙은 거지 하나가 아령에게 갑자기 뛰어들었다.

"허헉!"

조그만 체구로도 얼마나 격렬히 다가드는지, 좀 떨어졌던 경방은 미처 아령을 제대로 보호해 주지 못했다. 그러나 아령은 본능적으로 거지의 팔을 잡는 동시에 내간혈을 꽉 눌렀다.

"으으윽!"

거지가 어깨에 힘을 잃곤 괴로워했다. 냄새도 냄새지만 얼굴이 조글조글하고 처참한 몰골이 소름 끼쳤다. 그러나 아령을 바라보는 울분에 찬 눈빛과 말은 더했다.

"네년이 우리 몽이를 죽였다. 아느냐! 어여, 너도 죽어라 이년!"

아령은 그의 팔을 던지듯 놓아주며 멀리 떨어뜨렸다. 그러나 그는 한번 맛을 보고도 그칠 줄 몰랐다. 근처의 몽둥이를 어디서 집어 들곤 아령을 향해 제대로 내리치려 했다.

"그만두시오!"

아령은 몽둥이를 얼른 빼앗아 멀리 던졌다. 다리를 걸어 넘어뜨렸으나 너무도 약해 어디라도 부러질까, 함부로 힘을 쓰지도 못했다. 뒤늦게 호위들이 헐레벌떡 다가왔다.

"아니, 이 늙은 거지가 미치려면 곱게 미칠 것이지!"

눈치를 보아하니 한눈을 판 것 같다.

"송구합니다!", "잘못하였습니다."

"너희들은 무얼 하는 것들이냐!"

경방의 호통이 떨어지기도 전에 거지는 호위들에게 작대기처럼 힘없이 질질 끌려갔다.

"다치게 하지 마시오."

아령은 명했으나 실수를 하여 얼굴이 벌겋게 단 호위들의 귀에 잘 들어갈 리 없었다. 그러나 늙은 거지는 분에 차 쉼 없이 손가락질하며 욕을 멈추지 않았다.

"뱃속 가득 욕심만 들어찬 년! 네가 편히 잘 살 것 같으냐. 나라도 팔아먹을 천하에 간교한 년! 뱃속을 다 후벼 파 개에게나 던져 줄 년!"

그 분노가 너무나 절절해 아령은 헛웃음을 짓지도 못했다. 그러나 그런 그가 너무 안쓰러워져 품에서 돈을 약간 꺼냈다.

"괜찮으십니까.", "저런 것에게 무슨 적선이십니까."

다른 호위 둘이 다가와 사죄했다. 아령은 손에 든 걸 그들에게 내주었다.

"둘에게 가서 괜히 늙은 사람 다치게 하지 말고 돌아오라 전하시오."

아령은 경방을 돌아봤다. 그는 뒷짐을 진 채 그녀가 하는 대로 내버려 두고 있었다. 어차피 아령의 고집을 잘 아니.

"정신이 나갔나 보구나."

"식구 중 누가 죽어 그리되었나 봅니다."

소동이 가신 영덕천은 무슨 일이 있었냐는 듯 천연덕스럽게 물이 흐르고 있었다. 수면이 햇빛에 아름답게 반짝였다. 경계가 늘어졌던 호위들은 이젠 바싹 긴장하여 주위를 살폈다. 한가로이 사람들이 다시 오가는 곳을 찬찬히 걸으며 아령은 골치 아픈 숙제를 꺼냈다.

"부른다고 진왕이 오겠습니까."

"백운궁에선 그러고 갔지만, 확인을 하고 싶어서라도 반드시 올 것이다."

경방의 음성은 확신에 차 있었다. 물론 그녀가 륜을 몰래 만났단 것도, 기억을 찾은 것도 모르니 하는 소리다.

륜은 아령을 가짜라 믿었다. 어깨에 상처부터 만들었을 거라 한다. 더 이상 확인할 게 무언가.

"만일 끝내 오지 않으면 어찌합니까."

게다 진짜라 증명해도 소용없었다. 그는 아령과의 혼약 자체를 진저리 치지 않았나. 살아 돌아온 자체를 질색하지 않나.

"괜찮다. 기회는 또 만들면 되지. 어쨌든 명아령과는 가장 가까우니, 그가 널 인정해야 사람들도 그의 반응을 보며 판단하지."

"저는 왜 오라버니께서 진왕에게만 관심을 쏟으시는지 알 수 없습니다. 혼약자가 다 무어라고요."

"잠시만 참고 그를 견디거라. 그러면 넌 명아령으로 인정받을 수 있어."

저러시는데 무어라 답할까. 그저 길게 한숨을 쉬며 얼굴을 돌릴 뿐.

"넌, 그가…… 싫구나!"

그러나 수심 가득하던 경방의 얼굴은 밝게 빛났다.

"걱정 마라. 네가 명아령이 되고 나면 그와의 혼약도 없던 것으로 해 주마."

"예? 어찌……."

"그리해 주마. 너는 아무 걱정 말거라."

아령이 좀 놀라니 경방은 낮은 웃음을 터뜨렸다.

아령에게 진왕, 그는 가슴 깊은 곳에 박힌 못과 같았다. 이번이 아니면 다음에라도 경방은 결국 진왕을 만나게 할 생각이다.

그는 안 올 것이었다. 그럼에도 그를 어떻게든 오게 해야 한다.

머리를 쥐어뜯던 아령은 오늘 새벽 결국 일을 치기로 했다. 그녀는 지편을 써 활과 화살을 들고 진왕부의 담장을 다시 넘었다.

륜은 집무실에 있었다. 호방한 필체의 글귀가 걸린 족자 몇을 제외하곤 너른 방이 너무도 소박하다. 중후한 화리목의 가구들은 묵직하고 규모

있게 방을 채웠지만, 쓸모를 위주로 한 것이라 장식이 일절 배제되었다.

대신 방 안을 가득 채우는 것은 서가에서 빼어 와 읽다 만 고서들과 그야말로 산더미처럼 쌓인 공문들.

사람 키를 넘길 만큼 쌓인 무더기는 경중에 따라 분류된 것이다. 그가 색자로 표기하고 야트막한 소반에 옮기면 태감들은 작은 나무 상자에 담아 부리나케 각 부처로 다시 배달한다. 궁에서도 내내 시달리지만 진왕부에서도 그를 기다리는 주접(奏摺)과 제본(題本)들은 산더미다.

잠깐 눈을 붙이기 무섭게 일어난 륜은 새벽부터 일에 빠져들었다.

"아직도 백성들이 밥 대신 환초(幻草)에 찌들어 있구나."

"아직 한 해도 지나지 않았는데, 어찌 일시에 좋아지겠습니까."

쌀이 가장 많이 나던 아름다운 남방국이 고작 7년여 동안 마약 소굴이 되어 버렸다. 이름도 듣지 못할 각종 몹쓸 약들의 천국이다. 남녀가 교접할 때 극락을 맛보게 한다는 극락환부터, 자백약으로 쓰이는 미혼약, 그 외에도 듣도 보도 못한 끔찍한 것들이 곡식이 자라야 할 땅을 죄 차지하여 백성을 굶주리게 하고 또 마약에 찌들게 했다.

오죽하면 황상께서 황후의 동생인 장모균의 영지를 빼앗아 '진국'으로 이름을 바꾸고 륜을 진왕에 봉했을까.

"곧 국법으로 금할 것이다."

"태자 전하께서 즐기시는 것이온데, 그 환약만큼은……."

륜이 무섭게 쏘아보자, 익비는 입을 닫았다.

교위들은 제각각 그 밖의 세금 문제와 금성 내 문제들을 들고 들어왔다. 골치 아픈 주제들이 한바탕 폭풍처럼 지나가고 륜이 지칠 때쯤 익비가 눈치를 보니 그가 먼저 물어 줬다.

"매은은 아직이더냐."

익비가 송구해했으나 륜은 나무라지 않았다.

"네 잘못이 아니다. 내가 직접 다시 발걸음을 해야겠다."

그러고도 꺼리던 주제가 남았다. 륜이 특유의 번들거리는 눈으로 빤히 바라보자 익비는 가슴이 저릿해졌다. 명아령의 행세를 하는 그 노비 아이를 여상히 여기지 않으심을 안다.

"여, 영덕천 거지 소굴 출신인 걸 확인했습니다. 아픈 동생 약값으로 식구들이 구걸하여 모은 돈을 모두 들고 도망쳤답니다. 반가워하긴커녕 오히려 원망이 가득하더라고요."

그러나 륜의 표정은 담담했다.

"말은 양쪽에서 모두 들어 봐야지. 아비는 아이의 얼굴을 단번에 알아보더냐."

"예, 소저는 물론 모른 체했습니다."

륜은 그 아비의 사정을 보아주고, 아령을 더 이상 해코지하지 않도록 조치하면서도 감시 대상으로 올렸다. 익비는 당황했지만 간언하지 못했다. 죽여 없애야 하지 않습니까.

곧 륜의 질문이 쏟아졌다.

"약사, 박지가 먹이는 약은 무엇이더냐."

"환약의 일종입니다만, 약재의 일부만 확인했습니다. 더 자세히 알아보고 있습니다."

"그 아이는."

"그것이……. 그 아이, 아, 아니 소저가, 전각에 들이는 시비를 갑자기 확 줄여 버리는 바람에 선이 끊겼습니다. 송구합니다. 다시 조치하겠습니다."

"그래, 머리가 좋더구나."

아이는 경방의 눈을 피해 월담을 자주 하는 모양이었다. 기회가 될 때마다 변복을 하고 돌아다닌단다. 그녀가 알아보고 다니는 건…… 뜻밖의 것이었다. 그 아이가 그것들을 왜.

반면 경방은 윗전의 결정에만 위태롭게 매달려 있었다. 남의 시중을 드느라 제 첩이 무슨 짓을 하고 돌아다니는지도 까맣게 모르고.

류은 코웃음을 쳤다. 꼬리가 길면 밟히는 법. 이리 대범하게 구니 머지않아 들킬 것이다.

"아이가 하는 대로 놓아두되, 잘 감시하거라."

"예."

그리하여 그가 죽이지 않더라도 소용이 다하면 저들이 죽여 없앨 것이다. 경방은 제 아이를 지켜 낼 수나 있을지.

"네가 직접."

"예? 제 얼굴을 알잖습니까."

"문제가 생기면 나서서……."

가슴이 또 묵직해진다. 어차피 아이의 명은 길지 못하리라. 그러하니.

"다치게만 하지 마라. 일부러 모습을 드러내진 말고."

딱 그때까지만이다. 소용이 다해 저들이 스스로 제거할 때까지. 그때까지만 살아라.

"눈치가 보통이 아니던데요."

"들키면 어쩔 수 없지. 그래서 널더러 따르라는 것이다."

죽여야 마땅할 아이를 호위까지 하라시니. 그러나 주군의 명에 알았다, 묵례하며 머뭇머뭇 경춘각의 연회에 참석하란 전갈을 그 앞에서 치웠다. 어떤 의도로 부르는지는 뻔하고, 그 장단에 춤을 춰 줄 필요는 없었다.

"그럼 이따 가영궁 연회엔 불참하신다 전하겠습니다."

"그래."

그들은 명아령을 앞세워 풍문으로 그를 깎아내리기 시작했다. 이에 맞서는 방법은 차라리 정면 돌파뿐.

큰 파란이 일 것이다. 수많은 목이 날아가고 세상이 와락 뒤집힐 일. 그야말로 내란에 버금가는 전쟁이다. 어차피 역사는 승자의 기록이다. 진실이 무어 중요하던가.

그때였다. '타앙!' 하는 요란한 소리에 익비가 기겁하여 문밖으로 뛰쳐나왔다. 환관이 사색이 되어 살에 손을 뻗었다. 신정전 기둥에 꽂힌 화살이 아직도 파르르 떨고 있다. 주변은 순식간에 아수라장이 되었다.

살 끝에 매인 지편을 보고 륜은 손짓했다. 환관은 얼른 지편을 풀어 바쳤지만 륜의 눈은 남복을 입은 아이의 몸놀림을 감상하듯 바라보았다.

조용히 움직이는 그림 같다. 광대가 줄 위에서 노는 것처럼 휘릭, 뛰어넘는 가볍고 우아한 몸놀림. 명을 받지 못한 수하들은 우왕좌왕, 계집의 놀림에 휘둘린다.

익비가 서둘러 움직이자 륜은 무심히 명했다.

"놔두거라."

"예? 아…… 예."

아령은 가뿐히 동각의 지붕을 타 넘고 있었다. 호위들이 바삐 몰려가 그곳을 뒤지는 동안 또 담장의 모서리를 디디곤 다다다, 뛰어 다시 후원으로 이동한다. 그야말로 날다람쥐처럼 망설임 없이 팔랑팔랑.

륜은 천천히 그녀를 따라 걸었다. 그러다 매어 열어 둔 전각의 창 앞에서 문득, 걸음을 멈췄다. 그 시선을 느낀 것일까. 진왕부의 뒤쪽 담장을 뛰어 넘어서던 그녀가 어인 일인지 뒤돌아본다. 위태롭게 그 좁은 위를 발끝으로 디딘 채.

순간 아령은 저를 올곧이 응시하던 륜과 눈을 마주쳤다.

시간이 잠시 멈춘 것 같았다. 검은 원령포삼을 입은 그가 뒷짐을 지고 마치 경치를 감상하듯 그녀를 내다보고 있었다. 멀리서나마 눈이 마주쳤고 분명 서로를 알아보았다. 그러나 또렷이 응시하면서도 누구도 알은체하지 않는다.

아령은 가슴이 툭, 무너지듯 아파 왔다. 그는 왜 나를 저런 눈으로 보는가.

어느 정도는 연민의 빛이, 또 어느 만큼은 그리움이, 또 약간은 수컷의 더운 열기가 느껴졌다. 아령도 그러했다. 그가 그리웠고, 그를 가까이하고 싶었고, 그의 열기가 고팠다. 그에게 안기고 싶으면서도 그가 한없이 밉고 싫었다. 표현할 수 없을 정도로 복잡한 가슴의 멍울이 터지지도 못하고 점점 커지며 곪아만 갔다.

그렇더라도 아령은 뻔뻔하게 고개를 돌리곤 그를 등져 도망쳤다. 그는 수하를 부르지도 그녀를 쫓지도 않았다. 고개를 들지 못할 만큼 창피한 내용이 그를 기다리고 있었다.

「거리에서 가장 유명한 창기를 모셔, 벗고 흔드는 춤을 잘 배워 뒀습니다. 안 오시면 옥지환은 제 것입니다.」

습관처럼 령아라 적을 뻔하였으나 이번엔 간신히 붓을 멈췄다.

그의 눈빛을 마주하니 마음이 엉망으로 흐트러진다. 꼭 오라 남기면서도 그가 오지 않았으면 좋겠다 생각했다. 그를 더 이상 만나기 싫었다. 옛 기억을 더 알고 싶지도, 명아령의 이름을 찾고 싶지도 않았다. 그저 아무도 보지 않는 데서 엉엉 울고만 싶어졌다.

그렇더라도 연회는 시작되었다.

"그날 저뿐 아니라 아령 소저를 알아본 사람들이 더러 있더라고요."

"명아령의 존재를 궁금해들 합니까."

월담을 했을 때 교 씨와도 몰래 접촉을 했었다. 교 씨는 좀 일찍 도착하여, 후원을 먼저 본단 핑계로 아령을 찾았다. 아령은 교 씨가 많이 편해져 있었다.

"그럼요! 지금 맞다, 아니다, 난리들이죠. 명아령이 나타났으니 진왕에 대한 걱정들도 상당하고요."

"제가 나타났는데, 진왕에 대한 걱정이라니요."

"당연하잖아요. 명아령은 복중 태아 때부터 진왕의 혼약자니까요."

"예?"

그러나 아령은 더 캐묻지 못했다. 아령에 대한 호기심으로 빛나는 교 씨의 다음 화제도 그랬지만, 진왕에 대해서는 더 이상 이야기하고 싶지 않았다.

"결국, 저도 너무 궁금해 실력 발휘를 좀 해 보았지요."

"후후, 도대체 어떤 걸 알아내셨는데요. 저는 명아령이 맞습니까, 아닙니까."

"그건 모르죠. 하지만 아령 소저가 백운산에 있었단 건 사실이니까요. 세상에, 매은의 제자라니!"

아령은 침착하게 웃었다. 교 씨가 정보통이란 소문은 역시였다. 아마도 백운궁보단 이 가영궁에서 새어 나갔을 것이다.

"이왕이면 소문도 내 주시지요. 부인들이 절 호위로라도 좀 쓰시게요."

교 씨는 배를 잡으며 재미있게 웃었다.

"호호호, 아령 소저를 누가 호위로 쓸까요. 제가 모시고 다녀야 할 판인데요."

그러나 아령을 편히 대하던 교 씨는 갈수록 예를 갖췄다. 만일의 만일을 위한, 사교계 여왕다운 처신이다. 그럼에도 아령은 호의를 갖고 도와주는 교 씨에게 깊이 감사했다.

"저는 아직 아무도 아닌걸요. 제 이름은 지금부터 찾아야지요."

"역시 소저는 범상치 않아요."

교 씨는 졌다는 듯 크게 웃으며 작은 지편을 쥐여 주었다.

"소저의 말대로더군요. 쓸 만한 내용은 없어요."

아령은 착잡하게 물었다.

"그럼 명가 사건 후 살아남은 사람은 아무도 없던가요?"

"예, 아무도요."

홀로 살아남은 아령은 살아남은 다른 사람을 찾고 있었다. 몰래 월담을 할 때마다 명가 사건에 대해 알아보았다. 그녀는 마적의 처벌이 너무 빠르고도 가벼웠단 점을 의심했다.

"가해자였던 마적들도요?"

"그게 이상하게 그랬어요."

대귀족의 집안사람 수백을 그리 처참히 도륙하였는데 수괴와 수하 대여섯의 목만 매달리고 끝났다. 일족을 멸한 것도 아니고, 그 가족들을 잡아 노비로 나누지도 않았다. 그런데 그쪽도 살아남은 사람이 없단다. 결국 피해자는 물론 가해자까지 모두 사라진 것.

"역시 그렇군요."

"좀 더 알아보죠."

아령은 모든 걸 동원해서 스스로 앞서갔다. 경방에게 의지하지 않기로 했다. 실망스러운 결과조차 담담히 받아들이며 다른 길을 찾았다.

"아니요, 차라리 금성, 명가 본가 쪽 노비들을 찾는 데 집중해 주세요. 그들은 어쨌든 무사했으니까요. 진왕이 명가의 재산을 정리하며 흩어졌겠지요."

"어차피 그들은 본 게 아무것도 없는데 무얼 알아내겠어요?"

"명가 사건의 뒷배가 정말로 있지 않을까 싶어서요. 7년 사이 그들조차 해를 입었다면 의심의 여지가 없겠지요."

"아, 그렇군요. 그건 어렵지 않을 것 같네요. 진왕부부터 알아보죠."

짙붉은 모란화는 보기 좋게 만발했고, 그보다 더 아름답게 치장한 여인들과 그의 부군이 속속 모여들었다. 날은 아직 선선했으나 화려한 치마를 걸친 여인들은 겨우내 관리한 깊은 가슴골과 흰 어깨를 자랑하기 위해 벌써부터 얇은 갑사 피자들을 둘렀다.

얼굴엔 연분을 칠하고, 양 볼엔 붉은 연지를 찍고, 검은 눈썹먹으로는 원앙이나 작은 산, 구슬, 혹은 구름 같은 모양을 흉내 내 눈썹을 그렸다. 이마의 각양각색 화전과 입술의 순지는 희고 아름다운 얼굴을 북돋웠고, 높게 틀어 올린 머리도 제각각. 꽃들과 경쟁하듯 치장들을 했다.

경춘각은 뒤늦게 봄을 맞은 것처럼 시끄럽게 북적였다. 부엌채의 아홉 개 화구에 모두 불이 오르고 화구를 하나씩 맡은 요리사들은 제각각 외국과 주변 8국 요리들을 선보였다. 계집 나인들은 발바닥에 불이 나도록 뛰었다.

좁지만 가장 경관이 좋은 경춘각의 당옥(堂屋, 접대, 모임을 위한 공간)에 자리가 차려졌다. 접이식 문을 활짝 열어 매 걸면 정원이 그대로 내다보인다. 마치 신물처럼 자연이 아름답게 조각한 기암괴석을 가운데 두고 말끔하게 깔린 벽돌 길 양옆과 뒤에는 모란이 만발했다.

오늘의 주빈은 태자로, 가장 상석에 그의 첩 양재인과 함께 자리 잡았다. 부인들 몇몇은 낯익다. 달라진 것은 남편들도 참석했단 사실. 교씨 부인과 호부 상서를 필두로 민씨 부인과 이부 상서 김교익, 예부시랑 이춘권 내외 등 수십의 손이 위계에 따라 차등을 두어 앉았다.

자리 앞엔 각자의 음식과 술이 놓였고, 눈을 두는 곳마다 꽃들이 가득했다.

"매년 똑같은 꽃 잔치도 지겹다. 또 모란이라니!"

그러나 태자가 신경질적으로 손을 들어 올리자, 악공들은 연주를 멈추었다. 누가 봐도 외탁을 한 장가의 외모. 키는 컸으나 얼굴이 길고 이마는 각이 졌다. 가늘고 높은 코, 뾰족한 턱, 게다 작은 눈알. 아무리 잘 봐 줘도 미남자는 아니다.

술이 얼마 들어가지 않았지만 태자의 눈은 진즉 풀려 있었다. 경방의 안경각에서 한참을 쉬다 나온 그의 얼굴은 백 리 길을 달려온 것처럼 푸석했다.

"기생들의 춤을 마련하였습니다."

"그게 뭐 새로울 게 있다고."

경방의 권유에 술잔을 들어 입에 털어 넣고 짜증스럽게 탁, 놓는다.

"그렇다면 '그 아이'의 춤은 어떠시겠습니까. 솜씨야 보잘것없지만."

그제야 무어라도 재미있는 게 생겼다는 식으로 피식, 비웃음이 번진다. 태자의 심술궂은 눈은 오른쪽 상석의 빈자리를 응시했다.

'그 아이?'

사람들이 눈짓으로 서로에게 물었다. 몇몇 여인들이 알겠다는 웃음을 교환하는 걸 보며, 태자는 못마땅하게 손을 들어 허락했다.

경방이 신호를 하자, 악사들은 북소리를 둥둥 울리며 경쾌한 곡을 연주하기 시작했다.

그때였다. 경춘각의 뜰로 들어서는 입구가 조금 소란해졌다. 갑자기 태자의 탁한 눈에 웃음기가 돈다.

"하하하! 그렇지 않아도 너 없이 재미있는 구경을 하려니 아쉬웠는데, 딱 알맞게 왔구나."

사람들이 부산스럽게 예를 갖춰 진왕을 맞았다. 자리를 채운 무리를 슥 훑는 륜의 눈은 무섭게 번들거렸다.

사람 백정. 백성들에겐 달랐지만 태자를 지지하는 사람들에겐 공포와 경계의 대상이었다. 그나마 유일한 기반이던 처가를 제 손으로 멸하고 그야말로 아무것도 아닌 것이었다. 그러나 7년 새 갑자기 사신이 깃든 듯 전장에서 날고 기더니 이리되었다.

태자의 외숙부인 장모균의 영지를 빼앗아 진왕에 오르고, 조옥과 군장을 전담하는 금의위의 도독까지. 종친과 귀족의 사생활을 감시하다 무어라도 걸리면 아무나 잡아다 족쳐 가두는 무소불위의 권력을 쥔 것이다.

'그래 봐야 부정한 현 귀비의 배 속에서 나온 것을.'

두려움과 경외의 시선은 그러나 명아령의 존재로 인해 조금씩 비웃음거리로 전락했다.

'잘나 봐야 장인의 일가를 멸절한 패륜아다.'

태자를 믿는 사람들의 얕잡아 보는 시선. 냉담하게 인사하는 륜의 목소리는 여상했다.

"애써 준비하신 걸 모른 체할 수 없어 왔습니다. 늦었습니다."

"애쓴 건 경방이란다. 이리 얼굴을 보여 주니 반갑구나. 우리 삼 형제가 한자리에 모일 일이 어디 흔하더냐."

비었던 상석이 채워지고, 악곡이 다시 울리기 시작했다.

흰 비단옷을 입은 다섯 무희가 소소한 동작으로 흥을 돋울 때, 꽃살문이 열리고 샛노란 옷의 여인이 나타났다.

손에는 옅은 하늘빛 사라삼을 들고 머리는 길게 땋아 내렸다. 처녀란 증표. 고계를 틀지 못한 머리칼을 장식한 건 흰 말리꽃 한 송이뿐이다.

그러나 그녀 자체가 한 떨기 꽃이라, 노란 갑사를 통해 속살이 수줍게 드러났다. 하지만 한쪽 어깨는 비치는데 다른 쪽 어깨는 붉은 물감을 끼얹은 듯 검붉게 물들여 속살이 궁금해진다.

양 발목엔 수십 개의 작은 방울을 바짝 매달아, 맨발을 디딜 때마다 아름답게 잘랑거렸다. 값진 귀보석 치장을 기대했던 여인들의 입에선 비웃음이 새다, 곧 그 젊고 싱싱함을 탐내는 한숨이 된다.

본얼굴을 모르도록 짙은 화장을 한 여인들 속에서, 아령의 깨끗한 얼굴은 오히려 튀었다. 화장은 이마의 소박한 화전뿐, 짙은 모란 같은 입술이 기름을 바른 듯 맑게 반짝였다.

아령은 태자를 비롯한 좌중에게 공손히 절하였다. 우아한 몸놀림이 그조차 춤사위 같다.

"곱구나."

여인의 치장이라면 질리게 보아 온 태자가 오랜만에 맑고 깨끗한 아름다움에 감탄했다. 순간 경방의 눈빛이 경직되었다.

"걱정 마라. 내 뜰엔 이미 꽃이 지천이니. 하하하!"

아령은 준비 동작으로 바로 섰다. 음산하게 울리는 태자의 웃음소리 뒤로 북이 울린다.

다다다. 디딤땃따. 디디. 디디딤. 땃따.

느리지만 힘차게 주변을 훑듯 움직인다. 박자에 맞추어 굳세게 무릎을 차올리며, 손끝은 강렬하고도 화려하게, 투명한 갑사는 그 위에서 구름처럼 넘실거렸다.

둥둥둠둠. 다다다. 디디디. 둠둠둠. 담담담.

무대를 한 바퀴 돌자, 아령의 발동작은 한층 화려해졌다. 마치 움직이지 않는 것처럼 무릎을 곧게 폈지만, 한시도 쉬지 않고 맨발은 잘게 바닥을 울렸다. 너무도 빨라 움직임이 없는 듯.

그러나 북소리가 무색하게 화려한 방울 소리가 모두의 귀로 파고들었다. 북과 어우러지는 하나의 악기처럼 발목의 방울들은 사람들의 혼을 빼며 녹아든다. 허리 위론 현란한 움직임.

이제 막 변태하여 날개를 말리고 하늘로 도약하려는 한 마리의 나비처럼. 길고 곧게 뻗은 날개를 곧 접어 거두어들인다. 파닥이는 아련한 몸짓이 애처롭지만 귀엽고 또 아름답다. 그녀는 방긋 웃으며 흰 속살이 수줍게 비치는 노란 팔을 뻗고 걷으며 파닥였다.

그러나 두 얼굴의 여신처럼 그녀의 얼굴은 갑자기 돌변했다. 검붉은 왼팔을 뻗자 먹구름이 드리워진다. 갑사 천을 여러 겹 접어 뭉치니 짙은 비구름이 되었다. 첫 비행도 하기 전 죽음을 맞듯 나비의 도약은 번

번이 좌절된다.

다리가다가다. 다리가다가다. 다리가다가다. 다다담. 딧디.

발목의 방울들은 쉼 없이 화려하게 잘랑잘랑 사람들의 영혼을 어지러이 흔들었다.

그러나 단 한 사람. 진왕의 시선만은 그녀를 비껴 있다. 호흡 하나라도 놓칠세라 눈이 휘둥그레진 시선들 속에서, 그만은 외면하며 술상을 바라본 채 인상을 썼다. 아령의 앙다문 붉은 입술이 슬쩍 비틀렸다.

나비의 도약이 끝내 좌절되려던 순간, 아령은 귀 뒤의 말리꽃을 갑자기 빼 들었다. 그러곤 수줍게 한 발 한 발 한쪽으로 나아간다.

약속이 되어 있지 않던 춤사위. 북소리가 조금 흔들렸으나 아무도 알아챈 이는 없다. 북은 아령의 방울 소리를 길잡이 삼아 곧 따라왔다.

다리기가다가. 다리기가다가. 다암. 디임. 두움.

진왕이 결국 고개마저 돌려 곁의 교 씨에게 무어라 말을 걸 때였다. 곁눈질로나마 아령에게서 눈을 떼지 못하던 교 씨는 화들짝 놀랐다. 말리꽃을 든 아령이 그 앞에 딱, 멈추어 섰다.

두웅. 두둥. 두둥. 디디딤. 둥둥.

달리듯 쏟아 내던 춤사위도 북소리도 곧 멈출 것처럼 느려졌다. 아령은 자비를 구하듯 동정을 바라듯 연정을 단념하듯 그에게 애처로이 웃어 보였다. 모두의 시선이 둘에게 쏠렸다.

그녀가 명아령임을 의식하는, 그리고 혼약자인 그가 배반자임을 굳게 믿는, 안쓰러운 탄성과 동정의 눈길.

'너무하다!', '참 안되었어!'

사람들의 표정들은 그러했다. 그러나 륜은 주변 반응에 아랑곳 않고 격노하여 그녀만을 올곧이 바라보았다.

아령의 두 손이 수줍게 흰 꽃을 내민다. 그 손끝은 가쁜 숨을 따라 바들바들 떨고 있었다.

둘의 눈빛이 허공에서 부딪쳤다, 그날의 검투처럼. 부러진 칼자루를 쥐고 베어 달라 부탁하던 그때처럼 아령의 눈은 이미 맑은 액체로 그 렁그렁 젖어 들어갔다.

그러나 그날과는 다르다. 번들거리는 그의 눈빛이 격하게 요동친다. 짙은 눈썹도 날카로운 눈매도 굳게 다문 입술도 미동조차 없지만, 그의 눈빛이 격랑 치고 있음을 아령은 보았다. 아령은 슬프고도 기쁘게 미소를 짓고 말았다.

그는 곧 채 가듯 말리꽃을 받아 들었다.

담다리. 다가두구. 담다리다가두구. 두구두구디디다다. 두구두구디디다다.

다시 북소리는 가속을 밟으며 가파르게 빨라졌다.

진왕의 손을 가까이서 바라보던 교 씨의 눈이 휘둥그레졌다. 잎 속 줄기엔 청옥의 반지가 몰래 끼워져 있었다.

아령의 춤사위도 힘차졌다. 도약에 실패하던 나비에게 드리워졌던 먹구름은 가셨다. 바닥을 울리던 아령의 방울들은 이번엔 날카롭게 허공중을 울렸다. 아령의 두 다리는 허공으로 반짝 뻗어지며 나비의 힘찬 날갯짓처럼 도약을 시도했다.

가장 높고 힘찬 도약과 함께 사라삼이 허공에 던져지자, 사람들은 '아!' 탄성을 질렀다. 창공을 나풀거리듯 푸른 천이 아름답게 천장을 나부낀다. 태자는 작은 눈알로 흡족하게 웃으며 자신에게 날아든 그 푸른 비단을 받아 들었다.

맨발이 바닥을 바쁘게 디뎠다. 찰랑찰랑 수십의 방울들이 다시 회랑 바닥을 낭랑히 울리는 가운데 아령은 서서히 제자리에서 돌기 시작했다. 그리고 점차 빨라졌다.

두구두구디디다다. 두구두구디디다다. 두구두구디디다다. 두구두구디디다다.

혼을 빼앗길 듯 북과 방울이 요란하게 우는 동안 회전은 잠시도 멈추지 않는다. 아령은 이제 노란 수선화가 되어 피어난다. 너무도 빨라 멈춘 듯 화려하게 움직이는 발과 요기마저 깃든 듯 울어 대는 방울, 일렁이는 노란 치맛자락은 화려한 꽃잎이 된다.

보는 사람이 어지러울 정도로 아름답게 도는 중에 작은 꽃봉오리가 피어오른다. 편 다리는 녹색의 줄기처럼 곧게 뻗어 있다. 빙글빙글 도는 아령의 두 어깨도 이제 구별되지 않는다. 노란 속살과 붉은 핏빛 어깨는 뒤섞여 꽃술이 되었다. 사람들이 그 회전의 빠름에 숨조차 제대로 쉬지 못할 때쯤.

두구두구디디다다. 두구두구디디다다. 딧. 디. 딱!

끝나지 않을 듯 울던 북소리와 방울 소리는 일시에 딱 멈췄다.

일순 회랑에 고요가 감돌았다.

"짝, 짝, 짝!"

그리고 곧 감동에 찬 격찬들이 쏟아지기 시작했다.

"와! 정말 아름답습니다.", "훌륭하군요!", "대단합니다."

여기저기서 찬사가 끊이지 않는 가운데 아령은 좌중에게 다시 인사했다.

"소저, 아령이라 하옵니다."

사람들은 칭찬을 아끼지 않으며 그녀를 반겼다. 아령은 가볍게 눈인사하며 경방의 곁에 준비되어 있는 자신의 자리로 가 앉았다. 흥분의 열기는 쉽게 꺼지지 않았다. 제각각 아령과 한마디씩 하고 싶어 했다.

"여인의 춤사위가 이리 힘차고도 아름다운 것은 처음 보았습니다."

"황궁에서 선보여도 될 대단한 호선무입니다."

"무예를 배워 몸이 그리 날랜가요?"

"오오, 어쩐지 도약이 범상치 않더니……."

여인들은 이젠 아령의 차림을 핥듯 관찰하기 시작했다. 깊이 드러낸

본인들의 가슴골보다 한쪽 어깨만 비칠 듯 말 듯 한 것이 오히려 색스러워, 나머지 어깨도 벗겨 보고픈 궁금증을 자아낸다.

그러나 아령은 그런 데 신경 쓸 겨를이 없었다. 경방이 손수건을 내어 주는 걸 활짝 웃으며 받아 들면서도 눈으로 몰래 륜을 훔쳤다.

그는 홀로 딴 세상에 있었다. 속을 알 수 없는 냉정한 표정으로 그저 술잔만 기울인다.

이젠 더 이상 볼 일조차 없는 사람인 것을.

"기생 춤에 비할 수가 없구나."

"아무래도 기생보단 못하지요."

경방이 아령의 귀에 속삭이자, 아령도 마주 웃곤 경방에게 속삭였다. 서로의 귓가에 말과 웃음이 자연스럽게 얽혔다.

"무슨 소리. 훨씬 좋단 뜻이다."

"후후후. 시험이 끝난 것처럼 후련합니다."

아령은 진왕이 듣는 게 싫었고, 무엇보다 그의 관심을 구걸하기가 싫었다. 그가 와 주어 천만다행이다. 어쨌든 추라는 춤도 췄고, 반지도 돌려줬으니. 이젠 끝이다.

그때 사고처럼 륜의 차가운 시선과 마주쳤다.

혼약자는 무슨. 이렇게 완전히 남인 것을.

아령은 가슴이 덜컥 내려앉았지만 얼른 시선을 싹 피했다. 그를 몰래 훔쳐보던 걸 들킬 순 없다. 눈치 빠른 경방이 또 귓가에 속삭였다.

"이야기라도 좀…… 해 보겠느냐."

알싸하게 가슴이 아파 왔다. 도대체 가슴은 왜 아픈가.

아령은 조용히 웃으며 고개를 흔들었다. 어쨌든 더 이상은 그를 견딜 자신이 없었다.

"싫습니다."

"괜찮다. 내가 곁에 있어 주마."

"싫다니까요."

웃음기마저 지우며 질색을 하자, 경방은 지그시 잡아 이끌던 아령의 손을 그대로 꽉 그러잡았다. 차마 돌려 빼지 못하는데 그가 다시 물었다.

"그리…… 싫으냐?"

"예, 정말로 싫습니다."

행여나 그를 따로 만나라 할까 두려워 아령은 고개마저 힘껏 흔들었다.

경방은 안쓰러운 표정으로 다른 손을 들어 흐트러진 머리칼을 쓸어 주었다. 아령은 잡힌 손이 불편했지만 경방의 손을 뿌리치지 않았다. 이렇게라도 륜과의 거리를 벌리고 싶었다.

그러나 우습게도 륜의 시선은 노골적으로 그녀를 향해 멈췄다. 아령은 그의 시선이 자신을 향한 걸 알았다. 반들반들한 특유의 눈이 잡아 먹을 듯 노려보는 걸 느꼈다. 당연했다. 이 너른 당옥 안에서 그 하나만이 유일하게 의식되었으니. 가슴이 쿵쿵 뛴다.

그가 미웠다. 어떻게 만날수록 더 밉고 더 싫다.

'걱정 마라. 네가 명아령이 되고 나면 그와의 혼약도 없던 것으로 해 주마.'

어서 그리되기를. 빨리 끝이 나 그를 더 이상 의식하지 않기를.

그가 차라리 오해하기를. 홀가분하게 저를 외면하고 버리길. 그리하여 이 악연이 어떻게든 빨리 정리되길 바랐다.

"옷차림이 좀 불편합니다."

그의 시선이 너무 불편했다. 쳐다보라 치맛자락을 들치며 춤출 땐 그리 외면하더니, 왜 저리 무서운 시선으로 빤히 보는가.

가슴이 타들어만 갔다. 아령은 밖으로 눈을 돌렸다.

태자가 변덕을 부리며 꽃구경을 나서 사람들이 태자와 양재인 곁으로 와글와글 몰려갔다. 명색이 모란화를 감상하기 위한 모임인지라, 하

나둘씩 경춘각의 후원을 거닐거나 탁자를 놓고 자리를 잡아 경치를 감
상하며 차를 마셨다.

"아무래도 네 취향은 아니지. 그래, 갈아입고 나오거라."

경방은 웃으며 고개를 끄덕였다. 아령은 조용히 당옥을 나섰다.

⬦ ◆ ⬦

"두고 나가렴."

모아가 혼자 갈아입기는 힘드시다 대꾸했다.

"잠깐만 쉬려고 그래. 마마께서 찾으시면 바로 깨워 주렴."

모아는 풀빛과 노란빛이 섞인 단정한 유군을 내려놓고 물러났다. 아
령은 그것을 한쪽에 밀쳐 두고 침상에 쓰러지듯 누웠다.

"태자 전하의 은덕이 하늘에 닿아 있습니다.", "하하하.", "호호호."

멀지 않은 뒤뜰. 몇몇 남녀의 웃음소리가 지창을 넘었다. 머리가 어
지러웠다.

아령은 오늘의 모임에 어떤 정치적 계산이 깔려 있음을 눈치챘다.
어려서부터 신분과 위계에 따른 처신에 익숙한, 황가 주변 여식 같진
않겠지만 그녀는 본능으로 그 미묘한 공기를 알아챘다. 그러나 눈을 감
았다.

알 바 아니다. 그가 누명을 썼든 말든. 그가 명아령임을 인정하든 안
하든. 어차피 혼약은 무산될 것이다.

그럼에도 코웃음이 났다. 마음이 얄궂다. 내리치라 목을 내밀 땐 그
저 사신같이 무섭고 두렵더니, 입을 맞추고 나니 마음이 달라진다. 어
떻게 입맞춤 한 번에 이리 속이 달라질까.

뜨겁게 짐승처럼 내달리던 그의 혀와 달큼한 체취. 뱃속이 아릿해지
던 몸의 느낌이 생생하다. 끝내 입을 열어 주지 않았던 그녀에게 찰나

나마 매달리던 수컷의 더운 열기도.

그러나 오늘의 그는 여전히 야멸찼다. 그따위 무시, 상관없다. 어차피 그와는 끝내려 만난 것이니.

기이한 상실감에 휘둘리지 않으려 눈을 뜨는데, 문득 지창에 짙은 그늘이 드리워졌다. 깜짝 놀라 소리치려는데,

"우으읍!"

움직일 새도 없이 시커먼 게 덮쳐 입을 막았다. 커다란 무인의 손, 익숙한 향긋함. 그다.

그러나 오늘은 술내가 섞여 있다. 전보다 거칠어진 숨소리도.

심장이 쿵쿵 뛰었다. 소리치지 않겠단 눈짓을 하자, 커다란 손이 거두어졌다. 그는 또 더러운 걸 만져 불쾌하단 듯 재빨리 떨어지며 시선을 치웠다. 아령은 실소했다.

조금이나마 반가운 마음이 들었단 게 더 화가 난다.

술내가 무색하게 그는 여전히 단정하고 잘생겼다. 며칠 새 눈빛이며 얼굴의 윤곽이 더욱 날카로워져 있을 뿐.

무복을 입었을 땐 무인처럼 잘 어울렸지만, 검은 비단 원령포 차림의 그를 이리 가까이 보니 그의 신분이 새삼 실감 났다.

"상처 하나 없이 말끔하다며, 무어라도 있는 듯 잘 꾸몄구나."

그가 옷을 흘낏 보며 차갑게 조롱했다. 물감을 뿌린 듯 붉게 물들인 아령의 어깨가 가냘프다.

"가짜의 어깨를 무어 그리 궁금해하십니까."

아령은 눈을 들어 당돌하게 물었다.

폭발하며 분노하는 그의 눈빛을 맞받았다. 상관없다. 그날처럼 목을 친다고 덤비지는 못할 테다. 소리치면 오히려 저가 더 큰 망신을 당할 것이다.

"좋습니다! 보여 드리지요."

아령은 옷고름을 풀었다. 그러나 호기 넘치는 손과 달리 심장은 제멋대로 툭툭 날뛴다. 그의 날카로운 시선이 그녀의 속살에 잠깐 머물렀다. 그러나 깊이 숨을 머금으며 시선을 돌려 피한다. 아령도 그를 따라 숨을 내쉬며 뛰는 가슴을 진정시켰다.

그가 버겁고 싫지만, 솔직히 반가웠다. 기대를 내려놓으면서도 조금은 기대되었다. 그 대신 칼을 맞았던 상처니 알아보겠지. 설마 벗은 어깨를 보고도 가짜라고 잡아뗄까.

태자와 경방이 짠 판이 깔렸고, 명아령의 존재가 그를 깎아내리는 데 이용된다는 걸 안다. 생명의 은인이자 보호자인지라 일단 경방이 하자는 대로 하고는 있지만, 목각 인형처럼 조종될 생각은 없었다.

그와 타협할 필요를 느꼈다. 그는 아령의 문제와는 떼려야 뗄 수 없는 당사자 아닌가.

"대신, 거래를 제안하겠습니다. 전하께서 제가 황상을 뵐 수 있게 해 주십시오."

"무어?"

그도 경방처럼 기함하며 실소한다. 아령은 주저하지 않았다.

"제가 기억이 온전치 않으니 전하께서 황상께 제가 명아령임을 보증해 주십시오. 저는 신분과 명가의 재산을 돌려받고 싶습니다."

어이가 없다는 듯 쳐다보는 그에게 아령은 현실적인 제안을 했다.

"대신 저는 전하께오서 명가의 그늘에서 완전히 벗어날 수 있게 해 드리겠습니다. 우선, 제대로 비를 맞으실 수 있도록 황상께 저와의 파혼을 청하겠습니다. 또한 전하께옵서 7년 전 명가 사건과 관련이 없음을, 전하께선 결백하단 증언을 해 드리겠습……."

그는 비웃음을 흘렸으나 그것은 곧 격노로 이어졌다. 갑자기 그가 다가서며 무섭게 노려보자, 아령은 저도 모르게 몸을 움찔 오그렸다.

"경방이 그리 말하라 시키더냐."

"……!"

커다란 손이 가슴으로 향했다. 멱살을 거머쥐어 당길 줄 알았는데, 오히려 툭 밀어 버린다. 뒷무릎이 가로막혀, 그대로 침상 위에 어정쩡하게 주저앉았다. 그의 몸이 순식간에 겹쳐 오며 뒤로 눕혀졌다.

쿵, 하는 충격을 각오했으나 그의 손바닥이 머리를 받쳤다. 그러나 정신을 차릴 새도 없이 갑자기 가까워진 입술. 그 벼린 것 같은 날카로운 시선에 숨이 막혔다. 잠깐 진정했던 가슴이 제멋대로 날뛴다.

향긋한 체취와 다디단 꽃술의 향. 마시지도 않은 술에 취할 것만 같았다.

하려던 말을 하얗게 날렸다. 달달 떨렸다. 지금 그의 눈빛은 뜨거운 수컷의 그것이다.

온 신경이 입술로만 쏠렸다. 입맞춤을 해 본 몸뚱이가 지금부터 무얼 할지 알고 기대로 심장을 옥죄며 흥분했다.

그러나 또 그리 입을 맞출 자신은 없다. 본능적으로 고개를 돌려 피하는데, 그의 커다란 손이 눈 깜짝할 새 되돌린다.

"하읍."

결국, 입술로 입이 막혔다. 그립던 그의 체취에 가슴이 무너져 내렸다. 고개를 뒤채니 뒷목이 꽉 잡힌다. 그의 입술은 집요하도록 그녀의 입술을 얼렀다. 다정하고도 부드럽게, 마치 처음 만난 것처럼. 저도 모르게 몸뚱이가 그를 반기며 입술을 열어 줘 버렸다.

달큼한 꽃술의 향기가 그녀의 혀와 입술로 넘어왔다. 그녀의 혀는 저도 모르게 그의 것을 안아 들었다. 입안 가득 그의 체취를 받아들이며 여인의 기쁨에 취하려 한다. 아령은 몸을 한껏 뒤틀었다.

"흐으음!"

아직 숨에는 여유가 있었지만 저항의 소리를 냈다. 고개를 돌리며 그를 밀어 내려 바르작거리니 한 팔은 그의 어깨에 눌렸고 다른 손목은 꽉 붙들려 있다. "으읍!" 이번엔 진짜로 숨이 막혀 와 반항의 신음을 내니 그가 입술을 떼어 냈다. 그리고 반들반들한 눈으로 내려다본다.

"이리 겁을 상실할 만큼 경방이 그리 대단하더냐······."

"그게 아니라······ 읍!"

륜은 차라리 아이의 입을 입술로 막았다. 더는 듣지 못하겠다.

어찌 이리 무섭고도 간악한 짓을 가벼이 하는지.

아이의 눈은 너무나 맑고 깊어서 그 어떤 거짓말을 해도 다 진짜 같았다. 아니, 믿고 싶었다. 빤한 사실을 확인하고도 저가 령아라 하면 령아이고, 저를 위해 증언을 해 준다 하면 그리 속고 싶었다.

속아 주고 싶다. 믿어 주고 싶다. 네가 그리 말을 하니, 이리 멍충하게도.

입만 열면 거짓뿐인 그 입술을 벌주듯 거칠게 괴롭히고 싶으나 그러하지도 못한다. 지난번 남겨 놓은 기다란 목의 상흔이 그의 가슴을 후벼 팠다. 보지 못하겠어서 보지 않았지만, 어쩔 수 없이 또 보고 만다. 륜은 그 아픈 것에서 애써 눈을 돌렸다.

맑은 눈이 저를 담으며 입술을 달싹인다. 그 붉은 두 꽃잎을 내려다보니 그저 취하고만 싶다. 륜의 입술은 나비처럼 살포시 꽃잎 위로 내려앉았다. 그리고 츱, 빨아들였다. 천천히, 부드럽게, 그보다 더 소중하게.

좋다. 너무 좋아 가슴이 먹먹해진다. 이게 무어라고. 이것이 무어라고 이리 좋을까.

짠물인 줄 알면서 그러나 륜은 찬찬히 목을 축였다. 마실수록 갈증이 날 걸 알지만 그래도 한 모금 한 모금 찬찬히 들이마셨다. 어지럽도록 향긋하며 정신을 놓을 정도로 다디달다.

자신의 혀끝을 거부하지 않는 작은 혓바닥. 아이가 여인의 열기에 가쁜 숨을 들이켜니 그의 뱃속도 뜨거워졌다.

그녀의 눈이 륜을 담으며 열기로 흐려진다. 그녀가 숨을 자연스럽게 쉬며 구접을 할 수 있을 때까지 끈기 있게 기다린다. 한 호흡이 가쁘면 또 한 호흡. 작은 치아를 조로록 훑으며 다시 아랫입술을 깊게 빨아들인다. 가르친 대로 저도 따라 륜의 아랫입술을 머금는다.

"하읍."

몸을 뒤틀며 그의 애무에 요동치는 걸 보고 그의 아랫도리도 불끈 치솟는다.

방금까지 경방에게 눈웃음치던 계집. 그러나 지금은 나를 눈에 담지 않는가.

좀 전까지 경방의 손에 잡혀 있던 손모가지. 그러나 지금은 나의 손 안에 들어 바르작거리지 않나. 조금도 갖고 싶지 않다. 이따위 것, 비틀어 쥐어 부수면 그만.

그러나 상상만으로도 가슴이 무너지며 힘이 들어가지 않는다. 분칠을 하여 가린 목의 상처에 조용히 입을 가져다 댔다. 나는 네게 무슨 짓을 한 것인가. 자신이 베어 내려 밀어 넣었던 칼자국에 륜의 가슴이 더 사무친다.

륜은 저가 냈던 목의 상처를 따라 찬찬히 입술을 옮겼다. 며칠 새 아물어 간지러운지 움찔거린다. 가슴이 서걱했다. 너의 목을 베었으면, 나는 어찌 되었을까.

아니, 상관없다. 저들에게 이용당하고 버려질 계집. 조금 뒤면 죽어 없어질 계집. 그리하여 경방이 지키려 용을 쓰는 계집. 나는 왜 네가 이리……

아령은 저도 모르게 그를 따라 울고 싶어지는 기이한 감정에 휩싸였다. 그가 너무도 소중하게 대해 주는 애잔한 눈빛에 오히려 마음이 아팠다.

가짜라면서. 목을 베어 죽이려 했으면서. 왜 또 저가 낸 상처에 이리 아프게 입을 맞추는지. 그가 바라보는 것이 누군지 궁금했다. 어렸던 령아일까, 아니면 자신일까. 아니면 그저 취기 때문일까.

저도 모르게 한쪽 눈에 눈물 한 방울이 주르르 흘렀다. 그러나 떨어지기도 전 그의 입술이 그녀의 눈꼬리에 머물렀다. 그는 한숨처럼 길게 그 한 방울을 들이마셨다. 그간의 아픔과 고통을 한 번에 마셔 주듯 가슴이 쿡, 찔릴 때 그의 입술이 다시 그녀의 입술을 찾았다.

아령은 깊은숨을 내쉬며 저도 모르게 그의 입술을 입술로 물었다. 힘이 빠진 잇새로 그의 혀가 조용히 들어왔다. 다시 만난 두 혀가 조심스럽게 서로의 몸뚱이를 얽었다.

"흐음……."

질척거리는 신음과 소음이 귀를 울렸다. 긴장이 탁 풀어지며 머리가 아득해진다. 거래도 파혼도 미래도 생각나지 않는다. 코끝에 가득한 것은 꽃 내음과 어우러지는 그의 달콤한 체취. 제 모든 걸 내줄 듯 온 정성을 다하는 그의 애무.

그의 팔이 지금처럼 영원히 나를 안아 주었으면.

그냥 이대로, 세상이 멈춰 주었으면.

"흐흡!"

그러나 뱃속에 갑자기 뜨거운 기운이 훅, 끼치자 아령은 문득 정신을 차렸다. 저도 모르게 그와 뒤얽히며 더 깊은 곳으로 몸이 나아가려 하고 있었다.

지금 여기가 어디인가. 지금이 어느 때인데!

문득 정신이 차려지며 그를 힘겹게 밀어 냈다. 더 나가고 싶은 마음, 그러나 멈춰야만 했다.

아령이 그의 가슴을 강하게 밀어 내자, 동시에 거울을 보는 것처럼 애잔한 그의 눈빛도 와장창 부서졌다. 강제로 떼어진 그가 무섭게 내려다본다. 그의 눈은 서서히 분노와 울화로 물들었다.

위험하다! 느꼈을 땐 이미 늦었다. 그의 입술은 다시 아령의 입을 점령했다.

"으음! 우으으……."

그래, 그랬었지. 결국 너는 가슴 가득 경방뿐인 계집. 나와 이리 뜨겁게 입을 맞추다가도 결국은.

경방을 위해 그 어떤 짓도 서슴지 않는 계집. 그 간악한 마음을 무참히 짓밟아 주리라.

아령의 입술도 신음성도 륜의 입안에 무자비하게 먹혀 들어갔다. 그는 아주 거칠어져 있었다. 반쯤 풀렸던 옷고름이 허무하게 벌어졌다. 거친 호흡과 봉긋한 가슴이 함께 오르락내리락했다.

"설마 이런 것까지 시키더냐?"

그는 들썩이는 젖무덤을 옷과 함께 거칠게 그러쥐었다.

동시에 아령의 가슴도 아프고 길게 그어졌다. 그가 좋아 저도 모르게 입술을 내준 게 후회된다.

그는 어찌 이리 하는 말마다 모진가. 어찌 이리 나를 나쁜 년으로만 모는가. 어찌 내 말은 이리 단 한마디도! 믿어 주질 않는가.

아령은 사력을 다해 저항했다. 이런 식으론 그에게 안기기 싫었다. 그러나 그는 손쉽게 팔을 잡아 벌렸다.

"그만두십시오! 소리칠 것입니다."

당당히 말했지만 속삭임에 가깝다.

"그래, 소리쳐라."

"……!"

그가 음산하게 말했다. 아련하고 다정하던 눈빛이 사라지고 다시 반들반들 안광이 드리워진다.

"소리쳐 사람을 불러 모아라, 어서!"

보란 듯 그는 가슴으로 입술을 내렸다. 아령은 소리쳐야 하는데도 목이 막혀 그리하지 못했다. 그가 두려워졌다. 팔을 억지로 빼내니 그가 던지듯 놓아준다.

자유로워진 팔로 그의 머리를 강하게 밀어 냈으나 그는 꿈쩍도 않았다. 그의 두툼한 손은 치마를 들쳐 속바지를 죽 끌어 내렸다.

손쉽게 속곳만을 입은 두 다리가 드러났다. 입도 벙긋하지 못하고 그의 가슴을 거세게 내리쳤다. 소리치긴커녕, 점점 아무에게도 내보일 수 없는 꼴이 되어 가고 있었다.

그러나 그동안도 그의 무자비한 손은 치마끈을 투투툭, 가차 없이 끊어 냈다. 빳빳이 선 선홍색 유두가 공기 중에 그대로 드러난다. 결국 '아악!' 비명을 지르려던 찰나.

"마마!", "마마!"

장지문 밖으로 시비들의 음성이 넘어왔다. 경방 오라버니의 목소리도 더해진다.

"아령이 안에 들었더냐."

"예, 잠시 쉬겠다 하였습니다. 찾으시면 깨우라 하였으니……."

아령은 미칠 것 같았다. 막상 소리친 뒤를 상상하니 숨소리조차 내지 못하겠다.

그가 원하던 바라는 듯 피식, 잔인하게 비웃는다. 번들거리는 그 매서운 눈빛에 울음이 터질 것 같았다. 그는 무자비했다.

"소리치거라."

그는 네가 얼마나 버티나 보자는 듯 납작한 그녀의 배를 조용히 훑었다. 명백한 겁박.

"소리치라니까!"

어찌 이리 발가벗겨진 채로! 아령은 온몸이 그대로 빳빳하게 굳었다.

"되었다. 깨우지 마라."

"저, 그리하면……."

"꼭 필요하면 다시 부를 터이니 잠시 쉬게 하고 물러나라."

경방과 모아의 목소리가 장지문을 넘어왔다.

그러나 그의 겁박은 허위가 아니었다. 배를 훑던 손아귀는 가차 없이 속곳을 뜯어낸다. 그의 배 아래로 검은 수풀이 그대로 드러났다.

"흐흐읍……!"

아령은 와락 울음이 터져 버렸다. 그러나 그마저 새어 나갈까 양손으로 제 입을 틀어막았다. 그는 잔인하게 내려다보고 있었으나 도저히 이 꼴로는 사람들을 소리쳐 부를 자신이 없었다.

"알겠사옵니다."

문밖의 사람들이 흩어지는 소리가 들렸다.

"흐흐흑! 흐흑!"

아령의 눈은 형편없이 눈물로 얼룩졌다. 한 손은 여전히 제 입을 막은 채 다른 손으론 그의 가슴을 거세게 탁, 탁! 밀어 낼 수밖엔 없었다.

이젠 강제로 겁탈당하는 것만이 남았다 생각했을 때, 그러나 그는 굳은 표정으로 아령의 몸에서 곧바로 떨어졌다. 더운 몸이 멀어지며 찬 공기가 그녀의 벗은 몸을 감쌌다.

"내게 범해지는 것보다 경방에게 들키는 게 더 두려우냐."

그의 물음은 차라리 자조에 가까웠다.

그러나 지금 아령에겐 그따윈 중요치 않았다. 정신없이 벗겨진 옷자락을 잡아 가렸으나 얄궂게도 선홍색 유두 한쪽이 비쭉 드러난다. 재빨리 가슴을 가리려 손을 움직일 때 그는 옆에 놓인 풀빛 유군의 치마를 넓게 펼쳤다. 그리고 아령에게 덮어 주었다.

그러나 그때, 그녀의 어깨 뒤쪽이 그의 눈에 제대로 들었다.

"하아…… 너!"

륜은 충격으로 온몸이 저릿해졌다. 령아의 어깨에 있을 법한, 진짜로 똑같은 상처.

"네 몸에 이따위 몹쓸 짓을 했더냐……. 고작 나를 속이려고!"

그의 목소리가 음산하게 울렸다.

아령은 울화가 치밀었다. 어찌 이걸 보고도!

그 대신 칼을 맞고 그를 살렸다. 같이 죽자 하고서 혼자만 살아 저리 잘나졌다. 직접 칼을 들고 멸해야만 배신이던가. 이것이 더 큰 배신이다.

기억이 온전치 못하다 하니, 그저 가짜라고만 내몬다. 그래, 나는 가짜이다!

"탁미도라지요? 끝이 갈라진. 칼을 빼면 벌어진 상처가 아물지 못하고 썩어 문드러져, 결국 죽게 되는 악랄한 칼이라 하더이다. 꽤 비슷하지요?"

그가 잡아먹을 듯 무서운 눈으로 쳐다보았다. 따귀를 후려친대도 좋았다.

"이걸 보니, 그 어렸던 아이에게 미안은 하십니까."

그가 조금이라도 괴로워지길. 그에게 조금이라도 생채기가 나길.

바람처럼 그는 너무나 괴로운 표정으로 변해 갔다. 그 아픔에 취해 아령도 함께 울음을 터뜨릴 것 같았다. 그는 언제 그랬냐는 듯 그녀를 아프게 꽉 끌어안았다.

"하아……."

깊은 한숨이 방 안에 내려앉았다. 륜은 자신을 이해할 수가 없었다.

전혀 아령 같지 않던 아이가 지금은 또 아령이 살아 돌아온 것만 같았다.

너는 왜 아령보다도 더 아령 같은가. 네가 령아라 생각하면 너무도 미안하여 손끝도 댈 수 없고, 네가 령아의 흉내를 낸다 생각하면 너무도 미워 잡아 죽이고 싶다.

그럼에도 눈에만 담으면 갖고 싶어 몸부림치다, 돌아서면 한없이 마음만 이리 커지는구나.

아닌 걸 알면서도 나는 왜 이 아이에게 한없이 끌려만 다니는가.

맑은 눈이 원망을 가득 품고 륜을 담는다. 륜은 그 눈빛에 저도 모르게 소매에서 옥지환을 꺼냈다. 그러나 차마 그 작은 손에 끼워 주지는 못한다. 대신 침상 바닥에 거칠게 탁, 내려놓았다.

아이가 무언가, 내려다보다 얼굴을 찌푸린다. 아령이 되고 싶어 하는 아이. 귀족이 되고 싶어, 경방을 연모하여 이런 무서운 짓을 벌이는 아이. 륜은 도망치듯 몸을 일으켰다.

"무엇입니까."

"갖고 싶다며. 가져라."

"제가 언제요?"

그녀가 잡은 손등이, 그녀의 손바닥이 닿은 맨살이 불에 덴 것처럼 의식되었다. 륜은 떨치듯 아령을 뿌리쳤다. 아령은 또 그것이 마음 아프다.

륜은 성큼성큼 지창으로 다가갔다. 그녀의 벗은 몸을 눈에 담고 싶지 않았다. 조금이라도 더 여기 있다간 미쳐 돌아 무슨 짓을 할지 모르겠다.

"가져가십시오!"

그러나 아령은 당장 이 물건을 치워 없애고 싶었다.

"가져가십시오. 제 것이 아닙니다!"

그는 기운 없이 실소했다.

"그러면 훔치려는 이름은 네 것이더냐."

륜은 들어왔던 지창을 훌쩍 뛰어넘었다. 붉은 노을이 만든 긴 그림자가 그를 따라 미끄러져 내려갔다.

6. 살아남은 자들을 찾다

　편백나무 목욕통은 네댓 명이 함께 쓸 만큼 컸다. 물이 식을세라 시
비들은 뜨거운 물을 바삐 날랐다. 더운물이 온몸을 부드럽게 감싸 안았
다. 금세 뺨이 붉어지고 땀이 흘렀다. 심장이 뛰며 급류처럼 빨라지는
혈의 흐름에 또 반갑지 않은 인간이 툭.

　'그러면 훔치려는 이름은 네 것이더냐.'

　반들반들한 눈으로 경멸하며 바라본다. 가슴이 쿡 쑤신다.

　"소저, 몸을 닦아 드릴까요?"

　"괜찮다."

　신분에 맞는 당당함부터 갖추란 경방의 주의에도 모아를 물렸다. 벗
어 둔 옷을 치우려는 것도 얼른, 손을 들어 말렸다.

　"잠깐 쉬려 하니 나가 있으렴. 필요하면 부를게."

　"예."

　모아가 뒷걸음치며 물러났다.

'갖고 싶다며. 가져라.'

쓸데없는 게 남아 귀찮게 괴롭혔다. 내가 언제!

시비를 줄였더라도 내 방은 내 방이 아니다. 소제를 한다며 꽃을 간다며 언제든 드나드는 눈과 손들. 숨기는 방법은 늘 지니는 것뿐이다. 지금은 알몸이니 벗은 옷 속에 됐다.

수면 위 가득한 붉은 꽃잎. 향기가 가득하니 늘 좋은 향이 나던 그의 체취가 또 생각난다. 아, 머릿속을 씻어 내고 싶다!

아령은 뜨거운 물속으로 머리를 넣었다. 왜 이놈의 머리는 생각나란 건 먹통이고, 생각나지 말란 것만 이리 또렷한지.

이놈의 변덕스러운 기억은 그 뒤론 뚝 그쳤다.

둘만이 아는 결정적인 게 뭐라도 생각나면 시원하게 사과를 받아 낼 텐데!

죽을 만큼 갑갑할 때까지 숨을 한번 참아 볼까.

"푸핫."

그러나 곧 얼마 버티지 못하고 물 밖으로 고개를 내밀었다. 뜨거운 물이 얼굴로 쏟아졌다. 물기를 털다 문득 내려다보니 보얀 젖무덤엔 그가 남기고 간 멍울이 불그스름하다.

"하!"

미칠 것 같았다. 파혼이 아니라 죽여 없애고 싶다.

그의 입술이 젖무덤을 베어 물며 빨아들인다. 납작한 배를 훑어 속곳을 걷어 낸다. 검게 드러난 음지, 온몸을 가린 뒤에도 비죽 튀어나왔던 선홍색의 유두. 아악!

입안에 고이는 비명을 뱉어 내지도 못하며 아령은 물속으로 다시 몸뚱이를 숨겼다.

왜 비명을 지르지 못했을까. 왜 어깨의 견정혈을 누르고 빠져나오려는 시도를 못 했을까. 왜 몇 걸음 도망쳐 서랍 안 단도를 빼어 들지 못했을까. 그따위 짓을 고스란히 당하고!

아령은 고개를 흔들었다. 그와 겨룰 때마다 너무 큰 실력 차이로 제압을 당한 게 몸에 배어서이다. 수련이 부족해서야!

점심을 먹는 둥 마는 둥 하고 아령은 오수에 들었다.

"내가 요즘 밤엔 잠이 짧구나. 좀 길게 자더라도 깨우지 말렴."

"예, 알겠사옵니다."

자리를 본 모아가 읍하고 뒷걸음치며 나갔다.

귀족 여인네들이 낮잠을 자는 건 참 좋은 습관이다. 가영궁의 높은 석벽을 몰래 넘는 건 거친 갈포 차림의 소년이었다.

아령은 무조건 믿을 수만은 없어진 경방의 움직임에도 신경을 썼다. 그는 주로 종친의 일을 보는 데 시간을 썼으나 태자에게 전갈이 오면 약사, 박지를 데리고 월령궁에 들었다. 그러나 월령궁은 함부로 담을 탈 수 없는 곳이다. 경계도 대단하지만 황궁처럼 나무 하나 없이 시야가 탁 트여서이다. 자객을 막기 위한 방비.

하는 수 없이 아령은 안정문의 시전을 주로 돌며 일자리를 구하기도 하고,

"시키는 일은 뭐든 할 테니 밥 한 끼만 주시오."

투전판을 돌기도 하며,

"어디, 나도 한판 끼어 봅시다."

사람들과 뒤섞여 그들의 말을 들었다. 가장 많이 들은 얘기는 황후에 대한 욕설이었다.

"한마디로 돈에 환장한 년이오!"

그 수위가 좀 높아 깜짝 놀라기도 했다.

"7년 전에 비해 세금이 배가 더 뛰었소."

"배 같은 소리. 세 배는 뛰었지. 요로케 조로케 이름을 붙여 늘어난 게 한두 가진 줄 아시오? 애를 낳으면 생산세, 신을 믿으면 신포세, 화

재세, 방범세, 죽으면 시체에도 세금이 붙어. 아이고, 아프면 나가 뒈져야지."

"그래서 가난한 사람들은 환자가 생기면 갖다 버려요. 노인네들도 갈 때 되면 시구문 밖에 실어다 달래서 혼자 죽지. 자식들에게 폐 끼칠까 봐."

어느 날은 가게 앞에서 웬 붉은 옷을 입은 무사들과 실랑이하는 한 상인을 보았다. 다섯 명의 퉁퉁한 무사들 사이에서 비쩍 마른 상인 하나가,

"아니! 자릿세를 낼 때 내더라도 밑천까지 다 긁어 가면 그냥 굶어 죽으란 말이오!"

하는데, 무사들은 상인을 무차별로 주먹질하며 밟아 댔다. 몰래 월담을 한 처지라 눈에 띄면 안 되었지만, 아령의 손은 벌써 그들 중 가장 높아 보이는 자의 옷자락을 잡는 척 허리의 경문혈을 콱 눌렀다.

"으……아. 무, 무얼…… 아! 하, 하는 것이오!"

무사는 조그만 소년에게 제압당한 걸 들키기 싫은지 대놓고 아픈 태도 못 냈다. 아령 또한 공손한 척 말했다.

"수고들이 많으십니다. 하지만 자릿세는 매달 내는 게 아닙니까. 이번 달에 이 사람을 탈탈 털어 이 자리가 망하면 다음 달엔 낭패 아니오? 오늘은 이만치만 받고, 다음 달에 돈을 더 벌게 하여 그때 다 받아 가시면 어떻소?"

매를 얻어맞던 상인에게 슬쩍 눈짓을 하자, 그는 얼른 고개를 끄덕였다.

"옳습니다. 다음 달엔 어찌해서든 잘 맞춰 놓겠습니다. 부디 자비를 베풀어 주십시오!"

아령은 잡은 혈에 슬그머니 압박을 더했다. 조금이라도 무예를 닦았으면 실력자를 알아보는 법. 그는 식은땀을 흘리며 수하들에게 체면을

145

깎이지 않기 위해 할 수 없이 물러섰다.

"다, 다음 달엔 돈을 다 채워야 한다!"

"그러문입쇼!"

그들이 돌아서자 아령은 얼른 상인을 일으켰다. 무사는 아령을 매우 신경 쓰며 평소와 달리 다른 이들에게도 박정하게 굴지 못하고 얼른 사라졌다.

"이거 괜히 들쑤셔 놓아 다음에 곤욕을 또 치르시는 건 아닌지 모르겠습니다."

"무슨 소리! 덕분에 이번 달은 어찌 입에 풀칠은 하게 되었소. 고맙소, 고마워!"

"나라님 세금 따로, 장가네 세금 따로. 저들이 제일 지독한 장모균이네 놈들이야."

주변 상인까지도 아령에게 몰려들어 호감을 표했다. 자연스럽게 또 이야기판이 벌어졌다.

"아니, 황후의 동생이라 하여 어찌 함부로 세금을 걷습니까."

"보호비 명목의 자릿세라는 거지."

"핫! 돈이라고 벌어 봐야 결국 이리저리 다 뺏겨요. 차곡차곡 빚만 쌓이다 결국은 자식과 아내를 팔지. 그러니 사방이 죄다 장가 노비 천지."

"그래도 금성은 다행이라오. 남방국은 지금 환초로 엉망진창 아니오?"

북에서 온 아령은 처음 듣는 소리라 "환초요?" 되물었다.

"남국은 지금 곡식 대신 환초만 잔뜩 심으니 굶어 죽는 놈 반, 약에 찌들어 미친 놈 반."

"뭐 하러 환초를 그리 많이 심어요?"

"거참, 답답해서. 백성들에게서야 헐값으로 사들이지만 그걸 몰래

146

주변국에 팔면……."

관리들까지 한통속이 되어 온 지방이 마약으로 폐허가 되었다고 한다.

"그러니 만날 외적이 날뛰지. 태자도 허구한 날 약을 한다더구먼."

귀족들은 저들의 비밀을 다 감추고 사는 줄 알지만, 이렇게 발 없는 말은 천 리를 갔다.

"그에 비해 우리 진왕 전하는 어떠하신가. 장모균이의 어사대 검교들도 전처럼 패악을 못 부리지 않나. 외적이 쳐들어오면 물리쳐, 난이 일어나면 진압해, 어려운 일마다 몸을 불사르시니 진국도 이젠 살아날 테지."

"난, 약쟁이 대신 진왕으로 태자가 바뀌었으면 좋겠네."

"어허! 혓바닥으로 하는 역모도 있다네."

"역모만 무섭나. 마적도 무섭지. 왜 또 명가처럼 황후에게다 반기를 들면 그냥 한 번에 쓸려 가 버리는 수도 있다네."

아령이 궁금함을 감추고 물으면 허탈하게들 답했다.

"아, 그냥 답답해 하는 소리요. 옛날에 명가가 든든할 땐 장모균이가 이렇게까지 지랄은 못 했잖은가. 명귀춘 어르신이 계실 땐 어사대가 어디 지금 같았던가. 명가가 그리 허망하게 무너지고 나니 나라 꼴이 이 지경!"

"우리 진왕 전하도 장가를 드셔야 하는데. 죽은 혼약자를 못 잊어 그러시나."

"에이, 명귀춘이와 현 귀비가 사통해 진왕이 화가 나 죄다 죽였다지 않나."

"아무래도 그건 헛소리 같아."

"우리끼리 떠들어야 무슨 소용인가."

이런 식의 화제가 나올 때마다 아령은 태연한 척 묻곤 했다.

"그 명가 사건 때 살아남은 사람은 없답니까."

"다 죽었는데 누가 살았겠나."

"그러면 그 마적 떼 중 참수당하지 않고 살아남은 자나 그 가족은 요?"

혼돈의 시간 중엔 적과 나도, 진실과 거짓도 구별되지 않는다. 그러나 결국 시간이 지나면 흙탕물은 가라앉는다. 판단의 기준은 그리하여 누가 득을 보았는가.

명가는 멸했고, 명가를 멸한 마적들은 곧바로 잡혀 참수를 당했고, 마적을 사주했다고 의심받던 진왕은 사지로만 내몰리다 공을 세우며 7년간 차차 일어났다.

그 공백 덕분에 황후의 장가와 태자는 나라를 훼손할 만큼의 위세를 떨칠 수 있었다. 연결고리마다 미심쩍었다.

마적들이 미쳤다고 왜 대명가를 도륙했을까. 그리 급히 잡혀 참수당할 것을.

아버님께선 어찌 사돈 될 현 귀비와 통정을 했을까. 그 꼬장꼬장하고 올곧으신 분께서.

게다 진왕이 통정의 장면을 목격했다면 명가 전체를 그리 요란하게 멸했을까. 그것도 마적을 사주해서?

길게 겪진 않았어도 진왕을 조금은 안다. 그러면 사람들이 모두 보는 데서 아버님 한 사람의 목만을 단칼에 내리쳤을 것이다. 그리고 스스로 죄의 대가를 달게 받았겠지.

그러나 머리를 어지럽히는 건 헛된 상념뿐.

이유 없이 죽거나 다친 사람도 그렇지만, 죄짓고 벌받은 사람도 억울한 건 마찬가지. 아령은 명가 쪽 사람 대신 살아남은 마적이나 그의 가족을 찾는 데 집중했다. 왠지 할 말이 많을 것 같은데, 그게 꼭 듣고 싶었다.

간절히 원하면 이루어진다던가. 어느 날 간단히 눈인사를 하고 지나
치려는데 인연을 맺은 시전 상인이 대뜸 귀엣말을 속삭였다.

"시구문 밖에서 참수된 마적의 수장, 문교의 동생이 아직 살아 있
고, 이름은 문청이라 하오."

"네?" 하고 물으려니 "나도 더는 몰라." 큰 비밀을 털어놓은 것처럼
그는 모른 체했다. 아령은 곧 큰 사형, 모정에게 도움을 청했다. 그는
군에 적을 둔 친구들이 많았다.

「문청을 찾았다. 그는 남문 밖에 산다는구나. 네가 부탁한 대로 매은
선생께는 비밀을 지키마.」

그 꼬리를 밟아 찾아낸 게 용천 마을이다. 이름답게 산마루 가파르
고 위태한 곳에 촌락을 이루고, 나무와 흙을 섞은 흙집을 지어 살고 있
었다. 너른 주변은 경작지였다.

그러나 시전과 달리 용천 마을에선 사람들과 편안히 뒤섞이는 게 쉽
지 않았다. 어중이떠중이가 모였다 흩어지는 금성과 달리 이곳은 외부
인을 경계했다.

"문청이라는 사람이 사는 곳을 압니까?"

물으면 입맛을 다시며 그런 건 왜 묻느냐는 표정으로 눈을 끔쩍인
다.

오늘은 두 번째 방문이었다. 세 낸 말을 한적한 데 묶어 두고 주변
을 돌았다.

칼을 차거나 말을 타면 이들의 눈이 더 뾰족해진다는 걸 알았다. 얼
굴엔 흙먼지를 뒤집어쓰고 지나가는 여행객인 양 밥을 구걸했다.

"시키는 일은 뭐든 할 테니 좀 먹여 주십시오."

소쿠리 가득 콩을 말리던 한 여인이 잔뜩 경계하며 주저했다. 아령

은 싹싹하게 웃었다.

"저도 여인의 몸으로 홀로 집을 나서다 이리 길을 잃었습니다. 금성이 코앞인데 오늘 안에 들어갈 수 있으려나 모르겠습니다."

"일은 되었고, 삶은 감자 몇 알 드릴 테니 얼른 가지고 가요."

하며 여인은 부엌으로 들어갔다. 아령은 평상에 앉아 여인을 기다렸다. 다섯 살 남짓한 아이가 눈을 동그랗게 뜨고 아령을 쳐다본다. 옷과 얼굴은 땟국으로 꼬질꼬질한데 까만 눈이 콩알같이 맑고 예뻐 말을 붙였다.

"몇 살이니? 꼬마야."

"네가 알아 뭐 하니, 쳇!"

꼬마는 뒤꼍으로 조르르 뛰어나갔다. 한 방 얻어맞은 아령은 후후후, 웃고 말았다.

동시에 강렬한 영상이 또 머리를 흔들었다. 아주 어릴 때의 자신인 것 같았다.

"2황자 마마가 내 혼약자라 했습니다. 그러니 다른 여인과 가까이해서는 안 됩니다."

열네댓쯤? 늘 그랬지만 륜은 그때도 어른 같았다. 아주 아름다운 여인과 다정히 맞붙어 있던 게 기분이 나빴다. 궁인의 옷을 입은 여인은 아령에게 읍하고 도망치듯 사라졌다.

"네가 나이가 몇인데 투기냐?"

사방이 푸르렀다. 아름다운 정원엔 풀벌레 소리가 요란했다. 아령은 눈을 동그랗게 뜨고 물었다.

"투기가 무엇입니까."

그가 피식 웃는다.

"령아, 그건……."

여인에게 웃어 주는 것과 자신에게 웃어 주는 분위기가 완전 달랐

150

다. 기분이 점점 더 상하는데, 그가 말하다 말고 손가락으로 머리를 톡, 퉁겼다.

"되었다. 이 녀석아."

눈앞에 별이 번쩍. 아픈 것보다 분했다.

"그럼 나도 널 이 녀석이라 부를 테다!"

"무어라?"

아령도 한 대 치려 했는데 그가 이마를 쿡 민 채 "하하하!" 웃으며 놀린다. 기가 차 발을 동동 구르다 지나가는 환관의 무리를 보았다. 아령은 소리쳤다.

"아얏! 2황자 륜이 제 비를 때린다!"

륜은 당황하며 주위를 돌아보았다.

"아직 성혼도 안 했는데 비라니!"

때린 것보다 비라고 부른 게 더 창피하다니! 아령은 심술이 더 커졌다.

"아이고 아프다, 아이고 아파! 여봐라, 나 좀 구해 다오!"

아령은 이마를 감싸며 바닥을 데굴데굴 굴렀다.

"조용히 좀 하거라, 야, 야!"

이젠 다른 것도 좀 창피한가 보지? 륜은 무성의하게 말렸다.

대로한 아령은 와앙, 울음을 터뜨렸다. 궁인들이 달려와 업히시라 한참을 달래 주었으나 질기게 울음을 그치지 않았다. 그치면 지는 거라 생각했던 것 같다.

아주 못마땅하게 인상을 찌푸리며 륜이 등을 내밀었다.

"업혀."

"씨이······!"

잘난 척 재수 없게 웃는 입술을 죽어라 노려보았다. 륜은 입꼬리를 슬쩍 올리며 경고했다.

"기회는 딱 한 번이다. 계속 울면 버리고 갈 거다."

이쯤에는 져 줘야 한다는 생각이 들었다. 아령은 울음을 뚝 그치고 륜의 등에 냉큼 올랐다. 륜은 한참 동안 아령을 그렇게 업어 주었다.

"이제 고만 업자."

"싫어."

업어 준단 건 제 마음이지만 내려가는 건 내 마음.

"내려와, 응?"

슬슬 달래는 륜을 아령은 모른 체했다. 그 단단한 목과 어깨를 꽉 틀어쥐고서, 욕심껏 그 등에 달라붙었다. 너른 등이 하늘을 이고 땅을 지고 누운 듯 다정했다. 솔솔 부는 실바람에 잠이 소르륵 왔다.

"가지고 가시오. 이 근처엔 얼씬도 마시고."

여인이 짚으로 엮은 감자 세 알을 내밀 때 아쉽게도 기억은 툭, 끊겼다. 아령은 인사하고 받아 들었으나 감자가 문제가 아니다.

"저기, 혹시 문청이라는 사람이 사는 곳을 압니까?"

갑자기 여인의 눈빛이 매서워졌다.

그때였다. 등 뒤로 기척을 느끼고 몸을 트는데 웬 사내가 덮쳐 왔다. 손에 단도를 들고 있었다. 스윽, 칼날이 목에 겨누어질 때 아령은 잽싸게 손목 양계혈을 짚고 그의 겨드랑이 사이로 빙글 빠져나오며 그의 팔을 꺾었다. 인상착의가 그 같았다.

"그대가 문청이오?"

그가 움찔하며 몸을 움츠렸다. 아령은 곧바로 그의 어깨 견정혈을 눌렀다.

"아니다! 아아…… 아!"

사내는 외마디 비명을 지르며 칼을 떨어뜨렸다. 하지만 여인이 재빨리 칼을 집어 들려 했다. 아령은 여인을 발길로 차야 했지만, 차마 그러지 못했다. 잘못했다간 크게 다치게 할까 봐서였다. 대신 칼을 멀리

차 버렸는데, 그걸 쫓는 여인의 몸놀림도 보통이 아니었다.

"절대 해치러 온 게 아니오."

그러나 아령의 주의가 흐트러진 새 팔을 빼낸 사내는 아령의 머리채를 쥐고 배를 발길질했다. 아령은 몸을 돌려 피하며 그의 허리, 경문혈을 적당한 세기로 끊어 찼다. 그가 깜짝 놀라 몸이 경직된 새 양계혈을 짚으며 머리를 빼냈다.

아령은 잠시 숨을 고르기 위해 평상 위로 반짝 뛰었다.

"그저 물어볼 게 있어 왔소. 말로 해요."

"웃기지 마라. 우리가 또 속을 줄 아느냐. 죽어라!"

동시에 칼을 집어 온 여자는 아령을 찌르려 미친 것처럼 달려들었다. 아령은 그녀의 손목을 탁, 쳐 내는 동시에 바깥 팔을 왼손으로 꽉 잡아 스스로 칼을 떨어뜨리게 했다.

그새 몸을 추스른 사내는 평상 위로 뛰어오르다 아령에게 가슴이 채어 "아이쿠!" 하며 바닥을 굴렀다. 여자는 칼을 놓으며 "아아악!" 소리 질렀다. 아령은 땅에 떨어지기 전에 재빨리 칼을 받아 이번엔 지붕 위로 던졌다. 서까래 어딘가에 맞은 칼이 '터엉!' 요란하게 몸을 떨었다.

아령은 왼손으로 잡은 여자의 오른팔을 던지듯 놓으며 가볍게 가슴 부위를 오른 손바닥으로 밀쳤다. 힘을 조절한다고 했지만 여자는 비명을 지르며 크게 나가떨어졌다. 몸놀림에 비해 공력이 전혀 없었다.

동시에 사내가 다시 아령을 공격하려 평상으로 뛰어들었다. 아령은 가장 바깥 모서리를 밟으며 마음의 준비를 했다. 그리고 그가 평상을 밟고 올라서는 순간 빙글, 재주를 넘어 바닥을 디뎠다. 곧이어 평상의 다리를 거세게 걷어찼다.

'쿠당탕!'

다리가 부러지며 평상이 밀리자 사내가 크게 넘어졌다. 동시에 햇볕에 말려 둔 콩 바구니가 공중제비를 돌며 사방팔방 흩뿌려졌다.

"이제 다 그만두고 말로 합시다."

그러나 정신을 차린 여인이 아령을 뒤에서 죽기 살기로 꽉 끌어안았다. 팔목을 잡아 빼는 사이, 사내가 일어났다. 그리고 아령의 뒷머리와 견정혈을 꽉 틀어쥐었다.

"아악!"

제대로 혈도를 잡힌 아령은 소스라치게 비명을 질렀다. 여자는 다급하게 한쪽에 놓인 낫을 들고 왔다. 시퍼렇게 잘 세운 낫날이 햇빛에 번들번들했다. 마지막 일격을 가하듯 양손으로 아령의 가슴을 향했다.

아령은 사내의 양계혈을 쥐며 몸을 빼냈다. 동시에 여인은 낫을 내리쳤다.

차락! 시간이 멈춘 것처럼 숨이 막혔다.

찰나가 영원처럼, 아령은 갈등에 휩싸였다. 자신이 피하면 그대로 사내의 가슴에 낫이 꽂힌다. 아니면 그녀 자신의 가슴에 꽂힌다. 피할 방법은 사내의 몸뚱이를 방패 삼는 것뿐.

그러나 아령은 세상에서 가장 멍청한 선택을 했다.

"위험해!"

사내의 몸뚱이를 힘껏 차 낫날을 피하게 했다. 동시에 그 힘으로 아령, 자신도 반대편으로 피했다. 그리고 깨달았다. 힘이 모자라다!

낫날은 그녀의 왼 어깨에 떨어져 내리고 있었다. 탁미도를 맞던 그 순간처럼!

'아악!' 하는 자신의 비명이 귀를 찢는 것 같다. 저릿한 어깨의 통증과 서걱한 금속성의 느낌이 되살아났다. 그때였다.

타, 타, 타, 타앙!

무언가가 포환처럼 쏘아지며 낫날을 튀겨 냈다. "아악!" 여인은 비명을 지르며 낫을 놓쳤다.

엉망으로 싸우던 세 사람은 갑자기 멈추어 섰다. 뒤늦게, 남녀는 저희들이 할 뻔한 짓을 깨달았다. 아령이 무어라 입을 떼기도 전, 그들은 갑자기 눈짓을 주고받곤 냅다 도망치기 시작했다. 아령은 소리쳤다.

"거기 서시오!"

하지만 기척도 없이 다가와 어깨를 턱, 잡는 누군가가 있었다.

"왜 여기……!"

그는 진왕, 아니, 륜이었다.

"미……쳤느냐?"

그의 목소리가 조금 떨렸다. 잡아먹을 것처럼 늘 반들반들하던 눈동자도 격하게 요동치고 있었다. 그러나 아령은 다른 게 더 급했다.

"그들을 쫓아야 합니다. 물을 말이 있습니다!"

뿌리치고 뒤따라가려 하자, 그는 어깨를 다시 꽉 붙들었다.

"놓으십시오."

이번엔 손목을 꽉 틀어잡는다.

"놓으시라니까요!"

빠르게 밀어 내려 했으나, 그는 충격이 채 가라앉지 않은 눈으로 내려다보았다. 격하게 요동치는 그의 눈동자에 아령의 가슴도 함께 뛰기 시작했다.

그의 맥이 무섭게 날뛰고 있었다. 놀란 그의 마음이 전해져서일까. 그제야 아령도 무섬증이 확 끼쳤다.

"교위를…… 보냈다. 조용히 뒤쫓을 것이다."

넘어가지 않는 침을 삼키며 륜은 목소리를 가다듬었다.

"지금 따라가 궁금한 걸 묻는다 해도 저들이 말을 해 주겠느냐?"

그도 그랬다. 그래도 그것 외엔 방법이 없는데. 그러나 그는 팔목을 휙 잡아끌었다.

"어디를 가십니까?"

조금 끌려가니 교위가 그의 말, 적염을 데리고 있었다. 교위는 아령을 보자마자 곧바로 엎드려 등을 내주었다. 그러나 그는 손을 들어 물리고 제 허벅지를 내민다.

아령은 깜짝 놀라 침만 꼴깍 삼켰다. 감히 그의 허벅지를 어찌 밟나. 그는 코웃음 치며 망설이던 아령을 반짝 들어 말에 태웠다.

"앗, 혼자 탈 수 있……."

하는데 그는 이미 뒤에 타 버렸다. "하!" 하는 구령과 함께 적염은 익숙하게 달려 나갔다.

굵고 키 큰 나무들이 등 뒤를 휙휙 스쳤다. 숲은 어둡게 그늘져 있었다. 경쟁하듯 솟은 가지들이 제각각 위로, 위로만 뻗어 하늘을 껌껌하게 가린 탓이다. 그 사이를 기어이 훑으며 한바탕 불어오는 맑은 바람. 푸른 잎들은 차라락, 서로의 몸을 스치며 비빈다.

바람은 꼭 붙어 있는 두 사람 사이로도 짓궂게 스쳐 지나갔다. 땀이 식는다. 그럼에도 몸은 찬찬히 더워져만 갔다.

어깨 너머 전해지는 그의 숨소리, 익숙한 향긋함. 그를 처음 만난 날이 기억났다. 그때도 이렇게 함께 말을 탔고, 그날도 이렇게 아령은 갈포로 지은 남복을 입고 있었다.

그러나 그의 팔은 당연하단 듯 아령의 허리를 단단히 감고 있다. 적염이 뛰는 그 흔들림 속에서 서로의 등과 가슴이 맞부딪쳤다. 그녀를 향해 간간이 웃음을 감추던 그날의 그가 간절히 그립다. 지금의 그는 알 수 없는 고뇌에 깊이 빠져 있었다.

그를 다시 만나면 어찌해야 한다는 다짐을 몇 번은 한 것 같은데. 막상 만나니 온몸이 얼어붙어 아무것도 할 수 없었다. 그저 그가 말을 멈추며 이끄는 대로 걸었다.

그가 데려간 곳은 땅의 끝인 듯 깎아지른 절벽. 그는 적염을 매어 두고 작은 골 하나를 훌쩍 뛰었다.

바늘을 세운 끝의 좁은 면처럼 벼랑 끝 겨우 두 사람이 설 수 있는 공간이 있었다.

무얼 하려는 건지. 그러나 그는 손을 내밀고 있었다.

평소라면 엄두도 안 내겠지만 그의 담담한 눈빛에 훌쩍 골을 건너 벼랑 끝으로 따라 뛰었다. 그가 단단히 맞잡아 주었다. 그리고 혼자서 바닥에 주저앉아 버린다.

설 곳이 없어진 아령이 어이없이 쳐다보자 그가 무심히 말했다.

"너도 앉아라."

"어디에…… 앉으란 말입니까."

"앉으라고."

하더니 그대로 주저앉힌다. 엉겁결에 아령은 그의 허벅지에 앉고 말았다.

"아앗!"

어른이 아이를 안는 것처럼 그는 자기 허벅지에 아령을 모로 앉혔다. 그리고 한 팔로 허리를 끌어안는다. 깜짝 놀랐지만 조금이라도 난리를 쳤다간 깎아지른 아래로 둘 다 굴러떨어지니 어쩌지도 못하는데,

"아아!"

눈앞에 뜻밖의 절경에 신음을 흘리고 말았다.

천신이 되어 온 세상을 굽어보는 느낌이 이럴까. 그 큰 금성이 마치 정방형의 모형 장난감 같았다. 가운데에는 황궁이 떡하니 가장 크게 자리 잡았고, 그 중심선 위로는 아기자기한 시전이, 아래엔 둥근 탑처럼 보이는 천단이 비쭉 솟았다.

시전 뒤로 흐르는 혜하천도 실처럼 보였고, 오른편 어딘가엔 가영궁으로 짐작되는 곳도 있다. 남문 가까운 진왕부는 규모가 커 형태가 제

대로 보였다. 그 어디쯤엔 명가의 옛집이 등을 맞대고 있겠지.

"그냥, 경치나 구경하고 가자."

그의 긴 한숨에 마음이 아릿해졌다. 그가 턱을 어깨에 기대 와 아령도 그의 가슴에 등을 기대 버렸다. 살랑 불어오는 실바람 한 점에 마음이 아찔해질 만큼 정말 아름다운 풍경이다.

드넓은 도로는 그 끝으로 달리면 동서남북 열두 문과 만난다. 십이 문 밖으론 사람들이 개미보다도 더 작게 열을 이었다. 폐허가 되어 없어졌을 유수원은 성 밖 어디쯤인지. 차마 묻지 못하고 엉뚱한 걸 물었다.

"아깐 무얼 던지셨습니까?"

그는 아련한 눈으로 먼 데를 바라보고 있었다.

"콩알."

"네?" 묻다가 광주리에서 흩뿌려지던 게 떠올라 피식 웃었다. 기가 찼다. 콩알 몇 개로 사람을 제압하는 공력이라니. 그러나 곧 무서운 시선이 떨어졌다.

"넌, 무슨 생각이었던 것이냐!"

무얼 책망하는지 안다. 시선을 피하며 쌕쌕 숨만 내쉬자 그는 더 호되게 꾸짖었다.

"전력을 다하는 사람들을 그런 식으로 상대하면 어떡해, 제정신이냐!"

아령은 고개를 싹 돌렸다. 그가 아니었다면 큰일 날 뻔했다. 그렇다고 '송구합니다.' 사과할 일도 아니고.

끝내 모른 체하려 했지만 무섭게 노려보는 그의 시선에 뱃속이 아릿해져 슬그머니 본심이 튀어나왔다.

"그저, 아무도 다치게 하고 싶지 않았습니다."

"그런…… 이유더냐?"

목소리는 잦아들었지만 노기는 여전하다. 아령은 슬쩍 웃어 보였다. 스스로도 좀 민망했다.

"부부가 서로를 죽이게 하긴 싫었습니다. 상대를 죽이고 혼자 살아남은 사람은 어떻게 삽니까."

"그렇다고 네가 대신 위험을 무릅쓰려…… 했더냐."

그의 음성이 먹먹했다. 할 말이 없어 고개를 돌리는데, 그가 갑자기 꽉 끌어안았다. 온몸이 아프도록 너무나 꽉 끌어안는 압력에 그의 마음이 전해졌다. 그가 저를 어찌 생각하는지 빤히 알면서. 그가 안아 주는 그 아픔에 덩달아 가슴이 아팠다. 아령은 농담처럼 얼버무렸다.

"그럴 리가요. 제 실력을 과신했습니다."

그러나 들켰다는 걸 안다. 그래서 말을 돌렸다.

"구해 주셔서 감사합니다. 큰 은혜를 입었습니다."

바람이 한바탕 크게 불어왔다. 그의 장포와 아령의 갈포 고습이 함께 바람에 요란하게 펄럭였다. 긴장이 되어 아령이 고개를 드니 그가 안심시키듯 머리를 그의 가슴에 다시 내리누른다.

그의 몸은 굳건하고 튼튼하여 바람 따위에 흔들리지 않았다. 그는 손가락으로 흐트러진 아령의 머리칼을 부드럽게 정돈해 주었다. 왠지 모를 안정감. 그리고 설렘. 아령은 저도 모르게 힘을 빼고 그의 몸에 머리를 기댔다. 그가 낮은 음성으로 말했다.

"문청이란 이름은 그가 이젠 쓰지 않는 이름이다. 나도 그를 찾고 있었고. 갑자기 저를 찾는 사람이 많아지는데 너까지 감춘 이름을 대며 찾으니, 해하려 왔다고 생각한 것 같다."

그의 가슴을 통해 들려오는 중저음이 달콤했다. 그 음성에 취해 정신을 놓지 않으려 애쓰는데 그가 엄하게 물었다.

"명가 사건에서 살아남은 사람을 네가 왜 찾고 다녀? 그것도 경방 몰래!"

그에게 감시를 받고 있단 사실을 알았다. 경방이 붙인 사람이라면 얘기가 달랐겠지만, 거리에서 언뜻언뜻 어색하게 인파에 몸을 감추는 익비와 그의 수하들을 보았었다.

"별걸 다 아십니다. 전하께선 제 뒤를 왜 밟으시는데요?"

"너는 감시 대상에서도 상급이다."

"최상급이 아니라 서운하네요."

큭큭, 웃는 아령에게 졌다는 듯 그는 혀를 내둘렀다. 그녀를 가짜로 알고 있는 그에겐 어떤 대답이 적당한 것인지.

"명아령이 살아 있단, 제가 명아령이란 증언을 해 줄 사람은 전하만 있는 게 아닙니다."

지금만큼은 그의 다정한 눈빛을 깨뜨리기 싫었으나 아령은 냉정히 답했다. 그것 외엔 설명할 길이 없었다. 그러나 그는 담담하게 짧은 한숨을 내쉬었다.

"이젠, 오지 마라."

"안 됩니다."

"위험하다. 오지 마. 그리고 그 증언은……."

그는 뜸을 들이며 이를 악물었다. 그러나 이미 결심한 듯 숨을 크게 내쉬며 말했다.

"내가 해 주마."

아령은 깜짝 놀라 고개를 들어 그를 바라보았다. 아령의 맑은 눈이 그를 응시했다. 그의 눈빛은 전과 달랐다. 반들반들한 눈의 기개는 여전했지만 많이 부드러워져 있었고, 또 왠지 모르게 꽤 다정해져 있었다.

아령은 저도 모르게 가슴이 두근거렸다. 그는 그녀의 시선을 피하며 머리를 다시 끌어안았다. 왠지 모를 훈기가 몸을 달아오르게 했다. 아령은 조심스럽게 물었다.

"그럼 저는 전하를 위해 증언……."

그 말을 입에 담는 동시에 그때 벌어졌던 일들이 생각나 얼굴이 화끈댄다. 그러나 그는 아니던가.

"또 허튼소리냐!"

약간 역정을 내려 했으나 그는 체념하며 다시 말했다.

"그냥 지금, 잠깐만 이렇게 꿈에나 빠져 있어 보자. 그냥 취한 것처럼. 차라리 취하여 좋았던 그날처럼……."

그는 말끝을 흐리며 아령을 꽉 끌어안았다.

그러나 더워지던 아령의 마음은 혼란스러웠다. 그의 마음을 알 수 없었다.

그저 여인으로 위로를 해 달라는 것인가. 진짜 아령인 척을 해 달라는 것인가. 자기가 자기 대역을 하다니, 웃겼다. 그렇지만 그를 보고 있으면 함께 슬퍼졌다. 그는 모든 걸 내줄 듯 간절히 끌어안았다. 마음이 너무 아팠다.

"네가 명아령이란 걸 보증해 주마. 그리고 파혼도 해 주마. 황가는 명가에게 빚이 있다. 내가 먼저 파혼을 청하면 그 대가로 넌 황가와 다시 연을 맺을 수 있을 것이다."

'파혼'이란 단어에 갑자기 아령의 가슴이 지익, 그어졌다. 이렇게 다정히 끌어안고 그는 무슨 말을 하는가. 그러나 아아, 내가 그랬지, 다시 정신을 차리는데.

"네 목적은 결국, 첩이 아닌 경방의 정비가 되고 싶은 것이 아니더냐?"

하는 말에 가슴이 쿵, 떨어졌다.

갑자기 눈물이 왈칵 쏟아질 것 같아 고개를 싹 돌렸다. 왜 이딴 말에 이렇게 속상하고 눈물이 나려 드는지. 그에게 어떠한 연모의 정이 있는 것도 아닌데!

때마침 기억이 하나 더 생긴 걸 떠올렸다. 늦었더라도 지금이라면! 설명이 될 수 있을지 모른다.

"제가 이러는 것은 제가 진짜……."

아련히 젖어 있던 그의 눈빛이 와장창 깨져 버렸다. 그래도 아령은 꿋꿋이 말했다.

"진짜 명아령이기 때문입니다. 기억이 하나 더 있습니다. 황궁에서의 일인데……!"

그러나 그의 눈빛이 와락 분노로 물들었다. 아령은 뱃속이 오그라들었다. 그는 버럭 화를 내며 말을 끊었다.

"네가 원하는 것을 다 들어주었다. 그럼에도 어찌, 너는 내 앞에서까지 령아인 척을 하는 것이냐!"

너무 무섭게 역정을 내는 기세에 숨 가쁘게 그를 바라보는데, 그는 본심을 토했다.

"아무리 여인의 야망이 무섭다지만, 넌!"

하고 코웃음을 쳤다.

"경방을 손에 쥐고 흔드니 사내가 다 우습더냐. 네 얼굴을 보며 죽은 아이에게 미안한…… 미안한 마음을 떠올리는 게 너에겐 이리 희롱거리더냐. 왜! 누가 내 마음을 쥐고 흔들어 댈 수 있게 된다면 더 큰 상을 준다 약속하더냐. 황가의 사내를 둘이나 틀어쥐고 이게 무슨 짓……!"

그는 이를 악물고 마지막 말을 참았다.

아, 권력에 눈멀어 사내들을 넘나드는 요녀.

그가 바라보는 가짜 명아령이란 이런 뜻이었나. 아령의 이도 꽉 물렸다.

"제가 진짜 명아령임을 주장하는 건……!"

그가 아령의 턱을 잔인하게 비틀어 쥐었다.

"한 번만 더 하면 입 맞추고 널 제대로 유린할 것이다. 경방의 정비 자리는 꿈도 못 꾸게 만들어 주지. 참고로 난, 널 비는커녕 첩으로도 둘 생각이 전혀 없구나."

그의 입술이 한 치 앞으로 다가들었다. 아령은 기가 차 그의 가슴을 떠밀었다.

천 길 낭떠러지. 당연히 사력을 다하진 못했다. 그는 코웃음 치며 아령을 일으켜 온 곳으로 다시 던지듯 넘겼다. 구덩이에 빠져 낭떠러지로 떨어질까 두려워 "아악!" 소리쳤지만 몸뚱이는 말짱하게 착지했다. 놀라 힘이 빠진 다리가 후들거려 볼썽사납게 휘청댔다.

가볍게 훌쩍 뛰며 되돌아온 그는 냉정하게 아령을 적염에 태웠다. 아령의 말이 매어진 곳까지 데려다주면서도 그는 단 한마디도 않았다. 올 땐 그리 소중하게 안아 주더니, 갈 땐 더러운 것을 버리듯 했다.

"나도 네가 참 싫다. 어쩌자고 이렇게 나타났느냐."

아령은 분에 차 아무 대꾸도 않고 그를 외면했다.

어찌 인사를 해야 할지 몰라 침을 삼키는데 그가 먼저 작별을 고했다.

"그래, 너도 계속 나를 그리 싫어하거라. 나도 널 계속 미워하마."

7. 황후의 초대

들은 것이다.

'그가 그리…… 싫으냐?'

경춘각의 연회에서 이야기라도 좀 해 보라 오라버니가 권했을 때,

'예, 정말로 싫습니다.'

그는 정말로 그 소릴 귀담아들은 것이다. 가슴이 묵직해지며 괜히
눈물이 툭, 떨어졌다. 그래, 그때는 너무 미워 떨쳐 내고 싶었다. 그러
나 지금은 더 밉고 더 싫다.

맑은 개천에 얼굴을 씻고 먼지를 닦았다. 말을 달려 성문이 닫히기
직전 가영궁의 담을 다시 넘어 들었다.

붉은빛으로 물들었던 방은 곧 껌껌해졌다. 얼른 옷부터 갈아입고 자
는 모양을 해 두었던 이불을 들추는데 무언가 어색했다. 교묘하게 똑같
이 만들었으나 느낌이 다르다.

낭패감에 입술을 깨무는데 모아가 들어와 읍했다. 웃는 모양이 어색하다.

"마마께 고했니?"

모아는 고개를 저으며 생긋 웃었다. 하긴, 언제 들키더라도 이상할 게 없을 정도로 외출이 잦았다.

"오늘 안 게 아니구나?"

모아는 망설이다 고개를 끄덕였다.

"너 말고 누가 아니?"

"저만 압니다."

아령은 잠시 생각하다 동전을 몇 개 꺼내 내밀었다. 모아의 한 달 치 급여쯤 된다. 동생들만 줄줄이 달린 맏딸이라고 들었다. 집에 입도 덜 겸 돈이 필요해 입궁했단다.

"고하지 말거라."

하고 내어 주니, 모아는 당황했다.

"지, 지난번 다른 아이들이 모두 나갈 때 주신 것만으로도 충분합니다. 저, 저를 택해 주시어 정말 큰 도움을 받았습니다."

"그땐 네 어머니가 편찮으니 줬던 거고. 이건 비밀의 값이다."

"아씨를 모시는 데 비밀의 값이라니요. 아닙니다."

아령은 헛헛하게 웃었다. 저 할 일에만 열심이고 성심으로 모시는 아이. 그럼에도 지금은 진심일 것이나 언제까지나 그렇진 않을 것이다.

"그럼 상이다. 앞으로도 내 오수 때마다 네가 좀 잘 지켜 주렴."

하며 다시 내미니 민망해하면서도 좋아라 한다. 그 기색을 읽고 어떤 기시감에 아령은 싸늘히 경고했다.

"주인을 배반한 대가로 황금을 약속하는 다른 주인을 믿지 마라. 배반의 대가는 또 다른 배반이란다."

모아는 겁을 좀 먹고, 웃으며 고개를 주억거렸다. 아령은 마주 웃었다. 언젠가 이 정보는 팔릴 것이다. 그렇더라도 최소한 시간은 벌자 싶었다.

"물러가도 좋아."

저도 모르게 준엄하게 모아를 내보내고 난 뒤 홀로 깜짝 놀랐다. 시비를 부린다는 자체를 어색한 게 엊그제인데. 내가 왜 이러지?

그 순간 눈앞이 번쩍이며 꽤 많은 게 한꺼번에 쏟아졌다. 말끔한 유수원과 수십의 시비. 비질을 하던 그들 중 하나가 아령에게 인사를 해왔다.

"아씨, 이곳은 먼지가 나는뎁쇼."

경치 좋고 조용한 데를 찾아들었는데 때마침 소제 중이었다. 그녀가 자리를 잡고 앉으려니 다들 할 일을 멈추고 물러나려 들었다.

"그럴 것 없다."

짙은 외로움. 아령은 결국 몸을 일으켰다. 손에는 헝겊 인형이 들려 있었다. 인형 따윌 가지고 놀 나이는 아니나, 때 묻고 낡은 것을 쥐고 있으면 아련한 안정감이 들었다. 곧 유모가 아연실색하며 달려왔다.

"한참을 찾았습니다. 왜 이런 데 홀로 계십니까."

"흥, 내 편은 하나도 없지."

"아씨 편이 왜 없습니까. 이 유모가 있지 않습니까."

그녀가 미안한지 머리를 쓸며 꼭 끌어안는다. 다 컸는데도 그녀는 늘 아령을 아이 취급했다. 푸근한 얼굴에 펑퍼짐한 몸. 그녀에게서 나는 살냄새가 좋았다. 그래도 불퉁하게 슥, 밀어 냈다.

"마마께 목소릴 좀 높였다고 어머니께 싹 다 이르고선."

"그것 때문에 이리 역정이 나셨습니까."

"답답하다! 답답해도 말할 데가 하나도 없어."

"그래서 말벗을 삼으시라고 아이를 데려왔습니다."

안채 일을 거드는 젊은 시녀 하나가 또래의 계집아이를 데리고 읍했다. 무명으로 지은 흰옷을 입은 계집아이의 고개가 찬찬히 들렸을 때 아령은 깜짝 놀랐다.

"와!"

정면으로 보았을 땐 좀 달랐지만, 옆모습은 구별이 안 갈 정도. 잘 모르는 사람이라면 한사람으로 착각할 정도다.

"나랑 닮았네!"

계집아이가 째액, 웃으며 인사를 했다.

"마마께오서 찾으십니다."

그러나 문밖의 소리에 안타깝게도 기억은 거기서 끊겼다. 아!

"그래, 알았다."

어렴풋한 느낌. 이름조차 기억나지 않는다. 며칠 함께 지내지 않았으나, 그 아이를 너무나 좋아했었다. 몸종이었으나 친우나 형제같이 잘 대했다.

그럼, 그 아이가 나 대신?

당연히 미안하고 안쓰러워야 하는데, 가슴에 남는 건 싸늘한 느낌과 울분뿐. 그러나 날 듯 말 듯 한 생각은 답답하도록 꽉 막혔다.

도대체 이놈의 기억은 왜 불현듯 나오다 또 갑자기 끊기나!

"소저, 어디가 편찮으십니까."

아무리 다시 집중을 해 봐도 이젠 끝. 어느새 곁에 다가온 모아가 당황하며 손수건을 내민다. 저도 모르게 이마에 난 식은땀이 주르르 흘렀다. 아령은 얼른 표정을 고쳐 생긋 웃었다.

"마마께 고하지 말아라. 또 탕약을 달이실라."

하니 슬그머니 웃으며 "예." 읍한다. 아령은 할 수 없이 경춘각의 뜰로 나섰다.

조복을 벗고 편한 단령 차림을 한 경방이 기다리고 있었다. 모란은 이제 절정을 넘어섰다. 경방은 시들어 버린 꽃가지 중 아름다운 것들만 꺾어 꽃다발을 만들었다. 아령은 수줍게 내미는 다발을 억지로 웃으며 받아 들었다.

"한집에 있는 지금이 너와 더 멀어진 것 같다."

경방은 한동안 부러 아령을 찾지 않았다. 륜과 만나게 하려 춤판을 벌였지만 막상 지창을 넘던 그를 보니 둘 다 죽여 없애고 싶어져서다. 큰일은 없었다. 그건 느낌으로 안다.

하지만 얼른 속곳을 벗겨 밀지에 손을 휘저어 확인하고 싶다. 너는 아직 처녀인가. 너를 이리 깨끗이 두는 게 옳은가. 그럼에도 억지로 취하지 않은 건 그녀의 마음을 얻고파서다.

"한 달에 한 번씩 널 볼 땐 겨우 하루가 아쉽더니."

아령은 얼굴을 슥 돌려 피했다. 멀어진 건 마음의 거리.

너를 잃고 있다. 너를 이리 가까이 곁에 두곤 너를 잃고 있다.

세월이 7년이다. 나를 바라보는 네 눈빛이 달라졌음을 어찌 모를까.

"정사가 바쁘시니 그렇지요. 그때는 저도 어렸지만 오라버니도 연치가 어리셨지 않습니까."

영민한 아이. 아무리 기억이 없어도 저가 이용당함을 느낄 것이다. 탕약을 부쩍 싫어하고 말수가 훌쩍 줄었다.

찾고 싶다. 나를 바라보며 그동안의 일들을 종알종알 읊던 그 귀여운 입술을, 나를 빤히 담던 그 맑은 눈을, '오라버니!' 와락 뛰어 달려와 반기던 그 웃음을.

다 달여진 탕약을 들이밀면 두 눈엔 눈물이 훅 고이곤 했다. '얼른 나아야지?' 하면 싫어도 곧이곧대로 그걸 싹 다 들이켜고 눕는다. 그러나 정신을 잃어 가면서도 그의 손을 꼭 쥔 채 매번 잠들지 않으려 애썼다.

'제가 잠들면 가십니까.', '내달 또 오마.', '아니 가시면 안 됩니까.', '꼭 또 오마.', '꼭 또, 또 오셔야 합니다?'

정신을 잃곤 환각에 빠져 경련을 일으킨다. 기이하게 뒤틀려 가는 작은 몸뚱이가 왈칵 두렵다. 열둘에 겪었던 고통을 다시 한번 되새기는 것. 미안하고 가슴 아파 내달 가지 못하기도 했다. 박지만 보낸 뒤 애가 타, '내가 못 가 어쩌더냐.' 물으면 그는 덤덤히 답했다. 뭐, 울더이다.

"그래, 차라리 그 시절이 그립구나."

아니, 아령은 다시 돌아가고 싶지 않았다. 더는 아프기 싫었고, 기억을 이리 지워 놓은 이유가 아무리 치료나 그녀를 위해서라도 이건 아니다.

아령은 아이처럼 몸을 빙글 돌렸다. 통, 통, 통, 디딤돌을 밟고 뛰는 뒤를 경방은 씁쓸하게 웃으며 따랐다. 그리고 결심한 바를 전했다.

"널 정비로 삼을 방법을 찾았다."

아령은 갑작스러운 선언에 심장이 조였다. 조금도 반갑지 않다. 비로소 륜이 했던 말이, 그의 태도가 이해가 갔다. 아령은 고개를 흔들었다.

"첩이 되기 싫단 철없는 말로 오라버니의 심기를 어지럽혀 송구합니다."

경방의 눈에 반가운 웃음기가 도는 걸 보고 아령은 얼른 덧붙였다.

"그러나 그것은 오라버니의 여인이 되지 않겠단 뜻이었습니다."

웃음기가 가신 눈에 격노가 번진다. 너는 벌써 그를 마음에 담은 것이냐, 어릴 때처럼!

"이름을 찾더라도 부모가 없는 저는 좋은 배필이 아닙니다. 오히려 연화 소저가 오라버니껜 좋은 짝도 배경도 될 것입니다."

"그래, 자존심이 센 너를 첩으로 두려 했다는 걸 후회한다. 네가 명아령으로 인정받으면 나는 파혼하고 너를 비로……."

파혼이란 말에 괜히 가슴이 메어 와 아령은 울컥했다.

"혼약은 큰 약속입니다! 연화 소저는 여태 오라버니를 정인으로 삼으며 자랐습니다. 이리 오라버니께 폐가 되긴 싫어요. 저는 곧 이곳을 나가겠습니다."

"넌, 귀족 신분을 얻으면 날 떠나겠단 뜻이냐!"

"예? 신분을 찾는 것과 나가는 건 상관이 없습니다."

경방은 다급해졌다. 그가 그리 애써 찾으려 했던 그녀의 마음. 그러나 이럴 거라면 차라리 네 껍데기라도!

"7년 세월이 네겐 아무것도 아니더냐. 어찌 날 버릴 생각을 해."

경방은 왈칵 소리를 지르려다 겁을 먹고 바라보는 아령의 말간 얼굴에 간신히 목소리를 누그러뜨렸다.

"버리다니요. 오라버니가 비를 맞으셔도 제겐 여전히 오라버니십니다. 비와도 우애 좋게 잘 지내겠습니다. 다만, 저는 오라버니의 여인이 될 수는 없……."

더 이상 참지 못했다. 경방은 아령의 목덜미를 거머쥐었다.

"오, 오라버…… 훗!"

그리고 머리칼 안으로 손가락을 깊이 박아 넣으며 입술을 짓이겼다.

"흐흡!"

그러나 아령은 이를 꽉 다물었다. 머리를 빼내려 하니 머리와 손목에 혈이 잡혔다. 꼼짝 못 하도록 결박되었으나, 그럴수록 반항심은 커진다.

그가 입술을 핥아 댄다. 징그럽고 추하다. 이리해 보니 알겠다. 그의 체취도 맞닿는 느낌도 싫다. 억지로 덮쳐지는 능욕감뿐. 아령은 하는 수 없이 그의 발등을 꽉, 짓이겼다.

묵묵히 견딘다. 아령은 발을 더 거세게 비볐다. 경방이 손목을 놓았다. 그를 밀어 내려 하니 젖가슴을 꽉, 쥐어 잡는다. 앗!

하지만 놀라 입이 열린 순간, 아령은 밀려드는 그의 입술과 혀를 되는대로 꽉, 깨물었다.

"훗!"

그리고 그를 전력을 다해 밀쳤다. 경방도 던지듯 아령을 놓으며 무섭게 노려본다. 저런 눈빛은 처음이다. 경방의 입술에 피가 스르륵 밴다.

아령은 얻어맞길 각오하며 뺨을 내밀었다. 그러나 그는 격노한 눈빛으로 지그시 내려다볼 뿐.

경방의 눈빛이 잔인하게 비틀렸다. 그의 손이 확 올라온 순간, 아령은 눈을 질끈 감았다.

그러나 돌아오는 건 부드러운 느낌. 경방은 아령의 뺨을 매만지며 손목을 쥐어 잡았다. 그 손끝에 지그시 압력이 전해진다. 한 번도 경험해 보지 못했던 강경함.

"안됐구나. 너는 문서로 매인 노비라 함부로 나갈 수 없어."

"예? 그 무슨……."

경방은 슬쩍 웃었으나 그의 눈빛은 꽤 잔인했다.

"다른 아이의 신분을 빌렸다. 다 너를 보호하기 위해서였지."

아령은 뒤통수를 얻어맞은 것처럼 어질어질했다. 너무나 어지러워 생각이 한 번에 정리되지 않았다.

분명 길에서 만났다 했다. 백운산에선 기거할 곳이 따로 없어 노비 처소를 썼지만, 그 누구도 그녀를 노비로 대하지 않았다.

"걱정 마라. 널 반드시 명아령으로 만들어 줄 것이니."

아령은 뻣뻣하게 굳은 채 입을 닫았다. 그러나 그를 신뢰하던 마지막 마음은 와르르 무너졌다. 이 '보호'와 '위해서'란 말 아래, 그 얼마나 많은 것들이 그녀의 의지와 상관없이 맞물려 돌아가고 있는가.

"나 말고 널 누가 돕겠느냐."

경방의 눈빛엔 무언의 압력조차 담겨 있었다. 그가 활짝 웃으며 다정히 어깨를 감싸 안았다. 아까 일을 보상이라도 받으려는 것처럼 머리칼을 귀 뒤로 넘겨 주며 입술을 슬쩍, 핥고 떼어 냈다. 소름이 쪽 끼쳤으나 바싹 얼어 이번엔 그를 밀어 내지 못했다. 그의 더운 숨결이 귀를 파고든다.

"모든 게 네 뜻대로 잘되고 있다. 며칠 뒤 황후께서 연회를 베푸신다는구나. 너를 부르셨다."

내 뜻. 하! 결국 그를 와락 밀쳐 냈다. 목소리가 날카로웠다.

"절 어찌 부르신답니까. 이름도 없는 노비를요."

"이름이 없긴. 네 이름은 명아령이지 않으냐."

아령은 놀라 경방을 바라보았다. 그건 공식적으로 아령의 존재를 수면 위로 올린단 뜻이었다.

하늘엔 커다란 보름달이 밝게 비치고 있었다.

5월은 꽃도 많지만 독(毒)도 많은 달이어서 외국 사람들은 돌림병을 막으려는 노력을 많이 했다. 봄이 끝나고 여름이 시작되는 시기.

황제는 강녕절을 지정하고 집집마다 대청소하길 권했다. 사람들은 쑥과 창포를 집 안 곳곳 걸어 두고 질병을 막는 귀신의 그림을 문밖에 붙여 두기도 했다.

황실의 공식 행사 대신, 황후는 작은 연회를 베풀었다. 그렇더라도 황궁으로 향하는 사람들의 행렬은 꽤 길었다.

"아령 소저!"

마차의 가림막 사이로 아는 얼굴이 나오자 아령은 방긋 웃어 보였다. 아령은 경방과 함께 말을 타고 가는 중이었다.

"볕이 뜨거운데 함께 타고 가시지요."

아령은 가뜩이나 함께 있기 싫었던 경방을 바라보았다. 그는 못마땅한 얼굴로 허락했다.

"그러렴. 역시 여름의 시작이구나."

아령은 교 씨 옆에 냉큼 올랐다. 주인들이 자리를 합치니 행렬도 묘하게 뒤섞여 오라버니의 말이 앞서고 교 씨의 마차가 뒤따르는 형국이 되었다.

"어째 며칠 새 점점 더 아름다워지십니다."

"웬 농이십니까."

하며 얼굴을 붉히니, 교 씨는 경방의 말이 적당히 멀어지는 걸 확인하고 있었다. 아령은 웃으며 알은체를 했다.

"도대체 사람들이 저에 대해 뭐라고들 하기에, 절 이리 반기십니까."

"말들이 참 많지요!"

들켰냐는 듯 교 씨는 쌕 웃었다. 그리고 엉뚱한 걸 물었다.

"소저의 마음속 사내는 누구입니까. 진왕입니까, 가영궁입니까."

"네에?"

"다들 명아령이 나타난 것에 난리입니다. 소저! 제겐 가르쳐 주시지요."

교 씨는 눈을 반짝이며 물었다. 도대체 이런 게 그리 반긴 이유라니!

"왠지 좋은 말들은 아닐 것 같아 두렵습니다."

교 씨는 다정하게 손을 잡았다.

"아령 소저에게 나쁠 말이 무엇이겠습니까. 그저 진왕에 관한 험담이지요."

재재거리는 교 씨의 눈은 이 말을 전하고 난 뒤 그녀의 기색도 열렬히 살피는 터라, 아령은 마음 놓고 놀래지도 못했다.

화려한 눈길을 끄는 호선무는 아령의 존재를 효과적으로 부각시킨 것 같았다. 사람들은 살아 돌아온 아령에 대해 한바탕 떠들었고, 그를 외면하고 있는 진왕에 대해 입방아를 찧었다. 그 절정은 말리꽃을 전해 주던 그녀의 손, 그리고 못마땅하게 받아 채던 그의 손끝에 있었다.

"하지만 저는 보았지요. 그 꽃대 속에 소저가 몰래 옥지환을 감추어 전한 것을요. 저는 비밀로 하고 있으니, 소저도 누구인지 알려 주세요."

비밀의 값을 또 치르게 생긴 아령은 땀을 흘리며 웃었다.

"사람들이 진왕을 욕합니까?"

"그럼요! 어찌 욕을 안 합니까. 겨우 살아 돌아온 혼약녀가 동생네 집에 그리 기거하는데 데려와 돌보지도 않고, 명가 사건에 대해 속 시원히 해명을 하는 것도 아니고. 모른 체하며 새 여인과 혼례 준비만 하니까요."

"후후후."

아령은 별일 아닌 것처럼 가볍게 웃었지만 가슴이 예리하게 그어지는 것 같았다. 새 여인과 혼례 준비라. 그래, 오히려 너무 늦은 감이 있었다.

'난, 널 비는커녕 첩으로도 둘 생각이 전혀 없구나.'

아령은 교 씨에게 궁금하던 걸 물었다.

"명가에게 진 황가의 빚이 무엇입니까."

"예? 그걸 모르십니까."

교 씨가 깜짝 놀라 되묻자 아령은 대강 얼버무렸다.

"너무 어려서의 일이라 잘 생각나지 않습니다. 그 사고로 기억도 좀 온전치 않고요."

"아, 그렇군요. 명가의 혼약 이야기를 아령 소저께 제가 말씀드리다니, 이거 좀 이상합니다만 아는 대로 말해 드리지요."

다행히 교 씨는 그럴 수도 있다는 듯 이해해 줬다.

현 귀비가 생전에 진왕을 가졌을 때 뱃놀이를 하다 물에 빠진 일이 있었단다. 입궁해 황후 및 비빈들과 시간을 보내던 어머니는 현 귀비의 곤경을 우연히 발견했다. 주변엔 헤엄을 치지 못하는 여인들뿐이라 아무도 선뜻 나설 생각을 못 하고 궁인들은 호위를 부르러 달려가기 바쁜데, 몸이 약하셨음에도 어머니께서는 홀로 용감하게 물로 뛰어들어 현 귀비를 구했다.

배 속 아이가 잘못될까 염려했던 현 귀비는 크게 감사했고, 물론 아이는 잘 태어나 2황자로 자랐다. 황상께서도 귀비와 손이 귀한 황가의 아들을 구한 것을 두고, 명가에 큰 빚을 졌다며 이를 '황가의 빚'이라고까지 칭송하셨다.

그 일이 인연이 되어 현 귀비와 어머니는 우애가 커졌던 것 같다. 간간히 아버님과 함께 입궁하여 현 귀비께 어려움이 있을 때마다 돕던 일이 이렇게 '사통'이니 '어려서의 정분을 못 잊고 통정'이니 하는 구설이 되었지만 말이다.

륜이 7세가 되었을 즈음의 그날도 부모님과 현 귀비가 시간을 보내고 있었는데, 때마침 황상께서도 함께하시게 되었다. 이야기 중에 어머님께 태기가 있단 말이 나왔고, 황상께서는 뒤늦은 첫 임신을 크게 축하하셨다.

그리고 륜은 어머니께서 목숨을 구한 아이인데, 어머니가 만일 딸을 낳으면 사돈이 되어도 좋을 큰 인연이 아니겠냐는 제안을 하셨단다.

"아, 그리하여 제가 복중 태아 때부터 그의 혼약자가 되었군요."

물론 아령이 태어났으므로 혼약은 기정사실이 되었다.

"그야말로 위복지혼(爲腹指婚)이지요. 황상께선 '황가의 빚'을 그리 갚고 싶다고 하셨지요. 그 아름다운 인연의 끝이 이리되었지만……."

아령이 샐쭉 웃으니 교 씨는 실수했다 싶었는지 말을 얼버무리며 다른 얘기를 했다.

"진왕부에 옛 명가의 노비 하나가 있답디다. 이름에 '먹을 식'이 있었는데 기억이……. 아무튼 진왕에게 묻는 게 빠를 겁니다."

"예? 아, 고맙습니다."

그러나 더 이상의 대화는 힘들었다.

연회장에 들어서는 경방과 아령을 바라보는 사람들의 눈이 커졌다. 뒤를 흘깃 보면 무슨 말이 하고 싶은 걸 꾹 눌러 참는 모습들이다. 몇 번 만나 얼굴을 아는 몇몇은 따뜻하게 손을 잡아 오기도 했다.

"소저가 명가의 아령이었다니⋯⋯. 그러고 보니 양 씨를 꼭 닮았습니다. 몰라봐 미안합니다."

"아닙니다. 제가 제대로 인사드리지 못한 것을요."

"이해합니다. 저라도 그랬을 겁니다."

동정과 연민의 눈길. 아령을 보며 사람들은 옛 명가 사건을 입에 올렸다.

"저리 멀쩡하게 살아 돌아왔으니 어쩝니까. 혼약한 대로 혼인을 하기도 그렇고."

"집안이 다 망가졌는데 좀 그렇죠."

"아니, 왜 망가졌는데요. 진왕, 자신이 그랬다지 않습니까."

사람들은 요 몇 년간 번번이 나라를 위기에서 구할 때마다 품었던 진왕에 대한 존경과 감사를 싹 잊었다.

"현 귀비와 명귀춘이 정말로 사통을 했을까요?"

"에이, 안 그랬으면 현 귀비는 왜 자살하고 명가는 왜 도륙당했답니까."

"마적이 저지른 사고죠. 현 귀비는 공교롭게도 때마침 죽은 거고요."

"아이, 황상의 총애가 그리 컸는데 왜 갑자기 미쳤다고 목을 매?"

사람들은 진왕을 보며 현 귀비와 명귀춘의 사통을 상상했고, 그에겐 부정한 여인의 자식이란, 한 일가를 멸절시킨 살인귀란 인상이 강렬히 덧씌워졌다.

"맞아요. 부정한 현 귀비의 자식이 너무 세를 키우고 있어요."

"그저 추측과 소문 아닙니까."

"마적은 무슨 마적. 사건 처리도 참 급하고 이상했어요. 진왕이 그
랬는데 황상께서 아들만은 살리자, 덮어 주신 거죠."

진왕이 명가 사건의 주범이 아닐까, 하는 의심은 곧 기정사실처럼
되어 버리기도 했다.

"명아령이는 파혼부터 해야죠. 어미 아비를 죽인 원수와 어찌 혼인
입니까. 진왕, 저도 잘 아니까 혼사를 서두르고 있잖아요. 병부 상서
남원경의 딸과 혼담이 오간대요, 저 봐요!"

륜은 어떤 아리따운 여인과 담소를 나누고 있었다.

포도 무늬의 자색 치마를 화려하게 두른 처자였다. 가슴은 깃마저
풀어 헤치고 희고 고운 어깨엔 연분홍 갑사 피자를 둘렀다.

모든 모임이 그렇듯 지위 고하를 까다롭게 따져 자리가 배정되었다.
황후 앞에선 언감생심인 신분임에도 아령의 방석은 꽤 상석인 경방의
옆자리에 놓였다. 아령은 한쪽 시야에 담기는 맞은편 상석의 진왕을 의
식하지 않을 수 없었다. 알은체는커녕 눈길조차 주지 않는다.

아령도 그리했다. 그러나 태연한 그의 안색이 오히려 가슴을 뒤흔드
는 것은 무언지.

"황후마마 납십니다."

나이 든 태감이 고하자 모두 일시에 예를 갖췄다. 화려하게 차려입
은 황후가 찬찬히 나와 가장 상석을 채웠다. 그녀의 허락이 떨어지자
사람들은 고개를 숙인 채 몸을 일으켰다. 바람보다 빠른 칼날을 피하는
아령의 눈은 순간적으로 그녀를 담았다.

각진 이마, 높은 코에 뾰족한 턱, 그리고 가슴을 선득하게 하는 특유
의 작은 눈알. 영락없는 태자의 모후이시다. 또한 여인치곤 기골이 장
대해, 압도적으로 번쩍이는 금빛 찬란한 그녀의 옷이 한층 더 위압적으

로 보이게 했다.

"모두들 자리하느라 수고했습니다."

작은 눈알이 도로록, 구르며 주변을 핥듯이 훑는 시선이 아령의 조그만 머리꼭지에 잠깐 머물렀다. 비웃으며 올라가는 입꼬리. 기다랗고 뾰족한 호갑을 씌운 손가락이 날카롭게 튕겨지며, 아름다운 음악이 연주되었다.

공식 행사가 아니더라도 황궁의 연회는 역시 화려했다. 두 사람당 하나씩 놓인 상에는 음식과 술이 가득했으며, 노래, 춤, 난쟁이들의 공연 등 볼거리가 끊이지 않았다.

그러나 한마디씩 황실의 복을 비는 차례가 왔을 때, 부풀 대로 부푼 것이 터지고야 말았다.

"늘 공명정대하신 처사에 감읍하고 있사오나, 오늘의 자리 배정만큼은 저는 이해하지 못하겠습니다."

경방의 예비 장인인 이부 상서 김교익이었다. 연화와 민 씨, 그리고 김교익도 경방의 곁에 앉았으나 아령의 아랫자리였다. 그의 입장에서 보면 정처가 될 딸이 아령 밑에 앉은 꼴이다. 자리 배정을 담당했던 예부에서 변명을 하려 했으나, 뜻밖에 황후가 직접 나섰다.

"요즘 금성을 떠들썩하게 하는 여인이라, 내 궁금하여 불렀으니 너무 허물치 마시오."

"적당한 자리가 없는 데다, 가영궁에 기거하고 있으니 어쩔 수 없이 그리되었습니다. 송구합니다."

예부에서 사과까지 덧붙이니 사람들의 눈이 호기심으로 번들거렸다. 이것은 당연히 말이 나와야 할 부당한 처사였다. 누군가가 불현듯 나섰다.

"저도 소문은 익히 들었으나 소저가 이 자리에 참석해도 좋은 사람인지 궁금합니다. 그렇다면 당연히 비어 있는 진왕의 옆자리가 마땅하며, 그렇지 않다면 이곳에 발붙이지도 말아야 할 여인이 아닙니까."

"저도 그렇게 생각합니다. 부디 이 여인이 누군지 밝혀 주시기 바랍니다."

아령은 조용히 긴 숨을 내쉬었다. 중간쯤 되는 자리에서 튀어나와 열변을 토하는 사람들이 누구인지는 모르겠으나, 감히 황후가 초대한 인물을 가타부타하는 것은 권위에 대한 도전.

그러나 황후는 평온한 얼굴로 잠자코 듣는다. 즉, 이리 논란이 커지는 것은 황후의 의지라는 뜻. 황후가 아령에게 지엄하게 물었다.

"다들 궁금해하는구나. 네 이름과 집안을 스스로 밝혀라."

아령은 황후를 향해 읍하며 아뢰었다. 그녀가 해야 할 답은 정해져 있었다.

"소저, 명가의 귀 자, 춘 자 되시는 분의 독녀, 아령이라 하옵니다. 난리를 겪고 잠시 몸을 추스르느라 시골에 머물렀으나, 최근 금성에 돌아왔습니다."

여기저기서 탄식이 쏟아지며 모두의 눈이 진왕에게 쏠렸다. 진왕의 역성을 들어 주던 사람도 그를 비난했던 사람도 마찬가지. 진왕은 처음으로 담담히 그녀를 눈에 담고 있었다. 잠깐의 침묵에 팽팽한 긴장감이 감돌 때 경방이 먼저 그것을 툭, 끊어 냈다.

"7년 전, 목숨을 구한 걸 인연으로 여태 보호하는 중입니다. 사건의 무게가 있는지라, 섣불리 세상에 내놓지 못했습니다."

사람들이 그럴 만하다, 고개를 끄덕일 때 경방은 쐐기를 박았다.

"진왕께선 명아령이 죽었다 하셨으니까요."

장내는 웅성거리며 소란스러워졌으나 황후의 손짓 한 번에 찬물을 끼얹은 것처럼 조용해졌다. 칼바람 같은 냉기가 가득 찼다. 그것을 뚫고 지나가는 것은 그보다 더 차갑게 벼려진 시선들.

"오호. 저는 명아령이라 하는데, 진왕은 명아령이 죽었다 했으니, 둘

중 하나는 거짓이군요. 누구 말이 옳습니까, 진왕."

그 무서운 눈들을 홀로 받는 진왕의 단정한 얼굴에 웃음기가 피식, 머금어졌다. 악평과 험담과 모욕을 오물처럼 뒤집어썼음에도 그는 담담했다.

그러나 그의 저릿한 시선이 좌중을 싸악 훑자, 사람들은 움찔거리며 오히려 그의 시선을 피했다. 평소엔 구린 뒤를 언제 들킬까 옴짝달싹하지 못했던 사람들이, 진왕의 멱살을 단번에 거머쥘 아주 좋은 기회였다.

그의 입술은 게으르도록 느리게, 아주 천천히 움직였다. 그를 바라보는 사람들의 동공이 커졌다.

"명아령이 맞습니다."

"아!" 하는 짧은 비명과 탄식이 장내에 퍼졌다.

"그럼 그때 나왔다 한 시신은 뭐랍니까."

"제가 죽이려다가 놓친 것 아니오!"

"명가 사건의 주범은 누굽니까?"

모두들 한마디씩들 하는 통에 회랑 안은 갑자기 떠들썩해졌다. 그 논란을 잠재운 것은 오히려 황후였다.

"세월이 길어 얼굴이 변하니 다들 말들이 많았으나, 진왕이 명아령이라면 옳겠지. 큰 난리통에 시신들이 뒤섞여 잘못 처리된 모양이니 모두 더 이상 문제 삼지 마시오."

진왕은 실소를 삼키곤 자세를 고치며 말했다.

"문제가 된다면 문제지요. 금의위에서 더 조사하여 황상께 보고드리겠습니다."

그가 담담히 맞받아치자, 황후의 얼굴도 교묘한 웃음기로 번들거렸다.

"무슨 소리. 세상에 자기 허물을 자기가 조사하는 법이 어디 있소? 굳이 문제를 삼는다면 어사대에서 할 일이 아닙니까."

어사대는 황후의 오라비, 장모균이 장악하고 있다.

"어사대의 소임은 금의위로 넘어오지 않았습니까."

"이번엔 경우가 다르지요. 황상께서 두 번 거론하지 말라 못 박으신 일을 이리 스스로 문제 삼으시지 않았습니까. 그럼 이대로 덮겠습니까."

허공에서 두 시선이 날카롭게 부딪쳤다. 그러나 연회 중 이어 갈 논란은 아니다. 진왕이 한발 물러서며 황후께 허락을 구했다.

"이러다 좋은 날을 망치겠습니다. 바람이나 쐬도록 허락해 주십시오."

지금은 한발 물러나 주겠다는 뜻. 그러나 황후는 부드럽게 웃으며 그를 사람들 속에 꽉 붙들어 뒀다.

"그게 좋겠소. 용선 경주가 준비되어 있다 하니 모두들 함께 바람을 쐬도록 합시다."

황궁을 둘러싼 금천의 물줄기는 적강(赤江)으로 흘러 나간다. 이궁의 후원 위쪽엔 그 하천의 상류를 지나도록 물길을 틀어 물푸레나무가 무성하며 꽃과 물이 좋았다.

사람들은 그 하천에 배를 띄워 시합을 했다. 하천의 양편으로 사람들이 구름 떼처럼 모여 구경을 했다. 힘 좋은 무관들과 군사들은 청홍 백흑의 패로 나뉘어, 뱃머리에는 용을 장식하여 서로의 실력을 과시했다.

그러나 지금의 관심사는 용선 경주 따위가 아니다. 사람들의 관심은 온통 명아령과 진왕에게 쏠려 있었다. 가는 곳마다 쑤군쑤군.

아령은 귀를 막았다. 그도 귀를 막았나 보다. 조금 떨어진 곳엔 진왕과 그 여인이 다정히 구경을 하고 있었다.

그녀의 곱게 땋아 내린 머리 위 화려한 나비 장식이 곧 하늘로 날아갈 것처럼 화려했다. 활짝 깃을 풀어 헤친 가슴의 맨살이 볕에 탈세라 시비들이 앞다투어 양산을 받쳐 든다.

그 한 발짝 앞에 진왕이 먼 곳을 바라보고 서 있었다. 여인이 진왕에게 한 발짝 다가가 귀엣말을 했다. 그가 훗, 슬며시 웃는다.

그림에서 막 빠져나온 것처럼 아주 잘 어울리는 한 쌍의 남녀를 보는 아령의 가슴은 묵직하게 가라앉았다. 이제 그와는 끝내는 일만 남았다. 그럼에도 마음은 왜 이리 미친년처럼 널을 뛰는지.

진왕은 그 뒤로 한 번도 아령에게 눈길을 주지 않았고, 그녀도 그와 절대 눈을 마주치지 않았다. 그럼에도 기회가 있을 때마다 그를 눈에 몰래 담았다.

병부 상서, 남원경의 딸이라 하였던가. 륜의 품에 안기던 매 순간이 떠오른다.

여인의 옷태가 고왔다. 그늘 없이 활짝 웃는 그녀가 부럽다.

나도 저리 귀하게 자랄 수 있었다. 내게도 부모가 있었다. 그는 내 혼약자이다. 그러나 우리는 어찌 이리되었는가.

그도 피해자이며 나도 피해자인데 우리는 왜 이리되어야만 하는가.

하천 위를 화려하게 미끄러지던 용선들의 경주는 그럭저럭 끝이 났다. 일산이 펴지고 다과상이 펼쳐졌다. 사람들이 차를 마시며 담소를 나누는 동안, 아령은 차마 그곳에 머물지 못하고 멍하니 한쪽을 바라보았다. 진왕과 여인이 섰던 자리는 비어 있었다. 머리가 어지러웠다.

"혼약도 황상께서 명하셨으니 파혼도 황상께서 결정하실 일이지요."

"황상께서 진왕에게 너무 큰 세를 몰아주셨어요. 남원경의 딸과 결혼까지 한다면 나라가 통째로 진왕에게 넘어가는 것 아닙니까. 이러다 우리 태자 전하께서 황상이 되셔도 바르게 뜻을 펼치시겠습니까."

"어서 이걸 공론화해야 합니다. 그냥 묵과할 수 없어요!"

그가 없으니 말들은 더욱 노골적으로 치달았다.

"결국 명아령은 가영궁이 거두는 게 순리인데."

"진왕과의 파혼은 불가피할 테고. 황가의 빚 때문에 다른 아들을 내주어야 한다면 가영궁밖에 없지요."

물가에 홀로 남은 아령 곁을 어느새 경방이 지키고 있었다. 물비린내를 실은 바람이 그의 비단 원령포를 펄럭였다. 그는 다정하게 웃었다. 그러나 아령은 거짓 웃음조차 나지 않았다.

'나도 네가 참 싫다. 어쩌자고 이렇게 나타났느냐.'

그녀는 잠잠했던 이곳에 큰 회오리바람을 일으켰다. 세를 이루고 민심을 토대로 힘을 키우던 진왕에게는 돌이킬 수 없는 타격이다.

그에게 나는, 그저 자신을 무너뜨리려 나타난 가짜구나.

확실히 귀족들의 생각은 민심과는 달랐다. 태자가 황상에게 미움을 사 진왕에게 힘이 쏠릴 땐 진왕을 주목하던 사람들이, 진왕의 옛 허물이 들추어지자 권력의 보증 수표를 쥔 태자에게로 다시 넘어갔다. 이들은 늘 승자에게 몰릴 준비를 하니.

내가 태자라 해도 진왕을 견제하고 싶을 것 같다. 태자가 환약을 한다는 소문, 진왕이 나라를 구하는 동안 저는 뭘 하고 있었냐는 험담으로 잔뜩 위기에 몰렸는데, 이리 명아령이 추문을 일으켜 진왕의 칭송에 찬물을 착착 끼얹어 주니.

내가 나타난 게 얼마나 고마우면 이리 초대까지 했을까, 싶은 생각이 들 즈음 아령은 소름이 쪽 끼쳤다.

진왕의 세가 너무 커져 버거워진 딱 지금. 그들에겐 이리 골칫거리를 싹 씻어 주는 명아령이란 존재가, 꼭 필요하지 않았을까.

머리를 텅, 얻어맞은 것처럼 혼자만의 생각이 황당해질 때 한 궁인이 조용히 아령을 찾았다.

"태자께서 찾으십니다."

경방은 기다렸다는 듯 움직였다. 그를 따르는 아령의 가슴이 쿵쿵 뛰었다.

◇ ◆ ◇

이궁은 이름답게 황궁의 축소판이다. 본청은 규모도 컸지만 치장도 화려했다. 그러나 뭔가 다르다고 느낀 처음은 궁인들의 표정. 조마조마하면서도 주위를 경계하는 느낌이랄까. 궁인들이야 늘 가면을 쓴 듯 웃지만, 이곳 사람들의 눈빛은 불안하게 날이 서 있었다.

그리고 둘째는 이상한 향내였다. 탕약 탓에 아령은 향에 민감했다. 피를 연상케 하는 쿰쿰하고 비릿한 냄새. 하다못해 아령의 방에서도 꽃과 과일을 말려 없애며 향기를 피우는데, 태자 전하의 전각에서 날 냄새가 아니었다.

눈가에 점 두 개가 난 태감 하나가 경방과 아령을 인도했다.

"형님 전하의 은덕에 감사합니다.", "태자 전하를 뵙습니다."

연회에 잠깐 얼굴을 비췄던 태자는 벌써부터 사라져 있었다. 싫증을 잘 내는 성정을 익히 아는 사람들은 그러려니 했다.

"이 난리의 장본인, 명아령이로구나. 그래, 명아령이 된 소감이 어떠냐."

위엄이 깃든 붉은 용포를 걸쳤으나 특유의 작은 눈알은 몽롱하게 풀어졌고 옷매무새가 흐트러져 있었다. 태자가 한 손으로 마른세수를 한 뒤 귀찮아하며 손을 휘젓자, 아름답게 치장한 여인들이 종종걸음 치며 나섰다. 나인들은 일사불란하게 전각 문을 활짝 열어젖혔다.

컴컴한 실내로 햇빛이 쏟아졌다. 그러나 내부가 너무 넓어 태자가 있는 안쪽까지 닿지는 못했다. 작은 눈알을 도르르 굴리며 내려다보자, 그의 턱이 더욱 뾰족해 보였다.

"약은 잘 챙겨 먹고 있니?"

누구에게 물은 것인지 당황하는데 경방이 나섰다.

"잘 먹고 건강히 지내고 있습니다. 형님 전하의 은혜에 감사드립니다."

예의 바르게 인사하는데, 태자가 피식 웃는다.

"약 먹은 년은 벙어리니?"

그제야 여태 먹던 약이 생각났다. 설마. 소름이 쪽 끼쳤으나 아령은 무릎을 굽히며 인사했다.

"좋은 약을 내려 주셔서 감사합니다. 덕분에 목숨을 구하고 지금껏 건강합니다."

태자는 뭐가 그리 재미있는지 깔깔깔, 배를 잡고 침상을 굴렀다. 그 웃음소리가 마치 광인 같아 섬뜩했다. 눈을 동그랗게 뜨며 그를 바라보다 눈이 마주칠 뻔하여 깜짝 놀라 고개를 숙이는데, 그가 음산하게 말을 이었다.

"경방아, 너 나가라."

가슴이 덜커덕댔다. 두려웠다. 태자와 단둘이 있긴 싫었다.

"그것이……."

아령의 눈치를 읽은 경방이 나서 봤지만 태자는 단호했다.

"나가라. 네 꽃을 확 짓뭉개 주랴?"

경방이 부복한 뒤 서둘러 방을 나섰다. 주변에 머물던 시비들도 어느새 사라졌다. 아령은 고개를 숙인 채 꼼짝하지 못했다. 숨이 컥 막혀 왔다.

"고개 들어. 그 낯짝 좀 보자."

두툼한 손이 턱을 거칠게 쥐어 올렸다. 장신의 커다란 골격, 번들번들한 얼굴이 아령의 코로 바싹 다가들었다. 천식 환자처럼 쌕쌕거리는 숨소리가 거칠다. 숨을 쉴 때마다 입과 코에선 기분 나쁜 냄새가 진동한다.

구역질을 애써 삼켰다. 한 번이라도 했다간 목이 달아날 것 같았다.

"그거, 드럽게 똑같구나."

던지듯 턱을 밀치는 바람에 아령은 제자리에서 휘청거렸다. 약해진 건 몸이 아니라 마음이다.

"그러니 륜이도 결국…… 크큭!"

고개를 숙여도 좋단 허락이 없었기에 값이 매겨지는 노비처럼 고개를 빳빳이 들고 있었다. 뭐가 어찌 될지 모르는 불길함으로 마음은 어지러이 날뛴다. 아령은 어느새 본청의 궁인들과 같은 눈빛을 하고 있었다. 칼로 도려낼 듯 광기 어린 작은 눈알이 온몸을 싸악 훑었다.

"옛날 일, 뭐라도 기억나는 거 있으면 말해 봐라."

"옛날 일이라 하옵시면…… 가영궁 마마를 처음 뵈올 때를 말씀하십니까."

그러나 정신을 차려야 했다. 정신을 차리려 온몸의 날을 세웠다. 딱 한마디라도 잘못했다간 명이 끝난다는 것. 본능으로 알았다. 그는 핥듯이 구석구석 관찰했다. 티미하게 풀렸던 눈동자엔 냉혹한 광채가 돌고 있었다.

"옛날 일. 너 어릴 때. 경방을 만나기 전, 아주 어릴 때!"

천하의 주인이 될 사람의 위엄이란 이런 것인가.

가슴이 철렁하며 심장이 죄었다. 목소리를 그다지 높이지 않는데도 두려움에 턱이 덜덜 떨렸다. 뒷목이 빳빳해져 왔지만 아령은 끝까지 이성을 놓지 않았다.

"기억…… 기억나는 것이 없사옵니다."

"기억나는 것이 왜 없어! 저 어릴 때 일을!"

아령은 너무나 두려워져 무릎을 꿇고 부복했다. 그의 추궁에 '기억나는 것이 몇 있었사옵니다!' 멍청하게 사실대로 고할 것 같았다.

"송, 송구합니다. 하지만 기억나는 것이…… 아무것도…… 아무것도 없사옵니다!"

괜히 한쪽 눈에선 눈물이 났다. 자신이 바들바들 떨고 있다는 걸 느끼면서도 몸뚱이를 멈출 수 없었다. 태자는 죽일 듯 아령을 바라보다가 또 미친 사람처럼 피식피식, 웃었다. 그러곤 느직하게 말했다.

"그으래?"

동시에 아령은 조용히 숨을 내쉬었다. 걸려들 뻔했구나.

그러나 수백 수천을 부리는 윗사람이 가장 예민하게 느끼는 것은 아랫것들의 거짓말, 거짓 몸짓, 거짓 숨소리. 거짓에 대한 냄새는 본능보다도 더 날카롭게 알아챈다. 그걸 아는 아령은 잠시도 긴장을 늦추지 않았다.

"그래, 그래야지. 으흐흐흐, 으하하하!"

태자는 넋을 놓은 것처럼 한참을 웃었다. 아령은 부복한 채로 꼼짝도 하지 않았다. 웃음을 멈춘 그가 냉엄하게 명했다.

"평신!"

아령은 다시 그의 종처럼 몸을 일으켜 턱을 들고 바짝 섰다. 명하지 않았으나 그가 아령을 관찰하길 원한다는 걸 알았다. 그는 손가락으로 생선을 뒤집듯 아령의 고개를 이리저리 돌렸다. 아령은 아까보다 좀 마음이 여유로워졌으나 두려워하는 기색을 감추지 않았다.

그가 흡족하게 말했다.

"약 잘 챙겨 먹어라. 그거 끊으면 넌 죽는다."

'예?' 하고 물을 생각도 못 하고 당황하는데 그는 저 할 말만을 했다.

"하긴 이 미친년…… 이거 이거……. 그 물렁거리는 게 말을 했을 리 없지."

하고 아령을 손가락질했다. 머리가 어지러웠지만 곧 뒷말로 이해했다.

"첩이 싫어? 하!"

미친년의 뜻을 그제야 이해하는데 태자는 "야, 야, 야!" 하며 손가락으로 쿡쿡 찌르기 시작했다. 아령은 목각 인형처럼 꼼짝 않고 서 있었다. 서서히 뱃속이 불끈 달아오르며 무릎에 힘이 들어가기 시작했다.

"넌 경방이 살렸다. 첩이 되든 종이 되든! 넌 경방의 은혜로 살았으니 경방의 것이다. 알고는 있느냐?"

아령은 경직된 표정으로 고개를 든 채 순종하는 척 무릎을 굽혔다.

"예, 가영궁 마마께 늘 감사하고 있습니다."

"그래, 넌 가짜니까."

이번엔 아령도 놀람을 감추지 못하고 태자를 바라보았다. 그리고 얼른 고개를 숙였다. 그는 피식 웃었다. 그의 소름 끼치는 눈알이 아령을 찌르듯 내려다보았다.

"아깐 경방을 믿고 그리 당당히 거짓말을 했겠지만, 넌 명가의 딸이 아니야. 알아들어? 그냥 노비지. 넌 명아령과 똑같이 생겨 먹어서 장가가 사들인 재산이다, 이거야. 아주 똑같이 생겼었지."

그는 신기하단 듯 아령을 보며 손바닥을 짝, 쳤다.

머리를 짓찧은 것처럼 어지러웠다. 그는 닮은꼴을 사들였단다. 게다, 지금 거짓말을 하고 있다.

"경방더러 잘 키우랬더니, 하! 연정을 키우고 있을 줄이야. 륜이까지 이거, 이거……?"

그는 재미나게 키득거리며 아령을 관찰했다.

"자! 오늘은 아주 잘했으니, 지금부터 네게 너무나 좋은 상을 내리려 한다. 난! 죽은 명아령의 이름을 너에게 줄 것이다. 가짜인 네가! 진짜 명아령이 되는 것이다. 난 널 진왕과 파혼시키고 경방과 성혼하게 해 주겠다. 네까짓 게 감히 경방의 정비가 되는 것이다. 알아듣느냐? 으흐흐흐흐!"

아령은 침을 꼴깍 삼켰다. 지금은 거짓의 냄새를 들키지 않는 데 집중해야만 했다. 아무것도 하지 않으며 아무것도 들키지 않아야 했다.

"대신 넌, 내게 아주 중요한 한 가지를 해야 한다. 지금부터 명가 사건에 대해 떠들고 다녀라."

이건 확신이 아니라 확인이다.

내가 왜 여기에 왔는가. 내가 왜 지금 금성에 있는가. 명아령이 나타난 것은 왜 지금인가.

"진왕이 마적을 사주하고 너, 명아령의 집안과 네 식구를 도륙했다 떠들어라. 그 도륙의 현장에서 진왕을 봤다고 모두에게 말해라. 그를! 명가 사건의 진범이라 지목하는 것으로! 죽은 명아령에게 네 이름 빚을 갚아라."

하늘이 무너지는 것같이 두렵고 무서웠다. 온몸이 저릿하도록 소름이 쪽 끼쳤다.

이것들이구나. 이것들이 내 집안과 내 가족들을 멸절했구나!

"으흐흐흐! 으하하하하! 으으하하하하하하!"

진절머리 나는 냄새와 웃음소리가 아령의 입과 코와 귀와 눈을 막아 질식시키고 있었다.

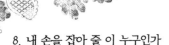

8. 내 손을 잡아 줄 이 누구인가

나머지 연회가 어찌 되었는지는 생각도 나지 않는다. 몸뚱이는 몸뚱이대로 움직였고, 정신은 쑥 빠져 허공을 맴돌았다.

눈으로만 미친 것처럼 륜을 찾았다. 그나마 먼발치서라도 볼 수 있던 그는 온데간데없었다. 대신 사람들이 쳐다보았고, 말을 걸었고, 웃어 주었고, 손가락질했다. 바늘 끝 절벽 위에 홀로 서 있는 기분이었다. 거센 바람마저 불어 올라온다.

그날이 생각났다. 그가 말없이 품어 주던 느낌을 떠올리려 애썼다. 백척간두 위에서 그가 양팔로 꼭 끌어안고 어깨에 턱을 기대 왔었다. 그의 품에 안길 땐 아무것도 두렵지 않았다. 간신히 정신이 차려졌다.

"무슨 말을 들었느냐."

경방이 말없이 손을 잡아 주고 있었다. 낯선 마차 안이었다. 올 때는 말을 타고 왔는데. 아니, 그런 것 따윈 중요치 않다.

얼른 손을 빼 그의 따귀를 후려치고 싶었다. 다정한 척하는 특유의 미소가 진저리 났다.

나는 왜 홀로 살아남았나. 고작 부모를 죽인 원수들에게 정치적으로 한 번 더 이용될 가짜가 되려고!

이제야 모든 게 아귀가 맞는다. 진왕에게 진짜란 증언을 얻어 냈으니 이제 남은 건 그를 무너뜨리는 역할뿐. 그녀는 선택권이 없다. 그를 충실히 음해하고 경방의 정비가 되는 것. 거부한다면 노비 문서로 몸이 묶인 채 경방의 첩이 되는 길뿐.

경방의 멀건 얼굴을 보니 탕약의 썩은 내가 올라왔다. 돌리지 않고 질문을 찔렀다.

"제가 가짜입니까."

그의 눈빛에 놀람, 체념, 그리고 무시가 연달아 그려졌다. 잡힌 손이 썩어 들어가는 것 같다.

"태자께서 쓸데없는 말을 하셨구나. 넌 그저 나의 아령이다."

진짜로 생명의 은인이로구나. 전리품을 챙기며 죽일까 살릴까 할 적에, 부모를 사냥하고 남은 어린 새끼를 품어 주듯 나를 길렀구나. 태자는 다시 한번 날 이용하고, 경방은 내 껍데기를 노리개로 갖기 위해. 이들은 여태껏 잔치를 벌인다.

온몸이 부들부들 떨렸다. 그동안 경방이 있어 든든하고 고맙던 세상은, 실은 홍적의 무리들이 장악하고 있었던 것이다.

미치도록 옛일을 기억해 내고 싶었다. 지금만큼 간절하던 때가 없었다. 생각만 난다면! 그렇다면 어떻게 해서라도 이 판을 뒤집어엎을 텐데. 더럽혀진 명예를 회복하고 아버님 어머님과 명가를 따르던 이들의 원한을 모조리 갚을 길을 찾을 텐데.

"종종 제가 그리 높은 신분이었단 게 믿기지 않았습니다. 태자마마의 말씀을 들으니 실망스러우면서도 이해가 갑니다."

그가 한 7년의 거짓말. 그녀도 이젠 거짓으로 웃었다.

"실망을…… 했느냐."

"그럼요. 제가 명아령을 닮은 가짜라는데요."

그도 씁쓰레하게 웃었다. 그 말짱한 표정에 욱하여 좀 위험한 질문을 넣었다.

"혹시 제가 진짜 명아령을 모셨던 시비였습니까."

아령은 흔들리는 경방의 눈빛을 놓치지 않았다.

"태자 전하의 말씀에서 그런 느낌을 받았습니다."

그는 크게 망설였으나 결국 답했다.

"그래."

그렇구나. 날 닮았던 그 아이도 준비된 것이었구나. 뱀처럼 내 집에 조용히 기어들어 와 똬리를 틀고 있었구나. 아령의 어깨에 칼을 박아 넣은 이들은 아령이 진짜임을 모를 리 없다. 그렇다면 가짜와 진짜는 어찌 바뀐 것인가.

그의 머리를 쥐고 더 많은 진실을 탈탈 털어 내고 싶었지만 더 이상은 불가했다. 경방이 웃으며 어깨를 감싸 안았다.

"불안해할 것 없다. 첩이 정처가 되지 못한다는 국법은 네게는 해당 없다. 이제 네가 내 정비로 책봉받는 데는 아무 걸림돌이 없어. 그러니 너도 네가 내 여인임을 확신시켜 주렴. 나도 사내란다."

억지로 웃는 입꼬리가 바들바들 떨렸다.

"밤을 함께 보내잔 말씀이십니까."

"그래."

거절이 불가한 겁박. 아령은 마차 벽에 머리를 기대며 눈을 감았다.

"오늘은 너무 피곤합니다. 하루 종일 눈총을 받았더니 온몸을 얻어맞은 것 같습니다."

경방이 기분 좋게 후후, 웃었다.

"설마. 내 널 그리 함부로 안을까. 오늘은 참 잘했다. 수일 내로 신방을 차려 주마. 세상에서 가장 아름답도록."

경방은 따스하게 머리를 제 어깨로 끌어다 댔다. 아령은 이를 악물면서도 그의 어깨에 머리를 기댔다.

일찍 쉬고 싶단 말을 경방은 이해했다. 잠자리에 드는 것까지 확인하고서 경방은 방문을 나섰다. 그가 눈앞에서 사라지길 기다리고 기다렸다. 걱정스러운 얼굴로 바라보는 그 다정한 눈알을 후벼 파고 싶었다.

마침내 주변이 조용해지며 지나다니는 발걸음마저 뚝 끊겼다. 아령은 사내의 고습을 찾아 입곤 가영궁의 담을 훌쩍 넘었다. 그러곤 진왕부를 향해 빠르게 내달렸다. 오명을 뒤집어쓰며 진범이라 의심받는 그! 지금 기댈 곳은 륜, 뿐이다.

골목골목을 누비며 당장 큰 소리로 외치고 싶었다.

명가를 이리 만든 것은 태자이다! 경방도 한통속이다! 모두가 속고 있다!

그러나 물증은커녕 스스로도 어떤 일이 일어난 것인지 모르지 않나.

잠든 진왕부의 경계가 삼엄했으나 몸을 숨겼다. 처음 지편을 남겼던 날처럼 그의 침소에 들었다. 방 밖을 지켜야 할 시비도 없고, 방문도 열려 있다. 발걸음을 죽이고 그의 침방으로 숨어들었다. 그러나 비어 있단 걸 확인하니 가슴이 무너졌다.

그가 너무나 보고 싶었다. 다른 여인의 귀엣말에 웃어 보이던 그가 미웠으나 그래도 그가 보고 싶었다. 문득 명가의 옛집이 떠올랐다. 혹시 그도 잠을 이루지 못한 걸까.

그래, 생각지 않으려 해도 아령이든, 어렸던 령아든 그도 하루 종일 자신을 생각했을 것이다. 자신 있게 명가의 담장을 뛰어넘었다.

그러나 집 안 전체엔 사람의 기척이 느껴지지 않았다. 본채에도 마당에도 정원에도 그는 없다. 외벽을 따라 난 회랑과 시비 처소까지 뒤졌다. 마지막으로 그녀가 쓰던 뒤채마저 깨끗이 비어 있을 때의 허탈함이란.

달이 이지러지기 시작하며 또 한 번의 그믐이 다가오고 있었다. 그가 목에 칼을 겨누던 그곳에 다시 섰다. 빼곡한 대나무 사이로 불어오는 바람이 쏴아아, 검푸른 소리를 냈다.

미칠 것 같았다. 상대는 태산보다도 더 강한데, 곧 천하를 제 것으로 쥐고 흔들 텐데, 그녀는 완벽한 혼자이다.

그러나 아령은 머리를 저었다. 난 저들보다 아주 강력한 게 있다!

아무것도 없다는 것. 그리하여 아무것도 잃을 게 없다는 사실.

그러니 조금도 두렵지 않았다. 기껏해야 죽는 게 다다. 한 번 죽을 뻔해 봤지 않은가. 뭐가 두려운가.

반면 저들은 잃을 게 아주 많았다. 여태 나와 세상을 속인 대가를 이자까지 쳐서 받게 할 것이다. 민심을 잃고 귀족들의 신뢰를 잃도록 그들의 발밑을 흔들 것이다. 나는 명아령이다!

큰 숨을 들이켜며 어렸던 령아가 쓰던 방을 바라보았다. 이젠 과거가 두렵지 않다. 옛 방에 어떤 슬픔이 남아 그녀를 짓누르더라도 엉망으로 훼손된 옛일을 대면할 것이다.

삐그덕, 꽃살문을 열며 퀴퀴한 냄새를 각오했다. 그러나 어둠 속이지만 내부는 놀랄 만큼 말짱했다. 마치 어제까지 사람이 쓰던 것처럼 가구도 살림도 단정하다. 게다 사람의 그림자라니.

"네가 어쩐 일이냐."

창밖을 바라보던 인영이 돌아섰다.

"진왕 전하를 뵈옵니다."

아이가 예를 갖추는 걸 륜은 담담히 눈에 담았다. 륜은 자신을 찾는 아령의 모습을 좇고 있었다. 아이로 인해 잠들지 못하는 밤, 이리 찾아와 준 것만으로도 가슴은 거칠게 뛰었다. 오죽하면 호위들에게 저 아이가 담장을 넘을 땐 쥐 죽은 듯 가만있으란 낯 뜨거운 명을 내렸을까.

그럼에도 이 방으로까지 몸을 피한 건, 더 이상 마주치기 싫어서였다.

"볼일은 끝나지 않았느냐."

보고 싶으면서도 보기 싫었다. 먼발치에서 눈에 담는 것만 하기로 하지 않았던가.

낮에는 용선 경주를 핑계로 아령을 따라 천을 함께 걸었다. 저 멀리서라도 고물고물 움직이며 간간히 웃는 걸 보는 마음이 헛헛해도 좋았다.

부러 경화를 데리고 나섰다. 사람들이 뭐라 쑥덕대는지 안다. 지금은 저들이 원하는 모양새를 갖춰 줘야 할 때. 경방이, 아이를 명아령으로 만들기 위해 부풀린 판에 동참한 대가다.

"그저 뵙고 싶었습니다."

륜이 코웃음 치자 아이의 얼굴이 흐트러진다. 어깨에 낫날이 떨어질 뻔한 걸 간신히 구해 품에 안던 날 다짐하였다. 절벽 위에서 금성을 내려다보며 결심했다. 그 어떤 것도 네가 이 세상에 없는 것보단 낫겠구나. 그러니 살아라.

그야말로 우연이었다. 그냥 먼발치서 한번 보기나 하자, 하지 않았더라면. 너는 어찌 되었을까.

상상만으로도 가슴이 무너졌다. 나는 아직도 이리 무섭고 두려운데, 너는 그리 말간 얼굴을 하고 있구나. 자신을 눈에 담는 아이의 맑은 눈빛에 취해, 륜도 아령의 얼굴에서 눈을 떼지 못했다.

이럴 줄 알았다. 눈에 담으니 만지고 싶다.

"애초부터 가짜…… 가짜 노비의 존재를 아셨습니까."

"그래."

"명가 사건이 일어나기 전부터요?"

륜은 뒷짐을 꽉 쥐고 아령에게서 고개를 돌렸다. 이리 널 눈에 담다간 미친 손이 무슨 짓을 할지 모르니.

"아니, 작년쯤. 눈으로 확인한 건 너도 알다시피다."

이름을 얻은 아이는 이제 진짜인 척하길 내려놓았다.

"태자가 무어라 했기에 오자마자 나부터 찾는 것이냐."

아이가 놀란 눈치라, 륜은 담담히 설명했다.

"사방이 눈과 귀다."

담담한 륜의 얼굴에 아령은 마음이 차분해졌다. 이 세상에, 그녀의 원수가 곧 차지할 이 천하에, 믿을 것은 그녀를 경멸하는 이 사람뿐이었다. 갑자기 희망이 솟았다. 세상에 손잡을 수 있는 유일한 내 편.

"태자께서 상을 내리셨습니다. 죽은 명아령의 이름을 제게 주신다 합니다."

"그래, 모든 게 네 뜻대로 되는구나. 곧 명가의 재산을 차지하고 나와 파혼 절차를 밟게 될 것이다."

아령은 어떻게든 그의 마음을 잡아야 했다. 애원하든 구걸하든 아니면 유혹을 하든.

"그리하여 경방의 정비로 책봉해 주는 대신, 내가 명가 사건의 진범이라 떠들라더냐."

"예."

아령은 가슴이 아팠다. 그녀를 매번 믿어 주지 않았던 그가 비로소 이해되었다.

그러나 그때, 아령은 무릎을 꿇었다. 그가 절대로 믿지 않는 하나를 빼곤 모두 사실로 고해야 했다.

"전하, 저를 거두어 주십시오."

륜은 기함하며 한 발 물러섰다.

"무슨 짓이냐."

아령은 한 마디 한 마디 진심을 실어 말했다.

"저는 태자 전하의 꼭두각시가 되고 싶지 않습니다. 전하를 제거하는 데 이용당하고 가영궁 마마의 전리품이 되고 싶지 않습니다. 제가 가짜든 진짜든 저도 뜻이 있고 생각이 있습니다. 피와 살이 돌며 살아 숨 쉬는 사람이란 말입니다!"

아령의 음성은 굳건하고도 힘이 넘쳐, 그저 하는 거짓말 같지 않았다. 등이 저릿해지는 느낌에 륜은 아이의 얼굴을 살피기 위해 턱을 가볍게 쥐었다.

"이곳에서 제 목을 내놓았을 때 저는 전하께서 명가를 멸한 장본인이신지를 확인하고 싶었습니다. 그리고 전, 아니라 느꼈습니다. 그 뒤로, 또 그 뒤로도 전하를 뵐수록 그러하였습니다."

달빛이 그녀의 아름다운 얼굴에 은은히 내려앉는다. 아령은 그 어느 때보다 맑고 고운 눈으로 진심을 담아 륜의 얼굴을 바라보았다.

"저는 전하를 음해하는 데 이용되기 싫습니다. 그것은 억울하게 죽은 사람들을 또 짓밟는 것입니다. 그 원혼들이 유수원의 집터 곳곳을 아직도 떠도는데, 명아령의 이름을 이따위로 얻어 두 다리를 뻗고 잘 살겠습니까."

그래, 너는 이렇게 맑은 아이다. 그러니 네 눈빛에 내가 이리 끌릴수밖에. 그러니 네게 입 맞추고 안는 상상을 하며 만날 때마다 품 안에 넣지 못해 안달 냈구나.

"이렇게 되어 버린 건 제 의지가 아닙니다. 기억이…… 제 어릴 때의 기억이 모조리 지워졌습니다. 한 달에 한 번씩 그믐 때마다 아직도 약을 먹습니다. 그게 기억을 지웠다는 건 최근에 알았습니다. 돌아가려 해도 갈 데가 없습니다. 가짜든 진짜든 저는 그저, 명아령일 뿐입니다."

아령은 륜이 코웃음 칠 수도 있다고 생각했다. 가짜 주제에 별소릴다 한다 조롱할 수 있었다. 그러나 그는 조용히 경청했다.

울음을 터뜨리고 싶은 걸 간신히 눌러 참으며 그에게 진심을 전했다. 그녀의 마음을 확인한 그는 아령의 얼굴을 놓고 몇 발 물러서다 침상에 걸터앉았다. 아령은 멀어지려는 그를 꽉 붙들었다. 지금이 그 단한 번의 기회였다.

"저 홀로는 아무것도 못 합니다. 이대로 가다간, 저는 위증을 하고 가영궁 마마의 비가 되고 말 것입니다."

"경방을 연모하지 않았더냐."

륜의 가슴이 긴장으로 뛰었다. 아이의 말에는 진실의 힘이 깃들어 있었다.

륜은 아이를 눈에 담지 않기 위해 고개를 돌렸다. 아이를 바라볼수록 스스로를 통제하기 어려우니. 아령은 그런 륜의 얼굴을 붙들어 자신을 바라보게 했다.

그는 자신을 가짜로 깊이 믿었다. 기억조차 온전치 못한 지금, 그에게 진짜라고 떼쓰는 것보단 그를 얻는 게 무엇보다 중요했다. 아령은 한 마디 한 마디를 신중하게 골랐다. 그를 기망하기 싫었고, 그를 얻고 싶었다.

"예, 어리석은 마음에 그의 비가 되고 싶단 생각을 했습니다. 그러나 이런 꼭두각시가 되기 위해 길러졌다 생각하니 끔찍합니다."

륜은 깊은숨을 내쉬었다. 마음이 어지럽게 흐트러졌다. 당장 일으켜 품에 안고 내 손을 잡으라 말하고 싶다, 어리석게도.

"알겠다. 너는 마음의 짐을 벗어라. 그리고 시키는 대로 위증을 하거라."

"예?"

아령은 너무나 실망스러워 화가 더럭 났다.

"전하께서 명가 사건의 주범이 아니란 걸 제가 증언해 드리면, 전하께서도 유리한 고지에 서시지 않습니까. 제가 필요치 않으십니까."

그러나 그는 단호했다.

"나도 내 방비는 알아서 한다. 너는 시키는 대로 하고 경방의 비가 되거라."

어이가 없었다. 당장 경방의 손에서 빼내어 거두어 주겠다는 말은 바라지도 않았다.

"저를 믿지 않으십니까?"

"믿지 않는다."

"예에?"

분명 믿는 눈치였다. 그의 눈엔 분노와 경멸이 완전히 가셔 있었다. 오히려 어느 정도는 연민의 빛이, 또 어느 정도는. 그렇다, 착각이라고 해도 좋지만 조금은 더운 빛이 비쳤다. 사내가 계집에게 품는 약간의 관심. 그걸 알아채지 못할 계집이 어디 있을까.

"네가 그들을 배신하면 기다리는 건 죽음뿐인데 널 믿겠느냐!"

"그렇다면 왜 절 명아령이라 하셨습니까. 이 아이는 가짜다, 밝히면 귀족을 사칭한 죄로 제 멱이 따여 모든 게 다 해결될 텐데요. 설마 문제 삼아 금의위에서 더 조사한다는 게 그것입니까. 그게 나름의 방비십니까!"

감히 그를 내려다보며 화를 낸다는 것조차 잊었다. 그는 다가드는 어깨를 밀어 내며 분노했다.

"또! 넌 령아의 행세구나. 그 똑같은 얼굴로! 기회만 있으면 날 흔들어 대려 해. 그래, 령아와 이리 무섭도록 닮은 네가 목이 잘리고 또 죽는 걸 구경하기 싫었다. 그리하여 진짜 행세를 하며 살라는데, 이 무슨 헛소리냐!"

"예! 전 명아령입니다. 그러니 전 명가 원혼들의 한을 풀어 줘야 합니다. 제가 남의 이름을 훔쳤다면, 그렇게 빚을 갚아야 합니다. 가짜를 이리 철저히 준비해 두고 죽은 이들을 또 농락하려는 패들에게는! 전 어떠한 빚도 지지 않았습니다."

이 아이는 왜 이리 진짜 같은가. 매 순간 왜 나는 널 령아로 볼 수밖에 없는가. 목이 쳐지는 그 순간을 내 눈으로 확인했는데도! 네 시신을 내가 수습했는데도!

륜은 자신의 눈을 믿을 수 없었다. 아이는 그 순간을 놓치지 않았다.

"도대체 무슨 일이 일어났던 것인지 알고 싶어 머리가 터져 나갈 것 같습니다."

륜은 믿었다. 이젠 이 아이가 진짜 령아라고 해도 믿을 수 있었다.

"전 전하를 현혹하려는 간자가 결코 아닙니다. 가만히 앉아 위증만 하면 가영궁 마마의 비 자리가 떨어질 텐데, 미쳤다고 이 밤에 월담을 하여 전하께 이리 간청을 드립니까."

그럼에도 아이의 말을 받아들일 수는 없다. 아이를 내세워 자신의 결백을 주장하려는 즉시, 아니 그런 낌새조차 내면, 아이는 사살될 것이다.

그러나 아이는 허튼소리를 하며 조르고 매달리기 시작했다.

"그리 못 믿으시겠다면 지금 절 취하십시오."

륜의 가슴이 쿵, 떨어졌다.

"무어?"

아령은 후회로 몸을 떨었다. 계집의 옷을 입고 올걸. 분칠에 향내를 피워도 모자랄 이때 이따위 차림이라니. 사내의 고습으로, 흐트러진 머리칼로, 한참을 뛰어 몸에 풍기는 땀내로 그를 유혹하려 하다니. 곱고 아름다운 계집쯤 넘치도록 흔할 텐데.

그럼에도 아령은 옷고름을 풀며 빠르게 웃옷을 벗었다. 속적삼마저 벗어 던지고 맨가슴을 드러냈다. 그러곤 덤비듯 그의 품에 와락 뛰어들었다.

"넌……!"

뺨을 얻어맞아도 좋았다. 지금 그를 흔들 수 있는 건 발가벗은 몸뿐이다.

아령은 그에게 매달렸다. 둘의 몸이 침상으로 와락 무너졌다. 다행히 륜은 다치지 않도록 받아 주었으나 밀쳐 낼 준비를 했다. 아령은 그의 말을 재빨리 끊었다.

"제 얼굴에는, 제 몸에는 위로를 받으셨지 않습니까. 제가 가진 것은 이 몸뚱이뿐입니다."

륜의 심장은 튀어나올 것처럼 무섭게 요동쳤다. 아이의 오른손을 거머쥐고 말리니 다른 손으로 스스로 매끄럽게 바지를 벗고 알몸이 되었다. 고개를 돌렸지만 찰나의 순간에도 충분히 각인되어 버렸다.

좁고도 둥근 어깨, 손안에 넣고 싶도록 아름다운 젖가슴, 날씬한 허리며, 봉긋한 엉덩이까지.

아름답다. 그녀의 늘씬한 두 다리가 류의 허벅지를 단단히 감아들었다. 그녀의 손이 빠르게 그의 앞섶을 헤쳤다.

"제 전부를 드릴 테니…… 절 믿어 주십시오."

향긋한 그녀의 체취가 류의 코로 와락 밀려들었다. 온몸의 혈이 갑자기 빠르게 휘돌았다. 이미 맛보았던 입술의 달콤함을 어서 빨아들이라, 수컷의 어리석은 그것이 불끈 일어났다.

아령은 그를 유혹하여 하룻밤 인연을 담보로라도 매달려야 했다. 속곳을 빼 한쪽으로 밀치며 그에게 간절히 매달렸다. 그러나 그는 고개를 돌려 버린다.

가슴이 쿵쿵 뛰었다. 죽을 것처럼 창피하고 부끄러웠다. 처음의 굳건했던 용기는 후루룩 날아갔다.

착각이던가. 내게 조금이라도 관심이 있었다고 믿은 건 나만의 착각이던가. 그를 연모하여 바라보던 내 눈이 엉뚱한 환상을 만들었나. 그저 하룻밤 갖고 놀 만큼도 아닌가.

문득 무언가가 아령의 머리를 때렸다. 아, 그는 내가 부담스러운 것이다.

"어떠한 미래도 조르지 않겠습니다. 비는커녕 첩 자리도 꿈꾸지 않겠습니다. 하루의 여흥거리든, 며칠의 장난거리든 괜찮습니다. 절 안으십시오."

여전히 냉정하기만 한 그의 태도. 가슴이 아리며 유두는 긴장으로 꼿꼿이 날이 섰다. 아령은 부끄러움에 치를 떨면서도 그의 커다란 손을 잡아 억지로 제 가슴을 쥐어 주었다.

쿵쿵쿵, 머리까지 울리도록 심장이 무섭게 요동쳤다. 유두가 그의 뜨거운 손바닥에 닿는 아릿한 느낌. 뱃속이 조여 오며 미칠 것 같았다. 그러나 그는 손바닥을 떼 내며 주먹을 쥐고 손목을 돌린다. 명백한 거부. 아령은 그의 손목에 매달렸다.

"반드시! 파혼을 해 드리겠습니다. 전하의 발목을 붙들지 않겠습니다. 병부 상서의 따님과 혼담이 오가는 데 한 치도 방해가 되지 않겠습니다."

그는 너른 소매를 들어 그녀의 벗은 가슴을 막아 냈다. 다급해진 아령은 그의 입술에 입술을 가져다 댔다. 그때처럼.

그가 입을 맞추어 주었던 것처럼 가볍게 빨아들이며 그의 입술에 간절히 매달렸다.

향긋한 그의 체취가 폐부를 깊숙이 파고들었다. 그와 맞닿은 곳곳이 달고 좋았다. 그가 전처럼 혀를 얽어 주길 바랐다. 그가 져 주기를. 못 이기는 척 받아 주기를.

아령의 작은 혓바닥은 그의 입술이 열리기를 다급히 졸랐다. 그러나 그는 아령을 결국 확, 밀쳐 냈다.

"무슨…… 짓이냐!"

그의 목소리가 노여움으로 덜덜 떨렸다. 가슴이 무너져 내린다.

이것조차 통하지 않는구나.

그는 나를 조금도, 아주 조금도 생각지 않았구나. 그런데 유혹이라니. 어찌나 한심한지. 그러나 자괴감보다 허탈함보다 더 먼저 든 건 수치심.

손가락 하나 까딱할 생각 없는 그에게 그야말로 발가벗고 매달린 것이다. 그의 몸이 떨어져 나간 한기에 부르르 떨며, 벗어 던진 옷을 찾아 손바닥으로 침상 바닥을 훑을 때 그가 장포를 벗어 덮어 주었다. 낮게 가라앉은 그의 음성은 조금 쉬어 있었다.

"연모하지도 않는 사내에게 이 무슨 짓거리냐."

칼을 맞은 듯 륜의 마음이 아팠다. 이리 간절히 매달리는 그녀를 밀어 내는 마음이 더 힘들다. 떨고 있는 작은 어깨를 잡아 일으켜 품에 안고 싶었다.

반짝 안아 그의 침소로 데려갈 수 있다면.

생각 없이 밝은 날까지 널 품고 욕심껏 몸을 얽을 수 있다면.

륜은 마음에도 없는 소리로 스스로의 어리석음을 잘랐다.

"너는 왜 이리 자신을 함부로 하느냐. 저번엔 목숨을 함부로 하더니, 이번엔 몸을 이리 함부로 하는 것이냐."

아이는 울고 있었다. 허튼 마음이나 접어 주려 했다가, 맑은 눈에서 기어이 왈칵 눈물을 뽑았다. 아이는 악에 받쳐 소리쳤다.

"연모도 하라시면 하겠습니다! 그걸 하면 받아 주시겠습니까."

륜은 스스로를 비웃으며 등을 돌렸다. 그 헛웃음이 아령의 가슴을 후벼 팠다.

다시 가영궁의 담을 넘어선 아령은 온몸이 저릿해졌다. 평소와 다른 낌새에 휙 돌아서자, 곳곳에 호위들이 몸을 드러냈다. 대강 가늠해도 수십. 실력들이 범상치 않다.

"이제 오느냐."

경방이 여상한 얼굴로 아령을 맞았다. 웃지만 웃지 않는 표정. 늘 온화하다고만 믿은 그의 진짜 얼굴을 전엔 왜 몰랐을까.

"그저 답답하여 바람을 쏘였을 뿐입니다."

"이젠 몸가짐을 조심해야지. 너는 곧 이곳의 안주인이 될 몸이 아니더냐."

모아가 한쪽에서 난감해하며 눈을 마주치지 못했다.

"나는 네가 꼭 돌아오리라 믿었다."

낭패였다. 그대로 돌아서서 어디로든 떠났어야 했다. 다 버려도 상관없을 짐을 꾸리는 게 무어 그리 중요하다고!

아니, 생각 없이 돌아온 건 륜에게 거부당했단 충격 때문이었다.

경방은 한숨을 돌렸다. 첩은커녕 비조차 탐탁지 않아 하는 아이. 태자가 무언가 그녀의 비위를 건드린 게 분명했다.

그럼에도 군사를 풀지 않은 건 일말의 기대감 때문. 적어도 경방은 그녀에게 모든 정성을 다해 왔다. 그의 진심을 저버리지 않고, 그녀 스스로 돌아온 데 진심으로 기뻤다.

"제가 도망이라도 치겠습니까."

아령이 거짓으로 웃는다. 그 거짓말이 달콤하다. 너를 탈탈 털어 네 머릿속을 들여다보고 싶다. 그러나 알 수 있는 건 그녀가 거짓을 말한다는 것뿐.

호위들을 꼼꼼히 배치한 채, 경방은 아령의 손을 잡고 그녀의 방으로 이끌었다. 긴장한 눈초리의 시비들이 썰물처럼 빠져나갔다. 떨떠름한 표정을 감추지만 그녀는 잔뜩 경직되었다. 경방은 이 모든 데 눈을 감기로 했다.

"어인 일로 진왕부에 다녀왔느냐."

"진왕부에 맞닿은 명가 옛집에 다녀왔습니다."

경방은 말간 눈으로 담담히 답하는 아령의 속을 알 수 없었다. 사람을 붙였음을 드러냈는데도 말짱하다. 붙여 뒀던 호위에게 들은 건 진왕부의 담을 넘은 후 놓쳤다는 것뿐.

"진왕을 만나고 싶었더냐."

아령은 지친 척하며 침상에 털썩 걸터앉았다.

"만나 무엇 합니까. 저와는 아무 인연도 아닌 것을요."

담담히 말하는 게 거짓은 아니나 어쩐지 아프다. 너는 행여 그를……. 박지가 옳던가. 몸이 상할까 약을 너무 줄였나. 박지가 만들어 놓은 다른 여인을 보았다. 넋이 나간 채 몸뚱이만 살아 있는 시신. 생기 넘치는 아령의 눈을 그리 꺼멓게 죽여 놓긴 싫었다. 그러나 백운산에선 그리 활기차더니 겨우 한 달 만에 이리 말라 죽어 간다.

"무어라도…… 옛 기억이 나 널 힘들게 하더냐."

결국 참지 못하고 속을 떠보았다. 아령은 불끈 치솟는 걸 싹 감추며 지친 듯 그를 등지고 누웠다.

"아무것도 기억하기 싫습니다. 저는 가짜라면서요."

"그게 널, 이리 힘들게 했구나."

그래, 가짜. 그거였구나. 불안에 떨던 경방의 목소리가 일시에 누그러진다.

경방은 아령의 등을 바라보며 찬찬히 곁에 함께 누웠다. 긴장으로 더 빳빳해지는 게 느껴진다. 그러면서도 거부하지 않는다는 데 좀 더 자신감을 가졌다. 억지로 팔베개를 해 주며 아령의 허리를 끌어안았다.

"지금, 당장입니까."

담담한 척 물었으나 아령은 제대로 싸울 각오를 다졌다. 그가 뱉은 숨이 뒷목에 닿는 것조차 소름 끼친다.

"싫으냐."

"오늘은 피곤하다지 않았습니까."

아령의 억장이 무너진다. 눈앞이 캄캄하여 한 치 앞도 보이지 않는다. 그를 제압하고 나가기도 쉽지 않지만 그래 봐야 호위들에게 곧 잡혀 올 뿐.

기회를 봐 전력을 다해 도망쳐도 마찬가지. 그녀가 배신을 드러내면 경방도 진짜 얼굴을 드러낼 테지. 그럼 태자와 장모균에게 쫓기는 신세가 되며 복수는 더 요원해진다.

사살되는 건 두렵지 않다. 그러나 지금 그렇게 된다면 나는 저들에게 얼마나 좋은 일만 하다 가는 것인가. 잘 이용당하고 개죽음을 당하는 것뿐. 죽더라도 그렇게는 싫다!

"제가 가짜라 우스우십니까."

"그럴 리가. 그저 내가 불안해서이다. 넌 이리 돌아와 주었지만."

아니, 경방의 노리개도 아니 될 것이다. 나는 문을 박차고 나가 세상에 소리라도 치며 죽을 것이다.

"격식을 갖추어 주신다 하지 않으셨습니까. 이러시면 시비들조차 절 얼마나 우습게 보겠습니까."

"그럼 날이 밝는 대로 가장 아름다운 신방을 차려 주마."

경방은 아령의 등을 꼭 그러안았다. 딱딱하게 굳은 작은 어깨를 어떻게든 어루만져 부드럽게 풀어 주고 싶었다. 그녀를 속인 게 미안하고, 그녀를 이리 아프게 하는 게 미안하다. 그렇더라도 이것은 다 너를 위한 것.

"그래, 격식 없이 널 이리 내 여인으로 맞아 미안하구나."

그렇더라도 난 너를 위해 내가 할 수 있는 모든 걸 다 했다. 세상은 날 손가락질해도 좋으나, 너만은 그리하지 마라. 경방은 눈을 감았다.

언감생심. 비로는 꿈도 꾸지 못했던 아이가 이리 내 품에 있다. 그녀의 불행이 슬프나 그녀가 이리되어 자신의 품 안에 들어온 게 달고 좋다. 내일도 모레도 여생이 모두 지금과 같았으면.

"하지만 널 꼭 내 비가 되게, 이 가영궁의 안주인이 되게 해 주마. 그 약속은 꼭 지킬 것이다."

쌕쌕 내쉬는 아령의 숨소리가 고르다. 지금은 그가 지은 모든 죄과도 과거도 걱정도 떠오르지 않는다. 중요한 것은 오직 내가 너와 이리 함께 있다는 것뿐. 경방도 아령을 그러안은 채 조용히 눈을 감았다.

아령은 찌뿌듯한 몸을 일으켰다. 잠깐 눈을 붙인 것은 경방이 나간 뒤 얼마간이다. 어찌 하룻밤은 무사히 넘겼으나, 오늘은 파국의 날이 될 것이다.

시비들은 종일 방을 장식하느라 야단이었다. 납채도 없이 장식된 방탁(네모난 탁자) 위 나무 기러기 한 쌍을 보며 아령은 코웃음을 쳤다. 붉은 물결이 현실로 몰려온다. 침대도 가구도 온 방 안이 붉은 천지. 너무도 꺼림칙해 뜰로 몸을 피했다.

방 안은 온통 피범벅이 되는 것 같은데, 마당과 전각 주변은 새카맣게 채워졌다. 호위를 빙자한 감시자들이 마당에 발을 내딛자 움찔댔다. 미동조차 않으며 칼을 찬 채 서 있지만, 수십의 눈이 아령을 끈질기게 따랐다. 시비들이라 하여 다를까.

계집아이 둘이 읍한 채 곁을 지켰다. 처마 아랜 홍등이 끝도 없이 걸린다. 아령은 그늘 아래 놓인 의자에 꼼짝 않고 앉아 느리기만 한 하루를 보냈다. 경치를 보는 척했지만 머릿속으론 끝도 없이 그림이 그려지고 지워진다.

시비 둘을 따돌리고 담장으로 들어서기 전 뛰어들 호위의 수. 그들을 제압할 시간. 칼을 빼어내어 제압당하면 어찌해야 할지. 그나마 허술한 데는. 어떻게 돌아가면 담장 밖을 밟을까.

그러나 번번이 막힌다. 꽃신을 신고 펄럭이는 치마를 두른 게 이리 큰 장애라니.

서산 너머 해가 기운다. 붉게 물든 하늘마저 경춘각을 덮친다. 하늘은 날 또 버리려나.

"결국 그 노비 아이가 이리 전하의 발목을 붙들 줄 알았습니다. 차라리 없애는 편이 낫지 않았겠……."

익비는 울화가 치밀고 안타까워 한마디 하려다가, 반응조차 않는 데 얼어붙었다. 어제 그 아이와 무슨 일이 있으셨나.

이럴 수가. 산더미같이 쌓인 주접과 제본들은 어제 그대로다. 어지를 내리시다 만 데도 딱 거기서 멈췄다. 명을 받으러 왔던 익비는 멀거니 정신을 놓고 앉은 낯선 륜의 모습에 깜짝 놀랐다. 밤을 꼴딱 새우신

게 분명한데.

"송구합니다."

그러나 륜은 꼼짝 않고 허공을 응시했다.

아이가 울고 있었다. 하루가 지나도록 아이는 쉬지 않고 울었다. 가슴에서 울던 아이가 이젠 머릿속을 꽉 채우다 못해 온몸으로 륜을 울려 대고 있었다. 나는 얼마나 옹졸했던가.

목숨 걸고 용기를 내는 아이에게 믿지 않는다, 마음을 할퀴어 줬다. 그럼에도 하나뿐인 몸을 그리 내보이며 제발 믿어 달라 매달리는데, 한다는 소리가 몸을 왜 함부로 하느냐라니. 제 마음 잘라 내자고 그런 훈계라니. 한심하고 치졸하다!

안고 싶어 몸부림쳤다. 갖고 싶어 죽을 것 같다. 한 번만 손대면 죽도록 네게서 헤어나지 못할 것 같아 두려웠다. 그래, 용기가 없었다.

"어쩌더냐."

내가 사는 유일한 이유는 명가 원혼들의 한을 풀기 위해서였다. 그럼에도 령아를 흉내 내는 네게 이리 휘둘리는 내가 한심하고 못나 대신 널 미워하였다. 령아를 지켜 주지 못하고 끝내 잃은 자책을, 뻔뻔하게 혼자 살아 숨 쉬는 부끄러움을 네게다 퍼부어 댔다.

"경방이 방으로 데리고 들어가더랍니다. 이젠 제 첩의 담을 타는 못된 버릇을 알았으니 밤새 혼구멍을 내 줬겠지요."

머릿속엔 벌거벗고 얽혀 뒹구는 너와 경방의 지옥도가 펼쳐진다. 비는커녕 첩으로도 싫단 내 허튼 말이, 네 마음을 할퀴고 돌아와 내 가슴을 찢는구나. 나는 너를…… 어찌해야 할까.

그냥 놓아만 두면 소원했던 대로 경방의 비가 되어 잘 살 아이. 내가 데려오는 즉시 시작될 살해의 위협. 온갖 약과 독, 자객들의 칼끝과 흩뿌려지는 암기들. 널 이 긴장의 불구덩이로 끌어들이는 게 옳지 않은 게 분명한데.

"감시를 강화했고, 호위도 이젠 대놓고 합니다. 앞으론 담을 넘어 제멋대로 돌아다니진 못할 겁니다."

보고 싶다. 널 만지고 싶다. 널 품에 안고 싶다. 나도 날 어찌하지 못할 정도로 미쳐 가고 있다. 이러단 형제의 멱을 따겠구나.

"경방은 지금 어디 있더냐."

"태자께서 부르셨는지 월령궁으로 가더이다."

"그나마 다행이구나."

미안하지만, 난 널 가져야겠다. 널 위하는 길이 뭔지 빤히 알지만, 그래도 난 널 가져야겠다.

'저는 태자 전하의 꼭두각시가 되고 싶지 않습니다. 전하를 제거하는 데 이용당하고 가영궁 마마의 전리품이 되고 싶지 않습니다.'

네가 날 붙들어 주지 않았더냐. 내 치졸함을 그리 변명하마.

"홍등을 밝히고 난리입니다. 초야를 이제야 치르려나. 저도 얼마나 좋겠습니까. 명아령의 이름을 그리 꿰차 정비가 될 길이 열렸는데."

아무것도 모르겠다, 이젠. 널 갖고 싶단 것밖에는.

'저를 거두어 주십시오.'

경방을 마음에 두었던들, 날 연모하지 않는 것쯤 어떤가. 네가 날 이리 간절히 붙들어 주는데.

네가 명아령이면, 너는 내 혼약자다.

"실력이 뛰어난 아이들로만 서른을 추려라. 열 명씩 세 패로 나누어 움직이자."

"예? 갑자기 왜……. 무엇을 하시려고요?"

"도둑질."

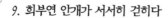

9. 희부연 안개가 서서히 걷히다

　시비가 붉은 옷을 받쳐 들며 아령에게 고개를 숙였다. 이젠 그녀 자신이 붉게 물들 차례.

　"소저, 옷을 갈아입으십시오. 마마께서 곧 돌아오실 것입니다."

　신방을 차리라 하고도 집을 비웠다면 분명 태자에게 불려 간 것. 아령은 주변을 슥 돌아보곤 낯선 아이에게 물었다.

　"모아는 어디 갔니?"

　그녀는 난감해했다.

　"다른 일을 보고 있습니다."

　"불러라. 나는 모아의 손이 익숙하다."

　잠시 뒤 불려 온 모아가 쭈뼛거리며 고개를 숙이자 아령은 말없이 그녀의 방으로 들어섰다. 모아가 따랐다.

　"다들 물러가거라."

　시비들이 분주히 빠져나갔다. 방탁 위에는 신부의 옷이 놓여 있었다.

붉은 기운이 지창으로 넘어 들었다. 방의 치장은 이미 끝났다. 치장 되지 않은 건 그녀뿐.

아령이 준엄하게 쏘아보자, 모아는 울먹이며 스스로 무릎을 꿇었다.

"날 판 값이 얼마더냐."

"용서하십시오! 마마께선 이미 알고 계셨습니다."

"그래서 아는 대로 다 고했더냐."

모아는 눈물을 흘리며 고개를 숙였다. 아령은 손가락 끝으로 찬찬히 모아의 고개를 들었다.

"얼마더냐."

그 지엄함에 모아는 감히 시선을 맞추지 못했다.

"그, 금화 두 냥입니다."

"그래, 네 값은 그것이구나. 오늘이 지나면 내가 이 전각의 주인이 될 거라는 걸 몰랐더냐."

모아는 바들바들 떨었다. 한쪽에 둔 장검과 아령을 불안하게 번갈아 본다. 아령은 모아의 오해를 내버려 두었다.

"무어라도 하겠습니다. 시키는 것은 무어라도 하겠습니다. 살려 주 십시오!"

행여 밖에서 엿들을까, 모아는 한껏 목소리를 죽였다.

"나는 은원이 분명하다. 너는 네 배신의 값을 치러라."

"기회를 주십시오. 무어든 하겠습니다. 살려만 주십시오!"

아령은 설핏 웃으며 고개를 끄덕였다.

지창이 닫히고 문이 활짝 열렸다. 풀벌레가 우는 밖은 온통 홍등으 로 붉어졌다. 가림막은 있으나 지나는 누구라도 아령이 붉은 옷을 입고 화장하는 걸 곁눈질했다. 아령의 모습은 화려하고도 아름다웠다. 모아 가 맨 앞에서 시중을 들었고, 아령은 여상한 얼굴로 눈을 감고 있었다.

어둠이 찬찬히 내리는 동안 그렇게 모두들 신부가 치장하는 모습을 훔쳤다. 그리고 붉은 천이 씌워졌을 때 아령은 모아를 놓아두며 모두를 물렸다.

"마마가 드실 때까지 잠깐 쉬고 싶구나. 모두들 물러가라."

잠시 뒤 모아의 옷을 입고 방 밖을 나선 것은 아령이었다.

천운일까. 때마침 밖에서 갑자기 소요가 일었다. 어지러운 고함과 무사들의 칼이 챙챙거리는 소리. 북문 쪽이다.

호위들 몇이 경계를 흐트러뜨리며 지원을 나가는 동안 물 흐르듯 아령은 자연스럽게 걸어 나갔다. 몸을 쓸 줄 아는 아령은 사람의 걸음걸이도 쉽게 흉내 냈다. 찬찬히 마당을 빠져나가 가장 바깥 담장 곁으로 다가가는데,

"꺄악! 소저!"

문제는 눈이 너무 많은 것이다. 주위를 둘러싼 호위들이 다급히 달려왔다. 다행히 담 밖의 소요로 경계는 꽤 느슨해져 있었다. 게다, 밤은 낮과 다르다. 달려드는 둘을 주저 없이 제압하고 담장 위로 날아올랐다.

이런 것도 할수록 늘다니. 월담을 너무 많이 했나. 그 누구도 손만 대면 와장창 떨어지는 기왓장을 밟고 달리는 아령의 실력을 따라올 자 없었다.

"너희는 담 밖으로 나서라. 너희는 뒤를 따라라!"

"예, 으으악!"

여기저기서 고성이 오가며 등 뒤를 따르는 자들 발밑에선 기왓장이 떨어져 부서지고 난리였다. 아래에선 느닷없이 기왓장을 얻어맞은 자들의 신음이 흐르며, 몸을 가누지 못해 비명을 지르며 떨어지는 자들도 있었다. 뒤를 따르는 자 두엇을 떨어뜨리고 아령은 담장 밖을 밟는 데 성공했다.

저들은 아령을 포위하려 했으나 그것은 아령이 저들보다 느릴 때의

얘기다. 아령은 빠른 발로 길을 빠져나오며 도망칠 곳을 찾았다. 그러나 금성은 바둑판처럼 모든 길이 정방형으로 반듯하게 뻗었다. 곧 호각 소리가 어둠을 가르며 군대가 풀렸다.

갑자기 훔칠 말이 없었다. 게다, 성문은 이미 닫혔다. 말과 사람이 바삐 다니던 길은 한적해져 있었다. 가영궁의 웬 침입자 덕분에 쉽게 빠져나오긴 했지만, 아령은 갈 곳이 묘연해졌다. 생각나는 곳은 진왕부 뿐이라도 거긴 아니지 않나.

호위들은 아령에게 칼을 뽑길 주저했으나, 군사들은 포승과 그물망을 펼치며 칼조차 쉽게 뽑아 들었다. 간신히 피해 모퉁이를 돌았지만 떼로 몰려오는 그들을 피할 길 없어, 남의 집 담장 위로 가뿐히 뛰어오르려 할 때였다. 맞은편에서 황당한 사람을 만났다.

"허억, 허억, 어떻게 벌써 여기까지 오셨……. 흩어지느라 지금 저희의 수가 적습니다."

익비였다. 그는 아령을 일부러 찾아다닌 기색이었다. 그럼 아까 그들이? 그의 수하 둘이 모퉁이에서 군사들을 상대하고 있었다. 그러나 아령은 다급했고 그녀를 돕겠다는 그를 마다하지 않았다.

"저희가 모시겠습……."

아령은 모아의 치마를 얼른 벗어 익비에게 둘러 주곤 사내의 고습 차림이 되었다.

"그럼 도움을 좀 받겠습니다. 고맙습니다."

때마침 주인을 잃은 말이 불안해하며 제자리를 헤매고 있었다. 담장을 밟고 섰던 아령은 얼른 날아 말 위로 올랐다. 그리고 달렸다.

"곧장 진왕부로 가십시오!"

소리치는 익비의 말을 듣긴 했으나, 움직이는 군대의 수는 생각보다 많았다. 경방의 사람들이 아니었다. 말 머리를 진왕부 쪽으로 돌리려 함에도 반대쪽으로 내몰렸다.

그때 군사들이 떼 지어 몰려오는 소리가 들렸다. 밤길을 홀로 달리는 것은 말이든 사람이든 눈에 띈다. 운 없게도 담장은 월령궁과 맞닿아 있었다. 경방이 만들어 준 태자의 놀이터. 지금은 경방마저 들어 있을 텐데.

아령은 유난히 높아 뵈는 월령궁의 담장 위를 올려다보며 피식 웃었다. 이리 죽나 저리 죽나. 저 안에서 뭔 짓들을 하는지 참 궁금했었다. 게다, 가장 어두운 곳은 등잔 밑 아니던가.

사람의 기척이 사라지자, 어둠 속 작은 뭉치가 갑자기 소리 없이 스르륵 움직였다. 화려한 전각 대신 어둡고 초라한 전각을 택한 것은 소녀들의 낮은 웃음소리 때문이었다. 태감이 주위를 경계하며 들어선 사이 예쁘게 차려입은 소녀 셋이 속닥거렸다.

"오늘 네가 운이 좋은가 보다.", "호호호.", "부럽다, 계집애."

부러움을 받은 소녀는 머리에 붉은 꽃을 달았다.

안은 대낮같이 훤했다. 다행히 기다란 지창 몇 개가 환기를 위해 열려 있었다. 아령이 얼른 그림자 짙은 쪽으로 움직이는데, 사람의 기척이 다가든다. 재빨리 그림자 안으로 몸을 숨기니 밖에서 지창이 닫히며 덜그럭, 잠긴다.

아령은 창 밑에서 공처럼 동그랗게 몸을 만 채 두 눈만 도르르 굴렸다. 그리고 후회로 입술을 깨물었다.

자객의 방비가 어찌나 철저한지. 드넓은 전각 안이 싹 비어 있다. 가운데는 침상의 네 기둥에 하늘하늘한 천을 씌운 가자상 하나뿐. 젊은 환관이 곳곳에 등불을 밝히니, 아령이 숨은 그림자도 툭툭 좁아져 온다.

아령은 빠르게 바닥을 기어 납작한 가자상 뒤로 몸을 숨겼다. 바싹 엎드린 그녀의 그림자가 바람 따라 움직이는 얇은 갑사의 그늘 위로 짙게 선을 그렸다. 나머지 창이 탁, 닫히니 갑사 천의 움직임이 우뚝 멈췄다.

아령은 눈만 빼꼼 내밀었다. 붉은 옷을 입고 악기를 든 여인 여덟은 초조한 눈빛으로 고요했고, 방금 든 셋은 태감의 불편한 눈초리에도 들떠선 주위를 희번덕거렸다. 그중 하나가 고개를 홱 돌려, 아령은 머리를 숙였다.

등불을 밝히는 환관이 아령 쪽으로 다가섰다. 아령은 혀를 깨물며 소리 없이 몸을 도르르 굴렸다. 희디흰 가자상은 황당하도록 넓었다. 보통 침상의 열두 개 너비. 곧 올라들 올 텐데, 어찌 이리 숨을 만한 가구도 뭣도 없는가!

식은땀이 주르르 흘렀다. 동시에 꽃살문이 열리며 익숙한 목소리가 들어섰다.

"넌 잘한 게 뭐가 있다고 숙부 탓만 하니."

"송구하옵니다."

성난 태자가 경방을 질책했다. 호위들이 전각을 둘러싸는 기척이 느껴졌다. 태자가 가자상으로 향하자, 모두의 눈이 한데로 쏠린다. 아, 이따위 곳에서 잡힐 순 없는데!

동시에 무언가 머리를 번득 스쳐 위를 쳐다보았다. 뻥 뚫린 가자상. 아령은 망설임 없이 몸을 날려 대들보에 매달렸다.

"태자 전하를 뵙습니다."

아령은 조용히 움직이며 그림자마저 숨겼다.

여인들이 좋아라 볼을 붉히며 인사하니, 태자가 귀찮아하며 손짓했다. 태감들은 여인들을 가자상 위로 올렸다. 사라락, 비단 옷깃을 추스르며 다들 줄지어 보료를 밟았다. 다들 버선발인데, 바닥을 박찰 때 찍힌 작은 발자국 하나가 선명하다.

"걔는 여길 들여다보는데, 우린 거길 못 봐. 그동안 들이부은 게 얼마인데, 어째 어사대가 금의위보다 못해?"

"전장에서부터 쌓인 인연들이라 매수로는 쉽지 않습니다. 게다, 황상께선 껍데기뿐인 어사대마저 철폐하려 드시지 않습니까."

"명가 사건을 들고 나서는 자체가 얼마나 부담인지는 잊었니?"

"달리 방법이 있습니까."

"판이 너무 커지니 이거 번거롭구나."

조그맣게 내려다보이는 태자의 머리꼭지가 커다란 의자에 앉았다. 경방은 바닥에 무릎을 꿇고 조아렸다.

"황상께선 이번에도 어떻게든 진왕을 살리는 것으로 마무리 지으실 것입니다. 수장을 치우면 저들의 구심점도 사라집니다."

"그래도 비슷한 앨 다시 고르는 게 나을 뻔했어. 살려 둬 좋을 게 뭐야."

경방의 고개가 더욱 바짝 조아려졌다.

"가짜로 진왕의 눈을 어찌 속입니까. 단번에 알아보고 목을 쳤을 것입니다."

"그래, 걔가 결국 죽이지도 못하더니, '명아령이 맞습니다.' 하드라. 저도 헷갈헷갈, 하나 보지? 으흐흐흐."

조금 웃다 만 태자는 뒤늦게 더 우스운지 "크흐흐흐!" 몇 번의 기괴한 웃음을 "으하하하하하!" 더 뱉었다. 그러나 경방이 마주 미소 지으며 입을 열려 하자, 웃음을 뚝 끊어 냈다.

"야, 계집은 금세 늙어 못생겨지고 사나워지기까지 한단다. 더 예쁜 앨 주마. 저기도 지천이야. 마음껏 골라!"

집게손가락으로 휘장 뒤를 툭툭 가리키자 경방의 미소가 싹 가신다.

"관 씌운 계집이 늙으면 얼마나 버거워지는지는 내 모후를 보면 알잖니. 게다, 걔는 싹수부터 샛노래. 걔가 이나 다 났나 싶었을 땐 내 머리털을 죄다 뽑아 놨었다. 그따위 승질머리를 비로 들이면 평생 너만 고생이야?"

"전 같지 않습니다. 제가 잘 다스리겠습니다."

분명 자신의 이야기 같아 아령은 숨을 죽였다.

"그러지 말고 일 끝내고 싹 치워라, 응? 비는 무슨 비?"

"그리하면 세상도 속지 않습니다."

"내가 권좌에 앉으면 누가 뭐랄까."

"불만의 씨앗은 가슴에 남습니다. 제게 맡겨 주십시오."

"빙충이 같은 새끼. 그럼 차라리 조용히 노비로나 부려. 어차피 네 거지 않니?"

하다가, 누군가에게 물린 듯한 경방의 터진 입가를 슥 보더니 태자 가 어이가 없다는 표정을 짓는다.

"잘 다스리기는 개뿔? 숙부 탓만 하지 말고 너나 잘해? 으흐흐흐흐, 킬킬킬킬!"

태자가 노골적으로 경방을 놀렸다. 경방의 눈빛이 매서워졌다.

"어사대나 민심을 어지럽힌 것만이 아닙니다. 태자께서 내리신 밀지 를 잃어버리다니요. 용천 마을에 진왕이 감시를 붙여 두었습니다. 그의 손에 들어가면 우리에겐 치명적이지 않습니까."

아령의 눈이 번쩍 뜨였다. 태자의 밀지? 용천 마을?

"그거 하나로 뭘 어쩐다고."

"진왕이 빠져나갈 구멍은 충분합니다."

"내일, 숙부가 직접 처리하실 것이다. 그러니 숙부 탓은 그만해."

혹시, 문청인가? 빠르게 돌아가는 그들의 말을 이해하기 바쁠 때 태 자가 목소리를 낮췄다. 무서운 냉기마저 감돈다.

"너야말로 계집을 잘 다스려라. 죽 쒀 개 주는 짓을 했다간 그대로 없앨 줄 알아!"

"그럴 일은 결코 없습니다."

"아, 계집을 다스리는 건 내가 제일인데. 상판을 보니 맛이 궁금하

217

긴 하드라. 으으흐흐흐, 킬킬킬킬!"

사나워진 경방의 입매는 더 이상 꼼짝 않았다. 태자는 경방을 한심하게 쳐다보며 손을 휘저었다.

"잘나 봤자, 그년이 그년인 것도 모르고. 꼴도 보기 싫어. 썩 꺼져!"

축객령이 내려지자 경방은 뒷걸음질 치며 전각에서 물러났다. 태자는 무겁게 몸을 일으켜 가자상에 올랐다.

수건으로 입과 코를 가린 태감 하나가 향로 불을 피운 뒤 뚜껑을 닫았다. 잿빛의 연기가 사방으로 퍼졌다. 태자의 전각에서 맡아 본 그 괴이한 향. 아령도 서둘러 입과 코를 막았다. 순간 어질, 하며 손에 힘이 빠졌다.

"태자 전하.", "기분을 푸십시오.", "호호호."

아령은 기둥을 꽉 붙들었다. 붉은 옷을 입은 여덟은 눈은 웃지 않으면서도 즐거운 체 태자의 비위를 맞췄다.

"어디, 놀아들 봐."

각각 비파와 북을 들어 울렸다. 비파의 카랑카랑한 음률이 묘하게 귀를 울리는 동시에 타타탕, 타타탕, 북소리가 정신을 혼미하게 뺐다. 들떴던 세 소녀가 북소리에 맞춰 춤을 춘다.

침상이 새하얗다. 태자는 금빛 은낭에 팔을 괴고 모로 눕는다. 붉은 꽃을 단 소녀가 몸을 야릇하게 흔들며 한 바퀴 빙글, 돌 때 태자가 손을 흔들며 옆의 소녀를 찍었다.

"너 해라. 네가 더 곱다.", "예?", "까르르.", "감읍하나이다."

붉은 꽃은 옆의 소녀에게 옮겨 달렸다. 꽃을 빼앗긴 소녀의 입술이 붉게 비틀렸다.

선택된 소녀는 좋아라, 중심으로 자리를 바꾸었다. 둥둥둥, 북이 다시 울린다.

그녀는 음률에 맞춰 춤을 추며 옷을 벗었다. 양옆의 둘이 그걸 도왔다. 그러나 이나저나 마찬가지. 세 소녀는 금세 버선만 신은 전라가 되어 짐승처럼 엎드려 태자에게 뒤를 보였다. 태자는 세 소녀의 보얀 엉덩이에 코를 대고 킁킁거렸다.

"어디 보자……. 핥아 봐. 킬킬킬."

한 소녀가 묘하게 웃으며 꽃 단 소녀의 샅을 길게 핥는다. 다른 소녀가 그녀의 가슴에 들러붙어 끈끈하게 주무른다. 북소리 두두둥둥, 울리는 가운데 꽃 단 소녀가 몸을 비틀며 신음을 "하아!" 색스럽게 낸다. 다른 소녀들이 그녀의 음성에 맞추어 "하아!" 길게 합창한다.

키득키득, 태자가 웃는다. 북소리가 달아오른다.

"어이!"

태자가 개를 부르듯 손짓하자, 구석에 섰던 붉은 옷의 두 여인이 냉큼 달려와 태자를 벗겼다. 머리엔 존귀한 관을 쓰고 붉은 용포를 둘렀으나 아랫도리는 태초의 것이 된다. 시커멓고 물렁한 덩어리가 출렁거리며 튀어나왔다. 태자는 여인의 머리채를 우악스럽게 움켜잡아 자신의 밑으로 내리눌렀다.

다른 하나도 태자의 사타구니에 바삐 들러붙어 함께 입을 놀린다.

비파와 북의 음률이 더욱 야릇해진다. 태자가 뚫어져라 응시하는 붉은 속살을 감싼 혓바닥도 바삐 움직인다. 애무를 받는 소녀가 못 견디겠는 척 "하아아." 울자, 또 합창이 "하아아." 이어진다. 태자의 사타구니에 들러붙은 두 혓바닥은 서로 구접을 하듯 더욱 바삐 고개를 꺼덕인다. 그때 태자가 오른쪽 여인의 머리칼을 쥐어뜯으며 밀어 냈다.

"똑바로 못 하니?"

동시에 짝, 하고 솥뚜껑 같은 손이 여인의 뺨을 후려갈겼다. 북소리가 뚝 그쳤다. 붉게 손자국이 난 뺨을 감싸 쥘 새도 없이 여인은 깜짝 놀라 엎드렸다.

"송구하옵니다."

태자의 손가락이 신경질적으로 반짝 들리자, 구석에 대기하던 다른 여인이 냉큼 다가와 교체했다. 뺨을 맞은 여인은 부들부들 떨며 구석으로 물러났다.

태감이 슬쩍 눈치를 보곤 향로에 향초를 더했다. 매캐한 연기가 더욱 짙게 오른다. 너무나 숨이 막혀 한 호흡 공기를 들이켜던 아령은 직접 연기를 들이마셨다. 저도 모르게 우욱, 구역질을 할 뻔했다.

호호호, 비파 든 여인이 정적을 깨며 웃으니 다른 여인들도 깔깔깔, 따라 웃는다. 북소리가 다시 시작된다. 분위기는 금세 돌아왔지만 그들의 눈은 여전히 웃지 않는다. 여인 중 하나가 태감에게서 기다란 담뱃대를 받아 태자의 입에 물린다. 태자의 입에서 연기가 몇 차례 뿜어졌다.

태자의 눈이 멍청하게 흐려진다. 비파의 카랑거리는 음색은 귀를 찢을 듯 요사스럽다. "하아아!" 신음을 선창하는 소녀들과 함께 다른 여인들도 "하아아!" 소리치며 차례로 반라들이 되었다.

세 소녀를 모두 바로 눕히고 붉은 옷의 여인들이 들러붙어 손을 바삐 움직이며 익숙한 솜씨로 수음을 하기 시작한다. 아령의 심장도 갑자기 쿵쿵, 울리며 몸이 이상하게 더워졌다.

질척거리는 소리와 "아아아!" 선창하는 목소리들이 더욱 색스럽고 커졌다. "아아아!" 붉은 옷의 여인들이 후창한다. 간신히 몸이 준비되어 가는 태자가 입가를 실룩거리며 악을 썼다.

"소리쳐라!"

세 소녀는 몸을 더 야릇하게 비틀며 소리쳤다. "하으!", 여인들이 길게 합창했다. "하으." 비파 소리가 날카롭게 날이 섰다. 북소리가 두두둥둥, 급히 울렸다.

태자의 시커먼 것이 불뚝 섰다. 꽃 단 소녀의 하초가 흥건하게 번들거렸다. 소녀의 두 다리는 태자의 것 쪽으로 주르륵 끌려갔다. 그녀가 스스로 다리를 더욱 벌리자, 여러 개의 손들이 소녀의 그곳을 태자와 우악스럽게 이었다.

"흐아악!"

파과의 아픔으로 소녀는 진짜 비명을 질렀다. "흐아악!" 다른 여인들이 후창했다. 태자는 이제야 조금 흥거운지, 흐흐큭큭 숨을 들이켜며 즐겁게 킬킬거렸다. 여인들의 웃음도 깔깔깔, 까르르, 번졌다.

여러 개의 손이 태자의 몸뚱이를 잡으며 그를 도왔다. 몇 번의 추삽질로도 벌써 지루해졌는지 태자는 다른 소녀에게 몸을 이었다. "소리를 치라고.", "까아아아아악!"

파과의 아픔도 아픔이지만, 먼저 꽃을 달았던 소녀가 눈치껏 과하게 소리쳤다. 다른 여인들도 후창했다. "까아아아아악!"

세 소녀의 엉덩이 아래엔 첫 경험의 붉은 핏자국이 제각각 고였다. 태자는 붉은 핏자국들을 번갈아 응시하며, 으흐흐, 킬킬킬, 즐거워했다. 태자가 소녀들을 번갈아 바꾸는 동안 셋은 경쟁적으로 태자를 품으려 움직였다.

태자를 차지한 소녀의 얼굴에 승리감이 어린다. 다른 소녀의 얼굴엔 질투와 짜증이 뒤섞이지만 그것은 잠깐. 소녀가 "하아아." 신음을 올리면 또 다 같이 "하아아." 태자의 흥취를 돋우었다. 태자가 양물을 빼내어 다른 소녀에게 옮기면 또 까르르, 웃음이 번진다. 다른 소녀들에게선 제 차례를 기다리는 질투와 초조함이 엿보였다. 모두들 파정을 원하는 것이다.

그러나 태자의 표정은 갈수록 지루해졌다. 어느 순간 짜증마저 확 오르자, 북을 잡은 여인이 박자를 바꿨다.

두둥, 두둥, 두두둥둥둥, 둥둥.

순간, 비파를 튀기던 여인이 곡조를 멈췄다. 북소리는 더욱 빨라졌다. 그녀의 손에는 날카로운 검이 들려 있었다. 태자의 눈에 제대로 된 흥분이 일렁이기 시작했다. 담뱃대가 다시 태자의 입에 물렸다. 그의 입에서 연기가 뿜어져 나온다. 눈동자가 더욱 흐려진다.

그러나 꽃을 달고 태자를 차지한 소녀의 집중은 흐트러지지 않았다. 태자가 더 이상 소녀를 바꾸지 않으며 만족스럽게 웃자, 그녀의 얼굴에도 홍분이 감돈다. 태자를 빼앗긴 두 소녀는 맞닿은 그곳에 눈길을 떼지 않고 다시 제 차례가 오는 데만 집중했다. 그사이 날카로운 칼날이 내리꽂혔다.

"아아아아아아악!"

꽃 단 소녀의 가슴팍에서 피가 솟구쳤다. 긴 비명이 제대로 울렸다. 전에 울렸던 그 어떤 것보다 태자가 <u>흐흐흐흐</u>, 흡족하게 웃었다.

"아아아아아아악!"

여인들이 후창할 때 나머지 두 소녀의 얼굴엔 큰 동요가 있었다. 붉은 옷을 입은 여인들은 몸부림치는 꽃 단 소녀를 가차 없이 내리눌렀다. 뒤늦게 꽃을 달지 않은 두 소녀가 사삭, 물러나며 얼굴엔 미미한 안도감이 스친다.

"아아악.", "아아아악.", "아아아아악!"

칼날이 반복적으로 꽃 단 소녀의 가슴에 내리꽂혔다. 사방으로 붉은 피가 흥건히 튀겼다. 얼굴에 피칠갑을 한 채 탁, 탁, 탁, 태자의 추삽질이 제대로 이어지기 시작했다. 소녀가 몸부림칠수록 제대로 조여진다. "하아아." 태자는 만족스러운 신음마저 흘린다.

"살려, 살려 주십시오.", "아아아아아악!"

꽃 단 소녀는 살기 위해 몸부림쳤다. 죽기 직전의 힘이 꽤 거세자, 손을 놓았던 두 소녀도 그녀를 내리누르며 태자의 추삽질을 도왔다. 팔다리를 꽉 붙들린 소녀의 반항은 더 이상 불가했다. 빠르게 허리를 움직이는 태자의 눈에 만족감이 돌았다.

아령은 새벽까지 전각을 벗어나지 못했다. 그날, 옮겨진 시신은 총 네 구였다.

간신히 월령궁을 빠져나와 벽에 기댄 채 정신없이 우욱, 우욱 게워
냈다. 그러나 먹은 것이 없어 게울 게 없는데 엉뚱한 것이 툭, 튀어나
온다. 기골이 장대한 어떤 여인의 교접 장면.

나신의 그녀가 반듯하게 누운 사내의 그곳 위에 다리를 벌리고 앉아
있다. 마치 한사람 것같이 똑 닮은 긴 정강이 둘이 엇갈렸다. 사내의
손이 그녀의 커다란 가슴을 짓뭉개며 콱, 주무를 때 그녀가 '하아아'
신음을 쏟았다. "앗!" 아령은 갑자기 입을 막았다. 그 둘이 고개를 홱,
돌렸다. 여인과 눈을 마주쳤다.

가슴이 선득해졌다. 각진 이마와 높은 코, 턱이 뾰족하다! 그녀가 작
은 눈알을 도로록, 굴리며 아령을 노려본다. 설마!

아령은 터무니없는 영상에 고개를 흔들었다. 너무 큰 충격을 받으니
맨정신에 또 환각인가.

아직도 뛰는 가슴을 진정시키지 못하며 새벽 거리를 내달렸다. 한시
가 급했다. 지금은 엉뚱한 데 신경 쓸 때가 아니다.

태자의 밀지. 명가 사건을 지시한 태자의 밀지가 있다. 아마도 문청
은 밀지를 빼앗기고 암살될 것이다. 그렇게 되면 겨우 남은 증거도, 증
언도 사라진다.

아령은 밤새 금성을 싹 뒤졌을 군사들을 조심하며 진왕부로 내달렸
다. 그러나 막상 륜을 만날 생각을 하자 착잡해졌다. 그에게 그 지경으
로 거절당한 게 얼마나 되었다고.

진왕부는 대문이 활짝 열린 채 공터가 싹 비어 있었다. 병사와 말들
의 임시 대기처다. 병기구들이 정돈되지 않은 가운데 누군가가 적염을
매 놓고 털을 고르고 있었다. 낯이 익었다. 후식이?

"네가 어찌 살아 있었니?"

"엄마나, 깜짝이야. 아침부터 웬 새파란 녀석이……."

"나를 알아보겠니?"

좋은 게 좋단 듯 여유 있는 품이, 살이 좀 찌고 나이 들었으나 후식이었다. 그는 한참을 바라보다 갑자기 눈물을 쏟았다.

"아이고, 아이고! 이게 웬일이십니까."

얼마 전 한꺼번에 떠오른 얼굴 중 하나였다.

"네가 만들어 준 매 모양의 연이 기억난다. 직박구리나 물총새 소리를 똑같이 따라 하던 것도. 그러나 그 밖엔 기억이 온전치 않구나."

"아이고, 이 하찮은 것의 소소한 것까지 그리 잘만 기억하시면서요. 그러잖아도 살아 돌아오셨단 소문을 듣고 한번 뵙기를 고대했는데, 이렇게……. 아이고, 아이고!"

그는 눈물을 멈추지 못하며 수건으로 눈을 하염없이 닦았다. '아이고, 아이고!' 통곡하는 그의 순박한 얼굴을 보니 아령도 덩달아 눈물이 났다.

"저는 본가에 심부름을 왔다가 이리 혼자 살았습니다. 다들 그리 가셨는데 저만 혼자 살았…… 으으흑!"

마음은 다급한데도 흐르는 눈물을 멈추기 힘들었다. 그러다 물었다.

"다른 사람은…… 본가에서 살아남은 다른 사람은 없느냐? 어째 다들 사라졌구나."

"그게 저도 의문입니다. 금성 집에도 춘삼이, 월양이, 봉구 아재 하며 서넛 이상은 남았을 텐데, 아무래도 죄다 죽은 거 같습니다요. 실은 저도 죽을 고비를 여러 번 넘겼지요."

"무어?"

시전에선 갑자기 큰 물건이 머리 위로 떨어지기도 했고, 갑자기 칼을 들고 달려드는 놈도 여럿 있었단다.

"진왕 전하께서 거두어 주셔서 목숨을 부지했지요. 아씨, 사람들이 떠드는 헛소리를 절대 믿지 마십시오. 진왕 전하는 절대로 명가를 해할 분이 아닙니다. 주인어른께서도 큰 누명을 쓰신 겁니다. 아시지요? 아씨도 그리 믿으시지요?"

후식은 행여 아령이 오해하고 있을까, 힘주어 륜을 변명했다. 아령은 고개를 끄덕였다. 그새 적염이 아령을 알아보며 반갑게 얼굴을 들이대고 주둥이를 아령의 손에 오물거렸다. 적염을 보니 마음이 다시 다급해졌다.

"전하께선 안에 계시느냐."

"웬걸요. 어인 일인지 어젯밤 황급히 나가셔서, 이 녀석이 새벽부터 이리 대기 중입니다."

다급한 처지에 한담을 더 나누긴 힘들었다. 아령은 화구에서 타다 만 나무토막을 꺼내 들고 남은 눈물을 훔치는 후식의 손에서 수건을 빼앗아 펼쳤다.

「장모균. 군대. 용천. 금일 시급.」

숯으로 빠르게 적은 후 접어 그에게 쥐여 주었다.

"전하께 전해. 아무에게나 전하면 큰일 난다. 적염은 내가 그리로 훔쳐 갔다 전하고."

후식이 당황했으나 아령은 적염에 훌쩍 뛰어올랐다.

"예에? 훔……치시다뇨."

적염이 우아하게 마당을 한 바퀴 돌 동안 아령은 호위들의 투구와 갑옷을 하나씩 걸치곤 진왕부의 주작기를 뽑아 들었다.

"미안하구나. 지금은 급하니 다시 또 보자."

"저를 보러…… 보러 꼭 또 와 주셔야 합니다!"

"그래."

아령은 곧장 남문으로 내달렸다. 믿든 안 믿든 륜이 직접 와 주어야 했다. 나는 못 믿더라도 나를 구하려는 안 와도, 적염을 구하려는 오겠지. 그리 생각하니 마음이 아릿하게 아팠다.

주작기와 진왕부 사람의 차림은 만능 통행증에 가까웠다. 사람이 몰리는 성문 앞에서도 양쪽으로 길이 갈리며 다들 예를 취했다. 민심을 피부로 느꼈다. 태자의 기를 든 자들에겐 말을 듣는 척하면서도 왠지 비협조적이다. 밤새 아령을 쫓던 자들이 곳곳에 눈에 띄었으나 애먼 사람들만 훑는다.

성문을 어찌 통과해야 하나 가슴 두근거릴 때 진왕부의 깃발을 든 몇이 수신호한 뒤 황급히 속도조차 줄이지 않고 그대로 내달리는 걸 보았다. 아령은 얼른 뒤에서 꼬리를 물어 따라 뛰었다. 마치 한 몸처럼 성을 통과하곤 부드럽게 꼬리를 늘어뜨리며 궤적을 달리했다.

걱정과 달리 용천 마을은 조용했다. 문청의 처는 갑자기 말과 갑옷을 입은 자가 나타나자 크게 경계했으나, 투구를 벗고 아령이 땀에 젖은 머리칼을 말리자 본체만체 자기 일을 했다.

"바깥양반은 집에 계십니까. 어디로 피했습니까."

어쩌 아무 일도 없는 눈치다. 섣부른 판단을 한 게 아닐까 등이 저릿해질 만큼.

"굶어 죽나 칼 맞아 죽나."

멀리 도망치지 못한 건 땅에 매달려 사는 사람의 숙명인 것 같았다. 내색은 못 해도 여인의 눈빛에선 아령에 대한 미안함과 고마움이 교차했다.

"그럼 지금 어딨습니까."

"아, 제 형 목 내걸고 간신히 산목숨, 왜 또 죽이려 드오? 우린 아무 말도 해 줄 게 없어요."

한쪽에선 꼬마가 경계하는 눈빛으로 아령에게 다가왔다. 아령은 아이를 슬쩍 보며 여인에게 말했다.

"지금 한시가 급하니 나 좀 만나게 해 줘요. 바깥양반이 위험해요."

아령의 표정에 진실이 비치자, 여인은 여전히 경계하면서도 주춤거렸다.

"숨, 숨어 있으니 물, 물어볼게요, 그럼. 따라오지 마시우."

"그러지 말고 나와 같이 가요. 한시가 급하다니까요."

"자꾸 그리 다그치면 나도 한 발짝도 못 움직여요."

아령은 할 수 없이 적염을 울타리에 매고 평상에 걸터앉았다. 실랑이할 시간이 아깝기도 했고, 정말로 아무 일이 없나 싶기도 했다. 그렇더라도 재촉했다.

"서둘러요."

여인은 빠르게 뒤꼍으로 내달렸다.

하긴. 나라도 이런 곳은 떠나기 싫겠다. 산줄기를 따라 초지가 넓게 펼쳐진 앞으로 마을 전경이 포근하고도 아담했다. 운치 있고 멋스러운 백운궁이 귀족적이고 향락적이라면, 이곳은 서민적이면서도 고향 같다. 산세가 험한 만큼 경치도 아름다웠다.

아이가 슬그머니 눈치를 보며 아령 곁을 맴돌았다. 아령은 설핏 웃어 주었다. 나이를 물어봤던 게 생각난다.

"이름은 가르쳐 줄래?"

까만 콩 같은 눈이 여전히 맑고 예뻤다.

"쳇, 소슬이다."

아이가 쭈뼛거리며 덧붙였다.

"다섯 살이야."

전과 달리 꽤 무안해하면서도 경계하지 않는 태도를 보니, 부모에게 무슨 말을 들은 것 같았다. 아령은 애써 캐묻지 않았다. 아이는 아령

옆에 앉아 다리를 달랑대며 발을 흔들어 댔다. 갑옷을 유심히 보며 칼집에 손을 뻗었다.

"그건 만지면 안 된다. 눈으로만 봐야 해."

아이다운 호기심이랄까. 딱 한숨을 돌릴 만큼의 짧은 휴식이었다.

아령의 꼬리에도 꼬리가 달린 모양이었다. 말발굽 소리에 경계하며 집 밖을 내다보자, 익비와 수하 몇이 가까워지고 있었다. 륜은 없다. 딱 말만 찾으러 올 만큼의 수하.

"소저, 소저!"

옅은 배신감에 마음 다치지 않으려 애쓸 때 곧 여인이 소리를 지르며 바삐 뛰어왔다. 머리가 풀어 헤쳐지는지도 모르고 뛰는 다급한 표정에 아령은 얼른 몸을 일으켰다.

"그이가 잡혀갔어요. 칼 든 놈들이…… 칼 든 놈들이 그이를 데려갔어요!"

"저들입니까."

익비가 다다르는 걸 가리키며 묻자, 여인은 그를 알아보며 고개를 내저었다.

"저들은 저희를 해치지 않아요. 그이를 데려간 자들은 붉은 옷을 입었어요."

"예?"

저릿한 기시감이 들었다.

"어디로 갔습니까?"

아령은 여인에게서 설명을 듣곤 적염에 올랐다.

"소저! 어찌 이런 데로 오십니까. 밤새 그리 찾아 헤맸는데, 진왕부로 가시지 않고요."

익비는 어제 헤어진 그대로의 차림이었다.

"미안하지만 적염은 나중에 돌려드리죠."

"예? 이 녀석은 웬일로 여기 와 있답니까."

무언가 이해가 가지 않았지만 아령은 그런 데 신경 쓸 틈이 없었다.

"문청이 장모균의 수하에게 잡혀갔습니다. 저리로 내려가는 길은 하나뿐입니다. 수가 모자라도 함께 가 보지요."

아령이 움직이려 하자, 익비는 시급함을 알아채고도 아령을 가로막았다.

"소저는 여기 계시지요. 저희들이 가겠습니다."

"차라리 지원군을 불러 주십시오."

적염이 아령을 태운 채 바람처럼 달리자, 익비가 산기슭을 향해 긴 휘파람을 불었다.

고개를 다 넘기도 전에 챙챙거리는 칼 소리와 고함이 들렸다. 곧 넓은 공터가 나타나며 현장이 눈에 들어왔다. 포승에 묶인 문청이 도망을 치려던 모양이었다. 말을 탄 이십여 명이 문청을 그야말로 사냥하고 있었다.

문청은 광기 가득한 눈으로 칼을 두 개나 빼앗아 양손에 휘두르며 싸웠다. 힘은 좋지만 투박한 움직임. 그러나 말 탄 자들은 교대로 치고 빠지길 계속하여 그는 지쳐 갔다. 칼을 꽉 잡은 문청의 눈에선 살겠다는 의지가 점점 사라졌다.

그의 오른팔이 적의 칼날에 휘청, 밖으로 휘둘렸다. 그러나 긴 말 울음소리와 함께 아령이 시야에 들어오자, 그의 눈에선 희망이 되살아났다.

아령은 전쟁의 여신처럼 몸을 날려 그대로 문청 앞의 적을 베어 냈다. 갑자기 등에 칼을 맞은 자가 "으악!" 비명을 외치며 말에서 떨어졌다.

여유 넘치던 홍적들의 눈빛이 달라졌다. 순간, 뒤쪽의 익비와 교위가 가시 달린 긴 쇠사슬의 양 끝을 한쪽씩 잡아 들고 바닥에서 한 자(30cm)

위를 가차 없이 훑었다. 아령은 재빨리 문청의 겨드랑이를 잡아 적염 위로 끌어 올렸다. 동시에 옆으로 피해 빠졌다.

왼쪽 어깨의 힘만으로 대롱대롱 매달렸던 문청은 "으엉차!" 기합과 함께 적염 위에 올랐다. 그새 바닥을 쓸고 뛰어든 가시 쇠사슬에 적들의 말 다리는 이리저리 뒤엉켰다. 적의 말들은 쓰러지고, 적들은 발버둥 치는 말 위에서 굴러떨어지고 난리였다.

그 틈에 아령은 주인을 잃고 정신을 못 차리는 말 위로 얼른 몸을 날렸다. 그러곤 칼 등으로 가볍게 엉덩이를 쳐 적염을 달리게 했다.

"꼭 살아남아요!"

문청은 고맙다는 눈빛을 보내곤 정신없이 말을 달렸다. 아령은 얼른 익비를 찾아 소리쳤다.

"따라가 호위해요!"

몸을 가눌 수 있게 된 자들 중 둘은 벌써 말 위에 올라타 문청을 따르고 있었다. 익비는 바닥에서 일어나 창을 찔러 오는 적을 베어 내며 굳건히 외쳤다.

"안 됩니다. 제가 호위해야 하는 건 소저입니다."

"그가 죽으면 진왕께서 위험해져요. 호위장님은 누구의 호위죠?"

익비의 낯에 당황한 기색이 역력했다. 아령은 자신에게 덤벼 오는 홍적 하나를 베어 내며 소리쳤다.

"내 몸은 내가 지켜요. 빨리 가요!"

날랜 몸으로 창끝을 피하고 내려쳐 창대를 잘라 내는 아령을 보곤, 익비는 잠시 망설이다 곧 문청을 따랐다. 반은 문청을 따라가게 놓쳤지만, 반은 아령과 남은 교위가 간신히 막아 내고 있었다. 그때 바닥에 쓰러졌던 홍적 하나가 정신을 차리고 벌떡 일어나 신호탄을 길게 쏘았다.

타타탕, 붉은 폭죽이 공중에서 어지러이 터졌다. 아령은 정신이 번쩍 들며 무서운 기시감을 느꼈다.

그러나 떠오르는 무엇을 추스를 새도 없이 곧 땅이 울렸다. 수많은 말 떼가 움직일 때 나는 소리. 천둥과도 같은 저 붉은 땅의 진동을 느껴 본 일이 있었다. 소름이 오소소 돋으며 눈앞에 남은 둘을 해치우곤 몸을 돌려 도망치려는데, 엄청난 함성과 함께 몸이 막혔다.

수백의 붉은 떼가 들개처럼 빠르게 몰려들었다.

그들은 반으로 갈려 한 패는 문청을 따랐고, 한 패는 아령과 교위를 쫓았다. 이젠 아령이 사냥당할 처지. 게다 망할 놈의 땅의 진동은 아직도 여전했다. 두두두두, 우레가 치듯 턱이 떨리도록 땅이 울렸다. 적어도 말 탄 자들이 수백은 더 오고 있다는 뜻.

교위의 눈빛에 공포가 감돌자, 아령은 그를 보며 오히려 여유 있게 웃어 보였다.

"검사님, 이름이 뭡니까?"

"예, 예? 지, 진용입니다."

"진용, 말을 버리고 좁고 험한 데로 도망쳐요. 한꺼번에 공격당하지만 않으면 살 수 있습니다. 우리 또 살아서 봅시다."

그의 낯에 곧 부끄러운 기운이 돌았다.

"곧 지원군이 올 것입니다. 조금만 버티십시오!"

동시에 둘은 헤어졌다. 아령은 말을 재촉하여 길을 조금 달리다 곧 뛰어내렸다. 그리고 언덕 아래로 정신없이 굴러떨어졌다. 경사가 가팔라 말이 달리기 힘든 곳. 일제히 말에서 내려선 홍적들 수십도 그녀를 쫓아 산기슭을 미끄러지고 있었다.

아령은 빨랐지만 많이 지쳐 있었다. 쌩쌩한 적들은 금세 아령을 따라잡았다. 서너 명이 한꺼번에 달려들었다. 정신없이 베고 뛰며, 찌르곤 또 달렸다. 절대로 넓은 곳으로 내몰리지 않으려 안간힘을 썼지만 저쪽은 훈련된 군사들이다.

231

"휘익!" 날카로운 휘파람에 일사불란 움직이고, "피이, 핏!" 호각 소리에 일시에 흩어졌다. 포위망이 넓혀지고 좁혀졌다. 일시에 우로 쫓기고 뒤로 밀렸다. 소름이 쫙 끼친다.

토끼몰이를 당하는 것. 아령은 곧 꼼꼼히 포위되었다.

그때 아령을 알아본 누군가가 기겁을 했다. 제길.

"그, 그년이다!"

그가 뿔피리를 꺼내 불자, "푸, 푸부웅!" 하는 신호음이 길게 공기를 갈랐다. 흩어져 다른 곳을 찾던 군사들이 추격을 멈추고 아령 쪽으로 쏟아져 들어왔다. 몰려드는 떼에게 한 발 한 발 몰렸다.

이젠 끝인가! 늘 죽음을 각오했으나 지금인 것 같다. 온몸에 기운이 죽 빠지며 칼을 걷어 내는 팔이 무거워졌다.

뒷덜미가 저릿해지며 칼을 맞길 각오할 때 홍적들이 좌우로 쫙 갈라졌다. 피갑에 화려한 두를 쓰고 건들건들 고고하게 말을 타고 오는 것이 대장인 것 같다.

계집처럼 몸이 가늘고 어깨가 좁다. 각진 이마, 기다란 얼굴, 가늘고 높은 코, 뾰족한 턱!

가슴이 저릿하며 두려움이 앞섰다. 턱이 덜덜 떨리도록 두려운데! 그러나 기억은 날 듯 말 듯 어지럽기만 했다.

하지만 그가 가까이 다가올수록 확연히 생각나는 얼굴이 있었다. 태자.

소름 끼치도록 닮았다. 그렇다면 그는 황후의 오라비라는 장모균?

"으흐흐흐. 이거, 꿩 먹고 알 먹기로구나. 밤새 찾던 계집이 여기 있다니."

분명 사내였으나 목소리조차 가늘고 계집 같았다. 저런 건 태자와 또 다르다.

아령은 당황해 주위를 둘러보았다. 토끼몰이는 야트막한 공터에서 끝나 있었다. 사방이 붉은 옷을 입은 홍적의 무리. 퇴로마저 꼼꼼히 막힌 나지막한 절벽이 가장 안전해 보일 정도다.

장모균은 쭉 째진 눈으로 아령을 노려보았다. 그 눈알이 꽤 작아 그와 눈을 마주치자 심장이 턱, 내려앉는다. 그는 조그만 눈알로 아령을 즐겁게 내려다보았다.

"또 죽으려고, 응?"

또? 또…… 죽으려고?

그가 칼을 뽑자 스릉, 금속성의 날이 집을 빠져나왔다. 그러나 그 끝을 보니 가슴이 저릿했다. 뱀의 혀처럼 두 겹으로 싸악 벌어져 있다. 탁미도!

동시에 텅, 하고 어깨에 맞던 둔중한 통증이 느껴졌다. 그러나 아픔은 이제부터가 시작이다. 불로 지지듯 쌔액, 빼낼 때 상처를 더 깊게 벌리며 빠져나간다. '아아, 아아악!' 자신의 옛 비명이 귓가에 울리는 것 같았다.

"꽤 재미있는 칼이라 베던 맛을 잊을 수가 없어서 말이야."

동시에 기억났다. 저 얼굴도 저 목소리도!

작은 눈알이 좁은 흰자위를 데구루루 구르며 웃는다.

그때였다. 쌔액, 귀를 찢는 소리와 함께 적시가 날아와 그가 쓴 투구 장식에 맞았다. 타앙! 하며 자신의 머리에 화살이 계집의 비녀처럼 매달리자, 그가 분노하며 뒤를 돌아보았다.

죽음을 각오했던 아령은 두근두근, 심장이 뛰기 시작했다. 무장한 검은 갑옷의 군사들이 사방에서 한꺼번에 저벅저벅 걸어오고 있었다. 그 속도가 매우 빨라 한꺼번에 툭툭 다가오는 환시 같다. 순식간에 홍적을 에워싼 그들이 멈추어 섰다.

동시에 "하!" 창으로 한꺼번에 땅을 '쿵!' 울리며 수백의 병사가 기합을 질렀다. 모두들 그 기세에 압도당했다. 아령은 저도 모르게 그들

속을 훑었다. 한쪽이 갈라지며 키 큰 수장이 눈에 띄었다. 륜이었다.

"이 무슨 짓이오?"

장모균이 식은땀을 흘리며 항의했다. 륜은 위협적으로 내려다보며 웃었다.

"내가 할 말입니다. 이 와국에 내가 모르는 군대라니요. 황상께서 어사대의 무장을 해제하신 지가 언제인데요!"

장모균은 이를 악물며 륜을 바라보았다. 그러나 곧 능글맞게 웃었다.

"모으다 보니 수가 좀 많아졌을 뿐, 장가의 호위입니다만. 내 집 노비가 도망쳤소."

"장 공은 명가의 여인을 노비로 두었습니까."

"무슨 소리. 명아령은 7년 전 죽지 않았소? 저 아이는 내 집 노비라오. 아무리 금의위라도 황후가의 재산을 빼앗으려는 건 '월권' 아니오?"

놀랍게도 륜은 더 이상 반박하지 못했다. 대신 그의 수하들은 칼을 꺼낼 채비를 하며 주군의 손끝만을 바라봤다. 충돌은 불가피.

아령은 륜과 눈을 마주쳤다. 그는 자신을 구할 계산만을 하고 있었다. 처음 보는 그의 번들거리는 눈빛. 그 무섭도록 뜨거운 눈빛이 가슴을 아프게 후벼 팠다. 이유는 몰라도 알 수 있다. 륜은 자신을 구하는 데만 집중하고 있었다.

기뻤다. 꽉 맺힌 것이 풀리듯 가슴이 아려 왔다. 그러나 마음만으로 족하다.

월권. 그는 이 책임을 모면할 수 없으니.

아령은 식은땀을 흘리며 주위를 둘러보았다.

어렵다. 아니, 거의 방법이 없다.

륜의 금의위가 홍적을 포위했대도 아령 또한 홍적에게 포위되었다.

누구의 칼이라도 뽑히는 순간이, 백병전의 신호탄.

그러나 장모균이 절대 유리하다. 아령이 인질이 되면 끝나는 싸움이니.

'가만있어라.'

그는 눈짓했다. 륜의 눈이 두렵도록 빛났다. 아령은 순간적으로 그의 의도를 읽었다.

그가 장모균에게 칼을 겨누면 홍적은 륜에게 쏠린다. 그러면 순간적으로 반대편 포위망은 얇아질 것. 그의 수하 몇이 아령을 향해 길게 움직이고 있었다.

그러나 장모균의 목에 직접 칼을 들이대면 륜은 모든 걸 잃고…….

머리가 들끓는다.

순간적 판단이 절실했다. 아령은 딱 하나에만 집중했다. 사로잡히면 끝이다!

그때 륜이 돌진하며 붉은 물결 속으로 자신을 내던졌다. 홍적들이 륜을 막아 내려 움직이자, 상대적으로 반대편 포위망이 얇아졌다. 륜이 장모균에게 다다르기 직전. 아령은 그 짧은 순간을 놓치지 않았다.

"야압!"

새가 날아오르듯 아령은 공중으로 도약하며 칼을 들었다. 호선무를 추던 그 아름다운 나비는 매서운 벌새가 되어 칼날을 내리쳤다.

등 뒤만 믿던 홍적은 갑자기 떨어지는 칼날에 움츠렸다. 그 좁은 틈이 벌어질 때 아령은 그 뒷놈의 어깨를 퍽 내리쳤다. "아악!" 겁에 질린 비명과 함께 순식간에 포위망이 열렸다. 동시에 휘익, 하는 륜의 휘파람 소리.

아령이 안에서 벌린 틈을, 검은 갑옷들이 밖에서 벌렸다. 붉은 떼와 검은 떼의 원형 경계가 무너지며 말발굽 모양으로 한곳부터 검붉게 뒤섞여 나갔다.

챙, 챙! 무서운 쇳소리와 함께 칼날과 창날이 서로를 맞받았다. 그러나 그런 것들은 아령의 귀에 들어오지 않았다. 아령은 무조건 절벽 쪽으로 뛰었다.

"죽여도 좋다! 놓치지 말아라!"

아우성 속에서 장모균의 날카로운 음성이 허공을 뚫었다.

"저년의 몸뚱이 한 토막이라도 가져오는 자에게 모두 금 열 냥씩을 내릴 것이다!"

소름이 짝 끼쳤다. 저 명의 의미를 안다. 저들은 아령을 난도질하여 나누어 가지려 들 것이다. 붉은 떼가 목숨을 걸고 뛰어와 살을 먹였다.

쌔액, 날아드는 살을 하나 막아 쳤다. 화살을 먹인 자가 칼에 베였지만, 곧 붉은 자 둘이 뛰어 들어와 검은 자들을 헤치며 아령을 향해 창을 날렸다.

간발의 차로 막곤 아래를 내려다보았다.

십여 장 높이. 폭포수 아래 떨어지는 물결이 바글바글 끓었다. 포위망을 뚫은 홍적의 무리는 또 달려온다. 칼날이 번들거리는 가운데 륜이 아령에게 닿으려 애쓰고 있었다.

그의 칼날에 무참히 베어지는 홍적의 무리들.

월권. 내 집의 계집 노비.

아령은 더 고민하지 않고 몸을 날렸다.

'퍼엉!'

륜에게 몸을 맡길 수 없었다. 적들에게 사로잡힐 수도 없었다.

"아압! 우우우웁."

온몸이 찢어지는 통증에 신음을 뱉었으나 물속이었다.

게다 낭패였다. 생각보다 너무 아파 손의 칼을 놓쳐 버린 것이다.

그러나 되찾을 틈은 없었다. 퍼엉! 퍼엉! 퍼엉! 물속으로 따라 뛰어드는 적들이 느껴졌다. 이를 악물며 공기를 아끼곤 빠르게 물살을 따라 내려갔다. 동시에 쐐액, 쐐액, 하는 활들도 수면 아래로 무섭게 내려왔다.

홍적 중 하나가 멱을 따기 위해 목을 감아 왔다. "우으으……." 간신히 아껴 둔 폐 속 공기를 다 소진하고, "흐하!" 몸을 뒤집어 공기를 들이켰다. 동시에 놈의 양계혈을 짚어 칼을 놓게 했다.

그러나 '쐐액!' 하는 살이 뺨을 스치며 놈에게 맞았다. 화살은 비처럼 쏟아졌다. 제 동료들이 맞든 말든, 적들은 무자비하게 활을 쏘았다. 아령은 재빨리 자신의 멱을 따려던 홍적의 몸을 잡아채, 쏟아지는 활을 막아 냈다. "으윽!" 아직 숨이 붙어 몸부림치며 죽어 가는 자를 머리 위로 이고 물속으로 잠수했다.

동시에, 또 하나의 홍적이 다리를 콱 잡았다. 발을 놀리며 잡아 빼려 했지만 제대로 훈련된 사내의 힘을 이기는 건 무리다. 잡힌 발을 빼는 데만 전력을 다할 때 "으험!" 공기를 다시 들이켰다. 머리채가 쥐어져 물 밖으로 질질 끌려 나가고 있었다. 발을 잡은 자와 머리채를 쥔 자가 함께 잡은 먹잇감을 반으로 나누려 아령을 들고 날랐다.

턱, 하고 땅에 놓였다. 바위가 허리께 어디를 둔탁하게 찍었지만 아픔을 느낄 틈도 없었다. 허헉, 허헉, 하는 놈의 입김이 코에 스쳤다. 스릉, 하며 칼날이 놈의 허리춤에서 나오고 단도가 목 위로 내려앉았다. 놈의 양계혈을 쥐었지만 소용없었다. 다리를 쥐었던 놈이 배 위로 올라타며 양 손목을 거머쥐곤 팔을 벌렸다. 그때였다.

"으억!" 외마디 외침과 함께 검은 그림자가 머리 위를 덮었다. 쿵쿵, 그제야 가슴이 무섭게 뛰며 반가운 얼굴이 눈에 들었다. 륜이었다. 허리 위로 올라탄 자는 순식간에 목을 따였으나, 이미 목 위로 칼날을 내려놓은 놈이 문제였다. 놈은 겁에 잔뜩 질려 아령의 목을 겨눈 칼날을 더욱 바싹 조였다.

"카, 칼을 버리고 물러나라! 이년의 멱을 딸 것이다."

륜이 어찌할 틈이 없었다. 륜에겐 애초부터 기회가 없었다. 칼날은 이미 아령의 활맥을 그을 준비를 마쳤다.

"칼끝이 스치기만 해도, 넌 조각조각 나뉘어 물고기 밥이 될 것이다."

륜의 음성은 지엄했으나 두려움이 가득했다. 그러나 칼을 겨눈 홍적의 눈에는 그것이 없었다.

"내 몫의 황금은 내 가족에게 지급될 것이다. 난 그것으로 족하다!"

순간, 아령은 륜의 눈에 무겁게 내려앉는 공포를 느꼈다. 아령은 고개를 저었지만 륜은 제 칼을 바닥에 버렸다. 터럭, 하며 칼날이 땅으로 떨어졌다. 그가 애써 진정하며 간절한 눈빛으로 말했다.

"네가 칼을 겨눈 여인은 내 혼약녀다. 잘 생각해 보아라. 황금은 내가 더 줄 수 있다."

칼끝에 동요가 있었으나 그 끝은 더욱 바싹 죄어들었다. 떨리는 목소리가 말을 뱉었다.

"내가 전, 전하의 황금을 받는다면 내 가족들은 황천길이요."

순간, 륜의 눈빛에 광포한 노여움이 휘몰아쳤다.

"그럼 난 네 가족들을 무사히 놓아둘 줄 아느냐."

순간, 아령은 놈의 칼끝에서 두려움을 읽었다. 재빨리 양계혈을 쥐었다. "으윽!" 하며 놈이 칼끝을 부들부들 떨 때 륜이 놈의 어깨를 쥐어 잡았다.

낭패감과 울화가 섞인 억울한 표정의 놈이 아령을 바라보았다. 동시에 무언가가 목 언저리를 스치는 뜨듯한 기운.

"안 돼!"

동시에 륜은 외마디 비명을 질렀다. 몸을 빼냈으나 동시에 어질, 하며 정신이 아득해져 왔다. 아령을 겨누던 놈은 순식간에 단도를 빼앗기고 자신의 칼로 베어지고 있었다.

"으윽!"

쿵, 머리가 어딘가에 짓찧어졌다. 세상이 이질적으로 느리게, 더 느리게 돌아갔다. 썩, 하며 사방의 모든 소음이 사라지고 시야가 좁아져 들어갔다.

아득히 떨어지는 몸의 느낌. 둔중한 충격을 각오했으나 바닥으로 곤두박질치는 몸뚱이를 그가 달려와 받아 들었다. 양팔로 뜨겁게 감싸는 그의 눈에서 눈물이 떨어진다.

그가 운다. 그는 왜 울까.

그의 품이 포근했다. 그리고 믿음직했다. 나는 애초부터 이 품에 이리 안기고 싶었던 건가.

그래서 매일 담을 넘어 그를 찾아가고, 그를 불러들이기 위해 또 담을 넘었을까.

세상에 믿을 무언가가 생긴 느낌. 내 편같이. 너무 좋다.

혼약녀. 그가 혼약녀라 불러 주었는데.

"흐흐홋."

그 허튼소리에 웃음이 났다. 딱 한 번이었지만 정말 좋았다.

"……아!"

그는 외마디 비명처럼 그녀를 다급히 불렀다. 눈물이 가득 고인 그의 눈을 보니 함께 울어 주고 싶다.

그는 날 무어라 불렀을까. 내 이름을 불러 줬을까.

그것이 무어 그리 궁금하다고.

아령은 까맣게 의식을 잃었다.

10. 옛 기억을 되찾으니

　륜은 처음부터 꼬마 계집이 참 싫었다. 그건 인연이 아니라 실수 때문에 엮인 올가미였다. 그 이름은 혼약.

　누구나처럼 일곱 살 사내아이에겐 모든 관심과 호기심이 곧 장난으로 이어진다. 양씨 부인은 곱고 아름다웠다. 귀비께서 우아하고도 화려한 홍매화라면 양씨 부인은 수수하면서 은은한 목련화였다. 몸이 약했지만 그 성정은 강인하고 대찬.

　추위를 많이 타는 그녀는 그날따라 새빨간 호식(胡式) 멱(羃)을 두르고 있었는데, 그 짜임이 본 적 없이 신기했다. 부황도 모후도 명공(명귀춘)과 양씨 부인까지 모두 끝없는 이야기 중이었다. 매일 하는 그 재미없는 이야기를 하고, 또 하고.

　륜은 멱 끝에 실밥이 하나 튀어나온 걸 쥐어 잡았다. 도르르, 풀리는 그 끝이 재미있었다.

　"우흐흐!"

웃으며 기다란 실을 죽 잡아 뺐다. 실 끝은 계속 풀렸다. 풀면 풀수록 옷이 줄어든다.

"어머나, 황자마마!"

들켰을 땐 일을 좀 친 뒤였다. 실밥을 너무나 많이 빼내어 '내가 안 그랬다!' 변명을 할 수 없게 되어 있었다. 그 긴 실 끝을 잡고 도망치다가 결국 나인에게 잡혔다. 부황께서 크게 역정을 내셨다.

"너는! 어찌 나이를 그리 먹어서도 이런 아이 같은 장난이냐!"

"폐하, 겨우 연치 일곱이옵니다."

"내가 네 나이 땐 동몽선습, 격몽요결을 익혔느니라! 태자도 그쯤은 하는데, 어찌 너만 이리 모자라? 나중에 뭐가 되려고 이리 심기를 어지럽히느냐! 황족의 골칫거리가 되려느냐!"

아주 작은 장난에 너무 크게 역정을 내시는 부황께, 모후께서도 고개를 들지 못하셨다. 당시 륜은 좀 늦된 편이라, 한 번의 못마땅함이 두 번의 역정으로, 세 번의 분노로 이어졌었다. 부황은 륜만 보면 늘 잡아먹을 것처럼 대로하셨다. 아마도 아들 중 가장 자신을 빼닮았으니 더 잘해야 마땅하다 여기셨던 것 같다.

모두들 입을 닫았다. 부황께 늘 싫은 소리를 겁 없이 잘하던 명공조차 숨을 고를 때 홀로 용감하게 나선 게 양 씨였다. 양 씨는 방긋 웃으며 그 번득이는 노여움에 맞섰다.

"참, 신기하지 않습니까. 꼭 정혼점에 나오는 월하노인의 이야기 같습니다."

생뚱맞은 이야기에 부황의 노여움이 잠시 딴 데 쏠렸다.

"길고 긴 붉은 실을 따라 저와 이리 엮였으니, 전하의 영민함이 실로 황상의 아드님답습니다."

장난을 칭찬으로 무마하는 대찬 기지였다.

남녀의 결혼 인연을 잇는다는 붉은 실. 사람들은 속설이라 비웃으면서도 이런 이야기엔 마음 흔들린다. 그것은 황제도 마찬가지.

"공의 처가 아이라도 가진 것이오?"

부황이 피식 웃을 때, 명공은 달갑잖은 표정을 감췄다.

"이제 겨우 입덧이 가라앉았습니다."

"오오, 정말? 이거 축하할 일 아니오?"

"마마, 양씨 부인의 몸에서 어떤 기운이라도 읽으신 겁니까."

모후의 부추김에 어린애 장난은 신기로까지 포장되었다. 부황은 흡족하게 웃었다.

"과연 천자의 아들이라 상서로운 기운까지 읽는가, 하하하!"

모후에겐 명공과 같이 든든한 사돈이 절실했다. 명공에게 모후는 버거운 짐이었을 테지만.

"첫아이니, 양씨 부인이 아들을 낳는 것이 옳겠지만 딸이어도 좋겠습니다. 사돈을 맺으면 얼마나 좋습니까."

"아니, 륜이 하는 양을 보니 딸이다. 륜아, 예쁜 계집아이더냐?"

부황은 륜을 보며 기쁘게 웃었다. 지은 죄가 있던지라 륜은 입을 꼭 닫았다. 사내아이였으면 좋겠다 생각했다.

"7년 전, 귀비를 구한 뒤로 양 씨가 태기가 없어 못내 미안했는데, 이참에 딸을 낳으면 어찌 우연이라 하겠소? 그러면 내 며느리로 삼아야지!"

모두들 이 일을 너무나 즐거워했다. 7년 전 부인은 태아와 어미를 구했다. 일곱 살 황자는 자신을 구한 부인의 배 속 아이를 단번에 알아보았다. 둘은 길고 긴 붉은 실로 이어졌다. 어찌 이보다 더 상서로울까.

"황은이 망극하옵니다."

웃는 얼굴 속 당황을 감춘 것은 명귀춘 하나였다. 부황은 특히 더 신이 났다.

"내 당장 증표를 주지."

그 배 속 아이가 아들이길 바란 것은 명귀춘도 그랬을 것이다. 그 누가 황위를 물려받지도 못할 황제의 아들에게 간신히 얻은 첫딸을 주고 싶겠는가. 태자가 황상이 된 뒤 운 좋으면 번왕으로 시골에 숨죽여 살고, 운 나쁘면 딸은 과부가 되거나 함께 황천길을 갈 터이다.

흠잡을 데 없이 올곧게만 살아온 명공의 이마에 땀이 흘렀었다. 붉은 실을 꼭 쥐고 있던 륜의 손에서도.

그리고 결국, 그 배 속 아이는 계집애가 되어 세상에 나왔다.

처음 볼 때만큼은 좀 예뻤던 것 같다. 달큼한 젖 냄새가 고소했고, 새카만 눈이 예쁘게 빛났다. 말캉하게 접힌 손과 팔이 너무 작아 저도 모르게 손안에 넣고 팔을 주물럭댔다.

"마마! 그리 막 만지시면 안 됩니다."

모후께서 말리셨으나 손이 가는 걸 어쩌지 못했다. 손바닥이 아리도록 만지는 느낌이 좋았다. 심장이 쿵쿵 울리며 오줌이 마렵도록 예뻐서 숨도 잘 쉬어지지 않았다.

"괜찮습니다. 한번 안아 보시겠습니까."

"조심하셔야 합니다."

모후께서 걱정하시는 것과 달리 오히려 양 씨는 륜에게 령아를 찬찬히 안아 보게 했다. 품 안에 들어오는 아주 자그마한 것이 너무나 소중해, 떨어뜨리지 않으려 정말 정신을 바짝 차렸다. 그리고 그 포근하고 소중한 느낌 뒤엔,

"으으으, 오줌을! 이것이 나한테 오줌을 쌌습니다, 아악!"

배은망덕이 있었다. 그랬다, 그 악연은 어딜 가지 않았다.

그래도 가슴이 축축이 젖으면서도 그리 짜증을 내면서도 륜은 아이를 꼭 안고 있었다. 절대로 떨어뜨리지 않으려 정신을 바짝 차렸다.

게다, 꽤 신기한 구경도 기다렸다. 령아의 기저귀를 갈게 된 것. 아이의 옷을 벗겨 내는 양 씨의 익숙한 손끝에 여덟이 된 륜의 관심이 지대했다.

"마마? 가서 옷 갈아입으십시오."

"괜찮습니다. 아직 아이인 것을요."

모후가 말리셨음에도 숨죽이며 계집의 그곳을 보았다. 그리고 경악했다.

"아악! 쟤, 쟤는! 고추가, 고추가 없습니다, 큰일입니다!"

아주 모자란 것이었다. 모후가 부끄러워하며 양 씨에게 변명했다.

"황가의 손이 귀해 발가벗은 여아를 본 일이 없어 그럽니다. 아직 남녀에 관해 가르치지 않았습니다."

그리고 륜에게 덧붙였다.

"마마의 비십니다. 그러지 마십시오."

"예에, 이 모자란 것이 제 비라구요? 싫, 싫습니다. 안 돼요!"

륜이 질색하니 모후가 웃었다. 양 씨도 함께 웃었다.

륜은 데굴데굴 구르며 싫다 울었다.

"아까는 예쁘다면서요?"

"하나도 안 예쁩니다. 저 오줌싸개랑 무슨 혼인입니까!"

울며불며 칠색 팔색 했지만 소용없었다. 그 질긴 올가미는 끊임없이 이어졌다.

계집애가 세 살쯤 되었을 땐

"내가 네 비다!"

말도 제대로 못 하는 게 아주 어이없는 소리를 찍찍했다. 짜증이 났다.

"그딴 말 하지 마라!"

주변을 슬그머니 보고, 슬쩍 머리를 콩 쥐어박아 줬다.

"우아앙!"

새카만 눈에 눈물을 가득 담고 코가 새빨개질 정도로 울어 댄다. 어깨를 들썩이며 꺽꺽거리는 게 아파서 우는 게 아니라 분해서 우는 것이다. 겨우 한 대 때려 놓고 대여섯 대를 얻어맞았다. 감히 황자를 패다니!

그러나 주변에선 나인들이 몰려오며 난리들이 났다.

"아이고, 소저. 넘어지셨습니까."

반짝 안아 들며 자초지종을 물으려는 나인들을 물렸다.

"아니, 아니…… 흐아앙!"

"비키거라. 내가 달래겠다."

뭐라 이르면 곤란해지니 하는 수 없이 반짝 업어 달랬다. 못된 습관. 언젠가 한번 업어 줬더니 이젠 륜이 업어 줘야지만 울음을 그친다. 마주 때리면서 울어 댈 땐 언제고 또 이렇게 업자, 하면 울음을 뚝 그치며 가만히 안겨 오니.

가볍고 조그마한 게, 그게 또 밉지가 않다. 평소처럼 업어 달래는데, 종친의 아이들이며 형제들이며 보는 눈이 많다.

"크크크, 쟤가 륜의 비란다."

"마마, 이리해서 장가를 언제 드시렵니까."

형뻘의 아이들이 놀리자 륜의 얼굴이 새빨개졌다. 예뻐하던 걸 들킨 게 짜증 나서 또 바닥에 휙, 내려놓았다. 태자도 가만히 있지 않았다.

"비마마. 저기 황자마마께서 도망가십니다! 빨리 쫓아가셔야지요. 저러다 바람이 나십니다! 깔깔깔깔깔!"

불끈 치솟아 자리를 뜨는데, 도도도 달려와 륜의 바지 자락을 꽉 움켜쥔다.

"그래, 내가 륜의 비다!"

뭐 때문에 놀림을 받는지도 모르고 그저 좋아 흐흐흐. 엊그제까지 침이나 줄줄 흘리던 저걸 아주 멀리 치워 없애 버리고 싶었다. 아이들은 배꼽을 잡고 웃었다.

"청사초롱을 밝히며 성혼하십시오!"

"첫날밤이 아주 근사하겠습니다그려."

뱃속에서 뜨거운 것이 활활 치미는데, 태자는 부채질을 더 했다.

"어쩌느냐. 10년을 기다려 약관이 다 되어도, 넌 장가가긴 틀렸구나. 부황께서도 참 짓궂으시다. 어떻게 배 속 아기와 짝을 지어 주시느냐!"

"하하하!", "깔깔깔!"

웃음에 웃음이 더해졌지만 태자를 패는 짓은 할 수 없었다. 그랬다간 륜이 아니라 모후께서 경을 칠 테니. 그러나 그때! 얼굴을 들이밀며 놀려 대는 태자의 머리채를 령아가 홱, 잡아챘다.

"아아악! 아아악! 이 계집애가!"

두 고사리손이 작은 갈퀴같이 아귀힘이 어찌나 센지, 양손으로 태자의 머리를 끄집으며 대롱대롱 매달렸다. 태자는 그 작은 손아귀를 빼내지 못하고 비명만 질러 댔다.

"아아아아악! 아프다, 아파, 이년이!"

나인들이 사방에서 달려왔다.

"아이고, 이러시면 안 되십니다.", "아기씨! 손 놓으십시오. 큰일 납니다!"

못 알아듣는 척 령아는 의뭉스럽게, 태자의 머리카락을 한 움큼은 뽑아냈다. 속 시원했음은 말할 것 없고, 조금…… 아니 좀 많이 고마웠다.

그러나 저주와도 같은 태자의 놀림은 사실이었다. 장가를 들어도 백번은 들어야 할 열아홉임에도 신부는 겨우 열둘. 게다, 언제 크려는지 또래에 비해 머리 하나는 작다. 그렇담 성질이라도 얌전하든가.

그에 비해 보통의 여인들은 어떠한가. 사방이 궁인들, 눈 닿는 모든 데가 젊은 여인들이다. 한낱 노비들보다도 못난 게 나기도 전부터 비라니.

미웠다. 싫었다. 철없을 때 양씨 부인의 옷자락 한 번 잘못 잡아당겼다가 평생 올가미에 엮이는 횡액을 당했다!

좀 더 크면 양씨 부인을 닮아 목련화 같은 매력이 피어날 거란 기대도 헛된 희망. 령아는 쪼그만 명귀춘이었다.

꼬장꼬장 고집불통 타협을 모르는! 계집이 얼마나 드센지 생각만으로도 울화가 치밀었다.

그날도 제 어미를 따라 느닷없이 입궁했다. 열 번 마주칠 것, 한 번으로 줄이자는 마음으로 열심히 피해 다니는데 후원을 지나다 딱 걸렸다. 궁인 하나가 모후께서 찾으신다며 옷자락을 붙들었다.

열아홉 남짓의 계집이었고 얼굴이 눈에 띄게 고왔다. 심부름을 끝마치고서도 생긋 웃음을 흘리는 교태가 남달랐다. 얼른 뒤돌아 갈 길 가지 않고서 가만히 서 있다. 슬쩍 시선을 주니 몸을 조용히 흔들며 약간 시선을 피한다. 그리고 제가 자신 있는 곳을 보여 준다.

발그레한 뺨, 복사꽃을 등지고 선 가느다란 몸매, 희고 맑은 목덜미. 짙붉은 입술을 달싹인다. 그 교태의 의미를 어찌 모를까. 동정의 사내가 피가 빠르게 돌지 않았다면 거짓.

그렇다고 무얼 했을까. 모후를 모시는 계집에게 돌지 않고서야.

그러나 잠깐 시선 한 번 준 게 빌미가 되었다.

"이런 데서 벌써부터 다른 계집을 보십니까."

갑자기 나타난 령아는 크게 고함치더니 다짜고짜 계집에게 다가가 악을 쓴다.

"넌! 정말 방자하기가 이를 데 없구나. 귀비마마의 총애를 업고, 네가 감히 날 이런 식으로 농락하느냐!"

그 기세가 어찌나 등등한지 눈앞에서 한 대라도 칠 기세였다. 륜은 짜증이 치밀어 계집부터 얼른 치웠다. 령아는 계집의 낯을 보자마자 부들부들 떨며 흥분부터 했다.

"알아들었으니 어서 돌아가거라."

"예, 마마!"

계집이 생긋 웃곤 돌아서니, 령아가 화를 버럭 내며 따지려 들었다.

"넌, 심부름을 하러 온 사람에게 무슨 행패냐."

"심부름만 하러 왔으면 제가 이럽니까."

"얌전히 가만있는 사람에게 소리부터 친 건 너다."

"얌전히 가만있는 사람이요?"

하더니 령아는 화를 참지 못하고 씩씩거리며 숨을 골랐다. 그리고 부들부들 떨며 속을 토해 냈다.

"지금! 누구의 편을 드십니까. 만에 하나, 제가 잘못했다 하더라도 마마는 제 편을 드셔야지요. 마마는 제 혼약자 아니십니까."

"그 혼약을 내가 했더냐."

"그럼 제가 했습니까. 저도 나자마자 일생 듣는 거라곤 온통 마마에 관한 말들뿐입니다. 그리하여 연모하는 마음으로 이렇게 한 번씩 입궁하는 것을, 그 한 번씩이 싫어서 이리 피하십니까."

"……."

"부부는 서로의 편이 되는 것입니다. 마마께 이런 일이 있으면 저는 마마의 편이 되어 드릴 것입니다!"

"부부라니. 성혼도 하기 전부터 무슨 부부더냐?"

"그럼 안 하시렵니까. 황상께서 정하신 혼사인데요?"

"그래, 진짜로 부부가 되면 어떨지 벌써부터 훤하다. 이리 투기가 심한 것을."

"혼인도 전부터 이리 다른 여인부터 보시는 건 배신이 아니고요?"

륜은 변명하지 않았다. 순간, 륜이 령아의 분노에서 본 것은 황후의 눈빛이었다. 령아가 꼭 황후처럼 느껴졌다. 내명부 기강을 다스린단 명목하에 모후를 괴롭히던, 그리고 부황께 계집이 스치기라도 할 때마다 매질하며 고문을 하던 그 모질고 독하고도 뱀과 같은 여인.

오죽하면 황가의 손이 이리 귀할까. 그 황후의 눈이 그날따라 령아의 분노에 겹쳐 보였다. 내내 냉정하려 애쓰던 륜도 흥분을 하고 말았다.

"그래, 내가 아까 그 여인을 첩으로 들이면 너도 매질을 하고 가만두지 않으려느냐."

주춤거리던 령아도 륜을 보며 지지 않고 말했다. 하긴, 어디서 지고 오는 령아라니. 상상조차 가지 않는다.

"예! 저, 저라고 매, 매질을 못 할까 봐서요."

"그래, 넌 할 것이다. 매질도 하고 고문도 하고 죽이기도 하고, 누구처럼! 아이를 떨어뜨리려 혈안이 될 것이다."

"아이요? 하! 먼저 배신을 한 건 마마십니다!"

"그래, 배신! 그리 따지면 나도 배신의 씨앗이다. 넌, 내 모후도 부황의 정비가 아님을 잊었더냐!"

령아의 입이 순간 꽉 다물렸다. 실수를 했다는 표정. 륜은 그 얼굴에 울화를 퍼부어 댔다.

"안되었구나. 이런 배신의 씨앗과 배 속 아기 때부터 정혼이라니! 네 얼굴에선 내 어머니를 매질하고 괴롭히던 황후의 얼굴밖에는 보이지 않는구나. 난 네가 끔찍하다."

"……."

"연모? 하! 그딴 거 하지 말거라. 나는 너와 함께할 내 일생이 가련하다!"

궁에는 얼마나 많은 귀와 입이 있던가. 당연히 그 일은 모후의 귀에도 들어갔다. 귀비께서는 어떻게든 륜의 마음을 돌리려 애쓰셨다.

"궁에 들어와 한 치 앞이 보이지 않을 때 양씨 부인이 얼마나 제 든든한 친우가 되어 주신지 아십니까. 우리 두 모자의 목숨을 구한 것이 전부가 아닙니다. 부황께서 아니 계시면 우릴 돌봐 줄 이가 누구입니까. 명가는 앞으로 마마의 든든한 버팀목이 되어 줄 것입니다."

"그래서 그 어린 계집에게 아첨이라도 하란 것입니까."

어디서 어떻게 들었는지 모후께서는 령아의 편만 드시며, 푸른 옥지환을 손에 꼭 쥐어 주셨다. 부황께서 모후께 마음을 전한 첫 정표. 값이 문제가 아니었다.

"아첨 말고 사과를 하십시오. 저도 부황도 명공도 아니 계실 땐 마마와 령아가 서로의 든든한 뒷배입니다. 의지력 강하고 마음까지 따뜻한 좋은 아이입니다. 게다, 어린 마음이나마 마마를 깊이 은애하기도 하고요."

"그게 싫습니다."

"어머나, 은애하는 게 싫다니 그런 말이 어딨습니까."

잘못 이해하셨으나 입을 닫았다. 그도 싫긴 마찬가지니. 모후의 잔소리는 끝없이 이어졌다. 결국 명공을 만난다는 핑계로 집까지 찾아가 그 반지를 전했다. 얼핏 사과도 한 것 같다.

"싫어도 부모가 정한 연을 어쩌겠느냐. 가져라."

제 집안을 믿고 황위를 얻지 못할 황자의 우스운 처지를 얕보는 아이. 얼마나 자신감이 넘치면 내게 이리 함부로 굴까. 황후 같은 계집.

결국 계집은 그 옥지환을 륜의 가슴팍에 집어 던졌다.

"제겐 맞지도 않습니다. 그리 싫으면 그만두시면 되지요!"

"그럼 버리거라. 그 반지처럼 나도 좀 버려 주었으면 좋겠구나."

부황께서 모후께 내리신 첫 정표를 그리 쉽게 집어 던졌다. 수많은 귀보석 중에서도 귀비가 가장 아끼시는 것이었다.

"예, 버릴 것입니다! 아비께 황상께 죽어도 이딴 혼인은 안 하겠다, 목숨 걸고 말씀드릴 것입니다!"

"고맙구나. 꼭 성공하길 바란다."

그 뒤론 은애니 연모니 하며 쫓아다니는 피곤한 일은 없었다. 열둘의 어린 계집이 여인 행세를 하며 따라붙는 것도 짜증 났지만, 만날 때마다 잡아먹을 듯 씩씩, 노려보는 일도 피곤했다. 제가 아무리 명공과 양 씨에게 혼인을 안 한다고 해 봐야 헛일. 누군 안 해 보았나.

그러나 부황께서 사냥터로 나서신 그날. 결국 더 큰 싸움을 벌이다 보지 말아야 할 걸 본 게 불행의 전조였다. 귀비께서는 조촐한 다과를 베풀어 남편을 사냥터로 보낸 여인들을 초대했다. 륜은 양쪽 자리를 교묘히 피해 어디든 숨어 있을 작정이었다.

그러나 남복을 입은 령아가 궁 주변을 어슬렁거리는 걸 무시할 수 없었다.

"시비도 없이 어딜 가느냐."

"흥!"

아무리 서로 못 잡아먹어 안달이라도, 령아가 버려진 옛 전각으로 홀로 가는 걸 내버려 둘 순 없었다.

"궁으로 돌아가든지. 집으로 가든지. 널 찾느라 다들 난리가 났을 것이다."

"마마는요?"

따박따박 한마디도 지지 않는다. 령아는 빠른 걸음으로 황폐한 곳으로만 발걸음을 계속했다.

"이런 외진 덴 뭐 하러 가느냐."

"나인, 곡 씨가 이리 나다니는 걸 보았습니다."

"그러거나 말거나. 거길 왜?"

곡 씨는 황후의 그림자 같은 사람이다.

"좀 엿보기라도 하려고요. 절더러 하도 황후 같다시니."

"말이 되는 소릴 해라. 황후는 육궁에 계신다."

버려진 전각엔 당연히 인기척이 없다. 귀신이 나올 것 같은 을씨년스러운 분위기. 숨이 턱 막힐 만큼 두려움에도 령아는 지체하지 않고 전각 뒤로 미끄러져 들어갔다.

"돌아가자."

아니, 실제로 귀신이 울고 있는 것 같기도 했다.

"쉿! 무슨 소리가 납니다."

처음엔 황후가 또 애먼 궁녀를 잡도리하는가 싶었다. 그러나 잡도리라기엔 "아흑!" 신음이 야릇했고, "아아, 하!" 아무래도 해선 안 될 짓을 하는 게 분명했다. 황궁엔 계집들만 바글대니, 규칙에 어긋난 교분을 쌓는 일일 수도. 괜한 일을 알고 싶지 않아 륜은 눈을 감으려 했다.

륜이 령아를 데리고 나오는 데만 신경 쓸 때 령아는 찢긴 지창의 틈으로 전각 안을 들여다보려 했다. 그러나 륜의 눈이 더 빨랐다.

륜은 령아의 눈을 얼른 가렸다. 령아가 볼 그림이 아니었다. 차림으로 보아, 궁녀임이 분명한 두 여인의 신음성은 남녀의 교접에서 나는 소리였다.

"아흑!"

바닥에 누워 있는 궁녀는, 그러나 벗은 몸이 사내다. 살 위로 올라타 앉은 궁녀는……

순간, 힘이 훅 빠져 손을 잡아 뜯는 힘을 이기지 못했다. 령아도 눈을 동그랗게 뜨고 그 안을 들여다보았다.

"앗!"

둘의 눈이 지창으로 쏠렸다. 온몸이 저릿해졌다. 큰일이다!

룬은 령아의 손을 그대로 꽉 잡은 채 전력을 다해 뛰었다. 전각 안에서 소동이 벌어지고, 나인들이 뛰쳐나왔다. 그러나 령아의 걸음은 느렸고, 룬이 령아를 업기엔 늦었다. 둘 다 변복을 했으나 후일이 두려웠다. 도망치는 머리꼭지조차 보여 주지 않는 게 좋을 것 같아 덤불 속 숨을 곳을 찾았다.

그리고 령아를 꼭 그러안았다. 공처럼 작게 몸을 만 령아를 끌어안고 숨을 죽였다. 령아는 룬에게, 룬은 령아에게 의지했다. 나인들이 눈을 희번덕거리며 찾았지만 령아도 룬도 모두 무사했다.

어둠이 사방으로 짙게 내려앉았을 때 룬은 그림자처럼 조용히 폐궁을 빠져나왔다. 서로 말은커녕, 눈조차 마주치지 못한 채 룬은 령아를 집에 데려다주고 황궁으로 돌아갔다. 네 개의 눈이 찢어진 지창 안을 들여다본 걸 그들은 알 테다.

둘 모두 두려워 떨었다. 비밀의 무게는 너무 컸고, 폭로를 하기엔 그 어떠한 물증도 없었다. 입을 열면 미친놈은 당연하고 모독죄로 몰려 다함께 횡액을 당하는 일뿐이다. 그러나 령아는 감히 입궁하여 재촉했다.

"못 본 척하래도 그러지 않느냐. 네게 그날 일은 없었다!"

"옳지 않은 것은 옳지 않은 것입니다. 이런 무서운 일을 왜 감추려 드십니까!"

"아무리 어려 철이 없어도 그렇지, 넌! 폭로에도 대가가 있단 걸 모르느냐. 이건 말을 꺼낸 자가 오히려 죽게 되어 있다!"

"그럼 나이 많아 철도 많은 마마께선 끝까지 입을 다무실 작정이십니까."

"일에는 때와 순서가 있어. 모후와 명공께 알리고, 차근차근 계획을 세워야 한다."

"겁쟁이! 마마는 겁쟁이입니다. 황가의 일 아닙니까. 아버님께 알리고, 귀비께 알리고, 기다리고! 그럼 마마께선 무얼 하시렵니까. 왜 부황께 곧바로 알리지 않으십니까!"

"그건! 생각해 봐야 할 일이다."

"생각, 생각, 생각! 차라리 군대를 동원해 다 쓸어 응징하십시오."

"나랏일이 꼬마들 전쟁놀이 같더냐!"

어린애의 철부지 같았던 조언. 우습게도 그게 유일한 방법이었음을 모든 일이 벌어진 뒤에야 알았다.

신중해야 했다. 물증을 확실히 잡은 다음, 말을 꺼내도 꺼내야 했다. 그러나 그 신중함은 목줄이 바짝 죄인 자들에게 아주 우습게 깨부숴졌다.

몇 되지도 않는 수하들과 주연을 핑계로 유수원에 모두 모였을 때, 명공이 이 일을 공론화할 수 있는 구체적인 방안을 모색하기 위한 겨우 초안을 짤 때였다. 홍적의 무리가 유수원을 둘러쌌다. 비밀을 아는 자는 일시에 다 쓸어 죽이면 된다는 그 단순한 발상이 나올 줄, 누가 알았겠는가.

「매일 밤 악몽을 꿉니다. 무섭습니다. 군사를 모으십시오. 아버님은 괜찮다며 마마만 믿으라 하십니다! 마마는 아무것도 하지 않으시잖습니까.

－령아」

원망 섞인 지편이 손에 쥐어졌을 땐 이미 늦었다. 그들은 환도를 쥐어 잡고 유수원 안의 모두를 참하기 위해 집채를 둘러쌌다. 장가의 사병, 적호병들은 사가를 터는 마적으로 위장해 유수원의 대문을 부쉈다. 겨우 백도 안 되는 식솔과 수하를 잡아 죽이는 데 천여 명이 동원되었다.

태자의 경계 제1 대상에게 동원할 군사가 몇인가. 겨우 호위 몇십을 데리고 유수원의 뒷담을 넘었을 땐 이미 참상이 시작되고 있었다.

바깥채의 노비도, 마사의 말들도, 닭과 개까지 남김없이 쓸려 갔다. 검교들의 밥을 짓던 부엌채의 여인들은 영문도 모르고 솥을 들던 그 손 그대로 팔과 다리가 잘려 나갔다.

안채 시비들의 가슴에 칼이 꽂히고, 막으려 달려들던 사내 머슴들의 두개골이 쪼개졌다. 사랑의 검교들은 무장하지 않았으나, 홍적들의 칼을 빼앗으며 저항했다. 그들은 마당에 내몰려 하나씩 참수되었다. 가장 먼저 명공이 눈알을 부라린 채로 목을 잘렸고, 억울해하던 검교들이 남김없이 참해졌다.

령아의 뒤채는 본채와 좀 떨어져 있어 놈들의 발이 좀 늦었다. 륜은 죽음을 각오하고 뒷산으로 넘어 들어가 령아의 뒤채로 진입했다. 실상, 진입 자체가 기적이었다. 그들은 연기를 하고 있었다.

진짜 마적들은 수하일 뿐 실상은 장가의 적호병들이 주축이 된 패거리가 붉은 옷을 입고 집안을 멸절하는 동안, 적호병들과 도성을 지켜야 할 금군은 마적들의 호위가 되어 유수원을 꼼꼼하게 포위했다.

그리고 우습게도 명가를 멸절시키는 역할을 끝낸 홍적들은 열 배가 넘는 적호병에 의해 말살되었다. 죽은 자도, 죽인 자도 결국은 아무도 살아남지 못하는 살육의 연극판.

그 막장에 륜이 있었다.

"움직이지 말거라! 꼼짝도 하지 말고 있어!"

륜은 령아를 향해 소리쳤다. 다행히 제 유모가 온몸으로 끌어안고 칼을 대신 받을 준비를 하고 있었다. 륜과 수하들은 마지막 순간을 각오하며 령아를 에워쌌다.

칼날이 번뜩이며, 수많은 환도들이 날고뛰었다. 적들은 형체 없는 하나의 유기체 같았다. 베면 또 튀어나오고, 찌르면 또 달려 나왔다. 끊임없이 베어 내고 베어 내어도 살아나는 무한의 살기가 륜의 체력을 차근차근 앗아 가고 있었다.

'텅!'

그리고 그 마지막 순간은 왔다. 검을 놓치고 그의 칼날이 허공으로 튀어 오르는 것을 본 순간, 륜은 맥이 풀렸다. 이젠 끝인가. 그의 가슴으로 둥근 환도의 칼날이 쉬익, 날아들었다.

"까아악!"

그러나 비명은 그의 것이 아니었다. 조그만 게 앞을 막아섰고, 그 커다란 칼날은 계집의 어깨를 쪼개고 있었다.

'부부는 서로의 편이 되는 것입니다. 저는 마마의 편이 되어 드릴 것입니다.'

그리 피하며 미워했던 령아가, 제 몸으로 칼을 받았다. 허튼소리라 업신여겼던 약속을 온몸으로 지켜 내고 있었다.

"령아!"

륜이 소리쳤을 때 서걱, 하며 탁미도의 칼끝이 조그만 새와 같은 어깨를 좌악 벌리며 빠져나갔다. 동시에 "아아아아아악!" 아령의 비명이 세상을 뒤덮는다.

륜은 그 칼끝의 주인을 바라보았다. 장모균!

"허, 참. 이거이거, 다 된 밥에 재를 뿌리시려나……. 대체 황자마마께선 왜 이곳에 오시고 그러십니까, 위험하게!"

그러나 그런 건 아무래도 좋았다. 어깨에서, 이 작은 어깨가 벌어진 곳에서 피가 흘러내리고 있었다. 너무나 두렵고 아팠다. 보는 것만으로도 미칠 것 같은 고통이 온몸에 새겨졌다.

"왜, 왜! 어째서 이런 짓을 한 것이냐!"

"저는 괜찮…… 하아악!"

"말하지 마! 말하지 마라, 기운 빠져. 가만히 있어, 응?"

"어서 빠져나가십시오! 저희는 어차피 다 틀렸습……."

그리고 분노했다!

"안 된다! 업혀라."

그러나 사방에서 칼들이 다시 날아왔다. 정신없이 령아를 들쳐 업고 들이쳐 오는 적의 환도를 빼앗아 손에 쥐었다. 지금, 세상에 지킬 것은 단 하나이다. 나의 령아.

"빨리 가라……니까."

힘이 다 빠진 것 같던 몸에서 알 수 없는 기운이 불끈 솟았다. 팔을 뻗는 동시에 "으악!" 하는 적의 비명 새로 새된 음성을 뱉었다.

"싫다!"

붉은 물결이 다시 떼 지어 몰려온다. 번쩍이는 환도들이 그를 향해 날아든다. 죽음을 목전에 두니 이리 모든 게 선명해진다.

내가 미워한 건 네가 아니라 모자란 나 자신이었던 것을. 그 같잖던 자존심이 무어라고 널 그리 미워했을까. 사실, 나는 널 꽤나 아꼈었는데.

"도대체 여긴 왜…… 오셨습니까. 죽으러 오셨습니까!"

"그래."

떨어질세라 령아를 한 팔로 단단히 붙들었다. 목을 꽉 감싸 안은 작은 두 손이 그 어떤 갑옷보다 든든했다.

"싫다고! 놓으라고!"

"부부는 편이 되는 것이라 하지 않았느냐."

그래, 넌 내 편이다. 내게 남은 유일한 세상.

평생 미워하며 들러붙어 살 수 있을 줄 알았다. 끝이 이리될 줄 알았다면 서로 귀애하며 실컷 아껴 줄 것을.

"혼인은 못 할 것 같습……니다."

"그래, 그럼 같이 죽자."

륜은 사방의 적들에게 호령했다.

"나는 2황자 륜이며 이 아이는 나의 혼약자다. 너희가 무슨 짓을 하는지 똑똑히 기억하거라. 부황과 귀비께서 이 살육의 연극판이 왜 벌어졌는지, 명가와 나의 원한을 꼭 밝혀 줄 것이다!"

순간, 적들의 눈에 동요가 일며 날아드는 칼날이 잦아들었다. 다행이었다! 주변을 두리번거리니 길을 틀 수 있을 것 같았다.

태자가 황위에 오르면 제일 먼저 제거될, 개도 물어 가지 않을 이 구차한 신분을 팔아서라도 널 살릴 수 있다니! 아령을 꼭 붙들고, 어떻게든 이 포위망을 빠져나갈 희망이 솟았다.

그때 장모균이 조그만 눈알을 데루룩, 굴리며 입가에 주름을 잡았다.

"그래, 아무리 생각해도 네가 죽으면 참으로 번거롭겠구나."

그리고 칼끝에 맺힌 핏방울을 탁, 털며 무심히 명했다. 령아의 붉은 피가 사방에 흩뿌려졌다.

"저 계집을 황자에게서 떼어 내라!"

"안 돼!"

칼을 던진 수십의 맨손이 한꺼번에 달려들어 령아를 뜯어냈다. "아 아악!" 령아는 몸부림을 치며 뜯겨 나가지 않으려 륜을 꼭 껴안았다. 칼을 버린 륜도 령아를 감싸 안는 데만 몰두했다. 그러다 텅!

머리가 둔탁한 것에 짓찧어졌다. 세상이 핑그르르 돈다. 수많은 발들 사이로 땅이 수직선처럼 길게 이어졌다. 등 뒤에서 령아가 울부짖으며 떨어져 나갔다. 그녀가 남겼던 지편의 단정한 글씨체가 눈에 선했다.

「마마는 아무것도 하지 않으시잖습니까.」

그래, 난 아무것도 못 하는구나. 함께 죽어 주는 것조차도.

령아는 그 순간에도 눈을 부릅뜨고 장모균을 꾸짖으며 무어라 소리치고 있었다. 짝, 하고 뺨을 얻어맞으면서도 굴하지 않는다. 그 뺨을 허공에서 어루만져 주었다.

넌, 참 이리도 용감한데 말이다…….

그렇게 륜의 의식은 꺼지고 말았다.

얼굴에 찬물이 끼얹어졌다는 건 느끼지 못했다. 눈을 감았다 곧바로 떴는데, 마지막 살육 판이 펼쳐지고 있었다. 재갈이 물리고 무릎 꿇린 령아가 강한 두려움에 부들부들 떨었다.

네가, 얼마나 무서우면! 얼마나 살고 싶으면!

제 머리채를 잡고 있는 홍적의 발등에 눈물을 쏟으며 들리지도 않는 비명으로 그의 발목을 흔들며 목숨을 구걸했다. 피로 물든 어깨가 애처로웠다. 저 손을 붙들고 함께 그 길을 가 주기로 했었는데!

"안 돼!"

그러나 칼날은 여지없이 령아의 목 위로 내리쳐졌다. 벌떡이며 살고자 하던 꿇린 무릎이 옆으로 픽, 쓰러졌다. 순식간에, 령아의 어린 몸은 간단히 살육당했다.

"우으으으으! 으아아아아악! 령아야!"

바닥이 검붉게 젖어 들어갔다. 눈물이 흘러 앞을 바라볼 수 없는데, 장모균이 륜의 머리채를 쥐어 잡았다. 그러곤 그 작은 눈알을 데룩, 굴리며 그 모습을 똑똑히 지켜보게 했다.

"마마, 이거 어쩝니까. 혼약자는 다시 구하셔야겠습니다만."

그의 수하는 그녀의 손가락에 헐겁게 끼워졌던 푸른 옥지환을 빼내 장모균에게 내밀었다. 장모균은 가볍게 웃으며 얼이 빠진 채 눈물을 흘리는 륜의 새끼손가락에 옥지환을 욱여넣었다.

"황가의 보물은 도로 잘 챙겨 두시지요, 황자마마."

여린 령아의 몸에 기름이 끼얹어졌다. 그녀가 머물던 뒤채에도, 그리고 유수원의 아름드리나무들과 집 안 전체에도, 이미 죽어 몸 안의 모든 피를 쏟아 낸 시신들에게도 기름이 찬찬히 끼얹어졌다.

그리고 불이 붙었다. 아름다운 유수원의 비경은 붉은 혓바닥 속으로 찬찬히 먹혀 들어갔다.

◈ ◆ ◈

륜은 꼬박 아령의 침소를 지켰다. 어찌 보면 옛날의 그 당차고도 용감했던, 그리도 미워했던 령아였고, 또 어찌 보면 요 몇 달 륜의 가슴에 불을 지피던 장가의 노비 아이였다. 그럼에도 륜은 이제, 그런 건 생각지 않기로 했다. 이름이 난이라 했던가.

이 아이는 그저 아령이었다. 이 아이를 보고만 있으면 너무도 안심이 되어 가슴이 와르르 무너진다. 령아가 살아 돌아온 것 같아서.

그러면서도 또 다르다. 령아는 너무나 거침이 없고 제멋대로라, 맑고 악의가 없는 걸 알면서도 모든 게 마냥 거슬리고 미웠었다. 그러나 이 아이는 담대하고도 강한 성정을 신분의 족쇄에 얽매여 꽉 억누르며 울분을 삼키고만 있는 것 같아 늘 안쓰럽고 눈이 갔다.

너무도 이상한 아이. 령아이면서도 령아가 아니다. 마치 귀신에 홀린 듯. 꿈인 듯.

아니, 꿈이라면 깨기 싫다.

륜의 커다란 손이 땀에 젖은 아령의 고운 이마를 수건으로 조심스럽게 닦아 냈다. 아침 바람이 선선해 추울까 싶어 문을 닫으라 했다가 또 이마에 땀이 이리 맺히니 두렵고 걱정스럽다.

륜의 손짓에 시비들이 서둘러 창을 시원스럽게 열었다. 훅 불어 든 바람 한 점이 장난스럽게 아령의 머리칼을 흐트러뜨린다.

그걸 빌미로 그녀의 이마에 조심스럽게 륜이 손을 얹는다. 머리칼을 쓸어내리는 손끝이 다디달다. 너는 어찌 이리 머리칼조차 예쁜 것이냐. 가슴이 묵직하게 아리며 안쓰럽다. 솜털이 보송보송한 뺨에 몰래, 손바닥을 대어 보았다. 따뜻하다. 너무나 다행스럽게도.

그러나 미동도 않는 것이, 죽어 영혼이 빠져나간 밀랍 인형 같아 갑자기 두렵다.

"왜 이리 깨어나지 않는 것이냐."

륜의 어투에 날이 서자, 아령의 손바닥에서 침을 빼낸 의원의 손도 가늘게 떨렸다.

"그동안 몸에 쌓인 극독이 만만치 않습니다만, 소저가 강건하시니 곧 깨어나실 것입니다."

"얼마나 중독되었더냐."

"7년간 상당량 먹었습니다. 약을 몇 달 끊으면 기억도 자연스럽게 돌아오지만, 말씀드린 문제는 어쩌지 못합니다."

"버러지보다도 못한 것들. 어찌 이런 짓을 사람의 몸에 한단 말이냐!"

륜의 격노한 눈빛에 죄 없는 의원의 몸이 저절로 움찔거렸다.

륜은 침을 빼낸 작은 손을 꽉 쥐었다. 손안에 들어오는 것이 너무 여리고 작았다.

미안하구나. 네가 손을 내밀 때라도 얼른 잡아 줄 것을. 널 살리겠다며 어리석게도 네게 더 깊은 상처를 줬구나.

난 널 단 한 번도 믿어 주지 않았구나. 네가 매번 내게 했던 호소들을 귀담아들어 주지 않았어. 네 말을 듣고도 이 지경인 줄을 직접 확인하고야 알다니. 어찌 널 경방의 손에 넘기려 했을까.

이 아이를 놓칠 뻔할 때 그는 저도 모르게 외쳤다.

'령아!'

그리하여 륜은 생각을 멈추기로 했다. 이 아이가 누구든 무슨 상관인가. 아이는 가짜든 진짜든 자신은 그저 명아령이라 하였다. 이젠 그 말을 믿는다. 이 아이를 그냥 믿는다. 그리하여 그에게도 이제 이 아이는 아령이다.

그저, 삶의 의지조차 잃어버린 내게 하늘이 내린 선물.

옜다, 하고 며칠이나마 더 살라 던져 준 변덕스러운 신의 선물.

삶이 더 주어진 것에 처음으로 감사하다. 손안에 들었으니 이젠 꽉 거머쥘 것이다!

륜은 꽉 쥔 손이 바스러질까 조심스럽게 내려놓는다. 그러면서도 아프게 눈에 담는다.

"방법을 찾아라, 무조건."

"사력을 다하겠습니다."

의원이 고개를 숙였다.

아령이 의식이 들었을 땐 포근한 이불 안이었다. 뻐근한 가슴 통증과 근육통. 몽롱한 기운이 조금씩 가시는 가운데 찬찬히 숨을 쉬며 다친 곳을 살폈다.

어? 칼을 맞은 게 아니던가. 거의 아픈 데가 없다. 여기저기 쑤시는 걸 제외하고는 몸이 오히려 가뿐했다.

그러나 가장 아픈 곳은 엉뚱하게도 마음이다.

아령은 찬찬히 몸을 일으켜 앉았다. 눈에 들어오는 것은 노랗고 푸른 아름다운 비단 이불, 드넓은 침상, 고급스러운 가구들과 넓은 방. 의식을 잃었을 때의 상황이 찬찬히 되짚어진다. 이곳은 진왕의 별저인가.

"후후."

그러나 그도 반갑기보단 코웃음이 난다. 자는 동안 가슴 먹먹히 젖어 들도록 찾아온 옛 기억 때문이다. 열둘 이전의 기억이 되돌아왔다!

인기척에 꽃살문을 바라보니 어린 나인 둘이서 무언갈 들고 오다 화들짝 놀란다. 하나는 호들갑을 떨며 "전하, 전하!" 외치며 뛰어나가고 하나는 웃음꽃을 물곤 아령을 반겼다.

"사흘이나 누워 계셨사옵니다! 정말 큰일 나는 줄 알았습니다."

"뭐?"

낯선 비단 침의를 입고 있었다.

"저, 어서 내 옷 좀 다오."

무언가 마음은 다급한데 생각이 느렸다. 경방 오라버니가 기다리시는데, 하다 보니 그 난리를 치고 나온 것들과 월령궁의 끔찍한 기억이 둔중하게 떠오른다. 모르는 새 그믐이 또 지났다. 아, 약을 계속 거르니 기억이 이리 났구나.

"정신이 들었느냐."

짙은 회색 원령포삼에 검은 띠를 두른 륜이 금세 나타났다. 그가 익숙하고도 낯설다. 걱정이 잔뜩 어린 반가운 눈빛에 가슴이 묵직해졌다. 저런 눈빛을 받아 본 적이 한 번이라도 있던가.

그가 그녀를 바라볼 땐 늘 화가 나 있었다. 이유는 모르겠다. 만날 때마다 그에게 상처받고 되돌아왔다. 그러면 또 유모며 시비들이며 어머님은 입이 마르도록 그를 칭찬했다.

'네가 그의 비란다. 얼마나 좋니?'

물론, 멀리서 바라보는 륜은 멋지고 가슴 뛰었다. 황상을 가장 많이 닮았음에도 가장 달랐다. 날카롭고 지혜로우신 반면, 병약하고 신경질적이신 폐하의 단점을 지우고 현 귀비의 아름답고 자애로운 모습을 더하면, 바로 그다.

강건하고 늠름했다. 훤칠한 키, 잘생긴 얼굴, 번들거리는 강렬한 시선. 가장 머리가 뛰어났으며 가장 몸이 날랬다.

그가 마상에서 격구를 하며 작은 공을 타격하는 장면이 머리를 스친다. 귀족들이나 종친들 중 그 어떤 사내를 데려와도 바꾸고 싶지 않도록 자랑스러웠다. 그리하여 매 순간 연모의 감정을 키우다,

'네 얼굴에선 내 어머니를 매질하고 괴롭히던 황후의 얼굴밖에는 보이지 않는구나.'

만나면 채 아물지도 않은 상처가 벌어졌다.

기억이 끝도 없이 왈칵왈칵 쏟아진다. 그 색기 어린 궁녀의 자신감 넘치는 얼굴이 떠올랐다. 그 아리따운 궁녀, 라 씨를 사이에 두고 이 사람과 크게 다투던 날. 그 계집은 륜이 제 것인 듯 말했다.

'약관이 다 되셨으니 마마께선 당연히 여인을 곁에 두셔야지요. 소저 이리 연치가 어리신데, 앞으로도 6년 이상을 어찌 더 홀로 계십니까?'

'내 혼약자를 두고 네가 무슨 망언이더냐!'

'소저야말로 이 무슨 투기십니까? 4부인과 9빈 외에도 첩을 둘 수 있는 건 국법입니다. 게다, 사내의 끓는 욕정을 소저께서는……후후훗.'

너 따위는 그런 거 못 해, 이 모자란 년. 그 방자한 눈빛은 그리 말했다. 이미 그와 깊은 사이라는 자신감만이 만들 수 있는 방자함.

'아무리 어려 뭘 몰라도 그렇지요. 꼴도 보기 싫은 계집과 평생을 붙어 있어야 할 황자마마의 우울한 마음도 좀 헤아리십시오.'

'무, 무어라?'

날 깔보는 귀엣말을 얼마나 주고받았으면 날 이리 업신여길까. 부들부들 떨며 말을 쏟지 못하는데, 그녀는 콧대를 높였다.

'그럼 직접 확인하십시오. 마마께서 아령 소저를 얼마나 질색하시는지, 그리고 절 보는 눈길이 얼마나 따스하고 다정한지요.'

그리고 라 씨의 말이 사실임을 직접 듣고 보았다. 너무나 기가 막혀 부부는 서로의 편이 되어 주어야 하는 것 아니냐 했더니 그가 되려 화를 냈다.

'연모? 하! 그딴 거 하지 말거라. 나는 너와 함께할 내 일생이 가

련하다!'

그리 냉정하던 사람이, 저리 뜨거운 눈빛이라니. 마치 죽지 않아 다행이라는 듯.

"아픈 곳은 없느냐."

륜이 뺨을 부드럽게 쓸어 왔다. 그의 손이 꽤 거칠어져 있었다. 7년간 전장을 떠돌았다 했었지. 나는 가족을 모조리 잃고 이리 형편없이 굴러떨어질 동안!

"장씨가의 노비에게 이 무슨 과한 대접이십니까."

저도 모르게 말이 뾰족하게 나왔다. 다시 만난 뒤에도 그는 냉정했다. 그리하여 기억이 없는 와중에도 그 익숙한 차가움에 이끌렸던가. 예나 지금이나 멍청해선!

생각 같아선 거칠게 쳐 내고 싶었으나 아령은 그에게 지금 가짜였다. 그 미운 손을 조용히 들어 밀어 냈다. 그러곤 몸을 억지로 일으키는데 순간 몸이 또 어질, 한다. 그는 아령의 팔을 얼른 꽉 붙들었다.

"아직 안 된다. 누워 있거라."

그의 눈빛이 더웠다. 저런 눈빛, 불편하다. 그는 비단 수건을 들어 이마에 흐르는 땀을 다정히 닦아 주었다. 정말로 꼴 보기가 싫어 팔을 밀치며 고개를 돌렸다.

"되었습니다!"

순간, 마음이 저릿하게 아파 왔다. 그의 팔목에 분명한 과렴(붕대)의 흔적이 느껴진다.

그의 검붉은 입술이 물리며 신음을 꽉, 삼킨다. 몰래 그의 눈빛을 훔쳤다. 어딘가 상처 입은 것처럼 흔들리는 눈빛. 다친 데가 아파서는 아닌 것 같다.

"맨손으로…… 칼날을 막으셨습니까!"

어쩐지. 목이 깨끗하더라니.

"아니, 칼을 제대로 맞으셨군요! 좀 보십시오."

움직이는 품을 보니, 어깨에도 제대로 맞았다. 그는 바른손으로 아령의 몸을 내리누르며 그대로 눕혔다. 슬쩍 웃는 미소가 장난스럽다. 낯선 표정.

"걱정은 되느냐."

"그럼, 대신 칼을 맞았다는데 좋습니까. 좀 보여 주십시오!"

저도 모르게 그의 옷고름을 풀며 어깨를 열려는데 그가 멈칫했다. 그 낯을 보니 아령도 황당해진다. 스스럼없던 어려서의 버릇이 튀어나왔다. 정작 그는 별 거리낌 없어 보이지만.

곁을 지키던 나인들이 슬그머니 자리를 피했다. 그는 자연스럽게 침상에 모로 팔베개를 하며 같이 누워 버렸다. 나란히 눕다니!

얼굴과 얼굴이 맞붙었다. 민망함에 고개를 돌리니 그가 웃는다.

"그저 조금 스쳤다. 말짱하다."

거짓말. 그러나 그를 보도록 고개를 되돌리며 엄한 표정을 짓는다.

"그러게 넌! 왜 이리 늘 위험을 무릅쓰느냐. 진왕부에서 날 기다리지 않고!"

"전하께선 한 번이라도 제 말을 믿어 주셨습니까."

"……."

미안하고 안쓰러운 눈빛이 아령을 올곧이 향했다. 민망해하며 뺨을 쓰다듬는 거친 손바닥. 그의 손을 치워 냈다.

"무, 문청이 죽으면 마마께서 더 곤란해지십니다. 그는 제대로 구했습니까. 아, 적염도……."

그는 인상을 찌푸리며 아령의 머리칼을 대신 잡아 손가락으로 약간 흔들었다.

"다들 무사하다."

"태자의 밀지는요? 밀지의 존재를 알고 문청을 감시하던 것 아닙니까."

그러나 륜의 표정은 오히려 여유로웠다.

"그런 생각은 나중에 하고 우선 좀 쉬면 어떠냐. 넌 죽을 뻔하다 방금 깨어났어."

"전 아주 말짱합니다. 문청을 만나 보고 나가겠습니다."

"무어?"

"제가 꼭두각시가 되어 주지 않으니 그들은 이제 절 장가의 노비라 주장하지 않습니까. 안됐지만 오명을 쓰시며 주신 명아령의 이름은 사라졌습니다. 저는 전하께 몸을 의탁할 수 없습니다."

그의 눈에 놀란 빛이 돌았다. 이 작은 아이는 정보뿐 아니라 벌써 전체 상황마저 간파하고 있었다.

"무슨 소리. 이제부턴 여기서 지내라."

"목숨을 구해 주셔서 감사합니다만, 저도 제 방비는 알아서 하겠습니다."

멍청한 말인 걸 안다. 그러나 무조건 그와 함께 있기 싫다. 그의 얼굴을 보고 있으면 생각도 마음도 복잡해져, 혼란에 혼란만 가중될 뿐이다.

륜은 몸을 일으키려는 그녀의 어깨를 눌렀다.

"안되었지만 이젠 널 보내 줄 수가 없구나."

"절 이리 데리고 계시다간 노비 도둑으로 몰리십니다. 제가 없어지면 그들은 전하를 어찌 더 못 합니다. 이번 일은 명아령이라 착각한 여인을 구한 것으로 둘러대시고, 태자의 밀지를 증거로 명가의 일을 바로잡아 주십시오. 전하께서 정치적으로 무너지시면 명가의 원한은……누가 풉니까."

그의 눈빛이 매서워졌다.

"잠깐. 그건 내가 알아서 할 일이다. 그리고 난 널 어디로든 보낼 생각이 전혀 없다. 넌, 지금 어떤 위험에 처했는지 모르느냐."

"이번엔 문청을 살리느라 운이 나빴을 뿐, 전 그리 쉽게 잡히거나 죽지 않습니다. 명가 일만 바로잡히면 전…….”

“그만!”

륜은 가슴이 먹먹해져 왔다.

밤새 아이를 찾아다녔다. 경춘각, 그녀의 방에서 겨우 그녀의 손을 잡고 함께 가자, 두어 걸음 이끌었을 땐 붉은 비단을 걷고 얼굴을 드러낸 엉뚱한 여인이 그를 깜짝 놀라 바라보고 있었다.

뒤늦게 상황을 판단하곤 익비에게 뒤따르라, 명하고 그녀가 무사히 도망치도록 뒤를 막아 주는 데만 집중했다. 그러나 연기처럼 잠깐 나타났다 사라진 아이는 금성 그 어디에도 보이지 않더니!

널 영원히 잃는 줄 알고 난 얼마나 두려웠던가, 밤새 잡히지 않기만을 바라며 얼마나 끊임없이 후회했던가! 네가 손을 내밀 때 곧바로 잡아 줄 것을. 널 위한답시고 나는 네 진심을 얼마나 가벼이 여겼나.

그러나 아이의 눈은 달라져 있다. 그에게 온몸으로 매달리던 그 아이가 아니다. 너무나 매정해, 조금의 미련도 없는 것처럼.

륜은 빠르게 머리를 굴렸다. 어떻게든 잡아 두어야 한다!

“그럼…… 내게…… 널 받아 달란 말은 무슨 뜻이었더냐!”

그리 날 잡아 주더니, 이젠 날 거부하는 눈. 그 쌀쌀함에 륜의 가슴이 철렁했다.

“예?”

아령은 무슨 엉뚱한 소리냐는 듯 눈을 동그랗게 뜨고 되물었다. 아, 옛 기억을 찾는 동안 최근 기억을 깜빡했구나.

륜은 짐짓 노여운 체하며 아령의 손을 꽉 그러잡았다.

‘제가 가진 것은 이 몸뚱이뿐입니다. 제 전부를 드릴 테니…… 절 믿어 주십시오.’

홀딱 벗고 달려들던 기억이,

‘하루의 여흥거리든, 며칠의 장난거리든 괜찮습니다.’

'연모도 하라시면 하겠습니다! 그걸 하면 받아 주시겠습니까.'

이제야 나 버렸다. 아무리 기억이 없었대도 내가 어찌 그리했을까. 이 나쁜 혼약자에게!

"싫, 싫다 하셔 놓고서는요."

분명 화를 내려 했는데, 순간 말을 더듬어 버렸다. 두 뺨이 찬찬히 달아오른다.

"내가 언제? 기억력이 형편없구나."

그가 비로소 웃었다. 분명 싫다 했지 않나. 그리 처참히 거절당해 얼마나 부끄러웠던가.

"기억을 지우는 약을 잔뜩 먹었다지 않았습니까."

그가 당황하며 얼굴이 굳는다. 아, 그의 농을 농으로 받아치지 못하다니.

아령이 고개를 삭 돌리자 그가 아프게 숨을 내쉰다. 그는 외면하는 고개를 스르르, 다시 제게로 해 그를 바라보게 한다. 그 진지한 표정에 침을 꼴깍 삼켰다.

"진짜로 칼을 맞고 미혼약을 먹었더구나. 그것도 꽤 오래……."

그가 고통스러운 눈빛으로 바라본다.

"꼭 고쳐 주마."

가슴이 쓸데없이 뛰는데 그의 입술이 이마 위에 살포시 내려앉아 버렸다.

"저, 어……."

이럴 땐 무어라 해야 하나. 그가 따스한 손길로 머리칼을 쓰다듬는다.

"난 널 거두기로 했다, 네가 그리 간절히 원했던 대로?"

"예?"

"그러니 어딜 갈 생각은 말아라."

"어, 으음…… 그건……."

이 사람이 갑자기 다정해지니 몸 둘 곳을 모르겠다. 너무 천대받는 데만 익숙해져서 그러나. 하지만 그는 아랑곳 않고 저 할 말을 쏟았다.

"이제 넌, 내 여인이다. 연모니 제 것이니 하며 널 이리 끔찍하게 이용해 온 경방을 난 용서할 수 없다. 경방이든 장모균이든 난 이제 널 그 누구에게도 내어 주지 않아."

"저어……."

굳건한 손이 어깨 위를 스쳤다. 그날의 격통을 조금이라도 흡수하려는 듯 어루만져 준다. 부끄러움에 어쩔 줄 모르는데 그가 뜨겁게 바라본다.

반들반들한 눈이 사내의 더운 열기를 가득 품었다. 몸이 별나게 후끈 달아오른다. 마주 보기가 힘들어 고개를 돌렸다. 그러나 그는 또 억지로 되돌린다.

"이제부턴 네 눈에 날 담아라."

저도 모르게 그와 눈이 마주치니 가슴이 저릿해졌다. 뜨거운 시선이 아령의 입술 위로 묵직하게 내려앉았다. 심상치 않은 위기감이 들었을 때,

'꼬르륵!'

배 속에서 소리가 났다.

"시, 시장합니다."

그가 후후, 웃었다. 이것이 차라리 덜 창피하다.

그는 당연하다는 듯 얼굴을 가까이 하며 아령의 입술에 춥, 가볍게 입을 맞췄다.

꿈 같은 이틀이었다. 유수원의 비경이 그리워질 정도로 진왕의 등후
궁(等候)은 아름다웠다. 아령이 쓰는 수신전 앞 소담한 정원을 지나 월
량문을 넘어서면 커다란 연못이 나온다.

"무조건 쉬어라."

그는 단호하게 명했다.

덕분에 몸은 민망하도록 말짱해졌는데, 침상에 누워 있기가 너무 갑
갑해 좀 돌아다니려 하면 꼼짝없이 잡혀 눕혀진다. 정신없이 바쁜 사람
이 일을 작파하곤 지척에서 곁을 지켰다.

다정도 병이라더니. 이것은 시집살이도 아닌 감옥살이.

오늘도 눈을 뜨기 무섭게 아침부터 들이닥치기에 너무도 귀찮아 씻
겠다고 쫓았다. 그러니 그는 바로 곁 욕실에 뜨거운 물을 준비시켰다.
덕분에 얇은 장지문 한 겹 너머 그가 있다는 불안에 떨며 목욕을 마쳐
야 했다.

옷을 갈아입곤 젖은 머리칼을 말리며 혼자 쉬겠단 뜻으로 또 한 번 쫓았다.

"등청하지 않으십니까."

"처리할 일은 다 했다."

물론 거짓이다. 산더미처럼 쌓인 공문이 아령의 방 한쪽 방탁 위로 옮겨졌다. 진왕부, 그의 침소에 펼쳐졌던 풍경은 이곳, 아령의 침소에 펼쳐졌다. 하루 종일 태감들이 져 나르는 더미를 살피면서도 매와 같은 눈으로 꼼꼼히 돌본다.

맥은 어떤지, 호흡은 고른지, 체온은 정상인지, 식사는 얼마를 하고 얼마를 남기는지.

하도 갑갑해 그에게 용기 내어 말했다가,

"이젠 아주 말짱하니 나가고 싶습니다."

"어디로!"

"……."

순간 그의 눈빛이 너무 매서워 답을 하지 못했다. 전장에서 수만 병력을 이끌던 그 기는 수년간 수련을 해 온 아령에게도 너무 버거웠다. 움츠러들며 그 눈빛을 두려워하자, 그는 부드럽게 웃었다.

"네 집은 이제 여기라니까."

그리 간절히 원할 땐 잡아 주지 않더니. 이젠 그의 곁이 싫으니 이리도 꽉 붙든다.

"그, 그게 아니라 이리 말짱한데 좁은 방에 갇혀만 있으니 생병이 날 것 같다고요."

용기를 쥐어짜 불만을 토한 게 이따위였는데,

"그럼 넓은 데 있으면 되지."

그걸 또 그는 저따위로 받아들였다.

그리하여 이번엔 제대로 갇혔다. 못가에서 가득 핀 연꽃을 바라보는 것도 아름답지만 그 가운데 선 기분은 또 다르다. 자연 못에 제방과 흙을 쌓아 작은 인공 섬을 만들고 석조로 된 구름다리를 연결했다. 그 가운데 우뚝 선 누각의 2층에 아령을 위한 쉼터가 꾸며졌다.

작은 탁자며 침상이 옮겨졌다. 사방이 연꽃으로 둘러싸인 선경이다. 산뜻한 꽃 내음, 맑은 바람, 오리들이 물살을 가르며 일으키는 잔물결이 평화로운 가운데, 그와 진짜로 단둘이 있게 된 것이다.

차와 다과를 나르는 시비들조차 사라졌다. 아침부터 더운물에 담갔던 몸은 맑은 바람을 맞아 노곤했지만, 그러나 잠은 안 온다. 눈빛 반들반들한 이 사내가 이리 빤히 바라보고 있기 때문에.

"입에 맞지 않느냐."

시간이 왜 이리 더딘가.

"아주 맛있습니다."

아령은 예쁜 화과와 향긋한 차를 슥, 밀어 치웠다. 날카로운 시선은 그걸 또 눈에 담는다. 아아, 어찌 이리 불편할까. 문서 더미라도 가져오실 것이지. 가늘게 인상을 쓰며 고개를 돌렸지만 그의 시선을 피할 곳이 없다.

"나와 함께 있는 게 그리 거북하냐."

륜은 또 대놓고 싫어하는 태를 내는 아령을 보니 코끝이 알싸하다. 이리 싫어하는 걸 보면서도 만지고 싶고 안고 싶은 미친 기분은 또 무언가.

아령은 저도 모르게 '예!' 하려다가,

"너와 함께 있고 싶어 그런다."

저돌적으로 쳐들어오는 말에 입을 딱 닫았다. 순간 시선이 마주쳤다.

"같이 있고 싶은데, 여인과는 무얼 하며 같이 시간을 보내야 하는지 모르겠구나."

고개를 싹 돌렸다. 가슴은 왜 쓸데없이 뛰나. 그의 눈빛이 너무 더웠다.

"그, 글쎄요. 아무 이야기라도 하시든지요."

그러나 입을 떼자마자 후회했다. 좁은 방탁 너머 작은 의자에 앉았던 그가 몸을 일으키며 아령이 기대앉은 침상 위로 훌쩍 올랐다.

"그것도 괜찮겠구나."

자리를 내주는 척 아령은 노란빛 은낭을 슬그머니 밀쳐 그와의 경계를 찍 그었다. 그러나 그는 그걸 유연하게 받아 등을 콱 기대 버린다. 그러곤 팔을 둘러 아령의 허리를 다정히 감아 왔다.

"이, 이야기를 하신다면서요."

예고도 없이 훅 들어오는 게 어색했다. 아무 짓도 안 했는데 뺨은 왜 화끈대나. 그와 가까워지는 게 긴장되고 싫었다.

"하면 되지."

여인과 뭘 하는지 모르긴 뭘 몰라.

"널 알고 싶다. 어릴 때 얘기를 좀 해 보아라. 생각나는 만큼이라도."

가까이 울리는 그의 음성이 달콤했다. 지그시 내리누르는 그 눈빛이 참 밉다.

아령은 고개를 싹 돌렸다. 할 말이 쏟아부을 것처럼 많았다.

왜 절 그리 싫어하셨습니까. 기억도 없던 아주 처음부터요.

그리 미워하실 거면 차라리 죽 미워하시지, 변덕이 나면 또 왜 잘해 주시고요.

차라리 같이 미워하게나 하시지. 울거나 떼쓰면 달래 주고 업어 주고.

잔뜩 연모하게 해 놓고. 연모한다 하니 또 왜 그리 증오하셨습니까. 제가 무얼 잘못했게요, 예?

입 밖으로 뛰어나오려는 말들. 꽉 눌러 참았다. 거짓이란 이런 것인가.

"글쎄요. 아팠던 이야기는 하고 싶지 않습니다. 좋았던 기억이라면……."

그는 아령의 얼굴을 억지로 돌려 저를 바라보게 했다.

왜 이리 지그시 내려다보는가. 왜 이리 뜨겁게 쳐다보는가! 숨이 찬찬히 막혔다.

그를 보기 싫었다. 그를 보면 미친 입이 미친 소리를 떠들 것 같았다. 그리하여 라 씨는 후궁으로 잘 들이셨습니까. 얼마나 뜨겁게 잘해 주셨으면 그 계집이 방자하게 제게 먼저 시비를 다 겁니까. 설마, 전하께서 다른 여인을 들인다 하여 제가 매질이라도 했겠습니까.

"산에서의 생활이야 뭐, 만날 똑같지요. 가끔씩 듣던 금성 이야기가 좋았습니다. 경방 오라버니께서 오실 때마다 얘기해 주셨지요. 그래서 금성을 늘 상상했더랍니다. 그땐 그리 오고 싶더니, 막상 오니 이곳이 참 싫습니다. 경방 오라버니께서는 선물로……."

어릴 때야 경방 오라버니, 백운산, 매은 선생과 무술 수련 외에 더 무엇이 있던가. 경방의 기망이 아픔으로 가슴에 칼처럼 박혀 있어도, 그가 얼마나 잘해 주었는지는 삶의 곳곳에 스며 있다.

그러나 생각 없이 대강대강 말하는 아령의 예쁜 입술을 바라보는 륜의 눈은 곧 묵직하게 가라앉았다. 말은 제가 시켜 놓고서, 얼마 종알거리지도 않았는데 그 앵둣빛 입술을 심술궂게 베어 문다.

"읍!"

아령은 고개를 뒤틀며 내저었다. 륜은 가슴을 떠밀렸다. 그의 말투에 저도 모르게 노기가 서렸다.

"그 이름은 입 밖에 내지 말거라."

"예?"

그는 아이와 함께 있는 매 순간이 이리 달고 좋은데, 아이는 륜을 떼어 내려 시시각각 용을 썼다. 나를 싫다 했던가. 상관없다. 그럼에도 말투에는 어쩔 수 없이 날이 선다.

"이젠 경방을 잊어라. 생각이 나더라도 입 밖으로 꺼내지 마라. 그 랬다간……."

"우읍!"

신경질적인 고음의 항의를 무시하고 그의 입술이 아령의 입술을 거칠게 핥아 냈다. 작은 두 입술을 쭉 빨아들이며 입안에 머금었지만, 혀를 쉽게 얽어 주진 않는다. 아령은 그의 가슴팍을 확 떠다밀었다. 밀릴 리 없는 그 약한 힘에 밀려 주는 가슴 한편이 아리다.

"화증을 이리 풀 것이다."

그러나 심술궂고도 거친 입술은 다시 맞붙는다. "우읍!" 짜증 섞인 항의가 또 가슴을 찌른다. 더욱 깊게 혀를 파고들려다가 륜은 어느 순간 힘을 싹 뺐다.

갖고 싶다면 한발 물러서야 한다.

마음은 내달리고 싶더라도, 밀어붙일수록 이 아이가 더 거세게 밀어내리란 걸 안다. 륜은 조금씩 이 아이를 알게 되었다.

륜의 입술이 아령의 입술을 할짝할짝, 사과하듯 핥아 들인다. 싹 돌려 버리는 고개를 따라 뺨을 자잘하게 훑어 내리며 다시 입술을 얽는다. 그 애절한 애무에 아령도 긴 한숨을 뱉었다. 몸이 더워진다. 이대로 얽혀 더 나아가고만 싶다.

"이러고 싶지 않습니다."

그럼에도 기어이 입술을 떼 내고 그의 가슴을 밀어 내며 분위기를 와장창 깼다.

"바깥일은 어찌 되었는지나 이야기해 주시지요. 분명 장가의 노비를 훔치셨단 발고가……."

그는 인상을 가늘게 쓰며 아령의 말을 잘랐다.

"그건 내가 처리할 일이다."

"아니요, 제 일인 것을요. 그들이 어찌하더이까. 제가 여기 있는 줄 알면 가만있지 않을……."

"난, 널 거둔다 했다. 설마 그런 방비도 없이 널 찾았을까."

그의 단호한 눈빛에 아령은 가슴이 뛰었다. 그에게 거두어 달라 했고, 그는 이제 그러겠다 하나 그새 너무나 많은 게 달라졌지 않은가. 아령은 인상을 가늘게 찌푸렸다.

"설마, 그날 밤 가영궁 북문 쪽에서의 소요가, 마마께서 호위들을 보내신 때문입니까."

그는 낯을 조금 붉혔다.

"나도 갔다."

"전, 전하께서도요? 왜요?"

"왜긴! 널 데리러 갔지."

엇갈렸구나. 아령은 입술을 깨물었다.

"도대체 밤새 어디에 있었던 것이냐? 진왕부로 왔으면 그대로 있을 것이지 위험하게 용천 마을에는……!"

그러나 갑자기 또 싸늘해지는 아령의 표정을 보며 륜은 입을 닫았다. 아령이 죽을 뻔했던 것만 생각하면 너무나 두려웠으나, 그녀의 판단이 틀렸느냐 묻는다면……. 책망은 그가 할 일이 아니다.

"이젠 내게 기대라. 널 믿지 않는다 했던 건 마음에도 없는 소리였다. 나는 널 명아령이라 했고, 이제 그 이름은 네 것이야. 황상께서 직접 널 인정해 주실 것이다."

아령은 그를 올곧이 바라보았다. 소름이 쪽 끼쳤다. 나를 믿는다니. 그는, 나를 알아본 것인가.

"명아령의 이름으로 된 것들을……."

륜은 잠시 숨을 들이켰다. 그러나 아이가 아무리 사랑스럽더라도 해야 할 것과 하지 말아야 할 게 있다.

"모두 네게 주진 못한다. 명가의 옛집 같은 건. 대신 상응하는 재물을 주마."

"훗, 저를 그리 못 믿으시면서 이름은 왜 찾아 주신답니까."

아령은 륜을 매섭게 쏘아보았다. 알아보긴 뭘 알아봐. 서로만 아는 것들을 찾아 물어 대조하면 그녀가 진짜란 것, 이젠 그에게 쉽게 증명해 보일 수 있다.

"나는 널 거두고 너와 일생을 함께할 것이다."

"처는커녕 첩으로라도 싫다 하시던 게 며칠이나 되었다고요!"

"너야말로 네 전부를 준다던 게 언제더냐."

말은 어찌나 잘하는지. 뺨이 확 붉어졌다.

그럼에도 이젠 그녀가 밝히기 싫다.

너무나 똑똑히 기억해서이다. 그가 그녀를 얼마나 싫어했던지를.

"싫습니다!"

그는 이 혼약을 얼마나 벗어나고 싶어 했던가. 우리는 왜 이렇게까지 엉망진창이 되었던가.

우리는 이별하는 게 옳다.

"파혼하기로 그리 굳게 약조하여 놓고서요!"

"어림없는 소리."

안광이 번들거리는 두려운 눈빛이 아령을 묵직하게 눌렀다.

"파혼은 없다. 혼약대로 넌 나의 비가 될 것이다."

둔중한 충격이 아령의 가슴을 때렸다. 그의 비가 된다니! 어려서부터 당연시하면서도 늘 꿈꾸던 것. 륜의 비. 그 말이 얼마나 좋았고, 그 때문에 얼마나 상처받았던가.

"널 믿으마. 그러니 너도 이젠 날 받아 주렴."

"믿긴 뭘 믿습니까. 여태 제가 했던 말을 단 한마디라도 믿으셨습니까."

아령이 고개를 싹 돌리자, 륜은 그녀의 고개를 억지로 되돌려 저를
바라보게 했다.

이 아이를 만나고 나서 저가 한 일이 차례로 머리를 스친다. 아이의
눈에는 원망과 미움만이 가득해 그를 조금도 담고 싶어 하지 않는다.
그러나 그것이 마음 아프기보단, 저가 여태 쌓아 주었던 짓이 마음 아
프다. 나는 이 아이에게 얼마나 잘못했던가.

"널 죽일 뻔한 걸 후회한다. 네가 이 세상에 있어⋯⋯."

륜은 애써 침을 삼켰다. 그것이 아령에 대한 의리였대도 아이로선
날벼락일 것이다.

"있어 주어, 너무도 다행이다. 이젠 이 넓은 하늘을 조그만 네가 다
가리는구나. 나는 너 없이는 안 되겠다."

아령은 숨을 쉬지도 못하고 그의 반들반들한 눈을 바라보았다. 그
무거운 진심에 울음이 터질 것 같았다.

"매 순간, 처음부터, 경방이 저의 첩을 잡아다 달라던 그 순간조차,
너를 갖고 싶지 않았던 적이 없다. 네 목을 베려던 순간에도, 처는커녕
첩으로라도 들이기 싫다던 그 순간조차, 너를 품고 싶었다. 네가 내게
이렇게 믿을 수 없도록 나타나 준 게⋯⋯."

륜의 입술은 아령의 입술을 지그시 물었다. 아령은 입을 달싹이며
떼 내었다. 그의 가슴을 미니 그는 미는 대로 밀려 준다. 그가 아프게
말을 이었다.

"너무나 좋구나."

겨우 달콤한 말 몇 마디. 그걸로 뭘 어쩌라고.

울음을 꽉 참으며 뛰는 가슴을 달래면서도 아령은 그가 미웠다.

"저는⋯⋯ 저는 전하를 연모하지 않습니다."

더 아프게, 더 깊이 상처 내 주고 싶은데. 지금은 그것밖에는 못 하
겠다. 그러나 그는 꿈쩍 않았다.

"하지 말아라."

"……?"

목소리가 싸늘하다. 괜히 겁이 더럭 나 그를 다시 바라보았다. 그는 단호히 말했다.

"네가 이리 곁에 있어 주는 것만으로도 충분하니."

어지러웠다. 앞섶이 풀어 헤쳐진다. 가슴이 드러나며 천천히 옷깃이 벌어졌다. 치마가 바닥으로 흘러내린다. 벗겨지는 자신을 차마 볼 수가 없어 아령은 다른 데로 눈을 돌렸다.

그를 말려야 하는데, 왠지 그럴 수가 없었다. 너무나 어려서부터 이렇게 되는 게 당연하다고 세뇌되어서인가. 아니, 늘 내쳐졌던 탓에 그를 너무나 품어 보고 싶어서이다.

주위가 어둑하다. 사방의 창들이 내려지니 방에 든 듯 조용하다. 붉게 기우는 해가 얇은 종이를 통해 누각 안을 희미하게 비춘다.

그에게 몸을 열다. 그의 비가 되다. 그 모든 게 아득한 꿈 같다.

그와 파혼하여 자유의 몸이 되는 순간을 얼마나 그렸던가. 그럼에도 그를 너무나 갖고 싶다. 그를 내 것으로 만들고 싶다.

그 색스러운 궁녀가 그와 했을 것. 그땐 몰랐지만 지금은 그게 뭔지 안다. 그녀와도 이리했겠지.

너무나도 미워 그의 손길을 막고 싶으면서도 동시에 내맡기고 싶다. 이 무슨 모순인가.

그러나 말간 젖가슴이 공기 중에 노출되자, 어지러웠던 생각들은 곧 한데로 집중되었다.

"아이!"

아령은 본능적으로 그의 손을 밀쳐 냈다. 그러나 그새 그의 손은 너무나 빠르게 툭툭 벗기며 알몸을 만들었다.

"저, 저기!"

이 훤한 데서 이리 발가벗겨지다니. 그는 원령포를 입은 그대로의 단정한 차림이다. 하지만 아령의 당황을 알아채고 얼른 입술을 겹쳤다.

"우으읍!"

이번엔 항의가 먹히지 않았다. 꽉 틀어쥔 손목이 아프진 않지만 그 완력에 타협점은 없다. 그와의 입맞춤이 꽤 익숙해졌더라도 이건 너무 괴로웠다. 그가 집요하게 두드리며 함께 혀를 얽기를 요구했지만 아령은 무어라도 가릴 게 절실했다.

"아잇!"

치마를 찾아 바닥을 헤매던 손이 사로잡혔다. 그는 두 손을 함께 결박하곤 아령의 뒷무릎을 쓸어안아 그대로 그의 무릎에 놓은 채 폭 감싸 안았다.

"하압!"

그러곤 폭군의 난입이다. 강렬한 혀가 입안을 난폭하게 헤집었다. 치열을 샅샅이 훑고, 혀뿌리가 뽑히도록 힘주어 빨아들인다. 작은 혓바닥이 조로록 끌려 들어갔다.

가슴이 뛰며 빠르게 휘도는 맥이 귀를 요란하게 울렸다. 그러나 뒷목이 저릿해진다. 지금 벗은 아랫도리를 놓고 앉은 곳이 어디인가.

뱃속에 낯선 열기가 끼쳤다. 온몸의 감각이 날카롭게 깨어나며 사내를 안고 싶은 계집의 본능이 날뛰었다. 그의 가슴과 밀착된 오른쪽 유두가 검은 비단에 슬쩍 쓸리는 것만으로도 발딱 섰다. 저도 모르게 아랫도리가 괴로워져, 그의 허벅지에서 벗어나려 발버둥 쳤다.

"우으읍!"

그러나 그는 오히려 다리 사이를 가르고 들어온다. 지금 어디로 손을!

그의 가슴을 탕탕, 쳐 봐도 어림없다. 위로는 혓바닥이 입안 한곳을 할짝할짝 밀어 댔고, 아래로는 긴 손가락들이 하초를 덥석덥석 헤집었다. 한 팔은 어느새 그의 겨드랑에 갇혀, 그의 등과 은낭에 짓눌린 채 결박되었다.

옴짝달싹할 수 없다. 유일하게 움직일 수 있는 엉덩이를 휘돌리며 그의 손을 피하려 할수록 더욱 부끄러워진다. 도도록한 두 개의 둔덕 사이를 굵고도 기다란 손가락들이 길을 내며 척척척 빠르게 휘어 감는다. 생경한 감각도 감각이지만 그 소리 때문에 더 사람 미치겠다.

"흐으!"

저도 모르게 흘리는 신음을 그가 욕심껏 집어삼켰다. 엉덩이를 돌려 바깥으로 몸을 뒤트니, 그의 손도 착실히 따라와 꽃잎을 헤집길 멈추지 않는다. 못 견디겠어서, "으응!" 신경질적인 신음을 흘리며 그의 가슴을 좀 밀어 냈다. 이번엔 그는 미는 대로 밀려 주었다.

떨어진 입술 새로 그가 힘들게 뱉어 낸다.

"너를…… 연모한다."

또 쿵! 가슴이 무너진다. 아령은 용기를 내 그의 눈을 바라보았다. 그의 눈빛이 묵직한 정염의 무게를 실어 전했다. 그럼에도 또 싹 그의 눈을 피한 건 싫어서라기보단 너무나 부끄러워서이다. 그새 그는 또 입술을 슬그머니 겹쳤다.

그러나 집중은 딱 한데로 쏠렸다. 혼약을 했을 뿐 혼사는 먼일이었다. 여느 양가 규수처럼 이런 건 배워 보지 못했다. 씻을 때조차 꺼려 졌던 곳에 그의 손이 너무나 집요하도록 오래 머문다.

기다란 중지 끝이 살처마를 슥 헤치고 들어와 길게 훑어 내린다. 둥글게 둥글게 말아 올리는 이상한 손놀림. 온몸이 절로 뒤틀어진다. 생각지도 못했던 입구에 중지가 닿았을 때 예고도 없이 쑤욱, 쳐들어오는 이물감에 "흡!" 신음하자 그는 또 슥, 빠져 후퇴한다.

"하아!"

질척질척 입구를 휘돌았다. "하아!" 몸을 뒤틀어도 가차 없이 따라 든다. 저도 모르게 애액을 흘리며 다리를 버둥거렸다. 그럴수록 점점 더 빨라지는 움직임. 들었다 빠졌다 들었다 빠졌다.

"하앗!"

애가 닳아 못 견디겠어서, 아령은 그의 손을 붙들어 기어이 잡아 뺐다. 그는 미는 대로 밀려 주었다. 뺨이 미친 것처럼 타들어 간다.

"이, 이리는…… 그, 그만하십시오."

아령은 그곳을 오히려 그의 몸통에 바싹 붙였다. 더는 손을 못 대게 하려는 미련한 움직임.

"알았다."

그러나 그의 손은 오금으로 들어가 아령의 두 무릎을 말짱하게 젖혀 올린다. 엉덩이가 둥글게 말리는 걸 깨달았을 때 밀지는 또 그의 손아귀에 장악당했다. 뒤쪽으로 쑥 들어오는 손가락들. 느낌은 더욱 진해졌고, 움직임은 훨씬 노골적이다.

"아, 안 한다셔 놓…… 하악!"

이젠 무릎조차 결박당했다. 엉덩이를 허공에서 비트는 게 유일한 항거. 손가락들은 집요하게 꽃잎을 앞뒤로 헤치면서도 중지는 또 입구를 탐한다. 들었다 빠졌다 들었다 빠졌다. 들어와도 이상하고 빠져도 괴롭고 사람 미칠 지경.

"하악!"

놓아 달라, 그의 어깨를 강하게 흔들어 댔다. 괴로우면서도 다디단 요사스러운 느낌을 더 견딜 수 없다. 그는 또 밀려 주었다. 아령은 그의 품 안에서 기어 나왔다. 그녀가 하초에서 흘린 것이 그의 허벅지를 타고 길게 흘러내렸다.

"훗!"

흥건하게 젖은 데를 보곤 기겁할 새도 없이, 그는 원령포를 벗었다. 그러나 더 벗진 않고 허리만을 푼다. 아령은 얼른 고개를 돌리고 침상 위를 기어 도망쳤지만,

"놓아, 놓아주십……."

발목을 붙들렸다. 나뭇등걸처럼 단단한 그의 손이 아이처럼 주르륵, 끌어 발랑 뒤집곤 반듯하게 눕혔다. 알몸뚱이가 그의 눈에 노골적으로 드러났다.

순식간에 그의 몸이 겹쳐졌다. 이제는 하려는가.

본능적인 두려움에 그의 가슴을 밀려는 순간, 그가 아프게 말을 꺼냈다.

"약속한다. 일평생, 오롯이 너의 편이 되어 주마."

갑자기 가슴이 에이어 눈물이 핑 돌았다. 얼마나 듣고 싶었던 말인가. 부끄러움도 잊을 만큼 격한 감정이 그녀를 적셨다. 그러나 그도 잠시. 그가 입술을 내리자, 아령은 다시 몸을 뒤틀기 시작했다.

꼿꼿하게 선 유두가 그의 입술 안으로 왈칵 잠겼다. 그의 입술이 색정적이란 걸 이제야 제대로 알았다. 무심히 툭 뱉곤 또 왈칵 빨아들이는 그 압력에 뒷목이 저릿해진다. 또 툭 뱉어 내자마자 또 왈칵 빨아들이는 못된 입술.

가슴의 응어리가 조금쯤 풀린다. 그를 더 미워하고 싶은데, 그 미움이 자꾸 가신다. 되려 그가 한없이 좋아진다. 이리 저에게 집중해 주는 느낌이, 너무나 좋다. 늘 두렵고도 밉던 그 눈빛이 지금은 이리 정염으로만 번들거리지 않는가.

그래, 나는 륜을 너무도 연모하였다.

"아흑!"

뒤따르는 쾌락. 검게 그을린 커다란 손이 다른 쪽 젖가슴을 강하게 쥐어 올렸다.

"흐읍!"

그리고 다른 손은 아래를 더듬어 내렸다. 쾌락을 맛보았던 입구가 벌컥거리며 조여든다. 다시 쑤욱, 찾아든 손가락에 아령은 몸을 비틀었다.

정말로 미칠 것 같다. 입술은 번갈아 유두를 쭉 머금고 툭 내뱉길 반복하는데, 밀지로는 그의 손이 끈질기게 주변을 허투루 맴돈다. 조금 더 강렬히 해 주었으면 하는 민망한 욕구가 뱃속에 고인다. 아까처럼, 아까처럼 해 주었으면 좋겠는데 그의 손가락은 힘없이 슬그머니 게을러진다.

"하으!"

아령의 눈빛이 흐려졌다. 륜은 간신히 자신의 욕망을 눌러 참고 있었다. 이리 급히 그녀를 안는 게 미안하고도 부끄러웠다. 이름을 찾아 주고, 대례를 치르고, 약속처럼 비로 맞은 뒤 그녀가 모든 게 준비되었을 때 안고 싶었다.

그러나 눈빛이 달라진 그녀를 마주한 순간, 그는 초조해졌다. 그녀는 진심으로 그를 떠나려 들고 있다. 나는 널 못 놓는다. 이렇게 파렴치하게라도 꽉 붙들 것이다.

"고개를 돌리지 마라."

그럼에도 자꾸만, 자꾸만 그를 피하는 게 원망스럽다. 저 새카만 눈이 나를 담으며 웃었으면.

어찌 너는 나를 그리 미워만 하는가. 눈에 담기조차 진저리 치는가. 같이 있으면서도 집요하게 고개를 돌리는 게 이해가 가면서도 가슴이 아프다.

"여길 보라고."

그녀가 착실히 반응하는 건 그의 손길뿐. 그래, 여인의 본능을 자극하는 것밖엔 너를 붙들 길이 없구나. 그나마 얼마나 다행인지. 널 붙들 수 있는 게 하나라도 있으니.

그리하여 나는 너를 취할 것이다. 너를 내 손으로 길들이고 내 것으로 만들 것이다. 절대로, 누구에게도! 내어 주지 않으리라.

그의 눈빛에 욕망이 감돈다. 못되어진 그의 입술은 그녀의 유두를 강렬히 꽉 깨문다.

"아흐!"

인상을 찌푸리며 까만 아이의 눈이 그제야 그를 바라봐 준다. 욕망으로 헤실헤실 풀어지는 게 사랑스럽다. 이 얼마나 달고 좋은가. 내 손길에 흐트러지는 것이.

그의 손이 집요하게 아령의 은밀한 곳을 맴돌았다. 손에 힘을 툭 빼니 아이가 엉덩이를 조이며 쾌감을 조른다. 네가 바라봐 주지 않으면 절대 달라는 걸 주지 않겠다는 듯, 허공을 휘도는 것처럼 손가락을 힘없이 돌리자 그녀의 질구가 움찔거린다. 그는 그녀의 다른 가슴을 강렬히 죽 빨아들였다.

"흐으"

그녀의 입술로 새는 신음이 달콤하다. 그의 손길에 오롯이 반응해 주는 미숙함이 사랑스럽다. 그는 상을 주듯 그녀의 다른 쪽 가슴을 강렬히 거머쥐며, 그 정점을 꽉 깨물었다. 그녀가 엉덩이를 비틀며 입구를 꽉 조인다. 그의 입가가 만족스럽게 길게 말려 올라갔다.

그는 아령의 오금에 손을 넣고, 무릎을 접어 올렸다. 얌전히 그의 손을 받아들이던 아이가 몸을 뒤틀며 버거워한다.

"이, 이게 무어…… 읍."

그는 항거를 또 먹어 치웠다. 그리고 그 입술은 곧장 아래로, 아래로 내려만 간다. 가슴의 높은 계곡을 지나 젖무덤을 잘근잘근 씹어 내리는 잇새로 혓바닥이 들락거렸다. 혓바닥은 배꼽 부근을 애절하게 맴돌며 두드리곤 아래로, 아래로 내려만 갔다.

사내를 모르는 아이가 그의 이마를 밀쳐 내려 양손을 들었을 때 그는 화답처럼 그 두 손목을 꽉 쥐곤 한 손으로 결박했다. 그 어느 때보다 가차 없이 가느다란 손목들을 거머쥔 채 꽉 내리누른다.

그리고 그의 입술은 예정대로 아이의 수풀을 헤친다.

"하으!"

엉덩이를 들썩이려 하지만 제 두 손과 그의 한 손에 배가 꽉 눌렸다. 새하얀 두 다리는 그로 인해 한계까지 벌어졌다.

"저, 저기!"

다급해진 아이가 고개를 들었다가 빙긋, 웃는 륜의 눈과 마주치곤 또 고개를 싹 돌린다. 그게 못내 섭섭한 만큼 그는 정성을 담아 심술궂게 그녀의 붉은 속살을 츄릅, 빨아들인다.

"아흡!"

견딜 수 없는 쾌감을 주곤, 또 싹 걷어 들인다. 꽃잎을 한 겹 한 겹 휘돌며 헤치는 짐승의 혓바닥이 멍충하도록 느리게 입구 주변을 헤맨다. 도도록한 둔덕을 죽 빨아들이곤,

"하으."

오므려 들이려는 다른 쪽을 잔인하게 꽉 깨문다. 쾌감으로 몸을 비트는 곳에, 다시 애절하도록 다정하고도 부드럽게 다가든다. 꽃잎을 슬쩍슬쩍 헤치곤 돌기를 혀로 톡톡톡 두드린다. 그의 원령포와 손바닥을 뜨겁게 적시던 감로수가, 또 한 번 왈칵 쏟아졌다. 그는 달게 받아 마셨다.

그럼에도 너무나 목마르다. 마실수록 달고도 향긋해지는 그것이 더 고파질 뿐이다. 그는 혓바닥을 죽 끌어 올리며 그녀의 입구를 헤집었다. 더 마시고 싶다. 마실수록 더 맛보고 싶다. 끝없는 갈증은 흉통이 되어 칼처럼 그의 가슴을 깊게 후벼 판다.

그는 이성을 놓고 흡입하듯 그 입구를 들이마셨다.

"그만, 그만…… 하아악!"

너무나 사랑스럽다. 더 견디려 했는데. 더 해 주고 싶었는데. 이젠 그가 더 이상 견딜 수 없어졌다.

아령은 절벽에서 떨어지는 것 같은 쾌감을 몇 번이나 맛보고 말았

다. 그가 몸을 일으키자 간신히 "후우." 안도의 한숨을 내쉬었다. 부끄러워 몸 둘 곳이 없다. 그러나 그것은 아주 잠시.

우람하도록 힘찬 그의 것이 눈앞에 몸뚱이를 우뚝 드러냈다. 보지 않으려 해도 고개를 돌릴 수 없었다. 저것을, 몸 안에? 본능적으로 몸을 일으켜 엉덩이를 물리는데, 그는 또 아이처럼 두 발목을 콱 거머쥔다.

얼마 도망치지도 못한 만큼 주르륵, 끌려 내려온다. 소용없다는 걸 알면서도 버둥거리게 되는 것도 어쩔 수 없다. 그는 자신을 아령의 입구에 들이댔다.

"무, 무섭습니다."

아령은 솔직히 말했다. 이 순간이 뭔지 알면서도 막상 하려 드니 겁이 났다. 그는 미안해하며 웃었다.

"나도, 여인이 익숙지 않다. 잘하리란…… 보장은 못 하지만, 그래도 잘해 보마."

"예?"

여인을 어찌 안는지는 배워 둔 바 있지만, 파과의 아픔은 말로만 들어 알 뿐이다. 그는 아령에게 저의 것을 맞대었다.

"널 연모한다."

아이의 눈빛이 다시금 흔들렸다. 그의 고백에 흔들리는 까만 눈동자가 아름답다. 그녀를 붙들 수 있는 것이라면 무어든 아깝지 않다. 넌 내 것, 나의 것이다. 그녀의 몸이 다시 흐트러지는 행복감에 륜은 그의 것을 잡아 맞비볐다.

아령은 다시 훌쩍 찾아든 쾌락에 몸을 떨었다. 두려우면서도 기대되고 무서우면서도 기다려졌다. 그의 것은 느릿하게, 아주 게으를 정도로 입구를 천천히 헤집었다. 이건 또 무언가. 그의 손과 입술보다 더욱 크고도 무서운 것이 훨씬 더 알싸한 쾌감을 선사했다.

서로의 것이 맞비벼질수록 더욱 큰 열락이 쏟아졌다. 충분히 젖어
든 입구에 그의 것이 한참을 더 질척댔다. 다시금 절벽에서 떨어지는
아릿함에 몸부림칠 때,

"아악!"

몸이 갈라지는 무서운 아픔이 일시에 몰려들었다.

"잠시만…… 후우, 그래. 잠시만 견디거라."

그럼에도 륜은 급격히 조여 오는 그 쾌감에 몸서리쳐진다. 아이가
아파하는 걸 알면서도 더 파고들고 싶은 욕심을 가누기 힘들다.

"힘 빼, 그리 힘을 주면 더 힘들단다."

들어오던 그의 것이 입구에서 멈췄다. 귀두의 끝만을 겨우 슬쩍 물
고 더 이상 받아들이지 못하는 결합부를 눈에 담으며 아령은 경악했다.

"쉬잇. 잘하고 있단다."

저도 모르게 눈물이 흘렀나 보다. 그가 눈물을 받아 마시며 다정히
말할 때, 아령은 저도 모르게 서러워져 흑흑, 더 눈물을 쏟았다. 그가
다정히 머리칼을 쓸어 준다. 그게 뭐라고. 그게 또 그리 좋아서, 아령
은 울다 말고 그를 바라보며 긴 한숨을 "후우." 내쉬었다.

그가 정답게 웃으며 입술을 겹쳐 왔다. 짜릿한 쾌감에 그의 혀에 매
달릴 때,

"으으으읏!"

그의 끝이 그녀의 입구로 더욱 길게 밀어 안으로 들이닥쳤다. 그의
입술을 놓았다. 참으로 아팠다.

"옳지."

어찌 저리 다정한 목소리로 이런 무자비한 짓을 하는가.

"다 되었다.", "거짓말. 아악!", "다 되었어.", "아아악!"

그의 것은 몇 번을 자잘하게 끊어 아령의 안을 제대로 파고들었다.
마침내 그가 아령의 몸 안으로 온전히 들어왔다. 다정도 쾌감도 기대도

감정도 다 날려 버릴 만큼 너무나 아파 눈물이 주르르 흘렀다. 그가 다정히 속삭였다.

"그래, 잘했다."

뭐 이런 걸로 칭찬을 받나. 그럼에도 서러움이 와락 몰려왔다. 그를 밀어 낼 수도 받아들일 수도 없었다. 그러나 그것은 겨우 시작.

천둥이 치듯 시커먼 음모가 맞비벼진다. 뒤로 물러난 그의 것이, "하읍!" 무자비하게 또 들이닥친다. 그는 아령에게 몸을 낮추어 제 혀를 내주었다. 매달릴 것 없이 붕 뜬 느낌에 저도 모르게 그의 혀를 그러안았다. 세상 단 하나뿐인 무엇처럼 그의 입술에 의지하고 매달렸다.

"으으읍!"

맞붙은 입술 새로 야릇한 신음이 흘렀다. 자유로워진 두 팔로 그의 어깨를 안았다. 훅, 빠졌다 다시 훅, 치고 들어오는 느낌이 강렬하고도 쓰렸다.

그럼에도 뿌듯하다. 이 아픔이 벅차도록 애틋하다. 죽을 것만 같은데 온몸 가득 그를 취했다는 만족감이 서서히 자라난다. 또한 그의 움직임이 반복될수록 아픔이 옅어지며 그 빈틈을 파고드는 알 수 없는 열락.

"흐흐읍.", "흐읏."

둘의 신음이 정신없이 뒤섞였다. 붉은빛이 휘돌던 누각 안은 완전히 껌껌해졌다. 그러나 탁탁탁, 살갗이 맞부딪치는 야릇한 소음과 두 남녀의 탁성은 그칠 줄 몰랐다. 손톱과 같이 가느다란 초승달이 새치름하게 내려다보는 아주 더운 밤이었다.

파정의 쾌감으로 륜은 아령을 다정히 그러안았다. 워낙 당차고 기가세 이렇게 작은지 몰랐다. 품 안에 쏙 들어오는 좁은 어깨가 그의 반이나 될까. 새하얀 목덜미는 가느다래서 힘주어 안기도 벅차다.

어깨의 옛 상처가 또 가슴 아프다. 너무나 속이 상해 알은체하지 못하다가 저도 모르게 입술이 내려앉는데, 아이가 어깨를 돌려 뺐다. 싫은가 보다.

차마 많이 아팠냐고 묻지도 못했다. 몸의 상처에 마음의 상처를 더해 주었다. 흉한 게 아닌데. 보기만 해도 저가 칼을 맞은 것처럼 아프고 안쓰러운데, 아이는 싫단 표를 내며 이불로 어깨를 가렸다. 원하는 대로 모른 체해 주었다. 대신 꽉 그러안았다.

살결이 맞닿은 곳에 자작한 땀이 밴다. 그 열기조차 다디단데, 아이는 이제 륜에게서 몸을 떨어뜨리고 싶어 바르작댄다. 그게 또 괘씸하여 등지고 안긴 아이를 한 번 더 깊게 그러안으니, 기어이 밀어 낸다. 할 수 없이 밀려 주었다.

"왜?"

"더, 덥습니다."

아령은 륜을 볼 낯이 없었다. 낯선 감각들이 온몸에 여전했다. 그가 주는 사랑이, 집중이, 진득한 감정이 벅차다. 그럼에도 스스로를 다잡아야 했다.

창을 열려 일어나려 했으나, 무언가 다리 사이로 왈칵 쏟아진다. 일어서지도 앉지도 못하며 당황하니 륜이 시비를 부른다. 아령은 얼른 침의를 끌어다 걸쳤다.

극구 말리는데도 륜은 창을 열게 하고 더운물을 명했다. 부끄러워 몸 둘 데가 없는데 그는 외려 담담했다. 가득하던 열기 대신 청량한 밤공기가 들어찼다. 풀벌레 소리가 나지막하다. 아령이 질색하니, 시비를 도로 물렸다.

은은한 등롱 아래 새하얗던 민무늬 비단 금침이 혈흔으로 얼룩져 있다. 륜은 착잡하고 미안했다. 내색하지 않으나 아령이 힘들어한다는 걸 안다. 여태 그에게 시달렸으니 그럴 만했다. 폭주하지 않으려 몇 번이고 힘을 뺐어도, 품 안에서 신음을 쏟는 아이가 그의 이성을 날렸다.

"시, 싫습니다."

따뜻하게 적신 수건을 직접 가져다 대려 하니, 기겁을 한다.

"이리하거라."

"괜찮다니까요."

밀려 주면 밀리지만, 하려 들면 못 당한다. 무심히 툭툭 벗기며 다시 알몸을 만든 뒤, 여태 물고 빤 곳을 기어이 열어 더운 수건을 가져다 댔다. 조금 부은 곳과 빨려 불긋해진 곳들이 안쓰럽다. 서로 쏟아 낸 것들을 다정히 닦아 주는데, 수건이 떨어지자마자 이불을 착 끌어다 몸을 가린다.

무언가 많이 달라졌는데, 아무것도 달라진 게 없는 기분. 허탈하다. 그의 손길에 이리 착실히 반응하면서도 몸이 떨어지기만 하면 원래대로니.

어찌 저리 냉정한가. 연모하지 않는다던 말에 상관없다던 게 상관없지 않았다. 가슴을 알싸하게 긋는 야릇한 배신감이 그의 몸에 차분히 들어차고 있었다. 아이의 머릿속이 궁금하다.

이리 까맣고 아름다운 눈을 빛내며 무슨 생각을 하는가. 아이의 시선은 늘 그를 비껴 있다. 그는 왈칵 두려워졌다.

"다른 생각은 마라."

잠깐 그를 담더니 고개를 또 싹 돌린다. 폭발처럼 그의 가슴에 분노가 머금어진다. 다른 데를 보는 너, 이젠 참지 못하겠다. 륜은 억지로 아이를 끌어다 무릎에 앉혔다. 자그마한 몸뚱이가 품 안에 쏙 들어오는 것이 벅차도록 달다.

"대답해."

이리 재촉하는데도 아이는 입을 꼭 닫은 채다. 그는 벌을 주듯 그녀의 앵둣빛 입술을 쪽 빨아들였다. 그의 뜨거운 애무에 발갛게 부풀어서도, 또 착 매달리며 혀를 얽어 준다. 미약한 안도감. 그럼에도 답은 않는다.

"답하지 못하겠느냐."

체통 없이 답을 보챘다.

"예."

륜의 귀에는 그 성의 없는 "예."가 '싫습니다.'로만 들렸다.

아이는, 왜 이러는가. 뾰로통하게 화가 난 것처럼만 보이는 이 작은 머리통을 탈탈 털어 생각을 없애고만 싶다. 그리 뜨겁게 안겨 오고서는, 이것이 무엇인가. 조급해진 륜은 입을 또 맞추며 아이의 혀를 쪽, 끌어들였다.

끌면 끌리는 대로 조로록 따라 드는 혀끝이 이젠 제법 다정하게 얽어 준다. 그러나 아이와 속살을 섞을수록 그 미약한 안도감마저 후루룩

달아나 버려, 륜은 지그시 이불을 헤치고 손을 밀지로 가져가고 만다.

"이젠, 그만하십시오."

그의 손을 거부하지 않으면서도 아이는 힘에 겨워했다. 어리석은 수 컷의 열락을 위해서는 아니다. 물론 아이를 매 순간 품고 싶어도, 그에 게 몸이 익숙해질 때까지 찬찬히 기다릴 수 있을 만큼, 그는 아이를 마음 깊이 품었다.

그러나 알 수 없는 불안이 그를 재촉한다. 왠지 요 작은 머리로 그를 버릴 준비를 착착, 하고 있는 것만 같다. 이 새카만 두 눈을 그에 대한 정염으로만 가득 차게 하고 싶다.

너도 나를 마음에 조금이라도 품거라. 그리하면 나를 떠날 생각은 않겠지. 네 마음은 그만큼이면 족하니.

"하으!"

살처마를 헤치며 갈라진 틈으로 부드럽게 손가락이 들어온다. 착착 감기며 또 쾌감을 선사하는 그의 손길을 아령은 내버려 두었다. 아랫배 가 뻐근해지도록 격렬한 희열이 들어찬다. 그럼에도 아령은 그의 불안 처럼 그를 떠날 생각을 하고 있었다.

"넌, 내 비가 될 것이다."

"……."

"답하지 못해?"

"예."

또 한 번의 거짓말이 공허하게 울렸다. 그 의미를 알아챈 륜의 손이 다급해진다. 질척거리는 부끄러운 소리에 아령은 팔을 열어 그의 어깨 를 그러안았다. 다른 팔로 황급히 안아 드는 그의 듬직한 팔. 달콤하고 도 좋다.

"흐으!"

아령은 또 그의 무릎에 앉은 채 몸을 뒤틀었다. 그의 허벅지를 적시는 게 너무나 신경 쓰이면서도 이 사람의 손을 막을 길이 없었다.

간사한 마음이 그를 많이 용서했다. 그가 날 마음에 담아 준 게 이리 위안이 되다니. 그에게 뜨겁게 안기는 이 순간이 이리 달고 좋다니. 그럼에도 우스운 건, 그의 비로 살고 싶진 않다는 것.

이대로 가짜인 채로 있을 수는 없다. 진짜라 밝히기도 겁이 난다.

명아령이 아니니 이리 애틋한 것이다. 그를 믿지만 믿지 못한다. 그도 나이 들었고, 나도 자랐지만 우리는 우리다. 진짜라 밝히는 순간, 예전으로 돌아가겠지.

아니, 그는 더욱 잘나졌고, 아령은 거지꼴이 되었다. 당연히 그는 아령을 모른 체하지 않을 것이다. 의무감으로 비 자리에 앉힐 테고, 가장 큰 전각을 내줄 것이다. 그리고 홀로 놓아둘 것이다. 이런 열락은 다른 계집의 몫이 될 테니.

그리는 싫다. 억지로 자리에 앉혀 두고 꼴 보기 싫어하며 요리조리 피해 다른 여자를 찾는 그를 보기 싫다. 악을 쓰며 다른 계집을 안지 마라, 그에게 상처 주기 싫다.

그를 연모하지 않았다면 오히려 함께할 수도 있을 것 같다. 그러나 이젠 새 여인들과 경쟁할 자신이 도저히 없다. 아니, 이미 그에게 안겼던 여인들이 후궁에 들어 있겠지. 두엇일까, 일고여덟일까. 상상만으로도 견딜 수 없다.

나를 황후 같다 했던가. 그래, 나는 투기할 것이다. 그 궁녀처럼 방자하게 구는 것이 있다면 불러다 매질조차 할지 모르겠다. 뺨을 후려갈기는 모습을 그에게 들키곤 그가 질렸다는 표정으로 나와 눈을 마주친다면.

그날처럼. 나 대신 그 아리따운 라 씨를 감쌌던 그날처럼 나를 본다면.

'약속한다. 일평생, 오롯이 너의 편이 되어 주마.'

이 얼마나 애틋하고도 부질없는 약속인가.

그러므로 내가 이 사람을 놓을 것이다. 내가 버리면 그만. 그는 함께 죽어 주겠다 약속했다. 그러고도 저나 나나 이리 멀쩡히 잘 살아 있지 않나.

곧 깨져 없어질 연모 따위, 내가 깨부수어 주리라.

그리고 그의 진짜 마음은, 오늘 밤의 이 부질없는 열정은 내 가슴속에 잘 넣어 두리라. 그렇게라도, 나는 그의 유일한 여인이고 싶다.

"으응!"

질척거리는 소음이 공기를 울렸다. 아령이 양손에 꼭 쥐고 있던 홑이불은 그의 손에 싹 걷혔다. 침의를 입은 그의 품에 올라 또 아령만 발가벗었다. 굵은 손가락이 입구로 다시금 불쑥 쳐들어왔다. 심술궂게 안을 헤치고 들어와 야릇하게 안쪽을 살살 문지른다.

"으으응!"

륜은 엉덩이를 뒤트는 걸 번득이는 눈으로 잡아, 약한 곳을 샅샅이 찾아낸다. 뱃속에 점점 크게 고여만 가는 쾌감을 어쩌지 못해 양팔로 그의 어깨를 그러안았다. 맨가슴으로 젖무덤을 스스로 뭉개며 침의를 입은 그의 가슴팍에 매달린다.

깨끗이 닦아 준 데를 다시 제 것으로 적시게 하는 이 심술은 무언지.

"하윽!"

머릿속에서 타닥타닥 흰 불꽃이 터진다. 굵은 손가락은 불쑥 하나 더 들어와 입구를 제대로 헤집는다. 그의 허벅지를 적시는 게 싫어 엉덩이를 빼며 도망쳐 보지만, 다시 반짝 끌려와 그의 팔 안에 허리가 결박당한다. 젖무덤이 그의 손에 짓뭉개지는 쾌감에 또다시 몸을 비튼다.

"하윽, 하윽, 으으응!"

절벽에서 떨어지는 것 같은 아릿한 낙하감에 몸을 떨었다. 그럼에도 손을 빼낸 그는 다시 꽃잎을 느긋하게 헤집는다. 날카로워진 몸의 감각에 그가 만지는 대로 착하게 신음을 쏟는다. 이대로 죽어도 좋을 것 같은 미친 쾌감이 뱃속에 또 몽글몽글 자라난다.

그가 허리를 풀어 그의 것을 꺼냈다. 아랫도리가 벌컥벌컥 조이며 두려움과 기대를 한꺼번에 쏟는다. 불로 지지는 통증과 희미한 열락. 첫 경험은 그러했다. 그럼에도 그의 것이 두려워 아령은 바르작대며 몸을 뺀다.

그가 일어서려는 아령의 가느다란 손목을 잡아 주저앉혔다. 힘을 겨뤄 봤자 백번 진다는 걸 몸으로 터득하여 거센 반항은 없다. 그럼에도 불끈 일어선 장대한 걸 보며 꺼려 한다. 아이를 손으로 반짝 들어 그의 양 허벅지 위에 걸터앉혔다.

다리를 오그리며 몸을 동그랗게 마는 걸 발목을 주욱 끌어 잡아 벌렸다.

"아이."

민망함에 몸을 뒤틀지만 그가 하는 대로 져 준다. 귀두의 끝을 빠끔 무는 제 입구를 내려다보곤 진저리 치며 고개를 돌리는 걸 륜은 내리누른다.

"하읏!"

시작을 아파하는 게 안쓰럽다. 조금이라도 덜 아프게 하고 싶은 생각과 거칠게 뚫어 꿰고 싶은 욕구가 맞싸운다. 뒤로 물러나 도망치려는 작은 엉덩이를 지그시 끌어당겨 가느다란 다리로 그의 허리를 감게 한다. 그러곤 조금씩 비벼 들며 안으로 파고든다.

"너를 연모한다."

륜은 입을 맞추며 혀를 내주었다. 보드랍게 얽으며 아이가 반응하던 곳을 집요하게 두드렸다. 화답처럼 그의 혀를 다정히 안으며 매달린다. 가슴 벅차게 기쁘다. 쾌감을 자잘하게 나누어 뿌리며 그의 것은 몰래몰래 그녀의 안으로 미끄러져 들어간다. 덜 아프게, 좀 더 조심스럽게.

그러나 귀두를 지난 결합이 버거운지 아이가 엉덩이를 뒤틀자, 그는 젖가슴을 조용히 잡아 뭉갰다. 유두를 꽉 잡아 비트는 쾌감을 줌과 동시에 버겁도록 커다란 그의 것이 죽, 들어선다.

"흐흡!"

아픈 것인지 좋은 것인지 구분하기 힘든 작은 몸뚱이가 비틀린다. 검은 수풀이 어지럽게 섞여 든다. 아이가 아픈 게 싫고, 아이가 쾌감에 몸을 떠는 게 좋다. 그는 유륜을 잡아 누르며 작은 엉덩이를 자신에게 툭, 당겼다.

"으응!" 작게 물러나고, "하아." 깊게 치고 들어온다. "하으!" 잘게 빼내고, "흐으." 깊게 들이박는다. 자잘하고도 빠른 움직임에 아픔을 잊곤 아이가 좋아 몸을 뒤튼다. 벅차도록 사랑스럽다. 흐려지는 눈동자는 그를 떠날 생각을 집어치우고, 그를 머금는 감각으로 채워질 것이다. 륜은 아령을 끝없이 그렇게 제게 당기고 있었다.

"넌, 하아, 내 것이다. 잊지 마라."

그럼에도 아령은 입을 꼭 닫았다. 그 무응답의 의미를 알아챈 륜의 손이 다급하게 아령의 엉덩이를 당겼다. 아까보다 아픔은 적지만 맞비벼지는 감각과 질척거리는 부끄러운 소리가 견디기 힘들다. 아령은 대답 대신 팔을 열어 그의 어깨를 그러안았다.

"으응, 으응.", "하아."

계집의 마음이란 이리 간사한 것인가. 이리 소중하게 대해 주니, 하룻밤 춘정에 마음이 허망하게 무너진다.

"너를, 하아, 연모한다."

끝없이 반복되는 그의 고백에 아령의 입술이 길게 말려 올라갔다. 그 표정이 좋은지 륜은 뺨에 자잘하게 춥, 입맞춤을 해 오면서도 결합부를 짓뭉개는 손을 잊지 않는다. 불쑥 쳐들어오는 손마디를 이제는 쉽게 받아들인다. 제대로 파고든 손은 아령의 몸과 마음을 무너뜨린다.

믿는다. 오늘 밤은, 그가 나를 마음 깊이 품어 준 것이다. 계집을 안는 순간만은 진심일 거라는 사내의 허튼 마음, 믿는다.

차라리, 내가 그를 버리겠다. 그럼에도 갖고 싶다. 그를, 한 번도 가져 보지 못했지 않은가. 이리 잠깐쯤은 그를 가져 봐도 좋지 않은가. 그를 눈에 담는 게 달콤하다. 멍청하게도.

가짜로라도 이리 바라봐 주는 게 좋다.

지금뿐이다. 절대로 그의 여자들과 경쟁하지 않으리라. 차라리 가짜가 되어 그와의 온전한 하룻밤을 갖겠다. 그리고 황제께, 파혼을 청해 자유를 얻을 것이다.

그를 마음에 품는 것, 오늘 하루를 추억으로 그와의 오늘을 갖는 것. 이것은 열둘까지 연정을 품으며 그만을 아프게 바라봤던 어렸던 령아에게 주는 선물이다. 열아홉, 기억을 잃은 계집이 멋모르고 존귀한 분을 사모했던 아령에게 주는 선물이다.

그쯤은 괜찮지 않나. 아령은 그의 입술을 뜨겁게 물었다.

경방은 뙤약볕에서 반나절이나 서 있어야 했다. 역정을 내시는 것이다. 함께 벌을 서는 약사, 박지의 낯빛도 좋지 않았다. 어질어질 현기증에 정신이 몽롱해질 즈음 들라는 허락이 겨우 떨어졌다. 너울을 쓴 키 큰 나인 하나가 두 태감에게 인도되어 나가고 있었다.

살랑, 바람이 가른 비단 천 사이로 거무튀튀한 입매가 보였다. 경방은 관심 없이 고개를 돌렸다. 요즘, 금성의 미청년이 자꾸 실종된다는 발고로 금의위의 조사가 시작되었다. 그러거나 말거나.

아령을 잃으니 세상이 다 시들하다. 살고 싶은 마음이 서서히 바스러져 간다. 빨갛게 제 몸을 불사르는 저 담뱃불처럼.

황후의 입가에서 연기가 하얗게 퍼져 나갔다. 높은 코 아래 뾰족한 턱, 장대한 기골. 그리하여 넘치는 육욕.

"되지도 않는 걸 조르더니 꼴좋구나. 쯔쯔쯔."

재떨이가 던져질 걸 각오했는데, 그녀의 붉은 입매는 어쩐지 만족으로 너그러워져 있었다. 곧 시신이 될 그자에게 감사할 일.

"송구하옵니다."

작은 눈알이 흰자위를 도르르, 구르며 경방을 소름 끼치게 바라보았다.

"배신의 대가는 치러야 하잖니."

나인 하나가 바들바들 떨며 그녀의 손에서 담뱃대를 거두어 갔다. 경방은 즉시 바닥에 머리를 짓찧으며 구걸하였다.

"배, 배신이라니요. 진왕이 훔쳐 간 것입니다. 아이는 쫓기니 두려워 도망친 것이고요. 아, 아무것도 말해 주지 않은 제 탓입니다. 잘 가르쳐 다시 마마께 충성을 바치도록 하겠습니다. 살려만 주십시오."

그때 문밖에서 인기척이 들렸다. 나인이 조심스럽게 고하자 황후가 째지는 목소리로 허락했다.

"들라 해!"

황후의 오라비, 장모균이 착잡한 표정으로 들어왔다. 황후의 두 살 어린 동복동생이다.

"장 장군, 이거, 실수가 도대체 몇 번째인가? 밖에서 잡아 죽이면 쉬이 끝날 일을 빼앗기긴 왜 빼앗겨선!"

"죽을죄를 지었습니다."

장모균이 어두운 낯빛으로 고개를 조아렸다. 혈육이 아니라면 백번 사지를 찢길 일이다.

"이봐, 일 하나 틀어진 게 얼마나 큰일로 커지나 보시게. 애초에 그 계집을 제대로 죽이고 가짜를 살렸으면 얼마나 일이 간단한가. 태자의 필체가 담긴 건 왜 또 잃어버려선!"

풀이 죽어 양 볼이 벌게진다. 그러나 곧 뒤따라 들어오는 인물을 보고 황후는 반짝 엉덩이마저 일으키며 낯빛이 환해졌다.

"아이, 우리 태자 오셨습니까."

태자는 간단히 예를 취하곤 자리를 잡았다.

"너무 뭐라 하지 마세요. 일을 하다 보면 한둘씩은 틀어지니. 애초 가짜를 주워 온 것도 숙부고, 그년이 도망친 걸 수습한 것도 숙부입니다. 다시 기회를 드리지요."

한 치의 실수만 있어도 가차 없는 응징의 살육 판을 펼치면서 저들끼리는 어찌나 관대한지. 책임은 일한 자들의 몫이라, 누가 모시든 채 3년이 못 가 목이 떨어진다. 그나마 경방은 그들을 너무 잘 아니 이리 오래 붙어 있는 것이다.

위험한 일은 절대 제 손으로들 하지 않는다. 잘못되면 책임을 씌우기 위해 피범벅의 아령을 살려 놓으라 떠맡긴 게 인연의 시작. 싫달 땐 억지로 들이밀고서, 정을 이리 들여 놓으니 죽여 없애려 든다. 널 사랑하지 않으려 나는 얼마나 애썼던가.

경방은 아연한 눈으로 그들을 바라보았다. 한데 모아 놓고 보니 기괴하도록 닮은 셋이다. 사내 같은 계집과 계집 같은 사내, 그리고 그 둘을 다 닮은 것 같기도 누구도 닮은 것 같지 않은 듯 기이한 눈빛의 태자. 저도 급하긴 했나, 오늘은 어쩐지 태자의 작은 눈알이 또렷하다.

황후는 "과연 우리 태자십니다." 반짝 웃으며 말꼬리를 돌렸다.

"기억은?"

"박지가 망각탕을 깨끗이 비우고 환각에 드는 걸 매번 지켜보았습니다. 늘 약을 정성껏 잘 지었으니 문제없습니다."

경방이 얼른 부복하여 추켜세우니 박지는 경방을 조용히 쏘아보았다. 역시 황후가 노려보며 묻는 것은 경방이 아닌 박지.

"박지, 너는 네 목을 걸고 기억을 완벽히 지웠느냐."

"서너 달쯤은 약을 걸러도 기억이 돌아오지 않도록 조처했다 합니다. 박지의 약은 늘 확실하지 않습니까."

경방이 또 추어주니 박지가 식은땀을 흘리며 고쳐 설명하였다.

"걱정 마십시오. 당장이라도 극락향을 피우면 미혼독이 발기하여 계집을 일각 안에 죽게 없앨 수 있습니다."

죽고 싶으냐! 경방은 회심의 비소를 짓는 박지를 무섭게 쏘아보았다. 삼중의 방비. 노비 문서도 모자라 기억을 지우는 동시에 극독을 먹여 온 것이다.

눈에 넣어도 아프지 않을 나의 아령에게 그 모든 걸 스스로 했다. 오직 살리기 위해. 살려 곁에 두기 위해.

"얼른 극락향으로 처리하고 치우지요. 고것이 슬쩍 봐도 보통이 아닙디다. 그동안 공들인 게 아까우나 진왕에게도 적당히 흠집은 내어 놓았고……."

"마마!"

경방이 엎드려 읍소하자, 황후는 참지 않고 경방에게 소리쳤다.

"세상에 네 것이 어딨더냐. 넌! 태생부터 내 은혜로 목숨을 부지하였다. 잊었니?"

마치 저주와도 같이, 태내에 황상의 씨를 담으면 모조리 화를 당했다. 황후의 눈에 거슬린 것들도 마찬가지. 횡액의 방법은 다양하여 목을 매기도, 배탈이 나 죽기도, 이유 모를 병으로 피를 쏟고 죽기도 했다.

물론 증거는 세상 어디에도 없다. 돈이 그녀의 권능을 만드니. 황상은 비빈이 아이를 잃거나 죽어 나갈 때마다 황후에게 와서 대로하였다 한다. 그렇다고 뭐 더 어쨌으랴. 죽은 자들은 저들의 억울함을 호소하지 못하는 것을.

그러나 현 귀비가 진왕의 동생을 잃고 영영 회임을 못 하는 몸이 되었을 땐 좀 달랐다. 황상은 황후가 친정에서 데려온 가장 아끼던 시비를 너 보란 듯 회임시켰다.

황후는 그 시비도 태내를 훑고 죽이려 들었을 것이다. 그러나 황후를 잘 아는 그녀는 절대 충성을 맹세하고 아들을 낳으면 바치기로 하여 아이를 지켰다.

"어찌 잊겠습니까. 모든 것이 마마의 은덕이신 것을요."

경방의 생모, 계 미인의 이야기다. 황후가 경방을 누르자, 태자가 기다리지 않고 박지에게 하문했다.

"진왕이 해독약을 쉬이 구하겠느냐?"

"해독약을 만들 방법은 있으나 알아내기도 어렵거니와, 찌고 말리기를 반복하여 얻은 정수를 환으로 만드는 것이기에, 만드는 데 반년은 걸립니다. 일단 발작하면 일각 이내에 먹어야만 살 수 있는데, 저가 해독약을 무슨 재주로 구하겠습니까."

황후의 입매가 만족으로 실룩이면서도 경고를 잊지 않았다.

"내게 거짓을 고할 시 네 팔다리를 잘라 소금에 절여 두고, 네 눈앞에서 삼족을 멸할 것이다. 이는 네가 아무리 공이 많더라도 예외 없다."

"여, 여부가…… 여부가 있겠습니까."

간덩이가 큰 박지조차 두려워하며 고개를 조아렸다. 경방은 숨을 죽이면서도 태자에게 계속 애절한 눈빛을 보냈다. 7년이나 약과 계집을 댄 공을 조금이라도 알아 달라, 끙끙거리며 꼬리를 힘껏 흔든다. 태자가 흐흐흐, 웃음을 뱉었다.

"되었습니다. 차라리 장가의 노비를 훔쳤다는 발고를 하지요. 그년은 기억이 없으니 륜이는 제가 아는 걸 외우게 시킬 것입니다. 경방, 너는 어찌하려느냐."

경방은 반색을 하며 박지를 돌아보았다.

"자백환을 먹이면 됩니다! 박지에게 만들게 시켜 두었습니다."

"가져왔느냐?"

태자의 명에 박지가 약갑을 얼른 바치자, 황후가 받아 들었다.

"오오, 이게 그 말로만 듣던 자백환? 진짜로 이걸 먹으면 거짓을 말하지 못하느냐?"

박지는 약간 잘난 체를 했다.

"예. 배 속에 들어가는 순간부터 최하 하루 이틀은 절대 거짓말을 못 합니다. 실상 이러한 약효 좋은 자백환은 저 같은 약사도 달포 이상 꼬박 달라붙어 정성을 쏟아야 합니다."

"그으래?"

간신히 황후의 입가가 휘어질 때, 태자가 경방을 못마땅하게 보며 날카롭게 뱉었다.

"이제 그년은 영덕천 거지의 딸 난이다. 아니?"

"예."

경방이 식은땀을 흘리며 엎드리자 황후가 매섭게 덧붙였다.

"증인들의 말이 흐트러져 결과가 흡족하지 않았다간 그년은 무조건 죽을 줄 알아라."

"황, 황후마마……."

경방은 소름이 쪽 끼치면서도 결국 아령의 목숨을 거는 황후에게 쉽사리 답하지 못했다.

"내 일이 어그러져도 그년을 살려 둘 성싶으냐. 없앨 방법이 천 가지다!"

황후의 매서운 눈알이 경방의 머리꼭지로 떨어졌다. 경방은 대답 대신 고개를 조아렸다. 이들은 은혜는 백 번 잊어도 원한은 천 번 기억한다. 태자는 바짝 오그라드는 경방을 보며 흐흐흐, 웃었다.

"이참에 금의위에서 륜이를 쳐 내지요. 어사대도 다시 살리고. 유명무실하대도 발고권은 아직 살아 있으니 숙부께선 명아령을 사칭하는 난이를 어사대의 이름으로 발고하십시오. 너무 멍청하지 않은 적당한 자를 앞세우시고."

"예?"

장모균이 신통해하며 반짝 눈을 빛냈다.

본디 어사대는 명귀춘과 장모균이 감찰권과 강제력을 나누며 팽팽히 맞서면서도 그나마 제구실을 했었다. 그러나 명가 사건 후 장가의 사조직으로 전락하여 귀족을 움켜쥐고 백성의 등을 치는 수단이 된 것이다.

그 아우성이 극에 달하고, 귀족과 백성의 지지를 기반으로 륜의 신망이 두터워지자 황제는 륜을 앞세워 어사대의 무력을 해체하고 권한을 대폭 축소하여 황족들의 감찰권과 조옥에 관한 권한을 금의위로 옮긴 바 있다.

"숙부께선 몇 안 되는 검교라도 데리고 가 끌어내는 시늉이라도 하십시오. 그래야 저도 그년을 끌고 궐에 들어와 부황께 징징대지요."

"예, 그러겠습니다."

장모균이 태자에게 고개를 조아릴 때 그는 경방에게도 명했다.

"너는 등후궁에 매일 가 첩을 돌려 달라 난리를 치며 사람들의 이목을 끌어라. 매은에게도 똑바로 증언하지 않으면 그년의 목숨을 거두겠다 전하고."

"명을…… 명을 받들겠습니다."

경방은 불안하게 머리를 조아리며 태자의 다음 말을 기다렸다.

"난이는 명아령을 사칭하고 다닌 죄로 어사대의 옥사에 갇힐 것이다. 금의위는 난이의 조옥권을 가지지 못한다. 난이는 귀족도 아니거니와 진왕은 귀족을 사칭하는 난이의 편을 들어 세상을 기망하는 데 동참했기 때문이다. 넌, 종친들을 움직여 이를 근거로 진왕을 탄핵하는 상소를 준비하고."

"전하!"

아령의 목숨이 위태로워지자, 경방은 다급히 태자에게 매달렸다. 황후는 그런 경방을 참지 못하고 소리쳤다.

"제 책임조차 다하지 못한 게 이 무슨 태도냐!"

황후는 무서운 얼굴로 경방에게 윽박질렀다. 태자는 피식, 웃으며 말을 더했다.

"기회를 봐 어사대의 옥사에서 시체 하나를 빼 주마. 앞으로 네 꽃은 음지에서 얌전히 키우렴. 어디에 낯짝 한번 내밀었단 소리가 들리면 당장 잡아다 극락향을 피우며 내 친히 단속하리라. 계집을 품을 땐 극락향이 최고긴 하지. 으흐흐, 하하하하!"

살았구나. 경방은 맥이 탁, 풀어져 더 이상 입도 벙긋하지 않고 얼굴을 땅에 처박았다.

"민심은 무슨. 진왕, 그깟 게 뭐라고."

해결 방법이 잡혀 분위기가 괜찮아지자 한참 풀이 죽었던 장모균이 너스레를 떤다.

"자객이라고 솜씨들이 형편없어서. 밖에선 물 한 모금도 제대로 안 먹으니 독을 쓰기도 힘들고."

"금의위를 업고 있어, 어차피 금성에선 힘듭니다. 일간 밖으로 내보내죠."

태자가 피식, 웃으며 꾀를 냈다. 아직도 환약이 저를 다 죽여 놓진 않았나. 피를 보는 일엔 아직도 저리 머리가 빠르니.

"전쟁이 나지도 않았는데 밖으로 내보낼 일이 무업니까."

"안 나면 일으키지요. 자객이 안 되면 약을 쓰고. 박지, 너는 전장에서 진왕에게 먹일 그럴싸한 약을 궁리해라."

"예."

"숙부는 륜이를 파견할 적당한 전장을 알아보세요. 이족들에게 독립을 약속하면 죽음도 불사하지 않겠습니까. 으흐흐."

"어머나, 역시 태자십니다!"

경방은 그러나 그들의 대화가 귀에 들어오지 않았다.

안심이 되고 나니 문득 불끈 치솟는 울화. 아니다, 넌 도망친 게 아니라 진왕이 훔쳐 간 것이다. 네가 무슨 죄가 있으랴.

"경방과 박지는 따라라."

태자는 교태전을 나섰다. 일은 해결되었으나 황후도 육욕을 말끔히 푼 상쾌한 기분을 다 망쳤나 보다. 장모균이 미적미적 남아 슬그머니 미소를 짓는다. 황후는 그런 장모균에게 소리를 버럭 지르려다 만다.

경방은 고개를 돌리며 태자를 따랐다.

나는 이리 온몸으로 널 지켜 냈다. 그럼에도 나는, 널 용서하마.

세상은 내게 욕설을 퍼부어도 좋으나 너만은, 너만은 그러지 마라. 어서 돌아오거라. 나의 품으로.

초여름을 맞은 등후궁은 푸르고도 아름다웠다. 전에도 모자람이 없었으나 그와 밤을 보낸 뒤에는 뭔가가 많이 달라졌다. 시비들조차 이미 궁의 안주인을 맞은 듯 매우 어려워했다. 아령은 차분히 내색하지 않으면서도 그들의 착각을 십분 이용했다.

륜은 숨기려 들었지만, 시비들을 통해 경방이 여러 차례 허탕을 치고 돌아간 걸 알아냈다. 검교들이 여러 번 아령을 내놓으라 들이닥쳤단다. 그는 생각을 비우고 편히 쉬라 명했으나 아령으로선 그럴 수 없었다. 차라리 백운산으로 돌아가 은신하겠다 청하자,

"월담은 꿈도 꾸지 말아라."

륜은 경고했다. 담 밖 군사들의 움직임도 그러했지만, 이미 궁 안에도 호위가 가득했다. 그는 가장 아끼는 호위들을 배치했다. 호락호락하지 않아진 익비가 곁을 지켰다.

며칠의 밤낮은 빠르게 사라졌다. 가영궁에 있을 때와는 또 달랐다.

겉으로는 감금에 가까운 보호였으나, 정원은 워낙 넓었고 그의 마음 씀에 마음이 안정되었다. 그럼에도 많은 사람이 드나들기 시작하니 또다시 두려워졌다.

어쩔 수 없이 유수원의 그날이 생각났다. 아버님의 사랑채에 사람들이 들끓기 시작할 때 그 일이 일어났었다. 그땐 휘하의 수하들이었고, 지금은 말에 힘이 실리는 대소 신료들이라 눈들이 있어 함부로 못 한다지만 그들은 변하지 않았다.

죽여 없애면 그만. 그것이 그들의 논리와 정서이다. 누구보다도 제대로 아는 아령은 전처럼 나돌아 다니지 않고 그의 날개 아래 조용히 숨어 있었다. 기억을 막 찾았던 때의 철없던 마음도 가라앉았다. 그의 보호를 벗어나면 명이 끝날 테다.

지금은 살아야 했다. 이름을 찾는 게 문제가 아니다. 명가의 오명을 씻어야 했고, 륜이 명가를 멸했다는 누명만은 꼭 벗겨 주어야 했다. 그것은 그가 여태 보여 주었던 의리에 대한 아령의 의리였다. 끈질기게 청하니 륜은 결국 문청을 만나게 해 주었다.

익비와 호위들이 철통같이 지키는 가운데, 연못가의 아담한 수사(水榭)에서 아령은 그를 맞았다.

"목숨을 걸고 소저를 뵙기를 청했더니, 이리 미천한 것을 만나 주시는군요."

그도 아령을 너무나 반가워했다.

"덕분에 두 번이나 목숨을 건졌습니다. 제 무례를 용서하시고 이리 구해 주신 은혜, 하늘보다도 큽니다."

그는 아령을 보자마자 바닥에 넙죽 엎드려 절했다. 그는 건강해 보였고 표정도 밝았다.

"가족들은 무사하오?"

"말씀 낮추십시오. 진왕 전하와 명 소저의 은혜에 또 한 번 감사합니다. 아이와 아내가 두 분의 그늘에 있으니, 전 이제 아무것도 두렵지 않습니다."

자리를 권했으나, 그는 고개를 절레절레하며 바닥에 무릎을 꿇었다.

"제 형이 지은 죄가 너무 무거워, 소저 앞에서 입을 열기가 두려웠습니다. 명가를 멸하는 데 앞장서 멀쩡한 사람들의 목숨을 함부로 해한 죄, 너무나 큽니다."

"그대의 죄가 아닌 것을."

"혈육의 죄이니 저의 허물입니다. 그는 시구문 밖에서 참수되어도 할 말 없습니다. 그 혈육임이 하늘을 이기가 부끄럽고 두려워 가슴 졸이며 숨어 살았습니다."

아령은 길게 한숨을 쉬며 문청을 일으켜 억지로 의자에 앉혔다. 그는 너무도 송구해하며 고개를 들지 못했다.

"어찌 제게 이리 잘해 주십니까. 멱을 따도 시원치 않으실 텐데."

문청은 기어이 눈물을 터뜨리곤 아이처럼 엉엉 울었다. 친형이 이용만 당한 채 그리 참해지고, 형제란 이유로 지은 죄도 없이 숨어 살았을 그의 고충도 이해가 갔다. 아령이 기다려 주자, 그는 곧 훌쩍이면서도 이야기를 계속했다.

"진월산의 도적들이 붉은 옷을 입고 명가를 멸한 것은 맞습니다. 그러나……."

그러나 그들은 일부였다. 아령의 기억대로 대부분의 사람은 훈련된 군사들이었다. 그가 자초지종을 찬찬히 설명할수록 아령의 눈빛은 낮게 가라앉았다. 죽인 자들도 다시 철저히 베어졌다. 참으로 극악하고도 슬픈 일이었다.

이제야 이해가 가는 것은 륜은 어쩔 수 없었다는 것. 그는 애초에 할 수 있던 게 아무것도 없었던 것. 그는 아령을 구하러 들어온 게 아니라 함께 죽어 주러 들어왔던 것이다.

전장을 떠돌며 죽고자 하여 결국 살았던 진왕의 영웅담들이 이제는 가슴 아프게 이해가 갔다. 그는 약속을 지키려 했다. 진정 함께 죽고자 했었다.

"재물과 목숨을 보장받은 자신조차 제거될 걸 그는 막판에 알았습니다. 그리하여 제 형은 장모균에게서 훔친 태자의 밀지를 제게 남겼습니다. 진월산 사람들과 연이 있는 저까지 해를 입을 걸 예상했지요. 감히, 진왕 전하께 아령 소저가 아니면 내드릴 수 없다 버텼습니다."

그는 생명을 맡기듯 고이 간직해 온 것을 꺼내 아령에게 내밀었다. 때로 얼룩진 무명천 주머니에 바스러질 것 같은 작은 지편이 고이 접혀 있었다. 그것이 아령의 손에 들리자, 문청은 천명을 다한 듯 안심했다.

"전하께 증언을 약속드렸습니다. 소저께서도 끝까지 의지를 꺾지 마시고 저희들의 억울함을 풀어 주십시오. 명가의 오명이 벗겨질 때 저희들이 헛되게 이용만 당한 사실도 세상에 알려질 것입니다."

가난한 자들을 꼬여 극악한 죄를 청부하며 재물을 약속한 것. 그러곤 기다렸단 듯 배신하고 참한 것. 어찌 보면 그들도 피해자였다. 스스로의 욕심에 휘둘린 대가를 그들은 목숨으로 치렀다. 그러나 그 빚을 갚지 않은 자들이 남았다.

아령은 문청에게 약속을 지키마, 다짐했다. 아령을 보는 문청의 눈빛이 믿음으로 빛났다.

경방의 곁에선 명아령 이름 석 자 찾기가 그리도 더디더니, 륜에게 오니 모든 게 어지럽도록 빨랐다. 그는 나가겠단 걸 제외하곤 모든 걸 뜻대로 해 주었다. 황상을 직접 뵙고 싶다는 청조차, 단번에 들어주니 가슴이 서걱거렸다.

벼락같이 입궁일이 잡혔다. 준비도 그만큼 바빴던지 내내 아령의 곁을 지키던 륜도 며칠은 아령의 침소를 찾아 잠깐 눈을 붙이고 가는 게 전부였다. 지친 심신을 내려놓듯 손을 꼭 잡은 채 품에 안고 한두 시진이나 쉬고 가는가.

마음이 참 얄궂었다. 그가 종일 곁에 있을 땐 어디로든 보내지 못해 안달 나던 마음이, 눈조차 제대로 붙이지 못하고 종일 애쓰니 안쓰럽고 그리웠다. 그러나 이런 그리움은 평생 지고 가야 할 짐.

"문청은 그것 때문에 더 죽을 뻔했다."

륜은 밀지를 요구했다.

"을해년 사건 전날, 명가 주변으로 장모균에게 적호병을 배치시켰습니다. 태자가 자신의 필체로요! 더 무슨 증거가 필요합니까."

"너는 그들을 모른다. 그것만으로는 안 돼."

그가 이리 나오니 더욱 그에게 내놓을 수 없었다.

"필요할 때 드리겠습니다."

"네가 명아령임을 입증하는 데는 쓸모없다. 널 위험하게 할 뿐이야."

"이런 물증을……. 그가 목숨을 걸고 지킨 이것을, 설마 오늘 쓰지 않으려 하십니까."

침묵이 곧 수긍이었다. 아령은 힘을 실어 말했다.

"함부로 쓰지 않겠습니다. 지니고 있게만 해 주십시오."

"뭐든 나와 의논해라. 절대 혼자 나서지 말고."

그답지 않게 길게 망설였지만 그는 아령의 고집을 꺾지 않았다.

그는 7년 전 실수를 절대 반복하지 않으려 이를 악물었다. 7년 전 실수. 그것은 죽기를 각오하고 순간의 기회를 잡아 한꺼번에 모든 걸 뒤집지 못한 것이다. 아령과 명가를 끝까지 지켜 내지 못한 것이다. 그러나 그것은 실수라기보단, 애초에 그에게 기회가 없던 거였다.

열둘의 아령은 몰랐지만 열아홉의 아령은 안다. 아무것도 할 수 없던 륜은 태산같이 커졌고, 뭣도 모르던 어린애는 훌쩍 자랐다. 그리하여 아령의 자각으로 그들의 판이 뒤집혔다.

검은 주작기를 단 진왕부의 마차는 금수교를 건너 황궁 안까지 쉼 없이 달릴 수 있었다. 그러나 단(丹)문 앞에서는 그조차 멈추어야 했다. 누구나 내려서 걸어야 옳지만 그들에겐 황제가 하사한 가마가 기다렸다.

푸른 옷을 입은 태감이 그들을 홍덕전으로 모셨다. 황제는 상당한 분량의 주장(奏章)을 쌓아 놓고 읽고 있었다. 먼발치에서도 확연히 낯익다. 집중하는 눈매, 방대한 무엇을 읽고 있는 모습이 영락없는 륜의 아비다. 아령은 묘하게 가슴을 덥히는 그리움에 왈칵 차오르려는 울음을 삼켰다.

거대해 보이기만 하던 황제도 많이 늙었다. 그 지엄한 기개는 그대로나 기골이 장한 륜과 함께하니 왜소해 보인다. 특유의 날카로운 눈매는 여전히 가장 많이 닮았으나 세월에 더욱 옴폭해졌고, 눈빛은 그만큼 더 형형했다.

황제는 곁눈으로 아령을 흘끗 훑었다. 유리알처럼 매끄럽게 반짝이는 눈은 무섭도록 빛나 사람의 속을 모조리 꿰뚫는 것 같다. 아령은 엎드려 절했다.

"만세, 만세, 만만세."

장가가 나라를 쥐고 흔든 게 벌써 3대째다. 황후를 한 집안에서만 줄창 받으니 나라 꼴이 완전히 망가졌다. 지금의 황상이라 하여 장가의 손을 타지 않았을까.

그러나 그도 황제다. 젊은 날부터 장가를 멸하고 황권을 세우기 위해 얼마나 애를 쏟았던가.

그리하여 황후에게 몸을 열지 않고 버티고 버텼다. 압박은 전방위로 무섭게 들이닥쳤다. 다음 대를 위해 씨물을 빼고 또 하나의 꼭두각시를 만드는 자리. 지금 와국의 황좌는 이리 비참해졌다. 제 명줄까지 걸고 버티던 황제는 고작 사랑 앞에 무릎을 꿇었다. 현 귀비.

그녀를 들이는 조건으로 황후는 태자를 얻었다. 사랑을 얻기 위해 아귀와 교접했다. 한시도 함께 있고 싶지 않은 계집의 아기집이 들어찰 때까지 살을 섞는 거래라니, 이 얼마나 소름 돋는가. 짐승도 저 원하는 짝과 교접할진대, 지존이 짐승보다도 못하다.

그럼에도 황제는 이를 악물었다. 황권을 세우고 장가를 경계했다. 그것은 진정한 사랑을 얻은 한 수컷의 몸부림. 현 귀비에 대한 지극한 사랑이 그에게 힘을 주었다.

간신히 나라 꼴이 제대로 돌아갈 즈음, 그러나 명가 사건이 일어난다. 가장 믿은 친우와 가장 사랑하는 여인의 사통이라. 믿지 않음에도 그들을 몽땅 잃은 그 아픔과 슬픔이 황제의 무릎을 꺾었다. 그리하여 또다시 열린 장가 천하.

명분과 힘을 다시 만들어 준 건 아들이다. 사통이니 뭐니 하는 그 난리 속에서 어미와 명가를 잃고도 스스로 제 이름을 얻었다. 황제는 진왕에게 명했다.

'태자의 허물을 낱낱이 털어라.'

'어찌 형제를 음해하겠습니까. 죽여 주십시오.'

귀족들의 생살여탈권과 군권을 한데 쥐어 줘도 륜은 제 아비를 믿지 않는다. 이 자리의 속성을 아는 것이다.

'남이 아니니 시킨다.'

'저는 태자 전하와 가장 대척점에 있나이다.'

'집 앞에서까지 부러 멍충이 시늉이냐.'

변덕스럽고도 의심이 많아 그 누구도 믿지 않는 것. 힘을 실어 주거나 마지막 칼날을 내려치는 결정은 가장 지근거리서 그를 뫼시는 태감조차도 몰라야 한다. 칼날 끝에 홀로 선 외로움. 그것이 황제의 권능이며 황제의 명줄이다. 그래, 너조차 하나의 무게 추이니.

저울팔의 균형이 맞춰질수록 황제는 안전해진다. 젊었던 황제는 반쯤 이겼고, 또 반쯤은 졌다. 그러나 아들이 힘을 보탠다면 다음 대에도 장가의 여인을 황후로 들이는 일만은 막을 수 있으리라. 어쩌면.

"누구는 닮은 제집 노비라고 하고, 누구는 진짜 명아령이라더라. 그리 헷갈릴 정도로 닮은 아이가 있나."

흘끗 보는 시선 끝에 태감의 안내에 따라 담담히 인사하는 계집아이가 있었다. 시끄럽게 만든 장본인답게도 참 당돌하구나.

"노비가 황상을 뵙습니다."

있으나 없으나 대화는 계속 이어진다.

"너를 자리에서 끌어내리란다. 줘도 못 먹는 놈. 시킨 일은 뒷전이고 제 일만 챙기지. 아들도 다 남이다."

황제는 짜증을 냈다. 비쩍 말라서 낯에 검은빛이 돈다. 건강이 썩 좋지 않다는 뜻.

"한 번은 맞닥뜨려야 할 일입니다. 차라리 이번 기회에 공론화하십시오."

"변덕들도 죽 끓는다. 너, 장가의 노비를 훔쳤니? 저거 가짜라며?"

아령은 깜짝 놀랐지만 다행히도 고개를 들어 황상을 바라보는 멍청한 짓은 하지 않았다. 륜은 가부를 답하지 않았다. 어쩌면 그것은 중요하지 않았다.

"비로 맞겠습니다."

"그럼 명가 사건은 네 짓이 아니란 뜻이 된다?"

"그러하옵니다."

황제는 마음에 들지 않아 하며 아이를 바라보았다.

"부인은 넷까지 둘 수 있다. 비 자리는 너무 크잖니."

"그리하면 뜻이 흐려집니다."

'흐음.' 하는 황제의 긴 한숨이 이어졌다. 황제는 짜증 섞인 시선으로 아령을 바라보았다. 이놈이 저놈이 각종 극독으로 건강을 망쳐 놓았더라도 천하를 호령하는 강기는 아직 살아 있다.

"그 난리가 나도록 그럴싸하게 닮았구나."

마치 가짜라 굳게 믿는 품평이었다. 이러고서도 재판이라니. 이것이 정치인가.

아령은 그들의 대화에 가슴 묵직해졌음에도 기회를 포착하고 있었다. 뜻에 반하는 걸 내놓을 때의 노화를 알고, 원하는 게 반짝 나타났을 때의 관대함을 안다. 황제는 늘 형식보다는 실리를 추구했다.

"소녀, 황상께 감히 말씀드립니다."

"뭐라?"

그것은 그의 어미 양 씨가 감히 나서 일곱 살 륜의 장난을 변호하던 그 재기와 같았다.

"소녀는 장가의 노비가 아니옵니다. 소녀는 황상께서 고물거리는 게 작은 고양이 같다며 웃으시던 명가의 외딸이옵니다."

황제의 눈썹이 짝, 올라갔다. 륜과 말이 다르다. 륜이 화들짝 놀라 아령의 말을 끊었다.

"무엄하구나. 입을 닫거라."

그러나 아령은 죽기를 각오하였다.

"소녀에게 네 볼 빛과 닮았다시며 내리신 붉은 찻잔은 황공하오나 지키지 못했습니다. 서역에서 진귀한 것이 들어올 때마다 며느리에게 내린다시며 하나씩 하사하신 아까운 것들도 난리통에 모두 잃었습니다. 송구합니다."

아령이 눈물을 뚝 떨어뜨리자 황제의 낯빛이 변했다.

"네, 네가 진짜…… 아령이니?"

"그러하옵니다. 기억을 잃었으나 이제 막 찾았습니다. 하문하시어 진위를 가리소서."

황제는 놀라 기뻐하면서도 아직은 의심 섞인 눈초리로 물었다.

"귀비의 내실에 꽤 오랫동안 걸렸던 휘장이 있었다. 네가 제법 컸을 때 짐과 넌 그에 관한 이야기를 한 적이 있다."

"귀비가 꽃수를 놓았던 그 휘장을 말씀하시는 것이옵니까. 그 비단은 노란 바탕에 푸른풀들이 가장자리에 새겨진 것이었습니다. 제가 아홉이던 때고 봄임에도 날이 쌀쌀했으니, 임신년 이월이나 삼월쯤의 일이었던 것 같습니다."

황제의 눈에 놀란 빛이 돌았다. 이미 답을 한 것과 같았다.

"그래."

"제가 어머니와 함께 들었을 때 한 나인이 불씨를 옮기다 실수로 하필 가운데가 눌어붙었습니다. 귀비는 황상께서 하사한 걸 치우기 싫어하여 망가진 곳에 붉은 꽃수를 손수 놓은 천을 덧댔지요. 황상께서는 평범한 비단에 오히려 값진 매화가 피었다 칭찬하셨습니다. 저는 황상께 잘 되었으니 오늘은 매 맞는 나인이 없으면 좋겠다고 말씀드렸습니다."

"그래, 그땐 왜 그랬니?"

늙은이의 눈빛이 반가움과 그리움으로 찬찬히 젖어 들었다. 다 잃은 줄 알았던 폐허 속에서 발견한 한 줌의 씨앗이랄까. 생기로 반짝이는 처녀에게서 꽤나 영민했던 아이의 흔적이 보이는 게 너무나 가슴 먹먹하다.

"나인들은 늘 없는 듯 있지만 바람처럼 궐의 분위기를 뜨거나 가라앉게 합니다. 매를 맞는 나인이 생길 때는 분위기가 무거워집니다. 몇몇은 동정하는데, 몇몇은 외려 좋아라 합니다. 그게 싫었습니다."

"별걸 다 신경 쓰고 살았구나."

"치죄가 있는 날은 분위기가 더 무겁습니다. 저 같은 어린것은 뜰이나 다른 구경거리가 있는 곳으로 피신을 시킵니다. 저는 주로 운경각의 뜰에서 자주 놀았습니다. 그곳에선 진왕 전하가 여러 번 업어 주기도 했지요."

"그랬니?"

"하지만 소녀는 놀면서도 두려워 마음을 졸였지요. 아랫것이라 해도 안면이 있는 누군가가 다치거나 죽는 일은 기분 좋은 일이 아닙니다. 한 번이라도 매를 맞은 나인은 아주 사라지지요. 그 전해 현 귀비가 어죽을 잘못 잡수고 앓아누웠던 날 그러했습니다."

황제는 찬찬히 몇 가지 일화들을 더 하문했다. 첫 번째 물음에서 증명은 끝났으나 옛일에 대한, 옛사람들에 대한 그리움이 질문을 더하게 했다. 아령은 당시의 일들을 또박또박 설명했다. 외려 늙은이의 희부연 기억을 되새길 만한 명확한 것들이었다.

황제는 아령이 진짜라는 걸 의심치 않았다. 한둘이라면 어쩔 수 있지만, 그 여러 기억을 이리 준비하진 못한다. 게다, 아령의 말엔 현장에 함께 있던 어린아이의 시선이 날것처럼 드러나 있었다.

일화들이 더해질 때마다 륜의 낯에도 핏기가 가셨다. 그의 얼굴엔 놀람과 반가움, 그리고 또 어느 만큼의 노기가 들어 있었다. 륜은 머리를 강타하는 충격을 받아들이지 못하면서도 어서 이 상황을 수습해야한다고 빠르게 판단했다. 일단 아령을 데리고 빠져나오는 게 급했다.

"놀라게 해 드려 송구합니다. 제가 데리고 이야기를 해 보겠습니다."

아이가 이 비밀을 틀어쥐고 있었던 게, 자신의 앞이 아니라 황제께 이리 직격탄을 던지는 게 두려웠다. 그러나 아령은 감히 황제에게 자신의 청을 넣었다.

"망각의 탕약을 7년 이상 먹어 소녀의 기억이 온전치 못하니 진왕 전하도 믿지 못하였습니다. 스스로도 진짜인지 가짜인지를 판단할 수 없었지요. 궐에 들며, 황상을 이리 뵈오며 풀지 못했던 옛 기억이 완벽해졌습니다."

아령은 진왕을 변호하면서도 황제에게 매끄럽게 말을 쏟았다.

"이젠, 기억이 온전하여 명가의 딸임을 증언하기에 손색이 없습니다. 저를 명아령으로 인정해 주시고 파혼을 선언하여 주십시오. 진왕 전하는 부모를 잃은 저보다 더 격이 맞는 비를 맞는 게 옳습니다."

륜의 정신이 번뜩 뜨였다. 저것이다! 아령이 진짜임을 숨긴 이유는!

"파혼은 없습니다, 폐하."

륜이 부들부들 떨며 다급히 끼어들었다.

"입을 닫아라. 아이의 말을 방해하지 마라."

그러나 륜의 입이 지엄한 황명으로 막혔다.

"어찌 파혼을 청하니?"

황제가 쌀쌀하게 물을 때 아령은 고개를 조아렸다.

"첫째로는 소녀의 어깨에 큰 상처가 생겼습니다. 국법에 따라 몸에 흠결이 있으니 진왕 전하의 비가 되기에 적절치 않습니다."

"그렇지. 어깨의 상처로 네가 명아령임을 증명하면 동시에 륜의 비는 될 수 없구나. 국법에 따라서라……. 후후, 네가 륜이의 비가 되기 싫은 것이니?"

"예."

"폐하!"

륜이 기합하여 나서려 하자, 황제가 가차 없이 명했다.

"내보내라."

륜은 더 입을 열려 했지만 태감들이 막아섰다. 그는 황명을 어긴 대가로 지체 없이 치워졌다. 눈 깜짝할 새 그가 끌려 나가고 문이 닫히는 기척에 아령은 절로 두려워졌다. 아주 작은 몸짓, 말투 하나에 황상의 비위를 상하게 해 멱이 따이는 수많은 이들을 보았다.

륜이 없으니 이젠 황제를 홀로 상대해야 한다.

"또 다른 이유는 무어니?"

비위가 틀려 버린 황제의 말투가 아주 차가워졌다. 그러나 아령은 마음을 굳게 먹었다.

"둘째로는 혼약의 결과 때문입니다. 황상께서 위복지혼의 연을 맺어 주신 것은 좋은 인연으로 이어지란 어심을 담아서였습니다. 그러나 명가는 멸절하였고, 진왕 전하는 명가를 멸했다는 오명을 쓰고 계십니다. 이 혼약 후 둘 중 누구도 잘되지 않았습니다. 인연이 아니란 뜻입니다."

황상의 입에서 긴 한숨이 뿜어졌다. 그 무거운 공기에 방 안 누구도 크게 숨을 쉬지 못했다. 그들의 연을 맺어 줄 때의 행복한 오후가 기억난다. 귀비가 얼마나 좋아라 했던가.

"이유가 더 있더냐."

아이의 한마디 한마디가 황제의 심금을 울렸다. 이어진 옥음이 탁했다.

"셋째로는 제 어머니께서 진왕 전하와 귀비를 구하셨으나 황송하옵게도…… 귀비는 이 세상 사람이 아니옵니다. 하오니 황가는 명가에 빚이 남아 있지 않습니다. 그러니 혼약을 거두심에 무리가 없습니다."

황제는 피식 웃었다. 말에 어폐가 있다. 아이가 모자라 흘린 실수가 아니다.

"그러면 아들을 구한 빚은 남았다 이거냐."

아령은 긍정의 뜻으로 고개를 숙였다. 그 맹랑함에 황제가 어이없이 웃었다. 저를 며느리로 탐탁지 않아 하니 비 자리를 포기해 준단다. 그러나 감히 거래를 청한다. 황제에게.

명귀춘의 총명함과 양 씨의 재기가 동시에 보인다. 문득, 옛사람이 그립다. 그리 저를 버리고 홀로 가 버린 여인까지. 황제는 지엄한 표정으로 아이에게 웃음을 감췄다.

"소원을 말해라."

아령은 바들바들 떨며 소매 안의 것을 내밀었다. 태감 하나가 당황하며 받아 든다. 수많은 이들의 피와 한이 서려 낡고 닳아진 그 누런 지편 끝에 황제의 시선이 머문다.

"명가 사건을 재조사하도록 명해 주십시오. 문교라는 홍적패의 우두 머리가 훔친 물증이 그의 동생, 문청에 의해 보관되고 있었습니다. 명 가가 이리된 데는 제가 목격한 게 있기 때문입니다. 소녀는 을해년 팔 월 황가의 사냥 첫날 황후가 머무시던 버려진 전각에서 보지 말아야 할 것을 본 뒤⋯⋯."

"닥치거라!"

한마디가 칼날과 같이 떨어졌다. 황제의 격노한 음성에 아령은 깜짝 놀라 입을 닫았다. 그러곤 가슴이 옥죄며 간담이 서늘해졌다.

황상도 알고 있구나.

그도 가만히 있었던 게 아니었다. 그럼에도 어떻게 7년간 아무 일도 일어나지 않았단 말인가.

늙은 황제의 어깨가 부들부들 떨렸다. 격노를 감당하지 못하는 눈빛 이 무섭게 번들거렸다. 그녀를 고운 눈으로 바라보던 낯빛은 온데간데 없다. 알아도 알지 못해야 하는 것. 입에 담지 말아야 할 역린을 건드 렸다!

소리 없는 포화가 방 안에 휘돌았다. 아령은 죽었다 생각하며 눈을 감았다.

싸늘한 목소리로 황제가 모두를 물렸다.

"다 치워라."

문지방을 넘는 순간 커다란 손이 아령의 팔목을 붙들었다.

"따라와라."

쫓겨났던 륜이었다. 그의 눈빛이 황제와 닮아 있었다.

정신없이 어디론가 끌려가니, 한 태감이 따라와 주위를 경계하며 꽃살문을 닫아 주었다. 그의 어깨가 부들부들 떨렸다.

"너는, 왜! 어째서……."

그는 말을 찾지 못했다. 화를 내는 것인지, 반가워하는 것인지, 아니면 슬퍼하는지. 그러나 그는 아령을 곧 꽉 끌어안았다.

마음이 아프다. 큰일을 쳐 놓고 보니 마음이 썩 좋지만은 않았다. 개운하고 시원할 줄 알았는데, 황제께 이 일을 고하면 모든 게 해결되며 명가의 누명이 싹 풀릴 줄 알았는데, 아무것도 달라진 게 없었다.

"기억을 찾았으면서 왜…… 나와 의논하지 않았느냐."

결코 질책이 아니었다. 그는 알아보지 못한 스스로를 부끄러워하고 있었다. 아령은 조용히 가슴을 밀어 내며 그 품을 빠져나왔다. 그의 눈빛이 이리 형편없이 흔들리는 걸 보기는 처음이다. 그는 여전히 믿기지 않는다는 듯 그녀를 바라보았다.

그가 흐트러진 머리칼을 조용히 쓸며 귀에 걸어 주었다. 그 부드러운 손길이, 어렸던 령아를 바라보는 것 같다. 그의 가슴을 찢을 일이 두려웠다.

"저는 전하를 뵈올 때마다 매 순간 진짜라 말씀드렸습니다만."

그의 눈에서 눈물이 툭, 떨어졌다. 옷을 찢던 그날처럼.

"기억을 찾은 첫 순간부터요. 제가 쓰던 방 앞에서 옥지환을 껴 보니, 꿈인지 현실인지 알 수 없던 게 진짜란 확신이 들더이다. 그리 말씀드렸다가 전하께 목을 베일 뻔했지요."

륜은 너무도 생생한 기억이 두려워 아령을 그대로 꽉 끌어안았다. 진짜로 목을 칠 뻔했었다는 사실이 너무도 무섭다.

"저는 설마 전하께서 제 상처를 보시면 믿어 주실 거다, 그리 순진하게 생각했습니다. 가짜라고만 몰아세우는 전하시지만! 진짜 상처 앞에서는 의심을 거두시리라. 하지만 전하께오선 오히려 절 욕만 보이고 가 버리셨지요!"

아니다. 그는 아령의 상처를 너무 아파하며 들여다보지 못했다. 그녀를 안는 그 순간조차 그러했다. 그걸 알고 있음에도 아령은 그의 마음을 상처 내는 데만 집중했다. 지금은 그래야 했다.

"나는…… 나는…… 내가 본 것은……."

"난이라는 제 시비였을 테지요. 원래대로라면 난이가 이 자리에 서 있었겠지요. 제가 도망치지 못했다면."

"그랬어, 그랬구나. 홍적의 무릎을 붙들고 목숨을 구걸하던 아이는 네가 아니었구나. 그랬겠지. 너는 끝까지 장모균에게 뺨을 얻어맞으면서도 네 기개를 세웠던 용감한 아이였지. 어찌, 내가, 이리…… 멍청하게도 널 알아보지 못했을까."

룐은 두서없이 읊조리며 아무렇게나 말을 했다. 마음 아파하는 그를 눈에 담는 게 너무나 힘이 들어 아령은 그를 외면했다. 그리고 한발 더 나아갔다.

"믿어 달라, 저는 매 순간! 전하를 뵈올 때마다 매달렸지요. 전하께오선 황가의 두 아들 사이를 넘나들며 홀리는 창녀 취급을 하시더이다. 기억 하나를 찾을 때마다 오직 전하만을 떠올리며 의지하려 했던 제게! 결국 가짜의 몸뚱이라도 취하시고 저를 제발 구해 달라고까지 구걸했지요. 그래서 절 받아 주셨습니까."

룐은 넘어가지 않는 침을 삼켰다. 한마디 한마디가 너무 옳아, 마음이 너무 아파, 아이를 짓밟고 단 한 번도 손을 내밀어 주지 못한 그 모든 순간이 후회스러워 미칠 것만 같았다. 아이를 더 볼 수가 없어 품에 꽉 그러안았다. 아이는 진저리 치며 룐을 떼어 냈다.

원망 가득한 눈빛. 폐부가 너무 아려 숨을 쉴 수 없다.

"저는 전하가 두려워 더 이상 진짜라 말을 꺼낼 수가 없게 되었습니다. 제가 어느 날, 어느 때 말을 하면 믿어 주셨겠습니까. 그저 정치적 목적으로 가짜를 비 자리에 앉히기 위해 담보로 몸을 취하시던 그 밤에, 또 진짜라 주장하였다면 그리 다정히 안아 주셨겠습니까."

아이는 무섭도록 오해하고 있었다. 그래도 쌌다. 어찌 아이의 말을 한 번도, 어찌 단 한 번도 믿어 볼 생각을 못 했을까. 저조차 진짜인 것 같아 그리 이상해하던 순간조차도.

"령, 령아…… 그건!"

"오해라 마십시오. 저도 현장에서 들었습니다."

"폐하께 그리 말씀드린 건!"

아령이 가짜임에도 비로 두고 싶어 세웠던 명분인 것을 그녀도 안다. 룐은 그녀를 진정으로 마음에 품었던 것이다. 아무리 멍청한 계집이라도 그걸 모를 리 없다.

"저도 전하가 진저리 납니다. 어려서부터 전하의 비가 되리라, 귀에 못이 박히게 들으며 자랐습니다. 그리하여 전하를 연모해야 한다 믿고, 그리하려 노력하며 매 순간 전하를 성심으로 대했습니다. 그런 저를 전하께서는 어찌 대하셨습니까."

아이는, 아니 령아는 무섭도록 말짱히 기억하고 있었다. 륜이 얼마나 그녀를 미워했는지를!

"저는 영문도 모르고 미움을 받았습니다. 그럴더라도 마음을 풀고 마마께 새날 다가가면 또 새 상처를 가슴에 끌어안고 집으로 돌아가야 했습니다. 저와 함께할 앞날이 가련하다지 않으셨습니까. 저를 정말로 비로 들이고 싶으셨습니까!"

"아, 아령아. 령아!"

"명가 사건만 생각지 마시고 옛날의 우리를 기억해 보시지요. 저와의 성혼을 조금이라도 바라셨습니까. 이리 제가 먼저 나서 주니 얼마나 홀가분하십니까. 이제 제발! 저를 놓아주시지요."

륜의 마음이 갈기갈기 찢어졌다. 너는 내가 얼마나 원망스러웠을까. 그가 아령을 붙든 것은 비참하기 짝이 없는 말이었다.

"너는 나와의 일이…… 나와, 나와 함께 그리 밤을 보낸 게 아무것도 아니었더냐."

아령은 이를 꽉 물었다. 그가 연모한다 뜨겁게 속삭이던 그 밤은 이젠 아령 혼자만의 것이다.

"그저 이 자리에 서기 위해 몸을 열었을 뿐입니다."

"너! 어찌……."

"저는 마마를 연모하지 않는다 말씀드렸습니다. 전 단 한 순간도 마마께 솔직하지 않은 적이 없습니다."

아령은 마음 아파하는 그를 보는 게 더 마음 아팠다. 그가 괴로워하는 게 이리 괴로울 줄은 몰랐다. 그러나 그와는 이렇게 헤어지는 것이 최선이다.

류은 아령을 무섭도록 쏘아보았다. 아령은 그의 입에서 그녀를 놓아 주겠다는 말이 얼른 떨어지길 기다렸다. 그 찰나를 기다리는 순간이 길 고도 마음 아팠다. 그러나 그는 단호히 거절했다.

"아니! 진짜든 가짜든 넌 무조건 나의 비다. 넌 나를 마음껏 미워하 거라. 그 미움이 다 풀릴 때까지 난 네게 계속 다가갈 것이다."

"궁 안에 계집이 얼마나 많습니까. 손만 뻗으시면 다 전하의 계집입 니다. 황상께 파혼을 청했습니다. 저 하나쯤은 자유롭게 살게 놓아주시 지요."

"자유롭게 살아라, 내 보호 아래서. 열둘의 너를 지켜 내지 못한 것 이 내 평생의 한이었다. 나는 너를 반드시 지켜 낼 것이다."

때마침 태감이 기척을 내며 고했다.

"전하, 상께서 찾으십니다."

그는 알았다, 짧게 답한 후 아령에게 속삭였다.

"일단은 눈앞에 닥친 일부터 해결하자."

그의 말이 옳아 아령은 고개를 숙였다.

"황상께서 사냥 날의 그 일을 아시는 줄은 몰랐습니다."

"넌 예나 지금이나 간이 정말로 크구나. 이따 보자."

그는 입을 굳게 다물고 황제를 만나러 나섰다.

중문 앞 사람 가득한 너른 마당엔 고요한 긴장감이 팽팽했다.

몽둥이를 든 교위들이 주위로 새카맣고, 태감들과 금의위관 수십이 배치되었다. 문무 대신이 단 아래 좌우로 도열한 중에 명편 교위가 어도 양측에서 채찍을 휘두르며 정숙을 요했다. 황제가 보좌에 앉자 태감이 황제의 말을 전했다.

"7년 전 명가 사건으로 안타깝게도 명가의 식솔은 모두 죽었다. 그러나 최근 명귀춘의 딸, 명아령이라 주장하는 여인이 금성에 나타나……."

황제는 당연히 재판관이 아니다. 그러나 외국의 지존이므로 가끔 이리 정신(廷訊)을 주관하기도 한다. 백 중 백은 누군가의 죄를 다스리기 위함인데, 오늘은 좀 다르다.

그때 태감의 말을 듣는 사람들의 표정이 흔들렸다.

"짐은 이 여인의 진위 조사를 명하였으나 어사대가 이 여인이 가짜라 발고하였다. 그런데 금의위는 이 여인을 진짜 명가의 딸이라 한다. 어사대와 금의위의 직무가 일부 부딪친다는 불만이 있는 가운데 이러한 일이 일어났으니, 짐은 이것을 직접 살피고자 한다."

경방이 명아령을 데리고 다니며 소개하였으므로 사람들은 그녀를 진짜로만 알았다. 그런데 어사대가 가짜라 발고한 것은 태자가 가짜라 선언한 것. 이에 황제는 이를 두 부서의 직무 능력으로까지 확대하여 정면으로 문제 삼은 것이다.

사람들의 입과 코에서 미세한 한숨이 뿜어져 나왔다. 누가 봐도 진왕과 장씨가의 한판승. 살아 돌아온 명가 계집의 진위를 두고 커다란 정치판이 펼쳐졌다.

모든 증인들이 위증할 시 상응하는 벌을 받을 것임을 손도장으로 날인하였다. 우선 아령과 가장 가까웠던 경방이 증언하였다.

"저는 백운궁의 매은 선생과 인연이 있어 몸을 다친 저 여인에게 약과 의원을 대 주었습니다. 세월이 쌓이며 정이 들어 노비인 그녀의 몸값을 치르고 첩으로 삼고자 금성에 데려왔는데, 사람들이 명가의 아령과 닮았다 하더이다. 그러나 여인은 장가의 노비임이 분명하니 진왕께서는 제 첩을 돌려주시기 바랍니다."

아령은 그런 경방의 낯을 똑바로 쏘아보았다. 그 시선에 경방의 눈
빛이 흐트러진다. 네가 정녕 날 배신하려느냐.

"아이가 죽은 명아령을 사칭한 것은 잘못이오나 어려서 크게 다쳐
자주 환각을 보며 정신이 옳지 못할 때가 더러 있습니다. 심신이 미약
하여 저지른 일이니 부디 자비를 바랍니다."

아령의 입술이 질끈 물렸다. 불리해지면 이리하려고 늘 애매모호한
태도를 취했구나. 생각해 보면 사람들 앞에서 경방은 한 번도 그녀를
명아령이라 하지 않았다. 자신을 진짜라 말해 준 건 륜, 그 하나뿐.

"명아령이라 주장하는 여인은 답하라."

태감의 명에 흰 무명옷을 단정히 입은 아령이 나와 무릎을 꿇자, 주
위가 술렁였다. 상당수는 가영궁과 이궁에서 그녀를 본 바 있다.

"소녀는 갑자년 오월 십구 일 현재는 진왕부의 북측에 있는 옛 명가
본가에서 태어난 명아령입니다. 나이는 열아홉으로 을해년 사건 때 간
신히 목숨을 부지했습니다. 도둑에게 부모와 재산을 잃고 목숨마저 잃
을 뻔하였는데, 정신을 차려 보니 제 존재마저 사라졌습니다. 제가 바
로 명아령이온데, 이리 가짜라 발고당하는 현실이 슬프고 억울합니다."

아령이 자신의 주장을 펼치는 가운데 한쪽에 자리가 급히 마련되었
다. 발고인이 장씨 일가이므로 황제가 황후의 참례를 허하였다. 태자를
자신의 치마폭에 숨긴 것이다. 서로의 입가에 비소가 물렸다.

륜이 아령의 첫 번째 증인이 되었다.

"저는 명아령의 혼약자로서 산 사람 중엔 어린 시절을 가장 오래 함
께했습니다. 지난 며칠을 지켜보았고, 모든 면에 있어서 본인임이 확실
합니다. 이에 저와 금의위의 모든 조사 결과는 이 여인이 진짜 명아령
임을 보증합니다."

그러나 장모균은 만일을 대비해 이복동생 장주원의 등 뒤에 숨었다.

수장은 자신이었으나 발고인은 어사대의 부수장인 장주원이다. 장주원이 증인을 하나씩 세웠다.

"너는 명아령과 어떤 관계냐."

아령은 코웃음 쳤다. 산 사람을 그리 찾아 헤맸는데 이리 버젓이 있었다. 살이 통통하게 쪄 모습은 변했으나 본가의 시비였다. 그녀의 증언이 놀라웠다.

"저는 본가의 내실에서 일했습니다. 침모로 일하였으므로 아령 아씨를 가까이서 자주 뵈었습니다. 생김새는 많이 비슷하오나 아니옵니다."

"어찌 아니라 판단했느냐."

장주원이 묻자, 그녀가 아령을 똑바로 보며 답했다.

"눈빛과 느낌이 많이 다릅니다. 아령 아씨라면 오른 팔뚝 안쪽에 갈지(之) 자를 그리는 네 개의 굵은 점이 있을 것입니다. 옷을 자주 입혀 드려 압니다."

아령은 황당했다. 그녀의 몸에 그따위 점은 없다. 륜이 반박해 주었다.

"내가 알기론 아령의 팔에 그런 점은 없다."

"성혼하지 않으셨지 않습니까. 벗은 여인의 모습까지 어찌 기억하시겠습니까."

또박또박 거짓말을 한다. 륜은 매서운 눈빛으로 일단 물러섰다. 두 번째 증인이 나왔다.

아령은 낯이 꽤 익어 한참을 생각하니 놀랍게도 그 난리의 불씨가 되었던 라 씨다. 어찌 보면 다시 분하고 어찌 보니 참 반가웠다. 그녀를 다시 만난다면 륜의 후궁에서일 거라 여겼는데.

"저는 현 귀비를 가까이서 오래 모셨으며, 아령 소저가 입궁하실 때마다 자주 뵈었습니다. 언뜻 봐선 비슷하오나 아닌 게 확실합니다."

"어찌 그리 판단하느냐."

룬이 차가운 눈빛으로 물었다. 다시 마주 선 두 사람을 바라보는 아령의 마음이 실로 어색했다. 그녀를 모르는 사람처럼 보는 그의 눈빛이라니.

"표정과 몸가짐에 함부로 자란 태가 납니다. 손을 보시고 또한 버선을 벗겨 발을 보십시오. 고생과 가난의 증거가 온몸 가득일 것입니다."

열둘부터 지금까지 무예를 닦았다. 당연히 예전의 고운 태는 잃었다. 당연한 걸 증언이라고 하는 마음이 답답할 때 룬이 나서 주었다.

"이 여인은 지난 7년간 자라며 큰 고생을 하였다. 변하기엔 충분한 시간 아니더냐."

라 씨는 매끄럽게 미소 지으며 룬에게 예를 취했다.

"상전을 모시는 궁인으로서 존귀를 알아채는 것은 냄새를 맡듯 저절로 알아지는 것입니다. 그러한 존귀의 기운은 잠시 고생했다 하여, 또한 더러운 옷을 걸쳤다 하여 숨겨지지 않습니다. 한눈에도 기품이 부족하고 천한 태가 흘러 그리 말씀드렸으니 노여워 마십시오."

라 씨의 매끄러운 언변에 사람들은 크게 고개를 끄덕이며 동요했다. 그때 라 씨가 룬을 의식하며 말을 더했다.

"그러나 그간 세월이 있으니 착각할 수 있겠지요. 다행히도 아령 소저는 양씨 부인과 자주 입궁하였으므로 궁 안팎의 사정을 많이 기억할 것입니다. 저와 옛 기억을 대조해 주십시오."

기억 대조가 언급되자, 룬은 얼른 물러섰다. 실로 빈틈없는 준비였으나 가장 확실한 증인은 따로 있었다.

한 늙은이가 나와 머리를 땅에 처박았다. 누덕누덕 땟국에 전 옷 대신 무명옷으로 갈아입고 머리를 빗었으나 검게 그을려 조글조글한 얼굴, 목과 굵은 손마디 가득 때가 끼어 한눈에 그를 알아보았다. 장주원이 물었다.

"너는 명아령과 어떤 관계냐."

늙은이는 눈물을 글썽이며 답했다.

"그런 존귀하신 분과는 아무런 관계가 없습니다. 저는 영덕교 아래 거지 소굴에서 구걸로 살고 있습니다. 저년은 제 딸, 난이옵니다."

좌중이 엉망으로 흐트러지며 술렁였다.

"모두 조용하고 증인의 말을 들으시오!"

채찍을 든 내관이 서둘러 주변을 정숙케 했으나 그 황당하단 공기는 여전했다.

"저년이 어느 날 명가 아씨를 먼발치서 뵈옵더니 저와 꼭 닮은 걸 알게 되었습니다. 자신이 꽤 쓸모가 있을 거라며 집에 있는 돈을 몽땅 훔쳐 들고 뛰쳐나갔습니다."

노인은 눈물을 줄줄 흘리며 이야기를 계속했다. 땟국에 전 얼굴이 실로 처참했으나 그 낯빛엔 조금도 거짓이 없다. 노인은 아령을 향해 꾸짖었다.

"이년아, 네가 몽이의 약값을 모두 들고 가 버린 바람에 몽이가 죽어 뿌렸다. 이 천하에 몹쓸 년아!"

영락없이 제 딸을 대하는 태도다. 그러면서도 딸이 어찌 될까 걱정하는 마음이 가득했다.

"사실대로 말씀드려라. 사실대로 말씀드려! 그러면 목숨만은 살려 주신단다, 응?"

노인의 입에서 말이 나올 때마다 처참하게 분위기가 흐트러졌다. 그는 장모균에게로 기어가 엎드려 절하며 슬피 통곡하였다.

"약조대로 제 딸년의 목숨만은 살려 주십시오, 네?"

어떻게든 제 딸을 살리려는 아비의 진심이 모두의 가슴을 울렸다.

"명가에 들어갔다 들었습니다. 명가 사건 때 어깨에 칼을 맞고도 도망쳐 홀로 살았다 들었습니다. 저년은 틀림없는 제 딸이고 어깨에 칼 맞은 흔적이 있을 것입니다!"

사람들이 술렁이니, 장주원이 나서려 했다. 그때 장모균이 발언권을 얻어 말을 했다.

"그것은 내가 설명할 수 있소. 그즈음 저 계집이 어깨에 큰 상처를 입고 길에서 내게 도움을 청했소. 나는 장가와 인연이 있는 백운궁에 아이를 맡겼소. 후에 아이가 스스로를 치료하는 데 큰돈이 필요하다 청해 나는 그녀를 노비로 사 주었소."

사람들은 크게 고개를 끄덕였다. 실로 앞뒤가 착착 맞아떨어졌다.

장주원의 명에 따라 병풍이 둘러쳐졌다. 두 나인이 달려들어 얼른 몸을 살피곤 고했다.

"팔뚝 안쪽에는 아무런 점이 없습니다. 침모의 말은 사실입니다."

"손마디가 거칠고 발바닥에 굳은살이 잔뜩 박여 있습니다. 궁인 라씨의 말은 사실입니다."

"어깨에 칼을 맞은 흔적이 있습니다. 두 줄기로 난 상처가 실로 괴이하오나, 칼을 맞은 것은 분명합니다. 공 노장의 말은 사실입니다."

좌중이 크게 동요했다. 이제 명아령은 완벽히 가짜가 되었다. 장모균이 피식 웃으며 말을 더했다.

"그 칼은 탁미도라는 것으로 명가 사건 때 도적들이 사용했습니다. 한번 맞으면 아물지 않고 살이 썩어 들어가게 되어 있어, 치료비로 큰돈이 필요했던 것입니다."

아령은 이를 악물고 코웃음 쳤다. 륜도 찬찬히 그들의 주장을 견뎠다. 내도록 입을 닫았던 황제가 아령에게 냉엄하게 명했다.

"너는 이 증인들의 말에 제대로 답해라."

갑자기 황후가 좌중에 외쳤다.

"어린 계집의 맹랑한 귀족 사칭이 이리 금성의 큰일이 되었습니다. 금의위는 누구보다도 많은 정보를 취할 수 있습니다. 증인들의 정보를 캐내 미리 외워 둔 답변을 거짓으로 고하면 어쩝니까. 진왕께서 이리 배후에 서 주시는데, 가짜 계집의 말을 어찌 믿습니까."

그리고 황후는 제안을 더했다.

"이에 저는 아이가 자백환을 먹고 증언하기를 청합니다."

사람들이 모두 고개를 끄덕였다. 자백환을 먹으면 어차피 진실만을 말할 터. 사람들의 반응에 만족한 황후가 아령에게 무섭게 눈을 치떴다.

"이걸 먹으면 조금도 거짓을 말할 수 없게 된다. 너는 자신이 있느냐."

아령이 답하려 고개를 조아렸으나, 륜이 곧바로 대로하여 답했다.

"자백환은 여인으로서 흐트러진 모습을 보이게 되며, 기력을 탕진하여 몸에 무리가 갑니다. 순리대로 일을 처리해 주십시오!"

황제는 잠시 생각하는 척하다가 빙그레 웃으며 황후에게 입을 열었다.

"혹시 약은 준비해 두셨소?"

"예, 필요하다면 제가 가진 걸 내놓겠습니다."

황후가 자신 있게 말했다. 아령은 절대 허락지 않는 륜에게 간절히 눈짓으로 청했다.

'네 몸에 결코 좋을 일 없다.', '먹겠습니다. 저는 충분히 견딜 수 있습니다!'

그 강경함에 륜의 눈빛이 낮게 가라앉았다. 륜은 탐탁지 않아 하며 황후께 청했다.

"그럼 황후께서 자백환이 안전하다는 걸 보증해 주십시오."

좌중에 긴장이 끼얹어졌다. 륜이 황후에게 정면으로 맞선 것이다. 황제는 그런 아들의 눈매를 보며 그 말을 받았다.

"그렇지. 황후의 자백환을 먹은 저 여인이 급히 병으로 죽거나 갑자기 몸을 상하는 일이 없어야 하지 않겠소?"

갑자기 웃음들이 큭, 크홋 터졌다. 그러나 방귀처럼 새어 버린 웃음들은 곧 기침이나 목을 가다듬는 소리들로 얼른 무마되었다. 황후가 극독과 극약을 좋아한다는 건 동네 똥개들도 아는 사실이다. 황제마저 정면으로 먹인 것에 황후는 입술을 바들바들 떨었다.

"그걸 어찌 보증합니까. 이미 지병이 있을 수도 있는 것을요."

황제는 도열해 선 신하들 중 하나에게 명했다.

"내의원 정 주부는 지금 당장 여인을 진맥하거라. 수일 내에 혹은 수개월 내에 갑자기 죽을 일이 있느냐?"

지명을 받은 의원이 당황하며 아령을 살폈다.

"소저, 타고난 체질이 강건하여 갑작스레 그럴 일은 없을 것 같습니다. 그러나 약으로도 독으로도 쓰이는 여러 극약을 장복하여 앞으로 일어날 일을 모두 예견하지는 못합니다."

"그것 보십시오. 의원도 모르겠단 걸 제가 어찌 보증합니까."

이에 륜이 예를 취하며 말했다.

"그렇다면 금의위에서 비축하고 있는 자백환을 쓰도록 허락해 주십시오."

황후의 눈이 뾰족해졌다.

"진왕은 내가 저 아이를 살해하려는 의도로 약을 먹인다, 이것이오! 어찌 이리 나를 욕보이시오!"

여과 없이 체통을 던지고 화를 내자 황제가 황후를 달랬다.

"욕보이려는 게 아니라 여인이 안전하리란 보증을 해 달란 것 아니오. 진왕에게 저 아이는 죽은 줄 알았는데 간신히 살아 돌아온 혼약자요. 어이없이 목숨을 또 잃으면 얼마나 슬프겠소? 여인의 안전을 보증하든지 진왕 저가 믿을 수 있는 금의위의 약을 쓰게 허하든지 하는 게 오히려 황후의 위엄을 세우는 게 아니겠소?"

"제 약은 못 믿고 금의위의 약은 믿을 수 있다니, 말이 됩니까? 금의위의 자백환을 먹고 금의위가 보증하는 증언이라, 삼척동자도 웃을 일입니다!"

하니 륜이 다시 한번 나섰다.

"다행히도 금의위에서 비축한 자백환은 열 이상이 먹기 충분합니다. 이 여인뿐 아니라 증언을 하는 모든 이들에게 먹이도록 허하소서. 저는 금의위의 약이 안전함을 자리를 걸고 보증하겠습니다."

황후의 낯빛이 돌변했다. 정보가 털렸구나! 자백환은 쉽게 뚝딱 저리 많이 만들어 둘 수 있는 게 아니다. 이는 우연이 아니라 륜이 촘촘히 준비한 첩보의 결과였다.

그러나 륜의 담담한 얼굴에 모두 고개를 끄덕였다.

"아니 되오! 보증만으론 믿을 수 없어요. 안전해도 약효까지 보증한답니까."

"그러니까 모든 증인에게 다 먹인다는 것 아닙니까."

황후는 '싫소!' 소리치려다가 피 끓는 심정으로 울분을 삼켰다. 너무나 분했지만 더 고집을 피웠다간 체통은 체통대로 잃고 애써 잘 맞추어 놓은 증언들의 진위까지 의심을 받게 생겼다. 황후는 침통한 표정으로 한발 물러섰다.

"좋소. 이 여인의 안전을 보증하오. 약을 먹고 큰 탈이 나지 않음을 내 이름으로 보증할 것이오."

이로서 앞으로 적어도 몇 달은 아령을 독살할 수 없게 되었다. 가장 안전하고도 쉬운 길이 막혔다. 그러나 륜은 한 발 더 나아갔다.

"그러면 저도 증인들 중 하나를 지정하여 자백환을 쓰게 해 주십시오. 제가 지목한 증인 하나도 약을 먹어야 공정하지 않겠습니까."

"무어요?"

황후는 대로했으나 황제가 이를 받았다.

"단 하나도 아니 되겠소?"

황후는 부들부들 떨었다. 진왕, 이 갈아 마셔도 시원치 않을 놈! 내 반드시 네 목을 따리라.

"금의위의 약은 믿을 수 없다 했습니다! 저는 저 여인의 목숨을 보증할 뿐입니다!"

황후가 다시 한번 고집을 피우자, 륜은 고개를 숙이며 청을 물렸다.

그러나 륜은 가장 큰 것을 얻었다. 사람들의 마음에 균열을 낸 것이다. 사람들은 생각할 수밖에 없었다.

증언에 무슨 문제가 있긴 하나 보다. 저 여인이 죽으면 필시 황후의 짓이다.

그럼에도 황후가 내리는 약을 받아먹는 아령을 바라보는 륜의 가슴은 찢어졌다. 륜이 몰래 눈짓하자 교위 하나가 자연스럽게 사람들의 시야를 가리도록 낮은 가림막을 쳤다.

아령은 의자에 고정하여 묶였다. 감정을 통제하지 못하므로 발작처럼 몸을 뒤틀거나 제대로 가누지 못하게 된다. 생각 같아서는 아령을 차라리 안아 들고 있어 주고 싶었지만, 금의위의 비호를 받는다는 인상을 줄 순 없다. 륜은 이를 악물었다.

아령의 흐트러지는 모습을 저런 자들에게 보여 주기 싫었다. 아령이 고통으로 몸부림치는 걸 단 한 순간도 참을 수 없었다.

그리고 끝없이 분노하였다. 경방은 어찌 그따위 약을 7년이나 아령의 고운 입에 꾸역꾸역 밀어 넣었을까. 한없는 울분이 륜의 마음을 타들어 가게 했다.

약효는 빨랐다. 채 일각도 지나지 않아 아령의 눈은 텅 빈 것처럼 생기를 잃고 몸이 축 늘어졌다.

장주원은 아령을 심문하기 시작했다.

"너는 네가 아직도 명아령이라 생각하느냐."

"제가 명아령이온데! 후후후, 더 무슨 생각을 합니까."

아령의 표정이 삽시간에 엉망으로 흐트러졌다. 단정하고 기품 넘치던 본래 표정은 온데간데없다. 코웃음 치며 빈정거리는 얼굴을 그대로 드러냈다.

"너는 침모의 말과 달리 팔뚝에 점이 없다. 그것은 어찌 설명할 것이냐."

아령은 속을 그대로 드러내며 피식 웃었다.

"그 여인은 침모가 아닙니다. 문지기로 있던 자의 아내로 바깥채에서 일했습니다. 안채 사람이 아닌 데다, 가까이서 시중을 든 적 없는데 어찌 제 벗은 몸을 봤겠습니까."

사실을 알고 기다리던 륜이 말을 더했다.

"여인의 손을 조사해 보십시오. 침모라면 응당 있을 엄지와 중지의 굳은살이 없을 것입니다."

깜짝 놀란 장주원이 황후를 슬쩍 보았다. 황후도 입가가 좀 떨렸으나 끝내 비소로 감췄다. 아이를 진짜라 가르치며 제가 모은 정보를 처발랐을 테다. 어차피 증언을 하다 보면 균열은 생길 것.

황제의 명으로 궁인들이 침모라던 여인의 손을 살폈다. 여인이 다급히 소리쳤다.

"침, 침모를 그만둔 지 오래라 그렇습니다!"

그러나 교위가 윽박지르자 곧 떨어질 매를 두려워하며 눈물을 쏟기 시작했다.

"더 이상 위증을 했다간 장이 열 대씩 더해지리라!"

장주원은 당황하며 어찌해야 하는지 장모균과 황후를 번갈아 봤다. 그러나 지금은 어떤 지시도 받을 수 없다. 떠듬거리며 스스로 판단할 수밖에.

"궁인…… 라 씨를 기억하느냐."

대질을 위해 라 씨가 자신 있게 아령 앞으로 나섰다. 아령은 그녀를 노려보며 몸을 뒤틀었다. 무언가 격한 감정이 그녀의 몸에서 표현되는데 륜은 눈을 떼지 못했다.

"제게……."

아령은 처음으로 약효를 체험했다. 죽어도 하기 싫은 말을 하지 않으려니 벼락을 맞는 것처럼 온몸이 아팠다. 결국 기침처럼 진실이 엉망으로 쏟아졌다.

"진왕께서…… 당장 다른 여인을 보셔야 한다고 했습니다. 저는 어리니…… 크흡! 사내의 끓는 욕정을 받아 낼 수 없다고요. 그 태도가 너무나 방자하여 몇 마디 꾸짖었다가…… 전하께오서 라 씨의 편을 드시는 바람에 크게 다투고 사이가 벌어지는 계기가 되었습니다."

라 씨는 생각지도 않은 말이 튀어나오자 깜짝 놀라 반박했다.

"그런 일은 없습니다!"

"이 아이는 자백환을 먹었다!"

그러나 륜의 무서운 눈빛에 스스로 입을 막았다. 지금 부인하는 건 자신이 거짓말을 한다는 뜻. 언제나 쉽게 하던 거짓말을 못 하게 되어 버렸다. 황후께선 이 여인은 명아령을 닮았을 뿐 아무것도 모른다 하셨는데!

궁인 라 씨는 그동안 아름다움과 생기를 잃었다. 당연히 황자를 품에 안을 기회도 없었다. 주인마저 잃은 채 희망 없는 매일을 보내다가 드디어 황후에게 공을 쌓을 기회가 생겨 기뻤는데!

"무슨 일이 있었느냐."

륜이 착잡하게 아령에게 물었다.

"제가 어려 뭘 모른다며…… 읏."

아령은 답하기 싫었다. 이따위 것을 륜에게 죽어도 말하기 싫었다. 그러나 묻는 것에 답하지 않으려 할 때마다 온몸이 찢기듯 아파 또 말을 토해 버렸다.

"꼴도 보기 싫은 저와 평생을 붙어 있어야 할 전하의 우울한 마음도 좀 헤아리라, 저를 비웃었습니다. 전하께서 저를 얼마나 싫어하는지…… 홋, 또 궁인 라 씨를 보는 눈길이 얼마나 따스하고 다정한지 스스로 직접 보여 주겠다고 했고…… 실제로 그러하였습니다."

륜의 마음이 깊이 에였다. 그랬었구나.

"실제로 그런 다툼이 있었습니다. 그러나 이런 사사로운 일은 증거로서 가치가 없다 판단됩니다."

륜은 참담한 표정으로 아뢰었다.

"궁 안에서의 일은 내기거주를 참조로 하여 황상께서 아령을 만나셨을 때의 행적을 대조하면 어떨지요. 사람의 기억에는 한계가 있으므로 궁인 라 씨와의 대질보다는 확실한 기록을 토대로 하는 게 더 믿음이 갈 것입니다."

내기거주는 황제의 개인 생활 기록이다. 황제는 이미 아령과의 기억을 맞춘 걸 시침 뚝 떼며 허하였다. 륜은 아령에게 물었다.

"너는 황상을 뵌 때의 일을 기억나는 대로 말하라."

"경오년 유월 탄신연회 때……."

아령은 떠듬거리며 황제께 고한 것 외에도 몇 가지를 댔다. 기억은 자세하고 정교했다. 황제가 문서방 태감에게 해당 기록을 찾아오라 지시했다. 사람들은 술렁였다. 그러한 기록은 황제 스스로도 이유 없이 함부로 열람조차 할 수 없는 것이라, 그 누구도 의심할 수 없었다.

그러나 그 누가 황후와 장씨 일가만큼 놀랐으랴. 처음엔 설마설마하다, 다음엔 조금은 찾았나 싶었다. 그러나 고새 기억을 이리 완벽히!

문서방의 기록 없이도 사람들이 함께 기억하는 것들이 상당했다. 사람들은 여인을 이제 진짜 명아령으로 인정하기 시작했다.

이에 륜이 자신의 증인을 세웠다. 잔뜩 긴장한 후식이 두리번거리며 나왔다.

"너는 누구며, 이 여인과 어떤 관계인지 말해라."

장주원의 물음에 후식은 고개를 조아리며 이름을 댔다.

"저는 유수원의 바깥채에서 일했습니다. 저분은 소인이 모시던 아령 아씨가 옳습니다."

"어찌 그리 생각하느냐."

"전에 뵈올 때 제가 어려서 만들어 드린 매 모양의 연도 기억하시고, 제가 새소리를 잘 내는 것도 똑똑히 기억하셨습니다. 물론 생김새도 영락없는 아령 아씨입니다."

후식은 당연히 처음부터 아령을 진짜로 알고 있었다. 답변은 준비해 두었지만 장주원의 질문이 조금 틀어지자, 륜이 미처 신경 쓰지 못했던 진실이 튀어나왔다. 모셨던 노비조차 이리 단번에 알아본 것을, 어찌 자신만 끈질기게 몰라보았던가. 륜은 숨을 몰아쉬면서도 질문을 더했다.

"유수원에서 일하던 자는 다 죽었는데 어떻게 너만 살았느냐."

"저는 본가에 심부름을 갔다가 홀로 살았습니다. 저 여인은 바깥채에서 일하던 문지기의 아내가 옳습니다."

하며 후식이 소리쳤다. 예정된 증언은 아니었다.

"네가 어찌하여 침모냐! 바느질도 못하는 게!"

소리치자, 침모라 주장하던 여인이 울다 말고 마주 욕을 퍼부었다. 태감이 정숙을 요하자, 후식은 마저 자신의 할 말을 했다.

"명가 사건 뒤로도 명가 사람들은 계속 죽어 나갔습니다. 저들 부부를 뺀, 본가 사람들도요. 저도 여러 번 죽을 뻔했으나 간신히 이리 살아 있습니다. 부디 이 이상하고 억울한 죽음의 누명을 밝혀 주십시오."

후식이 고개를 조아리며 황상께 청을 올린 뒤 물러났다. 륜은 증인을 더 불렀다.

"자신이 누구인지, 여인과 어떤 관계인지 밝히시오."

사람들은 허름한 차림의 노인의 등장에 술렁였다. 마른 몸에 머리가 듬성듬성한 백발. 코는 빨갛고 키는 작다.

"소인은 임양천이라 하며 사람들은 절 매은이라 부릅니다. 죽은 명 귀춘의 친우이며 아령을 열둘부터 여태 키웠습니다. 저 아이는 틀림없 는 아령입니다."

"어찌 그리 생각하시오."

륜이 묻자 매은은 착잡하게 답하였다.

"아령을 아령이라 하는데 어찌 그리 생각하다니요. 열둘 이전에도 숱하게 보았으며, 명가 사건 때 직접 그 안으로 들어가 아령을 구해 냈 습니다."

사람들이 술렁이며 좌중은 매우 시끄러워졌다. 태감이 채찍으로 정 숙을 요구하는 가운데도 쉬이 그 흥분들은 가라앉지 않았다.

"그리하여 간신히 치료를 하여 살려 내고 이제껏 키웠습니다."

매은의 배신에 황후의 입매가 부들부들 떨렸다. 설마설마했더니 진 왕의 증인으로 나섰다.

"어찌 그 사실을 지금까지 숨겼으며, 이리 아령을 몰래 키운 것이 오!"

륜이 슬프게 묻자 매은은 초연하게 답했다.

"아령의 목숨을 담보로 협박을 받았습니다. 그것이 누구인지는 밝히 지 못합니다. 아령의 생명이 또 위태롭기 때문입니다."

매은의 시선은 황후를 똑바로 향했다. 말한 것과 마찬가지. 사람들 이 어지럽게 술렁였다. 그때 매은은 엎드려 황제에게 간절히 고했다.

"신, 감히 황명을 여러 차례 받지 아니하고 초야에 묻혀 산 죄를 받 아도 좋습니다. 하오나 명가의 억울함만은 풀어 주십시오. 명귀춘과 현 귀비가 사통을 했다는 소문은 터무니없으며, 여기 계신 진왕께서 마적 을 사주하여 명가를 멸했다는 것은 더욱 말이 되지 않습니다."

매은은 눈물을 흘리며 아령에게 물었다.

"네가 고하거라. 진왕께서 정녕 마적을 사주하여 명가를 멸하러 오셨더냐!"

아령은 몸을 뒤틀며 말했다. 격노하는 감정이 아령의 가슴에 요동쳤다.

"진왕께서는…… 전하께서는 저를 구하러 오셨습니다. 아니, 함께 죽어 주러 오신 것이나 매한가지……십니다. 홍적과 맞서 싸우시며 저를 어떻게든 구해 밖으로 빼내려 하셨습니다. 홍적은 전하마저도 죽이기 위해 칼을 휘둘렀습니다. 제 어깨의 상처는 그때…… 저 자! 장모……!"

"닥쳐라!"

듣다 못한 황후가 소리를 쳤다.

큰일이 났다. 일이 엉뚱한 방향으로 흐른다. 이럴 땐 태자가…… 우리 태자가 있어야 꾀를 내어 줄 텐데!

"계집이 환각을 보는지 허, 헛소리를 합니다. 명아령이 옳은 것은 밝혀졌으니 이쯤에서 파하는 게 옳다고 봅니다."

"그 말씀은 황후가 준비하신 자백환이 환각제란 소리요?"

황제가 빈정거리자 황후는 바들바들 떨며 답하였다.

"경방이 이 아이가 평소에도 자주 환각을 봤다지 않았습니까! 명아령이 옳음을 선언하시고 파하시지요!"

황제는 황후에게 대답하는 대신 태감에게 지엄하게 물었다.

"문서방 태감은 기록을 찾았느냐!"

"소저의 증언이 모두 옳습니다. 날짜와 사건이 모두 일치하나이다."

황제의 눈빛이 날카롭게 살아났다.

"문지기의 아내와 궁인 라 씨의 증언은 거짓임이 밝혀졌다. 또한 공 노인은 7년이나 떨어져 지낸 자신의 딸과 명아령이 닮아 착각했을 수 있으므로 그의 말에 신빙성이 없다. 문서방의 기록과 여인의 서술이 명확히 일치한 점, 금의위의 증거들과 진왕을 포함한 임후식과 매은의 증언이 일관된 것을 보아 여인은 명아령임이 확실하다. 다른 의견이 있는 자는 말하라."

하며 황후를 바라보았다.

"그대도 여인이 명아령이 아니라는 증거를 더 대고 싶거나 조사를 더 청하려면 하시오."

"되었습니다."

그대로 파하는 줄로만 알고 황후는 분해하면서도 이의를 제기하지 않았다. 그러나 황제가 하려던 것은 지금부터였다.

"짐은 널 명아령으로 인정한다. 하니, 너는 명가 사건에서 살아난 유일한 자로서 당시 네가 보고 겪은 일을 모두 말하라."

사람들이 술렁였다. 아무도 살아남지 못해 아무도 진실을 말하지 못했었다. 그러나 이젠 산증인이 있는 것이다.

"이곳은 그 일을 위한 자리가 아니잖습니까!"

황후가 발끈하여 막아섰으나 황제는 의뭉스럽게 웃었다.

"왜, 모두들 궁금해하던 그 일을, 지금 들어선 절대 안 되는 이유를 대시오! 그대가 명가 사건과 무슨 상관이라도 있소?"

황후가 부들부들 떨며 입이 잠시 막혔을 때 아령은 몸을 뒤틀었다.

이 순간을 얼마나 그렸던가. 그날을 떠올리는 것과 동시에 온몸의 격통이 몰려왔지만 상관없었다.

"그 현장에! 제가 있었습니다!"

아령이 소리치자, 모두의 눈이 쏠렸다. 아령은 그 끔찍한 일들을 재빨리 입으로 쏟아 내기 시작했다.

"붉은 옷을 입은 자들이 말을 타고 몰려와 집 안의 산 것들을 모조리 처참히 도륙했지요. 순식간에 집 안엔 불길이 치솟고, 끝도 없이 사람들과 짐승들의 비명이 이어졌습니다."

모두의 집중이 쏠렸다. 황후는 아령의 입을 막을 기회를 놓쳤다. 아령은 정신없이 이야기를 쏟았다.

"아버님의 꾸짖는 소리와 사람들의 비명이 담을 넘었지요. 별각에서 그 자지러지는 비명과 고함을 듣곤 저는 본채로 달려가려 했습니다. 그러나 함께 있던 유모가 저지했습니다."

'지금 그리 가는 것은 바보짓입니다. 차라리 아씨라도 얼른 뒷산으로 몸을 피하셔야 합니다. 얼른 뒷문으로 나가십시다!'

"그러나 난이라는 새로 들어온 하녀가 유모를 말렸습니다. 난이는 저와 생김새가 꼭 닮은 인연으로 그 며칠 전 집 안에 들어온 아이였습니다. 제가 죽은 것으로 알려진 것은 그 아이 때문일 것입니다."

아령이 너무나 두렵고 다급하여 아무런 판단도 내리지 못하는 가운데 난이와 유모가 정신없이 다투었다. 난이는 끝끝내 아령을 데리고 도망치려는 유모를 방해했다.

'지금 나가 봐야 몇 발자국이나 가겠습니까. 오히려 잡혀서 더 빨리 죽습니다. 차라리 가만히 숨어 도움을 기다리십시오.'

유모는 두려움에 떨며 우왕좌왕했고, 난이는 놀라지도 않고 의연히 버텼다. 그러나 막상 륜이 호위를 이끌고 담을 넘어 들어오자 난이는 기함하였다. 홍적들이 뒤채로도 몰려오고 있었다. 집 안 구조를 잘 모르니 담 몇 개를 사이에 두고 한두 호흡을 다투었다.

유모와 함께 륜을 맞으러 뒷문으로 뛰기 시작하자, 난이는 홀로 본채와 연결된 쪽으로 뛰어가 문을 열며 홍적들을 불러들였다.

'여기요! 여기입니다. 이것들이 도망칩니다. 빨리 오십시오!'

배신감에 몸을 떨 새는 없었다. 붉은 떼가 삽시간에 몰려들었다. 앞문으로 쏟아지던 것들은 곧 뒷문으로도 발을 디딜 틈 없이 밀려 들어왔다. 륜은 모든 자들을 베어 냈다. 사방이 순식간에 시체로 뒤덮였지만, 검은 옷을 입은 호위들은 점점 수가 줄어들었다.

아령은 륜에게 도망치라 호소했다. 아령은 이미 어머님 아버님이 다른 세상 사람이 된 걸 직감했다. 자신도 틀렸다는 걸 알았다. 그러나 황자는 다르다. 황자는 이 아비규환 속에서도 살 수 있을 터였다.

그럼에도 륜은 함께 죽어 주겠다 버렸다. 둔기를 맞아 끝끝내 쓰러지고 아령도 무릎을 꿇린 채 참수를 기다릴 때였다.

"홍적들은 전하께서 돌아가신 줄로 알고 깜짝 놀랐습니다. 그들은 황자가 죽으면 일이 너무 커진다며 우왕좌왕했습니다. 그렇게 그들의 주의가 전하께만 쏠렸을 때 갑자기 스승님이 나타나셨습니다. 스승님은 저를 업고 바람처럼 몸을 날려 그곳을 빠져나오셨습니다."

아령이 눈물을 흘리며 말할 때 륜은 그런 아령을 안쓰럽게 바라보았다. 그랬구나. 그래서 굳이 난이를 착각하게 꾸며, 내게 참하는 모습을 보여 주었구나. 저들이 아령을 놓쳤단 사실을 감추고자.

"저를 구하러 오신 전하를 두고 그 생지옥을 홀로 빠져나온 게 너무 죄스러웠습니다. 스승님은 저를 업으신 채로 홍적들에게 쫓겼습니다. 그러나 놀랍게도 집 밖엔 더 많은 금군이 지키고 있었는데, 그들은 무언가 서로 손발이 맞지 않는 듯 당황했습니다."

장내엔 참담한 분위기가 펼쳐졌다. 살아남은 자의 입에서 명가 사건의 일을 새로이 듣는 사람들 사이엔 숙연함이 흘렀다. 그때 옷소매로 눈물을 훔치고 일어선 매은이 예를 취하며 뒤를 이어 증언하기를 청하였다.

"그들은 일이 끝나면 홍적들을 제거하기 위해 배치된 자들이었습니다. 빠져나온 저희를 추격하려 홍적들이 잔뜩 뛰쳐나오니 그들이 당황했던 것이지요. 그 뒤론 금군이 저희를 추격했습니다. 금군의 추격은 보름 이상 계속되었고 저희는 결국 사로잡혔습니다."

문제는 아령과 매은이 잡혔을 땐 이미 명가 사건의 후처리가 완전히 끝나 있었다는 것이다. 그동안 그들은 홍적을 궤멸하고, 명가의 시신을 수습했으며, 귀비의 기묘한 자살을 이끌고, 도적의 수장을 잡아 처형하는 일까지 삽시간에 끝마쳤다. 륜이 이 모든 사달을 벌인 그 배후임을 밝히는 증거를 들이대면서.

황제는 더 이상 이 일을 파헤치라 명할 수 없었다. 그는 륜을 살려야 했고, 그에겐 명을 받을 충신이 부족했고, 금성엔 장가를 지지하는 세력이 득시글댔다. 그리 힘이 모자랄 때 진실을 파헤치려 노력했다면 주적으로 몰려 륜까지 죽게 되어 있었다.

그리하여 아령은 살 수 있었다. 모두 죽었는데 그녀 홀로 유령이 되어 목숨을 부지했다. 모든 증거를 말살하고 륜에게 덮어씌우는 데 성공한 그들은 자신감을 얻고 아령을 살려 두기로 했다. 넋이 나가 삶의 의지를 완전히 잃은 듯 보이는 륜. 그가 만약의 경우 정신을 차리고 반격할 때를 대비한 무기였다.

"저는 겁박을 받고 아령을 숨겨 키웠습니다. 그들이 노비 문서로 아령을 묶고, 약을 먹여 기억을 지우는 걸 그냥 두고만 볼 수밖에 없었습니다. 아령은 7년 동안 기억을 잃었습니다. 힘없고 어리석은 저는 친우의 딸이 그저 목숨을 부지하고 살기만을 바랐습니다."

매은의 말이 끝나기 무섭게 아령은 입을 열었다. 약속한 것처럼 둘은 주적을 말하지 않았다. 황후가 제지하기 전에 좀 더 많은 말을 쏟아내기 위해서였다. 그러나 지금은 입을 꼭 열어야 할 때였다.

"저는 분명! 그 안에서 황후마마의 동생이오신, 저기 계신 장 장군님을 뵈었습니다!"

아령이 비로소 지목하자, 준비하고 있던 장모균은 흥분하며 욕설을 퍼부었다.

"근거 없는 모함입니다. 계집이 약에 취하여 헛소리를 지껄이는 것입니다!"

아령은 온몸을 뒤틀며 제대로 고했다.

"제 어깨에 칼을 직접 꽂은 얼굴을 어찌 잊겠습니까."

사람들이 술렁였다. 명가를 멸한 것은 진왕이 아니라, 황후를 비롯한 장가란 말인가! 그럼 그동안 장안에 떠돌던 말들은 모조리 헛소문이었단 말인가!

"닥쳐라!"

그러나 장가의 이름이 나오자 역시 황후는 더 이상 참지 않았다.

"더 이상의 모욕을 견딜 순 없습니다! 저 계집이 명아령인지는 모르겠으나, 그녀는 근거 없이 내 친정을 모함하고 있습니다."

황제가 매섭게 황후를 쏘아보았다.

"아령이 그대의 자백환을 먹고도 거짓을 말한단 말이오?"

"거짓말을 하지 않는다 하여 모든 말이 진실일 수는 없지요. 크게 다친 중에 얼핏 본 것은 착각일 수도 있고, 아이가 평소 자주 본다는 환각일 수도 있습니다. 또한 장가에 원한을 품은 매은이 긴 세월 동안 헛소리로 아이를 세뇌시켰을지 누가 압니까!"

황후가 좌중에 소리쳤다. 그 두려운 기세에 모든 이들이 숨을 죽였다.

"당시 장 장군이 이끌던 기린군이 홍적을 잡은 건 사실입니다. 명가를 멸한 죄를 지었으니까요. 그러나 그들의 말 외에 그 어떤 것이 장가가 주범이랍니까. 장 장군은 분명 어깨에 큰 상처를 입고 죽어 가는 안쓰러운 계집을 사 주고 백운궁에 아이를 맡겼다고 했습니다."

"장 장군께서 명아령의 얼굴을 모르는 게 말이 되오?"

륜이 그들의 증언에 균열을 내자 장모균의 안색이 확 어두워졌다. 그러나 황후는 입술을 뒤틀며 매끄럽게 웃고 나섰다.

"진왕께서는 모든 일을 다 직접 손수 처리하시오? 진왕이 하신 일 중 대부분은 수하를 통해 지시해서가 아니오? 장 장군! 설명하시오. 수하를 통해 처결하신 걸 말씀하신 겁니까?"

안색이 되돌아온 장모균이 얼른 말을 고쳤다.

"그렇습니다! 저는 수하를 통해 보고를 듣고 그리 처결한 걸 말한 것입니다. 직접 본 일은 없습니다."

황후는 더욱 자신 있게 말했다.

"자백환을 먹은 네가 말해라. 너는 네가 다친 뒤 보름 동안의 일을 생생히 다 기억하느냐!"

아령은 가슴이 미치도록 답답했다. 그러나 그녀는 몸부림치면서도 진실을 말할 수밖에 없었다.

"저는…… 곧 의식을 잃어 그때의 일은 기억……하지 못합니다."

황후는 작은 눈알을 도로록, 굴리며 득의양양하게 좌중을 훑었다.

"이것 보십시오. 기억이 어쩐지는 모르겠으나 이 계집은 자신이 명아령인 줄 모르고 노비 신분을 벗고자 경방의 첩이 되어 가영궁에 머물렀습니다. 그러던 중 교활하게 상황을 살피곤 진왕이 더 괜찮아 보이자, 도망쳐 진왕과 야합했습니다. 이참에 진왕은 제 더러운 소문을 씻기 위해 명아령과 붙어먹었습니다. 아닙니까!"

"그 무슨 말도 안 되는 궤변이십니까."

아령을 모욕하는 걸 참지 못한 진왕이 무섭게 맞받자, 황후는 더욱 득의양양해졌다.

"말도 안 되는 말은 내가 먼저 들었소. 보십시오. 황상께선 아무 증거도 없이 저들의 황당한 말만 옳다고 하실 작정이십니까. 정황으로는 제 말이 더 옳지 않습니까."

"……!"

"아이가 명아령인지는 모르겠으나 그녀는 기억을 잃었다는 동안 노비가 된 게 분명하며 경방의 첩임에도 분명합니다. 졸지에 첩을 도둑맞은 경방의 억울함은 어디서 푼단 말입니까."

황후의 진화에 황제는 피식 웃었다. 과연 그 어떤 불리함 속에서도 당당히 거짓말을 짜내는 놀라운 능력의 소유자였다. 7년 전에도 제대로 싸웠으면 이런 식으로 거짓 증거와 궤변으로 륜이 죽어 나갔을 터였다.

그때 륜은 황제에게 조용히 눈짓했다.

'꺼내야 할 말은 스스로 다 꺼냈습니다.'

아차, 하는 순간 아령이 모욕당했지만 황후는 제 발등을 다 찍었다.

"황후마마의 말씀이 실로 옳습니다. 아무 증거도 없이 장가가 모욕당할 수는 없지요. 저 또한 그동안 명가를 멸했다는 이상한 소문을 견디며 살아왔습니다. 당시엔 안타깝게도 살아남은 자가 전혀 없어 어찌할 수 없었으나 이리 나타났고, 또한 그들이 사실과 달리 일이 처결되었다 하니, 황상께서는 부디 명가 사건을 재조사하라는 명을 내려 주십시오."

황상은 그리 말하는 륜에게 가볍게 미소 지었다.

'명가 사건에 사람들의 관심이 쏠리게 해 주십시오. 명가 사건의 재조사, 오늘은 거기까지 목표를 두심이 옳습니다.'

마지막 부자의 밀담은 완벽하게 현실로 구현되었다.

"진왕의 말이 옳다. 고로 짐은 이 자리에서 명가 사건의 재조사를 명한다. 위증과 더불어 어사대는 잘못된 발고로 짐과 모두의 신뢰를 잃었다. 장모균은 오늘 너의 불찰을 인정하느냐."

장모균은 분해 부들부들 떨며 답하였다.

"신이 무능하여 큰 죄를 지었습니다."

황제는 판결을 계속했다.

"이에 짐은 어사대를 폐하고 휘하의 검교들을 모두 직위 해제함을 명한다. 귀족들의 발고권과 더불어 백성들의 감찰권도 모두 금의위로 이관한다."

"폐하!"

황후가 나서자 황제는 무섭게 노려보았다.

"이는 그대가 시작부터 주장한 바요?"

아니다. 황후는 당연히 이길 줄 알고 명아령이 거짓일 시 금의위에서 륜을 밀어내길 약속받았다.

"의심을 받는 당사자가 재조사를 하는 법이 어딨습니까!"

"의심을 받는 당사자라니! 그 어떤 물증이 있소, 아니면 증인들의 증언이 그러하오? 지금 의심을 받는 당사자는 그대의 동복동생인 장모균이오. 그대가 감히 짐을 누르고 국정 운영에 직접 나서시겠단 말이오!"

황후가 아무리 제멋대로라 해도 적어도 겉으로는 이리 나설 수 없다. 눈들이 있으니. 황후가 입술을 깨물며 부들부들 떨자, 황제는 위엄을 세웠다.

"판결을 계속하겠다. 이 여인은 명가의 외딸, 아령이다. 따라서 장가의 노비 문서는 외국의 국법에 따라 무효이며, 아령의 빚은 혼약을 맺은 진왕의 아비로서 짐이 갚아 주겠다. 명아령, 너는 가영궁에 머무는 동안 명가의 혼약을 어기고 경방의 첩이 되었느냐."

아령은 긴 숨을 내쉬며 단호히 답했다.

"그런 일은 결코 없습니다. 오히려 기억이 없을 때부터 첩이 되란 강요를 끈질기게 받았습니다. 저는 백운산에서도 이를 거부하고 도망쳤으며, 며칠 전에도 강제로 신방이 차려진 탓에 담을 넘었습니다. 진왕께서 저를 구하셨습니다."

"그렇다면 경방은 아령에 대한 권한이 없으며, 아령은 스스로 거취를 정할 수 있다. 그러나 짐은 명가 사건의 재조사를 명하였으므로 안전을 위해 당분간 다른 증인들과 함께 금의위의 보호를 받길 명한다. 혼약에 대한 네 개인적인 청은 좀 더 숙고하여 후일 정하마."

사람들의 눈이 호기심으로 잠깐 빛났으나 황제의 우렁찬 옥음에 바싹 얼어붙었다. 황제는 사람들이 잊지 않도록 못 박았다.

"숨어 있는 명가 사건의 진범이 있다면 경계하라. 명아령은 황후의 이름으로 안전을 보증받았다. 또한 이 아이는 장모균의 이름을 입에 담았다. 명아령을 독살하든 살해하든 이는 모두 황후의 수치이며 장가를 의심케 하는 짓이니 명아령을 죽일 생각은 꿈도 꾸지 말아라!"

"폐하!"

황후가 모욕감으로 부들부들 떨었으나 황제는 말짱한 표정을 지었다.

"이는 그대와 친정을 명가 사건의 주범으로 몰려는 자들을 경계하기 위한 것이오!"

그럼에도 사람들은 한결같은 생각을 할 수밖에 없다. 과연 장모균과 황후가 한 짓인가. 증인들이 급사하거나 무슨 일이라도 생기면 의심의 여지도 없지 않나.

황후가 기가 막혀 황제를 바라볼 때 나머지 사람들의 처결이 내려졌다.

"듣거라. 침모라 거짓 주장한 여인과 위증한 궁인 라 씨는 각각 장 30대를 쳐라. 아비라 주장한 공 노인은 딸을 살리려던 마음이 보이는 고로, 착각을 하였다 볼 수 있으나 역시 위증한 죄가 있으니, 장 10대에 처한다. 거짓 발고를 한 장주원은 장 50대를 치고 이를 제대로 감독하지 못한 장모균도 장 50대를 친다."

"발고를 한 것은 장 장군이 아니라 장주원입니다!"

황후가 경악에 가까운 비명을 질렀다. 이 많은 사람이 보는 데서 볼기를 까고 장을 맞다니. 게다, 장 50대를 제대로 다 맞았다간 사람 구실을 못 할 수도 있다. 황후는 부들부들 떨며 고개를 조아리는 시늉을 했다.

"제 면을 이렇게까지 깎으실 참이십니까!"

"그대는 어사대의 수장으로서도 장 장군이 아무런 잘못이 없단 소리요?"

"그 말이 아니오라……."

황후가 경악함에도 황제는 지엄하게 명했다.

"형틀을 내와라!"

진짜로 무서운 광경이 펼쳐지기 시작했다. 마포로 상체가 묶이며 장을 맞을 이들이 통곡하였다. 장모균은 얼이 빠져 황후만을 바라본다. 당연히 매를 쥔 교위도 감형 태감도 전혀 매수가 되지 않았다. 황제는 황후를 향해 비릿하게 웃었다.

"그대도 자숙하는 게 좋을 것이오. 이럴 때 사람들을 불러 모으거나 주변을 소란스럽게 하면 그야말로 면이 깎이지 않겠소?"

14. 진실의 입

위중한 자들의 태형이 시작되자 주변은 울음바다로 변했다. 륜은 차가운 눈으로 오직 가림막 안으로만 다가갔다. 그의 뺨이 파르르 떨렸다. 힘없이 늘어져 있는 령아. 어찌나 심하게 몸부림쳤는지 손목이 벌겋다. 끈을 걷어 내고 그녀를 안아 들었다.

"놓아……주십시오. 제가 걷……겠습니다."

저어하면서도 고개조차 못 든다. 가슴팍에 머리를 늘어뜨리는 건 몸이 마음대로 움직여지지 않아서다. 륜은 분노로 뒷머리가 저릿해져, 아비지옥을 조용히 빠져나갔다.

"으아악, 용서…… 용서해 주십시오! 으하하학!"

엉덩이가 발가벗겨진 장모균이 머리와 얼굴이 땅에 처박히며 비명을 지른다. 태감이 성지를 읽는 그 짧은 기다림은 오히려 고문의 시간이다. 고관대작의 경우 망신이나 주자, 엉덩이에 두툼한 방석을 대고 치는 시늉만 하던 건 옛말.

자비 없는 표정으로 정장을 주관하는 황제 앞에서 번갈아 매를 내리치는 두 교위는 사정을 두지 않았다. 포탄처럼 힘차게 도약하여 전력을 다해 사정없이 내리꽂는다. 조금이라도 힘이 빠질까 교대하려 서 있는 백여 명의 교위들. 더욱 때려 치라 명하는 감형 태감의 눈빛이 심상치 않다.

황후는 아주 다급해졌다. 저리 맞았단 단 10대라도 죽는다. 이건 체면이 문제가 아니다. 아주 작정을 하신 게다.

"장 장군을…… 모균이를 오늘 죽이실 작정이십니까!"

"국법에 따른 합당한 형벌이오. 그대도 죄를 더하고 싶소?"

그러나 비명을 지르듯 덤벼들던 황후는 목소리를 낮추며 애원조로 돌아섰다. 남보다 못해도 남편. 벼락을 맞듯 동복동생을 이리 죽게 둘 순 없었다.

"소첩이 다 잘못하였습니다. 우리 태자를 보아서라도 부디……."

"왜, 장 장군이 매를 맞아 허리라도 못 쓰게 될까 그리 가슴 아프시오?"

황제가 소름 끼치게 웃으며 묻자, 황후의 입이 경악스럽게 벌어졌다.

"잠깐만 참아라. 좀 누워 쉴 곳을 마련하마."

"어서…… 궁 밖으로 나가고 싶습니다. 여기 있기 싫습니다. 비명이 무섭습니다."

륜은 궁을 빠져나가는 가장 짧은 길을 찾았다. 아령이 자꾸 몸을 뒤튼다.

"어디가 아프냐."

"아니요."

그럼에도 몸을 또 꿈틀꿈틀. 미친 것 같아 괴롭고, 피식피식 웃음이 났다. 참으니 자꾸 더 나 "크큭!" 괴로움에 몸부림쳤다.

"그러면 왜? 어디가 불편하냐."

아령은 걱정 가득한 륜의 표정을 보자 더욱 웃음이 나온다. 그가 조심스럽게 고쳐 안자 '깔깔깔' 웃음보가 터지며, 기운 없이 팔을 들어 륜의 어깨를 끌어안았다.

"전하께 이리 안긴 것이 너무나 기분 좋습……."

이래서였다. 미친년처럼 감정이 통제되지 않아 진심이 튀어나온다. 아령이 스스로 입을 닫으려 몸을 뒤틀자, 륜은 가슴 아픈 중에도 실소했다.

"그래, 네가 좋다니 나도 좋다."

뻐근하게 가슴이 풀려 온다. 아주 조금은 후련하다.

이번엔 완벽하게 모든 걸 뒤집었다. 실낱같은 아주 작은 기회를 잡아서 가장 두려웠던 것, 황상께 가장 세밀히 요청드렸던 부분이 실현되었다. 할 일이 아직 태산이나 그래도 조금은 안심이 된다.

"어디로 데려가십니까."

그러나 뒤따르는 인기척에 그의 웃음은 금세 거두어졌다. 경방이었다.

"뻔뻔하구나. 네가 어찌 여길 오느냐!"

붉은 기둥이 도열한 긴 회랑에 륜의 매서운 음성이 울렸다. 길을 잡던 태감이 움찔, 고개를 숙였으나 경방은 꿈쩍 않았다.

"이 아인 제 아이입니다. 세상이 뭐라 해도요. 아령아, 넌 정녕 내게 입은 은혜를 배반하고 이리 다른 사내에게 가려느냐!"

첩이 되라 강요했다니, 그리하여 도망쳤다니! 백운산에서도, 널 그리 아껴 신방을 차려 준 그날도! 아령이 무섭게 쏘아보자, 경방이 배신감에 뺨을 잘게 떨며 나무랐다.

"난! 너를 살리기 위해 매 순간 정말 최선을 다했다. 이따위 일이 벌어질까 봐 널 없애자는 말이 나올 때마다! 나는 오직 널 살리는 데만 골몰했다, 알아?"

아령은 경방의 얼굴을 보자 몸을 뒤틀었다. 격렬한 울화와 분노가 고통이 된다. 륜이 부들부들 떨며 경방에게 외쳤다.

"그리 마음이 깊어 7년간이나 그따위 극약을 먹였느냐. 그러고도 네가 감히 아령에게 마음이 어쩌고 하는 소리를 해!"

"적어도 금성에 오기 전까지는! 우리는 좋았습니다. 아령아, 네가 기억을 조금씩 찾느라 한동안 날 멀리했다는 걸 이제야 알았다. 그래, 이, 이해하마. 기억을 찾았다면 너도 알 것이다. 너는 진왕을 진저리 치도록 싫어하지 않았니. 너는 나를 마음 깊이 연모하지 않았니. 우리가…… 우리가 살을 섞지만 않았을 뿐 함께 보낸 밤이 얼마나……."

아령은 더 이상 듣고 있을 수 없었다. 그와 끝장을 내고 나오지 않은 건, 적어도 그에게 마지막 예의를 지킨 거였다. 그러나 이리 끝내 서로의 마음을 부수려는가.

"내 부모를 잡아 죽이고! 이리 은인 행세라니 가소롭습니다. 저는 오라버니께 그저 미끼였습니다. 진왕을 잡아다 줄 미끼요."

한 번도 들어 보지 못한 어투와 표정에 경방의 얼굴이 충격으로 일그러졌다.

아령은 이런 아이가 아닌데. 항상 한발 물러서고 수줍게 웃으며 저에게 늘 감사했는데!

"오라버니께 늘 감사하다 말했던 스스로가 원망스럽습니다. 원수에게, 그도 모자라 기억을 지우곤 한 번 더 미끼로 이용하려던 자에게 감사라니요. 전 한 번도 오라버니를 사내로 생각한 적이 없습니다. 매 순간 정말 부담스럽고 싫었습니다."

아령으로서도 마지막 말만은 정말 하지 않으려 애썼는데 소용없었다.

"오라버니의 얼굴만 보면, 그믐마다 먹던 약의…… 썩은 내가 올라옵니다."

조금도 걸러지지 않고 진심이 왈칵 쏟아져 나오는 두려움에 아령은 소름이 오소소 끼쳤다. 경악하여 입조차 다물지 못하는 경방을 보며 륜은 한숨을 머금었다.

"아령은 마음도 표정도 전혀 거르지 못한다. 네가 이리 약을 먹였지 않느냐."

경방은 이를 악물며 진왕을 노려보았다. 전엔, 그가 아무리 자신을 우습게 여겨도 조금도 상처받지 않았었다. 아령을 소유했단 그 우월감에.

얼마나 기뻤던가. 언감생심, 비로는 꿈도 꾸지 못하고 먼발치에서나 보던 아이를 가질 수 있어 좋았다. 너무나 사랑하여 정비로까지 들여 주려 했다. 그런데 이리 살려 주고 아껴 주고 사랑해 준 결과가!

진왕은 기어이 아령을 빼앗아 품고 자신을 조롱한다. 저나 나나 같은 아비의 아들인데, 어찌 저만 저리 고고한 척할까. 제까짓 게 뭐라고!

"제가 자백환을 준비한 걸, 어찌 아셨습니까."

"무슨 소리인지. 자백환은 황후께서 내리시지 않았느냐."

륜이 아령을 안은 채 걸음을 재촉하자, 경방은 그를 한 번 더 붙들었다.

"설마, 모두가 먹을 자백환 따위…… 처음부터 없었습니까. 그랬습니까!"

륜은 코웃음 치며 찬찬히 멀어져 갔다. 경방의 눈이 매섭게 빛나며 이가 악물렸다.

검은 주작기를 단 마차는 진왕부에서 멈췄다. 그러나 아령은 질색하며 륜의 품에 머리를 묻었다. 자신이 둘로 갈라진 것 같다. 정신 말짱

하여 너 왜 그러니, 당황하는 머릿속 자신과 미친 짓을 하는 현실의
나.

아령의 입에서 헤실헤실 새던 웃음이 뚝 그쳤다.

"들어가기 싫습니다."

"등후궁은 너무 멀다. 명가 사건의 재조사도 시급하니 당분간은 진
왕부에서 지내자."

품 안에서 기분 좋게 바르작거리던 아령이 왕부 대문을 보고 바싹
얼어붙자, 륜도 당황했다.

"나와 지내기가…… 그리 싫으냐."

"예, 싫습니다. 스승님과 지내고 싶습니다."

기운 없이 축 늘어진 중에도 곧이곧대로 답하는 아령을 보며, 륜은
어쩔 수 없이 가슴이 아리다. 품에 안겨 좋다는 말에 괜히 기뻤다. 오
는 내내 안긴 채 기분 좋아라 웃었다. 그러나 그가 싫다던 게 이리 진
심이라니.

시비가 마차 문을 열려 하자, 그는 "기다려라." 차갑게 명했다. 그러
곤 품에 안긴 아령의 머리칼을 조용히 쓸어내린다. 얼마고 널 기다릴
것이다. 얼마든 네게 다가갈 것이다.

"매은을 뵙게 해 주마. 그러니 나와 있자, 응?"

아령은 아이처럼 고개를 저었다. 나이 일곱에도 이리 솔직하게 떼써
본 일이 없었다.

"들어가기 싫습니다."

차라리 억지로라도 데리고 들어갈 것이지, 왜 묻고 기다리실까. 더
뭐라 물으실지 초조해진다.

"왜? 나와 함께 있는 게 그리 싫으냐."

"아닙니다, 전하는 좋습…… 홋, 좋습니다."

도대체 왜 이 미친 입은 마음을 고대로 쏟는가. 손톱으로 손바닥을

꽉 찌르려는데 주먹조차 쥐어지지 않는다. 몸뚱이는 말을 안 들어도 의식은 말짱하단 게 더 큰 문제. 아령은 기운을 짜 차라리 말로 그의 말을 막았다.

"제발! 아무것도 묻지 말아 주십시오. 제발…… 저를 아무도 없는 데 가두어 주십시오. 약효가 가실 때까지 아무도 제게 말을 걸지 않게……. 두렵습니다."

륜이 안쓰럽게 웃다가 표정을 굳혔다. 아령이 약 기운을 견디느라 너무 애를 쓴다. 륜은 흐르는 식은땀을 다정히 닦아 주었다.

"무엇이 널 이리 두렵게 하느냐. 치워 주마."

"아악!"

아령은 미칠 것만 같았다. 절대로 말하기 싫었다. 그러나 미친 입은 또 고대로 쏟았다.

"전하의 여……인들과 한집에 있기 싫습니다. 전하를 안……았던 여인들과 얼굴을 마주치기…… 홋! 두렵습니다. 저는 전하의 처도, 첩도 되기 싫습니다. 저는 황후를 닮아 모질고 악독한 마음을 가져 그들은 꼴도 보기 싫……습니다."

나는 네게, 얼마나 큰 상처를 준 것이냐. 륜의 마음이 둔탁하게 잘려 나가듯 아팠다.

"내가 널더러 황후를 닮았다 했던 말을…… 기억하는구나."

"예, 저도 그리……될까 봐 두렵습니다. 전하와 밤을 보낸 여인들을 절대로 고운 눈으로 보지 못하…… 못합니다. 가……족이 되어 화목하고 우애롭게 지내기 싫습니다. 제발! 제발, 그만 물으십시오. 부탁입니다! 부디, 절 아무도 없는 곳에 혼자 있게……."

륜은 이를 꽉 물었다. 그리고 아령을 안아 들자, 마차 문이 열렸다. 작은 가마가 준비되어 있음에도 그대로 왕부로 들어섰다. 아령은 또 이 많은 사람에게 안긴 모습을 보이는 게 낯 뜨거웠다.

"보는 눈이 많습니다."

륜은 답하지 않았다. 답답한 마음과 먹먹한 가슴을 표현하기도 힘들었고, 한마디 한마디가 심문처럼 아령을 괴롭힌다는 사실에 차라리 말을 아끼고도 싶었다. 그럼에도 이건 미룰 수 없다.

그가 곧 안채로 들어서자 아령은 초조해졌다. 그가 정말로 그리할까 두려웠다. 어떤 여인을 들였든 그것은 그의 인연이며 그의 권리이다. 그동안 나는 죽은 사람이었지 않나.

그저, 알기 싫었다. 이제 와 그의 혼약자라 주장하며 이미 전각에 든 여인들을 쫓아내고 싶지도 않았다. 그저 내가 이 사람과 인연을 더 잇지 않으면 그만인 것을.

"왜 이리 말은 쓸데없이 이상하게 쏟아져 나오는…… 홋!"

잠시 넋을 놓았더니 머리에 든 게 입으로 쏟아져 내린다. 물음인 줄 알고 그가 무뚝뚝하게 답했다.

"그것이 네 진짜 마음이다."

아령은 또 갑자기 떨어지는 냉기에 가슴이 무너진다. 때마침 소제를 마친 계집 나인이 대야와 걸레를 들고 바삐 전각 아래로 내려섰다.

"새 요와 이불을 깔겠습니다. 곧……."

륜이 안아 든 아령을 침상에 눕히려는 줄 알고 재게 몸을 놀리는데, 그가 명했다.

"아니. 전각 문을 활짝 열어라. 모두."

"예?"

"저쪽부터."

나인은 당황하면서도 시키는 대로 전각의 문을 차례로 열었다. 아령이 들 방을 정리하던 세 나인도 화들짝 놀라 함께했다.

"그러지 마십시오."

아령은 몇 번 월담을 하여 이곳의 구조를 대강 알았다. 집무실과 침소를 제외하고 여인을 둘 만한 곳은 안쪽의 몇 군데 정도였고, 당연히 이쪽으론 고개조차 돌리지 않았다.

"여인들을 쫓지…… 마십시오. 잠깐이라도 마주치기 싫을 뿐 그들을 어쩌길 바라지 않습……."

그러나 입을 곧 닫았다. 하나씩 열릴 때마다 아무것도 없는 방이 시야에 들어온다.

어찌 후궁이 이리 텅 비었는가.

륜은 찬찬히 전각들을 돌며 안을 구경시켜 주었다. 사람이 썼던 흔적은커녕 제대로 된 가구조차 없이 휑한 방들만 즐비하다. 열린 틈으로 보이는 반대편도 마찬가지. 아령이 들 가장 큰 곳엔 가구가 갖춰져 있지만, 그도 급히 마련한 것처럼 어색한 구석이 있었다.

아령은 낯이 뜨거워 어쩔 줄 몰랐다.

침구를 정돈하고 서둘러 읍하는 시비에게 륜은 작게 무언가를 명했다. 그리고 아령을 침상에 내려놓는다. 흐트러지는 머리에 베개를 고여 준다.

"내가, 어찌 한시라도 편히 살았겠느냐! 어찌 첩들로 전각을 채울 생각을 하겠느냐, 다른 여인을 어찌! 편히 안았겠느냐. 너를 그리 보내고서, 응?"

"사, 사내들은 원래 다 그러하고, 아들을 두셋은 둘 나이시니……."

"넌, 나를 금수로 알았더냐!"

"제겐 그러하지 않으셨습니…… 흐훗!"

미치겠다. 모른 체 암말도 하기 싫은데.

화가 치밀어 올랐던 륜은 발갛게 뺨을 물들이는 아령을 보니 또 마음이 슥 풀린다. 여태 축첩을 잔뜩 하여 아들딸 줄줄이 낳고 살았을 자신을 상상했다니. 내가 저의 눈에 얼마나 형편없어 보였으면.

그러나 또 듣고 보니 그렇다. 아령의 말간 얼굴을 처음 본 순간부터,

찰랑찰랑 수위가 위험하던 둑이 와르르 쏟아지듯 수컷의 열기가 몸을 무너뜨렸다. 매 순간 그녀를 욕보였고, 욕심을 참으려 해도 그녀에게 손이 갔다.

"네가 처음이었다."

"……."

뺨이 발그레해진 아령. 그 열기가 삽시간에 이마까지 번진다.

"내 몸을 연 건 네가 처음이었다. 네게 그리했을 때조차, 어렸던 령아를 그리 보내고 다른 계집에게 동하는 날 주체하지 못해 괴로웠다. 네가 누군지 모를 때부터 난 네게 그리 미친놈처럼 끌렸다. 그리하여 매번 그리 불한당처럼 굴었다. 함부로 욕보여…… 미안하구나."

아령은 또 말이 쏟아질까 무서워 제 입을 틀어막았다. 그러나 자백환은 그가 먹었던가.

"닮은 계집이라 좋았던 건 절대 아니다. 그저 너라서 끌렸다. 한데만 있으면 이리 만지고 싶고, 그저 정신 나간 놈이 되는구나."

저도 전하가 좋습니다, 혹 튀어 나가려는 걸 억지로 참는데 그의 시선이 지그시 내려앉았다. 익숙하지만 볼 때마다 너무 잘나서 낯선 얼굴. 그의 반들반들한 시선이 닿으면 절로 움츠러진다. 우뚝한 콧대 아래 색스러운 입술. 빨고 싶다.

아령은 제가 매달렸다 생각했고, 륜은 그가 훔쳤다 여겼다.

"으음!"

말캉한 입술이 륜의 입안에 들었다. 아령이 몸을 추스를 때까진 손도 대지 말아야 한다, 애쓰는 중인데. 마음을 쏟으니 저도 모르게 몸이 움직였다.

조로록 늘어선 치열이 귀엽고, 짧은 혀가 앙증맞다. 맞닿은 입술이, 함께 얽힌 속살이 달콤하고 보드라운데, 혀를 얽자마자 더 하고 싶다. 불끈 치솟는 뱃속.

아니 된다, 여기까지만이다, 싶지만 그는 또 미친놈이 된다.

품 안에 든 작은 어깨가 너무 예쁘다. 앞섶을 헤치고 말캉한 가슴을 손안 가득 쥐어 희롱하고 싶다. 착 안겨 바르작거리는 몸뚱이에서 거추장스러운 것들을 싹 걷어 발가벗겨 놓고 싶다. 검고 깊은 숲 속에 핀 꽃을 매만져 아름다운 신음을 저에게 쏟게 하고 싶다.

갈증이 난다. 그 감로수에.

"후우."

륜은 빈주먹을 꽉 쥐고 간신히 입술을 뗐다. 조금만 더 이리하다간 정말로 금수 같아지겠다. 그 짧은 새 아령의 몸은 빳빳해졌다.

"이젠 아니 그럴 것이다. 그리 애쓰지 마라."

그러나 약 기운이 미약하게나마 풀리기 시작한 아령은 말을 참느라 쩔쩔매고 있었다. 처음엔 품에 안긴 것만 그저 좋더니, 그가 뜨겁게 고백하자 아랫배가 훅 달아오르며 몸이 더워졌다. 그가 함부로 욕보여 미안하다고 할 땐 아닙니다, 전하께서 만져 주는 것이 너무 좋아 제가 더 매달렸습니다, 미친 말을 꺼낼 뻔했다.

자백약이라더니 최음제인가.

몸이 함부로 날뛰었다. 그곳으로 열기가 정신없이 솟았다. 그에게 안아 달란 미친 말을 쏟을 것 같았다. 그에게 연모한다, 자백하고 그날처럼 자신을 어찌해 달라 할 것 같다. 아령은 차라리 그의 입술에 매달리며 자신의 입을 막았다.

그러나 이게 끝?

주책없이 서운한데, 그가 겸연쩍게 웃었다.

"같이 있을 땐 참 그리 밉더니, 너를 그리 보내고 난 뒤 매 순간 네가 너무 그립더구나. 한 마디 하면 열 마디 대들고, 한 대 얻어맞으면 열 대로 되갚는 네 성질머리가 그리웠고, 화가 나 앵돌아지던 그 표정도 많이 보고 싶었다. 지금의 넌 정말 많이 달라졌어. 정말로 다른 사람으로 착각할 만큼."

그는 아령을 도로 안아 들었다. 아령이 의아하게 바라보자 그가 웃으며 답했다.

"네가 쓰던 방으로 가자. 한참을 비워 둬 이것저것 불편할 것이나 여기보단 낫겠지. 거기도 싫으냐?"

진왕부에 들기 싫다 부렸던 말도 안 되는 생떼를 그는 깊이 생각하였다.

"아니요, 당장 가고 싶습니다."

어찌 이리 냉큼 답이 나오나. 헤실헤실 웃음도 쏟아진다. 그런데 정말 거기라면 좋았다.

그가 다시 안아 드니, 아령은 이젠 걸을 수 있다, 하고 싶었는데 몸의 힘은 아직이다. 미약하게나마 그를 밀어 내니, 그가 쓰게 웃는다.

"약 기운이 풀리는 데는 좀 걸린단다."

스르륵 떨어지는 고개를 추슬러 주며 륜은 아령을 품에 안았다. 그러곤 진왕부의 끝 담으로 향했다.

"전에 없던 문이 생겼습니다."

담장만 맞닿은 줄 알았더니 집이 한데 연결되어 있구나. 담장을 밟고 뛸 땐 보이지 않던 것들이 이제야 눈에 들어왔다.

"네가 보고 싶을 때마다 자주 찾았다. 진왕부를 꾸리기 전, 명가와 맞닿은 집이 나왔기에 얼른 잡았지. 여기 진왕부가 들어선 건 얼마 안 된단다."

그는 이곳저곳을 설명하며 명가로 들어섰다.

미칠 것 같은 마음으로 휘둘러보던 때와 그의 품에 안겨 찬찬히 살피는 옛집은 달랐다. 텅 비어 버린 모습이 여전히 묵직하게 가슴 아팠으나 그의 가슴이 든든해 의지가 되었고, 좋았던 때조차 추억할 수 있었다.

"전엔 참 아기자기하고 화사했는데. 단청이 많이 바랬지?"

"새로 칠하고 싶습니다."

철없이 본심이 쏟아지니 그가 웃으며 허락했다.

"얼른 그리해 주마."

제가 알아서 하겠습니다, 하는 말이 나오지 않았다. 좋아라 속없는 웃음만 쿡쿡.

그러나 월량문으로 들어서자 웃음은 뚝 그쳤다. 이 대나무 숲 앞에서 그의 가슴팍에 울며 옥지환을 집어 던졌었다. 그리고 그걸 다시 끼웠을 땐 그에게 목을 잘릴 뻔했다.

방으로 들어서자, 아령의 기분은 더욱 가라앉았다. 어릴 때 기억은 어딜 다 가고 옷을 홀딱 벗고 그에게 제발 저를 여흥거리로 안고, 자신을 거둬 달라 구걸하던 기억만 강렬하다. 그가 갑자기 얄미워졌다.

그도 아령이 갑자기 시무룩해진 걸 알았다. 침상에 눕히곤 그가 조심스럽게 곁에 앉는다.

"기분이 왜 갑자기 나빠졌느냐."

그러나 아령은 그새 보드라운 새 침구가 기분 좋아 또 피식 웃고 만다. 힘을 꽉 주고 답하지 않으려는데 속절없이 말이 튀어나왔다.

"사내의 고습 대신 아름다운 옷을 입고 올걸, 후회…… 읍!"

"내가 널 벨 뻔했던 때 말이냐?"

륜은 아령의 목을 칠 뻔했던 걸 떠올리고 있었다. 다시 생각해도 가슴 아프고 두려움에 몸이 저릿했다. 한없이 미안해 뺨을 쓸었다.

아령은 이를 악물었다. 몸은 조금씩 말을 듣기 시작하는데, 입은 왜 아직인가.

"아니요, 전하께 옷을 다 벗고, 훗! 품어 달라 매달렸던 게 생각나서입니다. 아름답게 치장하고 왔으면 안아 주셨을까, 부끄러워 죽을 뻔……."

륜도 아릿하게 웃었다. 그리 내치곤 얼마나 후회로 몸을 떨었던가. 그 뒤 아령을 잃을 뻔했던 생각을 하면 정말로 두렵고 아찔하다.

"설마 년, 내가 널 마음에 두지 않아 내쳤다 생각했느냐."

"예. 그냥 그땐 가슴 아프고…… 서운했습…… 흐흣. 제발! 그만 물으십시오."

그가 지그시 바라보자 아령은 미칠 것만 같았다.

감정이 다가 아니었다. 온몸의 감각에도 날이 섰다. 청각도 촉각도 더 또렷해 몇십 보 떨어진 담 밖으론 수십의 호위가 기척을 누르는 게 느껴졌다.

문제는 다른 감각도 짙어졌다는 것. 게다 입이 전혀 통제가 안 된다는 것.

"이제 그만 가십시오. 호위는 충분하니 홀로 있겠습니다. 시비도 필요 없습니다. 나가 주십시오."

륜은 자꾸 다정히 어루만진다. 앗, 아니 된다!

그는 오히려 담백한데, 아령만 홀로 쓸데없이 몸이 달았다.

"그날, 널 받아 주지 못한 건 네가 살해당할까 봐서다. 아무리 잘 지키더라도 단 한 번의 실수면 난 널 영원히 잃는다! 그들의 원한을 사면 네가 언제고 위험에 처하니. 난 그것이 지금도 가장 두렵구나."

"……."

"그땐 그저 네가 살아 있는 게, 멀리서나마 널 보는 게 낫다, 그리 여겨 거짓말을 했다. 난 네가 경방을…… 마음 깊이 둔 줄 알았으니."

아령은 너무 부끄러워져 고개를 돌렸다. 난 얼마나 속 좁고 어리석었나. 그가 날 생각해 주던 마음은 처음부터 깊고 깊었는데. 아령은 입을 꼭 봉하던 힘이 풀려 버렸다.

"그날, 저는 전하께 간절히도 안기고 싶었습니다. 하룻밤 인연으로……!"

왜 이리 주책이 없는가!

"무어?"

륜은 제 귀를 의심했다. 두 손으로 입을 틀어막은 아령의 귀가 새빨갛다. 곧 웃음을 터뜨리며 낯빛을 빛냈으나 말투는 단호했다.

"겨우 하루의 인연이라니. 어림없다."

가볍게 춥, 입 맞추며 몸에 힘을 주느라 흐트러진 아령의 베개를 고쳐 주었다. 맑고 까만 눈이 그의 시선을 싹 피한다. 몸도 잘 추스르지 못하면서 고개는 어찌 저리 돌리나. 마치 그가 보기 싫단 듯.

그 작은 데 륜의 가슴이 알싸하다. 그때 아령의 옷자락에서 작은 주머니가 도르르 떨어졌다. 무언가 딱딱하다.

"무엇이냐."

"전하의 옥지환입니다."

"이젠 네 것이라 했다. 끼라고 준 것을."

기울어 가는 햇빛이 주머니에서 꺼낸 청옥을 붉게 물들였다. 륜이 아령의 기운 없는 손가락에 들이미니, 가만히 있으면서도 대답은 곧이곧대로다.

"언제고 돌려드리려고 지니고 다녔습니다."

반지를 끼우려던 손이 멈칫했다. 서운하고 섭섭하고 야속하다. 곁에 있어 주려만 했던 마음에 슬그머니 심술이 오른다.

안됐지만 취조는…… 그의 전문 분야인데.

"넌 진정 파혼을 원해 황상께 그리 청했더냐."

그가 냉정히 눈빛을 굳히자, 아령은 기가 훅 빨리는 것처럼 저도 모르게 뱉어 버렸다.

"예."

표정은 여전했으나 그의 눈빛은 안쓰럽게 가라앉는다. 이젠 그를 많이 알게 된 아령의 가슴도 요동쳤다.

"나와 그리…… 그리 밤을 보내고서도 진심으로 헤어질 생각을 했더냐."

"예."

'그저 이 자리에 서기 위해 몸을 열었을 뿐입니다.' 하던 아령의 음성이 그의 가슴을 후볐다.

"내가 사내로 그렇게나 싫더냐."

그러나 조마조마하던 질문이 가슴을 울렸을 때 아령은 진심을 뱉고 말았다.

"아니요. 그런 것은 절대……."

"무어?"

그의 입가에 경련처럼 웃음기가 돌았다. 그래, 오는 내내도 자신의 품에 안겨 웃어 주었지 않나. 륜은 마음을 실어 아령의 마음을 풀어 주었다.

"나는 널 마음 깊이 두었다. 다른 계집 따위, 마음으로도 품은 일 없으며 앞으로도 그러할 것이다."

"……."

아령은 얻어맞듯 가슴이 아파 와 그를 올곧이 바라보았다. 먹먹히 잦아들어 가는 그의 음성에는 진실의 힘이 깃들어 있었다. 륜은 아령의 작은 손등을 안쓰럽게 쓸었다.

"너는 내 유일한 아내다. 내 혼약자, 명아령이 이리 있는데, 널 두고 누구와 혼인을 하겠느냐. 그러니 파혼하겠다는 마음은 거둬라."

왜 이런 때 눈물이 나는가. 륜은 손등으로 그녀의 눈물을 쓱쓱 지운다. 그럼에도 끈질기게 요구했다.

"그리한다, 대답해."

이 짧은 한마디가 왜 이리 어려운지.

아령은 한숨을 쉬려 입을 벌렸으나 그 작은 입술에선 곧,

"예."

답이 흘러나오고 말았다. 커다랗게 맺힌 응어리가 팡, 터지며 울음이 터져 나왔다. 륜은 그 울음을 입술로 막아 주었다.

뱃속이 뼈근하게 뜨거워졌으나 륜은 담백하게 입술 끝을 얽었다. 입술과 입술이 엷게 겹쳐졌다 떨어졌다. 륜은 아령의 눈물을 입술로 지워 주었다. 끊임없이, 그동안 홀로 고생하도록 놓아둔 걸 사과라도 하듯이.

아령은 그런 륜이 고맙고 또 안쓰러워 손을 슬며시 내밀었다. 그가 피식 웃으며 손에 든 옥지환을 그녀의 손에 찬찬히 끼워 넣었다. 맑은 청옥이 어둠 속에서 검푸르게 빛났다. 기분 좋게 휘어 올라가는 아령의 입술이 예쁘다. 륜은 또 사과했다.

"황후를 닮았다는 모진 말로 널 아프게 해 미안하다. 어찌 그런 것과 널 비교할까. 본심이 아니었다. 이 옥지환은, 모후께서 네게 사과하라 내게 주신 것이다. 부황께서 귀비에게 내리신 첫 정표였다."

"그런 깊은 사연이 있는지 몰랐습니다. 그런 걸 전하께 집어 던져…… 송구합니다."

"아니, 내가 더 많이 잘못하였다. 실은……."

륜은 오래 묵혀 두었던 이야기를 꺼냈다. 가슴에 켜켜이 쌓인 이런 말을 진짜 령아에게 하는 날이 올 줄 몰랐다. 꿈과 같이 기쁜 마음 반, 그리고 아련히 아픈 그리움 반. 그는 쉼 없이 이야기를 쏟고 쏟았다.

혈기 왕성했던 황자는 어린 령아가 제 집안을 믿고 자신을 얕잡아 본다 오해했었다. 그리하여 제게 함부로 군다 여겼다.

"그저 다른 계집과 전하께서 함께 있는 게 싫었습니다. 전하께서 다른 계집에게 눈을 두시는 게 심술 났습니다. 제가…… 성질이 좀 못되지 않았습니까."

약 기운을 잊은 채 아령도 마음을 열고 진심을 편히 쏟았다. 그의 마음을 알수록 가슴 아련하도록 기뻤다.

그러나 애써 무시할 만했던 문제는 자꾸 커져 갔다. 비정상적이던 감각도 돌아오며 몸도 수월히 움직여진다. 그런데 몸뚱이가 왜 이런가.

어느새 그도 곁에 누워 그의 팔을 베고 이야기했다. 마음도 가라앉고 이야기도 재미있는데 홀로 미친 것인가. 붉은 기가 가신 방 안이 어둑해져 올수록 그의 체취와 호흡이 강렬히 의식되었다.

그의 물음은 어찌 기억을 찾기 시작했는지 하는 것들로 이어졌는데 건성건성 대답을 하면서도 신경이 엉뚱한 데 쏠렸다. 촉촉한 그의 음성이 달고 좋다. 그와 이리 단둘이 붙어 있다는 게 너무 신경 쓰인다. 그는 담백하게 머리칼과 어깨를 쓸어 주는데 쓸데없이 혼자 반응한다.

조용히 몸을 뒤틀었다. 그는 예민하게 알아챘다.

"어디가 불편하냐."

"예, 좀⋯⋯."

아직도 바른말이 툭. 그러나 그는 아령의 움직임을 살폈다.

"다행히 너는 약독에 강한 체질이구나. 기억도 그러하더니 자백환을 먹고도 기운을 빨리 차리는구나. 기특하다."

칭찬을 받으니 속없이 좋아 허튼소리를 쏟았다.

"몸이 뜨겁⋯⋯ 훗! 음, 좀 덥습니다."

륜이 웃었다.

"말도 거르고. 후후. 이젠 다 되었나 보다."

그가 뺨을 감싸 쥐며 이마에 춥, 입맞춤을 했다. 아령은 깜짝 놀라 그의 손을 매정히 탁, 치워 냈다. 당황한 그가 "왜?" 묻는 말엔 또 곧이곧대로.

"몸이 자꾸 더워⋯⋯져서. 좀 떨, 떨어지는 게 좋겠습니다."

"해가 기울어 서늘해졌단다. 열이 오르느냐."

그가 또 아령의 이곳저곳을 만진다. 당연히 열 같은 건 없었다.

허리를 조용히 감아 드는 다정한 손길에 몸이 달았다. 안아 달라는 미친 말이 쏟아질까 봐 입술부터 꽉 깨물었다. 그는 속없이 달콤하게 속삭였다.

"그럼, 기억 없이 날 처음 보았을 땐 어땠느냐."

"진짜 무인인 게 굉장해 보였고, 적, 적염에 태워 주셨을 땐 그냥 몸이 덥고 이……상해져서……."

"그땐, 나도 이리하고 싶었지."

촉촉한 입술이 겹쳤다. 너무나 짜릿해 머리끝이 쭈뼛 서는데 매끄러운 그의 혀가 아령의 입안을 딱 한 번 훑곤 삭 떨어진다.

그땐 이리만 하고 싶었지만, 지금은. 아랫도리로 열기가 훅 쏠렸다.

"후후, 내가 금수만도 못한가. 네가 이리 힘든데도."

갑자기 딱딱한 그의 것이 엉덩이를 쿡, 찌르자 비명이 튀어나올 뻔했다. 그는 외려 조심하며 허리를 뒤로 물린다.

"그냥 지금 안아 주십시…… 흡!"

"응?"

혀를 꽉 깨물었다. 내가 드디어 실성을 했나.

"너……."

지금 그가 무어라도 물었다간 다 답해 버릴 것 같았다.

"제발! 아무것도 묻지 마십시오, 아무것도!"

그가 몸을 일으켜 앉았다. 아령은 얼굴을 발갛게 물들인 채 얼어붙었다. 고개조차 돌리지 못할 만큼 부끄러웠다. 눈치가 빠른 그가 못 알아들을 리가.

그가 쿡쿡쿡, 웃기 시작했다. 더운물을 끼얹은 것처럼 낯이 확 달아올랐다.

"못 들은 척해 주십……."

애써 얼버무리려는데 그가 빠르게 말을 막았다.

"차라리 내가 금수가 되마."

동시에 아령의 몸이 반짝 들렸다. 륜이라고 아무 생각이 없었을까. 힘든 하루를 보낸 아이에게 욕심이 솟는 걸 참고 참았을 뿐. 그러나 힘겹게 눌렸던 이성은 고삐가 풀렸다.

"아잇! 저만 또……."

그는 늘 이런 식이다. 자긴 단정히 옷을 입은 채 아령만 툭툭 벗겨 낸다. 여태 참았던 게 무색하게 투박한 손은 아령을 금세 발가벗겼다. 그러나 저항하진 못했다. 부끄러움과 야릇한 기대감에 낯을 감출 뿐.

청량한 공기가 몸을 감쌌다. 보름의 밝은 달빛이 열린 창틈으로 새어 들어와 여인의 나신을 아름답게 빛냈다.

"나는 널 볼 때마다 늘 이리하고 싶었다."

륜은 아령을 반짝 들어 올려 입술로 가슴을 베어 물었다. 뜨거운 그의 입안으로 유두가 쪽 끌려 들어가는 다디단 느낌에 "으으!" 신음을 흘리며 뒤트는 동안, 다른 쪽 가슴은 그의 커다란 손안에서 부드럽게 짓뭉개졌다.

그는 가볍게 아령을 한 손으로 들고 있었으나 아령은 곧 당황했다. 양쪽 가슴의 쾌감을 주체할 수 없는데 양다리는 붕 떠 있다. 본능적으로 다리를 벌려 바닥을 찾아 디디니 엉덩이가 어정쩡하게 들린다.

죽어도 그의 허벅지에 밀지를 내리고 싶지 않았다. 지난번 그의 무릎을 적시던 게 생각나니 부끄러움으로 엉덩이가 뒤틀린다. 그러나 가슴을 짓뭉개던 그의 손은 자연스럽게 검은 숲으로 미끄러졌다.

"하으, 싫습니다!"

엉덩이를 돌리며 피한 것은 너무나 부끄러워서이다.

"거짓말을 곧잘 하는 걸 보니 진짜로 말짱해졌구나."

이미 보드라워진 그곳이 그의 손을 담뿍 적셨다. 그의 숨결을 마시며 그가 다정히 머리칼을 쓸어 주는 동안 말도 안 되게 그곳이 이리되었다. 그는 속살을 희롱하듯 앞뒤로 길게 쓸었다. 너무나 강렬한 쾌감에 아령은 몸을 뒤틀었다.

"하으!"

미칠 것 같았다. 그는 어린애 장난처럼 베어 문 가슴을 커다란 입안으로 쪽 빨아들이곤 또 훅 뱉기를 반복했다. 간지럽고 아릿하고 달면서도 괴로운데, 그의 손가락이 밀지로 숨어들어 게으르게 움직였다.

길게 핀 꽃을 따라 느긋하게 잎을 헤친다. 멍충한 두더지가 주둥이를 훑으며 땅속을 헤매듯 꽃길을 따라 앞으로 또 뒤로, 그러다 길게 말아 올라간다. 흥건히 젖어 반들반들 빛나는 음지를 따라 헤매는 그 느린 손가락에 애가 탄다. 차라리 강렬히 어떻게 해 주었으면 좋겠는데.

"흐홋!"

"어찌해 줄까."

그는 당근과 채찍을 겸하듯 유두를 꽉 깨물었다. 적당한 그 압이 강한 쾌락이 되어 아령은 몸을 떨었다.

"못되…… 못되셨습니다."

"그래, 나는 못되었다."

그는 중지를 불쑥 올려 동굴 안으로 깊이 밀어 올렸다. 갑자기 찾아든 쾌감에 허리를 곧추세우며 "하앗!" 신음을 쏟는데, 가장 아릿한 곳을 꾹꾹 건드려 놓곤 또 밖으로 비실비실 기어 나온다. 그리고 멍충한 주둥이는 또 입구를 깔짝댄다.

"아까처럼. 하웃!"

"연모한다 말해 다오."

화가 발칵 치솟은 아령은 륜의 등을 찰싹 때렸다. 나만 발가벗겨 놓고 이 무슨 짓인가.

"처음부터 나만을 연모했다, 한 번만 말해 다오. 거짓이라도 듣고 싶구나."

그의 음성은 애원에 가까웠다. 아령의 가슴이 깊이 울렸다. 그랬구나. 그는 아직도 내 진심을 잘 모를 테지. 미칠 것같이 부끄러웠으나 죽을힘을 다해 쏟았다.

"연모……합니다. 처음부터 그러했습니다. 설마, 마음 없는 사내에게 저라고 어찌 이러겠습니까."

륜은 저도 모르게 긴 웃음을 터뜨리며 아령의 고개를 잡아 입술을 베어 물었다. 강인한 혀와 짧고 앙증맞은 혀는 급히 서로를 탐닉하며 섞여 들어갔다.

그동안 륜의 중지는 아령의 꽃술을 매끄럽게 휘돌았다.

아령이 몸을 뒤트니 륜은 입술을 떼었다.

"한 번 더, 응?"

"무엇……을."

이럴 때 왜 자꾸 말을 시키는지. 밀지에 든 그의 손이 입구를 애타게 간질거렸다. 아령은 "으응!" 짜증스럽게 신음을 뱉으며 엉덩이를 바르작거렸다. 그가 귓가에 속삭였다.

"한 번 더, 한 번만 더 연모한다 말해 다오."

툭, 내려앉는 가슴에 아령은 그의 귀에 뱉었다.

"연모합니다. 전하를 마음 깊이 연모합니다."

그가 "하하하하." 흡족하게 웃으니 얼굴이 달아올랐다. 그는 곧 자신의 어깨에 고개를 기대게 한 채 그녀의 작은 어깨를 그러안았다. 그리고 다디단 느낌을 즐길 수 있도록 그의 오른손은 그녀에게 쾌감을 주는 데만 집중했다.

꽃길을 제대로 익힌 짐승의 주둥이는 부지런히 꽃잎을 헤치며 휘돌았다. 얇고 보드라운 곳을 한 장 한 장 낱낱이 헤치곤 입구로 매끄럽게 훅, 쳐들어간다.

긴 손가락이 빠르게 들고 나며 안쪽의 그곳만을 헤집었다. 동시에 굵은 엄지도 꽃술을 뭉근하게 문질러 댄다. 부드럽게 감기기 시작하던 손가락들은 어느새 박자를 더했다. 착착착, 착착착, 한꺼번에 움직이는 안팎의 손가락들 때문에 아령의 허리는 금세 뒤틀렸다.

"흐으, 잠깐, 잠깐만. 하아악!"

태만하게 굴던 아까완 완전 판판. 너무나도 격렬해진 쾌감에 엉덩이를 잡아 빼는데도, 짐승의 주둥이들은 고개를 처박은 채 집요하게 아령의 꽃을 따라다닌다. 엉덩이를 틀어 빼도 앞뒤로 움직여도 바람에 함께 춤추듯 나풀나풀.

"하아, 하아, 하아!"

격한 신음. 그에 따라 박자는 더욱 다급해진다. 젖은 채 질척거리는 이 민망한 소음은 왜 이리 요란한가.

도망갈 데 없는 쾌락에 쫓겨 아령은 엉덩이를 들어 올렸다. 두 무릎에 힘이 들어가며 몸뚱이가 올라가니 륜은 눈앞의 수밀도를 콱 베어 문다. 유두를 꽉 깨물리는 적당한 통각에 아령의 몸이 한 번 더 뒤틀어진다. 륜은 흡족히 웃으며 손가락을 하나 더해 동굴 안을 무참히 헤집기 시작했다.

"아아, 아아, 아아!"

툭툭툭, 당기듯 빠른 박자 속에서도 그의 손가락은 안을, 안을 더 파고든다. 짜릿한 쾌감이 더해질 때 그의 엄지는 꽃술을 더 강렬히 짓뭉갰다. 아령의 머리에선 하얗게 폭죽이 터졌다. 이젠 도망치긴커녕 부끄러운 수풀을 그에게 반복하여 내미는 줄도 모르며 아령은 그의 어깨에 매달린 채 상체를 뒤로 꺾었다.

"으응⋯⋯."

그 모습이 륜에겐 너무 귀엽고 사랑스럽다. 결국 격렬한 쾌감에 아이처럼 떼를 쓰듯 신음을 쏟자, 그가 아령을 반짝 들어 올렸다.

"목이 말라 못 견디겠다."

아령의 발이 또 공중에서 허우적댔다. 그는 너무 손쉽게 그녀를 들어 올렸다. 간신히 바닥을 찾아 두 발을 땅에 디뎠을 땐 기함할 그림이 펼쳐졌다. 그곳이 순식간에 그의 입에 덥석 물린다.

"저! 그리하지 마십, 마십, 흐흣!"

그는 아랑곳 않고 그녀의 속살을 쭉 빨았다. 강하게 들이빠는 압력과 악동처럼 휘도는 혀의 감각이 미칠 것처럼 온 신경을 일으켜 세웠다. 이 무슨 형상인가.

두 다리를 벌리고 서 있는데 그는 앉은 채 이곳을 이리! 절대 눈을 마주칠 수 없어 고개를 돌리는데, 그의 혀는 휘돌아 꽃잎을 헤치며 입구를 집요하게 핥았다.

"하악!"

주체할 수 없이 꽃물이 왈칵 쏟아졌다. 극렬한 쾌감에 다리에 힘이 빠져 자꾸만 엉덩이가 가라앉는다. 그러나 그는 아랑곳 않고 젖을 빠는 새끼처럼 아령이 움직이는 대로 입술을 그녀의 하초에 촉, 파묻고 있다.

"저, 이건 너무…… 너무……."

무어라 해야 하는데, 뭐라 항의할 수가 없었다. 한 번도 맛보지 못했던 쾌감이 쉴 새 없이 척추를 관통했다. 그는 강인하게 꽉 잡아 붙드는데, 아령은 허벅지에 힘이 훅훅 빠진다. 양손이 갈 데 없이 허공중을 헤매는 동안 그의 입술은 무자비하게 그곳을 죽죽 들이마셨다.

입구가 제멋대로 발칵발칵 경련을 일으켰다. 결국 선 채로 아릿하게 절벽에서 뛰어내리는 느낌을 맞을밖에.

"하으…… 하악!"

아령은 정신없이 신음을 쏟으며 그의 머리칼에 열 손가락을 깊이 파묻었다.

그러자 그가 그곳에 입술을 묻은 채 만족스럽게 길게 웃었다. 조용히 올려다보는 그와 눈을 마주쳤다. 그는 아령이 왜 잠시 멈추어 떠는지 알았다. 그러나 그는 시작도 않았다.

낯이 확 달아 어쩔 줄 모르겠다. 그는 음흉하게 눈을 마주친 채 혀 끝으로 살처마를 슬그머니 휘돌려 핥곤 이를 세워 그곳을 슬쩍 깨물었다.

미쳤는가. 어찌 이딴 것에 또 이리. 달고 좋은 쾌감에 무릎이 훅 꺾이자, 그가 웃으며 허벅지를 바로 세웠다. 그러곤 또 혓바닥으로 꽃잎을 차근차근 헤집는다.

안 된다. 이리 선 채로 더는 못 견딘다. 아령은 할 수 없이 말을 시켰다.

"못되셨습니다! 저를 어찌 이리 발가벗겨 세워 두시고."

"이리하면 더 잘 나올 것 같아서."

가랑이에 입술을 대고 올려다보는 그와 또 눈이 마주치자 쥐구멍을 찾을 수도 없이 낯 뜨겁다.

"맛이 너무 좋은데, 그쳐 버렸다. 또 하자."

"싫, 싫습니다!"

"이리하고 그만두는 건 너도 너무하지 않으냐."

"그 소리가 아니라……."

이리 그만두는 건 그녀도 싫다. 그래도 이건 좀 아니지 않나. 그가 멋쩍게 웃었다.

"네가 이해하거라. 나도 여인을 안아 보질 않아 잘 모른다."

"도통 그런 것 같지 않습니다."

"그런 소리는 나도 억울하다. 배웠을 뿐. 실제론 너나 나나 마찬가진데."

또 이리 순진무구하게 구니 어쩌지도 못하겠고. 결국 얼굴이 시뻘겋게 된 채 말로 또박또박 설명했다.

"저만…… 저만 이리 발가벗으니 부, 부끄럽습니다. 그리고 서서 이러는 건 싫습니다."

"거짓말. 지난번보다 단물이 아주 많이 나오던데."

아령은 울화가 치밀어 그의 어깨를 짝, 때렸다. 그러나 그는 장난스럽게 웃으며 아령의 손을 잡아 무릎에 앉혔다.

"그럼 앉혀 주마. 나도 벗고."

벗으랬더니 그는 허리춤을 풀며 바지만 또 슬그머니 내린다. 저번에도 그러고선! 그렇다고 '저처럼 홀딱 다 벗으십쇼.' 하기도 부끄럽고 무엇보다 우람하게 불뚝 선 그의 것이 눈에 들어와 아령은 고개를 돌릴 수밖에 없었다.

"내 것이 추하고 보기 싫더냐."

"그, 그게 아니라 부, 부끄러워서."

"나는 또. 그런 건 매한가지지. 하지만 난 좋은 맘이 더 크구나."

그는 놀랍도록 솔직했다. 그리고 순진한 구석까지.

"너도 하고 싶으면 빨아도 좋다."

"예에?"

깜짝 놀라 되물으니, 그는 우직하게 아령을 조로록 끌어 그의 것을 작은 입 앞에 내밀었다.

"싫으면 내가 널 해 주고. 나는 달고 좋기만 하니."

아령은 당혹하여 콜록콜록 헛기침을 했다.

"단, 깨물진 마라."

"크크."

어둠 속에서 우람한 것이 우뚝했다. 반쯤은 두렵지만 반쯤은 궁금하다. 그러나 길게 망설이지 않고 아령은 작은 입술을 벌려 귀두를 빠끔 물었다. 비릿하고도 낯선 맛이나 그것은 처음뿐.

"후우."

그가 몸을 뒤틀자, 아령은 낮게 웃었다.

"되었다, 그만."

그는 뭔가 실수했다는 듯 아령을 떼어 내려 했으나 그가 낯선 쾌감에 몸부림친다는 걸 안다. 아령은 웃으며 작은 입술로 흡, 빨아들였다. 이에 닿지 않게 조심하면서.

안 배웠대도 멍충이는 아니다. 그나 저나 생긴 게 다를 뿐.

그에게서 배운 박자를 그에게 더하니 그도 호흡이 거칠어지며, 낮은 신음을 울렸다. 그 느낌에 호흡에 열기에 아령의 몸도 달아오른다. 이런 것이로구나.

그가 쾌감을 못 이기며 아령의 몸을 더듬어 찾았다. 가슴을 짓뭉개며 주무르는 쾌감을 혀끝에 더해 그의 것을 길게 빨아들인다. 아랫배가 아찔해지며 깊은 곳이 갈급해졌다. 그가 손을 뻗어 더듬을 때 아령도 자신의 하초를 내주었다.

그의 손가락이 꽃잎을 급히 헤친다. 입으로는 그의 것을 흡, 빨아들이면서도 그가 주는 단 느낌에 엉덩이가 춤춘다. 그의 중지가 입구로 쑥 들이닥칠 때 왈칵 뱉었던 그의 것을 다시 춥, 길게 입에 넣는다. 그가 훗, 신음을 쏟는 것이, 흐음, 입안에 든 걸 삼키며 제가 내는 음성이 야릇하게 뒤얽힌다.

아령은 몸이 더워질수록 그의 것을 더 빨았다. 그의 걸 물고 있다는 부끄러움과 이것이 곧 제 몸에 들 거라는 우려와 기대가 온몸을 더욱 덥혔다.

혀끝에 열기를 더해 몸통을 길게 핥아 내리자, 그가 긴 호흡을 거칠게 내쉰다. 그는 오래 견디지 못하고 항복했다.

"네 안에 들고 싶다, 어서."

준비는 이미 충분했다. 아플 거란 두려움보단 그와 어서 연결되고 싶단 애틋함으로 그의 허벅지에 앉았다. 죽을 만큼 부끄러우면서도 간절히 원했다.

그의 것을 쥔 아령의 손 위로 그의 손이 더해졌다. 아령은 제 자신을 스스로 맞댔다. 서로의 체액으로 젖어 반들거리는 그곳은 요사스럽게 음란했다.

"아앗!"

어쩔 수 없는 아픔에 아령이 신음을 뱉자, 몸을 뒤로 물린 건 그였다. 그러나 아령은 용기 있게 더 나아갔다. 아직은 무시 못 할 통증이나 이 사람을 안는다는 충만감으로 그 정도는 참을 만하다.

그는 아주 조심스럽게 움직였다. 그럼에도 엉덩이를 찬찬히 당길 때마다 뭉근히 올라오는 묵직한 쾌감. 그를 깊이 품어 머금으며 이대로 그에게 녹아 들어가는 것 같다.

좋다, 모든 게 미치도록 좋다. 아령의 그곳으로 나타났다 사라지길 반복하는 그의 것. 지진이 난 것처럼 뒤엉켜 드는 검은 둘의 수풀. 봉긋하게 솟아오른 젖가슴에 더해지는 검고 강인한 손바닥. 짧게 뱉는 그의 탁성도.

아령은 그를 품고 또 품으며 쾌감으로 몸을 젖혔다.

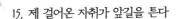

15. 제 걸어온 자취가 앞길을 튼다

이궁과 꽤 떨어진 어느 음침한 후궁 뒷방에선 때아닌 고신이 있었다. 부러진 회초리, 피 냄새, 그리고 아직 피에 물들지 않은 새 작두들이 날이 시퍼렇게 선 채 공포를 자아냈다.

황후가 흥분을 누르지 못하며 분노로 서성거렸고, 맨 앞엔 태자도 기다란 턱을 괴고 작은 눈알을 고정한 채 미동도 않고 지켜보고 있었다.

"장씨 가문 인재가 둘이나 못 쓰게 된 건 약을 똑바로 못 지어서입니다."

의자에 묶인 것은 박지이고, 곁에 서 차분히 고변하는 건 경방이다. 불리해지면 이리 발을 빼려고 날 추켜세우는 척 방비했지! 박지는 분에 차 퍼부었다.

"저는 계속 간언을 드렸습니다! 소저의 기가 워낙 강하니 밥을 죽지 않게만 주고 볕을 못 보게 가둬 두라고요. 약재의 양을 늘리지 않으면 안 된다고요. 그러나 마마께오선 오히려 소저의 몸이 상하니 약재를 줄 이라 하시지 않았습니까!"

장모균은 장독으로 사경을 헤맸고, 장주원은 목숨은 건졌으나 적어 도 몇 달 이상은 거동이 불가했다. 누군가 책임을 져야 했고, 경방은 그럴 생각이 없었다.

"약재의 효험을 시험하고자 기억을 지운 여인을 보시지 않았습니까. 숨만 쉴 뿐 말도 거동도 못 해 몰골이 귀신보다 처참했습니다. 그 꼴로 무얼 도모합니까. 사람 구실을 하게 조절시켰을 뿐입니다."

경방은 태자에게 조아리곤 박지에게 일갈했다.

"넌 매번 기억을 확실히 지웠다, 고했다. 지난번에도 네 목을 걸고 다짐하지 않았느냐. 그럼 기억을 찾을 줄 알고서도 거짓을 고해 태자 전하를 능멸했더냐!"

"아니…… 아닙니다!"

박지는 비명을 지르듯 부인했다. 이미 알고서도 거짓을 고했다면 죄 가 더 크다. 당황해 어버버거릴 때 경방이 침착하게 다시 고했다.

"보십시오. 저는 이놈 때문에 제 첩을 잃었습니다. 아령은 진왕이 훔쳐 갔을 뿐, 기억을 찾아서 나간 게 아닙니다. 분부대로 저는 진왕의 마음을 흔들고자 둘이 붙어 있는 걸 몇 번 묵과했습니다. 그때까진 기 억이 확실히 없었습니다."

경방은 이젠 대강 가늠이 간다. 아령의 기억이 언제부터 돌아왔는 지. 차라리 폐인으로 만들었어야 했을까. 그래야 널 지킬 수 있었을까. 주체할 수 없는 분노를 차분히 억누르면서도 더 매끄럽게 말을 이었다.

"아령의 기억이 돌아온 건 박지가 자백환을 잘못 만들었기 때문입니 다. 너는 어찌하여 기억이 되돌아올 위험을 미리 고하지 않았더냐."

"그, 그건……!"

박지가 분에 못 이겨 숨을 헐떡일 때 경방이 빠르게 그의 말을 끊었다.

"넌 설마 제대로 알지도 못하는 약을 이리 위험한 때 쓰시라 바친 것이냐! 일이 이 지경까지 된 건 오롯이 네 탓임을 아직도 모르느냐!"

"자, 자백환은 말짱합니다!"

"네가 직접 보고도 시치미냐? 아령은 네 자백환을 먹고 기억을 되찾았다!"

가만히 듣던 태자가 박지에게 싸늘히 하문했다.

"그렇다면 언제, 어떻게 기억을 찾았단 말이냐. 네가 변명을 해 보거라."

그러나 박지는 진퇴양난. 미리 알았대도 죽을 일이고, 자백환 때문이래도 죽을 일이다. 까맣게 몰랐다면 더더욱. 박지에겐 도통 출구가 보이지 않았다. 태자의 작은 눈알 두 개가 무섭게 자신을 찔러 드는 것만 같다.

태자도 경방의 말이 그럴싸하다. 싸늘한 목소리로 물었다.

"등후궁에선 분명, 진왕이 명아령을 다시 찾은 양 군 적이 한 번도 없더냐?"

한쪽에서 눈가에 점 두 개가 난 태감 하나가 몇 발 앞서며 고개를 숙였다.

"예. 둘이 회포를 풀듯 옛일에 관한 이야기를 나누는 건 듣지 못했다 합니다. 외려 아령 소저는 진왕을 대하길 데면데면하고, 진왕 혼자 절절맸다 하더이다."

경방이 반가이 나섰다.

"거보십시오. 제 말이 옳지 않습니까. 박지가 박쥐처럼 진왕에게도 다리를 걸치며 후일을 꾀했는지 그 속을 누가 압니까!"

"아, 아닙니다! 결코 그, 그, 그런 일은 절대! 절대로 없습니다."

박지는 온몸을 비틀며 아주 놀라 항거한다. 그러나 이게 다 무슨 소용인가. 일이 이 지경이 된 것을! 울컥 치민 황후가 쏘아붙였다.

"네 첩년의 마음을 똑바로 잡지 못한 너도 잘한 게 없다!"

비난의 화살이 경방을 향하자, 태자가 눈썹을 치뜨며 경방의 편을 들어 줬다. 어쨌든 형제 아닌가.

"기억은 없어도 몸뚱이가 땡기는 걸 어쩝니까. 배 속에 경방의 아이를 넣어 놨대도 별수 없었어요. 그 계집이 어려서부터 륜이에게 죽고 못 산 것을요."

"송구합니다."

경방은 울화를 참으면서도 태자의 변명을 의지했다. 그리고 남은 숙제인 황후의 심기를 풀기 위해 달변을 쏟았다.

"걱정을 내려놓으십시오. 태자 저하께오선 누구보다 위기에 강하시지 않습니까. 올해년, 가장 큰 위기 때 어쩌셨습니까."

"그 일을 어찌 입에 올리느냐!"

황후는 파들파들 떨며 경방을 무섭게 쏘아붙였다. 그러나 태자는 이제야 마음에 들어 하며 "크흐흐흐." 웃는다. 이에 경방은 아첨을 더했다.

"덕분에 숙적들이 말끔히 정리되어 장가는 오히려 가장 크게 번성하지 않았습니까. 그때와 지금이 무엇이 다릅니까. 전화위복이란 말을 떠올리소서."

그랬다. 진왕, 그놈이 찬찬히 기어 올라와 턱밑에 송곳을 꽂기 전까진 외려 모든 게 더할 나위 없었다. 명가 사건의 주범만 사라지면 그야말로 완벽한 끝. 그러나 죽으라고 보낸 자리마다 살아 돌아오고, 죽이려 보낸 자객마다 죽어 오지 못했다.

덕분에 이리저리 찢겨 군권을 잃는 사이, 귀족의 감찰권마저 빼앗긴 게 가장 큰 패착. 어사대가 망가지니 부리던 검교들이 흩어져 가장 중요한 정보망이 무너졌다. 황후가 태자의 눈치를 슥, 살핀다.

"우리 태자, 무슨 좋은 수라도 있으십니까."

태자가 작은 눈알로 허공을 응시하며 "크큭." 웃었다.

"한 번 했는데, 두 번은 못 하겠습니까."

곧 경방이 슬그머니 비소 지으며 주변을 살핀 뒤 아뢰었다.

"여기 우리 편 아닌 눈귀가 있습니다. 치죄를 먼저 하시겠습니까."

순간, 황후가 작은 눈알을 굴리며 작두와 박지를 번갈아 바라보았다. 가뜩이나 불안에 떨던 박지는 입도 벙긋하지 못한 채 급한 숨만 쌕쌕 몰아쉬었다.

눈알을 뽑을 집게, 귀를 찌르는 송곳, 손가락과 팔다리를 자를 작두들이 크기별로 주르륵 놓여 있다. 황후는 울분에 몸을 떨면서도 더 급한 걸 택했다.

"치죄는 잠시 뒤로 물리자. 죄인을 치우거라."

태감이 포승을 풀고 비틀대는 박지를 부축하여 일으키자, 태자가 기괴하게 웃는다.

"치죄는 내 직접 하리라. 진짜 박쥐처럼 진왕에게 한 다릴 걸쳤는지도 알아볼 겸. 그랬으면 그 다리부터……."

"저, 저, 저, 저, 저언하! 아, 아, 아니……."

"월령궁으로 옮겨라."

명이 떨어지니 태감들은 알아서들 박지와 쓰지 않은 형틀을 챙겨 든다. 박지의 눈에 공포와 경악이 서렸다. 치죄와 취조를 빙자한 피의 유희만이 기다리고 있을 터였다.

"으허헉! 차, 차라리 죽여…… 죽여 주십시오!"

그러나 그는 곧 여러 태감들에 의해 치워졌고 나인들마저도 모조리 물러났다. 을씨년스러운 방 안에 셋만 달랑 남자, 태자가 조용히 소곤거렸다.

"하늘은 우리 편입니다. '여름'이잖습니까."

태자가 딱 한마디 하자 황후의 머릿속에선 같은 그림이 그려지고 있었다.

"상명원(爽明園)에서 큰일을 한 번 더 도모해 보죠."

황제는 매해 여름이면 숲 푸르고 물 맑은 상명원에서 지낸다. 도성 밖은 각종 격식과 예법에서 자유로우니. 그러나 황상이 상명원을 이용하게 된 건 후궁을 부르는 기록 또한 자유로워서이다.

"황후마마께서 분을 푸시기엔 가장 알맞은 곳입니다. 지금도 황상께서 여름마다 그곳에 머무시는 건 현 귀비를 그리는 마음이 아닙니까."

경방이 부추기자 황후는 묵은 체증이 다시 올라왔다. 그년이 살아 있던 내내 거기서 사가의 부부처럼 꼭 들러붙어 지냈다. 그래, 없느니 못한 남편.

"후후, 묘안이십니다. 그럼 언제……."

자유롭기만 한가. 호위 또한 허술하다. 최고의 요새이며 눈도 입도 많은 금성 안에서는 감히 꿈꾸지 못할 일. 그래, 그때도 그래서고 지금도 그래서이다.

"반나절 거리니 출궁일 다음 날 정도가 알맞겠습니다. 어가가 도착한 뒤 가장 어수선한 때가 적기입니다. "

태자의 웃음에 황후도 만족스러운 비소로 입가를 파르르 떨었다.

◇ ◆ ◇

짹짹거리는 새소리에 아령은 눈이 떠졌다. 초저녁부터 자다 깨어 서로를 탐닉하길 반복했지만 꽤 오래 잤다. 그러나 륜은 그동안의 긴장이 한꺼번에 풀렸던지 쉽게 눈을 뜨지 못했다.

"후우……."

결국 아령은 그의 품을 벗어나려 조심스레 바르작거렸다. 이불은 포근했으나 아무것도 걸치지 않은 알몸으로 계속 있긴 너무 불편하다. 무어라도 잡아 걸치려 팔을 뻗는데, 아랫배에 놓인 손 때문에 꼼짝 못 하겠다.

고른 숨소리와 감은 눈은 자는 게 분명한데. 어찌 팔이 이리 무거운가.

"가만있어라. 지금 너무 좋으니."

"깨, 깨셨습니까."

갈라진 그의 음성이 퍽 듣기 좋았다.

"몸은 좀 어떠냐."

"말짱합니다."

지난밤 일을 떠올리니 새삼 부끄러워 얼굴을 못 들겠다. 그러나 그는 어깨의 옛 상처를 자잘하게 핥는다. "간지럽습니다." 입술을 치우자, 또 허리를 잡는 척 아래로 슥, 손가락을 내렸다.

"저, 전하⋯⋯?"

몸을 뒤트니 밤새 그가 쏟아 놓은 게 주르르 흘러내렸다. 낯이 더워져 손을 치우려는데, 손가락은 막무가내로 들이닥친다. 이젠 길을 아주 잘 찾아드는 짐승의 주둥이는 뭉근하게 꽃길 주변을 헤치고 동굴로 슬금슬금 기어 들어온다.

"무, 무슨 짓입니까."

"밤새 하던 짓."

그가 의뭉스럽게 웃을 때 아령은 기함하며 엉덩이를 돌려 뺐다.

"망측합니다. 문밖에서 시비들이 기침하시길 기다립니다."

"그래?"

아령이 기어이 손을 떼 내자, 그는 못 이기는 체 져 주었다. 그러나 불안감에 옷을 얼른 잡으려 재빨리 무릎으로 기는데, 곧 가느다란 발목이 주르르 끌려갔다.

"허나 나는 아직 기침 전인 것을."

"또 왜 이러십니까."

어제도 이런 식으로 계속! 양 발목을 결박당한 채 엉덩이를 붙들렸다. 앞을 벌리고 보이는 것도 못 견디겠지만 뒤쪽은 더 남부끄럽다.

"해가 훤합니다. 제발."

"날이 밝으니 더 좋은걸."

옴짝달싹 못 한 채 엉덩이를 하늘로 향해 들고 있자니 미칠 것 같은데,

"으읏! 그만……. 제발 그만, 그만 좀…… 하악!"

익숙한 혀끝이 뒤로 공격해 들어왔다. 어두운 곳에서도 괴롭지만 밝으니 더 못 견디겠다. 간신히 떨어지나 싶어 고개를 돌리니 그가 거길 빤히 들여다본다.

"그, 그렇게 들, 들여다보지 마십시오!"

호기심 많은 어린 소년처럼 즐거운 눈망울. 눈을 이리 마주쳐 놓고도 부끄럽지도 않은지, 그는 뻔뻔하도록 다정히 혀를 얽어 입안을 빠르게 핥는다. 그러곤 빈손으로 아령의 이마를 싹싹 펴 준다. 너무나 부끄러워 눈을 마주치는 게 힘겹다.

"예쁜 얼굴을 찡그리지 마라."

그러나 어찌 안 그러나. 다른 손은 지금 그곳을 부지런히 들락거리는 것을. 그러나 그는 아무것도 모르겠단 표정으로 슬금슬금 넣고 빼기를 반복했다. 찬찬히 그러나 좀 더 빠르게.

"하아!"

아령이 흐린 눈으로 신음을 뱉었다. 질척거리는 소리가 너무 노골적이다. 그는 여전히 다정히 웃으며 집요하도록 하던 걸 계속하고 있지만, 이젠 모르겠다.

"예쁘다.", "하읏!", "너무나 좋아.", "흐으!"

아령이 반항을 내려놓자, 이젠 그도 쾌감을 주는 데 집중하기 시작했다. 타조처럼 낯만 숨긴 채 엉덩이를 그에게 내밀고 있으니 쾌감이 몇 배로 증폭되어 온몸을 지배했다.

손가락으로 꽃잎에 둥글게 둥글게 길을 내면 그가 그곳을 들여다보고 있단 수치심에, 또 그가 입술을 더해 추릅, 빨아들이면 거길 핥고 있다는 부끄러움에 마음이 졸여진다. 민망하고 수치스러우면서도 조급하게 기대되는 아릿한 쾌감. 이 무슨 고문인가.

그러나 머지않아 뭉근하게 데워지는 이 느낌은 또 시작되었다. 그가 꼬집듯 유두를 잡아 비트는 느낌이 달고 좋은 걸 보면.

"연모한다고 해 다오, 어서!"

그가 탁한 음성으로 애걸했다. 이젠 아주 버릇이 되었다. 그는 결합하기 직전 이런 유치한 다짐을 받길 좋아했다. 아령은 "크큭." 웃기만 했다. 이러면 그는 슬금슬금 매달려 온다.

"해 다오.", "글쎄요.", "응?", "으으응…… 하읏!"

버티면 벌이 내려지듯 더 날카로운 쾌감이 떨어진다. 찬찬히 들락거리며 안을 헤집던 손가락이 쑥 빠지곤 입구를 바삐 지분거린다. 추적거리는 살집의 소리, 버틸수록 더욱 날카롭게 벼려지는 쾌감. "하아." 그래, 밤새 하던 몸 장난.

"연모합니다, 전하만을요."

아령은 수월히 항복했다. 밤새도록 버티기도, 바로 항복하기도 해봤지만 지금은 그와 얼른 결합하고 싶었다.

"하고, 하고 싶습니다."

아령은 솔직히 그에게 말했다. 그가 만족스럽게 웃는다. 이리 솔직해질수록 그에게 한 발 더 다가가는 느낌. 그 느낌이 좋다.

커다란 그의 것이 끄덕이며 입구로 들이쳤다. 아령은 그를 향해 좀 더 바짝 자신을 내밀었다.

어려선 밥 먹듯 다퉜지만 다시 만나서는 다툴 일이 무어 있었을까. 그러나 신경전이 다툼으로까지 번질 뻔한 건 정말 별것도 아닌 것 때문이었다.

온몸이 만족감에 취해 있었다. 그는 정말 다정하고도 길게 아령을 안고 안았다. 안에서 뭘 했는지 대강 짐작하는 시비들이 고개도 들지 못하고 새 옷을 들이밀 때 아령도 민망함을 누르며 간단한 시중을 받고 옷을 입었다.

그러나 또래 계집아이가 륜에게도 시중을 든다 생각하니 무언가 썩 개운치 않았다. 그녀도 그의 벗은 몸 한 번 보지 못한 것을. 아령은 볼을 붉히며 청했다.

"제가 입혀 드리고 싶습니다."

그러나 그는 깔끔하게 거절했다.

"하던 사람이 낫다."

그녀보다 못할 걸 모르나. 그렇더라도 용기를 내 청한 거였다.

"잠시 나가 있으련?"

게다 쫓아내기까지. 아령은 발끈해 그에게 웃어 보였다. 이따위 걸로 화를 내는 모습을 보이긴 싫으니.

"웬 부끄럼이십니까."

"내가 부끄럼이 많다. 그러니 잠시 뜰이라도 한 바퀴 돌고 오든지."

아령으로서도 녹록지 않던 옛 성질이 완전히 없어진 건 아니다. 달라진 환경 탓에 잘 누르고 감추고 사는 것이지.

어려서라면 빽 소리를 지르며 그의 화를 기어이 돋웠을 것이다. 그러나 첩을 들이는 것도 아니고 겨우 옷시중에 부딪치기도 우스워 억지로 웃었다.

"알겠습니다. 저는 앞으로 집을 어찌 쓸지 좀 살피겠습니다. 찬찬히 입고 돌아가십시오."

그러나 어찌 내면의 울화마저 완벽히 감출까.

"일각이면 충분하니 잠시만……. 무엇 때문에 그리 언짢아진 것이냐."

륜은 금세 식은 아령의 낯빛을 알아채며 얼굴을 찌푸렸다. 옷을 들고 선 시비가 눈치를 살피며 안절부절못했다.

"언짢을 게 무엇입니까."

반짝 일어서려니 그는 시비에게 "놓고 물러가라." 했다. 쩔쩔매던 그녀가 반색하며 옷을 놓고 사라졌다.

아랫것 앞에서 이 무슨 추태인가. 그러나 아령은 스스로를 제어하기 힘들었다. 그를 연모하는 걸 인정할수록, 그걸 입 밖으로 뱉을수록 그를 더 깊이 사모하여, 이리 주체할 수 없는 감정의 덩어리를 키운다.

그러나 7년 전의 그녀가 아닌 고로. 길게 골질을 부리는 대신 솔직해졌다.

"제가…… 이리 투기가 심한지 몰랐습니다. 경방 오라버니의 혼약자와 함께 모임에 나갈 때만도 이리 울화가 치밀진 않았…… 읍!"

그러나 그는 성큼성큼 다가와 입술을 거칠게 툭, 베어 물었다. 뒤통수가 들린 채 갑작스럽게 떨어지는 입맞춤에 가슴을 두어 차례 밀어냈으나, 그에게 힘으론 못 이긴다.

고르게 치열을 훑고 가슴이 쿵쿵 울릴 때까지 진하게 입을 맞추고서야 겨우 놓여나니, 그가 냉엄하게 답했다.

"투기는 나도 만만치 않다. 네가 그와 사는 동안 내가 얼마나 지옥 같은 시간을 보냈는지 아느냐. 그 이름은 입에 올리지 말라 했어, 잊었느냐!"

그가 목소리 높여 질책하자, 괜히 눈물 한 방울이 툭 떨어졌다.

"송구합니다. 깜빡하였습니다."

머쓱해져 고개를 돌리는데, 그가 다정히 허리를 감아 안았다.

"공연히 큰소리를 냈구나."

그는 아령을 그러안았다. 아령도 그를 끌어안았다. 서운한데도 좋다. 그의 가슴팍에 겨우 머리끝이 닿아지는 이 작은 기분은 어릴 때나 지금이나 마찬가지.

"시비에게조차 보여 주시는 몸을 왜 제게만 안 보여 주십니까."

"그건……."

"매번 저만 홀딱 벗겨 놓으시고. 거절당하니 섭섭하고 쫓겨나려니 분했습니다."

그는 곤란해하며 입술을 혀로 핥았다. 아령을 찬찬히 내려다본다. 반들반들한 그의 눈이, 햇빛에 반짝이는 그의 입술이 색스럽고도 보기 좋았다. 그 올곧은 시선이 달다. 이상하게 그의 앞에서는 왜 이리 늘 어린애가 될까.

그는 좀 길게 망설이다 옷고름을 풀었다. 버틸 땐 버티지만 하고자 하면 또 거침없다. 그는 속옷까지, 툭툭 열어 한꺼번에 쥐여 잡고 옷깃을 열어젖혔다. 그러나 그가 채 다 벗지도 않았을 때 그의 맨가슴을 본 아령은 깜짝 놀라 눈물을 쏟고 말았다.

"이리 추하여…… 뵈어 주지 않으려던 것을."

온몸이 난자된 상처.

"얼마나, 얼마나 많이 다치면 몸뚱이가 이리됩니까."

도끼로 찍히고, 창에 그어졌다. 단검에 찔리고 장도로 베어졌다. 움푹 패고 뜯긴 데가 엉성하게 꿰매어졌고, 모자란 살갗을 억지로 이어 붙인 것처럼 얼룩덜룩하게 아물어 있었다.

"정녕, 죽으려던 것입니까. 누구라도 몇 번은 죽었을 것입니다!"

아령이 기어이 눈물을 쏟으며 울음을 터뜨리자, 그는 맨살로 그녀를 그러안았다. 아령은 통곡했다. 어깨에 칼 한 번 맞고 그를 그리 원망했었다. 남들은 몰라도 그녀는 안다. 얼마나 아픈지. 얼마나 앓아야 그 아픔이 희미해지는지. 그는 이리 날이 맑은 지금도 통증에 시달릴 것이다.

아령이 좀처럼 그치지 못하다 아이처럼 엉엉 복받쳐 울기 시작하자,

그는 곤란해하며 살살 달랬다. 우습게도 그가 다정히 달랠수록 더욱 슬펐다. 결국 그는 장난스럽게 속삭였다.

"그래도 얼마나 다행이냐. 장가를 드는 데는 별지장이 없으니."

그가 '내 것이 추하고 보기 싫더냐.' 우람하게 불뚝 선 그의 것을 들이밀던 게 생각났다. 아령은 낯이 확 달아올라 울음을 그쳤다.

맨가슴을 짝, 때리니 "아프다." 하며 그는 아령의 손목을 꼭 잡았다. 어설피 울음을 그친 아령은 조용히 그의 상처를 살폈다. 가슴과 배보단 등이 더 많이 상했다. 비열하게 저리 뒤에서들 칼을 꽂지! 기다란 상처가 길고도 길게 꿰매져 있었다. 저가 칼을 맞은 양 마음이 아팠다.

"조금도 추하지 않습니다."

"들여다봐야 괜히 기분만 상한다. 그만 살피거라."

"제가 매일 어루만져 드리겠습니다. 그러니 이젠 감추지 마십시오."

아령이 맑은 눈으로 그를 바라보자, 그의 얼굴이 검붉게 달아올랐다. 겸연쩍어하던 그는 결국 농으로 얼버무렸다.

"매일을 지난밤처럼 하려면 몸보신을 썩 잘해야겠구나."

"전하!"

아령이 손바닥으로 그의 가슴을 치려 하자, 그는 얼른 잡아 그의 허리를 감싸게 했다. 그러곤 고개를 잡아 올리며 따뜻한 그의 입술을 내려앉힌다. 두 입술 새로 밝은 햇빛이 스몄다.

그와 손을 잡고 찬찬히 집 안을 살폈다. 보는 눈이 없으니 이리 손을 맞잡고 돌아다니는 게 설렌다. 유수원보단 규모가 작고 소박하나 가구도 꾸밈도 그대로다. 그러나 한편으론 사람 하나 없는 게 가슴 아리다. 아버님 계실 땐 늘 문턱이 닳도록 사람이 끓었으니.

아령은 빈 팔선탁을 괜히 손으로 쓸었다. 늘 누군가를 맞으시던 곳, 앉으시던 자리, 마룻바닥에 깔린 커다란 호피는 매은의 선물이었다.

"호피의 털이 다 죽었습니다."

"가끔씩 소제만 하다 보니 그리된 것 같다."

"먼지라도 좀 털어 걸어 두어야겠습니다."

책과 서류 묶음이 가득하던 백보격은 뼈대만 앙상했다. 아버님 생전 유수원으로 옮기셨으니. 그러나 익숙한 병풍 앞엔 서안과 지필묵이 어제 쓰시던 것처럼 단정했다.

지금은 장가로 인해 다 망가져 삼사 아래 편재되어 있으나 아버님은 황제 직속 어사대의 한 축을 이루시며 수많은 검교를 거느리셨다. 사람들과의 논의도 잦았지만 방대한 기록도 하셨다.

"아버님은 밤마다 몇 시진씩 무언가를 쓰셨습니다. 하루치만도 적지 않았는데, 유수원의 서실도 다 재가 되었겠지요."

륜은 쑥스럽게 웃었다.

"사실, 명가의 일에 관해 현재 기댈 수 있는 건 장인께서 남기신 게 전부라 해도 과언이 아니다."

"아버님의 기록이 남아…… 있습니까!"

"당신도 무언갈 예감하셨던지 생전 내게 남기신 것들이 꽤 있다. 잠깐이라도 보겠느냐."

아령이 반갑게 고개를 끄덕이자, 륜은 자신의 침실로 이끌었다. 기왓장을 밟고 몰래 드나들던 곳을, 회랑과 문을 통해 들자 새삼 부끄러웠다. 이곳이 침실이란 걸 알 수 있는 건 휘장 드리워진 가자상 하나뿐. 사방이 책과 기록들로 빼곡했다.

그가 책장 하나를 가리켰다. 그 매듭 솜씨가 눈에 익어 홀린 것처럼 한 권을 빼 드니 익숙한 필체. 생전의 아버님을 뵈는 듯 코끝이 찡해지며 눈물이 차올랐다.

"내용은 나랏일이니."

그러나 내용을 살피기 시작하자 그는 손에 든 걸 잡아 뺐다. 아령은 얼른 졸랐다.

"저도 읽어 보고 싶습니다!"

"귀족의 비위를 조사한 것이야."

그러나 을해년 사건의 단초도 담겨 있을 터였다.

"알고 싶습니다. 그날 아버님께 본 걸 전해 드린 것도 접니다. 집안이 이리된 데……."

그녀는 가쁜 숨을 몰아쉬며 가슴을 짓누르던 속엣말을 꺼냈다.

"이 지경까지 된 데는 제가 보지 말아야 할 걸 보곤 아버님께 전해 드려서가 아닐까, 괴로웠습니다. 차라리 나대지 않았으면, 황후가 무얼 했든 닥치고 있었으면 아무 일도 없지 않았을까. 제 스스로를 탓하기 싫으니 전하를 미워하고 원망하는 것으로 대신……."

그러나 그가 아령의 머리를 품으로 안았다.

"바보 같은 소리. 죄를 고한 게 무슨 잘못이더냐. 그들은 아무런 죄의식도 없이 자신들의 죄를 가리려 더 큰 죄를 짓는데도 끝까지 모른 체하겠단 뜻이냐."

아령은 "저……." 하며 부끄러워하다 "예?" 하고 늦게 알아챘다.

"그럼, 보아도 됩니까?"

"너무나 많은 것들이 담겨 있다. 앞으로……."

"알아도 모릅니다!"

무얼 당부하는지 안다. 아령은 기쁨에 고개를 끄덕였다.

10년 이상의 방대하고도 복잡한 기록이다. 그러나 아령은 너른 방 한쪽에 자리를 잡고 그림처럼 앉아 읽어 나가기 시작했다.

아버님의 일은 륜의 직무와 별반 다르지 않았다. 관리와 귀족의 관리 감찰. 놀라운 것은 황상의 세가 약하여 어사대를 두지 못하던 때부터 기록이 시작되었다는 것. 부실하고 앙상하던 것들은 날이 갈수록 촘촘하고 방대해져 갔다. 그리고 어사대가 강제력과 조직력을 갖춘 이후부터는 무섭도록 정교해졌다.

매해 인사가 있을 때마다 관직을 받은 모든 이들이 표로 정리되었고, 짧게는 몇 달부터 길게는 몇 년 사이 갑자기 부유해지거나 큰돈을 쉽게 쓰는 게 포착되면 관리 대상에 올랐다. 대상에 오르면 뭣에든 걸린다. 이부에 있으면 매관매직, 병부라면 병역 비리, 호부라면 세금 찬탈.

축재의 방법은 다양하나, 비리는 결코 홀로 저지르지 않는다는 게 공통점이다. 따라서 잘난 척 돈을 뿌려 쓰는 놈 하나만 나대면 고구마 줄기처럼 줄줄이 그 근원 세력이 달려 나온다.

아령은 황제와 아버님의 끈끈한 관계를 비로소 이해했다. 황제는 장가의 손에 의해 황위에 올랐으나, 차마 눈 뜨고 볼 수 없는 장가 천하에서 황권을 세우고 세상을 바로잡으려 했다. 그의 외로운 싸움에 아버님이 오른팔이 되어 주신 것이다.

매해 새로 구성되는 내각에선 장가들이 조금씩 힘을 잃고, 중도적이거나 황상의 세가 되어 줄 다른 가문들이 힘을 얻었다. 아버님의 감찰 결과가 그 명분을 탄탄히 세운 것은 물론이다. 긁어 들이는 돈이 상납되는 끝은 결국 장모균, 황후, 태자임을 확인하고도 늘 그 끝을 탄로 내 벌하는 데 힘을 빼진 않았다.

오히려 적당한 선에서 끊었다. 그러나 그것은 정교한 조각과도 같은 것. 조각가의 정 끝이 아름다운 조각을 만들듯 상황에 따라 그들의 세력을 툭툭 끊어 내 힘을 빼고 조이길 반복했다. 그 지속적이고도 교묘한 10년 이상의 작업이 장가 세력을 눈에 띄게 약화시켰다. 물론 그 끝은 명가 사건이지만.

기록은 치밀하고도 방대했다. 군대를 동원해 제집을 지었던 한 가지 사건만 보더라도 매관매직으로 꽂은 인물들의 명단, 무기를 만들 철을 뺀 경로, 국유림을 베어 목재를 확보한 정황, 임금을 달라 토로했던 목공들의 목을 친 것, 군대를 굶기며 남긴 식량을 빼어다 판 것 등 놀랍도록 상세했다.

하루를 쉬지 않고 밤마다 이런 것들을 정리해 놓으셨구나. 그 수고로움에 가슴 먹먹해져 시간이 어찌 가는지 모르며 눈을 떼지 못했다. 껍데기만 바꿨을 뿐 그 일을 이어받아 하고 있는 것은 륜.

밤낮이 그새 바뀌었다. 륜은 아령이 하는 대로 놓아뒀다. 끼니때마다 '몸 상할라.' 억지로 밥을 먹이면 먹는 둥 마는 둥 다시 기록 속에 정신을 파묻었다. 륜도 때론 업무를 보고 때론 보고를 받으며 아령과 함께 일하며 자고 먹었다.

등후궁에서도 그랬지만 이곳에서도 그는 늘 문서와 보고에 파묻혀 지냈다. 륜은 스스럼없이 그녀를 놓아둔 채 사람들과 논의를 하거나 보고를 받았다.

그러나 달라진 관계만큼 달라진 공기가 둘을 감쌌다. 그 차이는 가짜와 진짜만큼이나 컸다. 아늑하고도 편안했고 마음이 안정감으로 푸근했다. 늘 갈데없이 붕 떴던 몸이 비로소 집을 찾은 느낌.

이리 다정하고도 굳세게 붙들어 주는데, 왜 난 그에게 좀 더 빨리 마음을 열지 못했을까. 그가 믿어 주지 않았다 원망했지만 사실, 난 단 한 번도 그에게 솔직하지 않았다. 거리를 벌리며 이리저리 재다 한 번씩 떼쓰며 매달렸던 것.

첫 기억을 찾았을 때 환각의 내용을 공손히 고했더라면 이리 서로 엇갈렸을까. 그는 내 목을 벨 뻔했던 걸 아직도 가슴 아파하지만 사실, 날이 잘 선 검을 들고 오라 그를 시험했던 건 자신이었다. 그러나 그는 한 번도 그녀를 탓하지 않았다. 그것이 또한 그의 성정.

"무슨 생각을 그리하느냐."

잠시 짬이 난 륜은 자신을 물끄러미 바라보던 아령의 눈빛이 가라앉은 걸 보곤, 붓을 내려놓고 성큼성큼 다가왔다. 그리고 슬며시 입을 촉, 맞춘다. 영역을 확인하는 수컷처럼 매끄럽게 입안을 휘젓고 가는 그 혀끝마저 달았다. 아령은 얼굴을 붉히며 다른 말로 얼버무렸다.

"저 사람이 어찌 마마께 와 보고를 합니까."

평복 차림이나 그가 태감이란 걸 느꼈는데, 문득문득 눈빛이 칼과 같은 것과 눈가의 점 두 개 때문에 낯을 알아보았다.

"전에 이궁에서 그를 본 일 있습니다."

그는 어색하게 웃으며 곁에 앉았다.

"맹 씨 말이냐? 그는 반간(反間, 이중 첩자)이다. 적당하게 이곳의 일을 흘리며 저쪽의 정보도 받고 있다."

놀라 입술을 축이며 바라보자 그는 아령을 안심시켰다.

"내 사람이니 걱정 말거라."

했지만 그 내용도 궁금했다. 맹 씨는 말했었다.

'상명원으로 폐하의 출궁일이 보름 뒤로 잡힌 걸 알아다 드렸습니다. 박지가…….'

"박지가 왜요."

"궁지에 몰린 것 같다. 이번 일이 잘못된 데 책임을 뒤집어썼나 보다."

"예?"

묻는 동시에 깨달았다. 그렇겠지, 자신이 기억을 찾았으니. 고소한 동시에 좀 측은했다.

"죽였답니까?"

"아직."

아마도 고이 살진 못할 텐데. 아령은 잠시 망설이다 뜻을 고했다.

"그들이 죽이기 전에 그를 구하시면 어떻습니까."

그의 눈빛이 매서워졌으나 입을 다문 채 긴 숨을 쉬었다. 같은 생각이 분명했다.

"제 사사로운 은원보다는 일이 되는 쪽으로 행하십시오. 박지는 전하가 내미시는 손을 절대 뿌리치지 못합니다. 그는 증언할 것이 많습니다."

머리로는 간단하나 감정적으론 역시 어렵다. 아령은 그의 마음의 짐을 덜어 주었다.

"그는 제 기억을 지우기도 했지만, 전 그의 약으로 살기도 했습니다."

아령의 뜻을 그가 어찌 모를까.

결국 그는 "그러자." 하곤 대견하게 머리를 쓸어 주곤 일을 미루지 않았다. 그의 첩보망은 촘촘했다. 환관이 몇 드나들며 궁의 일들을 의논하고 익비가 불려 와 박지를 구할 것을 함께 논의하였다. 아령은 한쪽에서 병풍처럼 얌전히 읽던 걸 계속했다.

"좀 알아보겠느냐."

잠깐 짬이 난 륜이 그녀에게 말을 붙였을 때 아령은 얼른 궁금했던 걸 꺼냈다.

"왜 가장 중요한 것들이 빠져 있을까요. 특히 태자 전하와 황후마마가 언급되는 즉시, 다른 데로 옮긴다는 이첩표가 붙어 끊겨 있습니다. 또한 '장가 여인'이라 홍점을 찍은 장은정, 장문경, 장소희라는 세 여인의 궁궐 출입 기록은 을묘년과 병진년에 걸친 6개월만 잘라 마감 처리를 하시고, 또⋯⋯."

륜은 피식 웃으며 이미 알고 있다는 듯 잠자코 들었다. 이첩표를 붙였으면 그 뒤가 있을 것이고, 잘라 둔 곳이 있으면 자른 조각이 모여 있을 것이다. 게다, 잘려 없어진 기록들의 방향.

"장가 사람은커녕 황후마마나 태자 전하라도, 심지어는 현 귀비라도 기록을 멈출 분이 아닌 것을요."

꼬장꼬장하시길 황상께도 할 말을 다 해 낯을 발갛게 만드시던 분이었다.

"내용이 위중하니 따로 모았겠지. 고위 귀족의 경우는 나도 그리한다."

"이첩된 건 어디 있는지요."

그러나 그의 표정에서 이미 알 수 있었다.

"아마도 그날 유수원에서 함께 타 없어진 것 같다."

아령의 입에서 탄식이 흘렀다. 그러나 당연했다. 사람들을 죽인 뒤엔 아버님의 서실과 사랑부터 태웠겠지.

"혹시나 싶어 여러 번 다시 뒤졌지만 아무것도 나오지 않았다."

"을해년 사건의 원인이 보일 것 같은 데마다 딱딱 끊겨 있으니 답답합니다."

"그 많은 속에서 어찌 그리 금방 파악했느냐."

그는 대견하단 듯 웃으며 침상 머리맡에서 전의 그 보석함을 열어 내보였다. 갑자기 뜨끔했다.

"갑자기 이건 또 왜……."

어쩔 수 없는 민망함에 고개를 슬며시 돌리니 그가 인장을 꺼내 내밀었다.

"이것도 네 것이다. 내가 네 걸 빼앗은 게 옳구나."

그가 웃으니 아령도 웃음이 났다. 인장 목걸이를 가지고 티격태격했던 게 아주 먼 옛일 같다.

"보아라."

그는 인장의 뚜껑을 열어 안을 보여 주었다.

"어?"

아령이 놀라자, 그는 인주를 묻혀 빈 종이에 찍어 확인시켜 주었다.

그래, 이첩표의 직인!

그는 또한 반대 방향으로 뒤를 튼 뒤 열어 보여 주었다.

"아, 그리로도 열리는 줄은 몰랐습니다."

"이것은 열쇠다."

어찌 철없이 이걸 그냥 목에 걸고만 다녔을까. 그 속은 한두 번 열어 보고 까맣게 잊었다.

조그맣고도 정교한 상아 조각이 아름다워 그냥 목걸이로만 생각했다.

"이걸 찾으면 이첩된 내용도 찾을 줄 알았는데. 열쇠와 맞는 함은 결국 못 찾았다."

"이걸 들고 유수원 터를 그 뒤로도 계속 찾으셨습니까."

가슴이 먹먹해졌다. 그럴 틈도 없었으나 기억을 찾으니 더 그곳에 갈 엄두가 나지 않는다. 아버님과 어머님의 유해를 거두며, 자신인 줄 알았던 난이를 수습하며 그는 어떤 마음이었을까. 그럼에도 그는 그곳을 몇 번이나 다시 찾아 뒤졌다.

"저를 잊지 않아 주셔서, 이리 신의를 지켜 주셔서 감사합니다. 아버님과 어머님을 수습해 주신 것도……."

아령이 눈물을 툭, 쏟으니 륜은 깜짝 놀라며 그녀를 품에 안았다.

"그런 소리 말거라. 내가 더 마음이 아프니. 일간 일이 정리되는 대로 함께 찾아뵙자."

아령은 고개를 끄덕이며 차마 묻지 못한 걸 입에 올렸다.

"귀비께선 어찌 그리되셨습니까."

륜은 잠깐 머뭇거리다 그의 일을 꺼냈다. 창졸간에 을해년의 일을 당한 륜은 거기서 끝이 아니었다. 궁에는 목을 매어 죽은 귀비의 싸늘한 시신이 그를 기다렸다.

그에게 모든 일은 정신없이 휘몰아쳤다. 명가의 참변, 결코 받아들일 수 없는 귀비의 자살, 장인과 어머니의 황당한 추문, 그리고 모든 사건의 주범이 그임을 밝히는 여러 거짓 증거들.

"내 필체를 조작한 밀지가 나왔을 땐 누명을 쓸 수밖에 없었다. 내 사람들은 모두 시신이 되었고, 그들의 증인들은 모두 한목소리를 냈다. 부황께선 나만은 살리려, 그 조작된 밀지를 빼앗으시는 것으로 서로 침묵의 합의를 보았다."

그리고 그는 몇 달 후 전쟁에 보내졌다. 황후의 실수는 바로 그 첫 번째 전장에서 그를 똑바로 죽이지 못한 것이다. 이후로도 시도는 꾸준했다. 그는 늘 두 가지 전쟁을 치러 왔다. 그가 싸워야 할 외부의 적과 그가 늘 짊어지고 사는 암살자들.

우스운 것은 그들이 내몬 죽음터에서 살아 돌아올 때마다 그에게 조금씩 힘이 생겼다는 것. 결국 그들에 의해 그가 이리 커졌다는 것.

"어찌 매번 사셨습니까."

"어찌 죽겠느냐. 이리 중요한 할 일이 있는데."

생각해 보면 옛집이나 아버님의 이 기록들조차 홀로 남은 그에겐 결코 지키기 쉽지 않은 것들이었다.

"이제 알겠습니다. 문청의 주장과 태자의 밀지를 내밀어 봐야 조작되었다 발뺌하겠군요."

"그것만으론 부족하지. 이미 똑같은 방법으로 그들이 선수를 쳤으니."

아령의 표정이 참담해지자, 그는 반짝 웃으며 다른 데로 주의를 돌렸다.

"명가의 일이 왜 일어났는지는 이제 너도 대강 짐작하지 않느냐."

"우리가 본 하나 때문이 아니군요. 아버님께서는 장가의 죄들을 너무 많이 틀어쥐고 계셨습니다. 함께 죽은 검교들도요."

"그래. 너무 많이 안 죄다."

"허나 그것은 지금 전하께서도 하시는 일이라 기록은 이어지지 않더라도……."

그는 아주 곤란해하며 입술을 혀로 축였다.

"이거, 장인의 기록을 괜히 보여 주었나. 적어도 몇 달은 걸릴 걸 이리 금세."

마음의 짐을 덜어라, 그의 의도는 딱 거기까지였다. 순서대로 멍충이처럼 빠짐없이 읽었다면 그리 걸렸겠지만 그는 뭐든 본질부터 짚는 아령의 습관을 몰랐다. 그러나 아령은 집안이 왜 이리 되었는지 윤곽이 잡히는 이상 멈출 수 없었다.

"이첩표로 옮기신 전하의 기록을 보여 주십시오!"

"……."

"절대 발설 않겠습니다. 제가 내용을 짐작하는 걸 아시지 않습니까."

그는 한숨을 길게 쉬며 돌아섰다. 그러곤 침상의 두터운 요를 걷어 올렸다.

겉으론 평범한 침상 바닥이나 나무 조각을 손으로 이리저리 미니 작은 틈이 났다. 그 틈으로 한 조각을 빼자 몇 조각이 더 빠졌다. 그 속엔 어떤 뚜껑이 있다. 기계 장치의 입구를 조작하자 탁, 하고 걸쇠가 풀리며 뚜껑이 조금 튀어나왔다. 그는 몇 권의 기록을 꺼냈다.

아령은 받아 든 즉시 숨 쉬는 것도 잊은 채 그대로 읽어 내려갔다. 침상 모서리에 앉은 채 꼼짝 않는 아령을 그는 잠자코 놓아두었다. 그것들은 함부로 툭툭 넘겨 볼 게 아니었다. 짐작한다 했지만 짐작조차 못 할 엄청난 죄과들이 한데 있었다. 어찌 한 집안의 몇몇이 이리 많은 죄를 저지를 수 있을까.

"그러다 몸 상하겠다. 오늘은 그만. 다시 보여 줄 테니."

아령이 눈을 떼었을 땐 등불이 방 안을 훤히 비췄다. 밖이 껌껌하여 몇 시진이 지났는지조차 알 수 없었다.

"예……? 예."

방 밖에서 나인들이 초조하게 서성이는 기척. 그는 아령의 손에 든 걸 억지로 빼앗아 도로 함에 넣곤 침상을 정리했다. 그러곤 나인들을 들였다.

사색이 된 사람들이 너무나 늦은 저녁상을 차렸다. 음식 냄새가 코를 찌르자 비로소 아주 오랜 시간을 굶었다는 걸 깨달았다. 겨우 음식 앞에 자리를 잡는 륜에게 사과했다.

"저 때문에 끼니를 계속 거르셨나 봅니다. 송구합니다."

"어찌 한번 몰두하면 그리 주변이 어찌 되는 줄도 모르느냐."

아령은 웃었으나 정신은 아직 문서 더미 속을 떠나지 못했다.

상상도 못 할 비리, 끝을 모르는 축재. 훔칠 수 있는 건 다 훔쳤다. 앞으론 세금을 더 걷어 가로채고, 뒤로는 국가 예산을 과하게 책정해 훔쳤다. 짓지도 않은 궁을 서류로만 짓곤, 불을 내어 다시 짓는 척 또 훔치기도.

팔 수 있는 건 다 팔았다. 관직을 만들어 팔고 군사를 일꾼으로 팔고 죄를 씌워 사면권을 팔았다. 논밭에 불을 질러 마약을 심어 팔고, 하다못해 종교도 팔았는데, 스스로를 신이라 칭하며 백성을 현혹하는 자들에게 허가권을 팔고 헌금을 나누어 가졌다. 사찰과 도관을 괴롭히곤 헌금을 나눌 때만 신을 모시게 했다. 그것도 무려 나라의 예부가.

우습게도 그것은 그들이 돈을 버는 동시에 권력을 잃는 과정이었다.

매관매직을 하다 이부를 잃고, 세금을 과징수하고 화폐를 몰래 더 찍다 호부를 잃었다. 마약 장사를 하다 남방의 자치부를 잃느라 지방 세력이 약화되고, 일부의 군권을 잃었다. 무기를 만들 철로 화폐를 찍다 걸려 금성 수비를 맡는 금군의 통솔권을 잃었다.

"도무지 이해가 가지 않습니다. 다들 어찌 그리 돈을 좋아하는지요. 태자께선 후일 보위에 오르면 천하가 자신의 것일 텐데, 왜 장가를 통해 이리 조급하게 돈을 모으고 사병마저 키울까요."

"금군 내의 영향력을 모두 잃은 데다, 남방국을 놓으며 개인적으로 운용할 군사가 없다시피 되어서이다."

상당 부분은 장가 식솔들이 나누어 사치하는 데 들었지만, 또 큰 부분은 노비를 사들여 이제는 불법이 된 사병을 유지하는 데 썼다. 그들의 세로 끌어들이려 새로 임명된 지방 출신 관료들의 환심을 샀다. 그러나 버는 실력에 비해 쓰는 실력은 별로인지, 그들은 아귀처럼 더 많은 돈을 필요로 했다.

게다 그 입에 담지 못할 모자의 취미. 자신의 동복동생을 정부로 둔 것도 모자라 미청년들이 속속 사라진다는 괴소문이 황후의 짓이라니. 태자의 해괴한 취미까지 륜은 모두 파악하고 있었다.

"이래서는 태자가 어찌 다음 보위를 잇겠습니까. 폐위된다 하여도…… 앗!"

"령아!"

아령은 스스로 깜짝 놀라 입을 다물었다. 그의 눈빛이 날카로워져 있었다.

"이리 금세…… 생각을 함부로 입에 담지 말거라."

"그렇다면 설마……."

태자의 폐위. 륜이 조사한 결과들의 끝은 한데를 향해 있었다. 그의 한숨에 함구하려던 아령은 마음에 걸리는 걸 실토했다.

"송구합니다. 그러나 월령궁에서 일어난 일을 저도 직접 보았습니다. 가영궁에서 도망치던 그 밤, 밤새 그곳에 있었습니다."

"무어라? 어떻게 그 안에 있었던……. 아니, 어찌 들어갔더냐!"

"몰래 들어가서, 천장 기둥에 잘 매달려 있었지요."

민망하고도 끔찍하여 줄일 걸 줄이며 대강 말했다. 그러나 그는 그 어느 때보다 크게 노했다.

"아무리 급해도 어찌 그리로 도망을 쳐! 어쩐지 아무도 널 찾지 못하더라니, 넌! 목숨이 몇 개……."

크게 혼나면서도 아령이 뻔뻔히 웃자 륜은 졌다는 듯 혀를 내둘렀다. 그러곤 조곤조곤 타일렀다.

"그들이 가장 가벼이 여기는 게 무언지 알지 않니."

사람의 목숨. 그들은 돈을 가장 중하게 섬겼고 사람의 목숨을, 백성을 가장 가벼이 여겼다.

"전 그저 전하 곁에서 머리가 되고 힘이 되고 싶습니다."

"그래. 하지만 난 네가 지나치게 똑똑하고 지나치게 용감한 게 오히려 겁이 난다. 내게 지금 가장 중요한 것은 복수도 뭐도 아닌! 바로 너다."

"……."

"난 널 다시 찾은 것만으로도 하늘에 감사한다. 이리 소중한 널 다시는, 다시는 잃기 싫구나. 부디 네 자신을 소중히 여겨라. 약조해!"

그 엄한 눈빛이 어찌나 소중히 그녀를 담는지. 아령은 갑자기 가슴이 먹먹해졌다.

"약조, 하겠습니다."

그는 가볍게 아령을 끌어안으며 무릎에 앉혔다. 비로소 늦은 밥상 앞에서 너무 길게 떠들기까지 했단 걸 깨달았다. 가득한 산해진미 앞에서 음식을 까맣게 잊고 있었다.

"어려서부터 뭐에만 빠지면 밥 먹기도 귀찮아하더니. 그 버릇 여전하구나."

아령은 갑자기 부끄러워졌다. 그는 아령을 아이처럼 무릎에 앉힌 채 예쁜 화전을 하나 집어 입 앞에 불쑥 내밀었다.

"자, 령아…… 아, 해라."

"이게 무슨……. 제가 먹겠습니다. 놓아주십시오."

"먹으면 놓아주지."

아령은 화전만 답삭 물곤 자신의 자리로 가려 했으나 그는 아령을 반짝 안아 들었다. 그러곤 무릎에 제대로 앉혔다.

"기억나니. 너 어릴 땐 이러고 잘 먹었다."

"설마요. 마마께서 제게 그리 다정하셨을 리 없습니다."

륜은 진심으로 섭섭해 아령을 슬그머니 노려보았다.

"너, 내가 그렇게 많이 안아 주고 업어 주고 한 건 싹 잊었느냐."

진짜로 아이처럼 고기찜이 한 젓가락 불쑥 들어와 아령은 당황했다.

"기억난다 치지요. 이젠 제발 놓아주십시오."

그는 한 팔로 아령의 오른 손목과 허리를 꽉 붙들었다. 힘으론 그에게 못 당하는 걸 알더라도 이건 너무 낯 뜨거웠다.

"헤어지기 직전 좀 다퉜던 것만 기억하지. 어려서 내가 얼마나 예뻐했었는지는 깡그리 다 잊고!"

"예뻐하시기는요. 구박만 하시고선."

"어허? 이것 봐라. 다 먹을 때까진 못 내려간다."

륜은 이제 제대로 아령을 결박했다. 무릎에 안겨 얼굴을 마주하고 있으려니 부끄러워 죽을 맛이다. 그걸 또 알아채곤 입을 촉, 맞추며 튀긴 것을 내민다.

"내려 주시라니까요!"

"다 먹어야 내려간다니까. 이거, 침상에서 벌도 좀 받아야겠구나."

밥상 앞 그들의 다툼은 꽤 오래가서, 가자상의 장막이 길게 드리워질 때까지 계속되었다.

　어찌 어린애처럼 이리 깊이 잤던가. 눈을 뜨니 그의 벼개만 남아 있었다. 그의 곁에 있으니 마음이 너무도 편해 나가는지조차 모르고 잤다.

　시비들이 곧 아침상을 어디에 차릴지를 물었다. 아령은 옛집 자신의 방에서 먹겠다 하고 돌아서는 시비에게 당부했다.

　"다음엔 전하께서 무어라 하셔도 날 좀 깨워 주련."

　나무라는 것이 아님에도 그녀는 "송구합니다." 곤란해했다. 아마 다음에도 그는 '곤히 자니 깨우지 말아라.' 할 것이기 때문이다. 그녀의 낯에서 그의 마음 씀이 보였다.

　그의 필체 가득한 문서 더미와 문방구들이 마치 그가 곧 올 것처럼 차분한 안정감을 주었지만 홀로 종일 그만을 기다리긴 싫었다. 그가 짧은 지편을 남겼다.

「교 씨가 낮에 들를 것이니 반드시 나와 약조한 대로 답해라. 눈앞에 있어도 벌써 그립구나.」

외로움은 늘 옷처럼 입고 사는 것이었는데. 그와 함께 있는 시간이 너무 달고 좋으니 그가 없는 시간은 텅 빈 듯 쓸쓸했다. 이리 정세가 어지러운 때 명아령의 이름을 찾아 준 것만도 그는 전력을 다한 것일 테다. 대신 교 씨가 온다는 반가운 소식에 힘을 냈다.

아침을 간단히 먹고 손님 맞을 채비를 지시하곤 아버님의 서실에 들었다. 그러나 막상 어찌하려니 손 갈 데 없이 깨끗하다. 마음에 걸렸던 건 어쩔 수 없는 주인 없이 세월 흐른 흔적들. 결국 재가 조금 묻은 화로와 바닥에 깔았던 호피만 걷어 닦는 것밖엔 할 게 없었다.

"내가 하고 싶어 그런다."

직접 팔을 걷어붙이니 읍하고 기다리던 두 시비가 사색이 된다.

"주십시오. 저희가 나중에 크게 혼이 납니다."

실랑이를 벌일 수 없어 빼앗기고 말았다. 하나는 화로를 닦으러 나가고 하나는 뒤꼍에서 물기 짠 수건으로 호피를 살살 닦는 걸 보곤 잔소리를 더하지 않았다. 바닥은 유난히 깨끗했다. 물론 다른 데보다 빛을 덜 보았으니 덜 바래 그럴 것이다.

늦은 밤, 호피를 자주 들췄다 깔았다 하시던 아버님의 생전 모습이 문득 떠올랐다. 망연한 마음에 한숨을 쉬는데 밖의 시비가 고했다.

"교 씨 부인이 오셨습니다."

아령이 맞은 건 교 씨만이 아니었다. 마당에 사람이 가득했다. 황상을 모시는 낯익은 상궁과 다른 궁인으로 보이는 사람들도 평복 차림으로 서 있었다. 그들을 보자 황상의 싸늘했던 마지막 말씀이 생각나 등이 저릿해졌다.

'혼약에 대한 네 개인적인 청은 좀 더 숙고하여 후일 정하마.'

그녀는 감히 황후의 외도를 고변하려 들었다. 또한 파혼을 조건으로 명가 사건의 재조사를 청했다. 그것이 받아들여졌으니 남은 건 약조를 지키는 것뿐이다. 간도 크다며 노했던 륜의 말이 생각나 가슴이 서걱하다. 마음이 어찌 이리 간사한가.

며칠 전만 해도 그를 놓을 수 있을 줄 알았다. 그러나 그의 본심을 깊이 알고 밤을 또 함께 지내니 어느새 그가 깊이 박혀 있었다. 이젠 놓지 못하겠는데. 아령은 눈앞이 아득해 물었다.

"파혼에 대한 어지를…… 전하러 오셨습니까."

차림을 보니 아니지, 싶으면서도 억지로 웃는 입 끝이 바들바들 떨렸다.

"파혼이라뇨. 그 무슨 말씀이십니까."

교 씨가 다정히 손목을 잡아끈다. 수행인들이 쉴 곳을 내어 주고 상궁과 한 여인을 함께 들였다. 작은 원탁에 찻잔이 네 개 놓였다. 시비들이 차를 따르는 것을 멀거니 보는 마음이 복잡할 때 상궁이 먼저 입을 뗐다.

"황상께선 소저의 뜻을 물으시려 저희를 보내셨습니다. 홀로 지내신 7년 세월이 짧지 않으니, 혹시 다른 연이 닿은 것인지 궁금해하십니다."

"제가 가영궁에서 한동안 지낸 일 때문입니까."

경방의 첩. 황상도 아령을 그리 볼 수 있겠다 생각하니 낯 뜨겁고 송구함에 륜을 놓아야 하나 가슴이 무너졌다. 백번 생각해도 그게 도리인데.

선뜻 답하지 못하는 아령에게 교 씨가 웃으며 손을 잡았다.

"진왕 전하께선 택일을 간청드렸다 합니다. 황상께서는 소저의 뜻을 따로 확인하시는 겁니다. 달리 생각지 마시고 진왕 전하의 비가 되고 싶은 게 맞다, 그리 말씀하시지요."

아령은 깊이 안도하며 한숨을 내쉬었다.

"제가 자격이 많이 모자라나 그리해도 괜찮다면 그러고…… 싶습니다."

아령은 담담히 말했다. 부모가 없어도, 이러한 모진 일들을 겪었음에도 그게 허락된다면 그러고 싶다고. 상궁은 찬찬히 듣고는 황상의 뜻을 전했다.

"어깨의 상처는 진왕 전하를 구하다 생긴 것이니 법도를 따지지 마라십니다. 부모를 잃은 것은 안타까우나 시아비도 아비이니 그런 건 며느리를 버릴 일이 아니시랍니다. 두 분이 그런 큰일을 겪고도 무사히 살아 다시 만났으니 이 또한 인연이 분명하다고요."

황상의 뜻이 감읍하여 가슴이 먹먹해졌다. 그런 아령을 온화한 미소로 바라보던 상궁이 자신이 온 뜻을 밝혔다.

"소저의 뜻도 그러시다면 꼭 피해야 할 날짜를 알려 주시지요."

그들은 택일을 위해 달거리 날짜를 물으러 온 것이었다. 민망함에 헛웃음을 지으니, 교 씨가 반겼다.

"저는 그 밖의 것들을 챙기러 왔습니다. 진왕께선 소저가 홀로 혼사를 준비하긴 버거울 거라 하셨습니다. 딸을 셋이나 시집을 보내 봤으니 친정 어미 같진 않겠지만……."

푸근한 그녀의 표정에 마음이 아렸다. 너무나 고마워 아령도 그녀의 손을 맞잡았다.

"무슨 말씀입니까. 모두들 제게 이리 마음 써 주셔서 감사합니다."

아령은 사람들을 보내고도 마음을 가라앉히지 못했다.

륜의 비. 그의 비가 되다.

지겹도록 들은 말이었고 어려선 당연히 그리될 줄 알았지만, 다시 만나서는 절대로 그리되지 않을 줄 알았다. 그러나 막상 택일이 어쩌고 하니 가슴이 울렁거려 아무것도 손에 잡히지 않았다.

들뜬 마음에 집 안 곳곳을 어지러이 쏘다녔다. 너른 벌판에서 말을 달려 시원한 바람을 맞고 싶었다. 그를 당장 보고 싶었고 이런 일들에 대해 이야기를 하고도 싶었다.

헛헛함에 아버님의 서실을 다시 찾았다. 손 갈 데가 하나 없었다. 화로는 반짝거리도록 깨끗했고 호피도 다시 깔려 있었다. 늘 앉으시던 자리에 앉아 멀거니 지창을 바라보며 가지 않는 시간을 보내려니 엉뚱한 생각이 불쑥 오른다. 아버님께서 이리 잘 깔린 호피를 바닥에서 들췄다 깔았다 할 일이 무언가.

생각난 김에 팔선탁을 밀어 냈다. 의자들도 치우고 잘 깔린 호피를 또 들춰냈다. 덮였던 부분은 역시 색이 덜 바랬다. 그러나 무언가 미묘한 차이.

발로 여기저기 꾹꾹 눌러 보았으나 별 이상은 없다. 그럼에도 주저앉아 손바닥으로 다시 마루청을 이리저리 밀어 보았다. 아주 조금씩 밀리며 좁은 틈이 벌어진다. 번뜩 륜이 침상 바닥을 걷던 방식이 생각났다. 그도 어딘가에서 배워 만들었을 테고, 그렇다면.

몇 번의 헛손질 끝에 마루청 하나가 빠졌다. 물론 이런 게 빠지는 것일 리 없다. 하나를 빼니 격자무늬를 이루며 물린 주변 조각들 몇 개가 더 빠진다. 그러곤 바닥에 함의 뚜껑처럼 보이는 윤곽!

륜의 것은 기계 장치를 조작하여 열게 되어 있지만 여긴 자물쇠로 보이는 작은 구멍뿐이다. 아령은 숨을 죽이며 목걸이의 뚜껑을 돌려 뺀 열쇠를 깊이 넣곤 한쪽으로 돌렸다. 무언가가 걸리며 덜컥. 아령의 눈이 커다래졌다.

고개를 들었을 땐 그리 안 가던 시간이 삽시간에 훌쩍 흘러 있었다. 가슴에 천불이 났다. 앉았다 일어났다를 몇 번이나 했을까. 해가 기울기 시작해 륜이 퇴청할까, 싶어 호위부에서 익비를 찾았더니 그의 수하, 진용이 반갑게 그녀를 맞았다.

"아무래도 오늘은 퇴청하시지 못할 것 같습니다. 호위장님(익비)도 함께 등청하셨습니다."

왠지 분위기가 어수선한데, 어제 그 태감, 맹 씨가 눈에 뜨였다. 대강 눈인사만 하고 지나치려다 그를 불러 세웠다.

"황궁에 무슨 일이 생겼소?"

그는 잠시 망설이다 눈을 내리깔고 담담히 고했다.

"태자 전하께 변고가 생겼습니다."

"예? 무슨 변고요?"

"아침에 월령궁에서 일이 좀 있었는데, 그 일로 조정이 발칵 뒤집혔습니다."

그는 대강 크게 알려진 것들만을 알려 주었다. 그렇더라도 며칠 전까지는 상상도 못 할 것들이 공론화되고 있었다.

"명가의 소저시니 좀 더 말씀드리자면, 이번 일로 명가의 옛일이 거론되고 있습니다."

"을해년 일 말씀이오? 그렇다면 나도 증인으로 참석해야 하는 것 아니오? 왜 아무런 전갈이 없으실까요?"

"소저의 몸이 편치 않으심을 이유로 명단에서 빼신 것 같습니다."

맹 씨가 돌아설 때 호위, 진용이 아령의 눈치를 살폈다.

"급한 일이 있으시면 전갈을 보낼까요."

이리 중요한 걸 인편으로 보내 이놈 저놈의 손을 탔다가, 어떤 간자의 손에 걸려 없어질지도 모르고. 아령은 잠시 망설이다 지편을 써 주었다. 명가 사건과 태자의 일이 공론화되고 있다면 아무래도 아버님의 기록이 꼭 필요할 것 같았다.

「소제를 하다 정표로 주신 목걸이가 가리키는 것을 찾았습니다. 오늘 급하게 쓰임이 있을까 싶습니다.

-령아」

그리고 풀로 봉한 이음매에 '령'이라 글자를 써 건넸다.

"서둘러 전하게 전하시게."

그것은 급습이었다. 대로한 표정으로 "따르라." 하시며 곧장 향하는 황제의 발걸음을 그 누구도 막지 못했다. 향하는 걸음마다 예정 없던 행차를 보곤 사방에서 놀라 풀썩거리며 부복했다. 지금위를 비롯한 금군과 교위들이 륜의 뒤를 추상같이 따랐다.

사방이 연기로 매캐했다. 태자는 정신을 차리지 못하고 있었다. 어두운 낯빛에 기력이 좋지 못한 황제는 겨우 한 호흡을 들이마시고도 비틀거릴 지경. 륜이 황상을 부축할 때 금군과 나인들은 사방 문을 열고 급히 환기했다. 공기가 싹 바뀐 뒤에도 태자는 몽롱한 눈을 치뜨고 황제를 보며 피식거렸다.

"금수도 저 먹을 것만 잡아 죽인다. 이러고도 네가 천하를 다스릴 성싶으냐!"

분노의 분노가 더해져 '짝!' 따귀가 내려지자, 그제야 고개를 휘두르며 주위를 둘러보았다. 칼을 품은 채 눈도 감지 못하고 죽은 여인의 발가벗은 시체 두 구가 아직 치워지지 않았고, 태자의 옷과 손엔 피가 낭자했다. 태자는 피로 물든 손을 달달 떨다 용포 자락에 감췄다. 황제는 싸늘히 시선을 치웠다.

현장을 함께 본 자가 많아도 너무 많았다. 소문은 삽시간에 일파만파. 대전에 사람들이 꾸역꾸역 들어찼다. 처리할 국정 과제가 산더미였지만 모두들 입조차 벙긋 않았다.

대신 다른 여럿이 줄줄이 불려 나와 증언하였다. 월령궁의 후원에서 가매장된 여인들의 시신이 여러 구 나왔고, 가매장되었다 옮겨진 흔적들이 곳곳이었다. 비파와 북을 들었던 여인들이 울며 외쳤다.

"모두들 전하를 모시곤 그리되었습니다. 저희도 차라리 죽고 싶었습니다. 밤마다 악몽에 시달리며 사는 게, 사는 게 아닙니다."

증거와 증언이 봇물처럼 터지자 나인들과 태감들도 줄줄이 눈물을 쏟았다.

"차라리 죽여 주십시오. 명을 따르지 않을 수 없었습니다."

여인들이 든 출처, 죽어 나간 여인들의 명단이 참으로 길었다. 태자와 황후의 핵심 세력조차 무어라 역성을 들어야 함에도 차마 입이 떨어지지 않았다. 그들 중 하나가 목숨을 건 용기를 쥐어짰다.

"환약…… 환약 때문에 생긴 부덕의 소치입니다. 윗전을 잘못 모신 내의원의 책임이 큽니다."

의원은 물론 박지를 지목하며 발뺌했다. 큰 매로 몸조차 제대로 가누지 못한 채 박지가 부축을 받고 비틀거리며 나왔다. 다행히 사지는 멀쩡했다. 그는 벼른 듯 울분에 차 소리쳤다.

"제가 태자 전하의 명에 따라 기분이 들뜨는 환약을 댔습니다!"

그가 자백하자 사방에서 술렁거렸다. 박지는 륜에게 목숨을 보장받았다. 보호를 약속받기도 했다. 그러나 언젠간 길거리에서 객사할 걸 안다. 황후나 태자나. 장가들의 성정을 제대로 알았을 땐 수렁처럼 깊이 빠져 있었다. 그럼에도 주인을 바꾸기로 한 건 남은 가족들.

"환약은 그저 도울 뿐 태자 전하께오선 계집들이 죽으며 지르는 비명에 중독되셨기 때문입니다! 피를 보며 비명을 들어야만 여인들과의 잠자리에서……."

충격을 받은 사람들로 인해 장내가 시끌시끌했다.

박지의 머릿속에선 7년간의 환희들이 주마등처럼 펼쳐진다. 환약은 팔수록 돈이 되었다. 집이 몇 채가 되고 비단에 보물에 음식에 곳간이 썩어 나가도록 재물이 불었다.

"태자 저하의 명은 그뿐이 아닙니다! 그 모든 약들을 제가 댔습니다!"

부귀영화의 대가는 값싸 보였다. 가장 잘 다루는 약을 만들어 바치는 것. 환초를 미혼약을 망각의 약을 각종 독약을 구해 만들어 바치는 것. 그러나 그것이 제 목을 죄고 있다는 걸 느꼈을 땐 이미 발을 뺄 시기를 놓친 후였다.

"7년간 명가, 아령 소저의 기억을 지웠습니다. 아령 소저가 7년간 실종되었다 이제 나타난 것은 그 때문입니다. 명가 사건을 직접 지시하신 분은 바로 태자 전하십니다!"

사람들이 어지러이 술렁거렸다. 태자의 편을 들던 사람이 외쳤다.

"너는 어찌 여태 태자 전하를 모시고도 이리 근거 없는 소리를 하느냐!"

"누가 죽기 위해 없는 소리를 만들어 지껄이겠습니까!"

박지의 주장이 거세지자 사람들도 제각각 흥분하여 목소리들이 커졌다.

박지는 자신이 아는 모든 것들을 하나하나 밝혔다. 그 내용은 오늘 아침의 현장보다 더욱 경악할 것들이었다.

"진왕 전하의 모후이신 현 귀비께서는 자결하신 게 아닙니다. 쓰시던 입술연지에 복어 독을 발라 두었습니다. 복어 독은 극소량으로도 온몸이 뻣뻣이 굳어 죽습니다. 독이 돌아 입이 굳어 말을 못 할 때쯤 목매달려 살해된 것입니다!"

말없이 듣고 있는 황제의 뺨이 파르르 떨렸다. 황제는 박지의 말을 막지 않았다.

"내 스승이신 도원과 궁인 임 씨, 내의원 조 판관이 이에 가담했으나 이듬해 모두 죽었습니다. 내가 그 입술연지를 현장에서 수거했고, 그것은 여기 있습니다!"

태감들이 박지로부터 받았던 입술연지를 내놓았다. 가짜를 바치고 진짜를 보관해 두었다. 이 연지가 장가와의 인연의 시작, 그리고 그 끝이다. 좌중이 술렁이며 말들이 쏟아졌다.

"네 말대로라면 산 사람이 아무도 없는데, 어찌 너 하나의 말을 믿겠느냐!"

태자의 편 중 누군가가 정신없이 소리쳤으나 박지는 더 크게 소리쳤다.

"그래요, 태자께오서 날 죽이려 들었습니다. 하지만 내가 아직 살아 있지 않습니까!"

차라리 내가 아는 모든 걸 밝혀 저들을 더 확실히 파멸시킬 것이다. 그것이 그나마 살 수 있는 유일한 희망. 박지는 머리에 든 걸 모두 입으로 쏟는 데만 집중했다.

"너무도 허무맹랑한 소리입니다. 태자 전하께서 대체 무슨 이유로 그런 걸 명하십니까!"

륜은 배후를 지휘하며 눈앞의 쑥대밭을 냉정하게 바라보고 있었다. 박지는 영리하여 일에 발을 담그고 빼는 데 몸을 사려 조심하던 습성이 있었다. 그러한 자가 7년이나 귀비의 입술연지를 보관하다니. 이런 날이 올 줄은 알았던가.

같은 시각, 아령은 결국 회신을 기다리지 못하고 진용에게 말을 채비시켰다. 아무래도 정국이 급물살을 타는 것 같았다. 태자의 괴취미가 발각되어 모두들 경악을 금치 못할 때 륜은 박지의 증언을 내밀 것이다. 이에 문청의 증언과 밀지가 더해지면 명가 사건의 진짜 배후가 입증된다.

그렇더라도 한 치의 힘이 모자라면 이쪽의 어깨가 베이는 결전. 조금의 힘이 아쉬운 이때 자신이 힘을 보태야 했고, 아버님의 기록은 크게 쓰일 것이었다.

"일각 안에 호위를 보이는 대로 불러 모아 주시오."

"급히 모아 보겠습니다. 하지만 지금은 궁에 들기 힘드실 텐데요."

"전갈을 보냈으니 나오는 사람이라도 만나 보지요."

아령은 십여 명의 호위를 이끌고 오문을 향해 대로를 달렸다. 심부름을 하는 자가 궐을 빠져나와 진왕부까지 오면 하루가 손해난다. 한시라도 빨리 륜에게 전하는 편이 나았다.

궐 밖도 아령의 마음처럼 어수선하여 인파가 평시보다 많았다. 무슨 재미난 구경거리라도 났는지 북문 쪽으로 사람들이 꾸역꾸역 모여들 간다.

그러나 아령은 그런 데 정신을 쏟을 틈이 없었다. 수문장으로 보이는 자가 진왕부의 주작기로 아령을 알아보며 예를 취했다. 아령도 반갑게 마주 인사했으나 그의 말은 실망스러웠다.

"옥패가 있으셔도 오늘은 불가하십니다. 궐을 출입하는 자를 엄히 경계하란 황명이 있었습니다. 송구합니다."

"진왕께서 왕부로 보낸 사람이 혹시 나왔습니까."

그는 이리저리 확인하곤 다시 고했다.

"아직 없었습니다."

"그럼 물건만이라도 전하겠습니다. 호위장, 익비를 불러 주십시오."

그는 그러마, 하곤 사람을 보내 주었다.

초조하게 기다리는 시간은 더디 갔다. 땅거미가 내려앉기 시작할 때까지도 시원스러운 소식은 없었다. 가끔씩 여닫히는 틈새, 그 분위기로 보아 안에서 무슨 난리가 벌어지긴 하는 모양이다. 궁인들의 긴장한 표정과 부산스러운 움직임이 심상치 않았다. 어쩌면 그녀의 지편조차 저리 길을 잃고 헤매고 있을까.

"이리 서 계시게 해 송구합니다. 얼른 전하도록 당부했습니다."

"저는 아무래도 좋으니 일만 바로 살펴 주십시오."

그럼에도 머릿속에선 오만 가지 생각이 들끓었다. 그는 왜 날 부르지 않은 걸까. 왜 아무 언질도 해 주지 않았나. 그의 일을 괜히 방해하는 건 아닌가. 이리 귀중한 기록을 함부로 내돌려도 될까. 그러나 아무리 생각해도 그녀의 판단은 옳았다.

"소저, 어쩐 일이십니까. 왕부에 계시지 않고요."

익비가 다급한 목소리로 아령을 찾았다. 아령은 반갑게 그를 맞으며 지편에 대해 물었다.

"실은, 안이 좀 아수라장이라 받지 못하신 것 같습니다. 말씀드리긴 뭣하지만……."

"태감 맹 씨가 왕부에 들어 대강 들었습니다. 전하께선 왜 저를 부르지 않으십니까. 제 몸이 어디가 편치 않다고요."

아령이 얼른 알은체를 하니, 그의 얼굴에 당황이 번졌다.

"일이 좀 급박하게 일어났습니다. 그러나 지난번 증언하실 건 모두했고, 또한 전하께선 소저가 불미스러운 일로 사람들의 시선을 사는 걸 매우 저어하십니다. 부디 안전한 왕부에 계셔 주십시오. 저로서도 지금은……."

아령은 얼른 고개를 끄덕였다. 그도 뜻이 있어 부르지 않은 걸 테니. 대신 준비했던 보따리를 내밀었다.

"애타게 찾으시던 것이라 바삐 가져왔습니다. 매우 중한 것입니다. 반드시 직접, 진왕께만 전해야 합니다."

"여부가 있겠습니까. 하지만 소저를 이리 돌아가시게 하기엔……."

"호위가 열이 넘습니다. 제 몸도 꽤 편안하고요."

아령이 두 주먹을 불끈 쥐어 보이자, 익비는 긴장한 얼굴을 풀곤 잠깐 웃었다.

"곧장 온 길로 진왕부로 돌아가겠습니다. 걱정 마십시오."

익비는 수하, 진용에게 명했다.

"너는 소저를 단단히 모시거라."

예상대로 사람들의 논의는 늦은 밤까지 이어졌다. 태자의 죄과들이 입을 다물 수 없이 계속 쏟아졌기 때문이다. 그러나 그런 것들은 중간에 걸친 자들에게 뒤집어씌우고 꼬리를 끊으며 태자가 지시한 건 아니다, 선처를 호소하며 빠져나갈 수도 있는 것들이다.

그러나 명가 문제에 관한 지점에선 타협할 수 없이 맞서게 되었다. 태자의 필체가 확연한 밀지가 모두 볼 수 있도록 펼쳐진 앞에 문청이 절절하게 눈물을 흘리며 증언했다.

"진월산 식구들은 그저 일부였고 이용만 당했을 뿐입니다. 저희가 아무리 도적질을 업으로 삼더라도 어찌 대명가를 멸하고 그리 급히 잡혀 죽을 짓을 하겠습니까. 제 형이 분명 큰 죄를 지었으나 재물을 약속하는 데 속은 것뿐입니다! 그것은 분명 장 장군에게서 훔친 것입니다!"

연이어 매은의 주장이 이어졌고, 아령이 증언한 기록들이 속속 거론되었다. 모든 증언이 태자를 가리켰다. 앞뒤가 딱 맞아떨어지는 산 사람들의 증언에 장가와 태자의 패들은 당황하면서도 그들의 주장을 뾰족하게 세웠다.

"조작된 것이옵니다. 태자 저하의 필체가 아니옵니다. 태자 저하께서 대체 무슨 이유로 그런 짓을 하시겠습니까."

"저는 이번뿐 아니라 7년간 계속 죽을 고비를 넘기며 도망만 치며 살았습니다. 이 밀지가 가짜라면 왜 장가에서 절 죽이려 계속 사람을 보냅니까!"

문청이 억울함을 호소하자, 태자를 지지하는 패들은 계속 고집을 피웠다.

"이는 몇몇이 입을 맞춘 모함일 뿐입니다. 밀지는 조작입니다!"

"그럼 용천 마을에서의 군사 충돌은 무엇을 뜻하오? 장모균이 적호병을 끌고 왜 진왕이 이끄는 나라 군대에 맞서 싸운 것이오? 저 문청 하나를 죽이려 사병을 삼백씩이나 보냈다는 자체가 밀지가 진짜란 뜻 아니오!"

"그것은 자, 장가의 노비인 줄 알았던 명아령을 잡으러 간 것입니다."

"말이 되오? 계집 노비 하나를 잡자고 수백의 사병을 푸는 게?"

"폐하! 국법을 어기고 사사로이 사병을 오천이나 키운 자체가 역력한 역모의 증거이옵니다. 장모균과 태자를 엄벌하소서!"

한편 중도를 지키던 자들과 그동안 장가들의 기세에 제 목소리를 내지 못하던 사람들 또한 한목소리를 냈다.

"역모라뇨? 억울하옵니다! 호위의 수가 많아진 것뿐, 여태 별 무리를 일으키지 않으며 집안을 지켰을 뿐입니다!"

그러나 저들의 무죄를 주장할 장모균도 장주원도 병중인 게 컸다. 태자는 자신의 전각에 엄중히 감금된 상태였고, 황후 홀로 발을 동동 굴렀으나 금군이 교태전을 둘러싸 제 사람 하나 편히 들이고 내보내지 못했다. 구심점을 완전히 잃은 그들은 대응할 방어책조차 없이 무참히 깨져만 갔다.

반면 반대되는 증거들은 끝도 없이 쏟아졌다. 박지가 목숨을 걸고 나섰다.

"역심을 품은 증거는 저도 가지고 있습니다! 저는 태자께 비상을 꾸준히 댔습니다. 음식이나 약의 방법은 철저히 가로막혀, 황상의 침전에 조금씩 가루를 뿌려 호흡기와 피부로 아주 조금씩 중독이 되는 방법을 썼습니다. 지금 황상의 낯빛이 그 증거입니다! 태감 오 씨의 처소를 뒤지고 심문하십시오."

사람들이 동요하기 시작할 때 또한 누군가가 외쳤다.

"적호병들은 상명원 근처로 배치될 예정이었습니다. 그들이 주고받은 명령서와 물자의 배치입니다."

참고 참았던 황제가 무시무시한 눈으로 대로하여 소리쳤다.

"이 많은 증거들이 역모가 아니라? 짐의 목에 칼은 겨눴지만 죽이려 들지 않았단 헛소리를 하는 것이냐!"

피를 흘리지 않을 뿐, 이 또한 연극판. 앞장선 사람은 황제고, 뒤를 맡는 건 륜이다.

실상 '오늘'이라는 시점은 적당할 때 벌여 준 태자의 유흥에서 비롯된 기습이었으나 오랫동안 치밀하게 준비된 것. 게다 전쟁은 대전에서만 펼쳐지는 게 아니었다. 철저한 각본에 따라 증인들이 고변하고, 사람들이 동요에 동요를 거듭하는 적절한 때 '역모'의 패가 던져졌다.

"남원경의 백호군과 우리의 주작군이 적호병, 오천 병력을 무장 해제시키는 데 성공했다 합니다."

한쪽에서 수하가 다가와 은밀히 보고하니 륜의 눈썹이 짝, 올라갔다. 그가 덧붙였다.

"주요 무기고 스무 곳을 모두 털어 증거를 확보했습니다. 조금이라도 직급이 있는 자 삼백여를 모두 색출해 지금 압송 중입니다. 나머지 졸개들은 숙소에 구금해 두었습니다."

장가들은 마치 륜의 편인 것처럼 알맞은 때 알맞은 죄의 흔적들을 착착 흘려주었다. 이것이 말들 하는 천운인지.

"증언할 자들은 확보되었다더냐."

"심어 놓은 반간들과 투항한 자 몇이 나설 수 있다 합니다."

"사상자와 도망자는?"

"거의 없습니다만 삼백은 이미 무리에서 이탈했다 합니다. 주작군이 쫓고 있으니 크게 걱정하지 않으셔도 됩니다."

륜은 찬찬히 고개를 끄덕이며 이 연극판이 원하는 끝을 볼 수 있도록 지휘를 계속했다. 아직 던져야 할 가장 중요한 패가 남아 있다.

그때 보따리를 든 익비가 나타나 손에 든 걸 륜에게 내밀었다. 그것을 풀어 든 륜의 눈이 커다래졌다.

아령이 돌아오는 길은 조금 어수선했다. 붉은 노을 속에서 승전보처럼 북을 둥둥 울리며 백호기와 주작기가 지나간다. 포승에 묶인 사람들이 줄줄이 지날 때 그들이 입은 적호병의 군복을 보고 사람들은 장가들이 무언가 결판났다는 걸 알았다.

여기저기서 손가락질하며 웃는 소리가 끊이질 않았다. 어디에선 "만세, 만세!" 하는 소리가 들리며 흥겨운 분위기마저 연출되었다. 그들을 압송하는 군관들의 표정은 지엄하기 그지없었으나 백성의 환영에 조금 우쭐거려지고 격양되는 듯 피를 보지 않은 승전을 자랑스러워했다.

"진용, 그대도 알고 있던 바요?"

호위들에게 둘러싸여 말을 타고 가는 중, 아령이 물으니 진용은 얼굴을 붉혔다.

"저 같은 아랫것이 무엇을 알았겠습니까. 그야말로 기습이었던 것 같습니다. 조정의 일이 아무래도 심각하게 돌아가는 것 같습니다."

그제야 륜이 보고를 주고받던 내용이 머리를 스치며 이것이 우연이 아님을 짐작했다. 그것은 그녀가 이름을 찾기 전 등후궁에서부터였다. 그는 실로 줄을 타는 광대처럼 한 발 한 발 신중한 걸음을 내딛는 것이다.

올 땐 그나마 한산하던 거리는 언제 소문이 퍼졌는지 구경하러 나온 사람들로 북적거렸다. 황성 근처에 다다르니 일부는 포승에 묶여 끌려오는 적호병들에게 돌팔매를 던지며 "죽어라 이놈들!" 하고 분풀이를 하다 저지당하기도 했다. 금군들은 쓸데없는 소요가 일어나지 않도록 긴장을 늦추지 않았다.

아령조차 불안하면서도 조금은 들뜬 마음으로, 몰려드는 인파를 거꾸로 헤치며 걸음을 재촉했다. 왕부 대문의 문 앞에도 황성으로 향하는 걸음들과 진왕부를 향해 만세를 부르는 자들로 득시글댔다. 아령은 호위 하나를 먼저 보내 문을 열게 지시했다.

그런데 그는 지팡이를 짚고 선 웬 늙은이 하나와 시비를 벌였다.

"명가의 아령 소저를 뵙게 해 주시오. 내가 명가와 주인 나리에 대해 아는 게 있소. 중요한 이야기니 제발 좀 뵙게 해 주시오!"

"아니 되오. 오늘은 윗전들이 계시지 않으니 나중에 다시 오시오!"

"나중은 소용없소! 지금…… 지금 꼭 뵈어야 하오!"

"아니, 모두들 아니 계신다니까."

아령은 잠시 망설이다 모른 체하며 일단 왕부 대문의 열린 문으로 말을 탄 채 들어섰다. 그러나 누군지 궁금하여 그를 슬쩍 쳐다볼 수밖에 없었다. 동시에 눈을 마주친 늙은이는 반색하며 아령에게로 달려들었다.

"소저, 저를 못 알아보시겠습니까."

아령은 깜짝 놀라 몸을 비틀며 말 위에서 몸을 피했다. 고개를 든 늙은이의 눈동자는 젊고 아주 익숙하다. 순식간에 아수라장이 펼쳐지며 호위들이 아령을 둘러쌌다.

공격해 들어오는 건 노인만이 아니었다. 인파 속에서 수십의 사내가 튀어나와 갑자기 달려들었다. 적과 행인을 구별할 수 없이 주먹과 발길질, 칼끝이 쏟아졌다. 호위들이 다급히 막았으나 얇은 호위망은 쉽게 뚫렸다. 몸놀림이 비상했던 노인만은 피하려 아령은 열린 진왕부의 문틈으로 몸을 숨기려 했다.

그러나 순식간에 뒤로 쳐들어온 그는 견정혈을 제압하는 동시에 천주혈을 사정없이 찍었다. 머리 뒤쪽이 뜨끔하다. 순간, 어둑해져 가던 하늘이 까맣게 점멸했다.

그것은 거스를 수 없는 커다란 급물살과도 같았다. 수십 년 동안 백성을 무한대의 곳간으로만 여겨 털고 쥐어짜던 일부 무리에 대한 울화와 분노. 7년 전 잠깐 맛보았던 어진 참정치. 그 이상향의 그리움은 사람들의 마음속에 찬찬히 자라났다.

모두들 같은 생각을 할 수밖에 없었다. 태자를 비호하는 사람들조차도.

'경을 태자 자리에 앉혀 두는 건 불가하다.'

그 급물살은 오직 저들의 이익만을 추구하던 장가의 거대한 둑을 무너뜨리며 넘쳐흐르기 시작했다.

"당장 경을 태자에서 폐하심이 옳으십니다!"

"백성들의 옷을 벗기고 식량을 털어 제 주머니에만 넣은 죄들이 하늘까지 쌓였습니다."

"저런 살인귀를 다음 황위를 잇게 내버려 둘 순 없습니다!"

그러나 장가들이 여태 쥔 기득권을 어찌 쉽게 놓으려 할까.

"아랫것들이 똑바로 모시지 못한 탓이니, 그 나인과 태감들을 벌하시면 될 일입니다."

"그렇습니다. 월령궁의 일은 옳지 않으셨으나, 처음이니 뉘우치고 반성하실 기회를 주십시오."

"시신이 저리 잔뜩 나왔는데 겨우 옳지 않아요? 처음이요? 참회와 반성이라뇨! 저런 괴취미를 가지고서 다음 보위를 잇는 게 말이 됩니까!"

"정비의 유일한 아드님이십니다. 정통성이 훼손되면 나라의 기강이 무너집니다."

"나라의 기강은 태자, 경이 무너뜨리고 있어요! 경과 같이 살육과 피에 미친 인물이 황위를 이으면 그대의 목숨은 말짱할 줄 아오? 죽은 명귀춘을 보시오. 당신의 일가는 그리되지 않으리란 보장이 있소?"

"무슨 소리요? 명가 사건은 난데없는 모함인 것을요!"

"그렇습니다. 태자께서 명가를 멸하라 지시하실 이유가 무엇입니까."

대낮같이 불 밝혀진 대전 안에서 공론은 끝도 없이 이어졌다.

륜이 명귀춘의 기록을 내밀었을 때 황제의 눈빛은 낮게 가라앉았다.

결심을 했음에도 끝까지 번민했던 것. 그러나 이것은 하늘의 뜻.

황제는 명귀춘의 기록을 사람들 앞에 펼쳐 내보이도록 시켰다. 태감들이 그의 기록을 돌리며 일일이 확인시켜 주었다. 여러 사람이 오소소, 소름이 끼치는 걸 느끼며 기록을 핥듯 읽어 갔다.

"태자 경은 짐의 아들이 아니다! 명귀춘은 그 사실을 알아낸 까닭에 죽었다."

장내는 찬물을 끼얹은 듯 조용해졌다.

"태자, 경의 아비는 장모균이다. 태자는 그 사실을 알기에 명귀춘과 명가를 철저히 멸할 수밖에 없었다."

사람들이 먼저 눈에 담은 것은 태자가 잉태될 당시 궁궐의 출입 기록. 6개월간 한 달 중 특정한 기간에만 장가 여인들의 출입 기록이 몰려 있었다. 홍점이 찍힌 장은정, 장문경, 장소희라는 세 '장가 여인'은 어디에도 없는 사람이었다. 이어서 푸른 글씨로 그의 개인적 의견이 주석으로 달렸다.

「나인 공 씨, 이 씨가 이후로도 황후와 장모균이 부적절한 관계를 맺어 왔음을 시인했다. 태자는 황상의 아들이 아닌 것으로 보이며 이를 밝혀야 한다.」

이어 태감들이 나인 공 씨와 이 씨의 기록을 찾아 함께 보여 주었다. 황당하게도 두 사람이 죽은 날짜는 비슷했는데, 을해년의 그날과 이튿날이었다.

"그대들이 또 아니라고 우기면 어쩌랴. 그러나 태자와 황후, 그리고 장모균의 얼굴을 아는 자들은 모두 느끼는 바가 있을 것이다. 군왕은 무치라 하나, 어찌 지아비로서 부끄럽지 않을 수 있을까."

륜은 그 증거로 명귀춘의 이첩 전 내용들도 함께 내놓았다. 그러나 이첩된 것만도 그날그날 적은 것들로 상세하고도 정교하여 도저히 '조작되었습니다.' 라는 말이 떨어지지 않을 정도였다.

황제는 눈을 감았다. 서로간의 미움이 죄를 부른 것이다.

억지로 부부의 연을 맺었으나 정은커녕 증오만 가득하니 교접에 교접을 반복해도 아기집은 들어찰 기색이 없었다. 지치고 물려 넌덜머리가 날 때쯤 경을 가졌다 하여, 오히려 얼마나 홀가분했던가. 경을 가진 뒤론 서로 남이나 마찬가지였다.

그래, 저도 진저리 나고 싫었겠지. 집이 문제가 아니라 씨가 부실함을 탓했음은 자명하다. 아들은 낳아야겠고, 씨도둑은 못 한다지만 누가 외탁을 의심할까. 그것이 사통의 시작. 느낌으로 알던 걸 명귀춘은 확인해 줬을 뿐이니, 모든 게 짐의 죄과이다.

"그러나 경은 황후가 낳은 아들이니 어찌 짐의 아들이 아니라 할까. 허니, 그대들은 경이 지은 죄과들로만 태자의 폐위를 논하라."

태자에게 죄를 뉘우칠 기회를 주자고 변명하던 사람들의 목소리가 쏙 들어갔다. 사람들의 목소리는 태자를 폐하는 절차를 논의하는 데까지 빠르게 치달았다.

한숨을 내쉬며 륜은 대전에서 물러났다. 온몸의 기운이 죽 빠지는 것같이 안도감이 몰려왔다. 모든 게 완벽히, 더 이상 완벽할 수 없이 잘 뒤집어엎은 한판승이었다. 곧 한 나인이 이음매에 '령' 이라 쓰인 지편을 내밀었다. 무언가 느낌이 이상하다.

「소체를 하다 정표로 주신 목걸이가 가리키는 것을 찾았습니다. 오늘 급하게 쓰임이 있을까 싶습니다.

－령아」

목걸이가 가리키는 것은 이미 와서 저 할 일을 백분 하고 있는데,

왜 지편은 이제야 도달한 것인가. 륜은 익비를 찾아 급히 물었다.

"진왕부에서 지편이 도달했다는 전갈을 못 받았더냐."

"아니, 아니요. 아령 소저가 궁에 들지 못해 기다리신다는 전갈만 아까 받고……."

지편이 이제야 들어왔다는 뜻은 누군가 확인하고 그에게 돌려주느라 늦었다는 뜻.

"아령이 직접? 너, 아령을 진왕부에 무사히 데려다줬겠지?"

익비의 눈동자가 불안하게 흔들리며 침을 꼴깍 삼켰다.

"아, 그것, 그것이……. 말로 달리면 일각이면 닿을 거리니 진용더러 잘 모시고 가라고……."

그러나 륜은 그대로 몸을 일으켜 급히 걸어 나갔다. 익비가 따랐다.

"호위가 몇이더냐."

"열, 열이 좀 넘었습니다."

물론 그의 판단이 틀릴 수도 있었다. 그러나 륜은 직접 확인해야 했다. 하려 들면 왕부에 가만히 있었대도 해를 피할 수 없다.

"아니, 지금은 퇴청하시면 안 되는 중요한 때……."

"닥쳐라."

넓은 황궁을 가로질러 뛰는 마음이 다급했다. 그의 마음에 7년 전 공포가 되살아났다. 불길한 예감은 어찌 이리 잘 맞는지 왕부 대문 앞이 아수라장이다. 진용이 다급히 뛰어와 그에게 울부짖었다.

"소저가, 소저가……!"

"향이 피워졌느냐. 아령이 죽었느냐!"

"아니요, 아니요. 잡혀…… 사로잡혀 가셨습니다!"

륜은 그대로 바닥에 쓰러져 나뒹구는 자를 잡아 일으켜 멱살을 쥐고 윽박질렀다. 그의 눈빛이 무섭도록 번들거렸다.

"네 주인이 어디로 오라, 시켰더냐."

무언가 이상하게 뺨을 툭툭 쳐 아령은 눈을 떴다. 땅이 울렁거리며 다가왔다 멀어진다. 보이는 건 융단처럼 끝없이 깔린 젖은 나뭇잎과 움직이는 말발굽. 몸을 그대로 늘어뜨린 채 주변을 살폈다. 안장에 엎드린 채 묶여 실려 가는 중이다.

　　말 탄 사람이 스물 남짓. 그러나 양손도 두 다리도 묶여 있다.

　　함부로 몸부림치는 바보짓은 하지 않았다. 그래도 목을 죄며 계속 뺨을 때리는 건 거슬린다. 슬쩍 보니 인장 목걸이. 피식, 웃으며 그나마 조금 움직여지는 손으로 목걸이를 빼냈다.

　　"저 계집이 오히려 짐이 되지 않겠습니까."

　　수하 중 하나가 볼멘소리를 했다. 그러나 대답은 없다. 허옇게 죽죽 뻗은 자작나무가 무성한데, 지형마저 익숙하여 조용히 눈알을 굴리니 백운산이다. 아령이 살던 매은의 숙소 쪽으로 가지 않고, 백운궁으로 빠진다.

　　"오히려 남방으로 도망쳐 뱃길을 택하시는 게 모두 살 확률이 큽니다!"

　　적호병의 잔당들이구나. 대장과 그들 사이에 미묘한 신경전이 느껴졌다. 마침 갈림길. 그 틈에 아령은 손가락을 힘차게 퉁겼다. 인장 목걸이가 유유히 하늘을 날아 두 장 높이의 나뭇가지에 척, 걸린다. 적어도, 누군가 이 근처까지 날 찾으러 온다면.

　　자신감이 생기니 좀 더 대담해졌다. 높은 덴 손이 닿지 않아 아쉽지만 그래도 닥치는 대로 나뭇가지를 꺾고 풀 잎사귀를 훑어 흔적을 남겼다. 그라면, 아니 그의 수하라도 이쯤은 쉽게 알아볼 것이다.

　　그때 웃, 하며 아령은 신음을 삼켰다. 기다란 가시다.

'탁!'

동시에 누군가 손을 잡으며 무섭게 내려다본다. 경방 오라버니?

"옳지, 잘했구나."

그가 말에서 가볍게 내려선다. 늙은이의 가면이 벗겨진 하얗고 고운 얼굴이 처음으로 소름 끼치게 두려웠다. 그 눈빛이 태자의 것 같다.

"그렇더라도 다치지 않았니."

동시에 꽉 눌리는 견정혈. 손가락이 죽 펴지며 힘이 빠졌다. 길고 가느다란 혓바닥이 손끝에 맺힌 핏방울을 찬찬히 핥다, 그대로 입안에 빨아 넣는다. 아령은 진저리 치며 아픔을 감수하고 "으윽!" 손가락을 뺐다.

"아프겠다, 응?"

손이 냉정히 던져지며 그 손이 아령의 머릿속을 부드럽게 문지른다. 두피가 애무당하는 것 같은 기괴한 불쾌감에 머리를 거칠게 빼니, 머리칼을 꽉, 쥐어 잡는다. "헉!" 신음을 흘리며 머리가 뒤로 젖혀져 그의 눈과 마주쳤다. 얇은 입술이 쌩, 웃는다.

입을 맞췄다간 입술을 끊어 내 주리라. 온 힘을 다해 노려보는데, 그는 이마에 촉, 입을 맞추곤 그대로 아령을 거꾸로 매달았다.

"소저가 피로하시다. 얼른 움직여라!"

그가 다시 말에 오르며 재촉했으나, 볼멘소리를 했던 수하가 머뭇거리며 재게 몸을 움직이지 않는다. 칼처럼 매서운 목소리가 떨어졌다.

"태자가 폐해지고 진왕조차 없으면, 다음 황위는 누가 이을 듯싶으냐!"

다들 주춤거렸다.

"위에는 무장한 우리 적호병, 삼백이 기다린다. 진왕이 오면 이 아이가 미끼가 되어 줄 것이다. 진왕만 죽으면! 너희는 다 산다. 살길을 트고 싶으면 내 명을 죽을 각오로 따라라!"

더 이상 잔말은 없었다. 아령도 나뭇가지를 꺾던 손을 황급히 오므렸다. 그걸 눈에 담는 경방의 손끝이 머리의 천주혈을 다시 한번 찍었다.

아령이 다시 눈을 떴을 땐 백운궁의 신당 안이었다. 탑과 칼을 든 세 신상이 그들을 심판하듯 내려다본다. 향이라도 피우려는 듯 경방은 향로 앞에 섰다. 제단 앞은 제를 지내려는 것처럼 온갖 것이 차려져 있었다.

"깼니?"

아령이 옷차림에 깜짝 놀라 진저리 친다.

"무슨…… 무슨 짓을 하시려는 겁니까!"

경방은 아령에게 붉은 혼례복을 입혀 놓았다. 묶인 팔다리를 바르작거리는 걸 보곤 피식 웃었다.

"네 스스로가 진왕을 잡아다 줄 미끼라지 않았니. 원대로 해 주마."

그리 말하는 음성이 제 심장을 도로 찌른다. 넌 그저 진왕에게 해될 것만 애달프구나.

"그는 대전에 있습니다! 진왕께선 제가 여기 있는 줄은 꿈에도 모를 겁니다."

"아니, 내가 그리 줄줄 흘렸는데도 구하러 오지 않는다면 그는 널 조금도 생각지 않는 것이다. 그걸 확인하고프냐."

아령의 표정이 흐트러지니, 경방은 작게나마 희열을 느낀다.

"그를 희생하고 제가 사느니, 차라리 죽겠습니다."

그러나 곧 돌변하는 비장한 표정에 가슴이 무너지는 쪽은 경방.

"너는 끝까지! 나를 배신하는구나."

"배신은 오라버니가 하셨잖습니까. 저를 7년이나 속여 오직 진왕을 해하는 데만 이용하지 않으셨습니까!"

"모든 건 너를 위해서였다!"

"또 그 소리! 참으로 지겹습니다. 저를 위해 기억을 지우고 노비로 만드셨습니까, 자백환까지 먹이면서요!"

경방은 기운 없이 웃었다. 넌 나의 희생을 그딴 식으로 비웃는가.

"저는 가영궁에 있을 때부터 탕약이 기억을 지운단 사실을 알았습니다. 그렇더라도 치료를 위해 어쩔 수 없다, 끝까지 오라버니를 믿고 싶었지요."

"그래, 그러지 않았다면 넌 살해당했을 것이다. 너는 얼마나 많은 순간을 내 덕에 산 줄 아느냐. 잘못되면 책임을 씌우기 위해 피범벅의 널 내게 떠맡긴 게 우리의 시작이었지. 나는 명가를 멸하는 데 참여한 적이 없다."

아령의 눈동자가 이제야 흔들린다. 싫달 땐 억지로 들이밀고서, 정을 들여 놓으니 그들은 아무 때고 널 죽이려 들었다. 널 사랑하지 않으려 나는 얼마나 애썼던가.

"남들은 몰라도 너만은 알아야 한다. 나는 저 신 앞에서도! 당당하다."

여덟 개의 팔로 도검과 창을 든 신상이 세 개의 머리, 아홉 눈으로 두렵도록 노엽게 내려다본다.

"네가 기억을 찾은 것도 네가 잘나서인 줄 아느냐. 아니다! 나는 네 생기를 어떻게든 살려 놓으려 약을 줄이고 줄였다. 네 그 잘난 무술 수련조차도 네 몸을 어떻게든 버티게 하려 익히게 허락했다, 알아!"

아령은 대답 대신 고개를 돌렸다.

"나는 널 위해 늘! 언제나 위험을 무릅썼다. 너무도 사랑하여 내가 할 수 있는 나의 최선을 끝까지 다했다. 그런데 넌 어쨌느냐. 널 이용했다 원망만 하지 않았느냐, 나를 개 보듯 하지 않았더냐, 날 버리고 그리 도망치지 않았더냐!"

"……."

"내 별호가 무언지 아느냐. 장가의 개! 내가 그리 산 건 너 때문이었단 말이다, 오직 너를 위해서!"

아령의 눈가가 파르르 떨린다. 조그맣게 떨어지는 한 방울의 눈물. 그래, 너도 알겠지. 모를 리가 없지. 내가 널 얼마나 아꼈는지.

"오라버니를 피해 도망치는 방법을 택한 건, 저로서는 최대한의 예의였습니다. 하지만 오라버니는 이런 식으로 서로의 마음을 완전히 부수며 끝장을 내시는군요."

아니, 너는 모르는구나.

눈을 감으면 아직도 어리디어린 아령의 목소리가 귓가에 들린다. 약을 먹고 정신을 잃어 가면서도 울먹였다. 오라버니, 아니 가시면 안 됩니까. 또 오마. 내달은 싫습니다. 오라버니와 하루만, 내일 하루만 더 있으면 아니 됩니까.

나는 언제, 어디로 되돌아가야 널 되찾을 수 있을까.

"그래, 널 이리 잃은 이유는 널 너무 사랑해서다. 널 억지로라도 취하고 첩으로 삼았다면 널 잃지 않았을 텐데. 설마, 널 품을 방법이 없어 놓아둔 줄 아느냐."

나보다 널 더 아끼지 않았다면 어찌 이 지경이 되었을까. 문득 어느 날엔가 잘난 체하던 진왕의 비웃음이 귓가에 맴돈다.

'너는 마음이 약하다. 그래선 소중한 걸 잃기가 쉽지.'

경방은 큰 숨을 들이켜며 결심을 굳혔다. 진왕을 생각하니 피가 거꾸로 돈다. 같은 황제의 아들일진대 저와 내가 다른 게 무언가!

문틈으로 잠시 잠깐 본 영상. 아령은 진왕의 몸뚱이 아래 발가벗은 채 누워 있었다. 양물을 들이박더라도 그때는 가만두어야 했다. 난 가느다란 네 목을 비틀어 죽이고 싶다.

"아니요! 전 그딴 데 연연하며 첩으로 살진 않았을 것입니다. 오히려 오라버니를 떠났겠지요.”

그래, 그래서였지. 나만큼 널 잘 아는 사람이 또 있을까. 경방의 자조 섞인 헛웃음이 드넓은 신당을 공허하게 울렸다. 어쩌느냐, 나는 이리도 고고한 네가 좋은걸.

그사이 아령은 조용히 손을 움직였다. 겨우 반쯤 되었나. 질긴 짚으로 꼬아 만든 포승이나 빠져나오는 법을 익혔다. 경방은 모든 걸 체념한 듯 한쪽의 탕약 그릇을 집어 들었다. 익숙한 악취.

“나는 네 모든 걸 용서하마. 진왕에게 다리를 벌린 것쯤, 다 잊게 해주마. 내 정성을 다해 네 뱃속을 내 것으로 가득 채워 주마.”

그러나 등 뒤로 묶인 팔다리는 다시 꽉, 옥죄어진다. 아령은 손을 더이상 빼지 못하고 뒤집어진 벌레처럼 몸을 뒤틀었다.

“우리, 옛날로 돌아가자. 내가 다시, 잘해 주마.”

널 다시 순백으로 만들어 나를 찬찬히 새겨 주마. 이번엔 제대로 해줄 것이다.

목이 뒤로 젖혀지며 입과 코에 약이 들이부어졌다. 순간, 아령은 숨을 미리 들이켜곤 호흡을 완전히 닫았다.

“크흐흡!”

“입을 벌려! 이것만이 네가 살 유일한 길이다!”

이가 절대 열리지 않으니 명치를 누르며 호흡을 열려 한다. 그러나 세상에서 가장 평온한 풀밭에 누운 것처럼 아령은 그대로 온몸을 늘어뜨렸다.

밖이 소란스러워진다. 그러나 아령은 극도의 집중을 딱 한데로 쏟았다. 숨을 멈추는 데. 오감마저 닫으니 세상이 사라지는 것 같다.

그래, 이해한다. 오라버니는 나를 몹시도 사랑했다. 그러나 나는 륜을 몹시도 사랑했다. 명아령은 잉태되던 순간부터 륜의 비. 그를 잃고 싶지 않고, 그를 사랑했던 그 모든 기억을 또 잃고 싶진 않다. 차라리 나를 잃어 모든 걸 지키겠다. 생이 끝나더라도.

그때 '텅!' 하는 둔탁한 느낌과 함께 쏟아부어지던 약이 끊겼다. 세상과 분리되었던 아령은 질질 끌리며 칼날이 목에 겨눠지는 느낌에 찬찬히 오감을 열었다. 눈앞엔.

왜! 여길 오셨습니까.

"죽일 셈이냐!"

아령은 소리치지 못했다. 륜이 칼을 들고 무섭게 경방에게 고함을 치고 있었다. 그를 따라 포위를 뚫고 신당 안으로 뛰어든 자는 겨우 여덟. 그러나 밖은 꽤 요란하다.

"약은 충분합니다."

경방은 가득 찬 독에서 약을 다시 퍼 아령의 목에 칼을 겨눈 채 입에 쏟으려 했다. 다시 한번 암기가 휘돌아 날며 사발에 튕겨졌다. 약사발이 공중제비를 돌며 사방에 흩뿌려지곤 가장자리만 깨진 채 털그럭, 덜덜, 요란하게 맴을 돌다 멈췄다.

약물이 쏟아진 자리의 비단과 마룻바닥이 꺼멓게 죽어 간다.

"너는 이리 독한 걸 7년이나 아령의 배 속에 강제로 넣었다. 오라버니를 자처하며!"

륜은 칼을 겨누며 경방에게 다가섰다. 그러나 경방이 아령의 목에 제대로 날을 들이밀자 멈칫, 놀라며 멈추어 선다.

"내가 너라면 차라리 데리고 도망쳤을 것이다. 남방국의 끝자락 섬으로 가, 논밭을 갈며 행복하게 살았을 것이다. 북방의 이족 속에서 도망친 와국 죄인 취급을 당하며 손가락질을 받더라도! 어떻게든 아령을 위해 살길을 텄을 것이다. 너처럼 제 길 트는 도구로 삼는 대신!"

"너 따위가 뭘 알아!"

경방은 한 번도 그리는 생각해 보지 않았다. 그럼, 시비는, 재산은, 궁궐은! 더 기어 올라가도 시원찮을 판에 그런 추락이라니. 경방이 손을 바들바들 떨며 아령의 목에 바싹 날을 들이댔다. 거칠어진 들숨에 살갗에 얇게 파고드니 륜의 목소리에 더욱 날이 선다.

"장가의 개? 그건 네 선택이었다. 넌 아령이 아니라 황자의 신분을 몹시도 사랑하였다."

"아냐, 아냐!"

그러나 깨끗하게 닦인 놋쇠 향로에는 아령의 목에 날을 들이대는 자신이 괴물처럼 찌그러져 비친다. 아니다, 이기면 그뿐!

사방에서 고함이 들리며 싸우는 소리가 요란하다. 전각을 둘러싼 적호병은 겨우 삼백. 매은이 궐에 든 틈을 타 제압한 승려와 제자들마저 풀려났는지 호통 소리가 시끄러웠다. 그러나 밖의 형세가 어쩌든 이 판은 단번에 뒤집을 수 있다.

"잡아라!"

경방의 명에 기척을 죽였던 스물의 정예가 천장과 신상 뒤에서 일시에 뛰쳐나왔다.

"우리는 진왕만 죽이면 무조건 산다. 진왕을 죽이는 데만 집중해라!"

그러나 그들이 입과 코를 가린 걸 보곤 륜은 빈 향로에 신경을 빼앗겼다. 동시에 '치익, 탁!' 하며 노란 향에 불을 붙이는 건 저 먼 구석에 있는 자.

"안 돼!"

륜은 소리쳤다.

"령아, 숨을 참아라, 저 연기를 마시지 마!"

기다랗게 흰 연기를 풀어 헤치는 끝을 향해 날카로운 암기를 쐈지만 "으윽!" 하며 누군가 몸으로 막아섰다. 향을 든 자는 공중을 두 바퀴 돌아 연기를 흩뿌리며 큰 기둥 뒤로 피한다. 륜이 다시 쏜 암기가 긴 호선을 그리며 비표처럼 그를 따랐다.

"아아악!" 비명과 함께 향을 든 자가 쓰러지기도 전, 륜은 재빨리 달려가 향을 밟아 껐다. 동시에 '치익, 탁!' 노란 향 다발이 두 놈에게 더 피워지며 좌우로 흩어졌다. 그들은 전각 여기저기로 향을 흩어 꽂았다. 제대로 피우려 륜을 멀리 치운 것.

열 손가락 끝에서 륜의 암기가 칼 꽃처럼 어지러이 휘돌며 향의 대가리들을 모조리 끊어 냈다. 그러나 괴기스럽도록 향긋한 향취는 이미 온 전각을 진동한다.

경방은 벌써 기분이 들떠 희죽거리며 그 희부연 죽음의 연기가 자욱한 곳으로 아령의 머리채를 잡아끌었다. 아령이 흡족하게 들이마시지 않으니, 허리의 경문혈을 검병으로 사정없이 찍어 친다.

아령은 비명을 지르다 호흡을 "허헉!" 열어 버렸다.

"내가 널 살렸으니, 내가 거두는 것뿐. 억울하진 않을 것이다."

한번 들이켠 흰 연기는 더할 수 없는 유혹이다. 아령은 게걸스럽게 연기를 더 마셨다. 온몸으로 짜릿한 기운이 입과 코와 눈과 귀로 끝도 없이 스민다. 극락향의 이름처럼, 겨우 한 호흡으로도 천상에 도달한 듯 머리끝이 저릿하게 들뜨는 쾌감에 몸을 자잘하게 떨었다.

경방은 륜을 보며 비릿하게 웃었다.

"널 주느니, 차라리 죽여서라도 내가 갖겠다."

그걸 보는 륜의 심장이 두려움으로 무섭게 뛰며 온 신경이 곤두선다. 아령의 경련이 벌써 시작되었다. 까맣고 아름답던 눈동자의 초점이 흐려지며 심연으로 빠져드는데, 네게 다가갈 수 없다. 륜은 경방을 둥그렇게 둘러싼 자들에게 전력을 다해 악을 썼다.

"적호병은 모두 무장 해제되었다. 이제 너희가 돌아갈 곳은 없다. 너희는 경방에게 속고 있다!"

향을 피웠던 복면인들의 눈동자가 바쁘게 요동쳤다. 경방은 마주 소리쳤다.

"정신을 흩뜨리지 마라! 진왕은 거짓으로 너희를 현혹하는 것이다!"

"무예를 익혔으니 주변의 기운을 읽어라. 나와 함께 온 주작군은 너희를 전멸시키고도 남는다. 너희에게 지원군 따위는 없다. 너희들의 수장은 모두 금성으로 압송되어 옥사를 가득 채웠다!"

"거짓말이다, 진왕만 죽으면 너희는 모두 산다!"

아령은 세상이 빙글빙글 도는 걸 느꼈다. 헛되게 타올랐다 사그라지던 그 모든 욕망들. 생의 순간이 주마등처럼 빠르게 스치는데, 그 모두가 덧없다.

'……니까…… 무예를 더 닦아 금성에 사는 부인들의 호위가 되고 싶단 말입니다.'

반복되는 수련에 지치지도 않고 열심히도 칼을 휘둘렀다. 되지도 못할 호위가 되겠다며.

그러나 륜을 만났다. 이후론 그 어느 때 어느 순간에도 륜만이 세상에 가득했다. 그의 모든 것이 삶의 유일한 이유였다. 그가 옷을 벗겼고, 그래서 그를 만나고 싶었고, 그가 궁금했고, 그의 시선을 끌고팠다. 나를 보지 않는 그가 한없이 미우면서도 만지고 싶었다.

그와 얽는 입술의 감촉이 얼마나 달콤했던가. 맨몸으로 그의 품에 뜨겁게 안기는 게 얼마나 달고 좋았나.

아령의 몸이 바들바들 경련을 일으키며 흐트러져 갔다. 연기를 들이켠 후론 폐가 뒤틀어지듯 호흡이 되지 않는다. 일각 안에 죽는다더니. 숨이 막혀 죽는 것이로구나.

그러나 컥컥대던 건 아주 잠시뿐. 형언할 수 없는 쾌감이 온몸을 감쌌다. 죽음이란 얼마나 달콤한가. 이제는 쫓기지 않아도 된다. 무시당하지 않아도 된다. 쑤군대는 뒷말을 들을 필요 없다. 노력 따위! 하지 않아도 좋다. 누군가에게 이용당하지 않을 테다.

얼른 호흡이 끊어지며 온몸이 멸해지고 싶다. 저 앞에서 륜이 칼을 휘두르며 다가온다. 그래, 저것!

번들거리는 칼날이 너무나 유혹적이라 심장에 빨리 박아 넣고 내 피로 온 세상을 물들이고 싶다. 기억 속 륜의 품에 안겨 신음을 쏟던 아령은 륜의 칼끝을 보곤 그를 향해 유혹적으로 웃었다. 그의 칼에 죽다니! 이 얼마나 감미로운 끝인가.

"네 계집이 아니라 내 것이다! 이것 봐, 이것 봐!"

아령은 경방이 자신의 가슴 앞섶을 풀어 헤치는 걸 느끼면서도 헤실헤실, 륜에게 한껏 웃음을 쏟았다. 이젠 그가 나를 보고도 웃지 않는다, 왜? 거봐, 잘 기억해 봐. 륜이 날 얼마나 싫어했는지. 넌 죽어야해!

식구를 다 죽이고도 혼자 살아남은 년. 죽어도 벌써 죽었어야지. 라씨가 벗은 몸으로 다가들어 륜의 품에 안긴다. 나는 버려질 거야. 나만 죽으면 모든 게 다 잘될 텐데.

륜이 황위에 오른다. 남원경의 딸이 황후가 되어 륜의 곁에서 웃는다. 그녀의 큰머리 위 화려한 나비 장식이 곧 하늘로 날아갈 것처럼 화려했다. 륜이 손끝으로 톡, 치자 파르르 떠는 나비의 날개. 그래, 차라리 저 나비가 되고 싶다.

버려지기 전에 내가 버리리라. 당신의 칼끝에 내 심장을 들이박아 당신의 머릿속에, 가슴속에 살아 숨 쉬리라.

칼이 오는 게 더디다. 다행히 하나 더 있다. 경방이 제 목에 칼을 겨눈다. 응, 이건 싫다. 내 기억 속엔 온통 륜뿐인데. 내 모든 삶 속에서 그 모든 의미 있던 순간은 좋았든 슬펐든 가슴 아팠든, 그 모두가 당신과 함께하던 순간인데.

극락향이라더니. 나의 극락은 륜이었던가.

수하들이 심리적으로 무너지자, 당황한 경방은 륜을 자극하기 위해 아령의 앞섶을 부러 벗겼다. 붉은 혼례복 사이로 아름다운 젖무덤이 흘러내리며 희고 아름다운 두 다리마저 드러난다. 륜이 흔들린 건 순간뿐. 그의 눈빛은 곧 지옥의 야차처럼 두렵도록 빛났다.

저런 스물쯤이면 혼자도 충분하지 않은가.

"모두 넷이다!"

그러나 그의 손끝에 의해 수하 넷이 사방으로 흩어지며 숨어 있던 네 궁수의 목을 뺐다. 소란 속에 조용히 살을 먹이던 자들은 맥없이 칼을 바꿔 잡지도 못한 채 눈을 부릅뜨고 쓰러졌다.

"문을 부숴라."

이미 소용없어졌지만 사방으로 흩어진 넷이 손도끼로 경첩을 찍어 꽃살문들을 격파했다. 자욱하던 연기가 가시며 맑고 시원한 백운산 바람이 삭 불어 든다. 그러나 삶과 죽음이 교차되는 다섯 계단 아래 백병전은 다른 세상처럼 의미 없이 펼쳐졌다. 아령이 죽어 가고 있지 않은가.

"지금이다!"

궁수를 처리한 넷이 다시 륜을 호위하기 직전, 그가 홀로 된 틈을 타 차락, 쇠그물이 펼쳐졌다. 그러나 기척조차 숨기지 못하고 기둥 위에서 무거운 쇠그물을 던지던 자들은, 말이 떨어지기도 전에 그의 표창을 이마에 꽂으며 곤두박질쳤다. 빗나간 그물은 그의 검신에 걷혀 발아래 짓밟혔다.

"넌, 날 불러들이면서도 겨우 이 정도밖엔 준비하지 않았더냐. 나의 아령을 그렇게 만들어 놓고서!"

탕! 하는 두려운 칼날이 그저 빈 마룻바닥을 쪼갰다. 그러나 그 강기는 남은 자들의 몸과 마음을 오그라들게 했다. 륜은 소리쳤다.

"칼을 버리고 투항해라."

륜을 향해 날을 겨눈 자들의 도검 끝이 동요했다.

"오늘! 태자의 폐위가 결정되었다. 패장에게 끝까지 충성하는 자들은 같은 곳으로 보내 주리라."

핑, 하며 가로로 휘두른 건 단칼이었다. 동시에 맨 앞에 선 자의 목이 그대로 베어져 떨어졌다. 도로록, 텅텅텅. 한 번에 떨어져 구르는 살았던 자의 머리를 보고 모두의 눈에 경악이 새겨졌다. 거구의 그는 턱, 무릎을 꿇은 채 그대로 목 없이 고꾸라졌다. 아직 살아 있는 심장이 잘린 목 위로 피를 분수처럼 뿜었다.

검신의 피를 툭, 털며 검병을 고쳐 쥐는 륜의 눈은 악귀보다 두려웠다.

"지, 진왕을 죽여라! 뛰, 뛰어들어!"

두려움에 떠는 경방의 명에 힘이 실리지 못했음은 물론이다. 적호병이래 봤자 백성들을 터는 깡패 짓이나 하던 것들. 피와 살이 튀는 진짜 전장을 뛰놀던 전사들의 칼끝을 어찌 견딜까.

그들은 저들의 수가 얼마 남지 않았다는 것보다, 팔다리가 베어 떨어지는 살육의 광풍경에 질려 있었다. 문밖을 흘낏거리는 경방의 정예들에게, 륜이 차갑게 명했다.

"주인을 따를 자들을 보내라!"

수하 여덟이 경방을 둘러싼 자들을 걷어 내기 시작했다. 그들은 저리 적장을 호위하는 자들을 얼마나 많이 걷어 냈던가. 그새 열린 문으로 포위를 뚫고 들어온 수십 주작군이 그들의 목을 꼼꼼히 겨눴다. 경방이 홀로 남는 데 걸린 시간은 찰나였다.

목을 매 죽었다던 귀비처럼, 아령의 낯빛은 새파랬다. 그러나 정작 아령은 환각이 가시며 정신이 맑아져 왔다.

가장 좋던 순간만 되새기니, 모두 륜과 함께 있다. 덧없는 후회가 밀려온다. 그와 시간을 좀 더 보낼걸, 어찌 이리 받기만 하고 떠나는지. 어찌 이리 조금의 보탬도 되어 주지 못했는지. 그와 혼인하여 아이를 낳아 주지 못한 게, 가장 사무친다.

다 부질없던 기억뿐, 그와 보냈던 마지막 며칠이 인생의 전부 같다.

그나마 그의 마음을 알고 가는 게 얼마나 다행인가. 그는 지금보다 더 크게 될 사람이다. 황제의 면류관을 쓴 그의 낯이 보였다.

순간, 아령은 청각과 시각이 되돌아오며 눈앞의 살풍경을 눈에 담았다. 안 돼!

극락향은 륜의 몸에도 영향을 끼쳤다. 호흡을 아꼈어도 많은 체력을 소모했다. 형제를 죽이지 말아야 한다는 도덕심이 날아갔다. 나의 아령에게, 너는 무슨 짓을 하는가!

경방은 덜덜 떠는 손으로 아령의 목을 틀어쥐었지만 거반 죽은 그녀는 조금도 방패가 되어 주지 못했다. 새파랗게 죽어 가는 아령도 두렵고, 주위에서 피를 튀기며 죽는 수하들도 무섭다. 눈 깜짝할 새 모두들 피를 흘리며 쓰러져 있었다.

무언가 무릎에 툭, 떨어져 내려다보니 단도를 잡은 주인 없는 손. 경방은 자지러져 털어 내며 "아악!" 소리를 질렀다.

아령과 함께라면 같이 죽어도 좋다 생각했다. 극락향에 취해 두려울 게 없다 생각했다. 그러나 맑은 바람이 그의 정신을 깨우니, 환각은 옅어졌고 현실은 굳세게 들이닥쳤다.

죽음의 공포가 다가오자 그는 발발 떨며 진왕에게 빌었다.

"살, 살, 살려…… 살려 주십시오! 형, 형님 전하!"

그의 형제가 야차가 되어 자신을 노려본다. 그 눈빛만으로도 어찌하려는지 알았다. 아령의 목을 잡아 죄는 경방의 손에 힘이 더해졌다.

"으흐흑!"

"빨리 놔라. 네 끝이 조금이라도 편하려면."

검병과 검날을 함께 쥔 진왕의 손에서 피가 주르르 흐른다. 아령의 목에서 칼을 떨어뜨리는 아귀의 힘은 괴인에 가까웠다. 아령이 끝을 맞는 듯 품 안에서 시퍼런 얼굴로 몸을 뒤튼다. 경방은 그녀와 함께 가고 싶지 않았다. 그러나 륜의 장검이 깊숙이 명치로 쳐들어왔다.

"커허허허허허헉!"

그러나 륜의 장검은 우뚝! 멈췄다. 비명은 경방의 것이 아니다. 경방은 손에 쥐고 있던 칼을 떨어뜨리며 아령을 그대로 내버렸다.

"형, 형님 전, 전, 전……!"

"아아아악, 령, 령아!"

재빨리 힘을 거뒀지만 검신이 아령의 몸 안에 들이박혔다.

"왜! 왜 그랬느냐!"

"커어억!"

아령의 입에서 피가 와락, 쏟아진다. 폐에 뭔가 고인 게 빠진 듯 갑자기 숨이 편안해졌다. 갑자기 몰려드는 공기를 급히 들이켜며 웃었다. 무어라 말을 한 것 같긴 한데, 말이 되어 나오지 않았다.

세상이 멈추니 그 하나만 있다. 그의 품에 안겨 있으니 더없이 좋다. 그가 눈물을 흘리며 안아 들곤 다급히 입을 맞췄다. 아, 그립던 륜의 체취. 그의 혀가 길게 밀려들어 온다. 그와의 첫 입맞춤이 생각나, 아령은 그를 온전히 마셨다.

달다. 달고 좋다. 이보다 더 좋은 끝이 어디 있나.

17. 새봄, 그리고 새 세상을 이끌 사람들

륜은 축 늘어진 아령을 그대로 안아 들고 문밖으로 저벅저벅 걸어 나갔다. 그러나 경방의 머릿속엔 칼날을 향해 자신을 막아서던 그녀의 마지막 모습만이 반복적으로 재생된다. 뒤로 묶인 포승을 스스로 풀고 한 일이 저가 도망치는 게 아니라 저가 칼을 대신 맞는 것이라니.

동시에 곧 몰려오는 건 '아령을 위해서'라며 자행했던 그 모든 것들. 사방에 뒤덮인 시체들과 죽어 가는 그들이 흘린 핏물처럼 참으로 잔혹했고 끝까지 이기적이었다. 경방은 문득 옆을 바라보았다. 깨진 약사발과 반 이상이나 남은 약 동이가 곁을 지킨다.

어디서 풍겨 오는 극락향의 요사스러운 향취. 잘린 심지 한 토막이 덜 꺼졌는지 흰 연기가 긴 머리를 풀어 헤치며 경방의 폐부로 스며들었다.

'돌이켜 보니 저는 오라버니를 진짜 오라버니로 생각했나 봅니다. 오라버니와 어찌 살을 섞고 아이를 낳겠습니까.'

왜 흘려들었던 그 말이 난데없이 떠오르는가. 갑자기 목이 탔다.

경방은 발작적으로 깨진 약사발을 들어 약물을 가득 퍼 입에 쏟았다. 그러나 "크흑!" 기침을 하며 동시에 뱉어 냈다. 혀를 칼로 도리는 기막힌 맛. 약물이 묻은 입가가 쓰리고 아프며 마룻바닥이 꺼멓게 죽어 간다.

'빨리 나아야지. 왜 어린애처럼 약 투정이니.'

경방은 기가 막혀 허허허, 웃었다.

그리고 한 사발 가득 퍼 다시 들이마셨다. 마실수록 목이 탔다. 단번에 들이켜 내던 아령을 따라 하려 손톱을 손바닥에 들이박아도 한 번에 들어가진 않는다. 반쯤 뱉어 내고도 다시 들이켰다. 한 번 더, 다시 한번. 갈증은 쉬이 가시지 않았다.

임오년 팔월, 겨우 한 달여 동안 와국은 거꾸로 뒤집혔다. 세 명의 황후를 배출하며 반백 년 동안 굳건하던 장가가 모래성처럼 일시에 무너졌다. 태자의 폐위 소식에 사람들은 거리로 뛰쳐나와 만세를 부르며 춤을 추고, 집집마다 경사라도 난 듯 웃음이 끊이지 않았다. 사람들은 진왕이 태자가 될 거란 기대와 그가 열어 줄 새 세상에 대한 기대로 부풀었다.

그러나 태자, 경의 폐위는 없었다. 늦더위가 가실 때까지 조정은 칼바람이 끊이지 않고 어수선했다. 괴취미에 관한 논란과 명가 사건에 이은 역모의 증거까지. 폐위는 정해진 수순을 밟으며 빠르게 처리되었으나 정작 태자를 가장 괴롭혔던 것은 월령궁에 홀로 유폐된 것.

남겨진 그는 환약이 남긴 폐해에 외롭게 시달려야 했다. 매일 죽은 자들이 나와 그를 원망하며 겁박했다. 자신이 죽였던 여인들은 물론이고, 명가 사람들, 이름 모를 백성과 멀쩡히 잘 살아 있는 박지조차 잘린 팔다리에서 피를 흘리며 그를 꾸짖었다.

밤낮으로 두려움에 떨던 경은, 결국 가자상의 휘장을 찢어 대들보에 목을 매는 선택을 했다. 결국 경은 자신의 묘에서 자리를 잃었다. 그의 숙부, 장모균도 결국 장독을 이기지 못했다.

폐위가 된 것은 황후 장 씨이다. 명귀춘의 십여 년 기록과 륜의 조사 결과는 그녀 또한 비끼지 않았으나 황제는 아들과 형제를 잃은 슬픔을 생각하여 그녀를 귀비로 강등시키는 선에서 마무리 지으려 했다. 그러나 신료들의 반대가 너무 거셌고, 무엇보다 진왕을 저주하는 비방문과 목각 인형이 금성 곳곳에서 나와 남은 지위마저 잃고 냉궁에 유폐되었다.

시간은 무심히도 흘러 어느덧 등후궁에도 새봄이 왔다. 작년 연못 위 가득하던 연꽃은 모두 제 수명을 다해 물 아래로 가라앉고 파란 새 이파리들이 수면을 채웠다. 물오리가 길게 잔물결을 만드는 호숫가에 는 물풀들이 잔바람에 한가롭게 휘휘 대를 흔든다.

륜은 이틀 만에 기별 없이 등후궁에 들었다. 남문에선 코앞이라 바 삐 말을 달리면 반 시진이면 충분하지만 태자 책봉이 확정되니 황상은 이제 대놓고 그에게 정사를 떠맡긴다. 궁을 들어서자마자 그는 급히 수 신전으로 걸음 했다. 그러나 화들짝 놀라 부복하는 시비들 새로 그를 맞은 건 주인 없는 빈 침상. 륜은 굳은 표정으로 돌아섰다.

월량문을 지나 못가로 오지만 그리 아름답게 치장한 인공 섬의 누각 도 썰렁하다. 보이는 거라곤 저 멀리 양지에서 나이 어린 시비들이 여 남은 모여 까르르, 까르르거리며 노는 풍경. 그는 기척을 죽이고 귀신 처럼 다가갔다.

"아흔여덟, 아흔아홉, 어머나 백! 와하하! 백하나……!", "까아, 어 쩜 백이 넘었어!"

그중 하나가 실력을 뽐내며 제기를 찬다. 엽전에 묶인 오리털이 발에 묶인 것처럼 나풀나풀 춤춘다. 모두들 그 신기한 발재간에 집중하다가, 뒤늦게 진왕을 보고 깜짝 놀라 부복하려 했다. 륜은 인상을 쓰며 명했다.

'쉿!'

그러나 무명 치마를 홀떡 걷어붙인 계집은 제기 끝에 혼을 쏙 빼앗
긴 채 볼이 발그레하다.

"백열, 백열하나……. 참으로 잘도 하는구나."

그러다 문득 굵은 사내 음성이 울리자, "아앗!" 하고 집중을 놓친다.
활기를 잃고 바닥에 톡 떨어지는 제기.

"아하하……."

민망하게 웃으며 올려다보는 건 아령이고, 두렵도록 번들거리는 눈
으로 내려다보는 건 륜이다.

"단 하루였다. 얌전히 쉬며 몸을 보전하라, 그리 명하고 궁을 비운
게 단 하루였어!"

"전, 전하께서 아니 들어오시는 줄 알고."

심상찮은 분위기에 어느새 사사삭, 주변을 비운 시비들.

"내가 궁을 비우면 늘 이리 제멋대로 변복마저 하고……!"

"쓰, 쓸쓸해서 그랬습니다."

아령은 그동안 '그래도 담을 넘진 않았잖습니까.' 나, '잘못했습니
다.' 따위보다 잘 듣는 게 있다는 걸 배웠다.

"전, 전하께서 아니 계시니 너무도 적적해서 그랬습니다. 보고팠습
니다. 전하를 뵈오니 너무나 좋습니다."

역시 툭, 막히는 륜의 말문. 앞으로 쏟아질 한 무더기의 호통을 가볍
게 자르며, 아령은 여우처럼 생긋 웃었다. 그리고 두툼한 륜의 손을 잡
았다. 그제야 미안한 듯 웃으며 변명을 하기 시작했다. 눈을 마주치며
애교스럽게 웃는 건 기본이다.

"누워 쉬는 건 정말 갑갑합니다. 이렇게 꽃이 예쁘게 피는 봄이잖습니까."

그 웃음에 륜의 노기도 봄바람 앞 눈꽃처럼 삭, 녹는다. 그리고 작은
머리통을 그의 가슴에 기대게 한다. 가느다란 팔이 그의 허리를 감아
오며 폭 안겨 드는 느낌이 너무도 소중하다.

"아직 더 누워 쉬어야 한다."

"저는 움직이는 게 낫는 거라고요."

"어허, 그래도!"

엄하게 노려보려 하지만 예쁜 고양이처럼 고개를 들고 올려다보는 맑고 검은 눈망울에는 백이면 백, 지게 되는 것은 왜인지. 그의 입에서 긴 한숨이 뿜어져 나온다. 안도해서이기도 하고 가슴 아파서이기도 하다. 그는 아직도 두렵다.

'너는 아령의 기억을 지우는 걸로도 모자라 아령을 미혼독에 중독시켰다. 내가 널 꼭 살려야 하는 이유를 대라.'

월령궁에서 박지를 구하고 심문할 때 그가 바들바들 떨며 답했다.

'그럼 제 처와 두 아들……. 세 모자의 생명을 보장해 주시겠습니까.'

'똑바로 증언하는 것으로 은원을 모두 없애마.'

'해독…… 해독약이 있습니다! 이런 일이 있을까 두, 두려워, 만들어 두었나이다!'

그러나 해독약은 극락향이 피워졌을 때 일각 안에 먹이지 못하면 소용없는 것. 몸에 숨은 미혼독이 발기되지 않으면 미리 먹어도 소용없다.

돌아보더라도 어찌 지나갔는지 소름 끼치도록 아귀가 맞아떨어진 매 순간들. 눈앞의 원수를 갚느라 아령을 먼저 챙기지 못했단 자책과 아령을 제 칼로 다치게 했다는 두려움이 그를 옥죄었다.

그는 환약을 씹어 아령에게로 넣어 주면서 간절히 신께 빌었다.

령아에게 해 주지 못한 게 너무도 많습니다. 우리는 다시 만나 한 것이 아무것도 없습니다. 부디 단 며칠이라도 함께 살게 해 주십시오. 아니, 단 하루라도!

그의 모든 수명을 베어 내 그녀에게 줄 수 있다면 그녀와의 하루와 바꾸고 싶었다. 령아는 기특하게도 작은 새처럼 그가 밀어 넣어 주는 걸 온전히 삼켜 주었다. 그러나 참 오랫동안 깨어나지 못하던 무서운 며칠이 그의 명을 훌쩍 줄였다.

'미혼독은 죽고 싶도록 스스로를 홀립니다. 높은 곳에 있었다면 뛰어내렸을 테고, 칼이 있었다면 스스로를 베었을 것입니다. 전하의 잘못이 아닙니다.'

의원의 말이 륜의 귀에 들어왔을 리 없다. 형제를 해하지 않았다는 칭송에 몸부림치며 귀를 틀어막았다. 칼끝이 들어간 건 두 치가 조금 못 되는 정도였지만, 아령의 몸 상태는 정상이 아니었다. 마지막 순간, 칼에서 힘을 거둔 그 순간이 빨랐음에도 너무 늦었다.

경방을 위해서였느냐, 묻지 못했다. 칼끝을 단속하지 못한 저의 잘못일 뿐.

그럼에도 이리 살아 준 게 너무 기특하다. 이리 잘 회복해 준 게, 나날이 건강해지는 하루하루가 대견하고 고맙다. 이유가 왜 필요하고 원망이 무어 있을까.

가슴 먹먹해져 미간을 찌푸리는 륜의 잘생긴 얼굴이 좀 화난 것처럼 보이긴 하지만.

"다신 안 그러겠습니다. 황궁에 들어가면…… 사방 높은 담벼락이잖습니까. 담을 탄 것도 아닌데, 이제 그만 노여움을 푸십시오."

아령이 달라진 거라면 전에 없던 '애교'라는 무기를 장착했다는 것. 힘으론 절대 이기지 못하는 걸 알지만 이러면 그가 백번 진다는 걸 언제 배웠는지. 게다, 그 애교가 점점 는다. 살짝 눈웃음치며 다정하게 손가락을 얽으니 대낮부터 번쩍 안아 들고 침소에 들고 싶다.

꿈에도 모르던 아령의 면면. 이렇게 새로운 점을 발견하는 것조차 얼마나 기쁜지.

"그리 나가고 싶으냐."

그래, 오늘도 륜은 졌다. 아니, 좀 크게 져 버렸다. 아령의 몸 상태 때문에 대례도 태자 책봉도 여러 핑계로 미루어 왔지만 이제 곧 모든 책무와 지위를 받아들여야 할 때. 뜻밖의 반응에 아령이 반색하며 웃는 게 너무 귀엽다.

"저를 데리고…… 나가십니까. 눕혀 놓으시지 않고요?"

륜은 졌다는 표정으로 피식, 웃었으나 눕혀 놓는단 소리에 정말로 그러고 싶어지는 자신을 어쩌지 못했다. 하지만 말 떨어지기 무섭게, 아령은 둥근 월량문 너머 안뜰로 빨려 들듯 들어간다. 아, 한마디를 깜빡했는데. 륜은 지나가는 시비를 붙들어 얼른 전했다.

"마차를 타실 것이라 해라. 봄바람이 아직 쌀쌀하니 단단히 입으시게 하고."

시비는 분명 읍하고 아령의 처소로 곧장 향했다. 못 들은 건지 못 들은 척한 건지.

륜은 물론 말을 태울 생각이 없었다. 그러나 아령은 착 들어맞는 남복을 입고 좋아라 나선다. 륜의 눈썹 한 개가 지그시 들리는 걸 분명 봤다. 슬그머니 마주 웃는 입꼬리가 장난꾸러기 소년 같다. 마차가 버젓이 문을 열고 기다리는데도 저러는 건 분명 '척'이다.

"제 말은 어딨습니까."

아령은 발갛게 볼을 물들이며 순진하게 묻는다. 노염이 물씬한 륜의 눈빛에 수행하려 늘어선 사람들의 이마에만 땀이 흘렀다.

"……."

그래도 안 되는 건 안 되는 것. 륜은 꾸짖는 대신 싸늘한 얼굴로 시비에게 손짓을 했다. 그녀는 담비 털 멱을 얼른 건넸다. 륜이 마차에 먼저 올라 단호히 웃어 보이며 손을 내밀자, 더 말은 못 하고 울상만 짓는다.

"아니 가려느냐?"

결국 툭 튀어나온 입으로 마차에 올랐다. 문이 닫히고 곧 마차가 출발했다. 륜은 아령에게 털을 둘러 주곤 귀를 지그시 잡았다. 좀 아프게.

"아, 아, 아, 아픕니다!"

그 엄살에 깜짝 놀라 손에서 힘이 빠지는 건 어쩔 수 없다.

"내가 옷을 단단히 입고 오라 했지. 얇은 옷에, 게다 남복. 마차를 탄다 했니, 안 했니?"

그러나 툭 털고 아령은 두 귀를 막으며 짐짓 삐친 척 볼을 부풀렸다.

"아아, 또 잔소리! 이게 얼마 만에 밖을 나서는 건데요. 놓아주십시오! 밖을 보고 싶습니다."

봄은 봄인가. 보리가 눈 닿는 모든 데를 새파랗게 메웠다. 초가들의 군락이 작은 점처럼 멀어져 가는 사방이 다 푸르다. 아령이 바깥 풍경에 정신이 팔린 동안, 륜은 그런 아령을 눈에 가득 담았다. 그러나 다른 데를 보는 아령을 보니 또 괜히 가슴이 철렁한다.

륜은 무심히 휘장을 툭, 내리곤 영역을 확인하는 수컷처럼 아령의 고개를 돌려 자신의 입술을 겹쳤다.

"으음!"

또 슬쩍 밀어 내려다, 못 이기는 체 받아 준다. 작은 혀를 욕심껏 빨아들이니 조금 내준다. 성에 차지 않고 그녀를 안고 싶은 욕심만 끓어 작은 입안에 길게 혀를 들이밀었다. 보드랍게 얽어 줬지만 그것도 잠깐. 곧 입을 뗀다. 심장이 쿵쿵 뛰며 그녀를 바라보는 륜의 눈이 날카롭게 빛났다.

"치잇, 말도 기어이 안 태워 주시곤."

그러나 장난스러운 표정의 아령은 입가를 훔치곤 입마저 가린다.

"왜? 더 하자."

륜은 매달렸다. 무릎 위에 앉히고 입맞춤이나마 실컷 하고 싶은데 아령은 오히려 엉덩이를 구석으로 물린다. 그러곤 쌕 웃는다.

"말을 태워 주시면요."

"무어?"

륜의 눈썹이 노여움으로 싹 올라갔다. "하!" 짧은 한숨과 함께 매정하게 그의 쪽 휘장마저 착, 걷고 푸른 벌판을 원대로 보여 주니, 이번엔 아령의 애가 탄다. 조금 노여우실 땐 애교면 그만이지만 진짜로 노염이 오르면 꽤 애를 먹는다.

아령은 륜의 허벅지를 손으로 살살 쓸며 그를 어루만졌다. 아, 안 먹힌다. 커다란 손을 쥐어 들려 하니 꿈쩍 않는다. 정말로 노하셨다. 창밖을 보는 시선이 꽤 싸늘해, 잘못했다 싶어 아령은 솔직히 말했다.

"매일을 하루같이 빨리 나아서 말을 타고 싶다고 생각했습니다. 그러려고 열심히 약도 먹고 밥도 잘 먹고 얌전히 누워 있기도 한걸요."

륜은 화가 쉬이 가라앉지 않는다. 꽤 괜찮아진 뒤에도 몸에 무리가 갈까, 생불이 될 것처럼 손 하나 까딱 않은 건 생각지도 않는다. 눈만 마주쳐도 피가 끓고 너무 예뻐서 숨을 쉬기도 힘든데, 아프기까지 하니 애가 탄 날이 얼마인가. 속도 없는 아령은 휘장을 툭 닫곤 하얀 배를 싹 까서 보여 주었다.

"이 보십시오, 다 나았습니다. 만져 보십시오, 이젠 말짱한 것을요."

얄궂은 마차가 덜컹, 하며 손이 흔들려 아령의 보얀 젖가슴을 눈에 담고 말았다. 옷은 진작 원위치 되었어도 아름다운 젖무덤이 찰나에 각인되어 눈앞에 왔다 갔다. 가슴만 쿵쿵 뛴다.

"상한 건 속인데 거죽만 나으면 다인 줄 아느냐! 손가락 한 마디만큼만 비꼈어도, 얼마나 큰일이 날 뻔한지 알아! 넌 어찌 날 버리고 죽을 생각을……."

그러나 륜은 스스로 입을 닫았다. 입 밖으로 말이 새어 신이 노할까 두렵다. 살아난 것만 다행이라지 않나. 아령은 풀이 죽어 륜의 무릎에 얼굴을 기댔다. 그러곤 와락, 몸통을 끌어안곤 올려다보며 쌩 웃었다.

"아, 입을 맞추는 건 좀 힘이 듭니다."

독에 취해 저도 모르게 그랬다지만. 정말, 많이 잘못했다는 걸 아주 오래 느꼈다. 어찌 이 사람을 홀로 남겨 둘 그런 못된 생각을 했을까.

"제기를 백 개도 넘게 차면서 뭐가 힘이 든다고."

그가 원하니. 아령은 아이처럼 그의 무릎에 올라앉았다. 그는 이렇게 아령을 온몸으로 꽉 끌어안는 걸 좋아했다. 서로의 체온에 쌀쌀한 바람이 조금도 차갑지 않다. 그가 제 가슴에 머리를 기대게 하곤 살살 머리칼을 쓸어 준다. 아령은 그에게 속삭였다.

"저도 입만 맞추다 보면 참기 힘들다고요."

"무어?"

귀까지 빨개진 아령을 보곤 륜은 헛웃음을 웃으며 촉, 입을 맞췄다. 그건 그렇지.

순종은 연모에서 나온다고 했던가. 륜의 보호가 좀 과한 측면이 있지만 실상, 아령은 륜의 말에 착실히 따르는 편이었다. 그러다 보니 애처럼 애교뿐 아니라 떼도 슬슬 는다.

그러나 진왕의 혼약자란 신분에서 생각지도 않은 태자비, 그리고 그 뒤를 생각하니 눈앞이 캄캄한 게 사실이다. 차라리 아무것도 모르는 애가 되었으면. 그러면 욕심도 양껏 부릴 텐데.

"내리자."

아령은 륜이 암말 않아 준 이유를 와서야 알았다. 어딜 간다고 했으면 그렇게 헤벌쭉 좋아하진 못했을 테다. 몇 번을 오자, 했으나 번번이 더 나으면, 하며 미뤘던 곳.

아령은 아버님 어머님을 뵙자마자 한바탕 서럽게 울었다. 형체를 구별할 수 없어 한데 묻은 사람들까지 하나하나 찾아 인사를 하고 술을 올렸다. 얼마나 정성 들여 가꿨는지, 봉긋한 봉분에는 잡풀 하나 없이 깨끗했다. 그의 마음 씀이 곳곳에 느껴졌다.

문득, 봉분을 없앤 빈 묏자리가 눈에 들었다. 아버님의 기록이 생각났다.

「열두 살, 난이를 집에 들였다. 영덕천 걸인의 딸이라 하나 장모균의 손을 탔다. 아령과 너무나 무섭게 닮아 모른 체 내치기엔 후환이 두려워 차라리 곁에 들였는데, 두고 보니 어린 나이에도 셈이 너무 밝고 욕심이 크다. 두려운 일을 앞두고 이런 아이가 나타난 것은 분명 흉조이다. 수일 내로 치우려 한다.」

세상만사가 다 저 잘나 돌아가는 것 같아도, 일이 안 되려면 아무리 단단히 방비를 해도 모두가 엉망이 되고, 일이 되려면 하늘의 기운을 받은 듯 무섭도록 맞물려 간다. 그럼에도 각자는 저 할 일을 하며 살 수밖엔 없다. 더디게 돌아가는 것 같아도 모든 건 제자리를 찾기 마련이니.

아령은 륜을 바로 보지 못했다. 저 자리에 다시 자신을 묻었으면 그가 어찌 이 세상을 견뎠을까. 륜은 울고 있는 아령을 조용히 그러안아 주었다.

유수원의 옛터에는 사원이 들어섰다. '천비궁'이란 현판 글씨는 륜의 솜씨답게 힘과 강기가 넘쳤다. 담벼락 일부는 옛것을 그대로 썼다지만 구조도 모양도 달라져, 옛 모습을 기억할 수 없어 차라리 좋았다.

가장 많은 사람이 참해진 너른 마당터에는 삼청전이 굳건히 들어섰다. 삼청전에는 원시천존, 영보도군, 태상로군의 3상을 안치했는데, 제를 올리며 기도하러 오는 사람들이 가장 많았다.

너무나 많은 사람이 진왕과 아령을 알아보곤 예를 취하며 길을 비켰기에, 아령도 륜과 간단히 기도를 드리고 한적한 데로 피해 주었다. 기다리던 매은이 그들을 반겼다.

"이 더운 봄에 담비 털이라니. 얘가 어려선 한 겹 옷으로도 겨울 백운산 자락을 뛰어 누볐습니다. 과보호십니다."

아령은 반가이 스승을 뵈었다. 조글조글한 낯이 좀 더 까맣게 그을려 그는 훨씬 건강해 보였다.

"그 말씀을 전하께 꼭 해 드릴 사람이 필요했습니다, 스승님. 안녕하셨지요?"

"그러지 마십시오. 그러잖아도 벌써 말을 타겠다 하여 오면서도 실랑이를 벌였습니다."

륜이 볼멘소리를 했지만 매은은 하고 싶은 말을 따박따박 했다.

"저가 탈 만하니 탄다 하지요. 태생이 강건하니 걱정 마십시오. 그래, 전보다도 얼굴이 더 좋아 뵈는구나."

"어째 팔이 안으로만 굽으십니다?"

"그럼 전하의 팔은 바깥으로 굽으십니까?"

속이 다 시원해 아령은 오랜만에 하하, 웃음꽃을 피웠다.

매은이 옮겨 왔단 소식에 자연스럽게 이곳에도 제자가 되려는 자들이 몰렸다. 몇몇 얼굴들은 낯익었지만 또 많은 수는 새 얼굴들. 무과가 한번 치러지고 나면 제자들이 쑥 빠지고 새 사람들이 들어찬다. 우거진 숲이 싹 타 노지가 되어 버린 곳은, 말끔한 수련장으로 변모해 젊은이들의 기합 소리가 끊이지 않았다.

아령은 그들이 꼭 옛 명가를 지켜 주는 것만 같아 마음 든든했다. 아버님 어머님도 수련하는 젊은이들과 기도하러 오는 사람들을 내려다보시는 것으로 덜 적적하실 싶었다.

봄볕을 맞으며 잠시 쉬라 마련해 주신 찻상을 앞에 두고 오랜만에 둘이 되었다. 아령은 더 미루는 게 아니지, 싶어 어렵사리 말을 꺼냈다.

"사람들의 말에 귀를 기울이셨으면 좋겠습니다."

"무슨 말?"

맑은 햇살, 다정하게 맞잡은 손, 향긋한 차향에 좋아진 륜의 기분을 깨고 싶진 않았다. 그러나 아령은 생긋 웃으며 담담히 말했다.

"병부 상서의 따님을 비로 세우시지요. 저는 전하의 앞날에 전혀 도움이……."

"또 그 헛소리냐!"

그의 눈빛이 매서워졌다. 그러나 아령은 죽을 고비를 넘기고 정신이 드니, 마음이 안정될수록 그녀의 위치가 절감되었다. 진왕의 혼약자로서도 모자랐지만 태자비, 그리고 앞으로 황후가 되기엔 언감생심.

마음이 얕을 땐 그를 독점하고만 싶었다. 그러나 마음이 깊어질수록 어떤 게 그를 더 위하는 것인지 깨닫는다. 뒤집어진 세상에선, 그를 위해 버려 줄 든든한 뒷배가 꼭 필요했다.

"전하의 곁을 떠난단 소리가 아닙니다. 부인은 넷까지 둘 수 있지 않습니까. 약속대로 전하의 곁에 평생 있겠……."

그러나 륜은 끝까지 들을 생각조차 없었다. 사람들이 떠드는 건 저들의 소리. 장가는 그가 드는 것이다.

"그래, 평생 곁에 있어라. 아이도 많이 낳고. 널 볼 때마다 전에 없던 아이 욕심이 끓는구나."

"많이 낳아 드리겠습니다. 그러하니……."

"더 헛소릴 길게 늘어놨다간 오늘 밤, 구삭동이를 낳게 해 줄 것이다."

"예? 그건 무슨 소리……."

"대례가 내달이다. 곧 납채례가 있을 것이다."

아령은 좋아하지도 싫어하지도 못하곤 울상이 되었다. 기어이 신료들의 반대를 꺾으셨구나.

태자 책봉이 미뤄진 것도 명아령의 존재가 걸려서였다. 황좌를 움켜쥐려 멀쩡한 제 부인도 버리고 새로 대혼을 치렀던 황제가 몇이던가. 흔적조차 사라진 옛 약속을 이리 끝까지.

"령아……. 네가 울려 하니 나도 슬프다."

륜은 아령의 손을 조용히 잡았다. 아령은 눈물을 싹싹 지우곤 륜에게 억지로 웃어 보였다.

"내 뒷배는 너다. 너 없이 내가 뭘 하느냐."

"없어지겠다는 게 아니라……."

그러나 그는 어깨에 머리를 기대게 했다. 그의 몸을 통해 울려 오는 그의 낮은 목소리가 듣기 좋았다.

"아니, 네가 내 힘의 근원이란 뜻이다. 명가가 든든했고 내가 철없던 2황자였다면, 그저 장인의 그늘에서 보호를 받으며 목숨 붙이고 살 궁리나 하면서, 황위를 물려받지 못한 황자로서 한탄으로 허송세월했을 것이다."

"설마 그러하셨겠습니까."

"아니, 넌 모른다. 지금의 날 있게 해 준 건, 명가의 희생으로 보고 배운 것이며, 네가 내 앞을 막아섰던 그 의기와 용기, 그리고 진심의 애정이었다. 네가 날 살리고 이리 키우고서 그 비 자리를 남을 주라니. 그 무슨 헛소리냐. 다신 그런 소리 하지 마라. 내 가슴만 찢어 놓을 요량이 아니면."

괜히 눈물이 스르륵, 났다. 그는 어찌 알았는지, 고개를 돌려 그를 바라보게 하곤 아령의 눈물을 슥슥 지워 주었다.

"게다 네가 이리 힘들게 살아남아 사람들 앞에 나타나 주어, 명가의 일을 해결할 구실이 생겼으니, 내 오명과 숙적마저 제거되지 않았느냐. 네가 저들의 죄를 만천하에 드러낼 증인과 증거가 되어 주었다."

"……"

"명가 사건이 너 없이 뒤집힐 수 있었을 것 같으냐. 너 없이 저들의 죄를 입증할 수 있었을 것 같으냐. 세상을 이리 뒤집은 건 네 힘이다. 백이면 백, 이리 내게 도움이 되는 것뿐이지 않니. 넌 영원히 내 비다."

눈물 속에서 웃음이 났다. '나는 륜의 비다.' 외치고 다녔던 건 그녀였다. 가만히 듣고 있는데, 그는 대답을 독촉했다.

"왜 대답을 또 않느냐."

아령은 후후후, 웃다가 눈물을 지우곤 생긋 웃었다.

"예. 죽는다, 생각하던 순간 가장 후회되던 건 전하의 아이를 낳아 드리지 못한 것이었습니다. 오래도록 같이 살면서 아이를 많이 낳아 드리겠습니다."

륜은 반가이 웃다가, 입에 걸리는 말을 돌려서 했다.

"꼭 나보다 오래 살아라. 난 너 없인 못 사니."

무엇 때문인지 안다. 아령은 그의 마음을 개운하게 해 주고 싶었다. 너무나 잘못했다 생각해서 입에 올리지 않았지만 마음에만 담아 두니 또 이런 게 오해로 쌓인다. 그에겐 무엇이든 꺼내 이야기하고 아주 작은 티끌도 만들고 싶지 않았다.

"경방 오라버니를 막아서며 전하의 칼을 맞은 건, 면류관을 쓰신 전하의 앞날이 보여서였습니다. 어차피 죽을 목숨, 저 때문에 형제를 해하였다는 오명을 씌워 드리기 싫었습니다. 오명은 명가 때문에도 오래 쓰고 사시지 않았습니까."

"무어?"

"죽는 순간에는 찰나가 참 길게 느껴지더이다. 제게는 오직 전하뿐입니다."

그는 아령을 온몸으로 끌어안았다. 그의 몸에서 느껴지는 향취와 이 따스한 봄볕까지. 그날부터 아령은 진짜 봄날을 맞았다.

뒤늦은 봄바람은 등후궁의 연못 위 누각에 불어닥쳤다. 사람을 불러 먼저 돌려보내신 이유를 나중에 알고 아령은 낯을 붉혔다.

찬바람을 쐬셨으니 뜨거운 물에서 몸을 푸셔야 한다, 시비들이 호들갑들을 떨 때는 그런가 보다 했다. 그러나 누각 앞에서 전하가 기다리신다는 전갈을 어찌나 몸을 꼬며 어색하게 하던지, 그제야 눈치를 챘다. 구삭동이를 만들겠다는 말을 기어이 지키시다니.

"이리 요란하게 소문을 내시면 내일부터 아이들의 낯을 어찌 봅니까."

그의 손을 잡고 구름다리를 건너 누각에 오르는 걸음마다 가슴이 쿵쿵 뛰었다.

"대낮부터 배를 까고 속살을 보이며 유혹한 건 너였다."

457

"예에? 제가 무슨 유혹을……."

그러나 아령은 더 이상 잔소리를 늘어놓지 못했다. 누각 안이 형형색색 봄꽃으로 가득했다. 아름다운 화병마다 더 아름다운 봄의 향취가 온통 어지러이 뒤덮었다.

안쪽엔 널찍한 침상과 다과상, 그리고 행여 추울까 피워 놓은 화로까지. 그날처럼 누각 안을 방처럼 꾸며 놓으셨다.

"침소를 놓아두시곤 왜 또 여기입니까."

"네가 답답한 걸 좀 싫어하느냐. 우리의 첫날밤을 보낸 곳이기도 하고"

아령이 찻물을 조르륵, 따르니 륜은 거들떠보지도 않고 침상에부터 올라 어서 오라 바닥을 톡톡, 내리쳤다. 낯이 화끈 달아올랐다. 너무나 오랜만이라 새삼스럽게 부끄러워져 아령은 마른침을 꼴깍 삼키며 몸을 돌렸다.

"아직 해도 밝…… 아앗!"

그러나 륜은 더 기다리지 못하고 아령을 반짝 들어 품에 안았다. 작은 혀를 제 혀로 감아들이며 침상 위에 내려놓는다. 길게 파고드는 입맞춤이 평소보다 깊다. 그가 장난스럽게 웃었다.

"어디, 말을 탈 만큼 다 나았는지 좀 보자."

다짜고짜 또 옷부터 툭툭 벗기니 어째야 좋을지 모르겠다. 어찌 이리 매사가 저돌적이신지.

"아이, 참!"

"아깐 잘 못 봤으니."

의뭉스럽기도. 그러나 륜은 정말로 옷을 홀딱 벗기곤 배의 상처와 어깨의 상처부터 자잘하게 입으로 핥았다. 아령은 까르르, 웃다 그와 눈을 마주쳤다.

"정말로 다 나았습니다. 지금은 그저 앓았던 흔적뿐입니다. 전하도 보여 주십시오."

"나는 왜."

"지난번엔 전하도 다 보여 주시기로 하지 않았습니까. 저만 이리 벗는 건 싫습니다."

아령은 홑이불로 얼른 가슴을 가리곤 그의 옷자락에 손을 뻗었다. 그는 장난처럼 툭, 이부 자락을 빼앗았지만 함께 장난을 받아 주진 못했다. 상처 가득한 그의 몸을 보니 자신의 몸을 보며 아픈 데부터 살피는 그의 마음을 알 것 같다.

아령은 조금이라도 그의 통증을 마시고 싶어 그의 가슴에 길게 입맞춤했다. 그러나 그도 금세 키득키득, 몸을 뒤튼다.

"큭큭, 웬만하면 참으려 했는데 간지러워서 못 참겠다."

"먼저 하시고선요."

"너는 어찌 그리 하나를 안 지니. 날 이리 멋대로 휘두르는 건 세상 너뿐이다."

"제가 얼마나 성질을 잔뜩 누르고 순종하는지 아시면 까무러치실걸요?"

"네 못된 성질을 나만큼 잘 아는 사람이 또 있을까."

그러나 그의 반들반들한 눈빛을 마주하니 아령은 조금 기가 죽었다. 그가 지그시 노려보는 게 조금은 두렵다. 그러나 그 눈빛은 곧 정염으로 바뀌며 그의 손이 봉긋한 젖무덤을 부드럽게 쥐여 뭉갰다.

"그래서 더 좋다. 내 오늘은 네 배 속에 작은 령아를 넣어 주리라."

"아이!"

그의 색정적인 입술이 선홍빛 유두를 욕심껏 머금었다. 아령은 그 쾌감에 몸을 뒤틀면서도 제 말을 쏟았다.

"저는 전하를 닮은 아들부터 낳고 싶습니다."

"싫다."

"그럼 전하를 닮은 딸을 낳고 말 겁니다?"

"무어라?"

그는 벌을 주는 것처럼 아령을 뒤집어 엉덩이를 찰싹, 소리 나게 때렸다. 아플 리는 없지만 어린애처럼 혼을 내는 게 분해 그의 손목을 잡아 그대로 꽉, 깨물었다. 그는 복수하듯 머리를 누르곤 엉덩이를 길게 핥아 내렸다. 그가 누르면 꼼짝달싹 못 한다.

아령은 너무나 간지러워 큭큭큭, 웃으며 항복을 할 수밖에 없었다.

"잘못, 잘못했습니다."

"어림없다."

혓바닥이 자꾸 그곳으로 꿈틀꿈틀. 느리게, 애타도록 더 느리게 기어간다.

"저 웃겨 죽습니다. 아이, 배가 아픕니다."

"웃지도 못하면서 말을 탄다고 하루 종일 생떼를 썼으니, 더 혼나야지."

아령은 숨이 넘어가게 까르르, 까르르 웃었다. 그러나 그 웃음은 곧 "으응!" 신음으로 바뀐다. 그의 질척한 혀 놀림에 붉게 핀 꽃에 꽃물이 사르르 배었다. 그러나 고일 새도 없이 추르릅, 마시는 소리가 더 견딜 수 없다.

"하아."

엉덩이를 빼 봐도 하려 들면 소용없다. 길게 쳐들어오는 보드라운 혀와 짓궂게 돌기를 뭉개는 손이 박자를 더하니, 허리가 둥글게 휘며 고개가 뒤채졌다.

그는 머리를 놓아주곤 대신 봉긋한 젖무덤을 욕심껏 잡아 쥐었다. 검은 손가락 새로 말갛게 비어져 나오는 제 유두가 숨 막히게 색욕을 일으킨다.

아령은 무릎으로 바닥을 딛고 엉덩이를 내밀며 고혹적으로 그를 돌아보았다. 그 아름다움에 취해 그가 몸을 잇는다. 그의 것이 길게, 길게 몸 안에 들어오는 그 충만감.

"난, 네가 너무도 좋다."

그의 고백에 그녀는 낮게 웃었다. 쿵쿵쿵, 들이받는 그의 느낌이 뱃속에 자잘한 쾌감을 더한다. 그래, 좋다. 그의 모든 것이 좋다.

대례와 태자 책봉은 그해 봄, 물 흐르듯 연달아 순탄하게 이루어졌다. 이듬해 황제는 건강상의 문제로 태상왕에 오르며 륜에게 양위하였고, 두 해 후 붕하였다.

　주륜은 명 씨와의 사이에서 세 아들과 두 딸을 두었다. 그는 65세에 붕하였고, 아들인 정이 황위를 이었다. 명 씨는 태후의 자리를 5년 더 지키다 선황을 따랐다. 경방은 특별한 기록이 남아 있지 않으나 천수를 누리고 간 것으로 전해진다.

　후대 사람들은 후궁을 비워 둔 태무 황제 주륜을 일컬어 용맹하여 나라의 영토를 넓히고 와국의 부흥을 이끌었으나, 뜻밖에도 부인을 무서워하여 첩을 일절 두지 못하였다고 떠든다. 그러나 그 속은 당사자들이나 알 일이다.

— 종(終)

작가 후기

안녕하세요. 진진필입니다. 새 글로 더 빨리 인사드리고 싶었는데 이렇게 되었습니다. 핫핫. 이렇게 제 첫 시대물로 저와 인연을 맺어 주신 것, 깊이 감사드립니다.

'진왕의 혼약자'는 '위복지혼(爲腹指婚)'이라는 한 단어에서부터 출발했습니다. 배 속 아기부터 정혼을 하던 중국의 옛 습속이지요. 하지만 부모들이야 자기 생각에 따라 좋은 인연을 맺었더라도, 막상 결혼해야 할 당사자들이야 어디 그럽니까?

인연 이야기가 계속 나와서 말인데, 이야기에 잠깐 등장하는 인연의 붉은 실 이야기도 한번 해 보지요. 아시다시피 그 이야기는 당나라 이복언이 썼다는 『속현괴록(續玄怪錄)』, 『정혼점(定婚店)』에 등장하는 달빛 아래 한 노파의 입에서 나옵니다. 그녀는 혼인을 주관하는데, 그녀가 가진 붉은 실로 남녀의 발을 묶어 놓으면 둘은 어떤 우여곡절을 겪든 결국 부부의 연을 맺는답니다.

실은, 저도 그 이야기 한 편인 양 조용히 껴 넣을 법한, 가슴 울리는 재미있는 옛날이야기를 써 보고 싶었습니다. 그렇게 가볍게 결심하고 시작했는데 막상 일을 벌이고 보니 아이고, 이따위 실력으로 이걸 우째! 완벽한 덫에 빠진 채 한 치 앞을 내다볼 수 없었던 아령처럼 더듬더듬 한참을 헤맸습니다.

이야기의 배경이 되는 '와국'은 당나라를 바탕으로 중국의 몇몇 나라에서 복식, 관제, 건축, 문화 등을 참고해 만들었습니다. 하지만 성혼의 나이라든가 하는 몇몇은 현대적 정서에 맞게 바꿨지요. 망각탕이나 미혼독, 멋지게 검을 뽑으며 날아오르는 무술 등은 아시다시피 상상의 결과물입니다.

저는 아령과 함께하는 내내 어렵고 힘들었지만 그보다 더 재미있었습니다. 제겐 '재미'만큼 즐겁고도 어려운 게 없는 것 같습니다. 어떨 땐 알겠다가 어떨 땐 모르겠다가, 좀 더 알고 싶어 쫓아가면 또 훌쩍 저 멀리 가 있으니까요.

아령과 친구가 되어 이 길고 힘난한 모험을 함께해 주셔서 감사합니다. 이별은 늘 아쉽지만, 또 어느 날 어느 때 다음 글로 인사드리겠습니다.

진진필 올림.